동트기 전 어둠의 산책처럼

모든 것을 기억하게 해주는

책이 되길 ···

기주혜

작은 땅의 야수들

김주혜 장편소설 — 박소현 옮김

작은 땅의
야수들

BEASTS OF A LITTLE LAND

다산책방

20세기 한국의 역사를 배경으로 엮어낸 황홀한 사랑 이야기.

_아마존

문학적 걸작이 탄생했다.

_커커스

꿈결처럼 아름다우면서도 강렬한 데뷔작이다.

_퍼블리셔스 위클리

모든 이야기는 결국 사랑 또는 전쟁을 다룬다고 일컬어진다. 그리고 이 소설은 사랑과 전쟁 둘 다에 관한 것이다.

_하퍼스 바자

600쪽에 달하는 엄청난 대서사시를 앉은 자리에서 단숨에 읽어버렸다.

_엔터테인먼트 위클리

도전과 야망이 흘러넘치며, 따뜻한 시선과 현명한 통찰이 함께하는 책이다.

_USA 투데이

서사의 범주는 실로 장대하지만, 동시에 이 소설은 친밀하고 다정한 언어와 순간들로 가득 차 있다.

_미국 공영방송 라디오

엄청나게 몰입감 있고, 마음을 온통 빼앗아가는 작품이다.

_로스앤젤레스 타임스

이민진의 『파친코』, 이사벨 아옌데의 소설을 즐겁게 읽었던 팬들에게 완벽한 추천작이다.

_시카고 리뷰

고향이라 부르는 땅의 서정적인 초상.

_포틀랜드 먼슬리

강렬하고 로맨틱하며 절대로 잊을 수 없는 작품이다.

_미즈 매거진

가슴 아픈 짝사랑, 계급 간의 투쟁, 스캔들……. 이 소설에는 그 모든 게 다 들어 있다.

_리얼 심플

올해의 눈부신 데뷔작. 독자들은 마음을 빼앗길 준비를 해야 한다.

_타!

김주혜 작가는 앞으로도 계속 관심을 두고 지켜봐야 할 저자다.

_아파트먼트 테라피

세상을 놀라게 한 이 작품은, 힘차게 달려 나가는 한 편의 시처럼 운을 뗀다.

_오스트레일리언 위민스 위클리

이토록 매력적인 이야기가 끝나 버려 책을 덮어야만 한다는 완독의 슬픔을 남겨주는 작품이다.

_뉴 인터내셔널리스트

이 소설은 당신의 마음을 산산이 부서뜨릴 것이며, 그 후엔 사랑과 상실에 대한 현명한 통찰과 명상으로 당신을 고요한 정적 속에 가만히 붙들어 둘 것이다.

_알렉시스 샤이트킨, 『세인트 X』 저자

지금까지 내가 읽었던 그 어떤 소설과도 다르다.

_브랜던 홉슨, 『제거된 것들the Removed』 저자

야망이 넘치는 장편 대하소설의 폭넓은 서사와 호흡을 보여준다는 점에서 흡사 톨스토이의 작품을 연상케 한다.

_케이자 파르시넨, 『머시 루이의 몰락 the Unraveling of Mercy Louis』 저자

소설이 묘사하는 땅은 작은 곳이지만, 그곳에서 일어나는 사건들의 범주는 엄청나게 크다. 격동의 역사를 장대하게 관통하는 러시아의 고전 문학이 그렇듯 이 소설에도 격렬한 전장, 세대를 통해 전해 내려오는 유산, 그리고 뒤엉킨 운명의 연애사가 가득하다. 모든 사람은 각자의 방식대로 비범하며, 그들이 속한 특출한 시대와 혈투를 벌이는 야수들이다. 그리고 김주혜 작가의 유려한 문체 속에서 생생하게 되살아난 이들의 움직임은 뚜렷한 성과로 돌아온다. 그것은 마치 광대하게 확장되는 하늘의 별들을 하나의 성좌로 연결해 내어, 힘차게 변화하고 있는 나라를 비추는 것만 같다. 진정 놀라운 작품이다.

_더 타임스 리터러리 서플리먼트

이야기는 눈밭에서 범과 마주친 사냥꾼으로부터, 아이를 재우고 따뜻한 바다에 안기는 해녀로 흐른다. 역사는 반복된다는 저 유명한 경구를 되새기며 삼가 손을 모아본다. 한낱 인간으로서는 감히 짐작할 수 없는 방식으로 운명은 되풀이되지만, 그 역사를 이루는 세포도 결국 우리 인간이라는 깨달음 또한 오롯하다. 누군가는 단순한 허기 때문에, 누군가는 정욕과 관능으로, 누군가는 정치적인 목적으로. 저마다의 욕망을 품은 채 이어지고 갈라지며 충돌하는 다양한 인물들의 모습은 삶이라는 근본적인 주제에 대한 수많은 질문과 답을 동시에 남긴다.

김주혜가 그려내는 이 땅과 이 땅의 역사는 우리가 익히 아는 것처럼, 혹은 그보다도 더욱 아름답고 고통스럽다. 스스로를 사냥꾼이자 사냥감으로 인식하는 포수처럼, 한국계 미국인 작가의 담담하고도 예리한 필치는 이방인과 원주민의 시선을 아우르며 경이를 자아낸다. 이것은 먼 나라에서 도래한 우리 이야기이고, 새로운 정통의 출현을 알리는 신호탄이다. 이토록 충격적인 축복에 감사드린다.

_소설가 박서련
(한겨레문학상 수상작 『체공녀 강주룡』 저자)

2015년, 나는 다니던 출판사를 그만두고 글을 쓰기 시작했다. 처음 쓴 단편소설을 에이전트 조디 칸에게 보냈다. 한 달 뒤, 네 편을 더 써 보냈다. 그다음에는 아예 책 한 권 분량을 보냈다. 그해 총 열세 편의 단편을 보낸 뒤에야 조디는 나를 자신의 작가로 받아들였다. 너무 기뻤던 나는 조디에게 이렇게 털어놓았다. "출판사를 다니면서 저축했던 돈으로만 생계를 이어오고 있어서 앞으로 언제까지 월세를 낼 수 있을지 캄캄합니다. 언제쯤 제 단편집을 낼 수 있을까요?" 창피함을 무릅쓰고 처지를 고백한 나에게 조디는 이렇게 말했다. 단편소설은 돈이 되지 않으니 지금부터 장편소설을 쓰라고.

나는 낙심한 마음을 가다듬어 보려고 공원에 갔다. 겨울이었고, 함박눈이 내리고 있었다. 설경을 달리던 중 어느 사냥꾼의 모습이 머릿속에 떠올랐다. 그리고 그 사냥꾼 앞에 호랑이가 나타났다. 소설의 거의 맨 마지막 부분인 아주 오래된 두 친구가 재회하는 장면도 그때 내 머릿속에 떠올랐다. 수십 년의 세월과 여러 등장인물이 마음속에서 별자리처럼 그려지는 듯했다. 지금 생각하면 기이한 일이다. 나는 집에 가자마자 책상 앞에 앉아 사냥꾼 이야기를 단번에 썼다. 그 뒤 수년간 수십 번의 편집 과정을 거치면서도 그 공원에서 본 장면을 바꾸려고 하는 사람은 아무도—에이전트, 편집자들—없었다. 지금 책에 수록된 프롤로그는 그 첫날 내가 쓴 글과 거의 동일하다.

이렇게 말하면 하루아침에 생겨난 이야기처럼 들릴 수도 있겠으나 『작은 땅의 야수들』의 씨앗은 훨씬 오래전에 심겼다. 어릴 적부터 어머니가 돌아가신 외할아버지 이야기를 많이 해주셨는데, 할아버지는 김구 선생 옆에서 독립운동을 도우셨다고 한다. 또한 선한 성품에 뛰어난 운동신경, 한국인으로는 드물게 옅은 황갈색 눈을 가진 분이셨다고 한다. 그러한 특징이 내 무의식에 자리 잡아 사냥꾼과 호랑이로 나타나지 않았나 싶다. 이러한 가족 내력이 있기에 한국의 독립운동과 근대사는 고리타분한 역사가 아니라 내 현실의 한 부분이 되었다. 조부 시절로만 거슬러 올라가도 한반도는 왜적을 피로 물리쳤으며, 야수들은 아직 분단되지 않은 남과 북의 영토를 넘나들었다. 이렇게 가까운 한국의 역사를 전 세계 독자에게 보여주고 싶었다.

나아가 시대와 지리를 초월하는 이야기를 쓰고 싶었다. 인류는 지금 자연 파괴, 전쟁, 기아 등을 맞이해 과거보다 더 큰 물리적, 윤리적 멸망을 눈앞에 두고 있다. 이런 환멸의 세상에서 어떻게 의미 있게 살아야 하는지 제시하는 것이 작가의 의무라고 생각한다. 그런 바람과 목적이 이 책이 문화적 국경을 뛰어넘고 여러 나라에서 출판되는 요건이 되었다고 본다. 힘든 시대를 극복한 우리 조상이 가졌던 우정, 사랑, 이타심, 정의로움, 용기는 지금 우리에게도 분명 남아 있기 때문이다.

'작은 땅의 야수들'이라는 제목은 일본인 장교가 한국에 대해 말하는 대목에서 나왔는데, 작은 땅에서 거침없이 번성하던 야수들은 한국의 영적인 힘을 상징한다. 일제강점기 때 호랑이는 독립운동의 상징으로 사람들을 북돋아 줬다. 월간지《개벽》의 1920년 6월 창간호 표지에는 용맹스럽게 포효하는 호랑이가 그려져 있다. 민족사상 양성에 주목적을 둔 잡지에서 우리나라의 첫 상징으로 호랑이를 뽑은 것이다. 당시 지도자들은 일제의 호랑이 사냥을 민족 탄압으로 여겨 비난했다. 호랑이가 국민에게 연민의 대상이자 용기를 불어넣어 주는 한반도의 상징이었던 것이다. 전해 내려오는 수천 가지 설화, 옛날이야기, 민화 등 예술 작품에서 우리 민족이 호랑이를 얼마나 사랑하고 아꼈는지 알 수 있다. 전통예술 속의 호랑이는 익살스럽고, 사납고, 똑똑하고, 용맹하고, 게으르고, 착하고, 멍청하고, 복수를 하며, 은혜를 갚는다. 호랑이는 그저 사람을 해치는 두려운 존재가 아니라 인간의 사촌이었다. 너무나도 작은 땅덩이에서 5천 년이라는 긴 세월 동안 이런 어마어마한 맹수들이 인간과 공존하며 살 수 있었던 것은 한민족의 자연에 대한 경의와 애정에서 비롯된 것이었다.

나는 자연을 존중하여 함께하는 것이 한국 문화의 본모습이라고 생각한다. 그리고 그 정신이 많이 피폐해진 지금, 우리의 본질을 일깨우고 싶었다.

집필 당시 하층민의 이름은 모두 순우리말로 상상했다. 역사적으로 빈민층과 하인, 특히 여자아이들은 '간난이', '큰애', '작은애' 등 흔하고, 어렵지 않은 명칭으로 불렸다. 주변에 흔히 보이는 사물이나 태어난 달 등에서 따온 순우리말 이름은 한자를 모르는 사람도 대번에 알 수 있을 정도로 뜻이 단순했다. 이를 영어판 원서에서는 '돌쇠'는 'Stoney', '옥이'는 'Jade'로 표현했다. 'Dolsueh', 'Ok-ee'라고 표기하면 영미권 독자는 그 뜻을 전혀 파악하지 못하기 때문이다. 또한 이런 설정이 한자로 지은 '정호'의 고급 이름을 'JungHo'로 표현했을 때 바로 눈에 띄게 하고, 그 특별함에 대한 정호의 엄청난 자부심을 설명한다. 한국어판에서는 처음에 상상했던 등장인물들의 우리말 이름을 살려냈다. 다만 약간의 수정은 있었다. '옥이'는 '옥희'로, '월이'는 '월향'으로 바꾸는 정도의 변화에 합의한 것은 번역본뿐만 아니라 모든 책이 함께 작업하는 것이지 저자 혼자 해내는 게 아니라는 믿음에서였고, 박소현 번역가의 예술성을 존중하고 존경했기 때문임을 이 지면을 빌려 밝힌다.

한반도가 작은 땅이라는 것은 한국인의 의식 속에 오래전부터 자리하고 있다. 어렸을 때 지구본으로 본 한국은 너무나도 작았다. 그런데 놀랍게도 한국인은 작은 영토에 걸맞게 고만고만하게 사는 것에 족하지 않고, 자유를 소중히 여기고 독립을 자랑스럽게 생각하며 지금도 적은 인구와 작은 영토 이상으로 세계에 기여하고 있다.

　흔히 '가장 한국적인 것이 가장 세계적인 것이다'라는 말을 하는데 내 경험으로는 맞는 말이다. 내가 책을 쓸 때 가장 나다운 글이 가장 한국적인 것이었다. 그렇기 때문에 한국어로 책이 나오는 것은 특히나 큰 의미이고 영광이다. 야수들이 모국으로 돌아오는 것을 고대해 주고 응원해 준 독자들에게 깊은 감사의 마음을 전한다.

2022년 9월

김주혜

어머니와 아버지께 드립니다

차례

1 이것은 픽션이다. 이름, 인물, 장소, 사건들은 상상력의 산물이거나 허구적인 것이며 실제처
럼 해석되어서는 안 된다. 실제 사건, 지역, 조직, 사람과의 유사성은 전적으로 우연의 일치다.

2 작품의 시대적 배경이 대한제국 수립 선포 이후임을 고려하여 원서의 'Korea/Korean'은
'한국/한국인' 또는 '대한/대한인'으로 번역했다. 그러나 일본인 등장인물 시점으로 진행
되는 문장에서는 맥락에 따라 '한국인'이 '조선인'으로 번역되기도 한다. 단 '경성' '상해'
'동경' 등의 지명은 당대의 한자어 표기 방식을 따랐다.

3 모든 각주는 옮긴이 주다.

사냥꾼

1917년

하늘은 하얗고 땅은 검었다. 처음으로 해가 떠오르기 전 태초의 시간 같았다. 구름은 그들이 속해 있던 영역을 떠나 나지막이 내려와, 마치 땅에 맞닿은 듯 보였다. 거대한 소나무들이 창공을 둘러싸고 어렴풋한 모습을 드러냈다. 아무런 흔들림도 소리도 없었다.

이 아득한 세계에서 거의 눈에 띄지 않는 모습으로, 눈길에 난 작은 얼룩처럼 사람 하나가 홀로 걷고 있었다. 사냥꾼이다. 아직 부드러움과 온기가 남아 있는 짐승의 발자국 위로 몸을 구부린 채, 남자는 자신이 노리는 사냥감이 있는 방향으로 코를 킁킁거렸다. 눈의 날카로운 냄새가 폐를 가득 채웠고, 그는 미소를 지었다. 이제 곧 약간의 눈이 내려 쌓이면 그 짐승을 더욱 쉽게 추적할 수 있을 것이다. 발자국 크기로 미루어 몸집이 제법 큰 표범 같았다.

남자는 나무들 사이의 그림자처럼 조용히 몸을 일으켰다. 동물들은 여기 그들의 영토에서 소리 없이 움직였지만, 산은 그의 것이기도 했다. 혹은 바꾸어 말해서, 동물들과 마찬가지로, 그 또한 산에 속해 있었다. 험준하게 펼쳐진 산들이 특별히 관대하다거나 위안을 주어서가 아니라, 이 깊은 숲의 어느 곳이든 사람에게나 짐승에게나 똑같이 안전하지 않았기 때문이다. 그러나 그는 산을 타고 있을 때 어떻게 행동해야 하는지 알았다. 어떻게 숨을 쉬고, 걷고, 생각하고, 죽여야 하는지. 마치 표범이 표범으로 사는 법을 알고 있는 것처럼.

바닥은 대부분 적갈색 솔잎으로 덮여 있었고, 이어지던 발자국은 점점 뜸해졌다. 남자는 나무둥치의 긁힌 자국이나 주변 덤불에 미세하게 남아 있는 흔적, 부러져 나간 나뭇가지 끝에 매달려 있는 성긴 털 몇 가닥을 찾아보았다. 그는 사냥감과의 거리를 점점 좁히고 있었지만, 지난 이틀 동안 그 짐승의 모습을 포착해 내지 못한 터였다. 준비해 온 식량이었던, 소금 몇 알만으로 맛을 낸 보리쌀 주먹밥은 이미 오래전에 동이 났다. 전날 밤 남자는 붉은 소나무의 갈라진 둥치 틈에 앉아, 까무룩 잠들어 버리지 않도록 밤하늘에 떠오른 하얀 낮 모양의 달을 내내 쳐다보고 있었다. 하지만 허기와 피로가 쌓일수록 발걸음은 가벼워지고 머리는 맑아졌기에, 그는 계속 나아갈 작정이었다. 최후의 순간에 쓰러져 죽기 전까지는 절대 멈추지 않을 것이었다.

여기까지 오는 동안 살육의 흔적은 전혀 없었다. 토끼나 사슴, 그리고 다른 작은 동물들은 겨우내 씨가 마르기 마련이기에, 인간과 마찬가지로 표범도 먹잇감을 찾느라 고달픈 시간을 견뎌야 했다. 어느 시점이 오면 놈은 결국 멈출 수밖에 없을 테고, 바로 그때 남자는 그 짐승을 죽일 것이다. 음식과 휴식이 필요한 건 둘 다 마찬가지지만, 남자는 할 수 있는 한 자신이 쫓는 사냥감보다 더 오래 버텨내기로 단단히 결심했다.

남자는 험한 산등성이에 뿌리를 내린 어린 소나무들로 에워싸인 작은 빈터에 다다랐다. 삐죽 솟아오른 바위로 올라가, 스산한 잿빛과 회녹색으로 펼쳐진 겨울 벌판을 품은 채 주변을 둘러싸고 있는 산들을 바라보았다. 바람에 떠밀려 온 얇은 구름층이 산꼭대기의 목 주변에 걸려 갈기갈기 찢긴 비단처럼 너울거렸다. 남자가 발을 디디고 선 아래쪽으로는 거친 흰색의 심연이 까마득하게 펼쳐져 있었다. 그는 이 장소로 이끌려 오게 되어 기뻤다. 표범은 험준한 절벽을 좋아하는 습성이 있고, 따라서 이곳에 그 짐승의 은신처가 있을 가능성이 매우 컸다.

무엇인가 연약하고 차가운 것이 부드럽게 남자의 얼굴에 와 닿았다. 그는 하늘을 올려다보았다. 첫 눈송이가 떨어지고 있었다. 눈 위에서는 발자국을 쫓기가 더 쉬워지겠지만, 너무 두껍게 쌓이기 전에 짐승을 찾아내 서둘러 산에서 내려가야 할 것이다. 그는 활의 손잡이를 단단히 쥐었다.

직감대로라면 지금 표범은 남자가 서 있는 절벽 아래쪽에 자리한 은신처에 틀어박혀 있을 테고, 그러면 그 짐승을 찾기 위한 고행도 이제 끝날 터였다. 그러나 놈이 다시 먹이를 찾으러 나올 때까지는 자리를 지킨 채 기다려야 했고, 그건 한 시간, 어쩌면 사흘까지 걸릴 수도 있었다. 그때쯤이면 그는 선 채로 머리끝까지 눈에 뒤덮이고 말리라. 남자는 눈이 되고, 바위가 되고, 바람이 될 것이다. 그의 내장은 표범의 먹이가 되고, 그의 피는 어린 소나무들의 영양분이 될 것이다. 마치 그가 산 아래 살면서 다른 사람들과 어울리던 인간의 삶을 아예 가져본 적도 없었던 것처럼.

그 삶에서, 남자는 대한제국군에 복무하던 병사였다. 활 쏘는 기술로는 나라에서 제일이라는 명사수들만 특별히 차출하여 만든 부대였다. 화승총이나 활로는 누구도 남자를 능가할 수 없었다. 각 지역의 특성을 빗댄 옛말을 따라, 사람들은 남자를 '평안도 호랑이'라는 별명으로 불렀다. 물론 그 사나운 야수들은 평안도뿐 아니라 이 작은 땅의 모든 산과 숲마다 넘쳐났기에 고대 중국은 이곳을 '호랑이의 나라'라 부르기도 했을 정도였지만, 확실히 그 별명은 남쪽에서 왔다는 농부들보다 그 남자에게 훨씬 잘 어울렸다. 험준하고 경작하기 힘든 땅을 개척해 낸 북부인들은 사냥꾼의 피를 타고난 자들이었다.

그의 아버지도 평양군수 밑에 소속된 병사였다. 훈련을 건너뛸 때마다 아버지는 깊은 산속으로 들어가곤 했다. 보통은 사슴, 산토끼, 여우, 꿩 같은 고만고만한 사냥감을 가지고 돌아왔지만, 가끔은 멧돼지, 반달곰, 표범, 그리고 이리를 잡아 오기도 했다.

남자가 소년이었을 때, 아버지 혼자서 호랑이 한 마리를 죽인 적이 있었다. 그 짐승을 산 아래로 끌어오기 위해 마을에서 가장 힘이 세다는 장정이 여섯이나 아버지를 도우러 가야 했다. 마침내 죽은 호랑이를 끌고 내려왔을 때 나머지 마을 사람들은 그들을 둘러싸고 한마음으로 기뻐했고, 아이들은 군중의 맨 앞쪽에서 내달리며 환호성을 질렀다. 호랑이 가죽만 해도 병사의 한 해 치 봉급보다 더 값이 나갔다. 마을 한가운데 있는 은행나무 아래 거대한 사체가 놓였고, 먹을 것이라곤 한 톨도 없는 상황에서 무슨 수를 쓴 건지 여자들은 그들만의 장기를 발휘하여 어떻게든 잔치 음식을 마련했다. 사발을 가득 채운 뿌얀 막걸리를 모두가 신나게 들이켰다.

그러나 그날 밤, 뜨거운 온돌바닥에 책상다리로 앉은 아버지는 침통한 얼굴이 되었다. 꼭 필요한 순간이 아니라면 절대 호랑이를 죽여서는 안 된다. 아버지는 엄숙하게 말했다.

하지만 아버지, 이제 우린 부자예요. 쌀을 얼마든지 살 수 있게 됐어요. 소년이 말했다. 뭉툭하게 그루터기만 남은 초가 조용히 깜박이며 타들어 가고 있었다. 그 작고 얌전한 불빛은, 마치 두꺼운 겨울 솜이불같이 그들 모두를 뒤덮어 보호해 주고 있는 이 깜깜한 어둠에 맞설 뜻이 거의 없는 것처럼 보였다. 어머니와 여동생들은 다른 방에서 바느질을 하거나 잠들어 있었다. 사냥 중인 부엉이들이 웅얼대는 소리만 희미하게 들려올 뿐이었다.

아버지는 그저 소년을 바라보더니 말했다. 너는 어린아이 때부터 산토끼나 꿩을 사냥했지.

예, 아버지.

너는 삼백 자* 떨어진 곳에서도 꿩을 쏘아 떨어뜨릴 수 있지.

예, 아버지. 그는 자랑스럽게 말했다. 이미 마을에서 소년보다 활을 잘 쏘는 사람은 없었다. 그의 아버지만 빼면.

---

* 약 90미터. 한 자는 약 30센티미터다.

너는 삼백예순 자 떨어진 곳에서도 목표한 나무를 맞히고, 곧바로 다음 화살을 쏘아 그 화살을 쪼개버릴 수 있지.

예, 아버지.

그래서 너는 네가 호랑이를 죽일 수 있다고 생각하느냐? 아버지가 물었다. 소년은 그렇다고 대답하고 싶었고, 실제로도 그럴 수 있을 것 같았다. 그러나 질문을 던지는 아버지의 목소리에서, 거기에 맞는 유일한 대답은 침묵이라는 것을 이미 느낄 수 있었다.

네 활 좀 보자꾸나. 아버지가 말했다. 소년은 자리에서 일어나 활을 가져와서 아버지와 자신 사이 바닥에 내려놓았다.

네가 아무리 뛰어난 명사수라도 이 활로는 호랑이를 죽일 수 없다. 아버지가 말했다. 멀리서 쏠 때는 힘이 부족하고, 호랑이는 꿩 같은 날짐승이 아니다. 이 활이 가진 힘으로 호랑이에게 상처라도 내려면 예순 자 안에서 쏴야 할 거다. 치명상을 입히려면 마흔다섯 자 안까지는 들어가야 한다. 호랑이에게 마흔다섯 자가 얼마나 짧은 거리인지 아느냐?

소년은 침묵으로 자신의 무지를 인정했다.

호랑이의 덩치는 콧등에서 꼬리 끝까지 아홉 자나 되고, 내킨다면 마을 어귀의 고목도 훌쩍 뛰어넘을 수 있다. 호랑이에게 우리가 앉아 있는 이 오두막을 뛰어넘는다는 건, 마치 너와 내가 길가에 고인 물웅덩이를 뛰어넘는 것이나 다를 바 없을 거다.

호랑이에게 너무 이르게 화살을 쏜다면, 그저 가벼운 상처만 입힐 뿐 결국 그 짐승을 더 흉포하게 만들어버리는 꼴이 될 것이다. 그렇다고 한발 늦게 쏘거나 빗맞힌다면, 눈을 한 번 깜박이기도 전에 호랑이가 이미 너를 덮치고 말 것이다. 호랑이는 1초에 마흔다섯 자를 뛰어넘을 수 있다.

하지만 아버지, 아버지는 오늘 호랑이를 잡아 오셨잖아요. 소년이 말했다.

내가 말했지, 호랑이를 죽이는 건 선택의 여지가 없을 때만이라고. 그리고 그건 호랑이 쪽에서 먼저 너를 죽이려고 할 때뿐이다. 그럴 때가 아니면 절대로 호랑이를 잡으려 들지 말아라. 알겠느냐?

사냥꾼의 오래된 기억은 지금 주위에 폭신하게 쌓여가는 눈처럼 그의 머릿속에 조용히 내려앉았다. 남자는 바위 뒤에 몸을 숨긴 채, 절벽 끝 선반처럼 튀어나온 바위를 응시했다. 차디찬 눈보라가 그의 두 눈과 콧속으로 거칠게 파고들고 맨손을 장갑처럼 하얗게 둘러싸 사지의 모든 감각을 마비시켰다. 남자의 예상보다 더 짙은 눈발이었다. 그리고 동쪽에서 밀려오는 눈구름까지 확연히 보이는 이 정도 높이에서는, 한동안 눈이 그치지 않을 것임을 알 수 있었다. 그는 하늘에서 떨어지는 첫 눈송이의 냄새를 맡았던 순간 곧바로 산에서 내려갔어야 했다는 것을 깨달았다. 진흙 위에 촉촉하게 찍힌 그 짐승의 발자국을 발견했던 바로 그때 말이다.

남자는 재잘거릴 기력도 없는 아이들이 누추한 오두막에서 고요한 침묵 속에 굶주리고 있는 꼴을 보는 게 싫었다. 머지않아 먹을 것을 가져오겠다고 그들에게 약속하고 길을 나섰다. 사슴이나 토끼라

23

도 잡았다면 아이들이 있는 집으로 돌아가 그 작고 행복한 얼굴들이 불을 켠 등처럼 환해지는 것을 볼 수 있었을 것이다. 하지만 남자가 발견한 건 표범의 발자국뿐이었고, 어쩌면 한 해 수확량의 반절이 넘는 값어치를 하는 그 짐승의 가죽을 손에 넣을 수 있을지도 모른다는 생각에 그는 홀려버렸다.

오늘이 내가 죽는 날이려나? 그는 생각했다. 갑자기 남자는 극심하게 피로해졌고, 지금껏 그를 떠받쳐 온 모든 긴장감이 서서히 풀리는 것이 느껴졌다. 그러다 그는 쌓인 눈의 모습이 마치 갓 지어 뜨거운 김이 솔솔 피어오르는 흰 쌀밥 한 그릇 같다고 상상했다. 그렇게 뜨끈한 쌀밥을 먹어본 건 평생을 살면서 다섯 손가락에 꼽을 정도였다. 남자는 분노하는 대신 웃음을 터뜨렸다. 그의 여윈 몸을 무심하게 관통하며 불어가는 바람 같은 웃음이었다. 죽기 전에 그는 먹고 싶었던 음식 몇 가지를 더 떠올려 보고 싶었다. 간장과 파를 끼얹어 푹 고아낸 갈비찜이나, 걸쭉하게 녹은 골수가 입천장에 쩍쩍 들러붙을 정도로 진한 꼬리곰탕 같은 것들. 딱 한 번, 어느 명절 잔치에서 먹어본 음식들이었다. 하지만 이런 환상도 지금 그를 향해 다시금 떠밀려 오는 또 다른 기억보다는 강렬하거나 유혹적이지는 못했다.

남자가 순영을 처음 보았을 때, 순영은 자매들과 나란히 팔짱을 끼고 골짜기에 쑥과 나물을 캐러 가던 참이었다. 순영은 열세 살이었고, 남자는 열다섯 살이었다.

화려한 꽃 자수로 장식한 초록 비단 저고리와 붉은 비단 치마 차림에 옥구슬이 박힌 족두리를 쓰고 있던 순영. 왕궁의 공주들이나 입는 예복이지만 평민들에게는 일생에 단 한 번, 혼례식을 치를 때만 입을 수 있었던 활옷이었다. 혼인이란 천지신명에게도 인간에게도 신성하기 그지없는 대사였기에, 평생토록 염색하지 않은 무명 삼베에 둘러싸여 태어나고 자라온 소작농의 딸이라도 그날 하루만은 반상의 구분 없이 가장 고귀한 신분을 가진 여자의 의복을 입어보도록 허락되었다. 남자 또한 조정에 드나드는 백관들이 입는 관복을 입었다. 커다란 허리띠가 달린 푸른 단령을 걸치고 머리에는 검은 말총으로 만든 사모를 썼다. 마을 사람들은 큰 소리로 짓궂게 놀려 댔다. 새신랑이 색시한테 홀딱 반해 눈을 떼질 못하네! 보아하니 오늘 밤에는 한숨도 잘 생각이 없어 보이는구먼. 순영은 발걸음을 옮길 때조차 그 예쁜 눈을 줄곧 내리깐 채 땅바닥만 바라보았다. 시중을 드는 아주머니 둘이 양쪽에서 순영의 팔을 잡고서 순영이 묵직한 혼례복 아래 천천히 발을 끌면서 나아갈 수 있도록 도와주었다. 순영과 남자는 제단을 사이에 두고 서로를 마주하고, 차례대로 맑은 술 한 잔씩을 권하고, 상대방이 권하는 술잔을 받아 마심으로써 영원히 서로에게 속하는 부부의 연을 맺었다.

밤이 되어 단둘이 신방에 남겨지자, 남자는 여러 겹의 비단옷으로 켜켜이 포개어진 공주의 혼례복을 한 꺼풀씩 조심스럽게 벗겨나갔다. 이 마을의 모든 새신부가 대를 이어가며 빌려 입은 옷이었다. 평소의 명랑하고 활기찬 모습과 달리 순영은 퍽 수줍어했고, 남자 또한 몹시 떨리고 두려웠다. 하지만 남자가 촛불을 불어 끈 뒤 순영의 부드러운 어깨를 어루만지며 달빛이 쏟아지는 그 피부에 입을 맞추자, 순영은 양다리를 들어 남자의 허리를 감고 자신의 엉덩이를 높이 들었다. 순영 역시 자신을 원하고 욕망한다는 것이 남자로서는 놀랍고 고마울 뿐이었다. 순영과 한 몸이 되는 기쁨은 상상도 할 수 없을 만큼 컸다. 그것은 남자가 그때까지 알고 있던 가장 강렬한 행복감, 산꼭대기에 올라가 펼쳐진 경치를 볼 때의 감정과는 정반대의 느낌이었다. 산의 정상에서 느꼈던 것이 까마득한 높이와 차가운 공기, 고요한 고독감이 준 절정이라면, 이것은 아주 깊고, 따스하고, 하나가 되는 결합에서 맛볼 수 있는 환희였다. 남자가 순영의 등 뒤로 팔을 둘러 끌어안자 순영은 남자의 어깨와 가슴 사이 구석에 제 머리를 얹으며 남자의 품에 파고들었다. 행복해? 남자가 물었다. 우리가 영원히 이렇게 있을 수 있다면 좋겠어. 순영이 희미하게 속삭였다. 하지만 지금 당장 내 목숨이 끊어진대도 여한이 없을 만큼 행복하기도 해. 죽어도 화가 나지 않을 것 같아.

나도 그래. 남자가 말했다. 나도 꼭 그런 마음이야.

사냥꾼은 부옇게 흐린 추억의 순간들이 한꺼번에 그에게로 쏟아져 내리는 것을 느꼈다. 현실을 쥐고 있는 손을 놓은 채 과거의 그림자들 속에 파묻히는 느낌은 너무나도 달콤했다. 죽음을 향해 미끄러져 가는 기분은 그리 나쁘지 않았다. 그저 꿈의 세계로 난 문 하나를 통과해 가는 것 같았다. 남자는 눈을 감았다. 부드럽게 그를 부르는 순영의 모습이 눈앞에 아른거리는 듯했다. 여보, 내 남편, 당신을 기다리고 있었어요. 이제 집으로 돌아와요.

왜 나를 떠났어? 남자는 말했다. 당신 없이 내가 그동안 얼마나 힘들었는지 알아?

나는 언제나 당신 곁에 있었어. 순영이 말했다. 당신과 아이들 곁에.

이제 당신이랑 같이 가고 싶어. 남자가 말하곤 순영이 자신을 데려가기를 기다렸다.

아직은 아니지만, 곧 만날 거야. 순영이 말했다.

남자의 눈이 번쩍 떠졌다. 정말로 어떤 소리가 귀에 들려오고 있었다. 벼랑 가장자리에서 낮게 그렁대는 숨소리였다. 짐승이 호흡할 때마다 싸늘하게 얼어붙은 수증기가 향처럼 피어오르고 있었다. 본능적으로 그는 활시위를 팽팽히 당겼다. 그러나 사냥감을 포획하게 되더라도, 자신이 산 아래까지 무사히 내려가진 못할 것임을 알고 있었다. 그는 그저 표범의 먹이가 되어 죽고 싶지는 않을 뿐이었다.

표범이 절벽 끝에 튀어나온 바위로 훌쩍 올라왔다. 짙은 안개 속에서 윤곽으로만 어른거리는 그 짐승의 존재를 그는 눈으로 보기보다 온몸의 감각으로 느꼈다. 마침내 짐승이 몇 자도 되지 않는 거리에 모습을 드러냈을 때, 남자는 숨이 턱 막혀 활을 아래로 내렸다.

그것은 표범이 아니라, 아직 다 자라지 않은 호랑이였다.

콧등에서 꼬리 끝까지, 남자가 양팔을 한껏 펼친 길이만 했다. 다 자란 표범 정도의 크기. 새끼 호랑이라기엔 너무 크지만, 아직은 어려서 혼자서 사냥하지는 못하는 놈이다. 하얀 털로 폭신하게 뒤덮인 둥근 귀를 움찔거리며, 어린 호랑이는 호기심이 가득한 눈으로 사냥꾼을 가만히 바라보았다. 차분한 노란색 홍채는 겁을 먹지도 화가 나지도 않은 기색이었다. 지금껏 단 한 번도 사람이라는 존재를 본 적이 없는 게 분명했고, 그래서 이 이상한 형상의 등장에 약간 어리둥절해하는 것 같았다. 사냥꾼은 활을 더 단단히 움켜쥐었다. 사정거리 안에 있는 호랑이와 마주친 건 지금이 처음이라는 사실을 깨달왔다.

일본인들이 한국의 모든 언덕과 골짜기를 샅샅이 뒤져가며 닥치는 대로 포획한 탓에, 그 많던 호랑이들은 가장 깊숙하고 험한 산속으로 떠밀리듯 숨어들었다. 호랑이의 값어치는 훌쩍 뛰어올라 가죽, 뼈, 심지어 고기까지 인기 상품이 되었다. 본래 고기를 취하기 위해 포획되는 짐승이 아니건만, 이제 한국의 호랑이 고기는 부유한 일본인들의 식탁에 오르는 고급 진미가 되어 있었다. 일본인들은 호랑이의 살점을 먹으면 그 용맹함과 정력까지 섭취할 수 있다고 믿었고, 온갖 견장과 훈장을 단 관료들과 유럽식 드레스를 입은 상류층 여성들이 모여 앉아 호랑이의 각종 부위로 구성된 특별 코스 요리를 맛보는 연회를 마련하곤 했다.

이 호랑이를 죽이면, 최소 3년은 넉넉히 먹을 음식을 마련할 수 있을 터였다. 어쩌면 땅 한 뙈기까지 살 수도 있을지 모른다. 그의 아이들은 안전하게 지내게 될 것이다.

그러나 거친 바람이 그의 귓가에서 아우성을 쳤고, 남자는 활과 화살을 아래로 내렸다. 호랑이가 널 먼저 죽이려 들지 않는 한, 절대로 호랑이를 죽이지 말아라.

그가 몸을 일으켜 세우자 어린 호랑이는 마을의 강아지처럼 겁먹은 듯 뒷걸음질 쳤다. 짐승이 안개 속으로 완전히 사라지기도 전에, 사냥꾼 역시 뒤돌아서서 점점 굵어지는 눈발을 뚫고 발걸음을 뗐다. 고작 한두 시간 만에 눈은 그의 종아리 반절까지 푹푹 잠길 만큼 쌓여 있었다. 지금껏 남자의 움직임을 한결 가볍게 해주었던 공복감이 이제는 발 한 걸음을 뗄 때마다 그를 땅바닥으로 무겁게 끌어내리는 듯했다. 잿빛 어스름이 폭설에 몸을 떠는 나무들 위로 천천히 내려 앉고 있었다. 남자는 산신령을 향해 기도를 드리기 시작했다. 당신 의 영물을 놓아주었으니 저도 무사히 내려갈 수 있게 해주십시오.

눈보라는 저물녘에나 겨우 잦아들었다. 산 중턱에 이르렀을 때 남 자의 다리가 꺾였다. 그는 한 마리 짐승처럼 네발로 선 채 잠시 버텼 지만, 곧 팔꿈치마저 힘이 완전히 빠져버리자 달빛 아래 하얗게 빛 나는 고운 눈가루 속으로 파묻히듯 쓰러졌다. 그는 생각했다. 이왕 죽을 거라면 하늘을 바라보며 죽어야지. 남자는 마지막 힘을 쥐어짜 등을 대고 누웠다. 달이 부드러운 미소를 지으며 그를 내려다보았 다. 이 자연 속에서 가장 자비에 가까운 무언가가 있다면 바로 그것 이었다.

"계속 같은 자리를 돌고 있군." 야마다 대위가 말했다. 그를 둘러싼 사람들은 잔뜩 겁먹은 것처럼 보였는데, 야마다 대위의 말이 맞았을 뿐 아니라 심지어 그가 자기 상관들 앞에서도 그들에게 닥친 이 재 앙을 선고하는 데 거침없고 대담한 태도를 보였기 때문이었다.

"이쪽에 있는 나무들의 가지가 더 굵직한 것을 보니 틀림없이 이 방향이 남쪽이지. 우린 한 시간 동안이나 계속 반대쪽으로 왔던 거 야!" 야마다 대위는 노여움과 경멸감을 감추지 못했다. 막 스물한 살 이 된 그에겐 반박을 고려하지 않은 채 남에게 명령을 내리거나 자 기 의견을 개진하는 습관이 이미 배어 있었는데, 이러한 위풍당당한 성향은 행세깨나 하는 세력가인 그의 집안에서 비롯한 것이었다. 야마다 가문은 오랜 전통을 자랑하는 일본 무사 가문의 분가였으며, 야마다 대위의 아버지인 야마다 남작은 하세가와 총독과 절친한 사이였다. 하세가와 집안과 야마다 집안 모두 영국인 가정교사를 고용해 아들들을 서양식으로 교육했으며, 야마다 겐조는 장교 임관을 위해 본토로 돌아오기 전까지 하세가와 집안의 사촌과 함께 유럽과 미국을 일주했다. 그처럼 젊은 나이에 대위 계급장을 달 수 있었던 것도, 또 그의 상관인 하야시 소좌*마저도 겐조의 심기를 거스르지 않기 위해 조심하는 것도 바로 이 때문이었다.

"이렇게 계속 나아갈 수는 없습니다, 소좌님." 마침내 야마다 대위가 하야시 소좌에게 한마디를 던지자 일행 모두가 발을 멈추었다. 야마다 대위와 하야시 소좌 외에도 네 명이 더 있었는데, 현지 경부** 후쿠다와 그의 부하인 순사 둘, 그리고 조선인 길잡이 한 명이었다.

"그러면 대위는 우리가 어떻게 해야 한다고 생각하나?" 하야시 소좌는 느릿느릿 신중하게 말을 골랐다. 마치 그들이 지금 눈 내리는 깊은 산속에 있는 게 아니라 안전한 막사 안에 있기라도 한 듯한 태도였다. 밤이 그들을 빠르게 덮쳐오고 있었다.

"날이 시시각각 어두워지고 있습니다. 낮에 길을 잃었는데 밤중에 찾을 수 있을 리가 만무하지요. 오늘 밤을 버틸 수 있도록 야영을 준비해야 합니다. 밤새 다들 얼어 죽는 사태만 피할 수 있다면, 내일

---

* 소령에 해당하는 일본군 계급 명칭이다.
** 현재 한국의 경감과 비슷한 계급으로, 경찰서장에 해당한다.

아침 해가 뜨는 대로 산에서 내려갈 수 있을 겁니다."

이 말에 하야시 소좌가 어떻게 반응할지 불안스레 예측하느라 일행은 더욱 조용해졌다. 야마다 대위가 이런 식으로 하극상을 내비쳐도 하야시 소좌가 인내심을 잃었던 적은 단 한 번도 없지만, 이처럼 지독하고 다급한 상황에 놓인 지금 이들의 갈등에는 본격적인 반란의 기운마저 감돌았다. 하야시 소좌는 자신의 직속 부하인 겐조의 얼굴을 냉담하게 바라보았다. 새 군화를 장만해야 할지, 혹은 토끼의 생가죽을 벗기는 최적의 방법이 무엇일지 생각해 볼 때 줄곧 그가 얼굴에 띄우는 표정이었다. 그의 뿌리 깊고 본능적인 잔혹성에도 불구하고, 하야시는 무턱대고 자신의 감정을 분출해 버리는 사람은 아니었다. 마침내 그는 순사 한 명에게로 몸을 돌려 야영 준비를 하라는 지시를 내렸다. 일행은 눈에 띄게 안도하며 땔감을 찾으러 이리저리 흩어졌다. 눈이 오는 데다 땅이 이미 젖어 있어 땔감이 될 만한 것을 찾기가 쉽지 않았지만 말이다.

"너는 말고. 너는 여기 내 옆에 남아 있어." 겁 많고 심약해 보이는 조선인 길잡이 백 씨가 허둥지둥 자리를 뜨려고 하자 하야시 소좌가 말했다. "네놈이 내 시야를 벗어나도록 내버려 둘 것 같나?" 백 씨는 두 손을 모아 쥐고 신음을 흘리며 누더기 천으로 묶여 있는 젖은 가죽신 속의 두 발을 내려다보았다.

이 지방으로 발령받은 지 얼마 되지 않아 하야시 소좌는 후쿠다 경부에게 이곳 어디쯤에서 사냥할 만한 곳을 찾을 수 있는지 물었다. 근방 200리* 이내의 모든 조선인을 조사하여 상세한 인구 보고서를 작성한 바 있던 후쿠다는 이 사냥 산행의 길잡이 역할을 맡을 조선인 세 명을 추천했다. 백 씨 말고 다른 두 후보자는 감자를 캐는 농사꾼들로, 조선인들 사이에서도 거친 야인 부족으로 통하는 이들이었다. 그들은 깊은 산속에 외따로 숨어 살면서 자기네들끼리만 혼인하고 자급자족으로 생계를 유지했으며, 이 세상에 간신히 얼굴을 내비치고 교류하는 시기는 고작 일 년에 서너 번 정도 큰 장이 서는 날뿐이었다. 감자 농부 두 사람 모두 산길에 밝아 그 산에 있는 모든 나뭇가지와 돌멩이 하나까지 모르는 게 없었지만, 일본어를 할 줄 아는 사람은 떠돌이 비단장수 백 씨뿐이었다. 하야시 소좌는 그 점이 더 중요한 자질이라 여겼으나 그 판단은 일행 모두에게 애석한 결과를 가져왔고, 백 씨 자신의 유감스러움 또한 전혀 덜하지 않았을 것이다.

그건 야마다 대위의 삶이 끝나기 직전 그의 눈앞을 주마등처럼 스쳐 가는 잊지 못할 형상들 중 하나가 될 것이었다. 달빛 아래 그림처럼 평온히 누워 있는, 수염이 덥수룩한 남자. 땔감을 모으러 숲속으로 스무 자쯤 들어갔을 때, 야마다는 눈밭에 늘어진 누군가의 몸에 발이 걸려 넘어질 뻔했다. 첫 충격이 가신 뒤 야마다 대위에게 특히나 인상적이었던 점은 두 손을 가슴 위로 모은 채 등을 대고 누워 있는 그 남자의 모습이 대단히 차분해 보였다는 점이었다. 마치 추위

• 약 80킬로미터. 1리는 약 0.4킬로미터다.

속에서 얼어 죽은 게 아니라, 어떤 황홀한 열락悅樂의 순간에 그대로 잠이 든 것처럼 보였다. 두 번째로 놀라웠던 건, 이 작은 남자가 몸에 두르고 있는 천 조각이 너무나 얇고 형편없었다는 것이다. 그가 입은 누비저고리는 닳고 해지다 못해, 날카롭게 튀어나온 여윈 어깨뼈가 훤히 다 비쳐 보일 지경이었다.

야마다 대위는 남자의 주위를 한 바퀴 돌아보았다. 그러고 나서, 이후 돌이켜 생각하면서도 자신이 왜 그랬는지 알 수 없었지만, 파랗게 질린 남자의 얼굴을 향해 몸을 굽히고 귀를 기울였다.

"이봐, 어이! 일어나!" 남자의 콧구멍에서 희미한 숨결이 여전히 조금씩 흘러나오고 있음을 깨닫고서 야마다가 냅다 고함을 쳤다. 아무런 반응이 없자, 그는 양손으로 남자의 얼굴을 감싸 들고 가볍게 뺨을 때렸다. 남자에게서 거의 들리지 않을 정도로 가느다란 신음이 흘러나왔다.

야마다 대위는 남자의 머리를 다시 눈 위에 내려놓았다. 죽음을 목전에 둔, 해로운 벌레만도 못한 이 조센징**을 굳이 도와줄 이유는 없었다. 그는 야영지를 향해 걷기 시작했지만, 몇 발짝 떼고서는 다시 몸을 돌렸다. 자신이 왜 이러는지 이해할 수 없었다. 인간의 마음이란 어두운 숲과도 같아서, 야마다처럼 이성적인 남자도 내면에 그 자신조차 알 수 없는 수수께끼를 담아두곤 한다. 야마다는 그 조센징을 두 팔로 들어 올렸다. 어린아이를 안아 들 때처럼 가볍고 가뿐

** '조선인'을 일본어로 발음한 단어. 한국인에 대한 혐오의 맥락에서 사용된 경우, 원문 그대로 '조센징'으로 번역했다.

했다.

"이게 대체 뭔가?" 야영지로 돌아오자 하야시 소좌가 언짢은 기색으로 호통을 쳤다.

"숲속에서 발견했습니다." 야마다 대위가 남자를 땅바닥에 눕히며 말했다.

"죽은 조센징으로 뭘 어쩌게? 땔감으로 삼으려는 게 아니고서야. 꼴을 보아하니 불도 제대로 붙지 않을 것 같은데. 혼자 죽게 그 자리에 그냥 내버려 뒀어야 했네."

"아직 숨이 붙어 있습니다. 이 지역에서 혼자 사냥하고 있었으니, 이 주변 지형을 잘 알고 있다는 뜻입니다. 우리가 산에서 내려갈 길을 찾아줄 수 있을지도 모릅니다." 야마다 대위는 냉정한 어조로 말했다. 조선인에게 동정심을 보이지 말라는 속뜻을 담은 은밀한 경고에도 동요하지 않는 모습이었다. 어쨌든, 야마다가 품고 있는 의도나 감정의 여러 결 사이에 인간적인 동정심이나 연민이 자리했던 적이 결코 없다는 사실은 두 사람 모두 잘 아는 바였다.

나머지 일행이 돌아왔다. 야마다 대위는 백 씨에게 아직 의식이 돌아오지 않은 그 남자를 불 가까이 옮겨 몸을 녹여주고 조선말로 소리쳐 보라고 지시했다. 남자의 정신이 조금씩 돌아오자 백 씨는 미친 사람처럼 기쁨의 미소를 지으며 큰 소리로 야마다를 불렀다. "대위님! 대위님! 이자가 깨어나고 있습니다요!" 야마다 대위는 백 씨에게 일러 남자에게 비상식량인 건빵을 조금 먹이고 야마다 자신의 몫으로 특별히 배급된 말린 곶감까지 주게 했다.

"건빵은 반드시 눈에 약간 적신 상태로 먹이도록 해. 안 그러면 저놈의 목구멍이 막혀 질식할 테니까." 야마다 대위의 말을 고분고분 따르며, 백 씨는 남자의 머리를 자기 무릎 위에 얹은 뒤 조선말로 무언가 달래듯 부드럽게 속삭였다.

"저놈들은 서로 아는 사이인가?" 하야시 소좌가 물었다. 그는 간부용으로 준비된, 딱딱하게 언 주먹밥과 약간의 매실 장아찌로 저녁식사를 하고 있었다. 순사들은 어디에선가 나온 사케 한 병을 돌려가며 마셨고, 그러자 분위기가 갑자기 명랑하고 화기애애해졌다.

"그렇지는 않을 겁니다. 백이 이놈을 특별히 알아보는 것 같지는 않았어요." 야마다 대위가 말했다. 후쿠다 경부 역시 남자가 누군지 알지 못했다. 하지만 순사 중 하나는 그가 아마도 소작농 남씨이리라 짐작하고 있었다. 이 사냥꾼이 그 지역에서 고만고만하게 살아가는 가난한 뭇 농부들과 다른 점이 있다면 그건 대한제국군에 복무했던 적이 있다는 사실이었고, 그래서 그는 경찰의 주의를 끄는 인물이 된 터였다.

"그렇다면 위험한 자로군. 배은망덕한 독사 놈이야." 하야시 소좌가 말했다.

"유용한 자가 될지도 모릅니다. 날이 밝아올 때 우리를 이 저주받은 산에서 내려갈 수 있게 해준다면, 하루 정도는 살려둘 가치가 있다고 생각합니다." 야마다는 변함없이 침착한 어조로 말했다. 그 자신도 건빵 한두 조각과 곶감 한 개를 먹고 첫 불침번을 설 준비를 하고 있었다.

일출도 없이 찾아온 새벽은 그들을 둘러싼 나무들이 뿜어내는 회백색 은광을 비추며 은은하고 부연 빛으로 숲을 채웠다. 햇볕도 그림자도 없는 숲속에는 자리한 모든 것이 중력을 잃고 부유하는 듯 보였다. 나무들과 바위들, 그리고 눈까지 모두 여린 은빛 공기로만 이루어져 있는 것 같았다. 흡사 이승과 저승 중간에 있는 세계, 다른 세계들 사이에 살며시 끼어 있는 세계의 모습이었다.

잠에서 깨어 그런 아침을 맞이한 야마다 대위는 혹시 아직 꿈을 꾸고 있는 건 아닌가 하는 마음에, 다시 한번 눈을 뜨면 자신의 포근하고 따스한 이불 속에 누워 있기를 바랐다. 그러다 다음 순간 이곳이 어디인지 깨달았고, 뒤따라오는 크나큰 실망감에 구역질이 날 정도였다. 하지만 타고난 천성과 교육으로 인해, 그는 철저히 이성을 중시하며 감정을 불신하는 성향을 지니게 된 사람이었다. 그는 사랑이나 우정까지도 하류계급에 속한 사람들, 혹은 여자들이 빠져드는 헛된 몽상으로 여겨 경멸했고 남자들에겐 어울리지 않는 감정이라 생각했다. 감정의 가장 큰 문제는, 그게 한 사람의 내적인 의지와 신중한 판단력에서 오는 것이 아니라 외부 요인으로 야기된 반응이라는 점이었다. 그런 이유로 그는 진득한 자기 연민에 빠져들어 가는 스스로를 꾸짖으며 곧장 담요를 떨쳐냈다.

자리에서 일어나 소변을 보기 위해 밖으로 나선 야마다는, 자신의 잠자리에서 불과 몇 자도 떨어지지 않은 곳에 찍힌 발자국들을 발견했다. 흔적을 보아하니 거대한 짐승이 그들의 야영지 둘레를 여러 차례 맴돈 모양이었다. 야마다는 백 씨와 사냥꾼을 깨웠다. 두 사람은 체온으로 추운 밤을 버티느라 서로를 끌어안은 채 잠들어 있었다. 야생 짐승의 흔적이 있다고 이야기하자, 백 씨는 거의 뛰어오르듯 몸을 일으키더니 사냥꾼에게 조선말로 상황을 허겁지겁 설명했다. 사냥꾼은 병약해 보였지만, 바로 전날 밤에 죽음의 문턱까지 다녀온 사람치고는 놀랍도록 날카로운 눈빛을 번득였다. 남자가 뭔가 속삭이듯 말했고, 그러자 백 씨가 그의 몸을 부축해 일으켜 세웠다.

"뭐라는 건가?" 발자국을 살피며 조선말로 중얼거리는 사냥꾼의 모습에, 야마다 대위가 백 씨에게 물었다.

"호랑이가 틀림없다고 합니다요. 이렇게 가마솥 뚜껑처럼 커다란 발자국을 내는 짐승은 호랑이 말고는 없습죠. 누구라도 아는 얘기입니다." 백 씨가 말했다. "저 사냥꾼 말로는, 지금 당장 산에서 내려가야 한답니다. 호랑이는 지난밤 내내 이 자리에서 우리를 지켜보고 있었고, 기분이 좋은 상태도 아니랍니다."

"왜 아무도 이 호랑이를 못 봤지?" 자기 다음에 경계를 선 이들에게 언짢음을 느끼며 야마다 대위가 물었다. 백 씨가 이 말을 사냥꾼에게 전한 뒤 남자의 답변을 통역했다.

"저이 말로는 호랑이가 우리에게 모습을 드러내고 싶지 않았기 때문이라고 합니다요. 우리가 호랑이를 볼 수 있는 건 호랑이가 기꺼이 제 모습을 드러내고 싶어 할 때뿐이고, 그 전에는 어림도 없는 소리죠. 우리는 호랑이들의 터전, 그들의 영역에 들어와 있습니다. 그러니 모든 걸 그냥 내버려 두고 조용히 이 자리를 떠나는 것이 최선이랍니다."

"말도 안 되는 소리. 우리가 산에서 내려가기 전에 그 짐승이 눈에 뜨인다면 나는 그놈을 잡아 죽일 거야. 호랑이 가죽과 고기를 총독님께 대령할 거라고." 야마다 대위가 말했다. "너희 같은 겁쟁이 조센징 노예들이 무사의 용기에 대해 뭘 알겠냐."

백 씨는 체념한 듯 고개를 푹 숙였다. 그럼에도 어쨌든 모두가, 그리고 누구보다 먼저 야마다 대위 자신이 한시바삐 돌아가는 길을 찾아 최대한 빨리 이 산에서 벗어나는 것이 낫다고 생각했다. 앞장서서 길을 이끄는 사냥꾼의 몸놀림은 굉장히 날쌔고 민첩했다. 산에서 내내 굶다가 어젯밤 쌀 건빵 약간과 김, 그리고 장아찌로 겨우 배를 채운 사람이라는 걸 생각하면 깜짝 놀랄 수준이었다. 남자는 아주 적은 양의 음식으로 오랫동안 버티는 데 익숙한 듯했다. 야마다 대위는 그가 지니고 있던 활과 화살을 압수했지만, 사냥꾼은 그러한 조치를 당연하게 받아들이는 듯 억울하지도 비굴하지도 않은 무덤덤한 태도로 나무들 사이를 빠르게 뚫고 나아갔다.

"저놈이 도망칠 눈치를 보이면 곧바로 쏴버려." 하야시 소좌가 말했다.

"알겠습니다, 소좌님." 대위가 대답했다.

우중충한 회색빛 날에 태양은 줄곧 구름 뒤에 숨어 나오지 않건만, 명확히 드러나는 빛 없이도 세상은 조금씩 밝아졌다. 바람의 한기가 수천 개의 얼음 바늘처럼 그들의 피부 속을 파고들었다. 전날보다 훨씬 더 차갑고 혹독한 바람이었다. 그들이 떼는 발걸음마다 눈 위에 깊고 뚜렷한 자국을 남겼다. 사냥꾼은 이따금씩 걱정스러운 표정으로 주변을 돌아보았다. 남자가 백 씨에게 무엇인가 속삭이자, 백 씨는 야마다 대위에게 다가와 이야기를 전했다.

"나리, 지금보다 더 빨리 움직여야 한답니다." 백 씨가 애원하듯 말했다. "호랑이가 계속 우리의 뒤를 쫓는 중인데, 이 속도라면 지금쯤 우리 바로 뒤쪽에 바짝 붙어 있을 것 같습니다."

"너희 조센징은 정말 한심하고 나약한 벌레 같은 놈들이다." 야마다 대위가 경멸 섞인 어조로 말을 이었다. "우리한테는 활과 화살 따위가 아니라 총이 있다고 저 사냥꾼 놈에게 전해라. 자랑스러운 우리 황군* 장교들은 미개한 짐승들을 보고 겁에 질려 달아나지 않아. 우리는 그놈들을 사냥한다."

백 씨는 입을 다물고 다시 자기 자리를 찾아 사냥꾼 뒤쪽으로 돌아갔다. 다른 사람들은 미소와 고갯짓으로 대위의 일침에 동의를 보냈고, 각자 조선에 와 겪었던 이런저런 사냥 무용담이며 자신이 죽인 야생 동물들에 대해 뽐내듯이 읊어댔다. 담청색 눈동자를 한 새끼 표범들, 가슴에 창백한 초승달 무늬의 흰 털이 돋은 검은 반달곰들, 큰 뿔을 지닌 수사슴들, 그리고 이리들. 하지만 백수 중에서도 제일 영험한 짐승이자 조선 땅 어디에나 있다는 호랑이를 직접 사냥해 봤다고 말하는 사람은 아무도 없었다.

시간이 흐르면서 그들의 자랑도 시들해졌다. 구름 때문에 해의 움직임도 보이지 않는 상황이라, 그들 배 속의 허기와 조금씩 밀려오는 좌절감 외에는 몇 시나 되었는지 짐작할 방법이 없었다. 꼬박 하루가 넘도록 길을 잃고 헤매게 될 줄은 몰랐기에, 그리고 전날의 저녁 식사도 빈약했기에, 그들 대부분은 마지막 남은 식량을 아침 식사 때 다 먹어버린 뒤였다. 침묵 속에 행군이 이어지던 중, 갑자기 사

•　당시 일본에서 자국군을 부르던 말.

냥꾼이 걸음을 우뚝 멈추고 나머지 일행에게 한 손을 들어 보였다. 그는 스쳐 간 바람에 아직도 가볍게 흔들리고 있는 나무 한 그루를 가리켰다. 파도의 물안개처럼 곱고 흰 눈가루가 나뭇가지 아래로 사르륵 떨어져 내리고 있었다.

"뭐야?" 야마다 대위가 백 씨에게 물었다. 그러나 그가 대답하기도 전에, 기나긴 장마철에 울리는 천둥처럼 깊고 불안스러운 소리가 들려왔다. 그들 모두는 미지의 힘의 형언할 수 없는 응시를 느꼈다. 그들 바로 앞에 놓인 나무들 사이, 불과 예순 자도 안 되는 거리에서 번쩍이고 있는 주황색과 검은색 섬광에서 온 것이었다. 서리로 뒤덮인 텁수룩한 갈기의 미세한 떨림을 제외하면, 그 짐승은 전혀 흔들림 없는 자세로 그들을 대담하게 바라보고 있었다. 칠흑 같은 동공이 박힌 밝은 노란색 눈동자는 온통 하얀색뿐인 이 세상에서 유일하게 생생히 살아 있는 것이었다.

순간 군인들은 모두 소총을 꺼내 들고, 마치 조각상처럼 꼼짝하지 않는 호랑이를 향해 총구를 겨누었다. 야마다 대위가 부하들에게 고갯짓으로 신호를 보낸 뒤, 이어 거의 동시에 쏟아진 무수한 총탄 중 가장 첫 발을 쏘았다. 뜻밖의 공격에 호랑이는 즉각적으로 반응하여 네발로 용수철처럼 뛰어오르더니 마치 하늘을 날듯이 그들 쪽으로 도약했다. 군인들은 제자리에 얼어붙었고, 짐승은 그들 사이의 몇 자 안 되는 거리를 단숨에 가로질렀다. 야마다 대위의 심장이 얼음처럼 섬뜩해지는 찰나, 누군가가 그의 시야 안으로 휙 지나갔다. 사냥꾼이 양손을 공중에 들어 올린 채 앞으로 뛰어나가고 있었다.

"하지 마!" 그의 고함이 빈터에 울려 퍼지자 나무들이 몸서리를 쳤다. "안 돼!"

속도를 늦추지 않은 채, 호랑이는 방향을 날쌔게 바꾸어 사냥꾼에게로 돌아섰다.

"안 돼! 안 돼!" 사냥꾼이 계속 되풀이해 외쳤다. 무섭게 달려오던 호랑이가 자신의 코앞에서 멈출 때까지. 호랑이는 노란 눈동자로 사냥꾼의 눈을 한순간 마주 응시하다가, 홱 몸을 돌리곤 달려올 때만큼이나 빠른 속도로 달아났다. 군인들이 다시 사격을 시작했을 때는 이미 잡목 숲으로 완전히 사라져 버린 뒤였다. 왼쪽 뒷다리로 디딘 세 번째 발자국마다 선홍색 핏자국으로 물들어 있었다.

"다들 멍하니 서서 뭐 하는 거야?" 하야시 소좌가 고함을 쳤다. "놈을 추격해야지! 상처를 입었으니 속도를 내지 못할 거야. 해가 지기 전에 우리가 놈을 잡아 죽이자고!"

사냥꾼이 다급한 말투로 백 씨에게 무엇인가를 이야기하자, 나이 든 비단장수는 일본인들에게 애원하듯 말했다.

"이 사람 말로는 호랑이를 보내줘야 한답니다요. 상처 입은 호랑이는 건강한 호랑이보다 훨씬 더 위험하다고요. 호랑이들은 영물이라 복수심을 품을 줄 압니다. 불의와 정의를 기억할 만큼 영리하고, 공격을 받아 다치면 상대를 죽일 기세로 덤빈답니다. 게다가, 설령 우리가 호랑이를 죽인다 해도 하룻밤 더 이 산속에 갇혀 있게 되면 우리 목숨 또한 끝나고 말 겁니다요. 이미 어젯밤보다 더 추워졌으니……. 이 사람이 하는 말은 이렇습니다요, 소좌님."

하야시 소좌는 부하들을 쭉 돌아보았다. 모두 이미 패배한 듯 겁에 질린 얼굴이었고, 그 거대한 야수의 뒤를 따라 산속으로 더 깊숙이 들어가 보고자 하는 의지는 찾아볼 수 없었다. 총상을 입고서도 그 짐승은 속도를 늦출 기미를 전혀 보이지 않은 터였다.

하야시는 이런 사냥 여행뿐 아니라 전장에서의 전투를 이끈 경력이 있었다. 가장 최근에는 러시아를 상대로 만주에서 싸웠고, 물론 내내 불만과 반항의 기운이 끊이지 않는 식민지 조선도 통제해야 했다. 그는 싸움에서 단 한 번도 물러선 적이 없지만, 그것이 용기에서 비롯된 행동은 아니었다. 하야시에게 용기란 곧 무모한 어리석음과 같았다. 그는 오직 성공만을 추구했고, 피를 보길 좋아하는 그의 잔혹성조차도, 사실 개인적인 만족보다는 동료들 사이에서 자신의 우월함을 나타내고 부하들을 위협하여 자신을 두려워하도록 만들기 위한 것이었다. 하야시에게 성공이란 윤리가 아닌 실용적인 성격을 지닌 삶의 목표였기에, 이번에도 그는 자신에게 가장 도움이 될 만한 경로를 택했다. 그는 조선인 사냥꾼에게 그들을 이끌어 산에서 빠져나갈 길을 찾으라고 명령했다.

산길을 내려가는 방향을 잡아 야수에게서 점점 멀어지는 중에도, 노란 눈동자 한 쌍이 뒤쪽에서 목덜미를 노리고 있는 듯한 두려운 감각은 내내 사라지지 않았다. 하지만 마침내 그들은 두껍게 쌓인 눈 너머로도 알아볼 수 있는 오솔길의 흔적을 발견했다. 그 길을 따라 한두 시간 정도 걷고 나서야 간신히 깊은 숲에서 빠져나온 그들에게 산 아래쪽에 펼쳐진 마을의 모습이 내려다보였다. 옹기종기 짚을 이어 엮은 초가지붕들이, 지평선 너머 구름을 뚫고 마지막으로 예기치 않게 솟아 나온 햇살 한 자락에 비쳐 반짝이는 호박색으로 빛나고 있었다.

지친 눈앞에 펼쳐진 인가의 정경이 얼마나 반갑고 기쁜지, 간부라는 신분만 아니었다면 그들 모두 눈이 쌓여 미끄러운 언덕길을 한 무리의 어린아이들처럼 신나게 뛰어 내려갔을 것이다. 그러나 함께 있는 상관의 눈치를 보느라, 일행은 조금 더 빨라진 걸음으로 행군할 뿐이었다. 이들이 산기슭에 도달하기까지는 반 시간이 더 걸렸다. 마을 경작지와 숲이 만나는 곳이었다. 눈이 담요처럼 뒤덮인 휴경지 위에는 새들과 아이들의 발자국이 아무렇게나 나 있었다.

하야시 소좌는 일동에게 멈추라고 지시한 뒤 경부와 무엇인가를 논의했다. 후쿠다 경부는 본래 배에 기름기가 차고 투실투실하니 탐욕스러워 보이는 남자였는데, 지난 이삼일간의 고행 탓인지 일시적으로나마 수척한 모습이었다. 다른 장교들은 짐을 내려놓고 담배를 피우며 가벼운 마음으로 사담을 나누기 시작했다. 간담을 서늘하게 했던 공포의 순간은 이미 잊은 채, 곧 따스한 음식과 불씨로 몸을 녹이며 이 모든 모험담을 웃어넘길 수 있겠다는 생각에 다들 잔뜩 들떠 있었다.

"너." 야마다 대위가 사냥꾼을 불렀다. 남자는 조심스럽게 백 씨 곁에 몸을 붙였다. "네놈 이름을 대라."

"제 이름은 남경수입니다." 사냥꾼이 서툰 일본어로 대답했다.

"대한제국군에 있었나?"

백 씨가 이 말을 통역하자 남자는 고개를 끄덕였다.

"종류를 막론하고 조센징이 무기를 소유하는 것이 불법이라는 건 알고 있지? 네놈을 이 자리에서 당장 체포할 수도 있어."

이 말을 조선말로 속삭이듯 전하며 백 씨는 두려움에 사로잡힌 듯 보였지만, 남경수는 그저 야마다 대위를 똑바로 바라볼 뿐이었다. 장교는 미간을 찡그리고 사냥꾼의 응시를 맞받았다. 두 남자는 서로 달라도 이렇게 다를 수가 없었다. 한 사람은 따스한 간부용 군복 차림에 풍성한 털모자를 썼으며, 깊은 숲속에서 고생스러운 사흘 밤낮을 보내고 온 직후에도 여전히 기운과 활력이 넘치는 젊고 훤칠한 청년이었다. 다른 사람은 키가 작았고, 날카롭게 튀어나온 광대뼈가 얼굴에 어두운 그림자를 드리운 데다, 검은 머리보다 백발이 더 성성했다. 세월에 지치고 시들어버린 노인 같은 그의 여윈 몸에는 뼈가 마른 바위처럼 앙상하게 드러나 있었다.

그러나, 야마다는 순간적으로 그 남자의 눈 속에서 범상치 않은 기운을 보았다. 서로 대치하고 있는 군인들은 다르기보다 오히려 비슷할 수밖에 없으며, 그들에게는 각자의 편에 있는 민간인들보다 자신과 맞선 상대편 군인들이 훨씬 더 이해할 수 있는 존재이기 마련이다. 비록 외양은 초라할지언정, 남경수는 자신의 적수들을 기꺼이 살해하고 동맹군을 몸 바쳐 보호할 인물 같아 보였다. 야마다는 그러한 위엄을 존중했다.

"네 무기는 압수하겠다. 네가 사냥을 한다는 소리가 다시 들리면, 그때는 내가 직접 와서 너를 체포할 것이다. 우리를 여기까지 무사히 인도해 준 것에 대한 보답이라고 생각해라."

백 씨가 그 말을 사냥꾼에게 전하며 젊은 장교를 향해 연신 절을 올렸다. 백 씨가 대신하는 감사 인사에 야마다는 짧고 퉁명스럽게 고개를 끄덕였지만, 정작 남경수는 잠시 야마다를 빤히 바라보다가 휙 돌아설 뿐이었다.

"어이, 백!" 하야시 소좌가 외쳐 부르자 늙은 상인은 힘겨운 듯 발을 끌며 다가왔다.

"예, 소좌님."

"너 때문에 우리 모두 산속에서 길을 잃고 헤맸잖아, 이 넝청한 빌레 같은 놈." 하야시 소좌는 거의 여유를 즐기듯 느릿느릿하게 말했다. 백 씨는 겁을 먹고 움츠러들며 머리를 깊이 숙였다.

"송구합니다요, 소좌님. 오솔길에 눈이 너무 많이 쌓여 제대로 찾을 수가 없었습니다요. 제가 이 산을 오르내린 적이 수백 번은 되는데도……."

"네놈은 우리 사냥을 망치고 우리 모두의 목숨을 위태롭게 했어." 하야시 소좌가 말했다. "썩 꺼져라. 내가 너라면 지금 아주 빨리 뛰어갈 거야."

백 씨는 몸을 바들바들 떨며 고개를 몇 번이나 주억거리다가, 결심한 듯 몸을 돌리고는 노구가 허락하는 가장 빠른 속도로 있는 힘껏 내달렸다. 그가 전력으로 질주하여 논 한 마지기를 거의 가로질렀을 때쯤, 하야시 소좌가 자신의 소총을 꺼내 어깨 위에 얹고 방아쇠를 당겼다.

백 씨는 돌에 걸려 넘어지기라도 한 것처럼 양팔을 쫙 펼친 채 앞으로 쓰러졌다. 그는 아무런 소리도 내지 않았다. 어쩌면 어떤 소리가 전달되기엔 너무 멀리 떨어져 있는 데다 차갑게 얼어붙은 공기에 가로막혀 들리지 않았던 것인지도 모른다. 그의 등 중앙에서부터 붉은 피가 천천히 퍼지며 비단이 가득 들어 있던 봇짐을 흠뻑 적셨다.

"제대로 된 사냥을 하지 못한 아쉬움을 이렇게라도 달래야지. 안 그런가, 후쿠다 경부?" 하야시 소좌의 말에 후쿠다는 아첨을 섞어가며 동의했다.

"그 남 뭐시기라는 놈은 자네 몫으로 남겨주지. 어쨌든 여기는 자네 관할지니까 말이야."

"아, 그럼요, 물론입니다. 아주 좋은 본보기를 세울 수 있겠죠." 후쿠다가 말했다. "지금 우리가 그놈을 처리하면, 아무도 이 근방 지역에서 감히 무기를 들 생각을 하지 못할 겁니다."

"그럴 필요까진 없을 것 같습니다, 소좌님." 야마다 대위가 앞으로 나섰다. "이 조센징은 우리가 산에서 내려오도록 길을 인도했습니다. 이놈이 없었다면 우리는 산에 갇혀 나오지 못했을 겁니다."

"대위도 얼어 죽을 뻔한 놈의 목숨을 구해주지 않았나. 그러니 피차 빚은 갚은 것 같은데. 게다가 놈이 불법으로 밀렵한 죄까지 생각하면, 정의의 저울은 놈에게 불리한 쪽으로 기우는 셈이지." 자신의 재치와 영리함이 만족스러운 듯 후쿠다가 미소를 지으며 말했다.

"하지만 그는 호랑이에게서도 우리를 구했죠." 야마다가 냉담하게 대꾸했다. "제가 보기엔 그 저울이 다시 원점으로 되돌아간 것 같습니다만." 야마다는 후쿠다로부터 하야시 소좌에게로, 다시 후쿠다에게로 시선을 돌렸다. "저도 더러운 조센징들을 향한 애정 따위 전혀 갖고 있지 않습니다. 그리고 전장에서 제가 직접 그놈들을 충분히 죽였다는 사실도 의심의 여지가 없지요. 그러나 오늘 여기서 이 남자를 해친다면, 두 분은 그에게 목숨을 빚지게 되는 셈입니다. 자신보다 열등한 존재에게 무엇인가를 빚지는 것만큼 불명예스러운 일은 없을 겁니다. 또 저놈은 제 목숨도 구했으니, 저는 두 분이 그러한 일을 벌이도록 내버려 두어 수치를 당할 수 없습니다. 저놈을 그 냥 보내주십시오."

"정말 주제넘은 소릴 하는군, 대위." 당혹감으로 얼굴이 시뻘게진 채, 후쿠다는 하야시 소좌가 자신을 거들어주길 바라며 그를 쳐다보 았다.

하야시는 거의 무표정했다. 그가 가장 위험할 때의 모습이었다. 그는 교활한 한 마리 뱀처럼 습관적으로 입술을 핥았다.

"하긴, 이 지형을 잘 알고 있는 조센징을 모두 죽여버린다는 게 불 필요한 일 같긴 하군." 하야시가 말했다. "실제로 저놈이 유용하긴 했으니까. 그 쓸모없는 백가 늙은이와는 달랐지."

그 말에 후쿠다는 얼른 자신의 주장을 굽혔고, 일행은 다 함께 경 찰서로 향하기로 했다.

아무도 자신을 주목하지 않는다는 게 확실해졌을 때, 비로소 야마 다는 진심 어린 안도의 한숨을 내쉬었다. 그는 단 한 번도 다른 이를 위해, 혹은 다른 이에게서 무언가를 바란 적이 없었고, 이는 그가 일 생을 통틀어 느껴온 은밀한 만족감의 원천이었다. 그는 자신이 완전 한 자립을 이룬 존재라 생각했다. 심지어 차갑고 흰 손을 가진 조용 하고 우아한 귀부인이었던 자신의 어머니에게서조차 그 어떤 온기 와 애정도 갈구하지 않았으며, 여자가 줄 수 있는 사랑을 그리워한 적도 없었다. 그러나 후쿠다의 미개한 폭력성 때문에 히마터면 체 면에 흠집이 생길 수도 있었다는 순간의 가능성은 야마다가 짐작했 던 것보다 훨씬 더 그의 화를 돋웠다. 이런 식으로 자신이 타인의 운 명에 결부되어 있다는 감각도 짜증스럽기 그지없었다. 그가 남경수의 안전을 확신하지 못할수록, 이 불쾌한 연결의 감각은 계속 남아 있을 터였다. 그래서 야마다는 남경수를 끌어당겨 한쪽으로 세웠다. 남자는 내내 얼어붙은 듯 침묵을 지키며 저 멀리 쓰러진 백 씨의 시체를 바라보고 있었다. 시체 위엔 까마귀들이 벌써 한 무리 모여들어 흥분에 찬 울음소리를 시끄럽게 내고 있었다.

"무슨 문제가 생기면 나를 찾아와라." 다른 사람들의 귀에 들어가지 않을 만한 거리에서, 야마다가 조용히 말했다. "내 이름은 야마다 겐조다."

남경수는 야마다 쪽을 빤히 바라봤다. 그가 자신의 말을 이해했는지 확신할 수 없었기에, 야마다는 외투 안주머니에 들어 있던 은제 담뱃갑을 꺼내 남경수의 손에 쥐여주며 손가락으로 자신의 이름이 각인된 옆면을 쓸어 보였다. 그러고 나서 그는 다른 간부들과 함께 멀어져 갔다. 남경수의 운명이 결정된 그 순간, 군인들은 일제히 그에게서 관심을 돌렸고 그는 다리를 절뚝이며 홀로 사라져 버렸다.

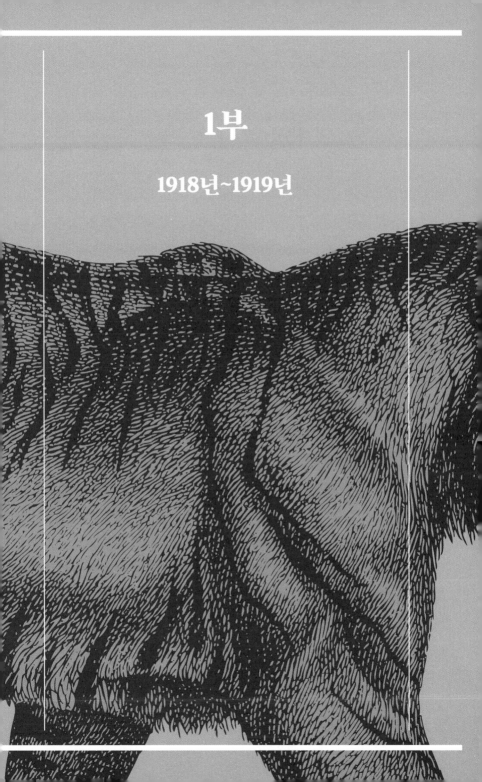

1부

1918년~1919년

1장

비밀 편지들

반짝반짝 빛나는 얼음 위로 비치며 이제 막 피어나기 시작한 온기가 겨울과 봄 사이를 맴돌던 어느 날, 한 여자와 한 소녀가 부드러운 녹색 싹이 땅의 속눈썹인 양 올라오는 시골길을 40리가 넘도록 걷고 있었다. 동이 트기도 전에 시작된 여정은 평양 시내의 높다란 담이 있는 어느 저택 앞에 도착해서야 겨우 멈추었다.

여자는 한숨을 내쉬며 얼굴 양옆에 달라붙은 귀밑머리를 눌러 정리했다. 허름한 어머니의 행색과 비교하면, 딸아이는 흑단처럼 반짝이는 머리채를 양쪽 귀 뒤로 땋아 넘겨 등 중앙을 따라 긴 댕기를 늘어뜨린 단정한 모습이었다. 옥희는 걸음마를 떼자마자 집안일을 돕고 동생들을 돌봐야 했지만, 매일 밤 어머니는 그 아이의 머리카락만큼은 정성스레 빗고 땋아 주었다. 끼니때는 아들인 남동생들에게 더 많은 음식을 챙겨줬지만, 엄연히 맏이인 옥희에게 먼저 떠 주었다. 말하자면 그런 것들이 옥희가 생애 첫 10년 동안 받았던 유일한 애정 표현들이었다. 그리고 이제 옥희는 그마저 끝나버렸다는 것을 알게 되었다.

옥희는 어머니의 소맷자락을 잡고 매달렸다.

"나 그냥 어머니랑 같이 집에 가면 안 돼요?" 울음이 섞여 떨리는 목소리였다.

"아이처럼 징징 짜지 말고 내 말대로 해라." 어머니가 아이를 꾸짖었다. "매달 한 번 반나절은 집에 다녀올 수 있을 거야. 너도 네 어머니와 아버지에게 도움이 되고 싶지 않니?"

단풍잎처럼 빨갛고 작은 손으로 눈물 젖은 얼굴을 훔쳐내며 옥희는 간신히 고개를 끄덕였다. 장녀로 태어났다는 짐이 벌써부터 아이의 작은 몸뚱이를 무겁게 짓눌렀다.

하인이 곁문에서 그들을 맞이하여 안뜰로 인도해 그곳에서 기다리게 했다. 기와로 지붕을 장식한 가옥들이 삼면으로 어깨를 맞댄 채 그들을 내려다보았다. 잘 가꾸어진 고택 특유의 차분하고 별세계적인 분위기가 공기 중에 맴돌았다. 바람이라곤 한 점도 없었지만, 옥희는 저택이 내쉬는 숨결인 양 서늘한 돌풍 한 자락이 자신을 감싸는 걸 느꼈다. 나무로 된 툇마루 바닥은 반들반들하게 잘 닦였고, 잦은 발길에 닳아 움푹 팬 자리에서는 이 집을 드나드는 수많은 손님이 신발을 벗는 모습을 그려볼 수 있었다. 쾌락과 위안을 좇으며, 아직도 왕성한 정력의 입증이나 어쩌면 그들 인생 최초의 열정을 되새기고 싶어 하는 남자들. 옥희는 아직 어렸지만, 남자들이 이 집에서 무엇을 원하는지 알아채기란 쉬웠다. 그들의 동기는 단순했다. 자신이 살아 있음을 느끼고자 하는 것. 옥희가 잘 이해할 수 없는 건 여자들이었다. 남자들이 살아 있음을 느끼게 해주면서, 여자들은 자신 또한 살아 있음을 느낀 적이 있을까?

가옥의 무수한 미닫이문 중 하나가 열리고 한 여자가 모습을 드러냈다. 그가 이쪽으로 돌아서기도 전에, 이미 그 단아한 등의 모양과 뒤쪽 목덜미에서 어깨까지 길고 우아하게 떨어지는 선만으로도, 옥희는 그 여자가 대단히 아름다운 용모를 지니고 있음을 한눈에 알아보았다. 그가 얼굴을 돌리고 그들을 향해 짐짓 엷은 미소를 지어 보이는 순간, 옥희는 알 수 없는 설렘과 갈망이 가슴을 죄어오는 것을 느꼈다. 여자들 사이에서 곧잘 질투의 원인이 되곤 하는 흔한 외적 매력 대신에, 이 낯선 사람의 아름다움은 훨씬 드물고 희귀한 감정을 불러일으켰다. 그는 뭔가 희망의 분위기를 머금고 있었고, 그러한 기분을 주변 사람들에게까지 전염시키는 듯했다. 그러나 전반적으로 온화한 표정 속에, 절대로 호락호락하지 않은 사람이라는 위엄도 함께 지니고 있었다. 상대의 희망을 한껏 부풀려 띄워놓았다가도 곧 내동댕이쳐 그들이 겁을 먹고 움츠리는 것을 바라보며 마음을 여유롭게 쥐락펴락할 수 있는 사람 같아 보였다.

옥희 어머니는 뻣뻣하게 고개를 까닥거렸다. 그 여자의 매력에 전혀 휘둘리지 않은 기색이었다. 한 뙈기 땅에 몸을 내던져 고달프게 벌어 먹고사는 소작농일지언정, 옥희나 옥희 어머니와 같은 사람들은 굳이 따지자면 백정 혹은 무두장이나 진배없이 오물과 추잡함 속에서 돈을 버는 천민인 기생보다는 나은, 떳떳한 평민이었다.

"바로 이 아이군요?" 기생이 부드러운 어조로 묻자 어머니는 웅얼대듯 대답했다. 사촌의 친구가 이 집 하인으로 일했는데, 그 덕분에 옥희가 한 달에 2원씩 받는 숙식 세탁부로 소개를 받았다는 내용이었다.

"눈이 녹아 땅이 진흙투성이인데 먼 길을 힘들게 걸어오셨네요." 어머니에게 인사치레를 하는 동안에도 여자의 시선은 옥희에게 고정되어 있었다. 이어 그는 구제할 길 없는 가엾은 대상을 바라보듯 긴 한숨을 쉬었다. 여자의 가느다란 눈초리는 분명 예쁘고 잘 가꾸어진 것들의 값어치를 매기는 데 익숙할 거라고 옥희는 생각했다. 자신의 윤기 없이 메마르고 갈라진 얼굴은 그 기준에 한참 못 미치다 못해 동정심을 유발하는 것이리라. 마치 다리를 하나 잃어버린 채 세 발로만 다니는 개처럼 말이다.

"아주머니, 이런 말씀을 드리게 되어 참 안타깝지만, 일이 좀 틀어졌어요. 얘기가 되고 나서도 보름 동안 아무 연락이 없기에 집안일을 도울 다른 아이를 이미 구했거든요. 하지만 이왕 이렇게 먼 길을 와주셨으니 부엌에 가서 따뜻한 식사라도 하고 가세요. 돌아가시기 전에 한숨 돌리실 겸요." 탐스럽게 땋은 머리채를 화관처럼 두른 얼굴을 양쪽으로 절레절레 저으며, 그 여자가 말했다.

"아니, 어찌 그럴 수가 있어요, 은실 아씨? 저희는 분명히 전갈을 보냈는데." 옥희 어머니는 가슴 앞에 두 손을 모아 한껏 억울한 몸짓을 해 보였다. 이런 억척스러운 동작은 은실이 지닌 서늘하고 우아한 분위기와 특히 대조되어, 옥희가 보기에도 촌스럽고 마음이 불편했다. "이렇게 큰 집에 하인 하나쯤 더 필요하지 않겠어요? 우리 옥희는 네 살 적부터 집안일을 두루 해왔답니다. 반드시 쓸모가 있을 거예요."

"하인은 충분히 있습니다." 은실이 말을 자르듯 톡 쏘았다. 그럼에도, 옥희는 그 기생이 차분한 달걀형 얼굴에 호기심을 가득 담은 채 여전히 자신을 빤히 쳐다보고 있음을 감지했다. 다른 사람의 말에 일일이 대꾸하지 않고 오직 자신이 원할 때만 입을 여는 사람 특유의 고고한 표정이었다.

"그렇지만 원하신다면 옥희를 견습생으로 받아줄 수는 있어요." 은실이 몸을 돌리며 단호한 태도로 어머니에게 말했다. "일시금으로 50원을 내드릴 겁니다. 만약 아이가 하인으로 일한다면 꼬박 2년을 벌어야 할 액수죠. 방과 음식을 제공하고, 훈련 비용과 의복도 무료예요. 그렇게 한두 해의 견습 기간이 끝나고 본격적으로 일을 시작하게 되면 제게 50원에다 그간의 이자를 쳐서 갚아야 해요. 그러고도 벌어서 남는 돈은 어머니께 얼마를 보내드리든 아이 마음이고요."

옥희 어머니는 굳은 표정으로 입술을 꾹 닫았다. "나는 여기에 딸내미를 기생이나 하라고 팔러 온 게 아녀요." 어머니는 '기생'이라는 단어에 힘을 주어 내뱉듯 말했다. '창부'라는 말을 가까스로 억누른 듯이. "어떤 어머니가 그런 짓을 한답디까? 날 뭐로 보고 그런 말을 하시나요?"

"좋으실 대로 하시지요." 은실은 냉정을 잃지 않고 담담히 대꾸하는 것 같았지만, 옥희는 은실의 입가 한구석이 엷은 경멸의 미소로 살짝 일그러지는 것을 알아차렸다. "어쨌든 부엌에 가서 국밥 한 그릇씩 들고 가세요." 은실이 돌아서며 말했다.

"잠깐만요, 아씨." 옥희는 제 목소리에 스스로 놀랐다. 어머니가 입을 다물라는 신호로 어깨를 탁탁 쳤지만, 옥희는 계속 말을 이어 갔다. "저 여기에 견습생으로 있을래요…… 괜찮아요, 엄마. 저 이거 할게요."

"조용히 해. 이게 뭔지 아무것도 모르면서." 어머니가 말했다. 만일 어머니와 옥희 단둘이었다면, 어머니는 다리를 벌려 생계를 꾸려가는 여자들에 대해 아주 신랄한 욕을 바가지로 쏟아냈을 것이다. 그러나 은실이 앞에 버젓이 서 있는 당장은, 그저 아직 깃털도 돋지 않은 어린 새의 접힌 날개처럼 삐죽 튀어나온 옥희의 깡마른 어깨뼈 사이를 매섭게 후려칠 뿐이었다.

은실은 미처 말하지 못한 생각들을 듣기라도 한 양 미소를 지었다. "맞아, 이 일은 아무나 할 수 없는 일이지. 우리가 무슨 일을 하는지 너 아니?"

옥희는 얼굴을 붉히며 고개를 끄덕였다. 열네 살, 열다섯 살이 되어 결혼한 언니들을 둔 친구들이 신부의 첫날밤에 어떤 일이 일어나는지 말해준 터였다. 어색하고 불쾌할 것 같으면서도, 동시에 그 일에 대해 생각하면 허벅지 안쪽이 탄탄하게 조여드는 느낌이 들곤 했다. 어떻게 생각해 봐도, 한 남자에게서 돈을 받지 않고 그런 일을 하든 아니면 여러 남자에게서 돈을 받고 그런 일을 하든, 육체적인 면에서만 보자면 그리 대단한 차이가 있는 것 같지가 않았다. 어쨌든 옥희는 한두 해 안에 가장 높은 가격을 제시하는 사람에게 팔려 가듯 결혼하게 될 것이었다. 아프고 모자란 아들과 짝지어 줄 신붓감을 끈질기게 찾고 있는 고향 마을 의원 같은 사람에게 말이다. 옥희가 보기에도 그 아들이 가엾긴 했지만, 새나 짐승의 발톱처럼 울퉁불퉁하고 볼품없는 손을 가진 그 얼빠진 소년과 결혼하지 않을 수만 있다면 어떤 길이든 더 나을 것 같았다. 만일 그와 혼인한다면, 사실상 그의 아내가 아니라 그를 돌보는 누나가 되었다가 나중에는 그의 엄마 역할까지 해주어야 할 것이다.

50원은 의원이 줄 수 있는 돈의 곱절보다도 많았고, 꽤 많은 일을 해낼 종잣돈이 될 수 있었다. 영지 주인에게서 작은 땅 한 뙈기를 살 수도 있고, 젊은 수탉과 건강한 암탉들을 들여와 병아리들을 키울 수도 있으리라. 그러고 나면 식구들이 저녁을 굶은 채로 잠자리에 드는 일은 결코 없겠지. 남동생들은 학교에 다닐 수 있고, 막내 여동생은 나중에 평판 좋고 유복한 가문에서 혼담이 들어올지도 몰랐다. 하지만 그러려면 마을의 그 누구도 옥희가 기방에 팔렸다는 사실을 몰라야 했다.

옥희는 눈물조차 말라버릴 정도로 지친 어머니의 어두운 눈동자 속에 자신이 생각하고 있는 것과 똑같은 희망이 비치는 것을 읽어낼 수 있었다. 은실이 손을 뻗어 어머니의 손을 잡는데도 어머니는 뿌리치지 않은 채 잠자코 있었다.

"제 경험으로 보건대, 절에 갇혀 자라난 여자아이도 기생이 되려면 어떻게든 되기 마련이에요. 물론 그 반대도 마찬가지고, 그런 일이 더 흔하긴 하지만요. 옥희가 결국 이 길을 걷지 않을 운명이라면, 비록 기방에서 자란다 해도 충분히 다른 길을 찾을 수 있을 거예요." 은실은 부드럽게 미소 지었다. "그건 제 손을 떠난 문제예요."

은실의 집에 오기 전까지, 옥희는 단 한 번도 거울에 비친 제 모습을 본 적이 없었다. 세숫대야에 담긴 물 위로 흐릿하게 어른거리는 모습은 딱히 허영심을 부풀릴 만한 형상이 아니었다. 윤기 없이 보송한 그의 피부는 양초의 밀랍처럼 연한 노란빛을 띠었다. 검은 깃털처럼 숱 많은 눈썹 아래 자리 잡은 두 눈은, 작았지만 초롱초롱 밝게 빛났다. 가까이 다가가 자세히 살피면 왼쪽 눈동자가 미세하게 중심을 벗어나 곁눈질하듯 바깥을 향해 있었는데, 이러한 특징이 옥희의 얼굴에 어딘가 물고기 같은 인상을 남겨주었다. 동그란 입술은 굳이 연지를 칠하지 않아도 붉은색을 띠었다. 약간의 장난기를 머금은 미소는 별처럼 반짝였으며, 그렇게 웃을 때마다 확연히 비뚤어진 앞니가 드러나지만 않았어도 매우 매력적이라는 평을 받았을 것이다. 그 외에도 옥희의 외양에는 특출 나게 어여쁜 여자아이에겐 속하지 않을 특징들이 몇 가지 더 있었다. 결론적으로, 옥희는 평범함과 예쁘장함 사이의 딱 중간에 있다고 할 수 있는 어린 소녀였다. 그러나 정작 옥희 자신은 제 외모에 거의 신경을 쓰지 않았다. 그의 어머니가 전반적으로 아름다움을 탐탁지 않은 것으로 대한 탓이었다.

옥희의 어머니는 또한 어린 여자아이를 지나치게 교육하는 것도 해롭다고 여겼다. 다섯 살부터 스무 살까지 다양한 연령대의 학생들이 다 같이 한 방에서 공부하는 마을 서당에 고작 1년 정도 다닌 것이 옥희가 받은 교육의 전부였다. 그 엉망진창 속에서도, 옥희는 어머니가 흡족해할 만큼의 단순한 계산과 기초적인 글자 읽기 이상의 것을 배웠다. 서당에 다니기 시작하면서부터, 옥희는 자신이 아궁이나 괭이처럼 순종적인 살림의 일부라고 더 이상 느끼지 않게 되었다. 그는 새로운 지식의 유입으로 위축되는가 하면 확장되기도 했으며, 자신이 느끼기 시작한 어렴풋한 불만스러움에 스스로 놀랐다. 물론 이것이, 애초에 배움이 그처럼 위험하다고 여겨진 이유였다. 만약 옥희가 머릿속에서 소용돌이치는 생각을 입 밖에 내었다면 어머니는 훨씬 더 자주 그를 꼬집고 때렸을 것이다. 손찌검에 대한 두려움은 심지어 어머니와 헤어지는 순간에조차 옥희의 눈물을 한층 가라앉혔다. 그러한 서글픔이 과연 어머니를 기쁘게 할지 아니면 화나게 할지 몰랐기 때문이었다.

은실을 따라 1층 마루를 종종걸음 치는 동안 옥희는 내내 입을 다문 채 다소곳했다. 하지만 집 전체가 은밀하게 자신의 이름을 속삭여 부르는 듯해, 옥희는 50년 묵은 소나무를 베어 만들고 진사로 붉게 칠한 그 기둥들을 직접 만져보고 싶은 마음을 애써 억눌러야 했다. 옥희가 지나칠 때마다 처마 아래 매달린 비단 등불들이 춤을 추듯 흩날리는 모습에서 고요한 정적과 움직임이, 인공성과 자연미가 묘하게도 동시에 느껴졌다. 그 황홀한 분위기가 이 집 전체에 감돌고 있다고, 옥희는 복도로 인도하는 은실의 뒤를 따르며 생각했다. 하지만 그러한 분위기는 무엇보다 은실에게서 가장 크게 느낄 수 있었다. 은실 아씨처럼 구름 위를 사뿐사뿐 미끄러지듯 걷는 사람을 옥희는 지금껏 본 적이 없었다. 발이나 발가락처럼 낮고 미천한 부분이 그 몸에 달려 있다고는 믿을 수 없을 정도였다. 그럼에도 옥희는, 여자 본연의 아름다움을 은실처럼 잘 보여주는 사람도 없을 거라고 생각했다. 은실은 여성으로 태어난 게 세상에서 가장 쉽고 자연스러운 사람처럼 화사하게 미소 짓고 말했으며, 그 사실을 본인도 잘 알고 있었다. 옥희보다 몇 발자국 앞서 걷던 은실이 매끄러운 걸음을 멈추더니 창호지를 바른 미닫이문을 옆으로 밀어 열었다.

"여기가 음악 교실이란다." 은실이 말했다. 네 벽 모두 화려한 그림의 병풍으로 장식된 커다란 방이었다. 한편에서는 아주 어린 소녀들 열두어 명이 나이 든 기생의 선창을 따라 한 줄씩 반복해서 노래를 부르며 전통 가요를 배우는 중이었고, 그 맞은편에서는 열한두 살쯤 되어 보이는 여자아이들이 가야금 연습에 몰두하고 있었다.

"노래하는 아이들은 1학년 견습생이야. 2학년이 되면 가야금과 대금, 그리고 여러 종류의 북과 장구를 배우게 될 거다. 기생이 되려면 반드시 숙달해야 하는 다섯 기예 중 두 가지지. 가창과 악기 연주 말이다." 은실이 설명했다. 그가 말하는 사이, 가창 연습을 하던 소녀 중 한 아이가 자리에서 벌떡 일어나 그들 쪽으로 냅다 달려왔다. 은실이 언짢게 미간을 찌푸리는 소리가 옥희의 귀에 들리는 듯했다.

"엄마, 얘는 누구예요?" 소녀의 말에 옥희는 깜짝 놀란 기색을 감추려 애썼다. 둥글고 넓적한 얼굴을 한 평범하기 짝이 없는 이 소녀는 우아한 어머니와 전혀 닮지 않아 보였다.

"선생님께 허락도 구하지 않고 멋대로 수업을 빠져나와선 안 된다." 은실이 엄하게 말했고, 그제야 옥희의 머릿속에 제 어머니가 떠올랐다. 이 세상 어디에 어머니가 화난 얼굴로 딸을 맞이하지 않는 곳이 과연 있을까?

"수업은 이제 금방 끝날 건데요." 아이가 졸라댔다. "새로 온 애예요? 내가 얘 데리고 여기 안내해 줄까요?"

은실은 잠시 망설였다. 자신의 소중한 시간을 들여야 할 더 중요한 일들에 대해 생각하는 듯하더니, 그럼 가보라고 두 아이에게 손등을 흔들어 보였다. 소녀는 살갑게 옥희의 팔짱을 끼고 복도를 따라 걷기 시작했다.

"난 연화라고 해. 네 덕에 수업 빼먹었네, 고마워." 소녀가 키득거렸다. "네 이름은 뭐야?"

"옥희."

"예쁜 이름이다. 그 정도면 너는 새로 바꾸지 않아도 될 거야." 연화가 또 다른 장지문을 열며 말했다. 먼젓번 방보다 약간 작은 방이었고, 학생들 무리가 한편에서는 수채화를, 다른 편에서는 서예를 연습하고 있었다.

"기생이 갖춰야 할 다섯 기예에 대해 엄마가 얘기해 줬니? 이게 세 번째랑 네 번째야. 그림과 시가……. 여기서 우리는 국어, 일본어, 산수도 배워. 한 달에 한 번씩 시험을 보는데, 모든 과제를 바르게 이행하지 못하면 그달에 배운 내용을 되풀이해야 해."

"일본어랑 산수도 배운다고?" 옥희는 당혹감을 느끼며 물었다.

"그럼, 특히 그 두 가지가 중요해." 연화가 근엄하게 고개를 끄덕였다. "나는 2학년 진급 시험서 낙제해서 한동안은 복습해야 돼. 그러니 너랑 같이 수업 들을 수 있겠다!"

연화가 키득거리며 2층으로 향하는 계단을 후다닥 뛰어 올라갔다. 옥희도 웃으며 숨 가쁘게 그를 따라갔다. 거기서, 연화는 옥희가 지금까지 본 중 가장 큰 교실로 옥희를 데려갔다. 텅 비어 있는 그

방의 잘 닦인 나무 바닥은 세월에 닳아 반들반들 윤이 났다. 벽에는 형형색색의 예복과 가면들이 걸려 있었고, 한쪽 구석에는 가죽을 늘려 만든 장구와 다른 악기들이 차곡차곡 쌓여 있었다.

"이 방은 기생의 다섯 번째 기예인 춤을 배우는 곳이야. 춤은 2학년이 되어야 배우기 시작해." 연화가 말했다. "우리 교실 건물은 이게 다야. 이제 자는 곳을 보여줄게."

여자아이들이 모여 자는 숙소는 교실 건물 뒤에 있는 단층 별당이었다. 둘이 1학년 견습생 숙소로 향하는 안뜰을 지나가는데, 눈부시게 아름다운 여자아이가 부엌 쪽에서 불쑥 튀어나왔다. 하지만 몸에 걸친 값나가는 의복이며 손에 쥔 쌀엿 한 조각을 한가롭게 즐기듯 음미하는 태도에서, 옥희는 이 아이가 한낱 하인 신분이 아님을 곧바로 알 수 있었다. 아이가 그들을 보고 이쪽으로 다가왔다.

"우리 언니야. 월향 언니." 연화가 속삭였다. 월향은 누가 봐도 그 어머니의 딸이었다. 강물에 비친 달이 그 원형을 그대로 반영하듯이 은실을 쏙 빼닮은 모습이었다.

"새로 온 애가 너구나." 월향이 표범 꼬리처럼 굵고 탐스럽게 땋은 댕기 머리 끝자락을 매만지며 말했다. 월향의 예쁜 얼굴이 그야말로 환한 빛을 발하는 듯해서, 옥희는 그 밝은 형태의 한 조각씩만 간신히 힐끔거릴 수밖에 없었다. 저기 코가 있고, 그 아래 입이 있고.

"응, 난 옥희야." 옥희가 수줍게 웃으며 답하자 월향의 웃음소리가 빛살처럼 쏟아져 내렸다.

"넌 이가 그렇게 삐뚤어지지만 않았어도 꽤 예쁜 얼굴이었을 텐데. 이 난 꼴이 꼭 반쯤 쓰러진 비석 같다." 언니가 짓궂게 놀려댔다.

"그러는 언니는 머리가 비석 같잖아." 연화가 단칼에 받아쳤다. 하지만 덜컥 솟구친 분노로 붉어진 안색도 월향의 아름다운 얼굴에 일말의 흠집도 내지 못했다. 오히려 사춘기를 맞아 예민한 성정을 내비치는 황후의 모습으로 바꿔놓을 뿐이었다. 외모는 엄마를 쏙 닮았어도, 어린 월향은 감정의 표현이 더 활기차고 가혹했다. 자신보다 불우한 이들을 자로 잰 듯한 깍듯함으로 대하는 은실의 친절한 면모는 그 아이에게서 찾아볼 수 없었다.

"넌 망나니야. 그러니까 아무도 널 예뻐해 주지 않지, 엄마까지도 말이야." 월향이 말했다. 동생은 그저 언니가 경멸 가득한 눈길을 자신에게서 완전히 돌리기 전까지 맞서 쏘아보기만 했다.

그날 밤 옥희는 이부자리에 누운 채 잠을 이루지 못했다. 이 학교를 졸업하고 기생이 되는 건 둘째치고, 다만 한 달이라도 버틸 수 있을까? 시험에 통과하지 못하면 아마 은실은 결국 그를 하인으로 부리게 될 터였다. 심지어 지금도 이 집의 위계질서 속에서 이미 옥희는 하인의 위치와 그리 멀지 않았으며, 그런 점에서 월향을 적으로 돌리는 것은 별로 상서롭지 못한 시작이었다. 보아하니, 나이 많은 선배 학생들과 기생들에게 전적으로 순종하는 것이 이곳의 가장 기본적인 규칙인 듯했다. 그 밖에도 다른 수많은 암묵적 규칙들과 기대가 작용하고 있으며, 은실이 명실공히 이 모든 것을 관장하는 수장임을 옥희는 느낄 수 있었다.

그럼에도, 그는 곧 이곳의 주인인 은실이 그러한 위치와 역할을 당연한 것으로 받아들이지 않는다는 사실을 깨닫게 되었다. 또한 은실은 진부하고 상투적인 훈계만 아득히 읊어대는 신비한 존재도 아니었다. 나이 많은 선배 기생들에게 불손하게 행동한 어린 견습생들을 따끔하게 처벌하는가 하면, 공연한 입소문이나 퍼뜨리고 기방에 내야 할 수입을 몰래 숨기는 기생들에게도 마찬가지로 엄격하게 추궁했다. 월경혈로 얼룩진 이부자리, 도둑맞은 비녀, 누군가 꾸준히 한두 숟가락씩 훔쳐 먹어 비어가는 꿀단지까지, 은실의 주시에서 벗어날 수 있는 건 아무것도 없었다. 가장 사소하고 잡스러운 문제에 개입하여 온갖 상황을 정리하면서도 그는 17세기의 그림 속에 묘사된 백옥 같은 미인처럼 은은한 태도를 유지했고, 언제나 무심하고 공정한 모습이었다. 타고난 자연적 성향과 의식적으로 취하는 품행 양쪽에서 은실이 아주 오래된 골동품을 연상시키는 그만의 우아한 분위기를 형성한다는 것을, 옥희는 그의 모든 측면을 통해 느낄 수 있었다. 자신의 머리카락과 가발을 함께 엮어 머리에 얹은 커다란 왕관 형태의 가체도, 다른 여자들이 썼다면 너무 구식이거나 살쪄 보였을 것이다. 하지만 은실에게는 그런 모습이 곧 흘러간 과거의 낭만적인 향수와 시적 감성을 불러일으키는 요소가 되었다.

첫 두 달이 지나가는 동안 저택의 주인이 옥희를 따로 칭찬하거나 알아봐 준 적은 거의 없었다. 옥희에게 그 어떤 관심이라도 보인 유일한 사람은 그 자신 또한 이곳에서 별로 인기가 없던 연화뿐이었다. 연화가 제 언니와 싸울 때마다 은실은 언제나 월향의 편을 들었다. 어머니의 눈으로 본 연화는 게으르고 의뭉스럽고 성급한 아이인 반면, 월향은 잘못을 할 수 없는 완벽한 딸이었다. 그것을 알면서도, 연화는 마치 벽 뒤에 몰래 숨어 있다가 불쑥 튀어나와 할퀴어대는 고양이처럼 끈질기고 교활하게 월향 언니를 공격하곤 했다. 하지만 옥희에게만은 기꺼이 날카로운 발톱을 거두는 연화였다. 그저 머리를 스치는 생각들, 잘 모르면서 얼핏 들어보기만 한 것들에 대해서도 연화는 몇 시간이고 끊임없이 수다를 떨 수 있었다. 유행하는 옷차림, 평양과 경성 등지에 떠도는 소문, 남자들의 유형, 여자들의 유형, 또 그들에게 금지된 별당의 특정한 문들 뒤에서 벌어지는 일까지. 연화가 남자들에 대해 품고 있는 노골적인 관심에 옥희는 충격을 받았다. 연화의 나이가 어려서가 아니라, 용모가 예쁘지 않은데도 그런 마음을 가질 수 있다는 점 때문이었다. 연화는 남부 사람들에게서 흔히 볼 수 있는 밋밋하고 둥글넙데데한 얼굴을 가졌다. 평양 미인의 원형이라 불릴 만큼 갸름하고 섬세한 얼굴선이 돋보이는 제 어머니와는 딴판이었다. 그 전까지 옥희는 외모가 매력적인 여자일수록 관능적인 욕망도 더 강하리라 생각했지만, 이제 반드시 꼭 그렇지만은 않다는 걸 알게 되었다.

그러다 연화와 가까운 친구가 되고서는 옥희의 생각도 바뀌어, 넘치는 성적 욕망이 어떤 기벽이 아니라 그저 자질일 뿐이라고 여기게 되었다. 이제는 친구의 얼굴도 못생겼거나 밋밋하기보단 독특하고 흥미로워 보였다. 무엇이든 과장하며 수다를 떨 수 있는 연화만의 재능의 진가도 인정하게 되었다. 연화는 그 어떤 것이라도 마치 하늘에 나타난 별똥별처럼, 이 세상에서 오직 그와 옥희 두 사람만 증인이 되어 지켜보는 예기치 못하고 신비로운 현상처럼 들리게 할 수 있었다. 옥희는 끝없이 생각하기를 좋아하고 연화는 끊임없이 이야기하기를 좋아했는데, 그 사이에 적절한 균형점이 자리했기에 둘은 완벽한 단짝이었다. 연화는 규칙을 어기는 일에도 대담했다. 어느 날 오후 그는 베개를 층층이 쌓은 뒤 까치발을 하고는 장롱 꼭대기로 손을 뻗어 은실이 혼자 먹으려고 감춰둔 꿀단지를 태연하게 끌어 내렸다. 옥희가 놀라움 속에 이 광경을 바라보고 있는데 갑자기 은실이 들어와 현장에서 연화를 검거했다. 벌을 받느라 양손을 머리 위로 번쩍 든 채 한쪽 발로 서거나 무릎을 꿇고 있는 동안에도 연화는 제 어머니 뒤에서 장난스레 사팔뜨기 흉내를 내거나 혀를 빼물어 옥희를 웃게 했다.

옥희를 끔찍이도 두렵게 했었지만 어쩐 일인지 심지어 일본어 과목까지 무사통과한 첫 월말 시험을 치르고 나서, 연화는 옥희가 내내 묻기 어려워했던 질문에 대한 답을 들려주었다. 왜 월향 언니와 연화는 자매간에 그토록 서로 닮지 않았는지.

"엄마가 사랑했던 유일한 남자가 월향 언니 아버지야. 엄마는 열아홉에 그분을 만나셨대. 아직도 그 남자가 준 반지를 끼고 있는걸. 그동안 다른 손님들도 모셨지만, 그 반지만은 몇 년이 지나도록 절대 뺀 적이 없어." 연화가 말했다. 옥희는 은실의 손가락에서 반짝이는 은가락지를 보았던 기억이 났다. 은실이 지닌 다른 보석들처럼 값비싸거나 화려하진 않지만, 묵직하고 단아한 아름다움 때문에 눈에 띄는 물건이었다.

월향이 비극적인 사랑의 결실로 태어난 아이라면, 연화는 어느 부주의한 손님 때문에 남겨진 사고에 불과했다. 은실이 작은딸에게 무관심하고 냉담한 건 바로 그 때문이라고 옥희는 속으로 생각했다. 연화는 은실의 일생에서 은실의 뜻을 거슬러 발생한 유일한 존재였다. 은실 같은 여자마저 행복하지 못한데, 하물며 옥희 자신이 그보다 더 나을 수 있을까? 스물다섯이 넘은 기생은 전성기가 지났다는 말을 들었고, 서른이 넘은 경우엔 노기老妓로 통했다. 그 나이가 되기 전까지 누군가의 첩이나 부인, 혹은 직접 기방을 운영하는 주인이 되지 못하는 이들은 흔한 창부나 다름없는 상태로 남기 마련이었다. 자연스럽게, 은실의 기방에 있는 나이 찬 기생들은 주름이 쪼글쪼글한 지주들이나 늙어빠진 은행가들을 대상으로 사랑에 빠지는 연기에 능숙할 수밖에 없었다. 이는 남성과 여성 양쪽에서 공모하는 일종의 유희였다.

평범한 수준의 용모를 지닌 기생으로 지역 기적妓籍에 공식적으로 입적하기까지 불과 몇 년을 앞둔 지금도, 옥희로서는 금니 사이에서 끔찍한 구취를 풍기는 늙다리 지주와 잠자리를 한다는 걸 상상할 수가 없었다. 그가 꿈꾸는 건 시를 사랑하는 젊고 잘생긴 귀인들이었다. 은실에게 듣자니, 역사상 널리 사랑받았던 시대 최고의 기생들은 시가를 나누는 서신 교환을 통해 가장 고귀한 신분에 속한 양반 나리들의 마음을 온통 뒤흔들어 놓곤 했다. 글을 쓰는 재주가 어찌나 빼어난지, 때로는 상대방의 얼굴을 보지 않은 채 서간 필담만으로도 서로를 향한 깊은 사랑에 빠지는 일도 있었다. 이런 뜨거운 열정은 종종 육체적으로 맺어지기도 했지만, 평생 안타까운 그리움만을 불태우는 비극으로 이어지기도 했다. 옥희는 곧잘 이런 낭만적인 연애담에 대한 몽상에 빠져, 그 엇갈린 사랑에 공물을 바치듯 달콤한 한숨을 내쉬곤 했다. 아마도 이것이 예전에 어머니가 교육이 끼치는 해악에 대해 경고했던 이유일지도 몰랐다. 눈앞에 남자 한 사람 보이지 않아도, 언어 자체가 옥희를 유혹했다. 옥희는 특정한 단어들을 특정한 순서로 나열하면 자기 내면의 모습도 마치 가구를 옮기듯 달라진다는 것을 깨닫고 한 마리 춤추는 나비처럼 언어 속을 누볐다. 내면에 쌓이는 단어들이 계속해서 그를 변화시키고 새로운 존재로 만들어가는데도 외부에서는 누구도 그 차이를 감지할 수 없었다. 그리하여, 수업이 끝나고 다른 아이들은 정원을 산책하거나 얼굴에 더운 쌀뜨물 김을 쐬느라 분주할 때마다 옥희는 홀로 남아 시조 연습에 골몰하게 되었다.

봄이 오자 은실은 오후 문학 수업을 정원의 정자에서 열고, 매일 한 소녀를 지정해 전통 시가 한 편을 암송하게 했다. 자신의 차례가 돌아왔을 때, 옥희는 16세기의 유명한 기생으로 왕족부터 승려, 학자, 돈 한 푼 없는 예술가, 그리고 부유한 바람둥이에 이르기까지 온갖 남자들을 정복하여 연인으로 삼았던 황진이의 시를 골랐다. 시와 서예는 물론 문학, 회화, 무용, 음악에 있어 감히 대적할 기녀가 없을 만큼 탁월한 재능의 소유자였으며, 그 아름다움에 대한 소문이 온 나라에 퍼져 중국에까지 도달했다는 기생이었다. 하지만 옥희가 가장 존경하는 황진이의 면모는 그가 자신의 연인이 될 사람을 자유롭게 선택했으며, 또한 그들을 떠날 때는 단 한 방울의 눈물도 보이지 않았다는 점이었다.

은실이 옥희를 맨 앞으로 불러냈고, 옥희는 암송을 시작했다.

"저 강 한가운데 떠 있는 조그만 잣나무 배
몇 해나 이 물가에 한가로이 매였던고

뒷사람이 누가 먼저 건넜느냐 묻는다면

문무를 모두 갖춘 만호후라 하리."*

처음 읽던 순간 옥희의 가슴을 고통과 환희로 출렁이게 만든 시였다. 하지만 다른 아이들은 아무런 감동이 없는 듯 무덤덤해 보였다. 연화의 얼굴만 하품을 참느라 잔뜩 일그러졌다.

"잘했다. 내가 가장 좋아하는 시 중 하나를 골랐구나." 은실이 만족스럽게 말했다. "이제 누가 이 뜻을 풀이해 볼까?"

소녀들은 각자 앉은 자리에서 몸을 틀어 서로를 몰래 쳐다보았다. 연화가 새된 목소리로 말했다. "뱃놀이 가자는 얘기인가요, 엄마?" 다른 아이들이 일제히 소곤대며 키득거렸다.

"당연히 아니지. 너희들에게 시를 가르친다는 건 정말 실망의 연속이구나." 은실이 단호하게 고개를 저었다. 옥희가 막 손을 들려는 참에, 돌쇠가 나타나 주인 쪽으로 몸을 굽혀 절하고는 손등으로 마룻바닥을 몇 차례 두드렸다.

"비단장수가 왔어? 아예 새로운 사람이라고?" 은실이 물었다. 돌쇠가 손으로 두드려 전달하는 내용이 아무리 복잡해도 은실은 언제나 그것을 정확히 이해했다. 은실 말고는 누구도 귀도 먹고 벙어리인 그 하인의 몸짓을 알아듣지 못했다.

"나는 옷감을 살펴보러 가봐야겠다. 수업은 여기서 마칠 테니 이제 가서 놀아라." 은실의 말에 아이들은 고개를 깊이 숙였다.

• 　황진이의 시조 「소백주小栢舟」.

"아무리 봐도 배나 타러 가자는 얘기 맞는데. 네 생각은 어때?" 연화가 신발을 꿰어 신으며 옥희에게 물었다. 옥희는 그 시가 무슨 뜻을 담고 있는지 알고 있었고, 은실이 왜 그 시를 좋아하는지도 알았다. 애초에 그래서 그 시를 고른 것이었다.

"첫사랑을 추억하는 한 여자의 심정에 대한 내용이야." 옥희가 대답했다.

모든 기생과 견습생 중에서 은실이 가르치는 이 비밀의 언어를 이해하는 사람은 오직 자신뿐인 것 같았다. 그의 가장 친한 친구도 이해하지 못하는 것들에 대해, 옥희는 펼쳐진 책장을 향해 말을 걸었다. 언젠가 이런 이야기들을 다시 자신에게 들려줄 누군가를 찾을 수 있을지 그는 궁금했다.

은실은 침소로 들어가 비단 보료 위에 앉아 상인을 기다렸다. 한쪽 손은 무의식적으로 손가락에 끼워진 반지를 돌리고 있었다. 작은 보석 구슬을 올올이 꿰어 만든 발을 늘어뜨린 격자문 틈으로 아이들이 놀면서 고함치고 웃는 소리가 새어 들어왔다.

"은실 아씨, 쉰네 천 행상입니다." 문밖에서 비단장수가 도착을 알렸다.

"어서 들어오세요."

상인이 미닫이를 열고는 옷감과 장신구로 가득한 큰 보따리를 지고 들어왔다. 남자가 깊숙이 고개 숙여 절을 하자, 은실은 그가 등에

짊어진 봇짐을 의식하며 손짓을 해 보였다.

"짐도 무거운데 얼른 내려두고 편히 앉으세요. 하인에게 먹고 마실 거리를 좀 내오라고 일러두었습니다."

"감사합니다, 아씨. 과분한 친절에 송구합니다요." 천 씨가 등짐을 바닥에 부리고 은실이 미리 깔아둔 비단 방석 위에 다리를 포개어 앉을 때쯤, 돌쇠가 맑은 전통주와 애호박전을 쟁반에 담아 내왔다. 요즘처럼 어려운 시절에는 부유한 기생 정도나 되어야 차려낼 만한 것들이었다.

"작고하신 백 행상 어르신의 부고를 전해 듣고 정말 마음이 아팠어요." 은실이 말했다. "천 행상께서도 그분의 객주 식구이시니, 고인께서 제가 있기 전부터 이 집에 물건을 대오셨다는 걸 잘 알고 계시겠지요."

대답 대신 천 씨는 묵묵히 고개를 끄덕였다.

"천 행상께서는 고인과 가까우셨나요?"

"아씨, 어르신은 쇤네의 가족이셨습니다. 외삼촌이셨죠."

"그러면 그분이 담당하시던 구역 전체를 다 물려받으신 건가요?" 은실이 갑자기 예리한 어조로 물었다. 천 씨는 은실의 얼굴을 확인하듯 잠시 바라본 뒤 목소리를 낮춰 대답했다.

"예, 아씨. 어르신께서 오래전에 친아드님들을 잃으신 탓에 쇤네가 그분의 가장 가까운 혈육이자 후계자입니다. 서로 비밀이 없는 사이지요."

"그러면 가져오신 물건을 좀 보여주세요." 은실이 말했다.

천 씨는 들고 온 짐 위에 씌운 흰 보따리를 끌렀다. 봇짐 안의 나무 상자에는 여름에 어울리는 형형색색의 비단 여러 필이 담겨 있었다. 밝은 담청색, 맑은 청잣빛이 섞인 회녹색, 진달래 꽃잎 같은 진분홍, 개나리를 닮은 노랑, 버드나무의 녹색, 은실처럼 나이가 찬 여자들이 좋아하는 우아하고 기품 있는 남청색, 그리고 이제 막 피어나는 어린 소녀들에게 어울릴 법한 화사한 동백꽃의 선홍색까지. 이어 천 씨는 장신구들도 꺼냈다. 짧은 홑저고리 아래로 대롱대롱 매달려 흔들리게끔 산호와 옥으로 장식한 비단 노리개며 법랑을 칠한 은이나 호박, 녹옥 또는 백옥으로 만든 반지들과 한 쌍을 겹쳐 끼는 쌍가락지며, 동그랗게 틀어 올린 머리를 고정하는 데 쓰이는 황금 비녀 따위가 나왔다. 또 향기 나는 영국산 분가루가 담긴 통, 일제 콜드크림, 입술과 뺨에 칠하는 연지, 머리카락을 부드럽고 윤기 나게 가꿔주는 동백기름, 더하여 여자의 매력을 높여준다는 천연 사향이 든 비단 주머니도 보부상의 판매 품목에서 빠질 수 없는 것들이었다.

은실은 상당한 양의 비단과 화장품을 사들여 상인의 짐을 크게 덜어주었다. 물건을 모두 고른 뒤, 그는 남자를 돌아보았다.

"물건들이 다 좋네요. 혹시 제가 볼 만한 다른 건 없고요?" 그에게서 뭔가를 캐내려는 듯한 어조였다.

천 씨와 백 씨가 가까운 친족 관계이긴 했지만, 두 남자의 외양에는 비슷한 구석이 거의 없었다. 은실은 백 씨를 수년 동안 알고 지냈다. 겉으로 보이는 왜소한 체구와 비굴한 거동 뒤에 숨겨진 엄청난 체력을 무기 삼아, 백 씨는 노구를 이끌며 매년 동해에서 평양으로, 그리고 의주에 이르기까지 긴 여정을 감당해 왔다. 왕년에는 상해와 블라디보스토크 왕래도 마다하지 않았지만, 언젠가부터 자신의 객주에 속한 젊은 상인들에게 과거 자신이 수행하던 임무 대부분을 나누어준 상태였다. 그런 백 씨와 대조적으로, 천 씨의 황갈색 얼굴과 냉혈동물인 파충류의 그것처럼 기민하게 반짝이는 눈동자는 은실로부터 즉각적인 신뢰를 끌어내지 못한 터였다.

그러나 상인은 소매 안쪽에서 작게 접은 종이 한 장을 신중하게 꺼내더니, 두 손으로 그것을 받쳐 은실 앞에 내밀었다. 은실은 날카로운 숨을 훅 들이쉰 뒤 편지의 봉인을 뜯었다.

장군의 글씨를 볼 때면 언제나 그렇듯이, 종이 가장자리를 잡은 은실의 손이 살짝 떨렸다. 그는 글자들을 눈으로 삼켜 마셔버리듯이 허겁지겁 글을 읽어 내려갔다. 편지에는 지난여름 은실이 보낸 돈을 잘 받았다는 감사의 인사와 함께, 시베리아 언덕을 누비며 거둔 여러 전투의 승패에 관한 내용이 세세히 적혀 있었다. 적들과 비교하면 춥고 열악하기 그지없는 상황이었음에도, 남자가 이끄는 병사들은 어느 전장에서든 기꺼이 자신들의 장군을 따르며 싸웠다. 그들 중 일부는 아내와 가족들을 블라디보스토크로 데려왔는데, 그 행복한 재회를 바라보고 있노라니 그 남자 역시 은실과 월향의 얼굴이 무척 보고 싶고 그리워졌다고 했다. "당신을 닮았다면 그 아이도 무척 아름답겠지. 하지만 혹시라도 내가 죽기 전에 우리 딸아이를 다시 볼 수 없을까 봐 두렵소."

은실은 조심스레 편지를 접어 탁자 위에 놓인 책 안쪽에 숨겼다. 잠시 뒤 홀로 남게 되면 다시 천천히 읽으며 애틋한 마음으로 한 글자 한 글자를 한껏 음미할 것이었다.

"고마워요, 천 행상. 처음에 백 행상 어르신이 살해당하셨다는 소식을 들었을 때, 이 편지가 발각되어 그동안 준비해 온 모든 게 다 수포가 되고 말리라 생각했습니다……. 우리 목숨은 물론이고 블라디보스토크에 있는 우리 군대의 목숨도요. 겨울이 지나가는 내내 최악의 상황을 상상하며 지냈어요……. 만일 그놈들이 온다면 언제라도 자결할 수 있게끔 머리맡에 단도를 두고 잠을 청했지요. 하지만 그들은 오지 않더군요."

"그 짐승 같은 놈들이 어르신을 해치고는 몸수색은 하지 않은 채 그저 내버려 두고 갔답니다. 만약 고인이 되신 분의 옷을 뒤져보기라도 했다면, 모든 게 그야말로 아씨께서 두려워하시던 대로 벌어지고 말았겠지요." 천 씨가 말했다. "외삼촌께서는 원래 놈들을 유인하여 깊은 산중에 잠복하고 있던 아군에게 넘길 계획이었습니다. 그렇게 지역 경찰 경부와 동행하던 일본군 고위 장교들을 한꺼번에 죽일 수만 있었다면 우리의 크나큰 승리가 되었을 텐데요……. 하지만 외삼촌께서 정말로 폭설에 길을 잃으셨거나, 아니면 우리 군인들이 약속한 장소에 나타나지 못했던 것 같습니다."

천 씨도 은실도, 그들 둘 다 알고 있는 사실을 감히 입 밖에 낼 수 없었다. 사전에 계획한 작전과 다르게 이 독립군 투사들이 길을 잃은 일본군 한 무리를 온전히 함정에 빠뜨리지 못했더라면, 그들이 또 하나의 기록되지 않은 전투에서 목숨을 잃어서였을지도 모른다는 것 말이다.

"그러면 외숙부님의 시신은 천 행상께서 가서 수습할 때까지 참혹한 모습 그대로 남겨져 있었던 건가요?"

"아닙니다요, 아씨. 쇤네도 그때는 남쪽에 내려가 있던 터라 무슨 일이 일어났는지 전혀 몰랐습니다. 그사이 그곳 사람 중 하나가 어르신의 시신을 수습하고 매장 준비까지 해주었습니다. 먹일 아이가 셋이나 딸린 어느 불쌍한 홀아비랍니다. 배를 곯아 죽기 직전인데도 사람이 아주 정직했습니다. 쇤네가 장례를 치르러 그곳에 가보니 바로 그이가 외삼촌께서 마지막까지 갖고 계시던 짐을 모두 보관하고 있었는데, 그중 아무것도 사라지거나 장난친 게 없더라고요. 심지어 동전 꾸러미까지 그대로였습니다."

"그것참 다행한 일이군요." 은실이 중얼거리고는 화장대 서랍을 열어 끈으로 여미는 복주머니 두 개를 꺼냈다. 하나는 희고 하나는 붉었는데, 둘 다 순금 덩어리로 가득해 묵직했다.

"흰 주머니는 천 행상의 노고에 대한 보답입니다." 은실이 주머니들을 건네며 말했다. "붉은 주머니는 이 나라의 대의를 위한 것이고요. 이걸 국경 너머로 전해줄 사람은 충분히 믿을 만한가요?"

"아씨, 외삼촌께서 살아계실 때와 한 치도 다름이 없을 겁니다." 천 씨가 말했다. "쇤네처럼 미천한 장사꾼들이야 남들 못지않게 금을 밝히지만, 그런 저희라도 지켜야 할 명예는 지킵니다."

"그거야 잘 알지요, 천 행상. 제가 드리는 이 군자금은 단지 저만이 아니라, 거의 평양 전체 기생들이 한 푼 두 푼 모아 드리는 것임을 알아주셨으면 합니다. 남자에게 술 따르고 수청 들면서 번 돈이고, 각자 은퇴 후 안정된 여생을 보내기 위해 평생 고이 모아온 패물입니다."

천 행상은 대답 대신 짧게 고개를 끄덕였다.

"평양 시내에는 얼마나 머물 예정이시죠? 그리고 언제쯤 다시 돌아오시는지요?" 은실이 물었다.

"내일 동이 트자마자 떠날 겁니다. 쇤네의 운이 따른다면 가을까지는 다시 돌아와 뵙겠지요."

"그러면 여기서 주무시고 가시지요. 주막보다는 훨씬 편안할 겁니다."

"말씀만도 감사합니다요, 아씨. 하지만 그러다 괜히 당국의 주의를 끌게 될지도 모릅니다. 어차피 주막에 저희 객주 아우들이 기다리고 있기도 하고요……." 천 씨는 이미 몸을 일으키고 있었다. "이만 가봐야겠습니다."

"잠깐만요, 하마터면 잊을 뻔했네." 은실이 말했다. "백 행상 어르신의 시신을 수습해 주었다는 그 가엾은 남자……. 도시를 벗어나가시는 길에 그 마을에 다시 들르게 되거든, 그 사람에게 제가 드리는 선물을 하나 전해주시겠어요?" 은실은 다시 서랍을 열어 이런저런 장신구를 골라내려 했다. 하지만 값나가는 패물은 몽땅 팔아 금덩이로 만들어버렸고, 그건 이미 상인이 봇짐 속에 안전하게 찔러넣은 뒤였다. 결국 은실은 손가락에 끼고 있던 은반지를 빼내 희미한 미소와 함께 천 씨에게 건넸다.

"그다지 값진 물건은 아니지만, 제가 가장 아끼는 것이라 전해주세요." 은실이 말했다. 아주 약간의 망설임이 섞인 탓에 그 아름다운 목소리가 살짝 떨려 나왔지만, 그뿐이었다. 상인은 떠나기 전에 다시 한번 고개를 숙여 인사했다.

자신이 지니고 있던 가장 값비싼 장신구들을 다 합쳐도, 은실에겐 이 은반지 하나를 포기하는 마음에 비하면 값어치가 덜한 듯했다. 그러나 삶은 균형을 유지해야 했다. 은실은 실제로 안타까운 희생처럼 느껴지는 무언가를 해야 했다. 사랑하는 사람들의 안전을 위해서라면 자신의 목숨까지도 기꺼이 내놓을 것이었다. 장군과 월향, 그리고 연화. 만일 그 세 사람이 불타는 집에 갇혀 있다면, 그는 즉시 찬물 한 동이를 뒤집어쓰곤 불길 속으로 뛰어들어 그들 모두를 꺼내올 것이었다. 자신에게는 그게 바로 사랑의 의미라고 은실은 머릿속으로 선언했다. 그러나 그의 쓸쓸한 손은, 다음 날 아침 성문을 통과한 천 씨가 사냥꾼의 집에 은반지를 전달하는 순간까지도 줄곧 텅 빈 애석함을 느끼고 있었다.

2장

월향

1918년

가장 놀라운 사건들은 아무도 눈치챌 수 없이 작은 바늘 하나가 툭 떨어지듯 시작하여 꼬리를 물고 연쇄한다. 길 잃은 개 한 마리의 출현만큼이나 평범하기 그지없는, 그저 세월 속에 묻혀 흘러가는 여느 일탈로 말이다. 어느 아침, 옥희는 잠에서 깨어나 그날 예정되어 있던 모든 수업이 취소되었음을 알았다. 바깥세상의 온기를 느끼고 이제 막 고치에서 빠져나온 어린 꿀벌처럼 그는 밖으로 뛰어나가 숨을 한껏 들이쉬었다. 이른 6월의 생동감으로 가득한 날이었다. 나무들은 각자의 녹색 음향을 노래했으니, 그 신선함이 눈으로도 들을 수 있는 음악처럼 펼쳐졌다. 여자아이들은 고삐 풀린 송아지 떼처럼 정원에서 신나게 뛰어놀았다. 책벌레인 옥희마저도 이날만큼은 잠시 글에서 눈을 떼고 휴식을 만끽하는 것이 전혀 안타깝게 느껴지지 않았다. 연화와 실뜨기를 하려고 정원 바닥에 풀썩 마주 앉았을 때, 이 관대한 하루가 어떤 연유에서 비롯된 것인지 명백히 밝혀졌다. 은실과 월향이 가장 예쁜 의복을 갖춰 입은 모습으로 외출을 준비하는 중이었다. 두 모녀가 안뜰을 가로질러 걷는 동안, 둥근 얼굴에 부러움을 가득 담은 어린 소녀들이 주변에 와글와글 몰려들었다. 입 밖에 내지는 않았지만, 그들 모두 자신들만의 나들이를 갈망하고 있었다. 그 호위 무리의 길에서 스스로 물러난 아이는 옥희뿐이었다. 지나치게 간절한 태도를 내비쳐 은실의 심기를 언짢게 만들고 싶지 않아서였다. 하지만 연화는 앞쪽으로 나서며 대담하게 말해보았다. "엄마, 저도 가고 싶어요." 자신의 아이다움을 의식적으로 내세워 목적을 달성하고자 하는, 영악하고도 애처로운 목소리였다.

은실은 작은딸을 지그시 바라보았다. 흡사 보석함을 정리하다가 출처가 불분명한 오래된 기념품을 발견했을 때의 눈빛이었다. 예기치 못한 즐거움과 약간의 당혹감이 뒤섞인, 그러나 결국에는 큰 관심을 두지 않는 그런 눈빛 말이다. 잠시 후 은실이 입을 열었다. "월향이도 열다섯 살이 되어서야 겨우 기념사진을 찍으러 가는 거야. 너도 나이가 차면 데리고 가마." 은실은 몸에 밴 도도한 태도로 잔뜩 풀 죽은 연화의 얼굴을 무시한 채, 월향을 따라 인력거에 올랐다. 은실의 비단 치마가 인력거 좌석 밖으로 펼쳐져 풍성하게 휘날렸다.

외출은 월향에게도 드문 즐거움이었다. 그는 좌석의 가장자리에서 몸을 들썩이며 위험할 정도로 고개를 쭉 빼어 내밀었다. 집에서 멀어질수록 월향에게 익숙했던 풍경은 점점 사라지고 주변의 모든 것이 새롭고 낯설게만 보였다. 거리의 유명한 건물을 지날 때마다 어머니가 이런저런 설명을 들려주었다. "저게 홍 사장님께서 이번에 새로 여신 고무신 공장이다. 신발이 벌써 2000원어치나 팔렸다더라." "저건 중등학교야. 나중에는 너도 남학생들을 보겠지만, 지금은 수업을 들을 시간이니 다들 학교 안에 있겠구나." "저 뾰족한 지붕을 얹은 건물은 기독교인들이 예배를 드리는 곳이다. 그들도 노래를 부른단다. 우리처럼은 아니지만 말이야."

"엄마, 혹시 기독교인 중 아는 분 있어요? 그 사람들은 은밀히 양키들에게 충성한다던데요." 월향이 말했다.

"우리 기생들을 찾거나 친구로 대하는 기독교인은 아는 사람이 없구나." 은실이 미간을 찌푸리며 말을 이었다. "어쨌든, 양키들의 신을 믿는다면서 어떻게 양키들을 섬기지 않을 수 있겠니? 당연한 일이지."

인력거가 사진관 앞에 멈췄다. 두 여자는 뙤약볕을 피하고자 부채를 들어 흰 얼굴을 가린 채 인력거에서 내렸다. 사진관으로 들어서자 문에 달려 있던 종이 청량하게 울렸다. 사진사가 그들을 반갑게 맞이하여 촬영 장소로 인도했다. 밋밋한 회색 배경 앞에 벨벳 천을 입힌 안락의자가 놓인 곳이었다.

사진사의 지시에 따라 은실은 의자에 앉고 월향은 어머니의 어깨에 손을 얹은 채 곁에 섰다. 사진사는 카메라 한쪽에 조명등을 켠 뒤 눈을 깜박이지 말라고 당부했다. 그가 셋까지 숫자를 세는 순간 갑자기 밝은 섬광이 번뜩였다. 월향은 잠깐 눈이 멀어버린 듯한 느낌이 들었다. 곧 빛바랜 서양식 의자와 소품들의 모습이 시야 안에 차차 선명한 초점으로 되돌아오며 다시금 그를 둘러싼 세계를 채워나갔다. 마치 기나긴 낮잠에서 막 깨어나 지금이 황혼인지 새벽인지 알 수 없는 때와 같은 낯선 기분이 들었다. 지금껏 특별한 사건 없이 꾸준히 이어져 온 지속적인 존재로서의 자신에게 생긴 작은 틈새—심장박동이 일순 멈추었던 것만 같은 그 느낌이 무슨 의미인지 아직 월향은 확실히 알 수 없었다.

그들이 떠날 준비를 하고 있는데, 문에 달린 종이 다시 울리더니 일본인 장교 두 사람이 들어왔다.

"오셨군요." 사진사가 목소리를 높여 일본어로 말했다. "여기 장교님들의 사진이 준비되어 있습니다." 동시에 은실은 월향의 손을 잡고 재빨리 가게를 빠져나갔다. 장교들은 황급히 자리를 피해 인력거에 올라 사라지는 두 여자를 한참이나 바라보았다.

"여기 있습니다. 사진이 아주 근사하게 잘 나왔어요. 마음에 드시면 좋겠습니다, 하야시 소좌님." 사진사가 장교들의 사진이 든 봉투를 건네며 말했다. 지난해 시내의 일본인 사진사가 갑자기 결핵으로 죽어버린 탓에 그가 대신 이들의 사진을 찍게 된 터였다. 하지만 하야시 소좌는 사진에는 눈길조차 주지 않은 채 이렇게 물었다. "저 두 여자는 누구지?"

"제 오랜 친구와 그 딸입니다." 사진사는 하야시의 어깨 너머, 일본 군복 차림이지만 한국인이 분명한 그의 동행을 바라보며 초조한 태도로 대답했다.

"소좌님, 그 여자는 은실이라는 유명한 기생입니다. 아름답기로는 이 평양 전체에서 제일간다는 여자입니다." 하야시 소좌와 동행한 한국 남자가 완벽하게 다듬어진 일본어로 말했다. 그러고 나서, 가장 냉혈한 사람조차 이러한 종류의 우연한 만남에서 흔히 내비치곤 하는 들뜬 어조로 덧붙였다. "저도 못 본 지 수년이 되었지만, 바로 알아볼 정도로 그 미모는 여전하군요."

은실이 돌쇠를 사진관에 보내 현상된 사진을 찾아오라고 했을 때, 월향은 다시 외출하지 않는다는 사실에 실망했다. 인력거 나들이가 그에게는 지금까지의 경험 중 가장 상쾌했고, 새로운 풍경을 보는 것도 더없이 즐거웠던 까닭이었다. 무엇보다, 자신을 바라보던 장교들의 표정에서 월향은 은밀한 짜릿함을 느꼈다. 예쁜 옷으로 단장하고 종일 시내를 달리고 싶어지는 기분이었다. 그러면 그 가엾은 인력거꾼에게는 얼마나 피곤한 일일까. 그런 상상을 하며 월향은 키득거렸다. 또 이제 더는 어머니의 방에서 함께 자고 싶지 않다고 생각하다가, 어머니가 자신을 얼마나 사랑하는지 알기에 문득 죄책감을 느끼기도 했다.

금방 무더워진 날씨에 여자들은 훤히 트인 대청마루로 나와 시원한 나무 바닥에서 잠을 청했다. 월향도 더위를 핑계 삼아 이들과 어울렸다. 여자들은 이부자리를 나란히 붙여 바닥에 길게 이어지는 하나의 거대한 잠자리를 만들었다. 모기를 쫓기 위해 태운 달콤한 약쑥 연기가 새카만 하늘 위로 큰 뱀이 똬리를 풀듯 천천히 떠올랐다. 일상의 작은 변화에 흥분한 어린 소녀들은 재잘대는 진주들처럼 한 줄로 나란히 드러누운 채 밤이 지새도록 속살거렸다.

어느 밤 이부자리에서 월향이 말했다. "연화야, 나 차갑고 다디단 수박이 먹고 싶어 죽겠다. 부엌에 가서 한 통 썰어 오렴."

"내가 왜? 내가 언니 전속 하인인 줄 아우?" 언니에게서 멀리 떨어진 곳에 누워 있던 연화가 퉁명스레 대답했다.

"언니가 말씀하시면 따라야지, 요 버르장머리 없는 것아. 빨리 썰어 오지 않으면 엄마한테 이른다."

늘상 월향이 부추기는 이 가망 없는 싸움에 연화가 또다시 뛰어들려는 것을 느끼고 옥희는 얼른 몸을 일으켰다.

"내가 가져올게." 옥희가 신을 신으며 말하고는 뒤뜰을 돌아 부엌으로 갔다. 찬물을 가득 채운 나무 물통 안에, 냉기를 유지하느라 하인이 미리 넣어둔 수박이 있었다. 옥희는 수박을 빼내 도마 위에 올려놓고, 마치 사형 집행인이라도 되는 양 한 손에 식칼을 든 채 이걸 어떻게 자르면 좋을지 가늠하며 서 있었다. 무언가 불길한 느낌이 선득하게 옥희를 휘감았다.

그는 수박의 검정과 초록 껍질 위로 날카로운 칼날을 대고 힘을 주어 아래로 꾹 눌렀다. 아삭한 소리를 내며 칼이 쑥 내려가자 검은 씨앗이 흩뿌려진 진홍색 과육이 드러났다. 반으로 나눈 수박을 다시 그 절반으로 썰고 있는데, 한쪽 손이 뭔가에 물린 듯 따끔했다. 왼쪽 손바닥을 내려다보니 칼날에 깊게 베인 상처에서 흘러나온 검붉은 핏방울이 마치 석류 씨앗처럼 반짝이며 빠른 속도로 불어나고 있었다. 줄줄 흐르는 피가 차라리 바닥에 떨어지도록 얼른 수박을 잡고 있던 손을 멀리 떼었다. 당장 상처를 감싸 지혈할 만한 천 조각이 보이지 않아, 옥희는 맨주먹을 꽉 쥔 채로 부엌을 정리하고 한쪽 손으로만 도마와 식칼을 씻었다.

세모꼴로 썬 수박 조각들이 담긴 바구니를 오른쪽 팔 아래 끼고서, 그는 비틀비틀 마루 쪽을 향해 걸었다. 낯선 이들이 있다는 것을 먼저 알아차린 것은 그의 눈보다 귀였다. 한국어와 일본어가 뒤섞인 걸걸한 목소리들이 들려왔다. 모퉁이를 돌자 속적삼만 입은 여자아이들이 이부자리 곁에 나란히 줄지어 서 있는 모습이 보였다. 남자 넷이서 앞뜰을 이리저리 오갔고, 그 옆에는 비단옷을 곱게 차려입은 은실이 서 있었다. 옥희는 곁눈질로 뒤쪽에 있는 돌쇠를 발견하고 안도의 한숨을 내쉬었다.

"이 학교에서 당신이 데리고 있는 여자아이들은 이게 단가?" 양복을 입은 한국 남자가 물었다.

"그렇습니다." 은실이 낮은 소리로 대답했다. 달빛 아래서도 두 눈의 핏줄이 터져 충혈된 것이 보였다. 옥희는 부엌에 있는 식칼을 떠올리곤 조용히 뒷걸음질 쳤지만, 발이 땅바닥의 모래를 스치는 소리에 한국인 형사가 냄새를 맡은 사냥개처럼 고개를 홱 돌렸다.

"이 아이만 따로 빼돌리려던 건 아니고?" 남자가 옥희의 어깨를 잡아채 은실의 앞으로 끌고 오며 말했다.

"당연히 아닙니다. 아이가 잠자리에서 빠져나간 줄도 몰랐는걸요." 은실이 말했다.

다른 세 남자는 군복 차림이었다. 그들 중 한 남자가 양복쟁이 형사에게 일본어로 이야기하며 흙 묻은 군화도 벗지 않은 채 대청마루 위로 성큼 올라섰다.

"기생들이 운영하는 시설이나 유곽 등은 전부 정부의 인가를 받고 운영되어야 한다는 것을 알고 있는가?" 한국 남자가 물었다.

"이 기방은 한 세기가 넘도록 딸에서 딸로 세대를 거치며 운영되어온 곳입니다. 우리는 항상 나라에 세금을 냈고요. 전통에 어긋나는 일은 아무것도 하지 않았습니다." 은실이 말했다.

"어수룩한 척 놀고 있네, 이 창녀가. 내가 너라면 그 입을 조심해서 놀릴 거야. 너희들이 작당하여 여기서 어떤 모의를 하는지는 잘 알고 있다." 남자가 쏘아붙이자 은실은 침묵에 빠졌다. "하야시 소좌님께서 이곳을 진작에 폐쇄해 버리지 않은 것에 감사나 드리라고." 남자는 대청마루에 올라선 군복 차림의 장교들을 지그시 바라보며 덧붙였다.

하야시라고 불린 이의 각진 얼굴과 목깃을 터질 듯이 꽉 채운 두툼한 근육질의 목을 보면서, 옥희는 그 남자의 인상이 꼭 황록색 천을 두른 육중한 황소 같다고 생각했다. 그는 대청마루를 천천히 오가며 강렬한 관심을 갖고 여자아이들을 샅샅이 살펴보았다. 다들 고개를 푹 숙인 채 서 있었지만, 하야시는 소녀 하나하나의 앞에 멈추어 손으로 턱을 잡아 들고 양쪽으로 얼굴을 돌려 살핀 뒤 다음 차례로 향했다. 그러다 월향 앞에 도착했을 때, 그가 미소를 짓더니 동행인들을 향해 일본어로 무엇인가 유쾌하게 소리쳤다. 남자들 모두가 크게 웃음을 터뜨렸다.

이어 소좌는 월향의 턱을 잡아 올려 그 애의 얼굴을 찬찬히 뜯어보았다. 월향은 시선을 아래쪽으로 내리깐 채 가슴 앞에 단단히 팔짱을 끼고 있었다. 소좌가 월향의 얼굴에서 손을 떼고는 거칠고 우악스럽게 팔짱을 풀어 결국 월향의 양팔을 몸 옆으로 힘없이 늘어뜨렸다. 이어 월향의 빗장뼈를 문지르던 그의 손이, 속적삼 끈으로 단단히 묶어둔 가슴 쪽을 향해 점점 아래로 내려갔다. 소좌가 월향의 가슴을 손에 담고 거칠게 움켜쥐자 월향의 입에서 괴로운 신음이 흘러나왔다.

"제발, 부탁드립니다." 은실이 한국인 형사에게 몸을 돌려 갑자기 더 극진해진 어조로 다급히 애원했다. "저 아이는 여느 양갓집 규수로 태어나 받았을 호사보다 더 큰 정성을 들여 키운 아입니다. 태어난 순간부터 지금까지 대감댁 아가씨처럼 곱게만 자랐습니다. 저 아이는 기생이 아닙니다. 기적에도 오르지 않았습니다." 이어 그는 덧붙였다. "저 아이만 아니라면 소좌님께서 다른 누구를 취하셔도 좋습니다."

"어린 것들 중에서는 누가 봐도 저 아이가 제일 빼어나고, 너 자신은 이미 늙은 퇴기가 아니냐. 목숨까지 위태로워지기 전에 입 다무는 게 좋을걸." 형사가 말했다. "모두가 보는 앞에서 소좌님이 저 아이를 범하는 걸 원치 않는다면 방 한 칸이나 따로 내놓아라."

"그럴 순 없습니다." 은실이 말했다. 그의 은밀한 눈짓 한 번에, 구석에 있던 돌쇠가 갑자기 뛰어들어 월향과 소좌 사이에 몸을 던져 둘을 떼어놓았다. 소좌가 한쪽으로 밀쳐지는 순간 그의 부하들이 일제히 소총을 꺼내 돌쇠를 겨냥했다. 소녀들에게서 비명이 튀어나왔다. 하야시 본인도 잠시 얼떨떨한 듯 휘청거렸지만, 곧 미소를 지으며 자세를 바로잡았다. 소좌는 돌쇠의 얼굴에 주먹을 날렸다. 돌쇠가 한쪽 팔로 이를 막아냈지만, 장교 둘이 곧장 그의 양팔을 잡아 등 뒤로 꺾고는 침묵 속에 계속 발길질하고 몸부림치는 그를 바닥으로 꽉 내리눌렀다. 마침내 돌쇠가 바닥에 배를 대고 엎드린 자세로 꼼짝없이 붙들리자, 소좌는 담배 한 대에 불을 붙이고는 깊게 한 모금 빨아들인 뒤 돌쇠의 목 위에 군홧발 한쪽을 올렸다.

옥희는 높고 새된 비명이 자신의 입에서 나오고 있는 건지 아니면 다른 누군가의 소리인지조차 알 수 없었다. 여기저기서 터지는 공포의 절규를 들으며 하야시는 웃음을 터뜨리더니, 황소처럼 탄탄한 자신의 몸무게를 발꿈치에 모두 실었다. 비명도 지르지 못하는 돌쇠는 개처럼 숨을 헐떡였다. 몇몇 어린 여자아이들은 목을 놓아 울었고, 좀 더 나이 든 소녀들은 두려움에 입술을 꽉 깨문 채 얼어붙어 있었다. 옥희는 무릎이 후들거리며 의식이 한쪽에서부터 풀려 나가는 걸 느꼈다.

하야시는 일본어로 무언가 중얼거렸는데, 옥희가 알아들을 수 있었던 건 '더러운 조선'이라는 말뿐이었다. 그는 흰 담배 연기를 내뿜으며 더 세게 힘을 주어 돌쇠의 목 위로 발을 내디뎠다. 말하지 못하는 하인의 등에서 땀이 줄줄 흘렀고, 돌쇠의 얼굴은 점점 새파랗게 변해갔다.

"제발, 제발 그만 하세요!" 은실이 황급히 대청마루로 뛰어올라 돌쇠 곁에 무릎을 꿇었다. "이 남자를 죽이지 마세요. 나쁜 뜻이 있어서 소좌님께 덤벼든 게 아닙니다." 은실도 소리 내어 울고 있었다. 다른 사람들 앞에서는 절대 보인 적 없던 행동이었다. "그냥 바보 벙어리 하인일 뿐입니다. 제발 자비를 베풀어주십시오."

소좌가 한국어를 이해했는지는 상관없었다. 그는 돌쇠의 목에서 천천히 발을 떼더니 대신 머리를 세게 걷어찼다. 꼭 수박이 터질 때처럼 뭔가 쪼개지는 소리가 크게 울렸다. 돌쇠를 잡아 누르고 있던 장교들이 손을 뗐지만, 돌쇠는 더 이상 발버둥을 치지 않고 그저 그 자리에 그대로 늘어져 있었다.

하야시는 더 이상 기다리지 않기로 한 듯 월향의 팔을 쥐고 바닥으로 끌어 내렸다. 월향이 고함을 지르고 발길질을 해대자 남자는 월향의 머리를 내리쳤다. 그 힘이 어찌나 강한지, 길게 땋아 늘인 댕기가 단번에 풀어져 흐트러진 머리카락이 월향의 얼굴을 가렸다. 그렇게 몇 차례 더 주먹을 날리자 월향은 결국 저항을 멈추고 남자 밑에 말없이 누워 있었다. 옥희는 눈을 질끈 감았지만, 하야시의 입에서 기계적으로 흘러나오는 신음 소리를 듣지 않을 수 없었다.

일이 끝나자 하야시는 아무 일도 없었다는 듯 태연하게 바지춤을 추키더니 부하들을 이끌고 유유히 가버렸다. 은실이 아무렇게나 내버려진 월향 곁으로 몸을 날렸고, 소녀 중 몇몇은 돌쇠의 깨진 머리를 이어 묶을 천을 찾아 바삐 움직였다. 여자들의 통곡 소리가 옥희의 귓가를 스치며 흐릿해졌다. 그는 자신이 내내 바구니를 들고 있었다는 걸 깨달았다. 곱게 썰린 수박이 거기 담겨 있었다. 이제 아무도 그걸 먹지 않을 테고, 한동안은 그 무엇도 입에 넣으려 할 사람이 없을 것이다. 이제 다시는 그 뜰에서 뛰어놀고 시를 읽던 시절로 되돌아갈 수 없을 것만 같았다. 시야 양쪽이 풀려 나가며 그의 육체를 지탱해 온 무릎도 마침내 힘을 잃었다. 아무도 눈치채지 못한 사이, 옥희는 정신을 잃고 쓰러졌다. 그의 손 아래로 검붉은 피가 고인 작은 웅덩이가 땅을 적셨다.

3장

슬플 때 기억해야 할 것

1918년

그날 이후 옥희는 왼손의 상처가 치유될 때까지 거의 한 달 동안 붕대를 감고 있어야 했다. 붕대를 풀었을 땐 손바닥에 길게 남은 진홍색 선을 제외하면 옥희에겐 아무것도 달라진 게 없었고, 그 선마저도 결국 하얗게 아물어갔다. 달라진 건 월향이었다. 이제 월향은 누구 앞에서도 콧대 높게 굴며 조롱과 비웃음을 내비칠 수 없었고, 아무런 두려움도 자아내지 못했으며, 오직 동정의 대상으로 전락했다. 그는 제 방에 틀어박혀 절대로 나오지 않았다. 끼니때마다 은실은 월향이 제일 좋아하는 음식이나 신선한 참외를 높이 쌓아 담은 쟁반을 손수 들고 들어갔다가 한두 시간쯤 지나 거의 손도 대지 않은 그 쟁반을 다시 가지고 나왔다. 그때마다 옥희는 방 앞에서 눈치를 보며 서 있다가 자신이 월향을 돌보겠다고 나섰으나, 은실은 모든 도움을 거절한 채 혼자서 고독한 간호를 이어갔다.

이 시기, 다들 월향은 괜찮아지겠지만 돌쇠는 죽을 것이라고 입을 모았다. 월향은 아직 어렸고, 물론 심신에 상처를 입었지만 그 때문에 죽지는 않을 것이었다. 하지만 돌쇠는 머리가 깨진 데다 그 뒤로는 내내 혼수상태에 빠져 있었다. 늙은 약초꾼 의원이 와서 진맥을 하고는 돌쇠 나이에 이 정도로 상해를 입었으니 다시 깨어나긴 불가능할 거라고, 설령 운 좋게 정신이 든다 한들 걷지도 못하고 혼자서 변소도 가지 못하는, 지금보다도 더 무용지물이 될 거라고 진단했다. 그 말을 들은 은실은 약초상에게 동전 한 닢을 던져주며 다시는 이 집에 발걸음도 하지 말라고 엄포를 놓았다. 은실은 돌쇠를 극진히 간호했다. 매번 손수 옷을 갈아입혔고, 젖은 수건으로 몸을 닦아주기도 했다. 그러던 어느 날, 은실이 그를 살피러 가보니 돌쇠가 의식을 회복한 채 주인을 기다리고 있었다. 한 주가 지나기 전에 그는 일어나 앉을 수 있게 되었고, 그다음 주에는 혼자 일어나 별채에 있는 변소에도 갔다. 비록 방으로 돌아가다가 땅바닥에 쓰러져 움직이지 못하는 채로 발견되었긴 하지만 말이다. 여자들이 힘을 합쳐 그를 방 안으로 옮겼고, 돌쇠는 이후 며칠간 다시 누워 지냈다.

소문은 시내까지 흘러들었다. 몇몇 사람은 돌쇠가 어린 주인 아가씨를 지켜내지 못했던 게 하인으로서 부끄러운 일이라며, 둘 중에서 굳이 고르자면 이제 막 피어나기 시작한 젊은 미인을 잃느니 벙어리 하인을 잃는 편이 더 나을 거라고들 말했다. 하지만 애초에 이런저런 의견들을 듣지 못하는 돌쇠는 결국 그전이나 거의 다름없는 수준으로 체력을 회복했다.

한편 그 못지않게 오랫동안 침소에 누워 지내던 월향은, 현실의 생각과 꿈속의 일을 구분할 수 없을 때까지 잠들었다 깨기를 반복했다. 그는 어머니가 들려주던 옛날이야기를 떠올렸다. 오래전 깊은 산속에 곰 한 마리와 호랑이 한 마리가 살았다. 두 짐승 모두 사람이 되고 싶어 하늘을 향해 기도를 드렸고, 그리하여 동굴에 들어가 쑥 한 다발과 마늘 스무 개만 먹으며 100일을 버티면 사람으로 변하게 될 거라는 답을 받았다. 호랑이는 결국 포기하고 동굴을 빠져나왔다. 지성과 감정은 거의 인간에 가까워졌으나, 겉보기에는 여전히 야수의 형상을 띠게 된 이유였다. 홀로 묵묵히 인내한 곰은 101일째 되는 날 아름다운 여자로 변했다. 곰에서 사람이 된 이 여자는 무엇보다 자신의 아기를 갖기를 원했고, 그래서 그는 다시 하늘에 기도를 드렸다. 이번에는 하늘의 아들이 직접 내려와 그 여자와 함께 잠자리에 들었으니, 그렇게 곰 여인이 낳은 아이는 한반도의 첫 번째 왕이 되었다.

월향이 기억하는 한, 필사적으로 아이를 원했던 여자들에 대한 이런 이야기는 수십 개나 되었다. 하지만 그런 이야기들은 어머니가 되고 싶어 하지 않았던 여자들에 대해서는 절대로 말해주지 않았다. 현실에는 기생, 하인, 혼인하지 않은 여자, 과부 그리고 이미 부양해야 할 입이 수두룩하게 딸린 부인들이 많은데도 말이다. 이런 여성들 역시 그들의 소원을 이루기 위해 하늘에 기도를 올리고 쓰디쓴 약초를 삼켜야 했다.

예전에, 기방 세탁을 해주던 열네 살 소녀가 임신해서 은실에게 제발 도와달라고 애원한 일이 있었다. 그 아이는 약초상에게 줄 만한 돈도 없을뿐더러, 제 혼삿길을 영원히 망쳐버릴 수도 있는 무언가를 사다가 누군가에게 들킬 위험을 감수할 수도 없었다. 물론 기생들은 언제나 '약'을 구비하고 있었다. 월향은 쓴맛이 나는 탕약을 달이는 소녀의 모습을 주의 깊게 지켜보았다. 커다란 그릇에서부터 수증기가 구름처럼 두텁게 피어올랐고, 소녀는 그 약을 벌컥벌컥 삼켰다. 거의 게걸스러워 보일 정도라고, 그때 월향은 생각했다. 이제 월향이 재연해야 하는 것이 바로 그 장면이었다.

일단 마음을 정하자, 월향은 은실을 깨우지 않을 만큼 조용히 침상에서 몸을 일으켰다. 두 다리가 제 몸무게를 버티지 못할 만큼 약하고 가늘어졌지만, 어떻게든 그는 부엌까지 갔다. 약초는 여전히 부엌 한쪽 구석의 놋 단지 안에 잘 숨겨져 있었다. 월향은 항아리에 물을 끓이고 약초를 넣어 찐득찐득한 암갈색 액체가 될 때까지 우려냈다. 들이켠 탕약에서는 톱밥을 섞은 담즙 같은 맛이 났다.

월향은 다시 잠자리로 돌아와 약 기운이 돌기를 기다렸다. 월경을 한 번 건너뛰었을 뿐이지만, 그는 이미 자신의 포궁 안에 전에는 존재하지 않던 날카롭고 뾰족한 무언가가 생겨났음을 느낄 수 있었다. 배 속에 든 이 씨앗이 흉측하고 사악한 쇠못 같다는 사실이 월향에게는 조금도 놀랍지 않았다. 하야시 같은 남자에게서 온 것이니 당연하고도 남는 일이었다. 월향을 둘러싼 공기가 점점 견딜 수 없을 만큼 뜨겁게 느껴지기 시작했다. 약초는 그 나쁜 못을 월향의 몸 밖으로 내보내는 대신 더 커지게 만들어 안쪽에서부터 모조리 찢어버릴 요량인 듯싶었다. 어느새 어머니가 깨어나 월향의 손을 잡고 체온을 재고 있었다. 다리 사이로 흠뻑 쏟아져 내리는 피를 느끼고 싶은데, 못이 몸 안에 걸려 빠지지 않는 느낌이었다. 소리를 내어 말을 할 수 있기만 했더라도, 그는 누군가 제발 자신의 몸에서 이 못을 뽑 어내 달라고 부탁했을 것이다. 하지만 악몽을 꾸다 가위에 눌린 것처럼 아무런 말도 할 수 없었다.

월향이 다시 눈을 뜬 것은 한밤중이었다. 하루를 꼬박 고열에 시달린 모양이었다. 곁에는 은실이 앉아 있었는데, 눈 밑이 거뭇거뭇한 게 월향이 약을 마신 직후부터 한잠도 자지 못한 듯했다.

"이 일을 기억하기엔 네가 너무 어렸지. 나도 연화를 갖지 않으려 했다. 하지만 그때도 탕약이 듣지 않았지." 은실이 입을 열었다.

"나는 그 애를 품은 내내 화가 나 있었어. 연화가 나온 뒤에도 아이의 존재를 견디기가 힘들었다. 하지만 태어나 두 달이 지나기도 전에, 연화가 내 눈을 똑바로 바라보며 방그레 웃음을 짓더구나. 배 속에 있었을 때부터 내가 자신을 얼마나 싫어했는지 그 애도 알고 있으리라 확신했는데 말이다." 은실은 잠시 말을 멈추고는 월향이 듣고 있는지 살폈다. 잠들어 있다기에는 지나치게 조용하고 긴장 어린 모습이었다.

"그 순간, 나는 그 애를 가슴에 꼭 끌어안고서 이 세상을 눈물로 뒤덮기라도 할 만치 울고 또 울었다. 그렇게 작은 몸덩이, 내 안에서 빠져나온 지 얼마 되지 않아 아직도 온몸에 붉은 기가 도는 그 아기를 붙잡고 말이야. 나는 미친 여자처럼 계속 중얼거렸어. '제발 용서해 주렴.' 나는 그 애를 없애려고 했지만, 그 애의 영혼이 실처럼 나에게 이어진 거야. 인연이라는 게 참 이상하기도 하지. 인연이 아니라면, 아무리 노력해도 상대를 붙잡을 수 없어. 깊이 사랑했던 사람들도 인연이 다하면 한순간에 낯선 이들이 되어버린다. 하지만 가끔은 그 어떤 변수에도 상관없이 영원히 너에게 이어져 있는 사람들이 생기기도 하지. 연화와 나, 우리의 인연은 깊고, 지금의 이 삶을 초월한 전생에서부터 온 것이지.

나는 널 위해 그러듯, 연화를 위해서도 무슨 일이든 할 거야. 너희 둘 다 내 딸이니까. 그러니까 내 확실히 장담하는데, 나중에 네가 어떤 생각을 하게 될지는 아직 모를 일이다."

이글거리는 태양과 송진처럼 진득한 공기에도 불구하고, 은실은 경성으로 전보를 치러 시내 반대편까지 다녀왔다. 그가 이처럼 수고스러운 일을 감행한 이유는 기방 문 앞에 낯선 방문객이 나타났을 때 명백해졌다. 그는 은실과 견줄 만큼 아름다운 용모의 기생이었다. 은실의 화려한 한복보다 형태는 단순하되 더 값비싼 옷차림에, 흑단처럼 검은 머리카락은 물결치는 가리비 모양으로 이마에 붙이고 목 뒤로 감아올려 서양식으로 꾸민 모습이었다. 꽃 자수를 놓은 비단 가죽신 대신 백인 여자들만 착용하는 앙증맞은 명주 스타킹 위로 발등 끈을 조이는 구두를 신은 그는 은실의 사촌인 예단이었다. 가까운 친구들과 구애자들 사이에서는 '단이'라는 애칭으로 불리는 그가 이곳에 온 건 월향을 경성으로 데려가기 위해서였다. 그러면 지난 일은 모두 잊고 새 출발을 할 수 있으리라는 명목이었지만, 은실이 그처럼 월향을 멀리 떠나보내는 진짜 이유는 하야시가 월향의 임신 사실을 발견하지 못하도록 하기 위해서라는 걸 모두가 알았다.

연화도 함께 가기로 되어 있었으나 연화는 가장 친한 친구를 데려가지 못하면 떠나지 않겠다고 고집을 부렸다. 두 딸이 관례에 따라 경성의 주인에게 제 벌이 중 일부를 내지 않아도 되게끔, 은실이 이들의 월사금과 기숙 비용을 지급하기로 한 상태였다. 반면 옥희의 경우에는 이미 그가 아이 어머니에게 상당한 비용을 지급하고 데려온 일종의 투자 대상이었으니, 그런 아이를 경성으로 보낸다는 건 더 민감한 문제였다. 그럼에도 단이가 아이를 한번 살펴나 보기로 하여, 저녁 식사를 마친 뒤 옥희는 두 사람 앞에 불려갔다.

"몇 살이니?" 아름답고도 날카로운 눈으로 옥희의 머리끝에서부터 치맛단까지 훑어보며 단이가 물었다.

"열 살입니다, 아씨." 옥희가 작은 소리로 대답했다. 갈 데 없는 시선이 이제 막 새로 칠한 듯한 단이의 선홍색 입술에 머물렀다. 은실과 다른 기생들도 연지를 바르긴 했으나, 화장이 단순한 치장을 넘어 의도한 효과를 발산하는 도구가 된다는 걸 보여준 여자는 단이가 유일했다. 입술에 칠해진 색채만으로도 그는 부드럽고 다정하게 상대를 어루만져 주는 듯한 느낌을 줄 수도, 원한다면 날카롭게 따귀를 올려붙이는 듯한 느낌을 줄 수도 있었다. 단이는 에나멜을 칠한 담뱃갑을 열어 담배 한 개비를 뽑아 들더니 살짝 벌어진 입술 사이에 잠시 올려 나긋하고 유려한 동작으로 한쪽 손만 사용해서 불을 붙였다. 단이의 행동이나 말투에는 흠잡을 데가 없었으나, 어떤 위험하고 치명적인 느낌 또한 향수처럼 그를 맴돌았다. 단이는 다른 사람들처럼 단순하게 분류되기를 철저히 거부하는 사람이었고, 그런 특성이 그의 가장 큰 매력이었다.

"눈을 좀 보자꾸나." 단이가 입술에서 담배를 떼며 말했다. 부드러운 흰 연기가 그의 입술 주변에 구불구불하게 퍼지다가 공기 중으로 스며들었다. 옥희는 시선을 들어 단이를 응시했다. 거무스레한 눈동자 속에 황갈색 섬광이 금박처럼 반짝였다.

"예쁘고, 꽤 영리하기도 한 아이야." 은실이 말했다. "일을 시작하려면 더 배워야 할 테지만, 그래도 데리고 있으면 도움이 될 거야."

단이는 사촌이자 친구인 은실에게로 몸을 돌렸다. 고개를 한쪽으로 기울이고 팔꿈치를 열어 손을 늘어뜨리는 저 동작까지도 더없이 나긋나긋하고 우아하다고 옥희는 생각했다.

"언니 말대로 뭐든 빨리 배우는 아이 같아 보이긴 하네. 눈빛도 나쁘지 않고. 솔직히 말하면 언니 딸 연화보다 얼굴은 더 낫다." 단이는 마치 옥희가 지금 바로 앞에 서 있지도 않은 것처럼 거침없이 말했다.

"연화가 날 안 닮긴 했지." 은실이 상처받은 듯 중얼거렸다.

"그거야 말할 것도 없고. 그래도 월향이, 그 가엾은 것은 언니랑 똑 닮은 판박이로 나왔잖우. 이 아이는 월향이처럼 화려하고 눈에 띄는 미인은 아니지만, 선이 고운 부분이 있다는 건 인정해야겠어. 영민한 눈썹에, 도톰한 입술……. 그래도 어쨌든 이 아이를 데려가진 못할 것 같아. 너무 섬세해 보이거든. 뭔가 나약한 느낌인데 신체적으로만 그렇다는 건 아니고. 그보다 더 맘에 걸리는 건, 뚜렷한 개성이 없다는 거야. 언니도 알잖아. 시골에서 상경한 밋밋한 여자아이들을 내가 얼마나 싫어하는지." 단이가 고개를 저었다.

"옥희도 제 나름의 개성이 있어!" 은실이 목소리를 높이고는 옥희를 향해 진지하게 눈짓을 해 보였다. 어서 너의 매력을 마음껏 보여주라는 듯이. 하지만 그 무언의 지시는 별 효과를 내지 못했다. 고압적이고 위엄 있는 두 여자의 쏘아보는 듯한 시선 아래서, 옥희 스스로도 자신에게 매력이라곤 무거운 맷돌보다도 없는 것처럼 느끼고 있었다.

"요즘 힘든 시기야, 언니. 곡식이라곤 죄다 털려 나가 시골에 난알한 알 안 남은 거 알잖아. 일주일에 최소한 여자애 다섯이 내 집 앞에 찾아와. 아이들을 데리고 온 부모는 쌀 한 말만 주면 애를 넘겨주겠다고 애원하지. 진흙투성이 누더기를 걸치고도 여기 이 옥희보다 훨씬 예쁜 애들이 꽤 있어. 나는 그런 애들도 다 돌려보낸다고." 단이는 이것으로 논의에 종지부를 찍겠다는 듯 몸을 뒤로 기대며 팔짱을 꼈다.

"애, 시가 수업에서는 이 애를 따라올 상대가 없단다." 은실이 꿋꿋이 말을 이었다. "고전 시를 줄줄이 암송하는 모습이 작은 꾀꼬리 같아. 뜰에서 제 동기들과 뛰어노는 모습도 봐야 하는데. 얼마나 매력 넘치는 애라고."

"미안하지만 그런 소소한 매력이 개성을 증명하는 것처럼 여겨지진 않네. 물론 이 아이가 친구들이랑 자유롭게 놀 때 얼마나 귀엽고 사랑스러워 보일지는 알겠어. 그렇지만 내가 찾는 건 생동감만이 아니야. 언니 작은 딸 좀 봐. 배포와 활력이 넘치는 건 그런 애지! 그러고 보면 연화가 언니를 닮긴 닮았어, 얼굴만 안 닮았을 뿐⋯⋯." 단이가 웃음을 터뜨렸지만 은실의 얼굴은 여전히 침울했다.

"네가 너무 깐깐하게 구는 거야, 단이야. 어쨌든 옥희는 아직 열 살밖에 안 됐잖아. 한창 자라는 아이들은 한 해에도 열두 번이나 달라진다고." 은실이 말했다. "내가 말할 수 있는 건, 옥희가 좋은 애라는 거야. 나도 내가 무슨 소리를 하는지 알 만큼은 많은 사람을 봐왔잖니."

단이는 아름다운 얼굴을 한쪽으로 기울인 채, 옥희의 귀엔 '흐음'처럼 들리는 작은 소리를 냈다. 그는 단이가 찾고 있다는 특별한 개성을 내보이려 애썼다. 연화라면 너무도 쉽게 뿜어내는, 극히 자연스러운 명랑함 같은 것 말이다. 그는 자존심이 강하진 않았으나, 이처럼 호된 평가를 받다 보니 도무지 억지로라도 미소를 보일 수가 없었다. 작은 눈물 한 방울이 오른쪽 눈에 고여 떨어질락 말락 하는 통에 옥희는 그 눈물을 제자리로 돌려보내는 데 온 정신을 집중해야 했다.

"좋아, 언니." 단이가 한숨을 쉬었다. "솔직히, 이 아이가 기생으로 벌어먹을 능력을 갖추고 있는지는 잘 모르겠어. 한마디로 관능이 없어 보이는데, 사실 남자들이 바라는 게 그거 말고 따로 있겠어? 또 그렇다고 일 잘하는 세탁부가 되기엔 너무 섬세해 보인단 말이야. 뭐랄까, 이도 저도 아닌 중간에 끼어 있는 것 같아, 언니도 그렇게 생각 안 해? 하지만 언니는 내 사촌이고 나의 가장 오래된 친구이기도 하니까, 언니가 정 원한다면 내가 이 아이를 견습생으로 받아들일게." 말을 맺으며 단이는 등을 돌린 채 무심한 손짓 하나로 옥희를 내보냈다.

옥희는 방에서 물러나 연화에게 이 소식을 전하러 달려갔다. 단이가 왜 연화의 가치를 높이 평가하는 반면 자신에겐 별로 관심을 보이지 않는지, 또 은실은 왜 그와 반대되는 평가를 내놓는지 옥희로서는 알 수 없었다. 가장 소중한 친구가 자신에게 없는 특별한 재능을 가졌다고 생각하니 이상한 기분이었다. 옥희 자신이 외모도 더 예쁘장하고 문학을 이해하는 능력까지 겸비했는데도 말이다. 하지만 위축된 패배감을 맛보는 대신, 옥희는 그들이 서로 딱 맞는 완벽한 한 쌍이라는 사실을 확인받았다는 사실에서 안도감을 느꼈다. 자신은 관찰력이 뛰어나고, 총명하고, 지적이고, 성실하다. 연화는 활달하고, 기백이 있고, 사람들의 마음을 쉽게 열고, 자신감이 넘친다. 그들은 서로 성격이 비슷한 두 친구가 종종 그러하듯이 한 사람의 마음을 두고 동시에 경쟁하거나 같은 종류의 행복을 추구하는 일이 결코 없을 것이었다. 옥희는 그들이 각자 반쪽의 인생, 하나씩의 날개를 가지고 있다고 느꼈다. 그들은 서로 나란히 서 있을 때 진정으로 완전해질 수 있다고.

기차에 오른 단이는 차량 맨 끝의 서로 마주 보고 있는 좌석을 골랐다. 창 너머로 들판들이 순식간에 스쳐 가는 동안 아무도 입을 열지 않았다. 참새 한 무리가 잠시 그들 곁을 따라 날다가 이내 지친 듯 뒤로 멀어졌다.

"우리 지금 새들보다 더 빨리 가고 있어!" 연화가 반은 속삭이고 반은 고함치듯 꾹꾹 소리를 낮추며 말했다. 단이는 너그러운 미소를 지었다. 단이가 연화의 당찬 성품을 귀여워하고, 월향의 미모와 그가 겪은 비극적 사건을 애틋하게 여긴다는 건 이미 자명했다. 단이의 애정 순위에서 가장 마지막에 놓여 있다는 사실이 옥희에겐 상처라기보다 그저 부끄러울 따름이었다.

"너희들 기차 타본 적 없지? 경성에 도착만 해봐라, 꿈에서도 상상하지 못했을 것들을 무진장 보게 될 거야." 그러고서 단이가 덧붙였다. "얘들아, 바깥 풍경 좀 보렴."

소녀들은 창가로 고개를 획 돌렸다. 어느새 진주알 같은 태양이 불투명하고 습기 가득한 여름 하늘을 절반이나 가로질러 가고 있었다. "이 철로는 평양과 경성만 오가는 게 아니란다. 반도의 남쪽 끝까지 닿았다가, 다시 북쪽 끝 의주까지 올라오지. 거기서 서쪽으로 틀면 북경과 상해로 갈 수 있어. 아니면 더 북쪽인 만주, 시베리아, 결국엔 유럽까지 갈 수도 있고! 정말이지 엄청난 장관 아니겠니?"

"굳이 그렇게 멀리까지 갈 이유가 뭐가 있어요? 야만적이기나 한 곳을." 연화가 뜻밖에도 제 어머니를 꼭 닮은 보수적인 말투로 내뱉었다. 하지만 옥희는 서양 이야기가 나오자마자 월향의 얼굴이 환하게 밝아지는 것을 알아차렸다. 그 곁에 앉은 단이는 지평선을 향해 의미 있는 시선을 보내고 있었다. 마치 그 아름답고 독선적인 눈길의 힘으로 창문을 지나 저 멀리 날아갈 수 있기라도 한 것처럼.

옥희 자신에 대해 말하자면, 그는 어딘가에 가고 싶은지 아닌지조차 잘 몰랐다. 그런 생각을 할 기회 자체가 이전에는 한 번도 없었고, 무언가 불확실한 것들에 대해 생각할라치면 그의 마음은 늘 멍해지곤 했다. 더 나쁜 점은, 그에게는 자연스러운 호기심조차 없었다는 것이다. 그가 가장 좋아하는 책들은 새로운 것을 가르쳐주는 것이 아니라 이미 마음 깊이 이해하고 있는 것들에 대해 더 아름다운 방식으로 이야기하는 것들이었다. 그의 상상력은 낯설지 않고 친숙한 것들 사이에서 계속 순환하며 흘러갔다. 말하자면 강물보다는 샘 같왔고, 특히나 자기 자신의 삶에 대해 생각할수록 그랬다. 다른 사람들이 원하는 것 외에, 그가 될 수 있는 게 대체 무엇이란 말인가? 그는 단이를 보며, 아주 어린 소녀였을 때부터 저 사람의 상상력은 커다란 바다와 같았을 거라고 확신했다. 자신은 결국 단이를 반도 못 따라가는 사람이 되리라 예상했다. 더구나, 단이도 자신을 보며 정확히 똑같은 그 생각을 했을 터였다.

노을이 질 무렵 기차는 종일 달리느라 지친 말이 마구간으로 되돌아오듯 천천히 경성역에 들어섰다. 열차 밖으로 나오자 습하고 텁텁한 공기가 갑자기 더 강렬해지며 번잡한 미지의 땅을 주황과 보라색 빛으로 뒤덮었다. 옥희를 가장 놀라게 한 건 주변에 밀집한 군중에게서 뿜어져 나오는 낯선 느낌이었다. 물론 평양 시내의 사람들도 옥희에게는 모두 낯선 이들이었지만, 한 집단으로서 그들의 얼굴이나 말소리, 표정 같은 것들은 충분히 인지할 수 있었다. 그들 사이에서는 안전하다는 기분을 느낄 수 있었다. 하지만 경성의 낯선 사람들은 전혀 다른 분위기를 풍겼다. 그들은 더 냉정했고, 각자 뚜렷한 목적의식을 지닌 듯 보였으며, 전반적으로 타인에게 무관심했는데, 이는 단이가 내보이는 태도와도 별반 다르지 않았다. 그들은 참을성 없이 소녀들을 앞질러 가, 노점상과 인력거꾼들이 경쟁적으로 호객하고 있는 커다란 역 앞 광장을 가득 메웠다. 광장 너머로는 짙은 남빛 기와를 얹은 거대한 석조 아치가 우뚝하니 서 있었고, 그 옆으로는 작은 가게들과 신기한 건물들이 어미 개에 붙어 있는 강아지들처럼 올망졸망 늘어서 있었다.

"저게 남대문이란다." 소녀들이 인력거에 오르자 단이가 그 아치를 가리켜 보였다. "500년도 더 전에 도읍 성벽과 함께 세워졌지. 내가 경성에 처음 왔을 땐 그 성벽도 아직 남아 있었어. 그때만 해도 웅장한 모습이 참 근사했는데, 오래전에 일본인들이 성벽을 허물어 버렸지. 저 꼴 보기 싫은 전봇대들도 그때는 없었는데."

인력거꾼이 달리기 시작하자, 역전의 혼란스러운 소음도 점차 줄어들었다.

"우리, 저 대문을 지나가는 거예요?" 옥희가 물었다. 집을 떠난 이래 처음으로 입을 연 것이었다.

"그럼, 당연하지." 단이가 말했다. "주변에 벽이 없다고 해서 대문이 제 역할을 못 하는 건 아니란다. 저게 없으면 다들 경성에 도착했다는 걸 어떻게 알겠니? 게다가, 어두운 터널을 통과해 나오는 것보다 신나는 것도 없거든. 슬플 땐 그걸 기억하렴." 단이가 쾌활하게 말했다. 묘하게 사람의 기운을 북돋아 주는 무언가를 찾아내는 능력 또한 그의 특별한 재능 중 하나였다. "이제 들어간다. 내가 한 말이 무슨 뜻인지, 너희들도 알게 될 거야!"

인력거가 아치 밑으로 들어갔다가 다른 쪽으로 빠져나오는 순간, 옥희는 형언할 수 없는 눈부신 고양감에 온몸이 떨리는 것을 느꼈다.

4장

고아

1918년

소녀들이 도시에 도착한 그날 조금 더 이른 시각에, 한 소년이 남대
문을 통과했다. 전날 밤 그 아이는 궤짝 운반을 거들거나 소소한 심
부름을 하는 대가로 몇 주간 그를 거둬주었던 보부상 한 무리와 작
별했다. 그들은 아이에게 20전짜리 은화 두 닢을 주었는데, 그 정도
면 공동 여관방에 묵으며 국밥 한 그릇을 배불리 먹을 수 있는 금액
이었다. 하지만 소년은 공복을 견딜 만한 힘이 남지 않을 때까지 끼
니를 거르며 돈을 아끼기로 하고, 남대문 바깥 도로변의 도랑으로
향했다. 흙바닥 어느 귀퉁이에 둥그렇게 팬 곳을 발견하자 그는 옆
으로 몸을 웅크려 그곳에 누운 뒤 무릎을 가슴까지 올려 바짝 끌어
안았다. 마치 소년이 그 자리에 눕기만을 기다리고 있었다는 듯, 연
한 강아지풀 다발이 부드러운 이불처럼 그의 몸을 덮어주었다. 소년

은 별이 무수히 반짝이는 새카만 하늘을 곁눈질로 올려다보았다.

소년의 아버지는 과묵한 사람이었으나, 죽기 전에 그는 아들에게 한 말을 남겼다. 하늘을 올려다보면 세상 그 어떤 것도 두렵지 않을 거라고. 그는 한때 명사수 사냥꾼으로 이름을 날렸으나, 삶이 끝날 무렵에 이르러서는 방 밖으로 걸어 나오지도 못하는 처지였다. 무슨 일이 일어나든, 네 누나와 여동생을 잘 돌봐라. 이부자리에 힘없이 누운 채로 아버지는 말했다. 엷은 그림자처럼 마르고 여윈 그의 몸에서 눈에 띄는 거라곤 마치 새싹처럼 돋아난 회색빛 머리칼뿐이었다. 네가 이제 이 집안의 가장이다. 용기가 필요할 때마다 하늘을 올려다보거라.

별들이 잠자리에 들 무렵, 소년은 서서히 땅을 덥히는 태양의 냄새를 맡으며 잠에서 깼다. 그는 눈을 비비고 도랑에서 기어 나와 흐르는 듯한 감귤 빛깔에 흠뻑 물든 도시의 모습을 처음으로 상세히 둘러보았다. 경성의 여름 새벽은 짜릿함을 안겨주었지만 거의 감지하지 못할 만큼 찰나에 지나갔다. 타오르는 태양이 지평선 위로 냅다 뛰어오르자 축축하던 밤이슬은 몇 초 만에 말라버리고, 도시는 태양의 명령에 복종하듯이 잠에서 깨어났다. 이미 수많은 수레며 여행자들과 노동자들이 길게 줄을 지어 남대문을 드나들고 있었다. 소년은 조심스레 군중 속에 섞여 도시 안으로 들어갔다. 누구도 소년의 존재에 대해 질문을 던지지 않았으며, 그에게 눈길조차 주지 않았다. 그는 거대한 지붕의 시원한 차양 아래쪽에 안전히 숨었다가 다른 쪽으로 빠져나왔다. 노면전차가 분주히 오가고, 서양식으로 높고 위풍당당하게 지어진 건물들이 늘어선 거대한 도로가 펼쳐져 있었다. 배를 곯아 기운이 빠진 상태였음에도 소년은 미소를 짓지 않을 수가 없었다. 그는 가슴 속에 품은 자그마한 주머니로 손을 뻗어 익숙한 동작으로 그것을 꽉 쥐어보았다. 주머니 안에는 꽁꽁 간직한 은화 두 닢, 은가락지 하나, 그리고 은제 담뱃갑 하나가 들어 있었다.

거리 양쪽에는 연립한 저택들이 가득히 서 있었다. 소년은 그것들이 모두 기독교인들의 예배당이라 생각했지만, 사실 그중 다수는 정부 기관이나 영사관, 무역 회사의 사무실들이었다. 거리를 오가는 인파에는 하얀 옷을 입은 한국인들과 검은 옷을 입은 일본인들이 뒤섞여 있었다. 말을 탄 순사들도 보였는데, 그들 주변을 지나는 이들은 바닷속을 순찰하는 상어 주변의 물고기 떼처럼 조심스럽고 다소곳한 태도로 스쳐 갔다. 두 백인 남자도 소년의 눈에 들어왔다. 깡마르고 나이 든 남자가 이끄는 인력거 밖으로 그들의 길고 당당한 다리가 비죽 나와 있었다. 흙을 뒤집어쓴 인력거꾼의 이마에는 머리띠가 질끈 매여 있었다. 머리띠 밑에 송골송골 맺힌 땀방울이 누런 먼지가 자욱한 길과 노인 자신의 발등으로 뚝뚝 떨어졌다. 인력거가 점차 속도를 내며 소년에게서 멀어져 군중 속으로 사라질 때까지, 그는 내내 자기 아버지의 모습을 떠올리고 있었다.

해는 벌써 중천에 있었고 소년의 목구멍은 마르다 못해 아예 달라붙어 버릴 지경이었다. 몇 차례 침이라도 머금었다 삼켜보려 했지만, 정작 목구멍으로 내려가는 침은 한 방울도 없다시피 했다. 무엇이든 해보기 전에 마실 물부터 찾아야 했다. 시골에는 마을마다 그 동네에서 가장 오래된 나무 근처에 우물을 파놓아, 주변을 둘러보고 제일 높이 솟은 나무를 찾거나 커다란 물동이를 머리에 이고 물을 길러 걸어가는 어린 여자들을 따라가기만 하면 되었다. 여기서는 그 어느 곳에서도 나무 한 그루 찾을 수 없었고, 보이는 거라곤 끝없이 펼쳐진 거리뿐이었다. 그 거리를 메운 각양각색의 사람 중 물을 길러 가는 여자는 단 한 명도 보이지 않았다. 소년은 근처에서 바구니를 짊어지고 지나가는 어느 중년 여자를 보고 걸음을 놀려 그를 따라갔다.

"실례합니다, 아주머니. 마실 물 얻으려면 어디로 가야 합니까?"
녹슨 못처럼 쉬고 건조한 그의 목소리를 무시한 채, 여자는 속도도 늦추지 않고 바삐 제 갈 길만 서둘렀다. 이어 다른 두 사람에게도 접근해 보았지만, 그들 역시 소년의 말을 전혀 못 들은 것처럼 앞으로 걸어가기만 했다. 둘 중 대학생 같아 보이던 사람은 최소한 멈춰서 뭐라도 이야기해 주지 않을까 생각했건만 그마저 매정하게 자신을 지나쳐 가자, 소년은 몸속의 피가 머리에서부터 아래로 쭉 떨어지는 느낌이었다. 이제 두 발로 버티고 서 있는 것조차 버거워져, 그는 어느 건물 처마 아래 그늘을 찾아 그곳에 엉덩방아를 찧듯 아무렇게나 풀썩 주저앉았다. 더는 어떤 기력도 남아 있지 않았다. 그는 손꿈치로 자신의 두 눈을 꾹 찍어 눌렀다. 보부상 중 한 사람이 특별히 피곤할 때면 이런 동작을 하곤 했는데, 소년에게 이는 부끄럽거나 어린아이 같은 행동이 아니라 남자답게 피로를 진정해 주는 동작으로 인상에 남아 있었다.

"너 시골서 왔니?"
소년은 두 손을 내리고 제 또래로 보이는 다른 소년을 올려다보았다.

"아니." 소년은 본능적으로 거짓말을 했다.

"이름이 뭐야?"

"남정호."

"하, 이거 시골 촌놈 맞는구먼. 누가 낯선 사람한테 그렇게 제 이름을 홀랑 대준대, 그날 막 도성 대문을 통과한 촌뜨기가 아니고선?"

"넌 몇 살이나 먹었냐, 이 버릇없는 새끼야?" 정호가 말했다. "맞고 싶어 몸이 근질근질하지?" 정호는 아직 열두 살밖에 되지 않았지만, 고향 마을의 거친 아이들 사이에서는 가장 싸움을 잘하는 걸로 정평이 나 있었다. 골격은 작지만 강단 있고 몸놀림이 잽싼 데다, 맞을 때의 고통을 전혀 두려워하지 않고 상대를 얼마나 많이 때릴 수 있는지에만 모든 신경을 집중했기에, 그는 저보다 훨씬 더 몸집이 크고 나이가 많은 소년들도 이길 수 있었다.

"너 진짜 웃긴다. 며칠간 주워 먹지도 못한 꼴을 한 주제에. 두 발로 일어날 힘이나 있겠니?" 도시 소년이 비웃었다.

눈 깜짝할 사이에 정호는 단단히 쥔 주먹을 자신의 턱 아래 갖다 대고는 언제든 날릴 태세를 갖추었다. 도시 소년이 정호보다 키가 크긴 해도, 고작 손가락 두 마디 정도 차이였다.

"장난 좀 친 거야." 도시 소년이 황급히 어조를 바꾸며 말을 이었다. "그렇게 독하게 성질낼 거 없잖아."

"그냥 좀 내버려 둬라, 이 새끼야." 여전히 주먹을 치켜든 채 정호가 낮게 말했다. "나 내버려 두고 꺼지라고!"

"알았어, 얘. 그렇지만 너 물이나 음식이 필요해 보이는데." 도시 소년이 말했다. "따라오면 어디서 물 마실 수 있는지 알려줄게."

"거짓말하지 마."

"일단 가서 보고 내 말이 거짓이면 그때 날 두들겨 패도 되잖아. 안 그래?" 도시 소년이 웃음을 지어 보였다.

"네 이름은 뭔데?"

"다들 '미꾸라지'라고 불러."

"이름 한번 등신 같다." 정호가 통명스럽게 내뱉었다. 하지만 결국 두 소년은 같이 걷기 시작했다. 미꾸라지라는 자신의 별명에 걸맞게, 도시 소년은 사방팔방으로 향하는 군중을 요리조리 피하며 한순간도 멈칫하거나 발을 잘못 디디는 일 없이 걸어나갔다.

"얼마나 더 가야 되냐?" 정호는 계속 같은 질문을 하지 않을 수 없었다.

"조금만 더 가면 돼." 미꾸라지의 답도 그게 다였다.

처음에 정호는 남대문으로 되돌아올 수 있도록 그들이 걸어가는 길을 기억하려 애썼다. 하지만 결국엔 그 한 장소만을 기준으로 자신의 위치를 파악하는 것은 의미가 없음을 깨닫고 포기했다. 가는 방향을 기억하든 말든, 뭐가 어디에 있는지 모르는 그는 근본적으로 길을 잃은 상태였다. 복잡한 한자 간판을 내건 가게들이며 바쁜 인력거들이 공기를 가르며 내는 쉭쉭 소리, 행상들의 호객 소리, 거리에서 공연하는 광대들, 그리고 꼭대기에 전선을 매단 채 사람들을 가득 태우고 다니는 전차들까지, 모든 것들이 정호의 사방을 메우며 그의 온 감각을 지치게 했다. 몸을 가누기 위해 정호는 미꾸라지의 마른 등과, 그 중간에서부터 천천히 아래로 번지며 화살촉 모양을 만들어가는 땀자국에 시선을 집중했다.

"이제 다 왔어." 미꾸라지가 몸을 돌리고는 앞쪽을 가리키며 씩 웃었다.

"그래?"

그들이 도착한 곳은 운하 가장자리였다. 그러나 운하를 흐르는 물은 정호의 산기슭 고향 마을을 끼고 돌던 힘차고 신선한 시내와는 아무런 공통점이 없었다. 지면보다 열다섯 자 정도 아래 질퍽질퍽하고 얕은 물이 흐르고, 그 양쪽으로 자갈이 깔린 둑에는 바위와 시멘트 제방이 이어져 있었다. 미꾸라지가 가리키는 것은 바로 앞에 있는 돌다리였다. 짐수레와 보행자들의 무게에 다리는 끙끙 신음하고 있는 듯했다.

"이게 뭔데, 멍청아?" 정호가 실망을 숨기지 않은 채 물었다. "물이 있을 거라며."

"물은 다리 아래 있지." 미꾸라지가 곧바로 받아쳤다.

"저 진흙탕이 물이라고? 내가 개인 줄 알아?"

"매번 열내지 말어. 안 그래도 뒈지게 더운데. 내가 다리 밑에 살아." 미꾸라지가 대꾸하고는 더 반박이 나오기 전에 말을 이어갔다. "날 따라오든가, 아니면 네가 왔던 데로 돌아가든가, 이 촌놈아." 그는 몸을 웅크리고 제방의 가장자리 쪽에 손바닥을 짚더니, 튀어나온 바위 위로 가볍게 다리를 휙 넘겨 저 아래쪽으로 몸을 떨어뜨렸다. 당황한 정호가 서둘러 몸을 내밀어 살펴보니 냇가로 내려간 미꾸라지는 이미 여유 있게 몸을 풀면서 손의 먼지를 털고 있었다.

"개새끼." 정호가 입속으로 중얼거리곤 이내 둑 아래로 떨어졌다.

"뭐 이렇게 오래 걸렸니? 아까 전의 용기는 다 어디로 가셨나?"

미꾸라지가 놀리듯 말했다. "이제 다 왔어."

정호의 바람과 달리, 그들이 다리로 향하는 동안 흐르는 물은 후덥지근한 공기를 조금도 식혀주지 않았다. 다리 밑에는 쓰레기 무더기 같은 것이 있었는데, 점점 가까워지며 정호는 이것들이 임시변통의 움막임을 알아챘다. 그들 또래의 남자아이들 몇몇이 그 옆의 커다란 바위에 앉아서 서로 얘기를 나누다가 미꾸라지를 맞이하느라 자리에서 일어섰다. 보기만 해도 피부가 근질근질해져 머릿속까지 벅벅 긁고 싶어지게 만드는, 매우 더럽고 꾀죄죄한 모습이었다.

남자아이들이 다가오는 것을 보며 정호는 불안을 감추려고 노력했다. 이 시점에서 그가 할 수 있는 최악의 행동은 그곳에서 달아나는 것이었다. 아무리 애를 써도 단숨에 제방 위까지 올라갈 수 없을 테고, 다른 소년들이 한순간에 그를 덮쳐버리리라. 하지만 정호가 겁먹고 있다는 것을 그들이 모른다면, 무사히 넘길 수 있을지도 몰랐다.

"미꾸라지, 얜 누구냐?" 남자아이 중 하나가 물었다. 무리 중 가장 키가 크고, 유일하게 입술 위쪽에 희미하게나마 잿빛 솜털이 난 아이였다.

"새로 온 애. 깡촌에서 이제 막 상경했대." 미꾸라지가 말했다. "야, 얘 목이 말라 죽는단다. 물 좀 떠줘." 누가 다녀와야 하는지를 두고 작은 소란이 벌어졌지만, 결국 그들 중 한 아이가 움막 안에서 물 한 바가지를 가져와 정호에게 건넸다.

"마셔, 촌놈아." 미꾸라지가 말했다. "우물에서 뜬 물이야."

일단 의심이 걷히자, 정호는 잽싸게 바가지를 입술에 대고 물을 벌컥벌컥 들이켰다. 그러는 동안에도 소년들이 줄곧 자신을 빤히 쳐다보고 있는 게 느껴졌다. "이제 좀 낫니?" 빈 바가지를 내리자 미꾸라지가 히죽거리며 물었다. 정호는 고개를 끄덕였다.

"넌 이름이 뭐야?" 콧수염 흔적이 있는 키 큰 소년이 물었다.

"남정호. 그러는 네 이름은 뭔데?" 정호는 훨씬 덩치가 크고 나이도 많아 보이는 상대를 마치 동갑내기라도 되는 양 아무렇지 않게 '너'라고 칭하며 되물었다.

"예의 좀 차리지. 방금 우리 물 처마셔놓고……. 내 이름은 영구야. 하지만 너한테는 형님이지."

정호가 대꾸를 않자 영구는 계속 말을 이었다.

"넌 어느 지방에서 왔나? 경성엔 왜 왔어?"

"평안도에서 왔다. 그리고 내가 경성에 온 이유는, 다른 사람들이 여기 오는 이유랑 똑같지." 정호가 대답했다. "시골에는 더 이상 입에 풀칠할 게 없거든."

"가족은 어쩌고?"

정호는 잠시 생각했다. 아버지가 죽은 뒤, 마을 홀아비 하나가 정호의 예쁜 누나에게 새장가를 들고 싶다고 나섰다. 남자는 정호의 여동생도 데려가 주기로 했지만, 정호까지는 받아들일 수 없다고 했다. 다섯 살짜리 처제를 먹이고 돌볼 수는 있어도, 거의 다 자란 남자아이라면 얘기가 다르다는 것이었다. 그러자 누나가 남자의 제안을 거절하며 남동생만 내버리고 홀아비에게 시집가느니 차라리 다 같이 굶어 죽겠다고 버텼기 때문에, 정호는 한밤중에 몰래 고향을 떠나올 수밖에 없었다.

정호가 입을 열었다. "다 죽었어."

"그렇담 너 오늘 운수 한번 좋다." 영구가 말했다. "우리 무리에 들어오면 굶어 죽을 걱정은 안 해도 될 거야. 양은 적어도 우린 들어온 음식을 다 함께 나누거든."

"우리 다 너 같은 고아들이야." 미꾸라지도 끼어들어 말을 얹었다.

"먹을 건 어떻게 구하는데?" 정호가 물었다.

"구걸도 하고, 훔치기도 하고……. 걱정하지 말어, 우린 나쁜 놈들한테서만 훔치니까. 금방 익숙해질 거야. 하지만 중요한 일부터 먼저 해야지." 영구가 말했다. "우리 조직에 충성을 맹세하고, 가진 돈이 있으면 다 내놔야 해."

"돈이 하나도 없는데……." 정호가 항변하기 시작하며, 본능적으로 품속에 있는 주머니를 향해 손을 뻗었다가 그게 사라졌다는 걸 깨닫고 서늘한 당혹감에 휩싸였다.

"내가 갖고 있단다, 이 촌놈아." 미꾸라지가 주머니를 들어 보였다. "있지, 난 이것만 따고 너는 그냥 사람들 속에 버려둘 수도 있었어. 하지만 그러는 대신 우리가 사는 이곳까지 데려와 줬잖아. 그러니 너무 지랄같이 상처받은 면상 짓지 마라, 등신아."

미꾸라지가 영구에게 주머니를 던져 보내자 영구는 한 손으로 그걸 받았다. 정호가 분노로 몸을 떠는 동안 나이 든 소년은 주머니를 열고 내용물을 하나씩 꺼내기 시작했다. 영구는 은화 두 닢을 발견하고는 즉시 제 주머니에 넣었지만, 은가락지와 담뱃갑은 양손에 하나씩 들어 보였다.

"돈은 마음대로 가져. 하지만 그 물건 두 개는 안 돼." 정호가 말했다. 그의 심장이 쿵쿵 뛰고 있었다. "그건 돌려줘."

"내가 미쳤냐? 이걸 돌려주게?" 영구가 코웃음을 쳤다. "부자들이나 갖는 물건이잖아. 너 이거 훔쳤냐? 훔쳤지?"

"아버지가 죽기 전에 남겨주신 물건이야." 정확히는 아버지가 돌아가신 뒤 베개 아래서 찾아낸 것들이지만, 정호는 결국 그게 그거라고 생각했다. 자신이 아버지의 유일한 아들이자 후계자이니까. 값어치가 나가서가 아니라, 아버지의 유품이기 때문에 그 물건들은 정호의 것이었다.

"너 아직도 이해를 못 하는구나." 영구가 피식 웃었다. "네가 진짜로 배를 곯아보지 못해서인지, 아니면 그냥 그 정도로 바보 멍청이라서 그러는지는 모르겠지만, 네가 어느 도랑에 누워 굶어 죽기만을 기다리고 있을 때 이런 것들이 네 명줄을 늘려줄 수 있는 줄 알아? 하지만 내가 이것들을 팔아오면 우리 모두 배가 터지도록 음식을 먹을 수 있다는 거다." 대장답게 으쓱한 말투였으나, 마지막 말에는 진심 어린 갈망이 섞인 듯 영구의 목소리가 떨려 나왔다.

"너희 모두 굶어 죽더라도 나하곤 상관없어. 난 네 무리에 끼지 않을 거야." 정호가 말했다. "그러니까 내 물건 돌려줘!"

영구는 크게 웃음을 터뜨렸고 다른 아이들도 그를 따라 웃었다.

"맘에 안 들면 여기서 꺼지든가. 아무도 잡는 사람 없다. 하지만 이것들을 돌려받진 못할 거야. 넌 진짜 말도 못 할 정도로 꼴통이구나. 이게 경성에서의 첫 가르침이라고 생각해라."

영구의 말이 끝나기도 전에 정호는 양 주먹을 턱 아래로 바짝 붙여 싸울 자세를 취했다. 그 모습에 다른 아이들은 웃음을 멈추었고,

영구조차 얼굴에서 미소를 거두었다. 그는 두 물건을 다시 주머니에 넣어 잠시 맡아놓으라는 뜻으로 미꾸라지에게 던졌다.

영구와 정호가 서로에게 바짝 다가서자 다른 소년들은 마치 미리 지시라도 받은 양 한두 발짝씩 물러서며 두 사람을 둘러싼 원을 넓혔다. 주변의 공기는 잔뜩 굶주린 사춘기 소년들이 내뿜는 거칠고 예민한 긴장감으로 끓어올랐다. 그 긴장 속에서, 두 소년 모두 자신을 둘러싼 현실 세계를, 쓰레기가 흩뿌려진 이 진흙투성이 운하와 거대한 다리 아래 칙칙하게 늘어진 그림자, 그리고 그들 위로 펼쳐져 있는 이 무정한 도시를 잠시 떠난 순간이 있었다. 영구는 지금 그들이 서 있는 그곳에서 4리도 채 떨어지지 않은 곳, 그가 태어나고 자랐던 흙집 움막을 떠올렸다. 어머니의 손길에 대한 기억과 집에서 키우던 개의 부드러운 털을 쓸던 느낌이 아무렇게나 섞인 채로 설명할 수 없이 그의 머릿속을 스쳐 지나갔고, 그는 마음속에 차오르는 안정감을 느꼈다. 한편 정호는 제 주위의 모든 것들에 대한 감각을 잠시 차단했다. 심지어 눈앞에 서 있는 영구의 존재도, 이미 극도의 피로감으로 한계에 도달한 그 자신의 육체까지도 말이다. 첫 주먹이 날아가기 직전의 그 순간에, 그는 그저 하늘을 올려다보았다. 늦은 오후의 햇빛이 퍼져나간 하늘 전체는 눈을 찌르는 것 같은 강렬한 노란색으로 물들어 있었다. 하늘의 모습은 그에게 아무런 위안도 주지 못했고, 아버지가 약속했던 것처럼 별다른 용기도 들지 않았다. 하지만 그는 저 하늘 어딘가에 어머니와 아버지가 있음을, 자신이 이 세계에 홀로 떨어져 나온 것이 아님을 상기했다. 그러니 할 수 있는 한 최선을 다해 살아남아야 한다는 생각이 번쩍 들자마자,

그는 영구의 머리를 향해 힘차게 주먹을 날렸다.

영구는 정호의 주먹을 쉽게 피하고 곧장 반격에 나섰지만, 이 작은 소년 또한 날렵하게 몸을 피했다. 이후 몇 분간 그들은 서로를 가볍게 후려치고 막아내며 탐색전에 나섰다. 그러다 정호가 주먹으로 영구의 배를 겨냥한 채 몸을 날렸다. 그러느라 살짝 허리를 굽혔기에, 정호의 머리는 영구의 주먹이 정확히 꽂힐 만한 위치에 있었다. 하지만 나이 든 소년이 자신 있게 주먹을 날리는 순간, 정호는 갑자기 몸을 더욱 웅크려 영구의 몸 중앙으로 머리를 겨눈 채 있는 힘껏 돌진하여 큰 나무를 베어 넘어뜨리듯 그를 땅에 쓰러뜨렸다. 양쪽 다 바닥에 쓰러진 상태에서는 키가 큰 쪽의 신체적 강점이 모두 사라지고, 몸집 차이가 어떻든 상대 위에 올라타 꼼짝달싹 못 하게 누르는 쪽이 무조건 이긴다는 것을 정호는 잘 알고 있었다. 예상치 못했던 기습으로 영구가 놀라 쓰러지자, 정호는 순식간에 그의 가슴 위에 걸터앉아 두 주먹으로 영구의 머리를 무자비하게 때리기 시작했다. 영구가 재빨리 정호의 깡마른 손목을 쥐곤, 이번엔 진실한 분노가 담긴 목소리로 절규했다. "너 이 새끼! 이 개새끼야!" 바로 그 순간, 정호가 고개를 뒤로 젖히더니 온 힘을 다해 영구의 이마를 박았다. 영구가 고통의 비명을 내질렀지만, 정호는 눈도 깜짝하지 않고 다시 한번, 아까보다 더 세게 박치기를 했다. 나이 든 소년이 정호의 손목을 놓고 힘없이 양팔을 늘어뜨렸다. 깨진 이마에서 조용히 피가 흘러 나왔다. 그제야 정호는, 제 이마에 묻은 핏자국을 손등으로 쓱 닦아내며 일어났다.

"내 물건들 돌려줘." 정호가 미꾸라지에게 말했다. 주머니는 즉시 정호를 향해 날아갔다.

다른 아이들이 침묵을 지키며 지켜보는 동안, 정호는 영구의 호주머니를 뒤져 은화 두 닢을 찾아내 주머니에 넣고서 끈을 조였다. 그는 다리 아래에서 걸어 나가 쉽게 제방을 오를 수 있을 만한 곳을 찾기 시작했다. 하지만 1분도 지나지 않아 그를 쫓는 발소리와 고함이 들렸다.

"야! 거기 서봐!" 미꾸라지의 목소리였다.

"뭐야?" 정호가 으르렁거리듯 대꾸했다. "너도 흠씬 두들겨 맞고 싶어?"

"가지 마." 미꾸라지가 말했다. "네가 무슨 일을 한 건지 모르겠어?" 미꾸라지는 잠시 가쁜 숨을 고르다가 불쑥 말했다. "방금 우리 왕초를 이겼잖아. 그건 이제 네가 우리 왕초란 소리야."

정호가 코웃음을 쳤다. "너희 왕초 같은 거, 되고 싶지 않아. 영구나 실컷 너희들 데리고 대장 놀음 하라고 해. 나는 그딴 거 안 해."

"세상일이 그런 식으로 돌아가는 게 아니라고!" 미꾸라지는 고집스레 말을 이었다. "우리랑 무리 짓기 싫다고? 그러면 너 혼자서 어떻게 살아남을래? 경성 바닥에 거지새끼가 우리뿐인 줄 알아? 이 구역에만 해도 몇 무리가 있고, 다 큰 어른 흉악범들끼리 모인 진짜 깡패들도 있다고. 그런 인간들이 널 가만 놔둘 것 같아?"

"그게 너랑 무슨 상관인데?" 정호가 소리쳤다. "내가 죽으면 뭐 죽는 거지. 네가 무슨 참견이야?"

"성질머리도 참 급하시네. 난 널 도와주려는 것뿐이야." 미꾸라지가 말했다. "살고 싶으면 다른 놈들과 무리를 지어야 해. 게다가, 일단 왕초 자리에 오르면 뭐든 마음대로 할 수 있다고. 다른 놈들이 가져온 걸 받아먹으면서 네가 직접 거리에 나가 구걸할 필요도 없단 말이야."

"몇 분 전만 해도 영구의 오른팔이었으면서, 어떻게 그런 말을 할 수 있냐?" 정호가 경멸 섞인 어조로 말했다.

"나는 누구의 오른팔도 아니걸랑." 미꾸라지가 킥 웃었다. "난 그냥 살아남기 위해 할 수 있는 일을 하는 거야. 너도 이렇게 황소고집 멍청이가 아니라면 나랑 똑같이 할걸."

두 소년의 눈이 잠시 마주쳤다. 미꾸라지는 미소를 지었다. 정호를 자기 소굴로 이끌면서, 또 정호의 돈을 훔치면서도 보여주었던 그 미소였다. 그는 작고 가느다란 올챙이 모양의 눈을 하고 누구에게나 쉽게 값싼 눈웃음을 지어 보이며 모두에게 의뭉스럽고 불쾌한 인상을 남기는 그런 아이였다. 정호는 미꾸라지의 실실대는 그 눈에다 호된 멍 자국을 남기고 싶은 욕구가 스멀스멀 피어오르는 걸 애써 억눌렀다. 하지만 그 닳아빠진 도시 소년이 자신에게 대놓고 거짓말을 하거나 일부러 자신을 해하려던 게 아니었음은 부인할 수 없었고, 지금도 도시에서 살아가기 위해 함께 뭉쳐야 할 필요성에 대해서 진실을 말하고 있는 게 분명했다.

다음 순간, 미꾸라지가 손을 뻗었다. 정호는 이유도 모르는 채 그 손을 잡아 한 두어 번 위아래로 흔들어 그와 악수를 나누는 스스로에게 놀랐다. 이내 부끄러움이 밀려와 두 소년은 서로 맞잡은 손을 떨쳐냈다.

"자, 가자." 미꾸라지가 말했다. "이제 곧 길거리에 나갔던 애들이 돌아올 거야. 곡예로 사람들을 모으는 애들, 그렇게 몰린 구경꾼 주머니를 터는 소매치기 애들, 그리고 그냥 평범하게 동냥하며 다니는 애들이 있어. 오늘은 다들 저녁거리가 될 만큼은 벌어 왔으면 좋겠다."

"보통 뭘 먹는데?" 정호는 호기심과 희망에 차서 참지 못하고 물었다.

"그냥 아무거나 물 넣고 끓인 국이지. 운이 좋으면 감자도 좀 먹고. 아니면 오래된 생선 같은 거."

"국 한 그릇 진짜 먹고 싶다. 하루가 넘도록 아무것도 먹은 게 없어." 말을 뱉으면서도 정호는 속마음을 드러내는 것에 수치스러움을 느꼈다.

"나도야. 그렇지만 사람은 이틀에 한 번만 먹어도 살 수 있대. 예전에 우리 어머니가 한 말이야." 미꾸라지가 또 실실 웃음을 흘리며 말했다. 이번에는 정호의 눈에도 그리 경멸스럽게 보이지 않는 미소였다.

5장

상해에서 온 친구

1918년

모든 인간은 근본적으로 자신이 고유한 의미를 지닌 존재라고 믿는다. 그러지 않으면 각자의 인생을 버텨내기 어려울 것이다. 하지만 김성수의 머릿속에서는, 그러한 믿음이 그저 자아의 기초가 되는 주춧돌에 지나지 않는 것이 아니라, 가장 중요한 핵심이었다. 물론 그와 같은 부류의 사람들은 자신의 내면에 자리한 자기애와 이기심을 좀처럼 인정하지 않기 마련이어서, 그 스스로는 그런 사실을 의식하지도 못했다. 교양 교육을 잘 받은 현대인으로서, 그에겐 자신만의 도덕률이 있었고, 별 어려움 없이 이를 준수하는 스스로에게 매우 만족했다. 말하자면, 그는 한국의 독립 자체에는 찬성했지만, 국내에서 자체적으로 발생하는 행동주의 운동이라면 그 어떤 형태이든 반대했다. (사회적 변화는 위에서부터 시작해 아래로 내려올 뿐이며,

이를 위한 유일한 방법은 미합중국을 향해 한국을 해방해 달라고 애원하는 것밖에 없다고 그는 믿었다.) 친구들과 함께 있을 때면 그는 일본의 압제에 대해 적절한 비판을 토로하며 그 자신의 유려한 웅변과 입 속에 맴도는 일제 담배의 부드러운 맛을 동시에 즐겼다. 그는 육체적으로, 재정적으로, 때로는 감정적으로도 상당히 빠져들어 가는 연애들을 여유롭게 지속해 나가곤 했지만, 자신의 아내 앞에서까지 그러한 일들을 버젓이 과시하여 굳이 불필요한 수치를 안겨줄 만큼 천박하지는 않았다. 한마디로, 한 해에 거의 20만 원씩 벌어들이는 저명한 지주 가문의 외동아들로 태어난 그 남자의 도덕관념과 인격은 그와 비슷한 삶의 조건을 지닌 다른 한국 남자들에 비해 딱히 나쁘다고 할 수는 없었다.

김성수가 어렸을 때 그의 아버지는 도 전체를 통틀어 '김부자'라 불렸으며, 성수 자신은 본가의 하인들뿐 아니라 수십 리 떨어진 이웃 마을 소작농들에게까지 '작은 도련님'이라는 호칭으로 불렸다. 부유한 지주의 아들들이 모두 그랬듯, 그 또한 고등학교 시절에 경성으로 보내졌고 대학도 경성에서 다녔다. 스무 살이 되었을 땐 막 기독교여자대학을 졸업한 어느 대감의 딸과 약혼해 곧 혼례를 올렸다. 신혼부부는 성수의 삼촌이 소유한 사치스러운 저택 본채에서 안뜰 하나를 사이에 두고 떨어진 방 다섯 칸짜리 별채에 입주하여 거의 3년을 함께 살았다. 그 시기를 보내는 동안 성수는 자신과 비슷한 재력과 학력을 지닌 또래 친구들과 마음껏 어울렸고, 매일같이 값비싼 요릿집을 드나들며 기생들과 흥청댔다. 밤이 되면 인사불성으로 취한 채 아내가 있는 집으로 돌아와서는, 손수 자신의 옷을 벗기고 갈아입혀 주는 아내의 보살핌을 받으며 가벼운 책망의 말을 듣는 게 일상이었다. 아내는 학교의 미국인 선교사들에게 신식 교육을 받긴 했지만, 친정에서는 결국 이상적인 아내란 남편의 허물까지도 인내와 희생으로 철저히 포용해야 한다고 배운 사람이었다. 그러나 본래 정부 관료로 일하다 1910년 한일합병조약이 준비될 즈음 백작 작위까지 받게 된 김성수의 삼촌은 조카가 계속 방탕하게 세월을 보내며 집안의 재산과 본인의 재능을 탕진하게 놔둬서는 안 된다고 생각하여, 더 많은 공부를 시키고자 성수를 일본으로 유학시켰다.

성수는 경성 집에 아내를 남겨둔 채 홀로 동경에 도착해 프랑스, 독일, 러시아 등 서구 문학을 건성으로 공부하며 3년을 보냈다. 푸시킨이나 괴테를 읽고 있지 않을 때면 줄곧 다른 유학생 무리와 어울렸는데, 그들 중 상당수는 성수 본인처럼 태평하고 여유로운 집안 출신이었다. 한편 정치 이론, 국가 독립, 평등권 운동에 심취한 이들도 있었는데, 성수는 무의식적으로 그들과 가까이 지내기를 꺼렸다. 한 사람은 지나치게 성가시고 피곤한 유형이었고, 다른 경우는 공격적이었으며, 또 다른 이는 애초에 교양이라곤 없어 세련된 문화를 향유하고 감상할 줄도 몰랐다. 그러나 뜻밖에 성수는 그 정치 동아리 출신의 또래 학생 중 한 사람과 친밀한 사이가 되었다. 사람은 가끔 자신이 경멸하는 집단 중에서도 단 한 사람만을 골라 의외의 우정을 쌓게 되기 마련이다. 성수는 그 학생의 비범한 지성과 걸출한 집안 배경, 그리고 이후에도 지속해서 그들의 우정을 재정비하는 데 도움을 준 요소인 진정한 겸손함에 공감하고 매료되었다. 그게 바로 김성수와 그의 오랜 벗 이명보 사이의 내력이었다.

성수가 경성으로 돌아오고 나서도 명보는 그다음 해까지 동경에 남아 있었다. 그런 뒤 그는 블라디보스토크로 옮겨 갔고, 만주를 가로지르며 계속 서쪽으로 나아가 상해에 자리를 잡게 되었다. 성수로서는 명보와 마지막 연락이 끊긴 지 6~7년이 지난 데다 이후로는 혼자 조용히 있을 때조차 그에 관한 생각을 떠올린 적이 단 한 번도 없었기에, 느닷없이 얼굴 한번 보자는 명보의 편지를 받았을 때 가슴이 철렁할 정도로 놀랐다. 그러나 그 처음의 당황스러움이 가라앉자 그는 평정을 되찾고 오랜 친구와 재회할 생각에 마음이 따뜻해졌으며, 이내 진심 어린 기대를 하기까지 했다.

약속한 날, 성수는 잠에서 깨어 나이 든 가정부가 떠 온 온수로 얼굴을 씻었다. 그는 정성스럽게 면도를 하고 아내가 미리 다림질을 해서 펼쳐둔 깔끔한 흰 셔츠를 입었다. 꼼꼼히 다린 셔츠 소매통에 팔을 집어넣으면 단정히 접혀 있던 주름이 산뜻하게 펴지는 느낌을 그는 매우 좋아했다. 옷을 다 입자 아내가 아침 식사를 들고 나타났다. 흰 쌀밥 한 공기, 구운 생선, 콩나물국, 김치, 새우젓을 넣어 만든 달걀찜이었다.

"잘 주무셨어요?" 아내가 상을 내려놓으며 정다운 목소리로 물었다. 성수는 대답 대신 낮은 헛기침으로 얼버무렸다. 아내는 아들내미가 학교에서 또 무슨 사고를 쳤다는 둥, 딸아이는 수두를 옮아 온 것 같다는 둥, 재잘대며 이야기를 늘어놓았다. 그 모든 가정 문제에 대해 성수는 거의 주의를 기울이지 않았다. 가끔은 아이들이 제 자식이라기보다 아내에게 속한 존재 같다는 느낌도 들었다. 그는 자식들을 향한 자신의 본능적인 관심과 애정이 얼마나 적은지에 대해 스스로 실망했고, 혹시 그런 냉담한 태도는 아이들의 어머니, 즉 자신의 아내에게 느끼는 미미한 감정의 연장이 아닐까 생각했다. 자신을 제외한 아내와 두 아이는 불완전한 조합이었지만, 그들 세 사람끼리는 완벽히 자연스럽고 따뜻하고 심지어 열정적인 애착을 보이기도 했다. 마치 아버지 역할을 해줄 사람만 없는, 실존하는 어느 가족의 사진 속에 성수가 어색하게 끼어든 듯한 형국이었다. 성수는 가끔 자신이 다른 이의 아내와 아이들을 데리고 연기를 하는 것처럼 느꼈다.

"다 잘됐구먼." 아내가 딸의 수두 발진에 관해 얘기하고 있다는 걸 거의 인식하지 못한 채 성수는 말을 끊었다. "이제 나가봐야겠어."

하늘은 청명하고 공기는 상쾌하기 그지없는 10월 아침이었다. 집의 지붕들과 벽으로 둘러싸인 정원들과 길거리까지, 모든 것이 가을의 시원한 황금빛 아래 깨끗하게 씻겨 반질반질하게 빛났다. 혼자 거리를 걸으며 성수는 잿빛 정장에 날렵하게 감싸인 자신의 건강하고 활력 넘치는 육체를 의식했다. 바로 지난주에 그의 전속 재단사가 맞추어 배달해 준 그 옷은 이 선선한 날씨에 기막히게 어울렸다. 빳빳하게 풀을 먹인 목깃과 그 사이를 조인 넥타이, 실크 조끼, 모직 중절모 그리고 반짝반짝하게 윤을 낸 구두까지, 모든 게 흡족하고 즐거웠다. 종로 거리도 오늘따라 아름다워 보였다. 여름 내내 종로에 보이던 풍경이라곤 지저분한 빈민이나 노동자들이 떠돌아다니는 모습뿐, 곱게 봐줄 구석 하나 없이 더없이 불쾌하기만 한 거리였건만, 이제는 단풍으로 불타는 나무들이 도로 위로 희미한 그림자를 드리우는 한적한 절경이 그의 눈에 들어왔다.

사무실에 도착해 하루의 업무를 시작할 때까지도 성수의 기분은 여전히 밝았다. 먼저 비서가 조간신문 한 뭉치를 들고 와 공손히 성수의 책상 위에 펼쳐놓았다. 그가 비서로 채용한 남자는 지방에서 상경한 청년으로, 자신의 능력을 입증하고 싶어 열심이지만 원체 번들번들하고 까무잡잡한 얼굴에다 촌티 나는 버릇들이 남아 있어 교양 있는 지식인으로 행세하기에는 역부족이었다. 성수는 신문들을 대충 훑어보았다. 지금 자신이 중요하고 옳은 일을 하고 있다고 느끼고자 1면에 특필된 주요 시사 소식부터 읽기 시작했으나, 곧 흥미를 잃고 기사의 결론까지 가기도 전에 다른 기사를 기웃거렸다. 2면에는 최근 쌀값 폭등으로 인해 불거진 폭력 시위를 언급한 사설이 실려 있었다. 지난해 1월만 해도 15원이었던 쌀 한 가마니 가격이 올 10월에는 38원까지 치솟았고, 한국의 5천 년 역사상 쌀값이 이렇게 비쌌던 적이 없어 소작농들과 노동자들이 집단으로 굶주리고 있다는 얘기였다. 시위 당일에는 남녀노소를 막론하고 천여 명의 사람들이 종로 한복판, 즉 조금 전 성수가 기분 좋게 걸어온 바로 그 거리에 모여 대검과 소총으로 무장한 일본 경찰을 향해 진흙 덩어리며 돌멩이를 던지며 항의했다. 마침내 군중을 해산시키기 위해 진압 군인들이 투입되었고, 수백 명의 시위자가 체포되었다. 신문의 사설은 그렇게 옥에 갇힌 시위자들의 방면을 간청하는 내용이었다.

사설의 요점을 의무적으로 파악한 뒤, 성수는 인기리에 연재 중인 통속소설 면으로 시선을 옮겨 조금 전보다 훨씬 큰 관심을 쏟으며 탐독해 나갔다. 이야기의 주인공은 성수처럼, 또 그 소설을 연재하는 작가 자신처럼, 상류층에다 신식 교육을 받은 30대 남자였다. 이제 주인공 남자는 생전에 가장 친했던 친구의 죽음 이후 과부가 된 그의 아내와 사랑에 빠지려는 참이었다. 각자 의리와 절개를 지키느라 발생할 수밖에 없는 수많은 난국과 갈등에도 불구하고 그들은 서로를 향한 연정을 감추지 못하는 상황이었다. "정말 쓰레기군! 역겹기 짝이 없는 내용이야!" 그날 분량의 소설을 다 읽고서 신문을 내려놓으며 이렇게 중얼거렸지만, 사실 은밀히 그 이야기에 깊이 몰입해 있는 그로서는 매번 다음 회차의 내용을 기대하지 않을 수 없었고, 언젠가는 자신 또한 이런 글을 쓸 수 있기를 갈망했다.

그다음 한두 시간 동안, 그는 자신이 편집장을 맡은 계간 문예지에 수록할 원고를 다듬는 작업에 매진했다. 인쇄 담당자와 짧은 면담 시간도 가졌는데, 사무실 지하에 있는 인쇄기에 무슨 문제가 생겨서였다. 성수는 그 인쇄기로 자신의 계간지는 물론 다른 출판사들의 작업물도 찍어냈으며, 상업용 소책자들도 외주를 받아 작업하고 있었다. 인쇄 담당자를 사무실에서 내보내자마자 비서가 성수의 문을 두드리고 이명보를 들여보냈다.

"이게 얼마 만인가? 도대체 얼마 만이야?" 두 친구는 두 손을 꽉 맞잡아 악수를 나누며 연신 큰 소리로 반가운 감탄의 말을 내뱉었다. 인사를 마치자 성수는 비서를 향해 즉시 커피를 타 오라고 소리를 질렀고, 흥분으로 빛나는 얼굴을 한 채 두 사람은 자리에 앉았다.

"경성에 와 있다고 왜 진작 말해주지 않았나? 난 자네가 아직 상해에 있는 줄 알았어." 성수가 나무라듯 말했다.

"이제 막 도착한 거야. 그리고 한두 달 후엔 다시 돌아갈 걸세." 명보가 미소를 지으며 대답했다.

"신수가 아주 훤한데. 그 나라가 자네한테 잘 맞는가 보군!" 성수가 사람 좋은 웃음을 터뜨렸다. 하지만 사실을 말하자면, 성수의 눈은 그의 기억 속에 남아 있던 젊은 친구의 모습과 현재 눈앞에 있는 명보의 확연한 차이를 인지해 나가는 중이었다. 성수가 보기에 명보는 자신보다 훨씬 더 빨리 세월에 치여 늙어버린 듯했다. 아직 저녁도 되기 전인데도 뺨과 턱에 수염이 거무스레했고, 살이 빠져 볼품없이 마른 어깨에는 품 넓은 외투가 헐렁하게 걸쳐져 있었다. 친구의 변한 모습에 성수는 진정한 상심과 동정을 느꼈지만, 기이하게도 한편으론 기분이 좋아졌다. 명보를 보고 있자니 그 자신이 전에 없이 건강하고 활력 넘치는 남자가 된 것 같았다.

비서가 받침 접시까지 갖추어 준비한 커피 두 잔을 서둘러 내왔고, 마실 것을 앞에 둔 그들은 다시금 자세를 고쳐 앉았다.

"괜스레 띄워줄 것 없네. 아주 건장하고 원기 왕성해 보이는 건 내가 아니라 자네인걸. 참하신 여성분과 결혼하면 자연히 그리되는 모양이지. 그러고 보니, 제수씨 안부는 어떠신가?" 명보가 물었고, 성수는 친구가 실상 단 한 번도 만난 적 없는 자신의 아내를 '제수씨'라는 친근한 표현으로 지칭하는 것에 웃음을 지었다.

"우리 집사람이야 잘 지내지, 못 지내는 적이 없어."

"애들은? 이제 몇 살이나 됐지?"

"사내 녀석은 열다섯 살이고, 딸아이는 이제 막 돌을 지났어."

이렇게 그들은 이후 30분간 각자의 삶과 서로의 가족, 쌍방의 친구들과 지인들, 성수의 출판사, 그리고 그가 시작한 지 얼마 되지 않은 부수적 사업에 이르기까지, 그동안 밀린 이야기들을 속속들이 나누었다.

"자전거포라고!" 명보가 감탄을 터뜨렸다. "어찌 그런 생각을 했나 그래?"

"내가 항상 자전거 타는 걸 좋아하지 않았나. 가장 마음을 쏟는 취미인걸." 성수가 말했다. "하지만 내 이야기는 이쯤 하고, 자네는 어쩌다 여기 온 거야? 아니, 그 이야기는 점심 먹으면서 하세. 시장하지 않아? 개업한 지 얼마 안 된 최신 식당으로 모시지. 명월관이라는 요릿집인데, 궁중식으로 칠첩, 아니 구첩반상이 나와. 아주 근사하다고."

처음으로 명보의 얼굴이 미묘하게 흐려졌다. 마치 저도 모르게 스며 나오는 불쾌한 감정을 감추려는 듯했다. 그가 입을 열었다. "아냐, 괜찮아. 별로 배도 안 고프고, 여기 있는 것도 아주 편안한걸."

"진심인가? 제발 같이 가보세, 내가 대접한다니까." 성수가 졸라댔다. "이렇게 오랜만에 만난 반가운 친구에게 점심도 못 사게 하면 내가 부끄러워진다고."

그 소리에 명보는 다시 미소를 지었고 얼굴에 맴돌던 냉기도 사라졌다. "자네는 내가 기억하는 옛 모습처럼 여전히 관대하고 호방하구먼. 학교 다니던 시기에도 다른 친구 몇몇이 돈만 알고 자란 부잣집 도령이라며 자네 험담을 늘어놓을 때마다 난 항상 자네를 옹호했었지. 자네가 다른 이들이 지레짐작하는 것보다 훨씬 선하고 친절한 사람이라는 걸 알고 있었거든."

"아, 명보, 나는 잘 모르겠어." 성수가 갑자기 풀죽은 기분으로 말했다. "난 자네가 말하는 그런 사람이 아니야. 그런 칭찬을 받을 만한 일은 아무것도 한 게 없는걸."

"하지만 만약 기회가 주어졌다면 어땠겠나?" 명보가 흥분한 기색으로 물었다. "자네의 선함을 증명할 만한 기회만 주어졌다면, 자네도 옳은 길을 선택하지 않았겠어?"

"그게 무슨 말인가? 난 이해가 잘 안 되는데……."

"당연히 이해하고말고. 모르겠나? 사람들이 죽어가고 있다네, 성수. 피땀 흘려 일해온 순박한 농부들이 말이야. 끼니때마다 상에 밥 한술 올리기 위해 모든 시간을 쏟느라 평생 나쁜 짓이라곤 해본 적이 없는 사람들인데…….

바로 이 사무실 앞, 여기 경성의 심장인 종로에서 수천의 민중이 압박에 항거하기 위해 일어나 맨손으로 싸웠는데, 자네도 그 모습을 못 봤을 리 없겠지." 명보의 눈이 낯설게 번득였다. "그들 입에 들어갈 쌀이 왜 없겠나? 자네가 한번 말해보게."

"쌀값이 오르고 있기 때문이겠지." 성수가 마지못해 대답했다.

"아니……. 글쎄, 그게 정확한 대답이라곤 할 수 없어. 쌀값이 오르는 건, 일본인들이 토지조사 사업을 벌여 한국 땅을 구석구석까지 살펴보는 과정에서 조상 때부터 대대로 물려받거나 구두 약조를 통해 땅을 갖게 되어 문서로는 자기 소유임을 증명할 수 없었던 가난한 문맹 농민들이 평생 일구어온 제 농지를 하루아침에 빼앗겼기 때문이야. 소위 '소유자가 없는 땅'이 되어버린 많은 토지가 정부에 귀속되거나, 지주들 또는 일본인들의 법인회사에 매각되었지. 그래서 그 전까지 자기 토지를 소유한 소농이었던 사람들이 대지주에게 귀속된 소작농으로 전락해 버렸고. 그들이 정부에 세금을 내고 토지

임대료를 내고 농기구 사용료를 내고 관개수로 사용료 등을 다 내고 나면, 자기들이 먹을 식량을 살 돈조차 남아 있지 않아. 그러면 볍씨리도 확보하기 위해 이듬해 나온 농작물을 담보 삼아 지주에게 돈을 빌릴 수밖에 없는 거야. 이 악순환은 매년 심해지고, 그들은 뼈가 드러날 정도로 말라가지. 그러고 나서 지주는 소작농 중 한 사람이라도 야반도주할 경우 마을의 나머지 소작농 전부가 그가 남기고 간 빚을 갚아야 한다는 공동 계약서에 서명하도록 만들어. 그렇게 아무도 감히 달아날 생각을 못 하고 전부 굶어 죽을 때까지 한자리에서 죽어라 발버둥 치게 만드는 거야. 한편 한국 땅에서 생산되는 쌀 대부분을 손에 넣는 대지주들은 쌀 수요가 절박해질수록 가격을 높이고, 그 높아진 가격으로 더욱 부자가 돼. 그들의 곳간마다 천장까지 곡물 자루가 그득그득 차는 동안 나머지 사람들은 모두 굶주림에 죽어가고 있다고. 지금 상황이 이렇게 돌아가고 있는데, 자네는 아무런 문제가 없다고 말할 수 있겠나?"

"이상적인 상황은 아니지만, 그렇다고 내가 뭘 할 수 있겠어? 그리고 또⋯⋯." 어조는 부드러웠지만 성수의 말에 순수한 선의만 담겨 있지는 않았다. "자네 자신도 지주의 아들 아닌가. 내가 그랬듯이 자네 역시 태생부터 자본계급으로서의 이득을 보았고. 그래서, 자네는 내게 뭘 제안하고 싶은 건가?"

"잘됐네. 그리 말을 꺼내주니 마음이 편하군." 명보가 만족스러운 미소를 띠며 말했다. "나는 양심상, 내 육신과 영혼의 모든 부분이 부도덕하다고 느끼는 사회체제로부터 계속 이득을 취할 수는 없네. 아버지가 돌아가신 다음 영지를 상속받으면, 나는 언제나 그 땅을 돌봐왔던 소작농들에게 반절을 떼주고 나머지 반절은 팔아서 대의를 위한 기금을 마련할 생각이야. 그렇지만 당장은 내가 가족에게서 금전적인 지원을 받지 못하고, 상해에서 기획 중인 독립운동을 이어가기도 몹시 어려운 상태이다 보니……."

"세상에, 그래서 날 만나러 온 건가?" 성수가 물었다. "그러면, 필요한 금액이 얼마쯤인데?"

"먼저 이 일이 결코 나 혼자만을 위한 게 아니라는 걸 자네도 알아줘야 하네. 대의를 위해 필요한 자금이야. 만주에 있는 우리 용감하고 젊은 청년들을 먹이고 입히고 훈련하는 데 들어가는 금액이지. 그들은 우리 조국을 위해 기꺼이 목숨을 내던질 인재들이야." 명보의 얼굴은 붉어졌고 눈에는 촉촉하게 눈물이 고였다. "자네만큼 탄탄한 입지를 가진 남자라면 기부금 2만 원 정도는 쾌척할 수 있지 않을까 생각하고 있었네."

"2만 원? 이 친구야, 그 돈이면 집 스무 채는 살 수 있다는 걸 알고 하는 소린가?" 성수가 고함을 질렀다. "다들 내가 엄청난 부자라고 생각하는 것 같은데, 나한테도 그건 큰돈이야. 곰곰이 생각 좀 해봐야겠네." 그렇게 말하면서도 성수는 이미 자신이 명보에게 그만한 돈도, 그 정도 값어치에 비견하는 그 어떤 것도 건넬 일이 없으리라는 걸 알고 있었다. 그는 즉각적으로 결정을 내린 터였고, 그저 거절의 구실을 붙일 시간이 필요할 뿐이었다.

"자네는 아름다움을 추구하는 예술가 아닌가, 성수……. 한데 지금 이 세상에서 벌어지는 일을 향해 어찌 마음을 닫고 있을 수 있나?" 명보가 씁쓸하게 중얼거렸다.

"그 반대야. 예술가이니 오직 예술에만 마음을 쏟을 수밖에 없는 거지. 정치는 자네 같은 정치인들의 몫인 거고." 성수가 대꾸했다. 그 다음에 또 뭐람? 들판에서 고되게 일하는 암소들을 생각하며 자책과 동정을 느끼기라도 하란 말인가? 우주의 삼라만상은 각자 자신이 속한 위치가 있는데 말이다.

"알았네, 자네에게 강요할 수는 없겠지. 그저 지난날 동경에서 자네가 눈독 들였던 그 게이샤한테 따로 집 한 채까지 마련해 주느라 아낌없이 탕진했던 돈이 얼마나 되는지 회고해 보길 바라네. 그 돈이라면 지금 우리의 젊은 병사들에게 어떻게 쓰일 수 있을는지도. 그들은 우리 조국을 위해 헌신하고자 총 한 자루와 실탄을 얻기만을 바라고 있다네."

"정말, 명보 이 사람아, 이 모든 걸 찬찬히 생각해 볼 시간이 필요하다니까." 성수가 짜증을 억누르고 최대한 예의를 차리며 말했다. "점심을 같이 들지 못하겠다고 하니 유감이군. 술 한 잔 없이 머쓱하게 이런 얘기를 나누게 되었으니 말이야. 그렇지만 결국 자네가 마음먹은 얘기는 다 했으니 이제 다른 얘기도 해보세나."

"아니야, 지금 보니 내가 자네를 불편하게 만든 것 같아. 나는 이만 가보겠네. 하지만 우리의 옛 추억을 생각해서라도, 자네가 나를 좋은 친구로 생각해 주는 마음이 조금이라도 남아 있다면, 부디 심사숙고해 주겠나?"

"그래야지, 약속하고말고." 성수는 애써 말했다. 이어 마침내 명보가 모자를 다시 쓰고 사무실을 나서는 순간, 그는 더없이 깊은 안도감을 느꼈다.

단이의 집은 창경궁 동물원 근처의 연건동에 있었다. 유서 깊은 양반 가문들의 본가가 즐비한 동네였다. 집은 탁 트인 데다 무척이나 널찍했다. 이층집의 1층 전체를 단이 혼자서 썼고, 안뜰 건너편에는 근사한 별당까지 마련되어 있었다. 여자아이들은 하인과 가정부의 거처가 있는 2층 방을 하나씩 배정받았다. 가죽 소파에 벨벳 커튼, 심지어 스타인웨이 피아노 한 대까지 놓인 그 집은 옥희가 본 중 가장 아름다운 집이었다. 안뜰에는 먼 곳에서 수입되어 온 이국적이고 화려한 식물들이 안락하게 자리를 잡아 무럭무럭 자라나고 있었다. 단이는 특유의 시적 즉흥성을 발휘하여, 세 여자아이의 성격에 따라 각각 어울리는 꽃을 지정해 주었다. 연화는 밝고 건강하며 행복한 여름 해바라기였다. 월향은 단이가 개인적으로 가장 좋아하는 꽃이라는 가을 코스모스에 비유되었다. 한 송이만 놓고 보면 심심하지만 한 다발로 모아놓으면 숭고함을 느낄 만큼 아름답고 청순한 꽃이라며 단이는 열변을 토했다.

옥희는 겨울 동백이었는데, 추운 북쪽에서 나고 자란 그로서는 한 번도 본 적 없는 남부의 꽃나무라고 했다. 단이는 어쩐지 평소보다 훨씬 다정한 태도로, 동백은 여자에게 큰 행운을 상징하는 꽃이라며 옥희를 다독였다. 동백의 짝은 사랑스러운 연두색 동박새인데, 다른 꽃을 찾아다니지 않고 오로지 동백꽃의 꿀만 마시는 습성이 있다. 개화의 계절이 끝나도 동백은 다른 꽃들처럼 갈변하거나 꽃잎 한 장씩 떠나보내며 힘없이 져버리지 않는다. 흠 하나 없이 온전한 채로,

심장처럼 붉고 벨벳처럼 부드러운 꽃 한 송이 전체가 툭 떨어지는 것이다. 그렇게 동백은 땅에 떨어지더라도 처음 피어났던 날 그대로의 모습으로 변함없이 아름답다. "모든 여자가 원하는 거지, 한결같은 사랑을 받는 것 말이야. 널 봤을 때 내게 보이는 게 바로 그런 거야." 단이가 뜻을 알 수 없는 미소를 지으며 말했다. 옥희는 단이 이모가 예술가와 예언자의 중간쯤 되는, 창의성을 타고난 사람들만이 가진 직관적인 구석을 지니고 있다고 생각했다. 가끔 단이는 자신의 미적 상상력에 도취한 채 작은 예지의 형태를 띤 이야기를 할 때가 있었다. 그가 실제로 미래에 대한 감각을 지니고 있었는지는 몰라도, 단이의 열정적인 표현만큼은 정말 꼭 그렇게 이루어질 것처럼 느껴졌다.

"그렇담 단이 이모, 이모는 어떤 꽃이에요?" 연화가 물었다.

"난 알아." 단이가 대답하기도 전에 옥희가 나섰다. "이모에게 어울리는 꽃이라면, 여왕의 품격을 갖춘 봄 장미밖에 없지!" 미리 약속이라도 한 양, 두 소녀는 손을 맞잡고 단이 주변을 빙글빙글 돌며 외쳤다. "장미 여왕! 장미 여왕!" 조카들의 재롱에 결국 단이도 웃음을 터뜨리고 말았다. 하지만 이처럼 즐거운 순간이 한창일 때도, 옥희는 줄곧 입을 다문 채 침묵을 지키는 월향의 모습을 보며 자책감을 느꼈다. 그 무엇도 월향이 다시 말을 하거나, 미소를 짓거나, 심지어 전처럼 동생들에게 화를 내고 독설을 퍼붓게 할 수는 없을 것만 같았다.

초가을의 어느 흐린 날, 월향이 마침내 몇 달간 이어져 온 침묵을 깨고 다시 말문을 열었다. 촉촉하게 내리는 비가 모든 것을 진한 쪽빛으로 물들이고 있었다. 세 아이는 점심을 먹은 뒤 다시 이부자리로 기어들어 가 잔잔한 빗소리를 들으며 감상에 젖었다. 옥희는 시중을 들던 하인 해순에게 제주도에서 보낸 어린 시절 이야기를 들려달라고 졸랐다. 남쪽에 있는 그 마법 같은 섬에서는 가지 없는 나무들이 자라고 꼭대기가 만년설로 뒤덮인 거대한 산 아래 야생마들이 자유롭게 뛰어논다고 했다. 해순은 자기 어머니와 그의 네 자매 모두 바다 깊이 잠수하여 전복을 수확하는 해녀들이라고 말했다. 그들은 한 번 잠수할 때마다 2분까지 숨을 참을 수 있었다.

"그게 될 리가 없잖아. 언니가 지어낸 이야기지!" 연화가 깔깔 웃었다.

"다 참말인걸. 제주 여자들은 배 속에 아기를 가진 상태에서도 물질을 할 수 있어. 우리 어머니도 하마터면 바닷속에서 나를 낳을 뻔했지만 정확한 시간에 맞춰 얼른 헤엄쳐 나온 덕에 내가 해변에서 태어날 수 있었던 거야. 어머니는 자기 손으로 직접 나를 붙들어 몸 안에서 꺼내고 갓 태어난 내 몸을 다시마로 닦아주었대." 해순이 말했다. 그렇게 믿을 수 없는 이야기들을 그는 곧잘 해주곤 했다. 불과 얼음을 동시에 내뿜는 산에 대한 이야기며, 파도 사이에 둥지를 트는 기다란 날개를 가진 새들에 관한 이야기들. 눈을 감으면 바닷속에서 물고기로 변신하는 여자들이나, 엮인 해초들에 안전하게 걸린 채로 얕은 물결에 흔들리며 잠드는 아기들을 볼 수 있었다.

아이들이 하인에게 더 많은 질문을 퍼부으려는데, 단이가 문간에 나타나더니 나른하게 늘어져 있는 그들의 모습에 짐짓 놀란 시늉을 했다.

"비가 오긴 하지만, 그렇다고 어떻게 오후 내내 드러누워 퍼진 채로 보낼 수가 있니? 내가 너희들 나이였을 때는 학교에서 가장 총명한 아이였다. 심지어 영어도 배웠어! 다들 아래층으로 내려오렴, 재미있는 걸 가르쳐줄 테니."

거실로 내려와 보니 중앙에 자리 잡고 있던 소파가 한쪽 벽면으로 밀려 있었다. 단이가 축음기에 레코드판을 걸었다. 종이처럼 얇고 구두약처럼 검은 광택이 나는 레코드판이 촛불에 비쳐 그윽하게 빛났다. 회전판 위에 얹힌 원반이 천천히 돌아가는가 싶더니, 이내 유쾌한 엇박자가 어우러지는 현악기와 트럼펫의 따뜻한 소리가 거실을 가득 채웠다. 옥희는 눈을 감고, 소리의 물결이 그를 먼바다까지 떠밀어 보낼 수 있도록 몸을 맡겼다.

"멋지지 않니? 폭스트롯이라는 음악이야." 단이가 활짝 웃었다. "그 춤을 어떻게 추는지 나도 배웠다면 좋았을 텐데. 그렇지만 학교에선 배우질 못했단다. 잠깐 있어봐, 왈츠를 틀고 그걸 가르쳐줄게."

오래지 않아 그들 모두―단이, 월향, 옥희, 연화, 심지어 해순까지도―발끝으로 선 채 거실 전체를 빙글빙글 돌며 춤을 추면서 즐거운 비명과 웃음을 터뜨리고 있었다. 옥희는 월향의 얼굴이 몇 달 만에 처음으로 미소로 환하게 빛나고 있는 것을 알아차렸다.

"내 방으로 가자, 얘들아." 단이가 말했다. "내 옷들을 입어봐." 그한마디에 아이들의 흥분은 더욱 고조되었다. 옥희와 연화는 기쁨의 탄성을 내질렀고, 월향마저도 단이의 값비싼 자수 드레스를 걸친채 한 바퀴 빙그르르 돌아보는 즐거움을 마다하지 않았다. 계속 춤을 추다 지친 나머지 그들은 결국 색색의 비단 치마들이 산더미처럼 쌓여 있는 마룻바닥에 나란히 뻗어버렸다. 그들의 정신을 번쩍 들게 한 것은 진흙투성이 거리를 가로질러 내달리는 바퀴 소리였다. 해순이 대문을 향해 달려갔다가 비에 젖어 덜덜 떨며 돌아와서 말했다.

"아씨, 판사님께서 오셨어요."

"사전에 기별도 안 주시고?" 단이가 얼굴을 찡그리며 물었다. 단이가 즉시 몸을 일으켜 옷매무새를 가다듬는 동안 해순은 어질러진 거실을 부랴부랴 정돈했고 가정부도 서둘러 아이들을 몰아 2층으로 데리고 올라갔다.

옥희는 가장 뒤쪽에서 미적거렸다. 충계참에서 모퉁이를 돌기 직전, 그는 고개를 돌려 단이가 맞이하는 반백의 남자를 얼핏 보았다. 60대 초반의 권력가답게 아직 건장한 모습이지만, 고작 오륙 년만 지나도 나타날 쇠락의 징조들도 눈에 띄었다. 탁하고 거무튀튀한 안색과 풀기 없는 목소리만 보아도, 저 늙은 남자는 누구라도 자기 발 아래 순순히 엎드리게 할 수 있을 매력을 지닌, 아름답고 사랑스럽고 열정적인 단이 이모에게 어울릴 만한 짝이 전혀 아니었다. 그러니까 단이도 결국 자신의 감정보다는 돈을 택했다는 점에서 다른 이들과 다를 바 없이 약삭빠른 속물이었다는 말이다. 단이도 결국 환상적인 존재가 아님을 깨닫는 순간, 옥희는 날카롭게 가슴을 꿰뚫는 듯한 실망감을 느꼈다.

다음 날부터 단이는 아이들에게 음악과 춤을 가르쳤다. 어머니의 지도 아래에서는 매번 시험을 통과하는데 애를 먹었던 연화였지만, 단이의 지도를 받으면서 그는 충분한 자신감을 쌓았고 처음으로 목구멍이 아니라 몸 전체를 울리며 나오는 듯 놀라우리만치 근사한 제 목소리를 발견했다. 월향은 가장 현대적인 가문의 상류층 여성들만 할 수 있는 영어 학습에 깊은 관심을 보였다. 옥희는 시를 처음 접했을 때와 같은 방식으로 춤을 배웠다. 그는 시와 춤이 모두 같은 곳, 어느 불가해한 지점에서 유래한다는 것을 깨달았다. 첫 시도에서 그는 어떤 동작이든 그대로 모방할 수 있었다. 이어 두 번째 혹은 세 번째 시도에서는 몸통을 살짝 돌리거나 턱의 기울기를 조절함으로써, 혹은 그 이전에는 없었던 단순한 숨결 하나를 추가하여 그 춤을 자신만의 독특한 것으로 새롭게 표현해 냈다. 거의 감지할 수 없는 그 미세한 차이로 인해 다른 여자아이들이 그저 춤을 추는 동안 옥희는 한 마리의 고고한 학이 되고, 전설 속 주인공이 되고, 하나의 계절이 되고, 어떤 추상적인 관념이 되었다. 이런 순간이 올 때마다 단이는 한 손으로 턱을 괸 채 실처럼 가늘게 뜬 눈으로 옥희를 바라보았다. 그게 승인의 표시인지 혹은 불만의 표출인지 옥희는 결코 알 수 없었다.

10월이 오자 단이가 아이들에게 곧 특별한 외출이 있을 거라고 일렀다. 그가 지난 보름 동안 거의 매일 밤 예약을 받아 오갔던 새로운 식당 명월관에서, 단이를 비롯한 권번*의 기생들에게 종로 개점 홍보를 도와달라고 부탁했던 것이다. 그래서 그날에는 두 아이도 단이가 함께 데려가기로 했다는 말이었다. 월향은 현재 몸 상태상 갈

---

* 일제 강점기에 기생들의 조합을 이르던 말. 노래와 춤을 가르쳐 기생을 양성하고, 기생이 요정에 나가는 것을 감독하고, 화대花代를 받아주는 따위의 중간 구실을 하였다.

수 없었다. 단이는 옥희와 연화가 입을 새 옷을 주문했고, 두 아이는 매일 밤 방 안에서 그날 해야 할 일들을 순서대로 연습했다. 그러고 나면 옥희는 이토록 준비해야 할 게 많고 미리 생각해 두어야 할 것도 많은데 잠을 자야만 한다는 상황이 불공정하다고 느끼며 잠자리에 들었다. 거의 정신적 고문에 가까운 흥분감에 뒤척이다 완전히 진이 빠져서야 들뜬 선잠에 겨우 들 수 있었다.

정해진 날 전까지 한 주 내내 날씨가 흐리고 이슬비가 내려 옥희는 걱정으로 안절부절못했다. 그러나 그날이 되자 구름 한 점 없는 하늘에 태양이 쨍하게 솟았다. 두 아이는 옷을 입기 전에 정원에서 단이가 코스모스 꺾는 것을 도왔고, 해순의 손길도 빌렸다. 옥희의 정수리 위로 화려하게 수놓은 족두리를 씌우기 전에, 해순은 긴 댕기를 꼬아 올려 낮게 쪽을 진 뒤 옥희의 머리에 처음으로 은비녀를 꽂았다. 새신부의 상징이었다. 올림머리는, 옥희가 신체적으로는 동정을 간직하고 있을지언정 겉으로 드러나는 신분상 더는 혼인 이전의 상태가 아님을 의미했다. 하지만 그는 일반적인 기혼 여성들과도 달랐다. 오른쪽으로 열리게끔 감아 입은 치마가 그의 직업을 나타내는 표식이었다. 단장의 마지막 순서인 화장까지 마쳤을 때, 옥희는 거울 속에 비친 아름답고도 낯선 이를 보았다. 하얀 분가루를 칠한 피부 위에 붉게 도드라진 입술을 한 그 자신의 모습이 단이와 매우 비슷하다는 것을 깨닫고 깜짝 놀랐다.

"안녕, 보고 싶을 거야." 해순이 대문을 여는 사이 옥희는 정원을 향해 속삭였다. 몇 시간 후면 다시 이 자리에 돌아올 것을 알았지만, 그때는 모든 것이 달라져 있을 터였다. 이런 모습을 세상에 내보이

고 나면, 혼인할 수 있는 여자로서의 평판을 영영 잃게 되리라. 옥희
는 이 집에 들어올 때만 해도 어린아이였지만, 이제 기생이 되어 그
대문을 나서고 있었다.

6장

가두 행렬

명보가 자리를 뜨고 나서, 성수는 자신도 사무실을 나서기 전에 10분쯤 기다렸다. 오랜 친구와의 만남이 바라던 대로 흘러가지 않았다는 게 진심으로 유감스러웠다. 함께 먹고 마시며 지난 모험담을 추억하고 누군가 지난날 자신의 모습을 여전히 기억하고 있다는 사실에 기쁨을 느끼며 흥청거리는 대신, 그들은 지금 서로가 얼마나 달라졌는지 알고 큰 충격을 받은 터였다. 이는 새로운 사람을 만났는데 상대방이 마음에 들지 않는 경우보다 훨씬 더 불쾌한 상황이었다. 게다가 지난 몇 년 동안 성수의 잘못을 감히 그의 앞에서 지적한 사람은 아무도 없었다. 모두가 그의 마음에 들고 싶어 안달할 뿐이었다. 부하들은 경의를 표했고, 동료들은 칭찬 일색이었으며, 아내는 그를 숭배하듯 대했다. 그 어떤 상황에서든 성수에게는 이러한 보편

140

적인 승인이 무조건 일어났기에, 그것이 바로 객관적 현실이라 받아들이고 있었다. 그러니 네가 틀렸다는 말을 바로 앞에서 듣고 난 지금, 그는 자신이라는 존재가 핵심까지 흔들리는 느낌이었다.

'명보의 말이 옳은가? 생득적으로 타고난 권리를 포기하고 상해나 시베리아 어딘가의 깊은 산촌으로 터전을 옮겨 표적 사격이나 암살 모의로 여생을 보내고 싶지는 않다는 게 틀린 거야?' 성수는 자문했다. 부유한 양반 가문의 자제들이나 가난한 소작농 집안에서 태어난 젊은이들, 혹은 그 사이의 중인 계층에 속하는 한국 청년들이 그런 은신처에 모여 조국의 대의를 위해 목숨을 바치겠다는 맹세를 한다는 얘기는 성수도 들은 바 있었다. 그들은 약지의 끝을 잘라 피로 서약을 하고, 말끔하게 재단한 슈트와 모자를 멋스럽게 갖춰 입고 다니는데 그건 언제 죽음의 순간을 맞더라도 가장 고귀하고 위엄 있는 모습으로 보이기 위해서라고 했다. 그야말로 당장이라도 예고 없이 죽을지 모르는 목숨이라는 얘기였다. 또한 여자들은 너나 할 거 없이 그런 청년들과 열정적인 사랑에 빠진다고도 했다.

'하지만 도대체 뭘 위해서냐? 다 어리석은 일이다. 그런 짓을 한들 아무런 성과도 나오지 않아. 그뿐만 아니라, 암살은 살인 범죄잖아.' 이러한 일련의 생각이 성수의 불안과 초조함을 조금씩 가라앉히기 시작했다. '우리는 일본인들이 우리 민족을 살해하고 있다고 말하지만, 그렇다고 그들을 똑같이 살해하자는 게 과연 올바른 답일까? 그 모든 게 너무 야만적이고, 그만큼 옳지도 않은 짓이야. 그래, 그런 무모한 폭력에는 이바지하지 않을 테다. 명보가 나를 어떻게 판단하든, 내가 원치 않는 일을 억지로 강요당하진 않을 거야.'

이렇게 자신의 논리를 정리하자 만족스러움이 느껴졌다. 사무실을 나가 길거리로 향하는 동안 그는 다시 상승한 자존감을 느끼며 거의 미소를 짓기까지 했다. 파랗게 빛나는 하늘 높이 해가 떠올라 있었고, 시원하고 상쾌한 산들바람이 불어왔다. 그는 곧 한 친구와 마주쳤는데, 그 또한 일본 유학 생활을 함께했다가 돌아와 극작가로 활동하는 인물이었다. 성수는 친구와 악수를 나누고 그와도 아는 사이인 명보 이야기를 꺼냈다.

"자네 둘을 한날에 만나다니 참으로 이상하군." 성수가 말했다. 그러곤 명보가 육체적으로나 재정적으로나 그리 좋아 보이지 않았다고, 아마도 옛 친구들에게 돈을 빌리기 위해 한동안 경성에 머무르고 있는 것 같다고, 그리고 성수 자신도 명보의 부탁을 즉시 받아들이지는 못했으나 아직도 생각은 해보는 중이라고 조심스레 이야기를 늘어놓았다. 물론 이 모든 내용은 직접적인 표현 없이, 솜씨 좋게 에둘러 전달되었다.

"거절하길 잘했어." 극작가가 말했다. "나는 전부터 그치의 수작을 견딜 수가 없었네. 미리 귀띔해 주어 고맙구먼. 만약 그치가 날 만나자고 하거든 무슨 구실이라도 대야겠어."

그들이 지난 이야기를 주고받으며 걷고 있자니, 바로 앞에 많은 사람이 모여 큰 소리로 뭔가를 외치는 모습이 보였다.

"아이고, 이거 또 시위인가? 다른 길로 돌아가세." 성수가 말했다.

"시위 같지는 않아. 사람들이 웃는 소리 같은걸. 무슨 공연이라도 하나 보지?" 극작가는 구경거리를 좋아했기에 소리가 나는 방향으로 다가가기 시작했다. 가까이 가서 보니 군중은 대로 중앙에 있는 무엇인가를 향해 함성을 지르며 손뼉을 치고 있었다. 인파를 뚫고 제일 앞쪽으로 나아가자, 사람들의 환호를 받으며 대로 중앙을 행진하는 기생 스물서너 명의 행렬이 눈에 들어왔다.

여자들은 제각기 아름다운 비단옷 차림에 등 뒤쪽으로 하얀 띠를 늘어뜨리고 있었다. 띠 위에는 각 기생의 기명과 새로 개점한 식당 명월관의 이름이 나란히 적혀 있었다. 그중 몇몇은 꽃이 가득 담긴 바구니를 들고 걸으면서 이따금 환호하는 군중을 향해 꽃을 한 송이씩 던져주었다.

"대단하군!" 극작가가 웃음을 터뜨렸다. "얼마나 영리한 발상인지. 명월관 소문이 온 시내에 단단히 나겠어! 우리도 곧 함께 가보세."

언제나 아름다운 여자들의 모습을 즐겨 감상하는 성수는 이처럼 화려한 기생 행렬에 큰 관심을 쏟으며 지켜보았다. 그러다 그가 문득 깜짝 놀라 얼어붙었다. 행렬의 중간쯤에서, 낯익으면서도 달라진 단이의 얼굴을 발견했던 것이다.

처음에는 그저 자신의 기억 속에 남아 있는 얼굴을 지금 저 여인의 모습과 차근차근 견주어볼 수밖에 없었다. 둥글었던 그의 얼굴은 전보다 갸름해졌고, 이목구비는 더욱 또렷하게 두드러졌다. 하얗게 분칠한 피부는 마치 윤을 낸 백자 같은 것이, 봄의 새벽처럼 싱그럽던 한때의 홍조는 찾을 수 없었다. 까맣게 선을 그린 눈매와 날카로운 광대뼈, 그리고 붉게 칠한 입술은 전보다 호락호락하지 않은 인상을 주었다. 그가 더 이상 젊어 보이지 않는다는 건 부인할 수 없는 사실이었다. 그러나 그의 내면에 존재하는 신비로운 정원을 힐끗

보여주는 동시에 그 누구의 영혼이든 훤히 들여다보는 듯했던 활기
찬 눈빛만은 변하지 않은 채 그대로였다. 정말이지, 그건 하나도 변
함이 없었다! 마침내 그 사실을 깨달은 순간, 성수는 다른 사람들이
보는 것처럼 단이를 바라보았다. 주변의 다른 사람을 모두 빛바래게
할 만큼 찬란하고 눈부신 여자로 말이다.

경성으로 돌아온 지 7년이 지났는데 어떻게 그동안 한 번도 그를
보지 못했을까? 솔직히 말하면 단이가 기생, 그것도 아주 유명한 상
류 기생이 되었다는 소식을 들어 안 지는 오래되었다. 사실 단이의
근황에 관해 듣지 않기란 불가능했다. 도성에 사는 지식인이며 예술
가며 작가, 외교관, 기타 그 비슷한 부류의 사람들은 모두 복잡하게
얽혀 있는 저들만의 좁은 사교 사회 내에서 움직였고, 그들 모두 아
름다운 기생들을 사랑했다. 일부는 다소 천박하게, 일부는 보다 순
수한 방식으로 말이다. 하지만 성수는 단이가 나오지 않는다는 게
확실한 연회 자리에만 얼굴을 비추며 그와 우연하게라도 마주치기
를 의도적으로 피해왔음을 자각했다. 그가 생각하기에 자신과 단이
의 관계는 오래전에 끝나버렸기에, 말하자면 낡은 뼈를 파내 사골국
물을 끓이려는 것처럼 무용할 뿐이었다. 과거의 가장 좋은 점은 그
것을 이미 지나쳐 왔다는 것이다. 그래서 성수는 단 한 번도 단이를
궁금해하거나 그와 재회하는 달콤한 공상에 자신을 내맡긴 적이 없
었다. 그런데도, 정작 단이가 이렇게 눈앞에 나타나자 그는 갑자기
혼란 속에 괴로워졌고 어떻게 반응해야 할지 알 수가 없었다.

"단이라는 저 여자, 만나본 적 있어?" 성수의 시선을 눈치챈 극작
가가 뭔가 의미심장한 미소를 지으며 물었다.

"오래전에 알고 지냈었어." 성수가 대답했다. "그때는 학생이었지."

"학생이었다고?" 극작가가 믿을 수 없다는 듯 눈썹을 치올렸다.

성수는 단이의 어머니가—그 역시 명성을 날린 기생 출신이었는데—당대 유력한 관리의 두 번째 아내가 되면서 기적에서 은퇴했다고 설명했다. 성수가 알기에 단이는 평범한 여자아이로 자라났으며, 단이의 학교 앞에서 우연히 자신과 만났을 때만 해도 기생이 될 생각은 전혀 없는 순진한 학생이었다. 성수는 암시적인 약속들로 단이를 유혹했지만, 마침 유학을 떠나라는 집안의 명령을 받고는 단이를 남겨둔 채 동경으로 달아나 버렸다. 그래도 별로 가책을 느끼지는 않았는데, 어쨌든 자신이 단이에게 구체적으로 '나는 너와 결혼할 것'이라고 말한 적은 없기 때문이었다. 성수가 배우자로 선택할 수 있는 상대는 흠잡을 데라곤 없는 고귀한 가문의 부유한 여자뿐이었다. 양갓집 규수 출신다운, 담백하다 못해 맹맹하고 수수한 여자, 순종적이고 주어진 삶에 만족하는 현재 자신의 아내처럼 말이다. 단이가 그걸 진작 깨닫지 못했다는 게 성수의 잘못은 아니었다.

"아주 강력한 보호자를 꿰차고 있다던데." 극작가는 총독 사법부의 최고위직에 있는 일본인 치안판사의 이름을 댔다. 듣기로는 그 판사가 단이를 위해 따로 기거할 이층집을 하나 마련해 주고 심지어 다이아몬드까지 갖다 바쳤다고 했다. "그러니 혹여 관심이 가더라도 저 여자는 금단의 열매라는 걸 알아야 해." 극작가가 한쪽 눈을 찡긋하며 말을 이었다. "소위 구경은 해도 만져볼 수는 없다는 거지. 좋은 것들은 다 그런 식이라니까!"

"아, 그럴 일도 없어." 붉은 비단 치마를 입은 단이의 등에 꽂혀 있던 시선을 애써 돌리며 성수가 대꾸했다.

그와 같은 순간, 몇 구획 떨어진 곳에서 야마다 겐조가 이토라는 이름의 동료 장교와 함께 연대 본부에서 말을 달려 나오고 있었다. 사냥 여행에서 본 하야시의 난폭함에 질린 야마다는 아버지를 설득해 평양에서 빠져나오는 데 손쉽게 성공했던 것이다. 권력가 가문의 수장이 으레 그렇듯 야마다 남작도 자기 자식들의 야망을 전폭적으로 지지해주는 것을 원칙으로 삼은 터였다. 남작은 친구들 사이의 상당한 인맥과 유용한 연줄을 적극적으로 활용했고, 봄이 될 즈음 겐조는 소좌로 진급하여 경성에서 복무하라는 발령을 받았다. 이러한 파격적인 진급 소식은 그와 평양에서 함께 부대꼈던 거의 모든 동료들, 특히 하야시 소좌의 은은한 적대감을 불러일으켰다. 야마다 자신도 그 사실을 뻔히 알았고, 동료들 또한 야마다가 자신들의 아니꼬운 심사를 알고 있다는 걸 알았다. 하지만 그들 모두는 각자의 진심을 잘도 감춘 채, 그 어떤 원망이나 쓸쓸함의 기색도 없이 기쁘게 덕담을 주고받았다. 굳이 서로를 적으로 삼을 이유가 없기 때문이었다.

경성에 온 야마다는 평양과 달리 이곳에는 무소불위의 권력을 휘두르는 단독 상관이 있는 게 아니라, 군대의 몇몇 수장들이 각각의 계파를 이끌며 각자 영향력을 행사하고 경쟁하는 구도를 취하며 서로를 견제하고 균형을 맞추고 있다는 것을 깨달았다. 아버지의 조언을 따라 그는 이토 소좌가 속한 파벌에 몸을 담았다. 야마다와 이토는 거의 비슷한 나이였고, 둘 다 탄탄한 체격을 갖춘 잘생긴 용모에 최상류층 출신이라는 점도 같았다. 이토는 키가 크지 않은 편이었지만 날렵한 허리와 근육질의 종아리를 가지고 있어서 절제된 활력이 충만해 보였다. 그는 장차 백작 작위를 승계할 후계자임에도 자신의 유력한 배경을 두고 거만을 떨지 않았으며 늘 가식 없는 태도로 일관했다. 그의 내면에서 우정이라는 감정을 느끼는 게 가능하다고 친다면, 야마다는 그 나름대로 이토를 좋아했다. 그들은 종종 부대 밖에서도 동행했으며, 지금은 나란히 말을 탄 채 대외 근무를 나가는 중이었다.

"그러니까, 약한 국가와 민족이 더 강한 국가와 민족에 흡수되고 통합된다는 건 불가피할 뿐 아니라 바람직한 일이라는 거야." 이토가 깔끔하게 다듬은 콧수염을 한 손가락으로 매만지며 말했다. "일본이 없다면 조선이 어떻게 현대화됐겠어? 철도, 도로, 전력과 발전을 가져다준 쪽이 누구냐고. 이렇게 제멋대로인 나라를 정리해 주는 동안 우리는 할 수 있는 한 가장 관대한 호의를 베푸는 거야. 그런데도 이 개 같은 새끼들은 자기들한테 이로운 게 뭔지도 모른다니까."

"우리가 이곳에 발전을 가져온 건 틀림없지. 그리고 이 경우 국가 사이에도 약육강식의 논리가 적용된다는 자네 말도 옳아. 하지만 쌀 문제에 관해서는 좀 의문이 들어." 야마다가 대꾸했다. "왜 굳이 피를 볼 때까지 그들을 다그치는 거지? 그들을 더 적대적이고 통제할 수 없는 상태로 만드는 꼴이잖아. 그것 말고 다른 방법은 없는 걸까?"

"하지만 모국인 일본에도 쌀이 필요하잖나. 우리 신체가 체내 영양소와 신선한 혈액을 사지보다 심장에 먼저 공급하는 것과 같아. 비유하자면 일본이 심장이고, 조선은 심장에서 가장 멀리 떨어져 있는 손발인 셈이지. 또, 이 조센징들도 사실상 잘 처먹고 다니니 저렇게 활력이 넘치고 혈기 왕성한 거라고. 피를 좀 흘려봐야 그 거센 성미도 온순해질 거야." 이토는 기분 좋은 미소를 짓고 있었다. 안장 위에서 신체가 율동감 있게 흔들리는 느낌이, 이 화창한 오후를 보내는 그의 마음을 더욱 활기차고 상쾌하게 해주었다. "우리가 이들을 현대화하고 발전시켜 주는 대신, 이들은 그 대가로 우리에게 쌀과 특산품, 이국적인 공물을 바치는 거 아니겠나? 골동 청자나 호랑이 가죽 같은 것 말이야. 지금 세계의 다른 곳들도 모두 똑같은 상황이야. 영국, 프랑스, 독일, 네덜란드, 벨기에를 좀 보라고. 그들 모두 아프리카와 아시아 대륙을 나눠 먹으며 더 큰 강대국들이 되어가고 있어. 미국은 필리핀과 남태평양 쪽을 먹었고. 그게 지금 세계가 돌아가는 질서야." 이토는 잠시 멈췄다가 대로변을 따라 몰리는 군중을 발견하고 앞쪽을 가리킨 뒤 말발굽을 굴러 질주해 갔다. 야마다도 속도를 맞추며 뒤따라갔다.

"조선 기생들의 행렬이군!" 이토가 야마다를 향해 손짓하며 외쳤다. 야마다는 이토의 곁에 나란히 말을 세운 뒤 군중의 머리 너머 아름답게 차려입은 모습으로 노래하고 구호를 외치며 꽃을 던지는 여인들의 행렬을 보았다. 이토는 웃음을 터뜨렸는데, 그 소리가 어찌나 크고 호탕한지 그를 태운 잘생긴 흑색 종마가 몇 번이나 불안하게 발을 굴렀다.

"아, 그리고 보니 여자들을 빼먹었군. 쌀, 호랑이, 그리고 여자. 이

세 가지야말로 조선 제일의 특산품이라니까." 이토는 짓궂은 미소를 지으며 행렬을 향한 박수와 환호에 가담했다. 이어 다시 야마다 쪽으로 몸을 돌리며 그가 말했다. "나 자신부터가 이 조선 기생들한테 꽤 빠져 있다네. 이들은 게이샤와는 좀 다른 맛이야."

"어떻게 다른데?" 야마다가 물었다.

"물처럼 부드럽고 순종적인 우리 게이샤에 비해 이들은 더 고집이 세고 거칠어. 마치 활활 타오르는 불씨를 품고 있는 것처럼. 아마 온 힘을 다해 자네를 거스르고 싸우려 할 걸세. 하지만 그렇게 저항하는 걸 정복하는 데도 독특한 기쁨이 있지. 단단한 호두껍데기를 까놓고 그 안에 든 고소함을 홀랑 맛보는 것 같달까." 이토가 두 손으로 외설적인 동작을 취해 보이며 야마다를 향해 눈을 찡긋했다.

바로 그때, 아주 어린 견습 기생들이 서로 팔짱을 낀 채 군중을 향해 애교 있는 웃음을 던지며 지나갔다. 이토는 크게 흥분해 외쳤다. "저 꼬마 기생들 좀 봐. 다들 앙증맞지 않아? 귀엽기도 하지!"

행렬의 끝에 가까워졌을 때, 옥희는 갑자기 이 모든 낯선 사람들이 자신을 빤히 쳐다보는 것에 압도당하는 기분을 느꼈다. 그나마 자신의 왼쪽 팔에 살짝 기대어 있는 연화의 오른쪽 팔꿈치의 무게감이 그를 안심시켜 주었고, 그는 초조한 마음을 감추려 애썼다. 그의 다른 팔에는 코스모스와 국화로 가득한 바구니가 걸려 있었는데, 그날 아침 단이의 정원에서 꺾어 온 꽃들이었다. 이따금 연화가 왼손을 뻗어 옥희의 바구니에 든 꽃을 한 줌씩 가져가 군중 위로 던졌다. 꽃잎이 비 오듯 하늘하늘 쏟아질 때마다, 사람들은 환호하며 박수를 쳤다.

"이제 너도 해봐, 진짜 재밌어." 연화가 옥희의 바구니를 대신 들어주며 속삭였다.

"너처럼 멀리는 못 던질 것 같은데!" 옥희가 당황한 기색으로 말했다. 이어 두 소녀는 비밀스레 키득거렸다.

"바보 같기는, 꽃들이 뭐가 무겁다고." 연화가 요령을 가르쳐주었다. "너무 깊이 생각하지 말고 그냥 아무렇게나 던지면 돼. 사람들 얼굴에다 겨냥하진 말고."

옥희는 꽃을 한 움큼 집어 오른쪽으로 던졌다. 꽃잎들이 옅은 푸른 바람에 실려 잠시 떠다니다가 분홍색, 흰색, 보라색 무늬를 만들며 하늘하늘 떨어져 내렸다. 군중은 그 모습에 넋을 잃고 손뼉을 쳤다. 도심 거리는 햇빛으로 가득했고, 자박자박 발을 뗄 때마다 옥희의 꽃신 바닥은 잘 다져진 모래땅 위에서 바삭거렸다. 그 모든 것들이, 공기가 아닌 다른 무언가로 옥희의 폐를 가득 채웠다. 지금까지 살아오는 동안 이런 감정이 가능하다는 것도 몰랐던 그것은 바로 자유롭다는 느낌이었다. 옥희는 날개를 펼치듯 두 팔을 펄럭이고 싶었다. 그 욕구를 꾹 누른 채 그는 웃음을 터뜨리며 꽃 한 송이를 아무렇게나 던졌고, 그것은 공중으로 치솟았다가 한 소년의 얼굴에 정면으로 떨어졌다.

미꾸라지와 영구, 그리고 개 한 마리와 함께 서 있던 정호는 기생들의 행렬에 강렬하게 매료되어 거의 넋이 나간 사람처럼 구경하고 있었다. 여느 남자아이들이 실컷 주먹다짐을 하고 나서 그러듯 영구와 정호는 가까운 친구 사이가 되어 있었다. 개는 이들 무리에 새로 들어온 신입이었다. 9월 어느 날, 영구가 다리 밑에서 헤매던 이 녀석을 발견했다. 지저분하고 수척한 상태였지만 아직도 기운이 남아 있었다. 정호와 미꾸라지는 그냥 개장수에게 팔아버리자고 했지만, 영구는 필요하다면 또 한 번의 싸움이라도 불사할 기세였다. 결국 정호도 누그러져 영구가 개를 키우도록 허락했다. 단, 개의 먹이는 영구가 배급받는 식량에서 알아서 해결하는 조건이었다. 그때부터 영구는 저 혼자 먹기도 모자란 양을 개와 나눠 먹었고, 매일 부드럽게 털을 쓰다듬어 주다가 손가락으로 벼룩을 잡아선 딱 소리를 내며 으깨버리곤 했다. 개는 언제나 영구에게서 몇 발짝 떨어지지 않은 곳에 붙어 다니며, 사람들이 많이 모여 구걸하기 좋은 곳을 찾아내는 유용한 능력을 선보였다. 오늘도 목적지 없이 개를 따라다니던 중, 녀석이 이 거리로 그들을 이끌어 와서는 자기도 이 장관을 구경하고 싶다는 듯 구름 떼 같은 관중 앞에 웅크리고 앉은 터였다.

그때까지만 해도 정호는 여자들이 그렇게 아름다울 수 있다는 걸 미처 몰랐다. 기생들은 그가 지금까지 알고 지냈던 모든 여자와는 완전히 다른 종족의 사람들 같았다. 그 광경이 너무도 휘황찬란하여 속이 메슥거릴 정도였지만, 그래도 도무지 시선을 돌릴 수가 없었다. 그는 행렬 끝자락에 제 또래의 여자아이 둘이 있는 것을 발견했다. 둘 다 키와 체격은 중간 정도에, 똑같이 분홍빛 치마 위로 길게 늘어뜨린 연둣빛 장옷을 입고 있었다. 객관적으로 보면 아직 너무 어려 앞으로의 미모를 채 가늠할 수도 없는 평범한 얼굴의 소녀들일 뿐이었다. 그러나 정호의 시선은 곧바로 그들 중 한 여자아이에게 고정되었다. 마치 처음부터 그 아이를 계속 찾고 있었던 것처럼.
그 아이는 둥근 얼굴을 하고 있었다. 특히나 이마에서부터 정수리까
지 꼼꼼하게 갈라 빗어 넘긴 가르마 때문에 둥그스름한 얼굴선이 더
욱 강조되었고, 양쪽 눈은 반짝반짝 빛났으며, 사과 같은 뺨은 쌀쌀
한 가을 공기 때문인지 살짝 홍조를 띠고 있었다. 그저 그게 다였지
만, 그것으로 충분했다.

정호가 그 여자아이를 빤히 쳐다보고 있는데, 그가 바구니에서 코
스모스 한 송이를 집어 들더니 환하게 웃으며 정호의 얼굴을 향해
그 꽃을 던졌다. 얼굴 위에 부드러운 꽃잎이 떨어지는 순간, 정호는
저 아이가 자신에게 일부러 장난을 치고 있다는 생각에 공포와, 그
리고 똑같은 이유로 환희에 빠져들었다. 그의 놀란 마음을 눈치챈
미꾸라지와 영구가 웃음을 터뜨리며 사정없이 놀려대는데도 정호
는 그게 전혀 짜증스럽거나 거슬리지 않았다. 정확히 무엇인지는 그
자신도 아직 알지 못했으나, 어떤 경이로운 것에 대한 의식이 그의
가슴속 깊이 들어왔다.

7장

탈출

1918년

삶이 꾸준한 전진의 과정이라 믿어 의심치 않는 태도는 젊음 특유의
요건이다. 옥희 역시 인생의 한 단계를 지나고 나면 바로 그다음 단
계가 오리라는 걸 당연하게 여겼고, 가두 행렬에서 자신이 성년으로
한 발짝 들어서는 확실한 순간을 경험했다고 믿었다. 그래서 그날
이후 일상에 아무런 변화도 없다는 사실을 깨달았을 때 그는 놀라움
과 실망감을 감추지 못했다. 단이는 여전히 그들이 사는 곳에서 어
느 방향으로든 최대 다섯 집 이상의 거리를 넘어가지 않도록 엄격히
금지했다. 옥희도 언제나처럼 그 명령을 순순히 따르긴 했지만, 단
이의 집에 점차 익숙해지면서 처음 그곳에 도착하여 벅차게 느끼던
찬탄과 애착에 서서히 먼지가 내려앉기 시작했다. 고만고만한 이웃
동네를 살짝 벗어나기만 해도 눈이 휘둥그레지는 공연과 음악, 기생

들의 최신 유행을 좇는 부잣집 마나님들, 챙 달린 학생모를 쓰고 눈을 빛내는 고등보통학교 남학생들, 서양식 복장으로 멋을 내고 외알 안경을 낀 지적인 신사들, 또한 각양각색의 별미 간식을 파는 가게들이 있다는 걸 이미 눈으로 똑똑히 보고 온 옥희였다. 온 세상이 화창한 여름 첫날처럼 저항할 수 없는 생생함으로 옥희를 끌어당겼다. 하지만 그는 경성 한복판의 담장 속에 갇힌 채 그 모든 것들로부터 단절되어 있었다. 겨울이 시작될 즈음 옥희는 혼자 밖으로 나가 단이가 허락한 다섯 집 거리 안에서 그나마 가장 멀리 떨어진 길 끝에 오도카니 앉아 있다 오곤 하는 버릇이 생겼다. 주변을 맴도는 낯선 소년 하나를 발견한 것도 그런 날의 어느 오후였다.

나중에 옥희는 자신이 그 아이를 처음 봤을 때 소년이 어떤 모습이었는지 정확히 회상할 수가 없었다. 그는 소년의 존재를 몇 날 며칠에 걸쳐서야 비로소 알아챘다. 소년은 나무나 울타리처럼 자신을 둘러싼 주변 환경의 자연스러운 일부처럼 보였고, 그래서 그는 소년의 존재를 깨닫기도 전에 이미 그 아이가 있는 풍경에 익숙해져 있었다. 소년은 옥희와 비슷한 또래에 작고 깡마른 체격이었다. 피부는 연한 밤색이었는데, 강한 햇볕에 타서인지 아니면 제대로 씻지 못해서인지는 가늠하기 어려웠다. 옥희의 시선이 마침내 소년에게 정면으로 쏠렸을 때, 소년은 마치 지금껏 옥희가 자신을 바라봐 주기만을 기다려왔다는 듯 미소를 지어 보였다. 소년이 옥희 쪽으로 다가오기 시작하자 동그랗게 꼬리가 말린 황구 한 마리가 그의 뒤를 바짝 좇았다. 그제야 옥희는 소년의 외양에 뭔가 이상한 점이 있다는 걸 깨달았다. 소년이 입은 옷이 너무 낡고 해지다 못해 다시 실타래로 풀려 나가기 직전 같았다. 어떤 걸인들은 본래 옷감보다 천을 덧대어 기운 부분이 더 많은 누더기 차림으로 다니기도 했지만 소년은 옷이 찢기고 틈새가 벌어진 부분을 아랑곳없이 내버려 둔 상태였고, 그래서 뼛속까지 찌르는 돌풍이 부는 순간 너덜거리는 천 조각이 거세게 펄럭이며 맨살을 그대로 내보였다. 동정심과 역겨움으로 뒤섞인 감정이 옥희의 마음에 진한 파장을 남겼다.

"여기서 널 자주 본 것 같은데, 이 동네 사니?" 소년이 옥희에게 물었다. 옥희는 주저하며 고개를 끄덕였다. 다른 아이들과 얘기하지 말라는 금지령을 받은 적은 없지만, 단이가 직접 말하지 않았어도 자신이 그래서는 안 된다는 걸 아는 터였다. 그러나 다른 한편으로는 현재의 권태에서 벗어나고 싶다는 욕망이 단이에 대한 두려움보다 더 강력하게 일어났다. 게다가 소년의 몰골이 꾀죄죄하긴 해도, 따지고 보면 어릴 적 마을에서 알고 지냈던 개구쟁이들의 모습이랑 별다른 차이가 없기도 했다.

"저거 네가 키우는 개야?" 옥희가 소년의 뒤쪽에서 흙바닥을 향해 킁킁대는 개를 가리키며 물었다.

소년이 휘파람을 불자 개가 기쁜 듯 꼬리를 쫄랑쫄랑 흔들며 앞으로 다가왔다.

"내 친구 개야. 쓰다듬어도 돼. 얘 착하거든."

옥희는 쪼그리고 앉아서 갑작스러운 관심을 반기는 개의 머리부터 꼬리까지 살살 어루만졌다. 귀 뒤쪽과 턱 아래도 긁어주었다. "얜 이름이 뭐야?"

"이름은 없고, 우린 그냥 '개'라고 불러." 소년이 설명했다. "근데

내 이름은 정호야."

옥희는 소리 내어 웃었다. "미안. 네 이름부터 물어봤어야 했다. 난 옥희야." 이어 그는 서둘러 덧붙였다. "이제 집에 가봐야 할 것 같아. 멀리까지 나가면 안 돼서."

"얼마나 멀리?"

"이 거리를 건너면 안 돼."

정호는 믿을 수 없다는 듯 고개를 저었다. "계속 갇혀 지내면 지겹지 않나? 나는 그냥 경성에 뭐가 있는지 알아보려고 모든 거리를 다녀봤는데. 저쪽에 한강이 있고, 시장통이 있고, 양키들끼리 모여 사는 거리가 있고……. 여기서 그리 멀지 않은 곳에 동물원도 있거든. 네가 원하면 구경시켜 줄 수 있어."

"아, 글쎄……." 옥희가 잠시 멈칫했다. "동물원이 뭐야?"

정호는 세상의 모든 동물을 한곳에 데려다 놓은 곳이라고 설명했다. 거기서 가장 유명한 인기 스타는 '자이언트'라는 이름의 코끼리인데, 돈을 내지 않아도 구경할 수 있다고도 덧붙였다. 옥희는 입술을 깨물고 어떤 선택을 내려야 할지 곰곰이 생각했다. 단이 이모는 이미 집에서 나갔고 늦은 밤까지는 돌아오지 않을 터였다. 만일 이번 기회를 놓친다면, 다음 외출은 아마 최소한 한두 해쯤 지난 뒤, 단이의 자유분방한 마음이 내킬 때나 겨우 가능할 것이었다.

"좋아, 하지만 최대한 빨리 돌아와야 해." 옥희가 정호 곁으로 다가서며 말했다. 가까이에 서보니, 정호의 키는 겨우 옥희만 하거나 심지어 조금 더 작은 듯도 했다. 그렇지만 약해 보이지는 않았다. 걸인들은 대체로 발을 질질 끌며 비굴한 태도로 다녔지만, 정호는 사

람들의 시선은 아랑곳없다는 듯 두 팔을 높이 흔들며 씩씩하게 걸었
다. 꼭 옛날이야기에 나오는, 민심을 알아보기 위해 변장한 왕자처
럼 일부러 누추한 옷을 꾸며 입은 듯한 태도였다. 그들이 나란히 걷
는 동안, 정호는 경성이 모두 제 것인 양 자신이 소개하고 싶은 이곳
저곳을 자신만만하게 가리켰다.

"저게 동물원이야. 예전에는 임금님이 지내시는 궁궐이었대." 마
침내 소년이 말했다. 한겨울인데도 수십 명의 사람이 대문 밖까지
줄을 지어 입장을 기다리고 있었다. 요란한 음악과 고함 소리, 그리
고 웃음소리가 돌담 너머로 은은하게 퍼져 나왔다.

"여기, 이쪽으로 와." 정호가 옥희를 입구에서 멀리 데리고 나와
길모퉁이를 돌아갔다. 인적이 드문 뒤편에는 느티나무 한 그루가 동
물원 성벽 너머로 가지를 늘어뜨리고 있었다.

"나무 탈 줄 아니?" 정호의 물음에 옥희는 고개를 저었다. 소년은
자신의 두 손으로 깍지를 껴 나무둥치 곁에 바짝 갖다 대면서, 옥희
에게 오른발로 자기 손바닥을 디디고 올라가라고 일렀다. 옥희는 자
신의 무게 때문에 깡마른 정호가 휘청거릴까 봐 염려했지만, 그가
나무 몸통에 난 다른 틈새를 발견하고 그쪽에 왼발을 얹어 위쪽 가
지로 기어오를 때까지 소년은 꿈쩍도 않고 버텼다. 순식간에 정호도
날랜 동작으로 옥희의 뒤를 따라 올라와, 어느새 두 사람은 잎이 다
떨어진 위쪽 가지들 사이에 몸을 웅크리고 있었다. 남겨진 개는 나
무 아래 주저앉아 끙끙댔다.

"봐, 저게 자이언트야." 정호가 가리켰다. 담 너머, 수백 명의 사람
들이 마른 해자 주위에 몰려들어 있었고, 해자 안에는 마치 석회 같

은, 뼈 색깔의 모래로 뒤덮인 섬이 있었다. 자이언트는 그 한가운데에, 회색 돛을 달고 해변에 정박한 배처럼 우두커니 서 있었다. 덩치가 어찌나 큰지, 옥희는 먼 거리에서도 그 짐승이 자신의 손바닥만큼이나 커다란 눈을 끔벅이는 모습을 볼 수 있었다. 군중은 자이언트의 관심을 끌기 위해 환호성을 지르는가 하면 우리 안으로 물건을 던지기도 했다. 인내심 때문인지 고집 때문인지 코끼리는 아무런 반응도 보이지 않았고, 지루해진 관중들은 우리 앞을 떠나 다음 차례를 기다리던 사람들 무리로 교체되었다. 몇몇은 욕설을 퍼부으며 해자 안에 침을 뱉었고, 사과 속심을 던지는 이들도 있었지만, 자이언트는 여전히 꼼짝도 하지 않았다.

옥희는 그 짐승이 힘이 세고 몸집이 큰 만큼 우리 안에서 겪는 고통도 크리라고 생각했다. 벼룩 같은 건 잡아두어 봤자 전혀 비극적이지 않으니까. 그것을 계속 보고 싶지 않았지만, 동시에 돌아서서 떠날 수도 없었다. 그토록 보고 싶어 했던 세상이건만, 이제 그것이 무엇인지를 보고 나니 배 속에서부터 스멀스멀 올라오는 메슥거림이 느껴졌다.

정호가 옥희의 소매를 잡아당겼다. 누군가 그들을 향해 고함을 치고 있었다.

30미터 정도 떨어진 곳에서 제복 차림의 경비가 그들에게 소총을 휘두르며 거친 욕설을 퍼붓고 있었다. 옥희는 터져 나오려는 비명을 꾹 눌러 참았다. 정호는 어느새 나무 아래로 재빨리 내려가는 중이었다. 개가 경비 주변을 어지럽게 맴돌며 하얀 이빨을 드러낸 채 으르렁거리고 짖어댔다.

"얼른 뛰어내려!" 정호가 소리쳤다. 경비는 소총의 개머리판을 곤봉처럼 휘두르며 그들을 향해 바삐 다가오고 있었다. 정호가 외쳤다. "내가 잡아줄게!" 옥희는 세차게 고개를 저었다.

나무 밑동에 거의 다 이른 경비가 욕을 내뱉으며 개를 향해 소총을 겨누었다. 하지만 옥희 없이는 절대로 달아나지 않겠다는 듯 정호는 여전히 꿈쩍도 않았다. 옥희는 크게 숨을 들이쉰 뒤 곧바로 뛰어내렸고, 정호 바로 앞 땅바닥에 무릎과 뺨을 부딪히며 떨어졌다. 두 아이와 개 한 마리는 경비가 쫓아오는지 돌아보지도 않고 정신없이 도망쳤다. 숨을 돌리거나 속도를 늦출 겨를도 없이, 그들은 단이의 집 앞에 이를 때까지 계속 달렸다.

"괜찮아? 어디 손 다친 데 좀 보자." 정호가 세차게 숨을 몰아쉬며 말했다.

"됐어, 그냥 긁힌 것뿐이야." 옥희는 자기 손에 묻은 흙먼지를 불어 털어주려는 정호를 말렸다. 개가 꼬리를 툭 떨구며 큰 소리로 낑낑대더니 탈진한 듯 길바닥에 발랑 드러누웠다.

"그 코끼리 말이야." 옥희가 입을 열었다. "온종일 그렇게 고요하게 꿈쩍 않고 서서 무슨 생각을 하는지 넌 알겠니?"

정호는 잠시 생각했다. "아마 그냥 귀찮은 거 아닐까? 그렇게 많은 사람이 자기를 둘러싸고 있으니. 아니면 먹는 생각을 하거나." 정호의 의견은 그랬다.

"아니야, 걘 이런 생각을 하고 있는 거야. 어떻게 해야 여기서 나갈 수 있지? 걔가 어디 묶여 있는 것도 아니었잖아. 그렇게 덩치가 큰데도, 그 해자를 건너갈 수가 없는 게 분명해. 코끼리는 멀리뛰기

159

를 할 수 없나 봐. 하지만 어떻게든 걔가 탈출할 방법이 있을 것 같
지 않아?"

그에 대해 곰곰이 생각하느라 정호의 안색이 어둡고 진지해졌다.
"나도 잘 모르겠네, 정말 미안해."

"그럼 우리 다음번에 만날 땐 코끼리가 어떻게 탈출하면 좋을지
생각해 보자." 옥희가 말했다.

집에 들어온 옥희는 연화를 붙잡고 신나게 말했다. "새로 사귄 친
구가 동물원에 데려가 줬어. 우린 이 세상에서 가장 큰 동물을 봤어!
이상한 건, 난 그걸 보면 행복할 줄 알았는데 실제로 보니까 슬퍼지
더라."

"새로 사귄 친구?" 연화가 반짇고리를 탁 닫으며 물었다. 떨어져
나간 저고리 고름을 막 새로 단 참이었다.

"응, 누런색 개를 데리고 다니는 우리 또래 남자애야."

"아, 동네에서 돌아다니는 거 본 적 있어." 연화가 대꾸하며 갑자
기 반짇고리를 다시 열었다. 그러곤 이미 단단히 매듭지어 완성된
고름에 애꿎은 바늘땀을 다시 추가하면서, 날카롭고 빠르게 쏘아붙
였다. "지저분한 소매치기에다 길거리에서 구걸하는 비렁뱅이잖아.
더러운 이라도 옮지 않으려면 개랑 가까이 지내지 않는 게 좋을걸."

옥희는 깊은 상처를 받아 말문이 막혔다. 지금까지 그 어떤 일에
서든 연화와 자신의 의견이 갈린 적은 없었다. 단단히 얼어붙은 호
수 위에도 어쩔 수 없이 머리카락처럼 가느다란 금이 생겨나듯이,
연화와 자신의 우정에 아주 미세한 변화가 찾아왔다는 생각을 옥희
는 애써 떨쳐버리려 했다. 그 누구도 연화의 자리를 대신할 수 없다

고, 그들은 언제나 이 세상에서 가장 오래되고 가까운 친구로 남을 거라고, 옥희는 재차 연화에게 확인해 주려 애썼다. 그렇지만 아무리 옥희가 밖으로 나가 함께 성호를 만나보자고 제안해도 연화는 매번 거절했다. 오히려 집 안에서 한 발짝도 벗어나지 않은 채 만삭을 향해가며 점점 깊어지는 긴장 속에서 침묵을 지키는 월향 곁에 머물 뿐이었다.

그 이후로 옥희가 집 밖으로 나올 때마다 정호는 언제나 대문 옆에서 그를 기다리고 있었다. 가끔은 개도 데려왔는데, 그러면 그들은 개를 안아주거나 막대기를 던져주고 물어 오게 했다. 정호 혼자서 오는 날이면 그들은 함께 동네를 걸어 다니면서 어떻게 코끼리를 탈출시킬 수 있을지 전략을 짜고 이야기를 나눴다. 정호가 고향의 가족을 모두 잃고 하천 다리 아래 움막에서 살게 된 사연을 전부 들려준 무렵에는, 옥희는 자신의 새 친구에게 그 어떤 잘못된 점도 없다고 생각하게 되었다.

"있잖아, 우린 별로 다르지 않아. 나도 부모님이 없어. 비록 살아는 계시지만 말이야." 옥희가 말했다. "어머니는 나더러 절대로 가족을 찾아 돌아오지 말라고 하셨어. 내가 견습 기생이 된 걸 마을 사람들이 알게 되면 우리 집안은 망할 거라고."

"가족들 보고 싶어?" 정호가 물었다. 옥희는 어머니가 밤마다 머리를 빗어주고 땋아주던 기억을 떠올리려 해봤다. 헤어지기 전, 다시는 돌아오지 않겠다고 약속하라면서 마지막으로 옥희를 안아주었을 때의 느낌이 어땠는지도. 하지만 그런 기억들은 이미 새벽녘의 별처럼 흐려져 있었다.

"전에는 보고 싶었는데, 이제는 지금 가족이 진짜 내 가족 같아." 옥희가 말했다.

유난히 춥던 어느 날, 옥희는 집안 오동나무 장롱에 수없이 쌓여 있던 명주솜 이불 중 하나를 끄집어내어 정호에게 가져다주었다. 소년은 뜻밖의 횡재에 기뻐하기보다는 충격을 받은 표정이었다.

"걱정 말고 가져가." 옥희가 이불을 소년의 팔에 안겨주며 말했다. "우리는 장롱 안에 수십 개나 더 있으니까."

정호는 공기처럼 가벼운 비단으로 짜인 이불을 말없이 내려다보았다. 무엇인가 그의 마음을 뒤흔드는 것 같았다. 그의 표정이 단호해졌다.

"내가 어른이 되면 이것보다 백배는 더 좋은 걸 너한테 갖다줄 거야." 정호가 말했다. 옥희는 웃으며 물론이라고 답했지만, 정호가 자신의 약속을 지킬 수 있을 거라고는 기대하지 않았다. 정호가 옥희에게 강렬한 인상을 주었던 건 바로 그런 모습 때문이었는데, 그가 평생 벌 수 있을 만한 것보다 더 값진 것을 주겠다고 스스로 믿어 의심치 않는 그 당당한 자신감이 옥희의 눈에 들었던 것이다. 옥희에 비하면 아무것도 가진 것이 없지만, 그럼에도 정호는 절대로 비굴해질 수 없을 것 같았다. 그는 결코 자신의 상황을 탓하거나 과거를 후회하지 않았다. 마치 텅 빈 그릇 같았으나, 오히려 그래서 더 좋았다. 정호가 가진 지식이 많지 않은 것은 사실이나, 그의 정신은 어떤 방향으로든 자유롭게 흘렀으며 제 스스로 고통을 키워내는 법이 없었다. 그가 앞으로 무엇을 하고 살든, 옥희는 그가 장독 같은 마음 안에 깊이 묻어둔 것을 꿋꿋이 지켜내리라 확신했다. 씨처럼 떨어져 내린

곳에서 멀리 탈출하기는 힘들 테지만, 갇힌 존재가 되기를 스스로
거부했다는 그 단순한 이유만으로 정호는 충분히 행복할 거라고.

8장

드디어 그 사람을 만났군요

1919년

단이가 살면서 이만큼 성공할 수 있었던 비결은 그가 단순히 바쁘게 지내는 것 이상으로, 자신의 상당한 정신적·육체적 능력을 투영할 수 있는 여러 '과제'를 기획하고 이들을 하나하나 처리해 나가는 일을 즐기는 데 있었다. 그의 명성, 희귀한 화초로 단장한 정원과 아름다운 가구들로 채운 이층집, 강력한 권력으로 그를 보호하는 후견인, 심지어 그 자신의 보기 드문 미모와 매력까지 — 이 중 어떤 것도 단순한 우연에서 비롯되지 않았으니, 그 모든 것이 단이의 담대한 상상과 기획, 그리고 실행의 추진에 따른 결과물이었다.

그가 가장 최근에 집중하고 있는 과제는 어린 여자아이 셋을 보살피고 길러내는 것이었다. 단이 쪽에서 청한 적은 없지만, 그가 가장 좋아하는 사촌 언니의 부탁으로 단이의 인생에 들어온 아이들이었다. 그러나 부분적으로는, 모아둔 돈은 많지만 아이는 없는 기생들이 기적에서 은퇴한 뒤 자신을 돌봐줄 만한 수양딸이라도 입양해 볼까 고민하는 바로 그 시기에 단이도 접어들었기 때문이었다. 높은 신분의 남자들이 후계자에게 자기 평생의 업적과 유산을 남겨주듯, 단이 또한 적절하고 가치 있는 계승자를 골라 자신이 아는 모든 것들을 가르쳐주면 재미있으리라 생각했다. 남자들이 하는 일을 단이라고 못할 게 뭐 있겠는가?

하지만 이 과제는 그가 상상했던 것보다 훨씬 더 복잡한 것으로 드러났다. 아이들, 심지어 옥희와도 다붓이 정이 들어가는 동안에도 단이는 여전히 자신이 그들의 어머니처럼 느껴지지가 않았다. 이 모성애의 부재는 아마도 아이를 품어본 적 없는 포궁의 공허함에서 오는 게 아닐까 싶었다. 단이는 한 번도 임신한 적이 없었는데, 이제 와 생각해 보면 처음부터 임신이 되지 않는 몸이었는지도 모를 일이었다. 20대를 보내는 내내 그는 임신이라는 병폐의 희생양이 되는 걸 극도로 두려워했다. 정사 전에는 명주실을 똘똘 뭉쳐 미리 몸 안에 단단히 채워 넣었고, 정사가 끝나면 월경을 앞당기고 혈액 배출량을 늘려준다고들 하는 차를 한가득 달여 마시느라 바빴다. 하지만 단이라고 언제 어떻게 관계가 이루어질지 항상 미리 알 수는 없는 노릇이었다. 그래서 가끔은 관계 도중 상대방에게 지금은 피임 준비가 되어 있지 않다고 속삭여야 할 때도 있었는데, 그래도 남자들은 아랑곳없이 단이의 몸 안에 사정하곤 했다. 그럴 때면 단이는 꼼짝 않고 누워서, 두 다리 사이가 끈적끈적하게 달라붙는 느낌에 끔찍한 공포를 느끼며, 남자가 무슨 대단한 업적이라도 성취해 낸 양 사르르 눈을 감은 채 만족스러운 한숨과 함께 몸을 떼어낼 때까지 가만히 기다릴 뿐이었다. 아무리 교양 있고 직책 높은 남자들의 연모를 받는 긍지 높고 위풍당당한 명기라 해도, 그런 상황에 처하면 상대가 이만하면 일어나 갈 수 있겠다고 느낄 만큼 회복할 때까지 그저 누워 참을 수밖에 없었다. 그런 다음엔 지질 듯 뜨거운 목욕물로 최대한 깊숙한 곳까지 몸을 씻어내고는 다시는 그 남자와 마주하지 않는 것이 단이가 취할 수 있는 유일한 방법이었다.

지난 수년간 이런 일들은 자주 일어났기에, 이제 대다수의 기혼 여성이라면 자식을 적어도 서넛쯤 두었을 나이에 이른 그로서는 자신이 애초 수태할 수 없는 몸은 아니었을지 의심해 볼 법도 했다. 한편으로는 단 한 번의 불미스러운 사태로 인해 아이를 갖고 그처럼 오랫동안 고통을 감내하는 월향을 보는 것이 얼떨떨하기도 했지만, 또 다른 한편으로는 자신이 저런 고초를 겪어야 할 필요가 없었다는 안도감도 어렴풋이 들었다.

아이를 낳아 기르는 부모가 갖고 있는 내면의 나침판이 없음에도 불구하고 마침내 단이는 자신이 세 여자아이를 그나마 올바른 방향으로 이끌어주고 있다고 느끼기 시작했다. 하루하루 지날수록, 그들이 머리가 텅 빈 어린아이들처럼 유치하고 어리석은 행동을 보이는 일이 줄어들고 있었다. 어느 날은 심지어 연화가 책을 끼고 읽는 모습을 보기도 했다. 하지만 소녀들의 외양, 정신, 그리고 태도가 어떻게 발전하는지를 찬찬히 지켜보던 중에, 이들을 보호하고 돌보는 일에만 집중하려던 단이의 계획은 대단히 마음을 산만하게 만드는 어떤 사건으로 인해 송두리째 흔들리고 말았다. 그것은 가두 행렬 며칠 뒤 아침 식사 시간에 도착한, 단이에겐 매우 익숙한 필체로 쓰인 편지 한 통이었다.

　아침 식사로 나온 죽에는 거의 손도 대지 않은 채, 단이는 곧장 방으로 들어가 그 내용을 읽었다. 성수는 명월관에 문의하여 단이의 주소를 알아냈다고 했다. 귀국한 이후 계속 사업과 가족들의 일에 폭 파묻혀 있느라 정신없이 바빴다고, 그런 삶 속에는 연정을 추구할 여유가 없었으며 성수 자신도 그저 안정과 위안 이상의 진정한 사랑을 향한 희망은 포기해 버린 지 오래라고, 그런 뜨거운 감정은 지난 수년 동안 전혀 느껴본 적이 없다고 쓰여 있었다. (콕 집어 "당신 이후로"라고 쓰진 않았지만, 그것을 의도적으로 암시하는 어조였다.) 하지만 행렬에서 다시 단이의 모습을 보고 나자 항상 단이를 향해 품고 있던 애틋한 그리움이 자신의 마음속에서 일깨워졌다는 얘기였다. "당신은 내가 당신을 처음 만났던 그날처럼 여전히 아름답더군." 그는 단이를 홀로 남겨둔 채 일본으로 떠나며, 그들 둘 다 어린 나이이니 결국에는 서로의 아픔도 치유되리라 생각했다고 했다. (자신의 결혼에 대해서는 언급하지 않았다.) 그러나 이제 나이가 들고 보니, 단이를 두고 그렇게 떠나버린 것이 얼마나 잘못된 일이었는지 깨달았다는 것이었다. 그 남자는 단이에게 용서를 빌고 싶다고 전했다―직접 만나서 말이다.

　단이는 이 편지를 읽고 또 읽은 뒤 작은 탁자 위에 툭 던져두고는 해순에게 커피를 좀 타 오라고 일렀다가, 한 손에 커피 잔을 든 채로 다시 그 편지를 들춰보았다. 따뜻한 음료가 감정을 차분하게 가라앉히는 동시에 정신을 날카롭게 만드는 익숙한 효과를 발휘하며, 오래

전에 마음속 깊이 묻었던 심상들을 다시 꺼내주었다. 고통스러운 기억들일지언정, 그 순간들을 회상하는 추억 자체는 달콤 씁싸래하니 감미로움마저 느껴졌다. 단이는 자신의 몸이 이 탁자 위로 붕 떠올라 있기라도 한 양, 마치 공기 중에 스며든 영혼의 눈으로 바라보듯 현재 자기 삶을 또렷하게 내려다보고 있는 스스로를 의식했다. 이 편지는 단이가 한때 그 남자를 향해 느꼈던 사랑이 그저 오해에서 비롯된 환상이나 거짓된 기억이 아니었음을 증명하고 있었다. 단이는 진정으로 모든 일을 겪었던 것이었다.

'그래도 이제 그에 대한 감정은 전혀 남아 있지 않아. 그저 기억뿐인 게지.' 단이는 생각했다. 부지불식간에 그는 화장대의 접이식 거울을 펼쳐 거기 비친 자기 모습을 살펴보았다. 그날 자신이 성수에게 어떻게 보였을지 궁금한 마음이 드는 것은 인정하지 않을 수 없었다. 전보다 너무 나이 들었거나 달라진 모습은 아니었기를 은근히 바라고 있었다. 자신의 모습에 만족한 순간, 그는 의기양양한 미소를 지으며 거울을 닫았다.

'아니, 만나지 않을 거야.' 그는 생각했다. '답장도 쓰지 않겠어. 내가 이렇다 할 반응을 보여주는 것조차 그 남자에겐 과분해. 그를 무시하는 것만이 내가 유일하게 할 수 있는 존엄한 선택이야.'

성수에게 그 어떤 답신도 하지 않는 것이 옳은 결정이라 믿었음에도, 이어지는 며칠간 단이는 이유 모를 끈질긴 두통에 시달렸다. 연회에 불려 나가 있는 동안에는 성급하게 올라오는 짜증을 감추려 애썼고 아이들에게, 심지어 월향에게마저 사소한 일로 날카롭고 신경질적인 반응을 보이곤 했다. 밤에 비단 이불 위에 멍하니 누워 있노라면 최근 몇 년 사이에 느낀 어느 때보다도 깊은 외로움이 덮쳐왔다. "다시는 사랑에 빠지지 않을 거야." 그는 손등으로 뺨을 훔쳐내며 신음하듯 중얼거렸다. 단이는 이제 서른세 살이었다. 누군가 새로운 상대가 나타나 그에게 구혼하는 일은 없을 터였고, 한때 열정적으로 사랑했던 한 남자마저 그는 내쳐버렸다. 이런 생각들로 잠을 이루지 못할 때마다 단이는 잠옷 차림으로 혼자서 소주 몇 잔을 기울였다. 평소의 그라면 단정치 않은 태도라 여겨 경멸했을 일이나, 당장은 상황이 상황이니만큼 그런 행동도 스스로 간병하는 것이라 여겼다.

첫눈이 내린 직후, 단이 앞으로 또 편지 한 통이 왔다. 하인의 손에 들린 봉투를 보는 순간 단이의 심장이 쿵쿵 뛰었지만, 성수가 보낸 편지는 아니었다. 편지를 보낸 사람은 상해에서 일하다 최근에 귀국했다는 독립운동가였다. 개인적으로는 알지 못해도 단이 또한 그 명성은 들어본 적이 있었다. 더하여, 이 활동가가 단이에게 편지를 쓰게 된 계기는 평양에 있는 단이의 사촌 은실에게서 자금 지원을 받아 블라디보스토크에 전투 기지를 꾸리고 있는 모 장군의 추천을 받았기 때문이라고 했다. 남자는 혹시라도 편지가 도중에 탈취될 것을 염려하여 장군의 이름이나 사촌의 이름을 직접적으로 언급하지 않았지만, 단이는 그 어떤 요직의 인물도 찾아오지 않을 법한 어느 조용하고 소박한 찻집에서 그를 만나기로 했다.

약속 장소에 도착해 보니 찻집의 손님은 한 사람뿐이었다. 문에서 떨어진 구석 테이블에 홀로 앉아 자신만의 깊은 상념에 빠져 있던 그 남자는 단이가 들어서자마자 그와 시선을 마주쳤고, 단이가 그쪽으로 향해 걸음을 옮기자 정중한 태도로 자리에서 일어났다.

"이명보라고 합니다. 이렇게 와주셔서 정말 감사합니다." 남자가 깊게 고개를 숙이며 말했다.

"그런 말씀 마세요. 뵙게 되어 제가 영광입니다." 단이도 마주 인사를 한 뒤 남자의 맞은편 의자에 자리를 잡았다. 그들은 차를 주문하고 날씨에 관한 이야기로 말문을 트기 시작했다.

"당연한 말이지만, 여기는 날씨가 훨씬 차갑군요. 상해는 우리나라의 가을 정도로만 서늘해질 뿐이고, 눈도 거의 내리지 않아서요." 명보가 미소를 지으며 말했다. 성수처럼 눈에 띄게 훤칠한 미남은 아니지만, 짙은 갈색 눈동자와 낮은 음색을 가진 명보에게서는 어딘가 숲의 나무들을 떠올리게 하는 듯한 매력이 배어나왔다.

"아, 저도 상해에 가보고 싶어요." 단이는 두 번 생각할 겨를도 없이 반사적으로 대답했다. 그는 명보가 '우리나라'라는 말을 썼던 게 좋았다. 단이 자신이 그토록 가보고 싶어 하는 이 드넓은 세계 곳곳을 그 남자가 돌아다녀 보았다는 것도 마음에 들었다. 남자 자신은 별로 의식하지 못하는 듯했지만, 따뜻하고 단순하며 꾸밈없이 수수한 그의 태도가 마음에 와닿았다.

"그래서 말씀인데, 신중하게 처리하시느라 편지에는 명확히 언급하지 못하셨던 그 일 말이에요, 저는 제가 할 수 있는 일이라면 뭐든 선생님께 도움을 드릴 준비가 되어 있습니다." 단이는 남자의 온화하면서도 근심 어린 얼굴을 의미 있게 바라보았다.

"이렇게 단호하게 약속해 주시니 감사합니다. 낯선 이에게, 특히 여성분께 도움을 요청하는 일은 참으로 곤혹스럽기 그지없습니다……." 남자는 은밀한 광채를 발하는 단이의 시선을 피하느라 테이블을 내려다보며 중얼거리다가, 곧 띄엄띄엄 설명을 해나갔다. 반도 내부를 비롯하여 외국에도 여러 '계획'이 동시다발적으로 추진되고 있었다. 만주, 연해주, 심지어 미국과 하와이에도 거점을 둔 서로 다른 운동가 집단들과 독립군 부대들이 임시정부 수립이라는 형태로 상해에다 통합된 독립운동 본부를 만들어보려고 시도하는 중이었다. 그동안 한국 안에서는 천도교인, 기독교인, 불교인, 민족주의자, 공산주의자들이 이끄는 다양한 파벌 집단을 한데 모아, 한날한시에 명명백백한 목소리로 독립선언을 해보고자 노력하고 있었다.

"이 모든 노력에는 상당한 양의 자금이 필요합니다. 우리 독립군과 운동가들을 부양하는 동시에 무장시켜야 하고, 사무실과 안전 가옥을 확보해야 하고, 소책자와 선언문을 인쇄해야 하고, 국경을 넘어 인력을 이동시켜야 하고, 옥에 갇힌 사람들을 풀어주기 위해 관리들을 매수해야 해요. 그 외에도 이유는 수백 가지가 넘겠지요. 저는 계속해서 새로운 자금원을 확보하기 위해 안간힘을 쓰고 있습니다." 미안해하는 어조로 변명하듯 말을 이어가는 명보의 두 뺨은 아이처럼 붉게 물들어 있었다. 그와 같이 엄격하고 품위 있는 사람이 그런 뜻밖의 모습을 보인다는 것에 단이는 일종의 감동을 받았다.

"제 친구들 거의 대부분은 저를 저버렸고, 심지어 남동생마저 저를 만나려 하지 않습니다. 가족 중에서는 오직 아내와 아들만 곁에 남아주었어요." 쓸쓸한 미소와 함께 흘러나온 그의 마지막 말에, 단이는 마치 뭔가 날카로운 것에 찔리기라도 한 듯 속이 욱신거리는 것을 느꼈다.

"더는 말씀 마세요. 이해합니다. 하지만 그거 아세요? 선생님은 지금 딱 적합한 사람을 만나셨어요." 단이는 안심하라는 듯 미소를 지어 보였다. "부유한 남자들은 거룩한 대의보다 기생들에게 돈을 더 쓰려 하죠. 다행히도, 기생들은 그런 남자들보다 더 큰 기개를 품고 있고요. 저는 경성에 있는 권번 다섯 곳을 모두 소집할 수 있어요. 제가 그중 하나를 이끄는 행수 자리에 있고, 다른 권번의 행수들과도 잘 아는 사이랍니다. 저보다 그들을 잘 설득할 수 있는 사람은 없을 거예요."

"진심으로 가슴이 벅차오릅니다." 명보가 기쁨에 찬 표정으로 단이를 올려다보았고, 단이 역시 마음이 뜨거워지는 것을 느꼈다. "그래요, 드디어 제가 찾던 분을 만났군요."

집으로 돌아오면서도 단이는 이 말과 이렇게 말할 때 명보의 표정이 어땠는지를 떠올렸다. 그는 혹시 그 말에 숨은 의미가 있는지, 혹은 그저 순수하게 있는 그대로의 뜻인지 매우 골똘히 생각했다. 마음 깊은 곳에서는, 흔쾌히 나서준 지지자를 드디어 찾았다는 안도감 이상의 다른 의미가 있었다고 단이는 느꼈다. 그리고 이 생각은 일전에 성수의 편지를 받고서 느꼈던 깊은 우울감 이후 그 빈 자리를 채워주는 새롭고 낯선 기쁨이 되었다. 성수의 도덕적 해이함은 단이에게 일종의 여지를 주는 것이었지만 동시에 그의 매력을 떨어뜨리는 요인이기도 했다. 이와 반대로 명보의 청렴하고 정직한 태도는 다가갈 수 없는 거리감을 느끼게 했으며, 그래서 그를 더욱 존경할 만한 인물로 보이게 했다. 이런저런 생각을 하며 집에 가는 동안 눈 덮인 거리는 그늘진 곳은 청회색으로, 그리고 오후 햇살을 받은 뒤에는 밝은 황금빛으로 반짝였다. 단이는 그 모든 풍경이 평소보다 더 아름답고 생생하다고 느꼈다. 정말 오랜만에 자신이 실제 나이보다 젊어진 듯한 기분이 들었다. 마치 몇 년의 세월이 한꺼번에 거꾸로 돌아간 것처럼.

�֍

어느 오후, 조용히 대문 두드리는 소리가 들렸다. 정호의 익숙한 얼굴이 있겠거니 생각하며 문을 연 옥희 앞에는 정호 대신 잘생긴 신사 한 사람이 서 있었다. 남자는 옥희에게 인사를 건네곤 예의 바른 태도로 단이 이모가 집에 계시는지 물었다. 옥희가 안으로 들어가 손님이 오셨다고 알리자 단이는 외투를 걸치고 밖으로 나갔다.

"당신, 내 편지에 답장하지 않았지." 성수는 인사치레도 없이 불쑥 말했다. 요즘 유행하는 중절모를 멋스럽게 쓰고 최고급 영국산 모직으로 맞춘 새 코트를 입은 모습이었다. 건장하고 탄탄한 몸에서 신선한 향수 냄새와 건강의 기운이 뿜어져 나왔지만, 그의 얼굴에는 슬픈 표정이 어려 있었다.

"내가 얼마나 미안한지 당신도 알아줬으면 해. 당신을 여기 남겨두고 일본으로 가는 게 아니었는데……." 자신의 확고한 마음을 보여주기라도 하려는 듯 양발을 땅바닥에 단단히 버티고 선 채 남자는 말을 이었다. 남자의 머리 위로 눈송이가 민들레 홀씨처럼 둥실둥실 흩날렸다. 어찌나 가볍게 떠다니는지, 눈발 하나하나가 땅에 떨어지기까지 영겁의 시간이 흐르는 것 같았다.

173

"표정을 보니 정말 미안하긴 한가 보네." 단이가 대꾸했다. "하지만 어디서 당신 본심이 나오는지 알아? 그건 성수 씨 목소리야. 전혀 유감스럽게 들리지 않거든."

몸을 돌려 가버리려는 단이의 손을 성수가 붙잡았다. 남자는 단이를 강하게 끌어당겨 자신을 향해 빙글 돌리고는 다른 손으로 허리 뒤쪽을 받쳤다. 그러곤 단이에게 입을 맞추었다.

성수의 입술이 닿기 직전, 어떤 일이 벌어지고 있는지 깨달았을 때 단이는 역겨움을 느끼고 성수를 바로 밀쳐내리라 생각했다. 하지만 막상 그의 입술이 자신의 입술 위에 포개어지자 이대로 계속 키스하고 싶었다. 남자가 자신을 간절히 원하고 있다는 사실이 단이에게 미칠 듯한 희열을 안겨주었다. 마침내 서로에게서 떨어졌을 때 단이는 가쁜 한숨을 내쉬었다. "그래, 나는 당신 미워하지 않아."

성수는 진실한 표정으로 단이의 눈을 바라보며 용서를 기다렸다. 지금 이 순간 단이가 그들이 처음 만났을 때만큼이나 자신을 잘생기고 매력적인 사람으로 느끼고 있다는 걸 그는 알 수 있었다. 타인을 유혹할 수 있다는 능력을 스스로 인지할 때 찾아오는 환희스럽고 또렷한 쾌감이 성수를 온통 휘감아 황홀하게 도취시켰다. 많은 사람의 인생에서, 그러한 감정이 사랑에 가장 가깝게 여겨지곤 한다. 성수는 다시 단이의 손을 잡았고, 단이는 잡힌 손을 뿌리치지 않았다.

"하지만 용서하기에도 너무 늦어버렸잖아. 이제 나를 그냥 내버려 둬." 마지막 몇 마디에서 단이의 목소리가 떨려 나왔다. 그 말이 진심이 아니라는 걸, 사실은 그 반대를 뜻한다는 걸 두 사람 모두 느끼고 있었다.

성수는 어떻게 해야 할지 알지 못했다. 그 남자는 그냥 단이를 떠나고 더는 다가서지 않았을 수도 있었다. 단이가 그걸 원한다고 말해서, 혹은 그 자신이 지나치게 자존심이 강한 남자라서가 아니라, 그가 근본적으로 다른 누군가를 위해 스스로를 온전히 내던지는 사람이 못 되었기 때문이다. 그에게 그러한 행위는 지적으로 불쾌할 뿐만 아니라, 그의 영혼 자체도 그런 일을 수행할 만한 능력이 없었다. 하지만 그 순간 성수는 단이가 사시나무처럼 가냘프게 떨고 있음을 눈치챘고, 그러자 나약해진 그 여자의 모습에 마음이 움직였다. 그는 몸을 기울여 단이를 품 안에 와락 끌어안았다. 그와 동시에 단이는 눈에 가득 고여 있던 눈물 한 방울을 툭 떨구며 성수에게로 무너지듯 안겨버렸다.

서로에게서 몸을 뗀 후, 단이는 말없이 성수를 이끌고 대문 안쪽으로 들어갔다. 두 사람 모두 당장 단이의 방으로 뛰어들어 가고 싶은 강렬한 충동을 꾹 억누르며 차분하게 걸었지만, 그들의 내면은 어서 겹겹이 몸을 싸맨 모직 옷을 벗겨내고 두 다리로 서로의 허리를 휘감고자 하는 욕구에 불타고 있었다. 마침내 방 안에 들어온 그들은, 서로에게 엉켜드는 육체에 대한 감각 외에는 아무것도 깨닫지 못하고 상관하지도 않은 채 사랑을 나누었다.

모든 게 끝나고 촛불 아래 나란히 누워 있을 즈음엔 거의 자정이 다 되어 있었다. 단이는 혼잣속으로 되뇌었다. 지금이 내 인생 전체에서 가장 행복한 순간이야. 앞으로 단이에게 다가올 모든 시간 중에서, 온 세상과 동떨어져 그 남자와 단둘이서만 보냈던 이 저녁보다 더 나은 시간은 앞으로도 영영 오지 않을 것이다. 단이의 기억 속에서는 훨씬 더 길게 느껴졌지만 현실에서는 한두 시간에 지나지 않는 동안이었다. 소중한 순간들이 늘 그렇듯, 그 시간은 단이가 미처 준비도 하기 전에 끝나버렸다 —방문을 두드리는 노크 소리와 함께.

"대문 앞에 어떤 신사분이 오셔서 아씨를 찾으세요." 해순이 단이의 귓가에 속삭였다. "지금 집을 비우셨으니 돌아가시라 말씀드렸는데, 그러면 아씨께서 오실 때까지 기다리시겠다더라고요. 어떻게 해야 할지 모르겠어요."

"도대체 누군데?" 단이가 긴장하며 복도로 걸어 나왔다. "경찰은 아니고? 혹시 판사님이 보낸 심부름꾼 아니야?"

"그런 것 같진 않아요. 이 아무개 선생님이라 하셨거든요. 이름은 말씀해 주지 않으셨는데, 아씨께서도 아시는 분이라 하셨어요."

"아!" 단이는 짧게 숨을 들이켰다. "아는 분이야. 그런데 왜 지금 여기 오셨을꼬? 어쨌든, 이 추운 날씨에 몇 시간이나 밖에서 기다리시게 할 순 없지. 손님을 맞아야겠다. 거실로 안내해 드려라."

단이는 방으로 돌아가 옷매무새를 가다듬기 시작했다. 성수에게는 거실에서 손님을 맞을 동안 방 안에 조용히 있어달라고 부탁했다. 이 말을 들은 성수는 언짢은 기색을 감추지 않았다. 단이는 손님이 자신의 연인이 아니라며 손사래를 치지만, 이토록 야심한 시각에 집까지 찾아온 사람 아닌가. 차라리 자리를 박차고 나갈지언정, 방 안에 발이 묶인 도둑처럼 몰래 숨어 있진 않을 것이었다.

"그러면 좋아, 당신 마음대로 해." 단이는 두 뺨을 붉힌 채 화를 억누르지 못한 목소리로 내뱉었다. 거칠게 방에서 뛰쳐나와 서둘러 발걸음을 옮겨 거실로 가보니 이명보가 두 손으로 중절모를 들고 코트도 벗어놓지 못한 채 어색하게 서 있었다.

"단이 씨, 이렇게 갑자기 찾아와 죄송합니다……." 남자가 방문의 시유를 설명하느라 입을 열었을 때, 단이는 자신을 바라보는 남자의 눈빛에 드러난 미세한 반짝임과 얼굴에 떠오른 홍조를 눈치채고 은밀한 쾌감을 느꼈다. "실례되는 짓인 줄은 알지만, 그래도 말씀드릴 게 있어서……."

"네?" 단이는 가볍게 명보 쪽으로 다가갔다. 설렘과 동시에, 그처럼 명보에게 이끌리는 자신에 대한 수치심이 일었다. 명보도 거의 무의식적으로 단이 쪽으로 한 발을 더 내디뎠다. 그가 단이의 팔 위쪽을 덥석 잡을 듯한 모양새로 손을 뻗는 순간, 단이의 방문이 삐걱대는 소리가 들리더니 성수가 복도를 지나 거실에 나타났다.

그다음에 벌어진 일은 세 사람이 경험했던바 가장 큰 혼란이었다. 성수와 명보는 동시에 같은 말을 내뱉었다. "자네가 여기 웬일인가?" 단이는 정신없이 두 남자를 번갈아 쳐다보며 외쳤다. "두 분은 어떻게 서로 아세요?" 잠시 겸연쩍은 침묵이 이어졌다. 성수가 그나마 상황을 가장 빠르게 받아들이고 단이에게 말했다.

"명보와 나는 동경에서 유학할 때 함께 공부했던 오랜 친구야."

"아, 그렇구나." 단이가 말했고, 거실은 다시 한번 침묵에 빠져들었다.

"아주 중대한 사실을 말씀드리러 왔습니다." 명보가 입을 열었지만, 조금 전까지 그 남자의 눈동자에서 단이를 향해 뿜어져 나왔던 광채는 더 이상 보이지 않았다. "고종 태황제 폐하께서, 붕어하셨습니다."

날카로운 한숨을 훅 들이쉬며 단이가 손으로 자신의 가슴팍을 그러쥐었다. 두 남자는 반사적으로 단이를 부축하기 위해 다가섰으나, 방어적으로 단이의 허리께를 안는 성수의 손을 똑똑히 본 명보는 더 가까이 가지 않고 자중했다. 명보가 말을 이었다.

"바로 한두 시간쯤 전에 일어난 일입니다. 우리의 정보원 중 하나인, 폐하의 침소 상궁 한 분께서 사건이 일어나자마자 전갈을 보내왔어요. 폐하께서 식혜를 드시다가 갑자기 목이 막힌 듯 비명을 지르시며 토혈하셨답니다. 그분 말로는, 서거하신 폐하의 옥체가 온통 두드러기로 뒤덮여 있었다고 하더군요."

공포에 질린 신음이 단이의 입술 사이로 새어 나왔다. 다리에 힘이 풀려 바닥에 털썩 주저앉고 만 단이 곁에, 성수도 쪼그려 앉아 손을 그의 등에 올렸다. 명보는 제자리에 계속 서 있었다.

"하지만 왜 폐하를 독살한단 말인가? 이미 폐위당하신 지 몇 년이 지났고, 그분의 뒤를 이어 즉위하신 아드님도 이제 놈들의 꼭두각시일 뿐인데." 성수가 말했다.

"누가 알겠나? 하지만 짐작건대, 아마 자기들이 우리의 군주를 함부로 죽인다 해도 전혀 뒤탈이 없다는 걸 과시하려는 심산인 것 같아. 지난번에 황후 폐하를 무참하게 시해했던 것처럼 말일세……." 걱정스러울 만큼 파리해진 단이의 안색을 살피느라 명보가 잠시 말을 멈추었다. "단이 씨 몸이 안 좋아 보이는데. 너무 충격적인 소식이라……."

"저는 괜찮아요. 뭐라도 한잔 마시면 나아질 거예요." 단이는 이렇게 대답하고, 해순을 시켜 소주 한 병과 잔 세 개를 가져오라 일렀다.

하인은 곧 시원한 백김치 한 그릇에 안주 몇 가지를 곁들인 술상을 차려 단이 앞에 내놓았다. 단이의 강권에 명보도 자리에 앉았다. 단이가 먼저 두 남자에게 술을 따라주었고, 성수가 단이의 잔을 채워 주었다. 세 사람은 동시에 잔을 들고 중얼거렸다. "폐하를 위하여."

소주의 독한 기운이 몸을 한 바퀴 얼큰하게 돌자, 그들의 굳었던 마음도 조금씩 편안하게 풀어지기 시작했다. 황제의 사망 소식이 아니라, 당장 그들 자신이 처해 있는 상황을 받아들이기가 좀 더 수월해졌다는 뜻이다. 각각 삶의 다른 영역에 확고하고 순결하게 속해 있어야 마땅할 특별한 지인들이 사실은 저희들끼리도 서로 아는 사이며, 어쩌면 자신이 원하는 정도보다 훨씬 더 친밀한 관계일 수 있음을 깨닫는 건 언제나 고통스러운 일이다. 내심 이러한 씁쓸함을 삼키고 있는 건 셋 모두 마찬가지였지만, 특히 성수는 이 상황을 모욕과 배신으로 받아들였다. 그의 타고난 교양과 예의범절, 그리고 연신 목구멍을 타고 흐르는 소주의 진정 효과만이 그의 가슴속 깊은 곳에서 끓어오르는 질투의 감정에 굴복하지 않도록 해주는 유일한 방패막이었다.

"그러면 이제 어떻게 되는 거죠?" 소주 덕분에 조금 기운을 차린 단이가 명보에게 물었다.

"단이 씨도 우리가 시위운동을 준비해 왔다는 걸 알고 계시지요……" 명보가 조심스레 입을 열었다. 성수 앞에서 그 이상의 내용을 밝혀도 될지 잠시 망설였지만, 그는 결국 있는 그대로를 솔직히 드러내기로 마음먹었다. "이 일 때문에 아마도 기존 계획보다 더 일찍 인력을 동원하게 될 것 같습니다. 한 달쯤 후, 태황제 폐하의 장례식 무렵에 말입니다. 조의를 표하느라 다수의 군중이 경성에 모일 테니까요."

"하지만 그럴 준비가 되어 있나요? 그 전까지 모든 것이 다 제대로 맞물릴 수 있을까요?" 두 남자에게 술을 한 잔씩 더 따라주며 단이가 물었다. 이번에는 명보가 술병을 건네받아 직접 단이의 술잔을 채워주었다. 자작自酌은 술자리의 금기이니만큼 이런 행동은 의례적인 것에 지나지 않았으나, 그 안에 내포된 특별한 친밀감을 감지한 성수의 마음은 분노로 넘실거렸다.

"그게 바로 제가 단이 씨를 보러 온 이유이기도 합니다. 앞으로 일이 굉장히 빠르게 돌아갈 것 같은데, 단이 씨 외에는 누굴 믿어야 할지 모르겠어서요."

말을 마친 명보는 다른 두 사람의 시선을 피한 채 소주잔을 들어한 번에 털어 넣었다.

"제가 어떻게 도와드리면 될지 부디 알려주세요." 단이가 간청했다. "뭐가 필요한가요?"

명보의 얼굴이 즉시 새빨갛게 물들었다. 황제의 사망 소식만으로도 이미 깊은 상처를 입은 그는 단이의 집에서 성수를 발견한 순간 다시금 큰 충격에 빠졌고, 좀 이상하지만 배신감마저 느낀 터였다. 일전에 자신의 도움 요청을 그처럼 냉정하게 거절했던 친구가 뻔히 지켜보는 앞에서, 그 지인에게 또다시 아쉬운 부탁을 해야만 하는 처지에 수치심이 들기도 했다. 명보는 소주잔 안쪽에서 일렁이는 촛불을 가만히 지켜보았다. 연인 관계임이 분명한 두 사람과 지금 눈을 마주치는 일만큼은 피하고 싶었다.

"우리는 무력 없는 평화 시위를 진행할 계획입니다. 그러려면 필요한 건 선언문, 그리고 조달할 수 있는 만큼의 태극기 정도겠지요. 하지만 시위 이후에 닥칠 결과에도 대비해야 합니다. 이 말은 곧 총기와 안전 가옥 확보, 무수한 활동가들과 정보원들의 이동을 위한 비용이 든다는 뜻이죠……. 그리고 다시 말씀드리자면, 만일을 대비해서 직접적인 무력 충돌도 준비하고 있어야 합니다. 남아 있는 우리 독립군 대다수가 머무르는 만주뿐 아니라, 한국 본토 내에서 전쟁이 일어날 가능성 말입니다. 우리 병력을 충분히 모으는 데 성공하기만 한다면, 20여 년 만에 처음으로 우리 국경 안쪽에서 전면전이 터질 겁니다."

"무슨 말씀인지 알겠어요." 단이가 고개를 끄덕였다. "저도 명보 씨를 뵙고 온 이후 그저 놀고 있지만은 않았습니다. 각 권번의 행수들과 모두 개인적으로 만나 면담하고 왔거든요. 일단, 그들 모두가 각자 이달 벌어들인 돈의 3분의 1을 선뜻 내어주기로 약속했다는 걸 아시면 명보 씨 마음에도 힘이 좀 되시겠지요." 미소 짓는 단이의 두 뺨이 아름답게 붉어졌다. 지금 함께 있는 이 두 남자의 존재를 의식하자 단이의 기분은 마치 열이 오르는 듯 설레고 들떴는데, 그 흥분감이 썩 나쁘지 않았다. 무엇보다, 불편한 기색이 역력한 명보의 모습이 지금 그가 내심 성수를 질투하고 있다는 걸 확인시켜 주었다. 심각하고 중대한 문제들을 이야기하는 중에도, 그 사실 때문에 단이는 자꾸만 차오르는 은밀한 기쁨을 억누를 수가 없었다.

"곧 아시게 되겠지만, 경성을 주름잡는 다섯 권번에서 한꺼번에 돈을 모으면 꽤 만만찮은 금액이 될 거예요. 지금 우리가 전쟁을 치를 수 있느냐 없느냐 하는 수준의 비용에 대해 이야기하고 있긴 해도, 결코 보잘것없는 액수는 아닐 겁니다. 사람들은 늘 우리 기생들이 돈을 버는 방식에 대해 멸시 어린 시선을 보내지만, 우리도 예인으로서의 명예를 갖고 있어요. 사실, 이 대의를 위한 거사에 제 나름의 자그마한 도움을 더할 수 있게 된 지금 이 순간보다 기쁘고 행복한 적이 없었어요…….'' 단이의 목소리가 떨려 나왔고 그의 눈에는 눈물이 그렁그렁해졌다. 도무지 제어할 수 없는 감정이 북받쳐 올랐는데, 이 기쁨이 순수하게 대의에 이바지한다는 영광에서 온 것인지, 혹은 조금 다른, 그보다 덜 이타적인 사심에서 기인한 것인지는 단이 자신조차 잘 구분할 수 없었다.

단이는 소주를 한 모금 삼킨 뒤, 자신이 마련한 돈을 향후 몇 주에 걸쳐 명보에게 전달할 방법과 그 시기에 대해 설명하기 시작했다. 열렬한 기쁨이 넘치되 품위 있고 점잖은 방식으로 명보가 단이에게 감사의 인사를 전하는 동안, 단이는 문득 성수에게 고개를 돌리고 천진난만하게 물었다. ''그러고 보니, 성수 씨도 뭔가 할 수 있지 않을까?''

이 기습적인 질문에 당황한 성수가 불쑥 되물었다. ''내가?''

''당연히 참여할 수 있는 부분이 많겠지. 다른 사람도 아니고, 능력 있는 사업가인 당신이라면 더더욱 말이야.'' 단이가 집요하게 말을 이었다.

''다 본가에서 관리하는 가족 명의의 재산이라는 거 알잖아…….
막상 내 수입은 별로 많지 않다고.'' 성수는 재빨리 반론을 내놓았다. ''지금은 내가 운영하는 출판사랑 자전거포에 끊임없이 돈을 쏟아붓고 있는 형편인데, 두 곳 모두 단 한 번도 이익을 낸 적이 없어." 이 말에 뜻밖에도 단이의 얼굴이 환해졌다.

"이녀! 당신이 진짜로 도움이 될 수 있겠는데! 어쩜, 우리가 왜 이 생각을 못 했을까?" 단이가 두 손으로 성수의 팔을 꼭 부여잡았다. "명보 씨가 조금 전에 얘기하신 거 못 들었어? 선언문과 태극기 복사본이 수천 장 필요하다잖아. 성수 씨, 출판사에 인쇄기 가지고 있지?"

"있긴 있는데⋯⋯." 성수는 가슴이 철렁 내려앉는 기분으로 중얼댔다. 이 일에 발을 들였다간 자신의 신변이 너무 위험해질 거라고 변명할 수도, 어떻게든 다른 핑계를 대어 빠져나가려 해볼 수도 없었다. 마침내 그가 명보에게 직접 물었다. "이보게, 그게 정말 자네에게 필요한 도움이 되려나?"

"자네가 그런 도움을 준다면야, 더없이 기쁘게 받아들이겠네." 명보는 언제나처럼 예의 바르고 진실하게 대답했다. "다만 그게 자네에게 마음의 부담을 지우지 않는다는 전제하에 말이야. 만약 그렇다면 허심탄회하게 말해주게. 그럼 다시는 자네 앞에서 이 얘기를 꺼내는 일은 없도록 하지."

자신의 얼굴을 빤히 바라보는 단이의 눈동자를 의식하며, 성수는 이렇게 말할 수밖에 없었다. "당연히 그 정도는 해줄 수 있지." 그리고 이 말이 입술 사이로 빠져나가는 순간, 그는 이미 단이를 조금 덜 사랑하고 있다고 느꼈다.

9장

3월 시위

1919년

명보는 성수의 출판사를 두 번째로 방문했다. 다시는 발 들일 일 없으리라 생각했던 곳이었다. 명보가 도착하자, 성수의 비서가 ─ 전과 다름없는, 까무잡잡하게 탄 얼굴의 시골 출신 젊은이였다 ─ 사무실 앞에서 잠시 기다리라고 일렀다. 커피 한잔 들겠냐는 권유 같은 건 없었다.

그렇지만 명보는 서운하지 않았다. 수년째 비슷한 경험을 하다 보니, 돈 문제가 개입되면 아무리 따뜻하고 친밀하던 관계도 냉랭한 사이로 변모한다는 것을 누구보다 잘 알게 된 터였다. 명보 자신은 소유물에 크게 신경을 써본 적이 없었다. 어릴 적에도 종종 제 옷가지나 책 따위를 가난한 친구들과 하인의 아이들에게 아무렇게나 줘버려 꾸중을 듣곤 했다. 하지만 그가 보기엔 남들에게 아무리 많이 퍼 주어도 늘 자신에겐 쓸 것이 차고 넘치도록 남아 있는 것 같았다. 나이를 먹어가면서, 그는 심지어 자신의 희생으로 인해 발생하는 역경을 깊이 음미하며 즐기기까지 했다. 그에게 어떤 식으로든 대가를 요구하는 의로운 일을 할 때마다 솟아오르는 양심의 만족이 그의 영혼에 밝은 빛을 비추었다.

한편 이런 행복감에 상충하여 균형을 맞춰준 것이 있다. 명보는 자기 주변의 수많은 타인들에게 이러한 양심의 자각이 부재할 뿐만 아니라, 그런 감정을 알지도 못하고 심지어 혐오스럽게 받아들인다는 사실을 깨닫고 철저한 공포감을 느꼈다. 대부분 사람은 자신과 전혀 다른 자질로 구성되었다는 것을 명보는 깨달았다. 그리고 그 자질의 다름이란 단지 차가움에서 따뜻함으로 간단히 변화할 수 있는 성질의 것이 아니라, 마치 목재와 금속 사이처럼 보다 원초적이며 근본적인 차이였다. 종말이 눈앞에 닥쳐온 듯한 지금 같은 시대에—그의 민족은 일본의 총검 아래 죽어가고, 세계 전역에 유혈 사태와 폭력이 번져가며, 유럽에서의 대전쟁이 이제 겨우 막을 내린 지금—사람들이 여전히 대학에 갈 생각을 하거나, 돈벌이가 되는 직위에 오르고자 기를 쓰거나, 자신의 토지에서 더 많은 소득을 짜내기 위해 혈안이 되거나, 어떻게 해서든 재산을 불리는 일에 모든 신경을 집중하고 있다는 게 명보는 놀랍기 그지없었다. 그들을 둘러싼 이 세계 자체가 온통 화염에 휩싸여 있다는 걸 깨닫지도 못한 채 말이다. 굶주리는 소작농들이야 나라의 독립에 관심이 없을 수 있고, 가족을 먹여 살릴 곡식 얼마간을 얻을 수만 있다면야 토지의 주인이 일본인이건 한국인이건 괘념치 않는 것도 이해할 수 있었다.

하지만 마땅히 작금의 사태를 직관하고 올바른 판단을 내려 이 시대에 주어진 각자의 의무를 기꺼이 이행해야 할, 교육받은 식자층마저도 독립운동의 필요성에 대해 무관심과 적대감으로 일관하는 것은 명보의 가장 깊은 가슴속까지 찢어내는 행태였다. 심지어 그의 아내조차, 명보가 한국에 머무르며 적절한 공적 직책을 갖는 쪽이나 아니면 아버지의 땅을 물려받을 때까지 조용히 재야에 파묻혀 느긋한 시간을 보내는 쪽을 더 원할 터였다. 물론 아내가 직접 그런 말을 한 적은 없지만, 명보는 그의 내심을 알고 있었다. 결혼 생활 내내, 명보는 자신이 인생에서 가장 자랑스러워하는 바로 그 지점을 아내에게는 결코 이해받지 못한다는 것에 깊은 실망을 느꼈다.

그가 단이에게 그처럼 매력을 느끼고 이끌렸던 것도 바로 이러한 이유에서였다. 주변의 다른 모든 이들과 달리, 단이는 대의에 대한 예리한 인식과 진심에서 우러나온 공감을 명명백백하게 보여주었다. 손에 든 모자를 저도 모르게 빙글빙글 돌리면서, 명보는 단이의 총명한 눈빛과 유려하면서도 표현력이 풍부한 입술을 떠올리고 있었다. 단이의 매력적인 얼굴에서 사람들이 찾아내는 장점이 오직 관능뿐이라면 안타깝기 그지없는 일이었다. 명보가 바라보던 단이의 얼굴은 깊은 지성과 순수로 가득했기 때문이다. 더하여 단이에게는 사람의 마음을 움직이며 감동을 주는 무언가가 있었는데, 그건 강하고 높은 자긍심이 포함된, 동시에 매우 부드러우면서도 개방적인 활력이었다. 하지만 바로 그 순간, 명보는 급히 상념에서 빠져나와 앉아 있던 자리에서 벌떡 일어났다. 이제 성수를 보러 들어가도 된다고 비서가 여러 차례 그를 부른 참이었다.

"오래 기다렸나?" 사무실에 들어선 그를 향해 성수가 물었다.

"아니, 조금 전에 왔네." 명보가 살짝 웃으며 대답했다. "그리고 더 오랜 시간도 기다릴 수 있는걸. 자네에게 평생의 빚을 졌어."

그 말에 짐짓 예의를 차리며 손사래를 치는 대신 성수는 말없이 내리뜬 눈으로 담배 한 개비에 불을 붙였다. 몸을 뒤로 젖혀 자신의 푹신한 의자에 깊이 기댄 채, 그는 긴 한쪽 다리를 다른 다리 위로 꼬아 올리며 천천히 연기를 내뿜었다.

"그게 좀…… 골치 아픈 일이 아닌 건 아니지."

"이해하네. 친구로서, 자네 입장이 어떨지 정말 이해해." 명보가 얼굴을 붉혔다. "하지만 자네는 지식인 아닌가. 이렇게 대의에 이바지함으로써 자네 또한 역사 속에 한자리를 차지하게 되었다는 걸 이해하리라 믿어. 그렇지 않나?"

"역사라! 하!" 흩날리는 담배 연기 속으로 성수가 헛웃음을 내뱉었다. "좋아, 명보. 그럼 우리 어디 역사 얘기 한번 해볼까. 자네도 고구려 이야기를 기억하지? 서기 1세기부터 약 700년 동안 한반도 북부 전체뿐 아니라 연해주와 만주까지 이르렀던, 우리 선조들이 강한 군사력으로 다스리던 왕국 말이야. 그런 고구려가 멸망하고 나서는, 이후 300년 동안 발해가 같은 지역을 지배했어. 하지만 이제 그 땅은 러시아와 중국의 것이 되었고, 지금 거기엔 누가 살고 있나? 러시아인과 중국인들이지. 그러면 그곳에서 약 천 년을 살았던 한국인들에겐 무슨 일이 일어났을까? 대부분이 그 땅에서 추방당하거나, 남쪽으로 근거지를 옮기거나, 혹은 러시아인이나 중국인들과 통혼하면서 동화됐어. 그렇다고 지금 거기 남아 있는 옛 고구려의 후손들,

소수의 한국계 사람들이 아직도 사라진 모국을 애도하고 있을까? 아니, 그들에겐 한반도에 대한 그리움도, 한국에 대한 애국심도 없어. 지난 천 년 동안 한국인으로서 그들의 정체성은 완전히 희박해졌지.

국가라는 개념은 순전히 만들어진 것에 불과해. 그게 우리의 현실을 떠받치는 역할을 해주거든. 자치 정부나 행정 업무 등, 우리가 현실을 살아가는 데 필요한 요소라고. 하지만 그 자체는 결코 자명하지도 자연스럽지도 않고, 역사적인 맥락에서 생각해 보면 더욱 무의미해져. 모든 인류사를 통틀어 수많은 강대국이 멸망하거나 다른 국가에 흡수되거나 다시 탄생하거나 혹은 잊혔지만, 그게 후대의 번영이나 안녕과는 실질적으로 관련이 없잖아. 고구려든 로마제국이든 고대 페르시아든 다 똑같아. 9년 전 우리는 일본에 합병되었고, 이는 부정할 수 없는 사실이지. 여기서 달라지는 게 없으면, 대략 천 년 안에 '한국'도 '한국인'이라는 관념도 사라져 버릴 거야. 정작 그때 여기 살고 있을 사람들은 한때, 그러니까 천 년 전쯤엔 자기들 나라도 하나의 독립국가였다는 사실에 아무런 신경도 쓰지 않을걸."

성수의 논리는 두 사람 모두에게 더없이 명확했다. 성수의 잘생긴 얼굴 위로 자기만족의 미소가 스쳐 지나가는 동안, 그의 친구는 머릿속에 떠오르는 여러 생각을 정리하려 애썼다.

"자네 말도 아주 합리적으로 들리는군." 마침내 명보가 입을 뗐다. "그리고 그 말이 맞을지도 모르지. 이 모든 것들―이 갖은 고생과 투쟁, 죽음, 그리고 희생마저도―역사의 거대한 흐름 위에서는 결국 아무 의미 없는 건지도 몰라. 하지만 자네 얘기는 결국 이런 거야. 철로에서 작은 소년이 놀고 있다고 가정해 보세. 갑자기 저 멀리서 기차가 다가오는데, 그 아이는 너무 어려서, 혹은 겁에 질려서 스스로 목숨을 구할 수 없는 상황이야. 그 모습을 보면서 자네는 이렇게 말하는 것이나 다름없지. '자, 거시적으로 보면, 저 아이도 결국엔 죽을 게 아닌가. 지금 당장 죽지 않아도 향후 60여 년 안에는 죽고 말겠지. 그러니 굳이 내가 힘을 빼가며 저 아이를 구해야 할 이유가 있을까? 그냥 내 일이나 하는 게 낫겠군.' 그런 생각이 합리적일지는 모르겠지만, 정의롭다고는 할 수 없어."

성수는 이렇게 대꾸할 뻔했다. '그 정의란 건 대체 누가 정하는 건데? 언제나 자넨가?' 하지만 그는 마음을 바꿔먹었고, 명보가 앉은 자세를 더욱 꼿꼿이 세운 채 연신 헛기침을 하는 동안 조용히 남은 담배를 마저 태웠다.

"대화는 이쯤 해도 될 것 같군. 일의 진행 상태를 확인해 보고 싶다고 했지?" 성수가 의자에서 일어나 맵시 있게 재단된 모직 양복 재킷 아랫단을 깔끔하게 쓸어내렸다. "자, 아래층으로 가보자고."

두 남자는 좁은 복도를 지나 지하로 향하는 계단을 내려갔다. 계단 끝에 도착하자 갓 없이 매달린 전구의 어스름한 불빛 아래 굳게 잠긴 문이 하나 나왔다. 성수가 열쇠로 문을 열고 먼저 안으로 들어갔다.

한눈에 보기에는, 텅 빈 거대한 내부 공간을 밝히는 불빛이라곤 하나도 없는 것 같았다. 하지만 어둠이 차차 눈에 익자 명보는 한쪽 벽 꼭대기에 조그만 창문 두 개가 나 있는 것을 알아차렸다. 창밖으로는 거리의 모습이, 행인들의 발목 정도 높이까지 찔끔 내다보였다. 방 한가운데서는 두 남자가 작업대 위로 몸을 굽힌 채 바쁘게 일하는 중이었고, 또 다른 남자 하나가 그 옆에서 인쇄기를 돌리고 있었다. 명보는 기계 쪽으로 걸어가, 한 묶음으로 쌓인 대자보 중 제일 위에 놓인 사본 한 장을 집어 들었다. 종이 맨 위에 "대한민국 독립선언서"라는 제목이, 흰 눈 위에 막 새로 난 발자국처럼 검고 굵은 글씨로 선명하게 인쇄되어 있었다.

"총 몇 부나 되지?" 명보가 물었다.

"지금까지 2천 부. 3월 1일 전까지 총 1만 부가 나올 거야." 성수가 대답했다.

"아, 성수……." 그의 친구는 감동한 목소리로 외쳤다. "정말이지 이 나라를 위해 자네 몫을 톡톡히 해주었네. 참, 깃발들은?"

성수는 작업대에서 일하고 있는 두 남자를 가리켜 보였다. 그들은 모양에 맞춰 깎은 나무토막에 빨강, 파랑, 검정 잉크를 칠한 뒤 얇은 모슬린 천 위에 하나하나 도장을 찍고 있었다.

"자네가 무슨 말을 하든 나는 개의치 않아. 중요한 건 자네가 보여주는 행동이니까. 성수, 자네는 정말 애국자야." 명보가 조용히 말했다. 성수는 고개를 저으며 한숨을 내쉬었다.

"보게, 명보. 내가 조언 한마디 해도 될까……. 자네가 진정으로 한국이 이 폭풍에서 살아남기를 바란다면, 이 나라가 역사에서 흔적도 없이 사라져 버리는 걸 원치 않는다면, 부디 내 말을 귀담아듣게." 전에 없이 진지한 태도였다. "나는 이번 일이 어떤 성과를 가져올 거라고 믿지 않네. 항의 시위가 도대체 무얼 이룰 수 있겠나? 진정한 권력이 없는 '독립선언'이 무슨 소용이란 말인가? 이 모든 일은 결국 일본인들이 행하는 압제를 더욱 강화할 뿐이야. 수천 명이 체포되어 연행될 거고, 더 심한 일도 벌어지겠지."

"우린 이미 각오가 되어 있다네, 성수." 명보가 결연하게 말했다. "대표자들 모두 함께 선언서에 서명한 다음, 아무런 저항 없이 체포되기로 서약했어. 천도교, 기독교, 불교, 각 종교의 지도자들이 무엇보다 무력을 동원하지 않고 이를 이행해야 한다는 비폭력 원칙에 방점을 찍었지. 우리 중 누구도 살아서 이 거사를 무사히 이루어낼 수 있으리라 기대하지 않지만, 그래도 상관없이 우리는 이 일을 해나갈 걸세."

"아니, 내 말을 들어봐. 한국이 실제로 일본의 통치를 타도하길 원한다면, 힘없는 민중 한 무리 모아놓고 아무런 무장도 없이 이런 깃발이나 흔들면서 행진하게 하는 방법으로는 절대 되지 않아. 자네에게 필요한 건 외부의 도움이야. 아마도 미국의 도움을 받는 게 가장 현실적이겠지. 전 세계 모든 식민지 사람들의 주권이 회복되어야 한다고 주창했던 윌슨 대통령의 14개 조항 연설에 관해 자네도 알고 있잖나. 모든 국가 앞에서 널리 그런 약속을 했으니, 우리의 목소리를 그냥 무시해 버리지는 못할 거야. 특히 아시아를 향한 미국의 관심에 집중적으로 호소한다면 말이지. 일본이 힘을 키워 태평양 지역에 지나친 영향력을 미치는 건 미국에 이익이 되지 않으니, 윌슨 대통령은 우리의 청원에 귀를 기울일 걸세." 성수가 이처럼 자신의 내면에 감추고 있던 생각들을 정직하게 쏟아내는 것은 수년의 세월 동안 거의 처음 있는 일이었다. 최소한 그 사실만으로도 명보는 고마움을 느꼈다.

"물론 그런 얘기도 다 들어봤지. 어떤 사람들은 우리가 다른 나라에 비해 너무 뒤처져 있고, 따라서 주권 회복을 위해 싸우기보다는 차라리 미국에 우리나라를 의탁해야 한다고 믿더군." 명보가 시선을 아래로 떨구며 씁쓸하게 웃었다.

"글쎄, 최소한 그러면 우리 모두가 파괴되는 일은 없겠지. 이름뿐인 독립과 실질적인 번영 중에서 과연 어느 쪽이 더 중요하겠나? '독립'을 이룬다는 명목 아래 전 국민의 절반이 목숨을 잃고 만다면, 싸움의 근본적인 목적이 무너지는 꼴 아니겠어? 자네는 죽음 따위 신경 쓰지 않는 것처럼 초연하게 행동하지만, 우리가 이런 악전고투를 감행하는 것도 결국 살자고 하는 일이잖아. 안 그래?" 성수가 이렇게 말했다. 명보는 성수의 눈동자에서 진실을, 성수 그 자신의 진실을 볼 수 있었다. 성수야말로 살아가는 데 가장 적합한 성향을 지닌 사람이었다. 그 누구도 성수보다 더 잘 살아갈 수는 없을 것이었다. 그에 비하면 명보는 자신의 삶을 더 힘들게 하는 재주만 가진 듯했다. 그러나 그 외의 대안이 보이지 않는 명보로서는 그저 깊은 한숨만 내쉴 뿐이었다.

"맞아, 나는 죽는 것쯤은 상관없다고 생각해. 하지만 자네처럼 우리의 저항이 모두 헛되다고 보진 않아. 자네가 지금 우리에게 주는 도움은 진정 말로 다할 수 없는 감사의 마음으로 받고 있네. 하지만 나는, 그리고 나와 같은 생각을 하는 다른 사람들은……. 우리가 하는 운동의 목적은 그저 멸종을 피하려는 게 아니라 정의로운 일을 하는 거야. 우리가 서로를 설득할 수 없는 평행선상으로 계속 되돌아오고 있다는 거 알겠나? 무엇이 옳은지 그른지를 결정하는 것은 진정으로 논리의 영역 밖에 있어. 내 행동 방식을 이해해 주리라 기대하지는 않겠네. 나는 그저 내 영혼이 시키는 걸 한다고 말할 수밖에 없겠지." 이 말을 마지막으로, 명보는 다시 모자를 쓰며 이만 가보겠다는 뜻을 알렸다.

3월의 첫날 아침, 귓가를 스치는 낯설고 알아들을 수 없는 속삭임에 정호는 잠에서 깨어났다.

정호를 따르는 아이들은 다들 그가 어떤 일이 일어나기 전에 미리 감지할 수 있는 기이한 능력을 지녔다고 믿었다. 정호는 자기 아버지가 평안도에서 호랑이를 잡는 사냥꾼이었다고, 그래서 자신 또한 들짐승들이 ─ 그리고 사냥꾼들도 ─ 험한 산야에서 생존하기 위해 갖추게 된 본능적 직감을 물려받은 것 같다고 설명했다. 그게 사실인지는 그 자신도 알 수 없었지만, 거리에서 지내는 동안 그는 사람들의 표정을 읽어내고, 사람들이 하는 말을 듣고, 사람들의 침묵이 의미하는 바를 해석하는 일에 점점 더 익숙해졌다. 가끔은 정말로 공기의 미세한 변화를 감지하고, 경찰이나 더 나이 든 남자아이들 무리, 혹은 어른들로 이루어진 건달 무리 등 그들에게 위협이 되는 이들과 충돌의 순간이 닥치기 직전에 미리 피할 수 있었다고 느끼기도 했다. 이런 능력을 통해 그는 자신이 이끄는 집단을 몇 번이나 위기에서 구해냈고, 그들에게서 확고부동한 신뢰를 얻었다.

정호는 바닥이자 침상으로 깔아둔 더러운 밀짚 무더기 위에서 몸을 일으켜 앉았다. 왼쪽에는 미꾸라지가 그의 가장 옆자리를 차지한 채 잠들어 있었다. 그 옆에는 영구가 누워 있었고, 개는 이 움막에서 가장 따뜻하고 편안한 지점, 그러니까 두 소년 사이에 바싹 파고들어 만족스럽게 웅크리고 있었다.

"미꾸라지, 일어나." 정호가 친구의 어깨를 흔들며 속삭였다.

"왜…… 하지 마. 나 아직 졸린단 말이야."

"일어나." 정호가 재차 말했다. "오늘 무슨 일이 터질 것 같아."

"그게 무슨 말이야?" 미꾸라지가 찌푸리고 뜬 눈을 주먹으로 비벼대며 물었다.

"나도 몰라. 뭔가 엄청 나쁜 일 같긴 한데." 제 입술 밖으로 이런 말들이 흘러나올 때에야 비로소, 정호는 자신이 느끼고 있는 게 무엇인지 깨달았다. "오늘은 조심해서 몸을 사려야 해. 평소처럼 흩어지면 안 될 것 같아. 다들 뭉쳐서 함께 다니자."

정호가 얼마나 진지한지 깨닫고서, 미꾸라지는 눈을 휘둥그레 뜬 채 고개를 끄덕였다. "알았어, 대장 마음대로지!"

고요한 도시 위를 말없이 굽어보는 눈동자처럼 흐릿한 연홍빛 태양이 떠올랐을 때, 열다섯 명의 남자아이들과 개 한 마리는 다 함께 움막촌을 떠났다. 몇몇 소년들은 늘 하던 대로 구역을 돌거나 호객용 묘기 판을 벌이고 싶어 했지만 정호는 허락하지 않았다. 나흘 뒤로 예정된 태황제의 장례식에 참가하려고 먼 시골에서부터 상경한 방문객들이 점점 불어나 도심을 채우고 있다는 것을 빼면 딱히 평소와 다른 점은 없었다. 거리는 가게 주인들과 노점상, 인부들, 그리고 학생들로 복작거렸다. 그 모든 이들이 나누는 시끌벅적한 대화와 바쁜 발걸음이 하얀 눈으로 밝게 다져진 길 위에 윙윙대는 소음을 남겼다. 신선하고 차가운 공기 사이로, 구미를 당기는 향기로운 군밤 냄새가 부드럽게 퍼졌다. 소년들과 개는 저마다 입에 군침이 고이는 것을 느꼈고, 거리를 이리저리 배회하며 허기를 잊어보려 애썼다.

높이 떠오른 태양이 정점을 막 지났을 무렵, 그들은 우연히 수백 명의 사람이 모인 넓은 공원으로 발을 옮겼다. 군중 대부분은 교복을 입은 학생들이었다.

"야, 정호야. 이 많은 사람들 좀 봐! 여기서 우리가 손 좀 쓰면 한 몫 두둑하게 챙길 수 있겠다." 미꾸라지가 신이 나서 외쳤다. 하지만 정호는 고개를 가로저었다. 정호의 눈은 저 멀리 광장 가장자리에 있는 정자에 붙박였는데, 그곳에는 남학생 하나가 군중을 마주한 채 일어서 있었다. 그는 검은 학생모와 긴 겨울 코트 차림이었고, 많이 먹어봤자 열여덟 살쯤 되어 보였다. 남학생이 주먹 쥔 손을 번뜩 위로 올리자, 군중은 일제히 고요해졌다.

"우리는 오늘 조선이 독립한 나라이며, 조선인이 이 나라의 주인임을 선언한다." 남학생이 손에 들린 커다란 대자보를 읽어 내려가기 시작했다. 그 혼자만의 목소리는 먼 거리까지 가 닿지 못한 채 도중에 사그라들어야 마땅할 텐데, 싸늘한 주변 공기를 타고 증폭된 듯 도리어 공원 전체에 우렁차게 울려 퍼졌다. 인파로 가득한 광장은 물을 끼얹은 듯 소름 끼치는 침묵에 휩싸였다.

"우리는 인류 평등이라는 불가침의 진실을 밝히기 위해, 그리고 우리의 후세까지 영원토록 자주권과 생존권을 누릴 수 있도록, 전 세계 앞에 이를 선언하려 한다. 이는 인류 양심에 따라 만들어가는 세계적 윤리, 하늘의 법령, 그리고 우리 현대의 정신과도 나란히 발맞추는 일이다. 그러므로, 이 세상의 그 어떤 힘으로도 우리를 가로막을 수 없을 것이다.

과거의 어두운 유물인 침략주의에 우리가 희생된 지 10년이 지났다. 5천 년 역사상 처음으로, 우리는 다른 민족의 압제에 억눌려 헤아릴 수 없는 고통을 겪었다. 우리 2천만 국민이 가장 신성하게 품고 있는 열망은 바로 자유다. 모든 인류의 양심이 우리와 함께한다. 오늘날, 정의가 바로 우리의 군대이며 인도주의가 우리의 창과 방패이니, 우리의 뜻은 절대로 꺾이지 않을 것이다!" 학생이 하늘을 향해 주먹질하듯 손을 높이 내뻗자, 군중은 이에 맞추어 커다란 함성을 내질렀다.

"오늘 우리는 남을 파괴하고자 하는 게 아니라 우리 자신을 다시 세우려 할 뿐이다. 우리는 복수를 원치 않는다. 우리는 그동안 우리를 억압하고 침략한 일본 제국주의자들의 잘못을 바로잡아, 오직 우리가 공명정대하고 인도적인 방식으로 살 수 있기를 추구한다……. 새로운 세상이 오고 있다. 무차별한 힘으로 억누르는 시대는 지나가고, 바른 도의의 시대가 여기 왔다. 지난 한 세기의 준비 과정을 거쳐, 마침내 새 문명의 인도주의 정신이 온 세계에 밝은 빛을 비추니, 새로운 봄이 온 세상의 모든 생명에게 부드럽고 따스한 숨을 불어넣는다. 우리가 두려워할 것은 아무것도 없다……."

정호는 그게 다 무슨 이야기인지 거의 알아듣지 못했다. 하지만 주위의 많은 사람이 눈물에 젖어 황홀한 얼굴인 것을 보았고, 그 자신의 눈에서도 뜨거운 물기가 차오르는 것에 놀랐다. 정호는 단 하루도 학교에 다닌 적이 없었다. 그가 지금 이해한 것은, 세상이 그의 가족과 한 무리의 거지 소년들뿐 아니라 그곳에 서 있는 모든 이들에게 전박히리만치 어둡고 슬픈 곳이라는 사실이었다. 그들 모두가 공유한 고통이 한 심장의 박동처럼 정호의 온몸을 울렸다.

연설을 마치자, 연사 학생은 깃발 하나를 높이 들었다. 하얀 깃발 중앙에 빨갛고 파란 원형 무늬가 자리 잡고 있었다. "대한 독립 만세!" 학생이 소리쳤다. 그 최초의 만세 소리에 뒤이어, 온 군중이 너나 할 것 없이 함께 외치기 시작했다.

"만세! 만세!" 차가운 바람에 실려 가는 그들의 우렁찬 목소리는 경성 어디에서도 들을 수 있을 만큼 크게 느껴졌다. 이제 공원에 모인 군중의 수는 초반보다 세 배는 더 불어난 듯싶었고, 어찌 된 일인지 몰라도 그들 모두가 머리 위로 깃발을 하나씩 들고 있었다. 수천 개의 하얀 깃발이 반짝이며 바람에 나부끼는 모습은 이제 막 날갯짓을 하여 비상하려는 한 무리의 학 같았다.

곧 군중이 움직이기 시작했다. 행진에 나선 사람들은 어깨를 나란히 하고 서서 도심 서쪽으로 걸음을 옮겼다. 정호와 소년들도 거기 함께 끼어들었다. 군중의 행진은 정동 10번지에 있는 미국 영사관에서 28번지에 있는 프랑스 공관까지 공사관 거리 전체를 가득 메우며 이어졌다. 여리여리한 여학생 하나가 화려한 장식이 조각된 공관 정문으로 다가가 문을 두드리자, 군중이 그 뒤에서 모두 함께 소리를 질렀다. "불란서! 불란서! 자유의 벗이여! 자유, 평등, 박애의 나라여! 우리를 도와주시오!" 그러나 대문은 끝내 굳게 닫힌 채였고, 석회암으로 지어진 저택에 난 창문 커튼 뒤쪽에서는 어떤 소리나 움직임도 포착되지 않았다.

약 1분 동안 열렬한 만세 소리로 거리 전체가 들끓었으나, 정호는 결국 프랑스인들이 문을 열지 않을 것임을 깨달았다. 문득, 기묘한 속삭임이 다시 그의 귓가에 돌아왔다. 쌓인 눈 위에 다시 내리는 눈이 내는 것처럼 부드럽고 작은 소리였다. 정호는 양옆으로 고개를 돌려 미꾸라지와 영구, 그리고 피를 나눈 친형제 같은 그의 무리 모두가 군중과 함께 만세를 부르고 있는 모습을 보았다. 시간이 갑자기 늘어지면서 실제보다 천천히 가는 것처럼 느껴졌다.

"얘들아! 여길 떠야 해. 지금 당장!" 정호가 소리쳤다. 소년들은 입을 헤벌린 채 그를 쳐다보았다.

정호는 미꾸라지와 영구의 팔을 잡고 최대한 빠른 속도로 달리기 시작했다. 개는 귀신이라도 본 양 미친 듯이 짖어대고 있었다.

그가 대로변의 골목으로 잽싸게 미끄러져 들어간 순간, 돌연 만세 소리가 잦아드는가 싶더니 길 한쪽 끝에서부터 비명으로 바뀌었다. 기마 장교들이 이끄는 일본군 중대가 도착한 것이다. 가장 앞줄에서 행진하던 사람들은 순식간에 뒤로 물러나서 바싹 뒤따라오던 다른 이들을 거리 안쪽으로 밀어내며 뛰어 달아나기 시작했다. 큰 폭발음이 울리고, 귀를 찢을 듯 처절하고 날카로운 비명이 이어졌다. 도망치는 사람들의 등을 향해 군인들이 총탄을 발사하고 있었다.

조선인 반란군들과 전투가 벌어질 때면 늘 그랬듯, 야마다 겐조는 말 위에 몸을 실은 채 건조하고 냉담하기 그지없는 태도로 눈앞의 광경을 찬찬히 관찰하고 있었다. 조선인들이 표출하는 분노에는 거의 신경이 쓰이지 않았지만, 그들의 비참한 무지만큼은 그냥 넘길 수가 없었다. 그 심약한 황제와 사팔뜨기에다 불임인 그의 아들을 군주로 모시면서도, 저들은 정말 이 격동의 20세기를 무탈히 살아남을 수 있다고 믿었단 말인가? 약소국인 조선이 세계열강의 식민지가 되는 것은 불가피한 결과였고, 어차피 그리 될 운명이라면 미국이나 영국, 프랑스보다는 아시아의 문화적 유산을 공유하는 일본의 식민지가 되는 편이 나았다. 일본은 아시아 대륙 전체를 비추고 새로운 계몽의 시기로 나아가도록 그들을 이끌어줄 태양이었다.

윤이 나는 밤색 털을 지닌 야마다의 군마는 진흙탕 속을 헤치고 가듯 군중 사이를 헤집고 다녔다. 말의 전후좌우 모든 면에서 공포에 질린 조선인들이 서로를 밀치고 비명을 지르며 뿔뿔이 흩어졌지만 야마다는 아무 감정도 느끼지 못했다. 교전 중에는 그 어떤 사람이건 고유의 인간성을 빼앗기고 구분할 수 없는 익명의 집단이 되어버린다는 사실에 그 남자는 이미 익숙해 있었다. 모든 전투는 똑같았다. 이쪽에는 내 편이 있고, 맞은편에는 적들이 있다, 그뿐이었다. 중학생쯤 되었을 법한 어린 학생 여럿이 등 뒤에 총탄을 맞고 쓰러지는 모습을 그는 무심하게 바라보았다. 그러다 그들이 눈 위로 널브러지고 그들의 몸 전체로 피가 퍼져나가는 순간에야, 문득 가슴을 쿡 찌르는 듯한 일종의 충격을 느꼈다. 그 장면이, 자신이 예전에 봤던 어느 늙은 상인을 떠올리게 한다는 걸 깨달았기 때문이었다. 얼굴을 아래로 향한 채 눈 위에 쓰러진 그 상인에게서 흘러나온 따뜻한 피가 그의 비단 봇짐을 흠뻑 적셨었다. 당시 야마다는 상인을 처형한 하야시의 행동이 옳지 않다는 걸 본능적으로 알고 있었다. 갑자기 등골이 오싹했다. 야마다는 왼쪽으로 말머리를 돌려 검은 종마를 탄 이토 소좌의 모습을 보았다. 민첩하고 빈틈없이 하달되는 이토의 명령에 따라, 군인들은 총을 조준하고 이어 발포했다.

비처럼 쏟아지는 총탄 속에서 다른 시위자들이 정신없이 몸을 피하는 가운데, 홀로 우뚝 서 있는 한 남자가 야마다의 눈에 띄었다. 오른손에 태극기를 높이 든 채로, 그는 군인들을 향해 달려오기 시작했다. 세월에 찌든 그의 얼굴은 햇볕에 탄 갈색이었고, 어디서나 볼 수 있는 날품팔이처럼 수수하고 평범하기 그지없었다. 하지만 곱게 단장해서 빗어 넘긴 검은 머리카락과 미리 신경을 써서 갖춰 입은 게 분명한 눈처럼 하얀 두루마기가 그 소박한 얼굴과 극명한 대조를 이루고 있었다. 마치 오늘이 자기 인생의 마지막 날이 될 것임을 예견이라도 한 듯 위엄과 격식을 차린 모양새였다. 자기도 모르게 야마다는 이 광경에 깊이 몰입했다. 한편 이토는 다리를 안장 위로 사뿐히 넘기며 말에서 훌쩍 뛰어내렸다. 차분하면서도 자신감이 넘치는 발걸음으로 남자에게 다가간 젊은 장교는, 한 손으로 검을 뽑는가 싶더니 단칼에 그의 오른쪽 팔을 베어버렸다. 팔꿈치 위쪽에서 잘린 팔은 벼락을 맞은 나뭇가지처럼 땅 위로 떨어졌다. 흰 두루마기 소매에 여전히 감싸인 채였다.

남자는 고통으로 울부짖었지만, 설명할 수 없이 강력한 의지의 힘으로 그 자리에 그대로 서 있었다. 다음 순간, 그가 몸을 구부려 잘려 나가지 않은 다른 쪽 손으로 바닥의 깃발을 집어 들었다. 이토는 망설임 없이 다시금 칼을 휘둘렀고, 이제 남자의 왼쪽 팔마저 땅에 떨어졌다. 두 팔을 모두 잃은 채 남자는 목쉰 소리로 외치며 달리려 했다. "민세! 민세!" 결국 이토의 검이 남자의 등 중앙을 깔끔하게 꿰뚫고 나서야 그의 만세 소리는 끊겼다.

이토가 피투성이가 된 칼날을 망자의 흰 두루마기에 문질러 닦는 동안, 야마다는 여전히 꼼짝도 않은 채 말 위에서 얼어붙어 있었다. 한편 이 장면을 지켜본 시위자들은 다시 집결하기 시작했다. 죽은 남자가 내보인 불굴의 의지에, 그들 또한 어쩐지 용기를 되찾은 것 같았다.

또 한 번의 총탄 세례가 시위자들 위로 쏟아져 내렸지만, 이번에는 그들 모두 최전방에 서서 총알을 맞았다. 날카로운 단말마의 비명과 매캐한 화약 연기가 거리를 가득 메웠다. 다시 말에 오른 이토마저 이마에 맺힌 땀방울을 닦아내며 욕설을 내뱉고 있었다. 이윽고 연기가 걷히는 순간, 야마다는 한 무리의 여자들이 손에 손을 맞잡고 앞쪽으로 다가오는 모습을 보았다. 화려하게 땋은 가체, 값비싼 의복, 그리고 최신 유행으로 화장한 얼굴을 보니 기생들이 틀림없었다. 군인들은 어떻게 해야 할지 모르겠다는 표정으로 이토 쪽을 바라봤지만, 이토마저 순간 말문을 잃은 상태였다. 야마다는 손을 들고 외쳤다. "중지!"

동시에 이토가 명령했다. "사격!"

군인들은 잠시 머뭇거렸으나 이토가 명령을 되풀이하자 다시 총탄을 장전하기 시작했다. 기생들은 물러나지 않고 여전히 같은 자리에 서서 서로 맞잡은 손을 더욱 굳게 쥘 뿐이었다. 분칠한 얼굴에 아무렇게나 얼룩진 눈물 자국, 울음으로 거칠어진 목소리, 그리고 퉁통 부어오른 입술은 남자를 유혹하는 매력적인 자태는 전혀 찾아볼수 없는, 심지어 여자로도 보이지 않는 모습이었다. 그럼에도, 그 지치고 흐트러진 형상이 야마다에게는 오히려 매우 여성적인 느낌으로 다가왔다.

군인들의 총구가 그들의 가슴을 향해 겨누어진 바로 그때, 거리 저편의 10번지 앞에서 귀가 먹먹해질 만큼 큰 환호성이 들려왔다.

"미국! 미국! 미국이여!"

외침 소리가 하얗게 얼어붙은 하늘을 메웠고, 그 아래로 무수한 깃발들의 바다가 출렁였다.

"중지!" 야마다가 다시 고함을 지르자 군인들은 천천히 총구를 내렸다. 상황에 무언가 중대한 변화가 생겼음을 그들 또한 감지한 터였다. 미국 영사관의 정문이 막 열린 참이었다.

총영사가 대문 밖으로 걸어 나오자 군중은 연신 미국을 부르는 구호를 외쳐댔다. 총영사의 양옆에는 붉은 머리의 보좌관과 통역가가 함께 서 있었다. 한 남학생이 그 앞으로 나아가 독립선언서를 영어로 낭독했다. "도와주십시오. 지금 여기서 무슨 일이 벌어지고 있는지 윌슨 대통령께 알려주십시오. 우리가 정의를 실현할 수 있도록 지원해 주십시오." 낭독을 마친 남학생은 총영사를 똑바로 바라보며 말했다.

총영사가 어떤 행동을 취할지, 야마다는 숨죽인 채 지켜보았다. 만약 총영사가 이들 앞에서 문을 닫아버린다면, 이는 이후 미국 역시 다른 서방 국가들과 마찬가지로 이 사태에 어떠한 개입도 하지 않을 것임을 의미했다.

"그래요, 제가 도와드리겠습니다. 여기서 제가 본 것을 윌슨 대통령께 알리겠습니다." 총영사가 영어로 크게 말했고, 통역가가 이를 조선어로 바꾸어 반복했다. "세계가 여러분의 외침을 들을 것입니다. 미국은 절대 여러분을 저버리지 않을 것입니다! 그것만은 제가 약속드립니다."

우레와도 같은 환호성이 군중 사이에서 터져 나왔다. 붉은 머리의 젊은 보좌관은 한쪽 손으로 흐르는 눈물을 닦고 통역가와 힘차게 포옹했다. 군중의 활력이 눈에 띄게 변화한 것을 느끼며, 야마다는 이토 쪽을 바라보았다. 이토는 분노로 입술을 씰룩대며 그와 눈을 마주쳤다. 두 장교는 꼼짝도 않은 채 잠시 그대로 멈추어 있었다. 총영사 앞에서 발포 공격을 감행하여 미국의 개입을 불러오는 위험을 감수할 수는 없다는 걸 두 사람 모두 알았다. 고요한 침묵이 폭발 후의 화산재처럼 내려앉았다. 사방이 조용한 가운데, 야마다의 귀에는 자신의 맥박이 거세게 뛰는 소리가 울려왔다. 그것은 군인다운 분노가 아니라, 어서 이 끔찍한 학살이 끝나기를 바라는 부끄러운 희망에서 비롯된 것이었다.

하지만 총영사는 몇 차례 군중을 향해 인사를 하고 손을 흔든 뒤 자신의 수행단을 이끌고 대문 안쪽으로 다시 들어가 버렸다.

총영사 일행이 사라지자마자, 이토는 다시 평정을 되찾았다. 그러나 더 이상 조금 전처럼 낙관적이고 여유로운 모습은 아니었다. 이 소요 사태는 애초에 그가 생각했던 것보다 훨씬 큰 규모였고, 무기도 들지 않은 조센징들의 비폭력 항거 또한 예상과 달리 꽤 진이 빠지는 일이었다. 그의 부하들은 여전히 서로서로 팔짱을 끼고 버티는 기생들의 연대를 앞에서 어찌할 바를 모른 채 서 있었다. 이토는 한숨을 내쉬더니, 한 번의 우아한 동작으로 몸을 돌려 말 위에서 내려왔다. 여자를 죽이는 것은 그의 취향에서 벗어난 일이었지만, 언젠가는 자신의 이 규칙을 바꿔야 할지도 모른다는 사실을 그는 내내 받아들여 왔다. 장전된 소총을 겨눈 채, 그는 기생들의 우두머리 쪽으로 걸어갔다.

"내가 누군지 아느냐? 나는 치안판사 ○○○○님의 보호를 받고 있다." 여자가 일본어로 소리를 질렀다. 납처럼 하얗게 질린 얼굴은 두려움으로 잔뜩 일그러져 있었고, 거기서 이토가 느낀 것은 혐오감뿐이었다.

"더러운 년!" 이토가 소총의 개머리판으로 그의 머리를 가격하자 여자는 앞쪽으로 쓰러지며 땅바닥에 무릎을 세게 찧었다. 병사 하나가 재빠르게 달려와 여자의 등 뒤로 두 손을 묶어 체포했다. 이것을 신호로, 숨이 멎을 듯한 대혼란이 사방에서 일어났다. 이토는 한 발짝 뒤로 물러선 채, 요란한 비명과 총성 속에서 시위자들이 허겁지겁 도망치는 모습을 지켜보았다. 미국인들의 문은 묵묵히 닫힌 상태였다. 그들이 보란 듯 과시했던 연대는 말 그대로 극적인 연출, 그 이상도 이하도 아니었던 듯했다.

한 시간쯤 지났을까, 어쩌면 두 시간—이토는 확신할 수 없었다. 그는 자신의 상황을 완벽히 통제하는 데 익숙했고, 그 강인한 통제력의 범주에는 무엇보다 스스로의 또렷한 정신이 가장 큰 지분을 차지하고 있었다. 하지만 이제 그 능력은 마치 난폭한 야생마처럼 그에게서 달아나 버린 상태였다. 다시 정신을 차렸을 때, 이토의 눈에 들어온 것은 자기 부하들이 주변을 이리저리 걸어 다니며 아직도 자신들의 군홧발 아래 꿈틀거리며 움직이는 사람들이 발견될 때마다 검으로 찔러 죽이는 모습이었다. 시선을 아래로 향하니 형편없이 짓밟혀 버린 몰골이 하나 보였다. 사실 온전한 인간이라기보다는 얼기설기 떨어져 나간 신체 부위들을 뭉뚱그려 놓은 덩어리에 가까웠다. 그가 아직 살아 있다는 유일한 신호는 그에게서 새어 나와 사방으로 피를 흩뿌리는 숨결뿐이었다. 두 팔이 어깨서부터 잘려 나간 꼴이, 한 마리 생선 같아 보이기도 했다. 그제야 이토는 눈앞에 있는 것이 조금 전 자신이 검으로 베었던 흰 두루마기의 남자임을 깨달았다. 죽음의 문턱에 거의 다다른 남자의 충혈된 눈에는, 이런 상황에도 불구하고 어떻게든 여기서 살아남을 수 있지 않을까 하는 여리디여린 희망 한 줌이 깃들어 있었다. 강제로 날개가 떼어진 꿀벌이 몸통을 비틀며 절박하게 주변을 기어 다니는 걸 지켜보는 것과 다를 바 없었다. 이토의 경험에 비추어보면, 이 세상 모든 존재는 죽음 앞에서 반드시 같은 행동을 보인다. 언제나 악착같은 미련을 보이며 매달리고, 언제나 죽음보다 고통을 선택한다. 이토는 검을 꺼내어 한 번의 날렵한 찌르기로 남자의 마지막 목숨을 거둔 뒤, 대검 자루를 왼손으로 바꿔 들었다. 연이은 동작으로 지쳐버린 오른손에 쥐가 났는지 찌릿한 아픔이 느껴졌다. 그 외에는, 아무런 느낌도 없었다.

불에 탄 듯 검고 짙은 먹구름 뒤로 해가 가라앉았다. 어둑어둑한 땅거미가 내리는 가운데, 45미터쯤 떨어진 곳에서 반짝 빛나는 붉은색의 무언가가 이토의 눈에 띄었다. 그것이 아까 낮에 미국 총영사관 앞에서 보았던, 불꽃처럼 붉은 머리카락을 지닌 젊은 보좌관임을 그는 알아보았다. 붉은 머리 청년은 어느 시신을 향해 깊숙이 몸을 구부리고 있었다. 곁에는 그보다 키가 작은 백인 남자 한 사람이 있었는데, 그 역시 허리를 수그린 채였고 손에는 뭔가 작고 네모진 물체를 들고 있었다. 이토가 권총을 뽑아 들고 다가가기 시작하자 그들은 황급히 머리 위로 손을 올리더니 일본어로 외쳤다. "쏘지 마시오! 미국인들입니다!"

가까이 가보니, 키 작은 남자의 손에 들린 작은 물체는 초소형 접이식 카메라였다. "AP 연합통신입니다. 발포하지 마시오." 남자가 천천히 되풀이했다. 생각할수록 재미있는 일이었다. 총탄이 자기 피부 속으로 파고드는 순간이 오기 직전까지도, 사람들은 자신이 죽을 수 있다는 걸 절대로 믿지 못한다. 사실 죽음이야말로 어느 때가 됐든 그 누구라도 맞이할 거라 확신할 수 있는 유일한 것인데도 말이다. 삶이라는 것은 결국 어리석게 용납하지 않는 것일 뿐이라고 이토는 혼자 한숨을 내쉬었다. 그는 권총을 들어 사진기자의 이마에 조준한 채 방아쇠를 당겼다.

총에서 나는 찰칵 소리와 함께 백인 남자의 속눈썹이 죽어가는 나방처럼 세차게 떨렸다. 그는 아무 상처 없이 그대로 서 있었지만, 그의 사타구니께에는 얼룩이 빠르게 번져가고 있었다. 남자의 소변 냄새가 이토의 콧구멍을 강렬하게 파고들었다. 총알이 다 떨어져 불발되고 만 것이다.

이토는 권총을 넣고 대검을 꺼냈다. 두 백인 남자는 얼굴에 비 오듯 땀을 흘리면서 바람결에 흩날리는 낙엽처럼 파들파들 몸을 떨었다. 붉은 머리 보좌관은 눈을 감은 채 입술로 무엇인가를 필사적으로 중얼거렸다. 그들이 마침내 죽음을 받아들일 준비가 된 듯 보였을 때, 이토는 한숨을 쉬고 검을 다시 칼집에 집어넣었다. 오른손의 경련이 더욱 심해진 데다가, 그는 천한 백정처럼 왼손으로 검을 쥔 채 난도질하고 싶지 않았다.

"가라." 이토는 말했다. 정말 긴 하루였다. 그의 온몸이 피로감에 쑤셨다. 자신에게 주어진 몫을 잘해냈으니, 이제는 휴식이 필요했다. 마음이 바뀔세라, 이토는 귀찮은 파리를 쫓아버리듯 그들에게 손짓을 해 보였다. 두 미국인은 온통 땀과 눈물과 소변으로 범벅이 되어, 자신들의 성역을 지켜주는 담장 너머로 꽁지가 빠져라 달아났다.

10장

가장 어두운 파랑

1919년

시위 이후 아이들을 안전하게 움막에 데려다주고 나서, 정호는 혼자 다시 거리로 나섰다. 자꾸만 옥희의 집이 있는 쪽으로 자연스레 발길이 향하는 걸 보아하니, 옥희에게 뭔가 심상치 않은 일이 생길 모양이었다. 그건 마치 그들이 눈에 보이지 않는 줄로 연결되어 있고, 옥희가 지금 자신에게 도움을 청하고자 그 줄을 힘껏 당기고 있는 듯한 느낌이었다. 하지만 막상 옥희의 집에 도착해 보니 대문은 굳게 닫혀 있었다. 옥희의 시중을 드는 하인들이나, 더 나쁘게는 그의 가족과 마주치게 될지도 모른다는 불안감이 들었지만 정호는 용기를 내어 문을 두드렸다.

대문이 빼꼼 열리더니 소스라치는 한숨 소리가 들렸다. "아, 너구나!" 옥희가 빗장을 풀면서 말했다. "얼른 들어와."

"괜찮아? 무슨 일 있어?" 정호가 안쪽으로 살짝 몸을 들이자 옥희는 다시 문을 잠갔다. 옥희의 얼굴은 온통 붉게 상기된 채 땀인지 눈물인지 모를 것으로 촉촉이 젖어 있었다.

"단이 이모랑 우리 하인인 해순 언니가 오늘 만세 시위에 나갔거든. 두 사람은 도통 돌아오질 않는데 월향 언니가 너무 아파." 옥희가 말을 이었다. "언니가 곧 아기를 낳을 것 같은데 어떻게 해야 할지 모르겠어."

정호는 출산에 대해 아무것도 몰랐다. 그에 대해 아는 게 있다면, 제 어머니가 막내 여동생을 낳다가 돌아가셨다는 것뿐이었다. 하지만 정호는 그 말을 속에 묻고 이렇게 물었다. "너 말고 여기 또 누가 있어? 내가 어떻게 도와주면 될까?"

"연화가 월향 언니 곁에 있어. 그렇지만 나보다도 더 겁에 질려 있는걸." 옥희는 눈물을 훔쳤다. "어떡하지? 어디서 산파를 불러올 수 있는지도 모르겠고, 바깥 거리는 아직도 위험하다는데."

"알았어, 내가 도와줄 사람을 데려올게. 넌 여기 있어." 정호는 조산사가 어머니를 보러 왔을 때 들었던 말 중 무어라도 기억해 내려 애썼다. 그는 밖으로 뛰어나가며 어깨 너머로 고개를 돌리고 외쳤다. "월향이를 따뜻하게 덮어주고 계속 물을 마시게 해!"

깊은 밤이 막 새벽으로 바뀌기 직전, 모든 게 정지된 듯 고요한 시간이었다. 하늘은 가장 어두운 파랑으로 덧칠되어 있었다. 이제 정확히 한 시간쯤 지나면 아침 새들이 울기 시작할 것이다. 정호는 주변 일대를 날듯이 주파했다. 그는 그 지역의 가게와 건물을 전부 꿰고 있었고, 그중에는 임산부 손님들이 밤낮없이 드나드는 대추나무

집도 있었다. 그곳에 가서 정호는 잠들어 있던 노년의 조산사를 깨웠다. 경성에서 만난 모든 이들 가운데, 그의 남루한 행색을 처음 보고도 전혀 거리낌 없이 대해준 사람은 오직 그 할머니뿐이었다. 오랜 세월 동안 그 동네의 아기들은 예외 없이 모두 그 할머니의 주름진 손으로 받아져 태어났다. 흙으로 지은 움막집의 땅바닥에서든, 휘황찬란한 저택의 비단 침소에서든 마찬가지였다.

옥희의 집에 도착한 조산사는 월향을 한번 살펴보더니 아이들에게 커다란 전지가위 하나와 실뭉치 약간, 깨끗한 수건 여러 장, 더운물과 찬물을 가져오라 일렀다. 필요한 것들이 준비되었고, 별다른 진척 없이 한두 시간이 흘러갔다. 옥희와 연화는 당황을 감추지 못하고 허둥지둥했지만, 조산사는 한숨 돌려야겠다며 밖으로 나와서는 정호와 나란히 앉아 정원을 바라보았다. 정호는 조산사가 왜 이처럼 태연해 보이는지 이해하지 못했다. 날이 밝기 직전, 할머니가 다시 방 안으로 사라지고 정호는 혼자 남아 조금씩 흐릿한 회색으로 옅어지는 세상을 바라보았다.

반 시간쯤 졸았을까, 어쩌면 그보다 더 오래 지났을지도 모르겠다. 밖으로 나온 옥희가 미소를 지으며 건넨 말에 정호는 흠칫 놀라 깨었다. "여자애야."

"월향 누나랑 아기 상태는 어때? 넌 괜찮아?" 정호가 물었다.

"둘 다 자고 있어. 산파 할머니가 그러시는데, 지금까지 자기가 받아본 신생아 중에서 우리 아기가 제일 예쁘대. 왕가의 공주님 처소에도 불려 가 아기씨를 뵌 적이 있으시다는 분이 말이야." 옥희는 따라오라고 손짓하고는 정호를 부엌으로 데려갔다. "여기서 너 원하는 거 다 가져가."

"나 음식 얻어 가려고 그런 거 아니야." 정호가 당황하고 실망하여 말했다. "그냥 너를 도와주고 싶었을 뿐인데."

"알아, 정호야. 진짜 고마워." 옥희가 팔을 뻗어 정호의 손을 잡았다. 옥희의 손가락 끝이 닿는 순간 정호는 팔 전체에 별똥별이 튀는 느낌이었다. 소년은 이렇게 옥희와 손을 잡은 채로 영원히 그 자리에 서 있을 수만 있다면 좋겠다고 소망했다. 하지만 이내 옥희는 그의 손을 놓아주고 커다란 보자기에 이런저런 음식을 싸기 시작했다.

"계속 여기 있으라고 할 수 없어서 미안해……. 이제 난 월향 언니 곁에 가봐야 돼." 옥희가 다시 정호의 손을 잡고 안뜰을 가로질러 대문 쪽으로 향하다가, 문득 걸음을 멈췄다. "네가 제때 오지 않았다면 월향 언니는 죽었을지도 몰라. 바로 그 순간에 네가 나타난 게 참 이상하고 신기하다. 마침 나도 네 생각을 하고 있었거든. 네가 어떻게 우릴 도와줄 수 있을지는 전혀 몰랐지만, 그냥 네가 머릿속에 떠올랐어."

정호는 옥희에게 말하고 싶었다. 내 머릿속에는 언제나 네가 있다고. 마치 집이라도 되는 양, 넌 아예 그곳에 눌러앉아 살 수도 있을 거라고. 하지만 갑작스러운 수줍음의 물결이 그를 뒤덮어 정호는 가만히 입을 다물었다. 아침 햇살이 옥희의 속눈썹 끝에서 반짝였다. 간밤에 빗어 땋아둔 머리에서 아무렇게나 빠져나온 잔머리들이 옥희의 얼굴 주위를 구름처럼 곱슬곱슬하게 덮었다. 옥희는 지금까지 살아온 열한 해의 삶보다 훨씬 더 위대한 무엇인가를 약속하는 밝은 빛에 둘러싸여 있었고, 정호는 다가올 그 미래 속 옥희의 모습까지도 미리 넘겨다볼 수 있고 사랑할 수 있다고 생각했다.

"네가 어떻게 도와줬는지 단이 이모한테 다 얘기할 거야. 그럼 이모가 너한테 보답하려 하시겠지. 어쩌면 이 집에 남는 방 한 칸에 들어와 살아도 된다고 하실지도 몰라. 그러면 넌 추운 바깥에서 안 자도 되잖아. 여기는 먹을 것도 엄청 많고, 어쩌면 너도 학교에 가게 될지 몰라. 정호야, 너무 기쁘다!" 옥희는 밝게 웃으며 대문 사이로 빠져나가는 소년을 배웅했다.

유치장에서 맞은 세 번째 아침, 단이는 자신의 하체가 역겨운 냄새가 나는 액체로 축축하게 젖어 있는 것을 느끼면서 깨어났고, 잠을 자는 동안 자기도 모르게 소변을 보고 말았다는 걸 깨달았다. 행진에서 체포당한 이후, 함께 잡혀 온 다른 사람들이 바닥에 그냥 오줌을 싸는 동안에도 단이는 내내 요의를 참고 있었다. 여자 유치장에는 요강이 없었다. 어차피 물 한 방울 얻어먹을 수 없었기에 처음에는 그럭저럭 참을 만했다. 그러나 시간이 갈수록, 소변으로 배출되어야 할 체내의 독소가 방광에 압박을 가하고 몸 전체에 퍼지면서 자신의 피부를 점점 누렇게 물들이고 있다는 느낌이 들었다. 그토록 지적이고 용기 있는 단이였건만, 전날 밤 잠들기 전 그가 머릿속에 품고 있던 생각이라곤 오직 하나, 온전히 홀로 남겨진 채 폭포수처럼 오줌을 싸고 싶다는 욕구뿐이었다.

의식이 온전히 돌아옴에 따라, 비몽사몽간에 느꼈던 순수하고 명청한 육체적 안도감은 점차 수치심으로 바뀌었다. 체포된 이후 처음으로 단이는 큰 소리를 내며 울었다. 유치장 안의 다른 수감자들도 단이기 저지른 실수, 혹은 그의 흐느낌을 알아채고 힐끗 돌아봤지만 위로 같은 건 돌아오지 않았다. 예상보다 길어진 혹독한 옥살이로 정신까지 피폐해져 가는 과정에서, 한때 빠르고 영웅적인 죽음을 무릅쓰고 그들이 나누었던 결속력은 찾아볼 수 없었다.

복도 끝에 있는 철문이 덜컹 소리를 내며 열리더니 양동이를 든 남자 군인 하나가 다가왔다. 단이는 그가 감옥 안으로 물을 뿌릴 것에 대비해 몸을 웅크렸다. 지난 이틀 내내 그 남자가 유치장에서 풍기는 역겨운 냄새를 씻어내느라 해온 짓이었다. 하지만 이번에는 달랐다. 군인은 양동이를 내려놓고 이렇게 소리쳤다.

"코코니 기무예다니 이루?"*

단이는 약해진 다리를 휘청거리며 일어섰다. "와타시가 기무예다니데스."**

군인은 미간을 찌푸리며 두툼한 손가락으로 자기 콧구멍을 막았다. 단이가 움직일 때마다 그의 몸에서 나는 악취가 점점 더 강해지는 걸 느낄 수 있기라도 한 것처럼 말이다. 남자가 다른 손으로 단이에게 가까이 다가오라는 손짓을 했다. 왁스를 발라 바이올린에 난 f 모양의 구멍처럼 둥글게 구부려 한껏 모양을 낸 듬성듬성한 그의 콧수염이 가볍게 흔들렸다.

---

* '여기에 김예단이 있는가?'
** '제가 김예단입니다.'

"나와." 남자가 문을 열면서 말했다.

다른 설명은 전혀 없었으나, 단이는 누가 자신을 구해주었는지 알았다. 그는 감시병의 마음이 바뀌기 전에 얼른 유치장 밖으로 나왔다. 군인이 다시 유치장의 문을 잠그는 동안, 단이는 그 안에 남아 있는 다른 사람들을 돌아보지 않은 채 오직 앞에만 시선을 고정했다.

풀려나 집에 돌아온 단이가 처음 한두 시간 동안 할 수 있었던 것은 그저 몸을 씻고 물을 마시는 것뿐이었다. 그러고 나서 단이는 깨끗한 이부자리의 온기를 느끼며 얼마나 시간이 흘렀는지 모를 만큼 깊이 잠들었다. 다시는 이 방 밖으로 나가거나 누구와도 말을 섞고 싶지 않았다. 고치처럼 똘똘 말린 이불 속에 완전히 숨어서 자신의 몸과 기운과 정신을, 한 줄기라도 빠져나갈세라 철저히 지켜낼 수 있기만을 바랐다. 월향이 낳았다는 아기를 데려와 보라고 이르기까지도 며칠이나 걸렸고, 겨우 아기의 얼굴을 보고서도 안아주는 둥 마는 둥 했을 뿐 아니라 아이들에게 이처럼 큰일을 훌륭히 잘 치러냈다는 칭찬도 거의 하지 않았다. 옥희가 조산사를 불러다 줬다는 제 친구 이야기를 꺼내려 했지만 단이는 무심하게 어깨만 들먹이고 말았다.

"그 애가 와주지 않았으면, 월향 언니는 큰일을 겪을 뻔했어요." 옥희는 조그만 목소리로 끈질기게 말했다. "하마터면 언니가 죽었을지도 몰라요."

"그만하렴." 단이가 날카롭게 쏘아붙였다. "그래서, 월향이가 죽기라도 했니? 아니잖아. 수많은, 정말 수많은 사람이 진짜로 죽었고 나도 거의 죽다 살아 왔어. 이만 다들 가봐라, 좀 쉬어야겠다."

몸을 회복하고 기운을 차리는 동안 단이는 오직 치안판사를 기다리는 데만 몰두했다. 일주일 뒤 마침내 노인이 단이의 집을 찾았을때, 그는 가지고 있는 옷 중 가장 아름다운 의상으로 단장하고 있었다. 흑옥黑玉 구슬을 줄줄이 꿰어 장식한, 파리에서 수입한 최신 드레스였다. 흰 목덜미에서는 다이아몬드 목걸이가 번쩍거렸고, 가슴께에는 미색 목련 한 송이가 우아하게 꽂혀 있었다. 검은 벨벳을 휘감은 단이의 피부는 대리석처럼 맑고 투명하게 빛났으며, 붉게 칠한 입술은 스웨이드 가죽처럼 연하고 부드러워 보였다.

"안색이 창백하구나." 단이를 보자마자 판사는 일본어로 말했다. 단이는 최대한의 공손한 미소와 함께 팔을 뻗어서는 검버섯으로 얼룩덜룩한 판사의 손을 부여잡았다. 그는 판사의 손을 제 입술로 가져와 입을 맞춘 뒤, 훤히 드러낸 어깨와 목덜미에 붙여 지그시 눌렀다.

"요즘 제가 제정신이 아니었어요, 아시다시피……." 단이가 대답했다. "그래도 나리가 아니었다면, 지금 이 자리에 있지도 못했겠죠."

판사는 그저 단이를 빤히 바라볼 뿐이었다. 단이는 어색한 침묵을 메우느라 남자의 잔에 사케를 따랐다. 옻칠이 된 술상 옆에는 갓 피어난 목련 한 다발이 꽂혀 있었다. 막 꺾어 온 목련 다발에서 한 송이를 골라내 드레스 앞섶에 장식하고, 나머지는 전부 저 18세기 후반에 만들어진 골동품 꽃병에 모아둔 터였다. 후원자의 미적 취향에 대해 잘 알고 그의 마음이 흡족하기를 신경 써서 꾸민 모습이었으니, 흐릿한 눈을 한 바퀴 굴려 단번에 모든 것을 파악한 판사는 조용하고 정확하게 결론을 내렸다.

은은하면서도 농염한 목련 향기가 방 안을 가득 채웠다. 그러나 눈앞에 보이는 꽃송이의 아름다움과 향기보다 판사의 마음을 더 흡족하게 한 것은, 저 바깥에 선 목련 나무가 오직 자신만을 위해 처음으로 개화한 꽃들을 모두 빼앗긴 채 벌거벗고 있다는 사실이었다. 단이는 이 노인의 마음이 어떤 방식으로 돌아가는지 정확히 알고 있었다. 판사가 단이에게서 느끼는 최상의 매력은 항상 그 점에 있었다. 아름다운 외모나 관능적인 태도뿐 아니라, 드러나지 않는 방식으로 은밀하게 의사를 전달하는 단이만의 탁월한 능력에 그 노인은 가장 매혹되었다. 그야말로, 고도로 발달한 우아한 정신이었다.

"저기, 아직도 옥사에 갇혀 있는 제 지인이 둘 있어요. 그들도 저처럼 억울하게 엮인 이들이에요." 단이가 다시 입을 열었다.

"한 사람은 제 하인인 해순인데요, 수년 동안 충실하게 제 시중을 들어온 아이예요. 시내에 볼일을 보러 가던 저와 동행하고 있었는데 그만 군중 속에 휩쓸리고 말았지 뭐예요. 저랑은 떨어져서 다른 평민들과 함께 갇힌 바람에, 그 가엾은 애가 지금 어떤 상태인지 저도 알 길이 없어요. 그 아이는 아무것도 모르고, 아무것도 이해하지 못하는 일자무식이에요. 그러니 어떤 죄도 지었을 수가 없어요." 단이는 설명했다.

"다른 사람은 제 사촌이고요. 그분의 사정이 어떠한지, 대체 왜 체포되었는지는 저도 잘 몰라요……. 하지만 그분 역시 결백하다는 건 확실해요. 정치사상과는 전혀 관계가 없는 분이거든요. 집안 배경을

216

보자면 아주 최고의 명문가랍니다. 아버지 되시는 분은 지방의 부유한 대지주에, 종조부 되시는 분은 예전에 호조판서를 지내시며 종로에 자리한 아흔아홉 칸짜리 저택에서 지내셨어요. 그분 자신도 동경에서 유학하며 대학 공부를 하셨고요. 이름은 이명보라 합니다."

"이명보가? 자네 사촌이라고?" 술잔을 내려다보며 판사가 물었다.

"네."

"자네한테 이씨 성을 가진 사촌이 있는지는 몰랐는데. 어머니 쪽 사촌이겠군, 아마도?"

단이는 대답하기 전에 살짝 얼굴을 붉혔다. "네, 외사촌이세요."

판사는 한숨을 쉬었다. "이명보는 독립선언서에 서명하고 명월관에서 체포된 서른세 명의 주동자 중 한 사람이야. 아무리 나라도 그런 사람을 즉시 석방할 수는 없네. 하지만 그자에게 선고된 형량을 조금 줄이도록 해볼 수는 있겠지. 또 감옥에서 그나마 편안하게 지내게끔 처리할 수도 있을 거고. 자네 하인의 경우엔, 어려움 없이 나올 수 있을 거야."

단이는 맨살이 드러난 팔로 판사를 끌어안으며 제 부드러운 몸을 남자의 늙고 깡마른 가슴에 한껏 밀착시켰다.

"감사해요……. 나리의 너그러우신 처사를 잊지 않겠습니다." 단이가 속삭였다.

"아, 그리고 한 가지만 더 말하지, 단이." 판사가 말했다. "자네가 그 다이아몬드 목걸이를 걸고 있는 모습이 참 보기 좋아. 처음 그 목걸이를 본 순간, 이 물건에 딱 어울릴 여자는 바로 자네뿐이라는 걸 알았거든. 값진 물건이 정확하게 그 주인을 찾아가는 걸 볼 때만큼 만족스러운 경우가 없지. 그래서 자네에게 그걸 사다 준 걸세. 마찬가지로 자네를 처음 본 그 순간에, 나는 자네가 바로 내 것이라는 걸 알았어. 나는 자네가 오직 나만을 위해 그 목걸이를 걸고 있다고 생각하고 싶네. 그러니 다른 사람들 앞에서는 이 목걸이를 걸지 말게…… 사촌 앞에서도 말이야."

"물론이죠, 나리를 불쾌하게 만들 일은 절대로 하지 않을 거예요." 노인의 말뜻을 전혀 이해하지 못한 척, 더없이 환한 미소를 지으며 단이가 말했다. 그는 두 손으로 남자의 주름진 손을 고이 감싸 쥐고, 경건하기 그지없는 태도로 자신의 입술 쪽으로 가져갔다.

명보가 의식을 잃을 때마다, 칠흑 같은 어둠은 점점 더 완벽하게 그를 뒤덮었다. 이번에는 못이 박힌 채찍으로 매질을 당한 뒤 몸 하나가 겨우 들어갈 만한 벽의 틈새에 강제로 끼워진 채 꼬박 사흘을 보냈다. 정신이 들었을 때 그는 다른 방으로 옮겨져 있었다. 벽 위쪽 높은 곳에는 창살이 달린 창문이 나 있었다. 그는 고개를 움직이지 않은 채 방 안을 살피다가 한쪽 구석에 요강이 마련되어 있는 것을 알아챘다. 여전히 눈동자만 굴리며, 명보는 자신의 몸을 내려다보았다. 여기저기 붕대가 감겨 있었고, 깨끗한 옷도 입혀져 있었다. 심지어 그의 몸 밑에는 얇은 깔개까지 깔려 있었다. 하지만 그런 배려로 생겨난 아주 약간의 안락함조차 몸 구석구석에서 폭탄처럼 터지는 극심한 고통 아래 금세 지워져 버렸다. 자신의 상황이 조금이나마 나아졌다는 사실을 깨달을 만큼 명료한 의식을 회복하지 못한 채로, 그는 다시 한번 밀려오는 어둠의 나락으로 떨어졌다.

❋

가물거리는 눈을 겨우 뜰 때마다, 옆에 놓인 물 한 바가지와 희멀건 죽이 보였다. 그러면 기억 속 마지막 순간으로부터 과연 며칠이나 지났는지, 혹은 지금이 몇 시쯤이나 되었는지도 개의치 않고, 명보는 먼저 물부터 벌컥벌컥 마신 뒤 흰죽을 숟가락으로 떠서 입 안에 넣었다. 그런 다음에는 소변을 보고 다시 잠에 빠져들곤 했다.

시간은 겨울 안개처럼 흘러갔다. 흐릿하고, 형태도 없으며, 명보의 존재에는 아무런 관심도 보이지 않았다. 그것은 승객 없이 항해하는 배처럼 홀로 지나갔다. 아니면 명보만 빼고 다른 모두를 태우고 가는 배였는지도 모른다. 시간의 세계 밖에 남겨진다는 것은 '넌 아무 의미도 없어'라는 말을 몸에 새겨놓는 듯한 특별한 종류의 고문이었다. 수염이 얼마나 자랐는지 새삼스레 실감하는 것만이 자신이 여전히 살아 있음을 상기시켜 주었다.

어느 시점엔가, 명보는 자신을 살피는 사람이 올 때까지 잠들지 않고 기다렸다가 혹시 종이와 연필 한 자루를 좀 구해다 줄 수 있는지 물어볼 만큼의 체력을 회복했다. 큰 기대는 없었는데, 놀랍게도 간수는 바로 그다음 날 음식과 물을 넣어줄 때 그것들을 함께 갖다주었다. 물을 좀 마시고 죽은 건드리지 않은 채, 명보는 깔개 쪽으로 기어가 편지를 쓰기 시작했다.

수감 생활 내내 그의 머릿속을 섬광처럼 스쳐 가던 의식의 편린 속에서, 명보의 생각은 줄곧 자신이 저지른 두 가지 실수에 머물러 있었다. 첫 번째 실수는 그가 단이를 향한 감정에 빠져든 한편 자신의 아내가 취한 실용주의적 노선을 향해서는 그릇된 반감만을 품었다는 것이었다. 시위를 준비하는 몇 달 동안 명보는 단이를 그리워했고, 그를 만나 제 마음속에 떠오르는 거의 모든 것들을 이야기하게 되기를 간절히 바랐다. 처음에는 그저 아름답고 지적인 여성에 대한 단순하고도 자연스러운 동경일 뿐이라며 애써 감정을 틀어막았지만, 성수가 단이의 곁에 있는 모습을 본 순간 막을 수 없이 터져 나온 질투를 자각하고는 자신이 사랑에 빠졌음을 인정할 수밖에 없었다. 친구인 성수의 여성 편력을 마음속으로 오랫동안 경멸해 온 터였기에, 명보는 단이에게 끌리는 자신의 모습이 더욱 혼란스러웠다. 하지만 이제는 그 모든 것이 희미해지고 퇴색된 듯 느껴졌다. 체포된 이후 처음으로 단이를 떠올리면서, 명보의 마음에 자리한 것은 오직 부끄러움뿐이었다. 사랑이란 다른 이를 위해 자신이 어느 정도의 고통을 견딜 수 있느냐에 따라 정의된다. 상대를 보호하기 위해 무엇까지 할 수 있는지가 결국 진정한 사랑의 의미를 말하는 셈이다. 이는 인생의 마지막 기차에 오를 때 과연 누구와 손을 잡고 있고 싶은지를 고르는 문제이기도 했다. 이제 명보는 자신이 진정으로 사랑하는 사람이 누구인지 깨달았다.

"사랑하는 내 아들 현우에게." 그는 이렇게 쓰기 시작했다.

그동안 잘 지냈니? 어머니도 잘 계시고? 두 사람 모두 겨우내 따뜻하고 건강하게 지냈길 바란다. 이곳은 무척 춥지만, 너와 네 어머니를 생각하면 한결 기분이 나아지는구나.

너도 이제 네 살이 되었으니 전보다 많이 자랐겠구나. 네가 자라는 모습을 나도 지켜볼 수 있으면 좋을 텐데. 네가 아주 어린 아기였을 때, 우리 세 식구가 매일 밤 함께 자던 날들을 종종 생각해 본단다. 너는 아무것도 기억하지 못하겠지만, 그때 우리는 참 행복했어. 현우야, 어머니 말씀 잘 들어라. 그리고 네가 더 나이가 들면, 강한 자 앞에서 용기 있고 약한 자 앞에서 관대한 사람이 되기를 바란다. 그게 내가 네게 바라는 전부야.

어머니와 네가 매우 보고 싶구나. 나는 언제 어디서나 두 사람을 지켜보고 있으마.

너의 아버지가

주어진 종이 한 장을 빼곡히 채우고 넘칠 것을 염려해 작은 글씨로 쓰기 시작했던 편지가 결국엔 지면의 3분의 1도 다 채우지 못한 채 끝이 났다. 마음속에 있는 말들을 전부 쏟아낼 수가 없었다.

간수는 수감자의 편의를 봐주라는 새로운 지시를 받은 게 분명했다. 그가 명보의 아버지가 계신 본가로 편지를 부쳐주었고, 명보의 남동생이 이를 받아 상해에 전달했다.

명보가 저지른 두 번째이자 인생 최악의 실수는, 그가 비무장 저항 방식에 두었던 믿음이었다. 독립선언서에 함께 서명했던 다른 사람들처럼, 명보 또한 자신의 목숨이 나라의 독립을 앞당겨 준다면 기꺼이 죽을 준비가 되어 있다고 믿었다. 하지만 지금 돌이켜 보니 너무 많은 사람이 헛된 죽음을 맞았다. 지도자들과 민간인들 양쪽 모두 전멸한 상태에서, 상황은 무기한 정체에 빠졌을 뿐 아니라 심지어 역행하여 그 전보다 퇴보한 꼴이었다. 그러한 비인도적 학살 앞에서 실질적인 힘의 확보 없이는 아무것도 바꿀 수 없었다. 명보는 자신이 과연 살아서 구치소를 나갈 수 있는지조차 알지 못했다. 계속 덧나고 곪아가는 상처들에 더하여 결핵까지 얻은 참이었다. 하지만 만일 또 다른 기회가 주어진다면, 그는 어떤 값을 치르고서라도 민족의 자유를 되찾겠노라 맹세했다. 흘린 피에는 피로, 빼앗긴 목숨에는 목숨으로 그대로 갚아줄 것이었다.

온갖 역경에도 불구하고 건강 상태가 점차 안정되자 명보는 반역죄로 재판정에 넘겨져 징역 2년이라는 가벼운 구형을 받았다. 교도소에 있는 동안에는 이따금씩 따뜻한 담요나 더 나은 음식 등의 혜택을 받았다. 심지어 한두 권의 독서도 허락되었다. 자신이 이런 특별 취급을 받는 진짜 이유도 모르는 채, 명보는 이제 성수나 자신의 다른 학창 시절 친구들을 떠올릴 때와 마찬가지의 감정으로 단이를 생각했다. 아주 드물게, 그리고 희미하게 스며드는 수치심과 함께 말이다.

성수 역시 3월 첫날의 행진 이후 자신의 오랜 친구를 그리워하느라 많은 시간을 쏟지는 않았다. 그날 오후, 그는 자기 사무실에서 출판 담당 직원과 함께 한가롭게 커피를 마시다가 경찰에 체포되었다. 그는 명보와 연루되어 있다는 혐의로 기소되었지만, 성수의 출판사를 급습 수색한 결과 이렇다 할 증거는 아무것도 나오지 않았다. 사실 형사들이 보다 심층적인 조사를 진행할수록 성수가 일본인들과 지속적인 친분을 나누며 지냈던 정황만이 포착되었을 뿐이었다. 체포된 바로 다음 날 그의 아버지가 보석금으로 1만 원을 냈고, 성수는 그 즉시 구치소에서 풀려났다. 피곤하고 지쳐서 따끈한 목욕이 절실했지만, 어쨌거나 몸은 멀쩡한 상태였다.

그 후로는, 마치 약속이라도 한 듯 성수도 단이도 상대에게 아무런 연락을 취하지 않았다. 이러한 침묵이 그들 관계의 완전한 끝을 의미한다는 걸 둘 다 알고 있었다. 성수는 단이를 향한 자신의 강렬한 욕망이 마침내 성취되었음을 의식한 터였다. 오랜 바람이 결국 완수되었다는 사실은 그에게 뭔가 깔끔하고 깊은 만족을 가져다주었다. 눈에 띄게 화려하고 아름다운 미모에 더하여 단이에게는 어떤 내적인 열정과 신비스러움이 있었고, 성수는 언제나 그 매력에 유혹당할 것이었다. 심지어 미래의 언젠가는 자신이 단이를 매우 그리워하게 될지 모른다는 생각도 들었다. 하지만 당장은, 불같았던 그들의 관계가 매우 자연스럽게 종결되었다는 사실이 순수하게 기쁠 뿐이었다. 이렇게 무사히 끝나지 않았다면 여자들 특유의 질척한 감상으로 뒤엉킨 감정의 실타래를 푸느라 골치깨나 썩였을 뻔했다. (게다가 사실은 별로 사과하고 싶지 않은데도 오로지 신사답게 보이기 위해 억지 사과를 해야만 하는 난처한 상황에서도 무사히 벗어날 수 있지 않았는가. 여자들은 다들 어쩌면 그렇게 사과를 받는 것에 절박하고 필사적인지!) 그해 겨울의 모든 혼란과 불확실한 상황이 다 흘러가 버리자, 성수는 자신이 가장 좋아하는 단편소설의 결말에 나오는 그레고르의 부모처럼 후련함을 느꼈다.* 한 여자를 향했던 그의 갈망은 자신의 사업 확장과 발전을 향한 집념으로 대체되었고, 그는 이처럼 새롭고 긍정적인 전환을 이뤄낸 스스로를 자축했다. 다가올 봄에는 지금의 자전거포를 더 크게 늘리고, 저 먼 시골길까지 자전거 여행이나 한번 다녀와야겠다고 성수는 다짐했다.

유난히 추운 4월 어느 날, 단이가 정원에 남아 있던 마지막 눈을 치우고 있는데 치안판사의 전용 운전사가 작은 나무 유골함에 담긴 해순을 집으로 데려왔다. 판사가 해순을 제때 찾지 못했던 것이었다. 옥희와 연화는 사흘 밤낮을 쉬지 않고 목 놓아 울었다. 굳건하게 곁을 지켜주던 해순 덕분에 언제나 마음의 안정을 찾곤 했던 월향은, 고인을 기리는 의미에서 자신이 낳은 딸에게 '해숙'이라는 이름을 붙여주었다.

  남들에게 헤픈 눈물을 보이는 걸 경멸하는 단이는 아이들 앞에서 비통한 감정을 감추었다. 해순의 죽음이 바로 자기 탓이라고 믿었기에, 단이 자신의 마음을 결연하게 다잡는 게 무엇보다 중요했다. 시위 날에 하인을 데려간 것도, 난리가 터진 직후 판사에게 즉시 도움을 요청하지 못한 것도 자신의 잘못이었다. 그러나 마음의 고통에

• 프란츠 카프카의 소설 「변신」에서 주인공 그레고르는 아무런 이유 없이 거대한 벌레로 변한 뒤 가족의 냉대와 방치 속에 버려진다.

울적하게 빠져드는 대신, 단이는 다음과 같은 일을 했다. 먼저 제주도에 있다는 해순의 가족에게 연락할 방도를 몰랐기에 언젠가 남해로 가서 제 손으로 직접 해순의 재를 뿌리겠노라 맹세했다. 그러곤 새로운 활력이라도 되찾은 양 집 안과 주변 곳곳을 헤집어놓으며 다양한 활동에 매진했는데, 그렇게 함으로써 지금까지 일어난 일을 깡그리 잊고 싶은 듯했다. 원래부터 일솜씨가 날래고 활동적인 그였지만, 지금은 마치 잠시라도 속도를 늦추면 무언가 끔찍한 것에 붙들리고 말리라 믿는 사람 같았다. 그는 늘 흠잡을 데 없이 화려하게 옷을 차려입었고, 한숨도 눈을 붙이지 못한 채 날밤을 새운 사실을 감추기 위해 새로운 화장 크림들을 열심히 발랐다. 아기 해숙에게 입힐 신생아용 옷가지와 장난감을 사들이는가 하면, 월향이 먹을 산후조리용 미역국과 호박죽을 손수 끓이기도 했다. 날씨가 제법 따뜻해지자 단이는 봄맞이 대청소에 돌입해 집 안 구석구석을 꼼꼼하게 닦아내고, 겨울옷들을 정리하고, 이불장과 서랍장을 모두 열어 바람을 쏘였다.

"이상하네." 오동나무 장롱 앞에서 두 손을 들어 보이며 단이가 말했다. "내가 제일 좋아하는 모란 무늬 솜이불이 온데간데없어. 우리 침모가 진짜 금이 들어간 실로 모란꽃 자수를 놓느라 두 달이나 들인 작품인데 말이다."

가정부를 불러 물었지만, 그는 사라진 이불의 행방에 대해 자신은 아무것도 모른다고 맹세했다. 단이는 더욱 가차 없는 태도로 당장 집 안에 있는 모든 장롱을 열어 그 내용물을 꺼내 보라고 명령했다. 그때, 옥희가 앞으로 나섰다.

"제가 가져갔어요. 정말 죄송해요." 옥희가 제 발끝을 내려다보며 말했다. "이모께 말씀드렸어야 했는데, 제 친구 정호가 추운 바깥에서 지내고 있어서……. 전 그냥 그 애를 도와주고 싶었어요." 옥희는 울기 시작했다.

"친구 누구?" 단이가 황당해하며 물었다.

"월향 언니한테 산파를 데려와 준 그 친구요."

"그러면 네 친구는, 길거리에서 자는 애니?" 단이가 장롱을 닫고 옥희 쪽으로 다가왔다.

"네, 그 애는 집이 없어요." 말을 맺기도 전에 옥희의 뺨에서 불꽃이 번쩍 터졌다. 단이가 그의 따귀를 세차게 내리친 것이다.

"얘, 네가 무슨 짓을 했는지 알기나 하니? 넌 내 물건을 훔친 거야. 그 이불, 은실 언니가 너를 사 오면서 네 어머니한테 치렀던 몸값보다 더 비싼 거다. 그게 무슨 뜻인지 알아?" 단이는 눈을 부릅뜨고 옥희를 노려봤다. 뜨거운 눈물이 아무렇게나 흘러 엉망이 된 얼굴로 옥희는 간신히 고개를 끄덕였다.

"네 값어치는 남자들이 너를 어떻게 보느냐에 달려 있어. 네가 어디서 굴러먹다 왔는지도 모를 거지 꼬맹이랑 어울린다는 걸 남자들이 알면, 과연 너한테 돈 한 푼이라도 줄 것 같니?" 단이가 기가 찬다는 듯 코웃음을 쳤다. "너, 걔가 너한테 손대도록 내버려 뒀어?"

"아니에요!" 옥희가 격분해서 대답했다.

"다시는, 절대로 다시는 그 애와 말 섞지 마라. 만약 네가 또 물건을 훔치거나 그 애와 얘기를 나누면, 그땐 이 집에서 완전히 쫓겨날 줄 알아. 그러면 밖에서 자는 게 얼마나 추운지 너 자신이 제일 잘 알게 되겠지."

월향이 이기를 낳았던 밤 이래, 정호는 혹시라도 옥희를 만날 수 있지 않을까 소망하며 매일 오후 옥희의 집 앞으로 왔다. 옥희의 기분이 좋아지길 바라는 마음에 개를 데려오기도 했고, 가끔은 다리 밑을 따라 걷던 중 발견한 예쁜 조약돌 여러 개를 가져오기도 했다. 하지만 이제 옥희는 대문 밖으로 나오는 법이 없었다.

마침내 어느 날, 정호는 문을 두드려볼 용기를 냈다. 안뜰을 가로지르는 가벼운 발걸음 소리가 들리자, 지난번처럼 문틈으로 옥희가 나오리라는 기대감에 가슴이 터질 것 같았다. 그러나 문이 열리며 나타난 어느 아름다운 여자 어른의 모습과 엄중하게 자신을 쏘아보는 그 눈빛에 정호는 깜짝 놀랐다.

"네가 우리 옥희 주변에 어슬렁댄다는 그 거지니?" 여자가 말했다. 정호가 미처 대답을 하기도 전에, 그는 문 안쪽으로 잠시 사라졌다가 봉투를 들고 다시 나타났다. 여자는 정호의 손안에 봉투를 밀어 넣었다.

"이건 지난번에 월향이를 도와준 품삯이다. 장성한 남자가 한 주 내내 일하고 버는 것보다 더 많은 돈이야. 최소한 한 달은 먹고 지낼 음식을 살 수 있을 거다. 이 돈 받고 다시는 옥희나 우리를 귀찮게 하지 마."

"이런 거 필요 없어요." 정호가 봉투를 밀어내며 간신히 말했다. "전 그냥 옥희와 친구가 되고 싶었을 뿐이에요."

"너, 조그만 게 참 되바라졌구나?" 단이가 경멸스럽다는 듯 웃었다. "네까짓 놈은 옥희 같은 아이와 어울릴 수 없어. 그 애는 기생이 될 거다. 아마 내가 직접 훈련한 아이 중 최고가 될 인재지. 그런데 너는? 가진 것 하나 없고 이름도 없는 고아일 뿐이잖니."

정호는 단이에게 제 이름 석 자를 대고 싶었지만, 금세 마음을 고쳐먹고 뒤돌아섰다. 벌써 등 뒤에서 문을 닫고 빗장을 지르는 소리가 들려왔다. 옥희가 자신에게 작별의 인사조차 하려 하지 않았다는 것을, 이것이 끝이라는 것을 정호는 여전히 믿을 수가 없었다. 옥희와 이야기를 나누고픈 자신의 마음이 얼마나 간절한지 알기만 하면, 옥희는 어떻게든 자신을 만날 방도를 찾으리라 생각했다. 그래서 소년은 매일 옥희의 집 앞에 와서 담장 너머 마당으로 조약돌을 하나씩 던졌다. 한번은 옥희의 이름을 연상시키는 매끄러운 녹색 바다유리를 던지기도 했다. 그것이 그가 보낼 수 있는 가장 분명한 신호였다. 하지만 옥희는 결코 그를 만나러 나오지 않았다. 그리고 아주 오랜 시간이 흐른 뒤에는, 정호도 옥희의 집에 오는 것을 영영 그만두었다.

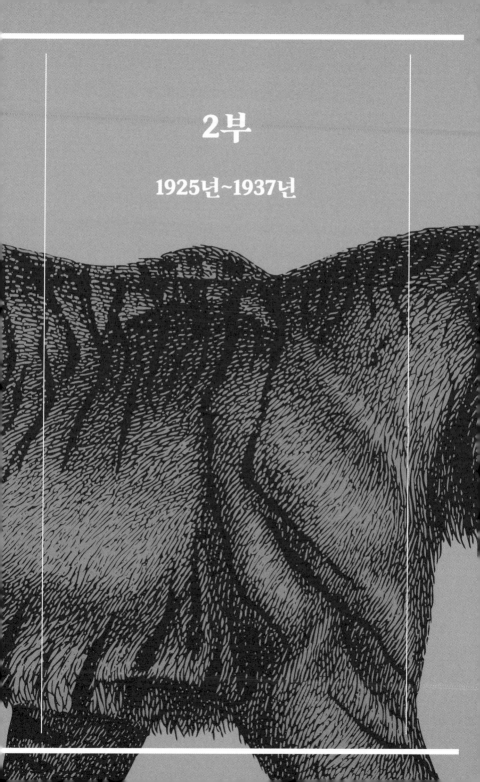

2부

1925년~1937년

11장

정호의 이야기

내 이름은 남정호다. 어떤 이야기든 자기 이름도 밝히지 않은 채 시작할 수는 없다. 내가 경성에 도착했을 때 누군가 내게 던졌던 첫 질문도 그랬다. "이름이 뭐야, 촌뜨기 놈아?" 그 누군가는 미꾸라지였다. 지금도 꾸준히 내 짜증을 돋우는 놈이지만, 그 녀석이 나의 가장 오랜 친구라는 사실을 잊어버릴 순 없다.

내게 딸린 식솔들에게는 산속에 있는 내 고향 마을에서 전설로 전해 내려오는 어느 호랑이에게서 따온 이름이라고 말했다. 그건 사실 우리 누나가 여동생과 나를 재우면서 들려주던 이야기다. 옛날 옛적에 늙은 어머니를 모시고 단둘이 사는 가난한 나무꾼 총각이 있었다. 어느 저녁 산속에서 종일 힘들게 나무를 하고 돌아오는 길에, 거대한 호랑이 한 마리가 남자의 눈앞에 나타났다. 호랑이가 커다란 발을 구르며 번개처럼 달려드는 순간 나무꾼은 울음을 터뜨리며 이렇게 말했다. "세상에, 우리 형님이잖아! 형님이시군요! 이렇게 형님과 만나기를 제가 몇 년이나 기다렸다고요."

얼떨떨해진 호랑이는 나무꾼 앞에 멈춰 서서 물었다. "음, 뭐라고? 무슨 말을 하는 거냐, 인간아?"

"아예 기억을 못하시는 건가요, 형님?" 나무꾼은 더 큰 소리로 흐느꼈다. "20년 전, 형님이 한밤중에 일어나 집을 떠나셨잖아요. 저도 잠에서 깨어나 형님의 뒤를 쫓았죠. 그런데 산속에 들어가신 형님이 갑자기 호랑이로 변하는 거예요. 꼭 무슨 어둠의 저주에 걸린 것처럼요. 그 저주 때문에 형님의 인간 시절 기억도 다 지워졌나 봅니다. 그 뒤로 우리는 내내 형님을 다시 만나기만을 바라고 있었어요. 자, 이제 집으로 갑시다. 그 오랜 세월 동안 어머니께서 이제나저제나 형님을 기다리고 계세요."

진실을 말하자면, 나무꾼은 그저 살아서 이 위기를 모면하기 위해 거짓말을 하고 있었다. 하지만 호랑이는 골똘히 생각에 잠겼고, 젊은 호랑이로 살기 전의 자신이 과연 어떤 모습이었는지 정말로 기억해 낼 수가 없었다. 마침내 호랑이는 이런 결론에 도달했다. "아이고 세상에, 내가 진짜 한때는 인간이었나 봐!" 호랑이는 눈물을 뚝뚝 흘리며 울기 시작했고 그 커다란 짐승의 발로 나무꾼을 끌어안았다.

"우리가 마침내 이렇게 만나다니 너무 기쁘구나, 아우야." 호랑이가 서럽게 흐느꼈다. "하지만 지금 이 모습으로 집에 갈 수는 없다. 어머니가 나 때문에 슬퍼하시거나 무서워하시는 걸 보고 싶지 않아. 그래도 내가 늘 멀리서 너와 어머니를 보살피고 지키도록 하마."

나무꾼은 마지막으로 호랑이를 꼭 끌어안은 뒤 집으로 돌아왔다. 다음 날 아침, 그는 마당에 죽은 토끼 한 마리가 떨어져 있는 걸 발견했다. "그 호랑이는 정말 우리가 세 가족인 줄 아는 모양이구나!" 토끼 고기가 다 떨어질 때쯤에는 사슴이 떨어져 있었다. 그렇게 호랑이는 계속 나무꾼과 그 어머니에게 먹을거리를 가져왔고, 이후로 두 사람은 배를 곯은 적이 없었다.

그렇게 한두 해가 흐른 뒤 나무꾼의 어머니가 노환으로 세상을 떠났다. 그때부터 호랑이가 음식을 가져오는 일은 중단되었다. 얼마 후 나무꾼은 산에서 내려오다가 새끼 호랑이 세 마리와 마주쳤다. 새끼 호랑이들은 각자 꼬리에 상중喪中임을 의미하는 흰 삼베 끈을 댕기 모양으로 묶고 있었다. 나무꾼이 물었다. "호랑이들아, 너희는 왜 이런 삼베 끈을 달고 있니?" 그러자 새끼 호랑이 중 하나가 대답했다.

"우리 할머니는 산 아랫마을에 살던 인간이셨어요. 그런데 할머니가 돌아가셨고, 그러자 아버지는 할머니를 애도하시느라 몇 달 동안이나 먹지도 자지도 않으셨어요. 결국 아버지마저 슬픔에 빠진 채 우리가 살던 동굴에서 숨을 거두셔서, 이제 우리가 아버지를 추모하는 거예요."

나무꾼은 그제야 진정한 눈물을 흘렸다. 그처럼 충직한 호랑이를 속였던 것이 너무나 미안했던 그는 죽은 짐승을 위해 기념비를 만들었다. 커다란 돌에다 글씨 몇 자를 새긴 그 기념비가 바로 우리 마을 한복판에 있었다. 나로서는 그 내용을 읽을 수 없었지만, 어쨌든 그 돌은 우리 마을 우물가의 은행나무 옆에 정말로 있었다. 그래서 내 이름이 정호가 되었다고 나는 부하들에게 이야기했다. 의로울 정正에, 범 호虎. 그러면 각자 자기 고향 마을에서 비슷한 이야기를 들어본 녀석들조차 내 말을 믿어주었다.

마을 광장에 호랑이 기념비가 있었다는 건 거짓말이 아니지만, 사실은 이렇다. 내가 태어났을 때 우리 아버지는 마침내 아들을 본 게 너무도 기뻤던 나머지 동네 점집을 찾아가 점쟁이에게 토끼 한 마리를 주고 한자로 된 정식 이름을 받아 왔다. 무수히 많은 사람들이 아이들 이름을 그저 처음으로 눈에 들어오는 동물이나 꽃 이름을 따서 짓는 마당에 말이다. 예를 들어 미꾸라지는 제 어머니가 자신을 가졌을 때 밤낮없이 추어탕을 먹고 싶어 했다는 이유로 그런 이름이 붙었다고 했다. 우리 누나와 여동생도 그냥 각자 태어난 달을 따 오월이, 유월이라고만 불렸으니, 그만큼 아버지가 나를 특별히 아끼고 사랑하신 것이다. 내가 이 이야기를 남들에게 하지 않는 건, 해가 갈수록 아버지에 대한 기억이 희미해지고 있어서다. 아버지 이야기를 꺼낼 때마다 마치 국이 펄펄 끓고 있는 냄비 뚜껑을 여는 느낌이다. 모락모락 솟아오른 증기가 빠져버리면 솥 안에 남은 건더기가 점점 졸아들지 않겠는가. 그래서 나는 꼭 필요한 경우가 아니면 되도록 아버지 이야기를 입에 올리지 않게 되었고, 대체로는 아버지가 남긴 담뱃갑과 어머니가 남긴 은가락지를 바라보는 것만으로도 내가 이름 없는 고아가 아니라 남정호라는 사실을 충분히 기억할 수 있다.

우리가 다리 밑에서 나온 지 한참 지난 뒤에도 나는 종종 그곳에 다시 가보곤 했다. 썩 행복한 기분이 들지는 않았다. 더러운 흙탕물이 흐르는 풍경, 낡아서 흐물거리는 볏짚 깔개 위에 몸을 누이고 잠을 청하던 그 딱딱하고 뾰족한 돌멩이로 가득한 제방을 다시 본다는 게. 히지만 뭔가에 홀린 듯 그 장소에 자꾸 이끌렸다. 예전에 살았던 곳에 가서 마치 빈속에 소주를 털어 넣은 듯한 기분을 느껴본 적 있는가? 갑자기 머리가 핑핑 돌고, 정확히 뭔지도 모를 것들에 대한 간절한 그리움에 마음이 차분히 가라앉는 그런 느낌 말이다. 행복한 기분이라고 할 수는 없겠지만, 가끔 나는 그런 감정에 잠기고 싶을 때가 있다.

다리 밑에 살면서 오랫동안 나는 술 한 방울은커녕 내 배를 채울 요깃거리조차 충분히 누려보지 못했다. 우리의 목표는 최소한 이틀에 끼니 한 번을 챙길 수 있을 만큼 꾸준히 버티는 것이었다. 우리는 눈을 뜨고 있는 매 순간 배가 고팠고 심지어 꿈에서조차 먹는 생각뿐이었다. 무리의 대장인 나는 종종 그 어느 일원보다도 가장 심한 굶주림을 겪는 사람이었는데, 우리 중 체력이나 건강 상태가 제일 심각하게 떨어진 아이가 누구인지 매번 눈여겨보다가 그 아이에게 내 몫을 대신 주곤 했기 때문이다. 눈앞에 놓여 있는 만두를 다른 아이에게 넘겨줄 때면 등줄기에서 식은땀이 쭈르르 흐를 만큼 나는 배가 고팠다. 딱히 누군가의 충성심을 사려고 했던 행동은 아니지만, 결국 내 곁에 모인 아이들은 제 친형제보다도 나를 더 따르고 의지하게 되었다. 한강 다리 밑에 사는 남정호가 종로 거지 아이들 전부를 수하에 거느린 왕초인데, 그 무리에 들어가면 최소한 굶지는 않는다는 소문이 온 동네에 퍼졌다. 내가 열여섯 살이 되었을 무렵엔 내 명령이라면 무엇이든 하겠다며 따라다니는 아이들이 마흔 명쯤 되었다.

우리가 더 이상 다리 밑에 살 수 없다는 건 분명했다. 아무리 거지들이라 해도 생활 터전으로 삼기엔 끔찍한 곳이었다. 여름에는 모기들이 온몸을 빈틈없이 깨물고 겨울이면 거의 매일 밤 동사 직전의 순간을 경험했으니, 거지들도 그런 고통은 견디지 못하는 법이다. 어떤 종류의 항의 시위가 터질 때마다 포대 자루와 볏짚 깔개로 만들어진 우리의 움막은 갈기갈기 찢기고 파괴되었다. 그러면 우리는 아무도 찾을 수 없는 제방 틈새에 꼭꼭 숨어서 순사들이 우리가 가지고 있던 모든 것을, 마지막 나무 그릇과 숟가락까지 싹 다 모아 불태워 버리는 모습을 지켜보았다. 더는 구걸하는 거지들이 아니라 '보호자'의 역할로 변화해야 한다며 미꾸라지가 나를 설득했던 게 이때쯤이었다. 정확히 말해두지만, 작은 중국 식당에 대뜸 들어가 우리가 다른 건달 무리로부터 이 가게를 보호해 줄 테니 보호비를 선납하라고 요구하는 게 쉬운 일은 아니었다. 경성 각지의 모든 구역은 이미 일본과 한국 건달 무리에 접수된 상태였고, 이들은 전면전을 피하고자 서로의 경계를 엄격히 지켰다. 내 구역이라 선언할 만한 데라곤 아예 없는 데다 패싸움 기술에 대해서도 전혀 모르는 어중이떠중이 거지 소년들과 함께였던 나는 가장 밑바닥에서부터 시작한 셈이었다. 사실 그만큼 절박한 굶주림에 내몰리지만 않았더라면, 나 역시 우리 중 누구에게도 딱히 잘못한 것이 없는 노인을 붙들고 돈을 내놓으라며 윽박지를 엄두를 내지 못했을 것이다. 하지만 일단 저지르고 보니 충격적일 만큼 쉽게 돈을 얻을 수 있었다. 미꾸라지와 영구에게 거칠게 떠밀려 내 앞으로 온 노인은 나를 한번 쳐다보더니 황급히 눈을 내리깔고 돈을 건네주었다. 나는 돈을 세어 이 동네의 '보호비' 물가를 대충 짐작한 뒤 이 중국 식당 옆 카페에 들어가서는 그 두 배를 요구했다. 카페 주인은 꽃무늬 블라우스를 입고 화장을 진하게 한 중년 여자였는데, 하얀 분칠이 어찌나 두껍던지 꼭 숯으로 눈을 그린 보름달 같은 모습이었다. 경성에 올라온 뒤로 다양한 연령대의 여자들을 많이 보아온 터라 진한 화장을 했든 안 했든 카페 주인의 용모가 그리 아름답지 않다는 것쯤은 금세 알 수 있었지만, 상대가 여자라는 단순한 사실 때문에 내가 그에게 돈을 요구하고 있다는 게 더욱 불편하고 부끄럽게 느껴졌다. 하지만 카페 주인은 내 말을 듣자마자 곧바로 돈을 건네주었고, 심지어 고개를 살짝 숙여 인사를 하기까지 했다.

우리가 수금 구역을 확보하고 있다는 소문이 나돌면서 결국 피할 수 없는 상황이 닥쳐왔다. 다른 건달 무리들이 우리를 공격하기 시작한 것이다. 순리대로라면 나이도 많고 경험도 많은 이 깡패들에게 우리가 완전히 박살 나버리는 게 당연했겠지만, 뜻밖에도 우리는 승리를 거두었을 뿐 아니라 빼앗긴 구역에 대한 권리까지 되찾아 우리 자신을 포함한 모두를 놀라게 했다. 흰소리로 들릴 수도 있는데, 나에겐 싸움이 굉장히 쉬운 일로 느껴졌다. 한번은 혼자서 남자 여섯을 상대하기도 했다. 그들 모두 긴 일본도를 쥔 채 내게 덤벼들었으나 결국엔 내가 그들 우두머리의 왼손에 단도를 깊숙이 찔러 넣었다. 그의 오른손에 잡혀 있던 일본도가 땅바닥에 떨어지기 직전에 나는 검을 낚아채어 우두머리의 오른쪽 귀를 베어냈고, 다음번에는 귀가 아니라 머리를 통째로 잘라내겠다고 엄포를 놓았다. 그 뒤로는 아무도 내게 도전하지 않았고, 경찰조차 우리 무리를 위협하지 않고 적당히 거리를 두었다.

깡마르고 키도 작은 편인 내가 우리 무리를 이끄는 대장에다 이 구역 전체에서 가장 뛰어난 싸움꾼이라는 사실에 놀라움을 감추지 못하는 사람들이 있다. 그들은 맨손으로 거친 산짐승을 죽이곤 하던 호랑이 사냥꾼의 아들이어서 내가 그렇게 맹렬하다는 말을 퍼뜨리기 시작했다. 물론 그건 사실이 아니지만, 나도 딱히 그 소문을 부정하지는 않았다. 사실 나는 그저 다른 누구보다도 날렵하게 움직일 수 있고, 상대의 완력을 거꾸로 이용하는 법을 잘 알고 있을 따름이다. 그리고 이게 가장 중요한데, 나는 내 앞길을 방해하려 하는 사람들의 몸 안에 무엇이든 닥치는 대로 찔러 넣는 것을 별로 두려워하지 않는다. 하지만 예의 중국 식당 주인에게 식당 뒷방을 무료로 '임대'해 달라는 요구를 할 때는 그렇게 극단적인 방법을 동원할 필요가 없었다. 그리고 같은 방식으로 근처의 비슷한 가게 여러 군데에 우리 아이들을 소규모로 나누어 정착시킬 수 있었다.

거의 하룻밤 사이에, 우리는 노숙 생활을 청산하고 갑자기 머리 위에 천장이 있고 밑에는 바닥이 있는 방 안에서 지내게 되었다. 사실 처음에는 이 갑작스러운 변화에 적응하는 게 쉽지 않았다. 사방으로 나를 향해 좁혀오는 듯 보이는 벽에 둘러싸인 채로 밤잠을 청하기가 힘들었다. 실내 공기가 너무 덥게 느껴져 다리 밑에서 자던 시절이 진심으로 그리워질 지경이었다. 사실 겨울밤 다리 밑에서는 매시간 교대로 잠에서 깨어나 움막이 무너지지 않도록 위에 쌓인 눈을 털어내고 잘 살핀 다음에야 다시 잠자리에 들 수 있었는데도 말

이다. 다른 녀석들도 비슷한 기분을 느꼈고, 일부는 정말 도망치기
도 했다. 개는 방 안으로 들일 수 없어서, 몇 년 만에 처음으로 둘이
따로 잠을 자야 한다는 얘기에 영구는 충격을 받았다. 개는 별채 뒤
뜰의 밤나무에 묶여 지내는 신세가 되어 한동안 매일 밤마다 슬피
울부짖었다. 영구는 내가 잠들어 있을 거라 생각했겠지만 나는 한밤
중에 그가 몰래 잠자리를 빠져나가 우는 개를 끌어안고 달래주고 온
다는 걸 알고 있었다. 그 녀석은 늘, 그리고 지금까지도, 마음이 약
해빠지다 못해 물러터진 놈이었다. 내가 와서 그의 자리를 차지하
기 전까지 그가 이 거친 무리를 이끄는 대장이었다는 것도 사실 믿
을 수가 없을 정도였다. 나보다 머리 하나는 더 크고 몸집도 훨씬 큰
주제에, 그 순한 내면에는 티끌만큼의 악의도 품지 못하는 녀석이었
다. 싸움 실력이 나쁘지는 않았지만 나는 그가 이런 일과 다른 무언
가를 하고 싶어 한다는 걸 알았다. 어쩌면 이 중국집을 운영하는 주
인이 된다거나.

지난 3년 동안 나는 종로 암흑가의 세심한 견제와 균형을 갑작스
레 뒤흔들지 않는 범위에서 할 수 있는 최대한으로 영역을 넓혀왔
다. 매일 내 수하들을 셋씩 혹은 넷씩 짝지어 보냈고, 그러면 그들은
일주일에 한 번씩 같은 장소를 방문하며 수금을 해왔다. 우리는 누
구에게라도 마지막 남은 돈까지 쥐어짜 내는 일이 생기지 않도록 조
심했다. 바로 그럴 때 진정한 반항심이 깃들기 마련이니, 이런 일을
하려면 상대를 절박한 상태로 몰아넣지 않는 법을 터득해야 한다.
그건 나를 탁월한 싸움꾼으로 만들어준 또 다른 요인이기도 했다.
맞붙는 싸움마다 매번 승리로 끝내는 나의 비결을 배우고 싶다면,

바로 이거다. 다른 건 다 잊어버리고, 절박한 궁지에 몰린 사람들이 가장 위험하다는 점만 기억하면 된다.

가끔 어떤 술집이나 한약방 주인 같은 사람들이 우리에게 보호비 내는 걸 거부할 때가 있었는데, 그러면 시범적으로 본때를 보여주기 위해 내가 불려 가곤 했다. 한번은 무슨 이유에선지 우리가 실제로는 자신을 감히 해치지 못하리라 믿었던 어느 늙고 부유한 약초 상인이 내 부하들에게 돈을 주기를 계속 거부한 탓에, 결국 내가 직접 그의 가게에 나타나야 했던 불행한 사태가 벌어졌다. 눈처럼 흰 수염을 기른 노인은 거의 양반이나 다름없는 모습으로 점잖은 하얀 두루마기를 빼입고 있었다. 그는 내 눈을 똑바로 바라보면서 나이로 따지면 자신이 내 할아버지뻘이라는 둥, 우리처럼 새파랗게 어린 깡패 놈들 따위는 전혀 두렵지 않다는 둥 쩌렁쩌렁하게 고함을 질러댔다. 노인의 뒤쪽으로는 그의 아들과 앳되고 어여쁜 며느리, 그리고 그들 사이에서 태어난 작은 아이가 불안한 얼굴을 하고 있었다. 그림처럼 보기 좋고 풍요로운 한 가정이었다. 하지만 내가 이 노인을 본보기로 삼지 않으면 소문이 퍼져 이 근방의 모든 수급처가 내게 반항할 것이고, 우리는 다시 다리 밑으로 되돌아가거나 심지어 그보다도 못한 처지에 빠지게 될 터였다. 내가 손짓을 하자 부하들이 일제히 약초와 약재가 든 항아리를 집어 바닥에 내던져 깨뜨렸고, 아름다운 며느리와 그 품에 안겨 있던 아기가 동시에 비명을 내질렀다. 노인의 아들은 작은 나무 서랍들이 빽빽이 들어찬 벽 앞에 제 몸을 내던지다시피 하며 우리를 가로막았는데, 그 행동으로 나는 바로 그곳에 가장 값비싼 약재들이 보관되어 있음을 눈치챘다. 나는 그에게 단 한 방의 주먹을 날렸고, 그의 코뼈가 와삭 부서지는 시원한 소리와 함께 그는 바닥에 쓰러졌다. 그러고 나서 서랍을 하나하나 다 빼내어 그 안의 내용물을 아무렇게나 내버리는 동안 늙은 약초상은 경악하여 입을 쩍 벌린 채 나를 쳐다보고 있었다. 이 말린 이파리며 호랑이 뼛가루며 웅담, 산삼 같은 것들이 그 무게만큼의 금으로 바꿀 수 있을 만큼 비싸고 귀한 것들이라는 사실은 나조차도 아는 상식이었다. 오래지 않아 노인은 내 앞에 무릎을 꿇고 제발 멈춰달라 빌었고, 그사이 며느리는 허둥지둥 우리에게 줄 돈을 모아 왔다.

이렇게 해서 나는 우리 모두를 먹이고 옷도 제대로 입힐 수 있었다. '우리'가 수금하는 구역에 속한 식당이라면 어디서든 공짜로 좋은 식사를 할 수 있었기에, 우리는 상당한 현금을 비축하게 되었다. 옷이나 구두나 술도 마찬가지였다. 하지만 다시 한번, 나는 부하들에게 어느 가게에서 물건을 받아 올 때도 너무 심하게 주인을 압박하거나 적절한 선을 넘는 일은 절대 없어야 한다고 경고했다. 1년쯤 전부터는 우리가 사는 창고의 임대료도 중국집 앞으로 지불하고 있다. 물론 여전히 가끔은 식당에 몰려가 공짜 짜장면이나 탕수육을 먹고 나오긴 하지만 말이다. 나는 거기 가서 음식을 주문할 때마다 영구가 굉장히 불편한 기색을 내비치는 걸 알아챘다. 아마도 뒤뜰에 묶인 영구의 개한테 매번 남은 음식과 뼈다귀를 가져다주고 이내 부끄럼을 타며 달아나곤 하는 식당 주인의 앳된 딸 때문일 것이다.

그런 일들을 회상하며 나는 오늘 밤 다리에 온 이유를 다시금 떠올려본다. 뭔가 곰곰이 생각할 시간이 필요할 때마다 내 발걸음은 늘 부지불식간에 나를 여기로 이끈다. 나는 돌로 된 난간에 두 팔뚝

을 기댄 채 깊이를 가늠할 수 없이 짙은 검은색 수로의 표면을 내려
다봤다. 그것은 마치 바다 괴물의 등처럼 구불구불한 물결을 이루며
들썩였다. 근처의 술집과 가게들이 밝혀둔 노란 불빛은 물까지 닿지
못했고, 나는 수로의 이런 모습을 본 사람은 나밖에 없으리라는 이
상한 기분에 사로잡혔다. 이 세상에 홀로 남겨진 듯 깊은 외로움이
밀려왔지만, 그렇다고 내 부하들이나 결국 나의 가장 가까운 친구
로 남아 있는 미꾸라지라도 지금 여기 나와 함께 있어주기를 갈망하
는 건 아니었다. 내 마음을 괴롭히는 것이 무엇인지, 미꾸라지에게
도 허심탄회하게 털어놓을 수 없을 것이다. 우리는 모두 식당 딸과
영구를 엮으며 놀려댔고, 언제쯤 우리 영구가 마침내 동정남을 벗어
나게 될지를 두고 지저분한 농담을 나누었다. 하지만 나는 그중에서
오직 미꾸라지만이, 평범한 다른 놈들처럼 단순한 부러움과 찬탄이
뒤섞인 감정에 신이 난 상태가 아님을 눈치챈 터였다. 물론 그는 특
유의 교묘한 미소를 지으며 함께 분위기를 맞춰나갔지만—예나 지
금이나 녀석의 그 의뭉스러운 미소는 여전하다—자신이 직접 그런
이야기를 주도해 나갈 마음은 없어 보였다. 미꾸라지는 여자들에게
노골적인 수작을 걸지도 않았고, 그렇다고 그들 앞에서 낯을 가리거
나 수줍음을 타지도 않았는데, 사실 여자들이 곁에 있을 때 내보이
는 행동에 대해 우리가 아는 거라곤 그 두 가지뿐이었다. 만일 내가
한 여자에 대해 품고 있는 감정을 미꾸라지에게 고백한다면 아마 그
런 식의 냉담한 반응만 돌아오리라는 느낌이 들었고, 그래서 그냥
입을 다문 채 나 혼자서만 간직하는 편이 낫겠다고 판단했다.

　사실은 이렇게 된 것이다. 지난주에 나는 남대문 근처까지 혼자

산책을 나가 그 주변의 색다른 가게들과 새로 설립된 기관들을 돌아보고 있었다. 내가 처음 이곳에 온 이래 경성은 완전히 다른 곳이 되었다. 작은 초가지붕 오두막이 몇 채씩 모여 있던 지역에 이제는 술집, 카페, 댄스홀, 식당, 은행, 사무실 그리고 4층 혹은 5층에 달하는 고층 가게들이 들어섰다. 전에는 양복 차림의 남자들이 많이 오갔던 반면 양장을 한 여자들은 거의 보이지 않았지만, 지금 가스등 불빛으로 밝게 빛나는 거리에는 온통 물결처럼 구불구불한 단발머리에 입술을 붉게 칠하고 짧은 치마를 입은, 이른바 '모던 걸'들이 가득했다. 물론 우리는 거리에서 그들의 주의를 끌어보려고 난리를 피우지만, 그들은 마치 우리를 볼 수 없거나 겁내기라도 하는 듯 쌩하니 발걸음을 재촉할 뿐이다. 걷거나 자전거를 타거나 노면전차에서 한꺼번에 쏟아져 나오는 그 모든 인파의 머리 위엔 전선들이 주변 기와집 지붕들에 위험할 정도로 가까이 닿은 채 서로 뒤얽혀 있다. 경성의 대기에서는 비, 식용유, 쓰레기, 소나무, 감, 향수, 고추장, 뜨겁게 데워진 금속 그리고 눈 냄새가 났는데, 계절과 시간과 동네에 따라 조금씩 달라졌다.

그날 나는 그 냄새들에 흠뻑 취한 채 거리의 모습을 찬찬히 살피며 걷고 있었다. 구름 한 점 없이 푸른 하늘이 펼쳐진 가을의 정취가 아름다웠다. 중앙 대로를 가로지르려는데 내 코앞에 전차가 멈춰 섰다. 한 여자가 바삐 다가오더니, 전차에 오르기 직전에 뚜렷한 이유도 없이 갑자기 몸을 돌려 나를 똑바로 바라보았다. 그 순간 나는 숨이 멎는 것 같았다. 마지막으로 봤을 때와 비교하면 거의 알아볼 수 없을 만큼 달라진 모습이었지만, 나는 그가 옥희라는 걸 단숨에 알

왔다. 서둘러 다른 승객들 뒤에 줄을 서서 나도 같은 전차를 탔다. 차 안이 언제나처럼 수많은 승객으로 혼잡해 나는 옥희를 찾지 못할까 봐 불안해졌으나, 몇 번 사람들 사이에서 밀치고 밀려나다 보니 뒤쪽에 한 친구와 함께 앉아 있는 옥희가 눈에 들어왔다. 서로에게 연신 속닥거리고 미소를 짓는 옥희와 친구 둘 다 여느 기혼 여자들처럼 머리를 땋아 위로 올리고 있었지만, 금빛 자수를 놓은 블라우스와 치마, 하얀 분가루와 입술에 칠해진 연지를 보고 나는 옥희가 기생이 되었다는 걸 깨달았다. 그러자마자 어딘가 깊고 어두운 곳으로 마음이 푹 가라앉는 느낌이 들었지만, 나는 즉시 그 감정을 털어버렸다.

여자들이 곧 전차에서 내려 나는 그들을 따라갔다. 보아하니 둘은 대동양극장에 가는 중인 것 같았다. 나는 수중에 있던 돈을 다 털어 입장표를 사면서, 어두운 극장에 들어가면 그들의 모습을 놓칠까 봐 걱정했다. 천 명에 육박하는 수많은 관객 사이에서 어떻게 옥희를 찾을 수 있단 말인가? 하지만 믿기 어렵게도, 그 붐비는 극장 안에서 나는 그들이 있는 곳보다 한두 줄 앞의 자리를 찾아 앉을 수 있었다. 몇 분마다 한 번씩 고개를 돌려 옥희의 얼굴을 바라보았다. 은막에 투영된 흑백의 영상에서 뿜어져 나오는 빛이 그의 얼굴을 환히 비추었다. 영화에 푹 빠져 잔뜩 집중하고 있는 옥희의 표정은 너무도 사랑스럽고 정다웠다. 옥희와 헤어졌던 게 바로 어제 일인 양 그를 향한 간절한 그리움이 다시금 나를 휩쓸고 갔다. 그의 이모가 내게 물러나라고 경고한 뒤로는 아무리 애를 써도 그와 다시 마주칠 수가 없었다. 이제 옥희는 어린아이가 아니었고 진한 화장 때문에 실제보다도 더 나이 들어 보였지만, 그의 눈빛만큼은 예전과 똑같았다. 이 모든 상황을 있는 그대로 받아들이는 게 내겐 너무나 벅찬 일이었다. 배 속 신체가 냉속 깊이 꺼지는 깃만 같았다. 겉으로는 나른 사람들처럼 얌전히 좌석에 앉아 있었지만, 속으로는 고함을 내지르거나 무언가를 한껏 두드려 패서 머리를 진정시키고 싶은 마음이었다.

영화가 끝난 뒤 그들이 금세 전차를 타고 도심 속으로 사라져 버릴까 싶어 불안했는데, 다행히도 극장 정문 바로 앞에서 간신히 따라잡을 수 있었다. 나는 내 앞에 선 옥희의 어깨를 가볍게 두드렸다. 뒤를 돌아본 옥희가 밝은 눈으로 나를 응시했다. 마치 여름날 밤 수로 곁에 드러누워 하늘을 바라볼 때 같았다. 무수하고 총총한 별빛 아래 현기증이 핑 도는 느낌. 다른 사람의 눈을 바라보는 게 그렇게 느껴질 수 있다는 걸 나는 미처 몰랐다.

"옥희, 나야. 정호." 내가 마침내 입을 열었다.

옥희는 혼란스럽고 미안해하는 듯한 표정이었다. 혹시 내가 사람을 잘못 봤나 싶어 걱정이 들던 바로 그 순간, 그의 얼굴이 갑자기 활짝 밝아졌다. 꼭 동이 틀 무렵 새들이 일제히 지저귀기 시작하는 순간의 느낌이었다.

"정호야! 세상에, 너구나!" 옥희는 환한 웃음을 터뜨리더니 대뜸 내 두 손을 그러쥐고 어린아이처럼 팔짝팔짝 뛰었다. "진짜 오랜만이다. 너 정말 멋있어졌는데? 그동안 너무 보고 싶었어."

이제 내가 혼란스러워할 차례였다. 옥희가 나를 보고 이처럼 반가워할 줄은 미처 몰랐기 때문이다. 경성에서 가장 아름다운 여자가, 이 밝은 대낮에 수백 명이 지켜보는 앞에서 거침없이 내 손을 맞잡고 있다는 사실도 얼떨떨했다.

"어떻게 지냈어, 정호야? 밀린 얘기가 너무 많네. 우리 연화, 기억
하지?" 옥희는 제 곁에 있는 친구를 가리켰다. 두 사람은 서로 귓속
말을 나누었고, 곧 연화는 내게 못마땅한 얼굴을 하고는 혼자서 가
버렸다. 그 표정 때문에 나는 내 옷차림이 그들의 눈에 어떻게 보일
지 의식하게 되었다. 우리 구역에 있는 양복점 중 한 곳에서 아무렇
게나 고른 옷이었는데, 거의 새것이긴 했지만 깔끔한 상태는 아니었
고 내겐 약간 품이 컸다.

"같이 좀 걷자." 옥희가 내 팔짱을 끼었다. 우리가 어렸을 땐 한 번
도 하지 않았던 행동이었다. 옥희와 어찌나 가까운지, 향기 나는 기
름으로 빗어 올린 그의 머리카락 냄새까지 맡을 수 있었다. 도심을
벗어나 근교의 작은 언덕으로 올라가는 내내 나는 침착한 상태를 유
지하려 애썼다. 가게들이 즐비하던 풍경은 점점 가옥과 텃밭으로 바
뀌었고 마침내 소나무 몇 그루와 덤불로 에워싸인 작은 공터가 나왔
다. 옥희는 어느 바위 위에 앉더니 자기 옆자리를 탁탁 두드렸다.

우리는 한동안 서로 아무 말도 없이 분홍빛 노을에 물들어 가는
경성을 내려다보았다. 그동안 내가 얼마나 그를 그리워했는지 얘기
하고 싶었지만, 도대체 어떻게 해야 그 많은 말들을 시작할 수 있을
지조차 알 수 없었다. 먼저 입을 연 사람은 옥희였다.

"너 아주 좋아 보인다. 일이 잘 풀린 모양이네."

내가 부자로 보이기는커녕 그냥 평범한 사람으로 보이지도 않았
겠지만, 최소한 이제 길거리에서 자는 사람 같아 보이지는 않는다는
뜻이었을 것이다. 나는 얼굴을 붉혔다.

"그냥 어떻게든 해냈지, 뭐. 이런저런 일들 하면서." 그러고서 화제를 바꿨다. "너는…… 엄청 예뻐졌네. 눈이 머는 줄 알았다."

옥희는 다시 아침 새가 지저귀는 것처럼 웃었다. "난 기생이 됐잖아. 기생들은 다 이렇게 생겼어."

"아니, 전혀 아니야. 다 그런 건 절대로 아니야." 나는 말했다. 옥희의 손을 다시 잡고 싶었지만, 이제 옥희는 별로 그러고 싶어 하지 않는 눈치였다. 대신 그는 뭔가 다른 생각에 잠긴 듯 먼 곳을 보는 눈빛으로 경성을 내려다봤다.

"단이 이모가 널 그렇게 대했던 건 정말 미안해. 그리고 작별 인사를 하지 않은 것도."

"괜찮아. 다 지난 일인데." 나는 얼른 대답했다. 옥희가 나 때문에 잠시라도 울적해지는 건 싫었기 때문이다. 나로 인해 옥희가 슬퍼하는 걸 보느니 차라리 내 심장이 수천 번 칼에 찔리는 편이 나았다.

"단이 이모가 금족령을 내려서 석 달 동안 집 밖으로 한 발짝도 못 나갔었어. 너랑 이야기를 나누다 걸리기라도 했다면 집에서 완전히 쫓겨났을걸. 이제 나도 더 나이를 먹고 생각해 보니 이모 나름대로 나를 보호하려고 그랬다는 걸 이해하긴 하지만, 그래도 여전히……." 옥희는 그 이상 말을 이어가지 못했다. 자기 이모에 대해 나쁘게 이야기하고 싶어 하지 않는 것 같았다. "이모는 재능 넘치고, 매력적이고, 강한 분이셔. 어떤 상황에서도 나는 그분을 존경할 수밖에 없어."

"이해해." 나는 말했다. 단이 이모가 과거에 무슨 짓을 했든 상관없었다. 이제 우리는 함께니까. 나는 이미 모든 걸 용서했다.

"하지만 집에 갇혀 있는 동안에도 네가 종종 들렀다 가는 걸 알았어. 정원 담 안쪽으로 조약돌을 던지지 않았어?"

"그 돌들을 본 거야?" 너무도 행복해 온몸이 떨렸다. 금방이라도 하늘로 떠오를 듯한 기분이었다.

"그럼. 그 돌멩이 중에 진짜 예쁜 연녹색 돌이 하나 있었는데. 그렇지?"

옥희가 그저 외모만 아름다운 사람이 아니었던 이유는 바로 이런 것이었다. 그는 이 세상 누구와도 비교할 수 없이 특별했다. 할 수만 있다면 저 밤하늘의 별을 모두 따다 그의 정원에 던져주었더라도 내 마음을 표현하기에는 부족했을 것이다. 사실 이런 생각은 한참 후에야 내 머릿속에 떠올랐다. 심장이 터질 듯 두근거리던 그 순간에는 그저 그를 내 품 가득 껴안고 싶은 마음뿐이었다.

"맞아, 너를 생각하면서 그 돌을 가져갔었어. 네 이름과 똑같은 옥 빛이라서." 내가 간신히 말을 마치자 그는 생긋 웃었다.

"단이 이모한테 널 소개하고, 전과 달라진 네 모습을 이모가 직접 보실 수 있게 하면 좋겠다." 옥희가 말했다. "내일 밤에 연화랑 월향 언니랑 내가 조선극장에서 자선 공연을 하거든. 너도 꼭 와. 공연이 끝나고 우리가 밖으로 나오면, 너는 그때 막 나를 알아본 것처럼 다가와서 인사를 하는 거야. 그 많은 사람이 다 보는 앞에서라면 단이 이모도 역정을 내진 못하시겠지. 게다가, 이모도 지금의 널 보면 이제 네가 어디다 내놔도 부끄럽지 않을 점잖은 청년 신사로 자랐다는 걸 알게 되실 거야."

바로 그것 때문에 지금 내가 심란하여 잠을 이룰 수 없는 것이다.

물론 더는 거적때기를 걸치고 다니지 않지만, 그래도 내가 옥희의 말처럼 '점잖은 청년 신사'가 아니라는 것쯤은 안다. 기생들 곁에 어슬렁거릴 만한 주제는 희실히 아니다. 옥희 같은 고급 기생들은 부유한 남자들하고만 사귀었다. 나 같은 빈털터리가 감히 그를 마음속에 꿈꾸는 동안에도, 옥희에게 값진 선물과 돈을 퍼부어 대는 부자 애인들이 수십 명쯤 줄을 서고 있을 게 분명했다.

그렇게 나는 난생처음으로 초조한 행복이라는 걸 느끼고 있다. 평소의 나는 초조해하지도 행복해하지도 않는데, 그건 그 무엇도 기대하지 않기 때문이다. 하지만 이제 간절히 원하는 게 생기고 보니, 갑자기 내가 내리는 모든 결정이 굉장히 중요하고 돌이킬 수 없는 것처럼 여겨졌다.

안주머니에서 담뱃갑과 은가락지를 꺼내보았다. 혼자 있을 때, 대상도 없는 그리움이 차오를 때면 나는 그것들을 꺼내 바라보곤 한다. 손바닥 안에 쥔 그 물건들이 강변에 깔린 조약돌의 감촉처럼 서늘하게 느껴졌다. 내 아버지는 이것들을 팔아 당신의 병을 고칠 약이나 뜨끈한 삼계탕 같은 걸 사 먹고 그 힘겨운 생명을 조금이나마 늘렸을 수도 있었지만, 끝내 그러지 않았다. 아버지는 그 이유를 설명해 주지 않았다.

어릴 때 나는 이 두 물건이 어떻게든 내게 해가 돌아오지 않도록 막아주는 일종의 액막이 부적이라는 믿음을 갖곤 했다. 내 아버지의 담뱃갑과 내 어머니의 은가락지. 내 이름과 내 육신을 제외하면, 부모님이 내게 남겨주신 건 오직 이것들뿐이었다. 이 행운의 부적 덕분에 나는 죽음도 두려워하지 않았고, 그랬기에 수년간 이 거친 삶에서 꿋꿋이 살아남을 수 있었다. 나이를 조금 더 먹고 나니, 인생이란 무엇이 나를 지켜주느냐가 아니라 내가 무엇을 지켜내느냐의 문제이며 그게 결국 가장 중요한 것임을 알겠다. 내일 옥희를 만나면 이 모든 것을 그에게 설명해 주고 싶다. 그리고 내가 세상 무엇보다 안전하게 지켜내고 싶은 사람이 바로 옥희라는 것도 말해주고 싶다.

12장

칭혼

아침 11시가 되자 옥희는 잠자리에서 일어나 하루를 준비하기 시작했다. 하인이 매일 아침 옥희가 즐겨 마시는 뜨거운 보리차 한 잔을 대령했고, 따뜻하게 목을 축인 옥희는 얼굴을 씻고 나전칠기로 장식한 화장대 앞에 앉았다. 깨끗한 조개껍데기를 곱게 빻아 만든 분가루를 피부에 톡톡 두드려 바르자 가루 입자들이 풍성하게 풀어지며 아침 햇살을 받아 비단결 같은 구름처럼 피어올랐다. 최신 유행에 맞추어 일부를 뽑아 날렵하게 모양을 낸 얇고 둥근 눈썹은 짙은 먹색 연필로 칠하고, 눈가 주변에도 같은 연필로 선을 그려 윤곽을 또렷하게 만들었다. 마지막으로, 옥희는 제 입술 위에다 조심스럽게 붉은 연지를 발랐다. 이 과정이 끝나자 하인이 들어와 옥희의 머리카락을 빗어 올려주었다. 고데기로 구불구불하게 만 머리카락으로 두피를 감싸듯 물결처럼 한 바퀴 돌린 뒤, 적당히 느슨하게 쪽을 지어 올리고 산호색 비녀로 고정하는 서양식 스타일이었다.

단장을 마치고 전체적인 맵시가 어떤지 거울을 들여다볼 때마다, 옥희는 저도 모르게 흐뭇한 미소를 지을 수밖에 없었다. 내가 정말로 예쁜가 하는 의구심에 매번 긍정적인 답변을 내릴 수 있기 때문이었다. 옥희의 이목구비가 차차 자리를 잡으면서, 어릴 때부터 놀림감이 되곤 했던 뻐드렁니도 제법 얌전하게 제자리를 찾아갔다. 문제의 치아는 이제 아주 약간만 틀어진 모양이 되어 거의 눈에 띄지 않을 정도였다. 이제 옥희는 소녀가 여자로 자라나며 한창 자신이 다른 사람들에게 어떻게 보일지, 얼마나 매력적인지 끊임없이 궁금해하고 신경을 쓰는 바로 그 시기에 있었다.

옥희가 열다섯 살이 되어 공식 기생으로서 기적에 이름을 올린 이래, 요정에서 열리는 여러 모임 자리에 옥희를 부르거나 심지어 사택에까지 방문을 청하는 손님들과 구애자들이 꾸준히 줄을 이었다. 남자들은 옥희와 단 하룻밤을 보내기 위해 엄청난 재산을 아낌없이 탕진했고, 옥희가 나서서 이런저런 것들이 갖고 싶다고 굳이 조르지 않는데도 저희들 쪽에서 먼저 용돈을 주곤 했다. 더 나이 많고 노련한 기생들이야 이런 재간을 부리는 데 통달해 있었지만 옥희는 그저 어리둥절할 뿐이었다. 이런 일들을 겪으면서, 옥희는 이 남자들이 자신을 향한 진실한 애정을 품고 있으며, 자신 또한 그들에게 끌리고 있다고 상상하곤 했다. 최근에는 상류층 남자나 지식인, 혹은 예술가들의 청혼을 받아들여 존경받는 가정을 이루고 사랑받는 아내이자 어머니로서 여생을 보내게 된 기생들도 꽤 있었다. 물론 이런 일이 생길 때마다 사람들은 각자의 모임에서, 그리고 신문과 잡지를 통해서 이 자유분방한 연인들에 대한 온갖 소문과 험담을 끌이와 실컷 입방아글 찧어대곤 했다. 옥희는 자신도 그렇게 친절하고 상냥한, 가능하다면 잘생긴 용모까지 겸비한 신사와 운명적인 사랑에 빠질 수 있기를 소망했다. 하지만 지금까지는 아무리 간절히 옥희에게 목을 매던 남자라도 한두 달쯤 지나서는 더 이상 그를 찾는 법이 없었다. 안타까운 작별의 편지를 써 보낸다거나 사랑을 추억하는 증표로 여겨질 만한 물건을 남겨준 남자도 전혀 없었다. 자신과의 밀회 기간이 어서 끝나기를 적극적으로 바랄수록 그들이 선물로 남기는 현금의 액수가 더 크다는 걸 옥희는 곧 알게 되었다. 두 분의 양어머니처럼 나중에 자신도 기생이 되면 자신을 사랑하는 연인을 만나는 것도, 그 연인에게서 반지나 다이아몬드 같은 소중한 선물을 받는 것도 굉장히 쉬우리라 막연히 생각했다는 걸 떠올리며 매우 부끄러워하기도 했다. 혹시 자신이 남들의 기준에 족할 정도로 아름답지 않아서인지, 혹은 더 결정적으로, 남자들에게 즐거움을 주는 자신의 기술이 능숙하지 못하기 때문은 아닌지, 그는 점점 커지는 의심에 마음을 끓이고 있었다. 단이가 옥희와 연화를 나란히 앉혀두고 여러 삽화가 실린 책을 보여주며 구애자들과 잠자리를 가질 때 어떻게 해야 하는지 가르쳐주긴 했지만, 옥희는 별로 자신감이 들지 않았다. 단이처럼 장기적으로 관계를 이어가는 후원자를 찾지 못한 채 서른을 넘겨버리면 도대체 어떻게 생계를 이어갈 수 있을지 모를 노릇이었다. 한때는 남부럽지 않을 만큼 호화롭게 살던 기생들도 영리하지 못한 탓에, 혹은 단순히 운이 나쁜 탓에 결국은 비참하고 절망적인 상황에 빠지는 경우가 적지 않았다. 그럼에도 어쨌든 그건 옥희에게 먼 미래의 일이었기에 아직은 두려움을 쉽게 밀어둘 수 있었다.

옷까지 다 입은 다음, 옥희는 점심을 먹으러 방에서 나왔다. 단이, 연화, 월향 그리고 해숙까지 모두 거실에 모여 있었다. 단이는 이제 기적에서 은퇴한 몸이었다. 기생 나이 서른아홉이면 아무리 인기 있는 예기藝妓라 해도 연회 참석을 사양하고 새로운 구애자들도 사귀지 않는 법이었다. 단이를 후원하던 치안판사는 1922년에 고인이 되어, 그 이후로 단이는 줄곧 혼자만의 밤을 보낼 수 있었다. 그는 여전히 우아한 몸매를 유지했으며, 외출하든 집에 있든 언제나 완벽하게 화장을 하고 향수를 뿌렸다. 그는 커피 마시기나 독서, 정원과 식물 가꾸기, 해숙이와 놀아주기, 더하여 새로운 취미인 스웨터 뜨개질하기 등 여러 활동으로 늘 바빴고, 기생으로 지냈던 이전 생활을 그리워하는 기색은 일절 보이지 않았다. 옥희가 거실로 나왔을 때 단이는 새로 들인 소파에 앉아 신문을 읽는 중이었다. 직접 뜬 남색 스웨터에 무릎 바로 아래까지 내려오는 날씬한 진회색 치마 차림으로, 손가락 사이에는 불붙은 담배 한 개비가 금방이라도 떨어질 듯 아무렇게나 끼워져 있었다.

월향은 단이 맞은편에 앉아, 어린 해숙이 마룻바닥 위에서 장난감을 갖고 노는 모습을 지켜보고 있었다. 가끔 열다섯에서 열여섯 살쯤 유난히 예쁜 외모가 돋보였다가 그 시기를 지나면 그저 평범해지거나 심지어 그보다도 못한 얼굴이 되어버리는 여자아이들이 있다. 하지만 월향은 그런 사례에 해당하지 않았다. 어린 시절 놀라우리만치 화려한 미모를 자랑했던 그는, 이제 한결 부드럽고 풍성한 광채를 발하는 은은한 보름달과 같은 아름다움을 지니고 있었다. 가혹할 정도로 완벽하여 오히려 냉담해 보이던 과거의 그보다, 날카로운 부분들이 온화하게 다듬어진 지금의 그가 훨씬 더 매력적이라고 옥희는 생각했다. 월향의 머리카락은 까마귀의 깃털처럼 검었고 탐스럽게 둥그런 상아색 두 뺨은 고운 조가비 한 쌍을 떠올리게 했다. 남자들은 연회에서 월향의 바로 곁에 앉아 장안의 화제로 꼽히는 그 미모를 가까이서 감상하는 특권을 누리기 위해 상당한 거금을 내놓곤 했다.

세 여자와 해숙까지 식탁에 앉았을 때 마침내 연화도 자리로 나왔다. 얼굴엔 자신만만한 미소가 가득했고 향수 냄새가 물씬 풍겼다. 연화는 그 빼어난 목소리 덕분에 늘 연회에 불려 다니느라 바빴다. 그는 사람들이 즐기는 전통 창가 목록을 전부 꿰고 있을 뿐 아니라, 해가 질 때마다 영업을 시작하는 곳곳의 댄스홀에서 흘러나와 심야의 어두운 골목길로 스며드는 최신 유행 재즈곡들과 발라드도 기막히게 부를 줄 알았다. 첫 곡은 언제나 대중적으로 널리 알려진 흥겨운 사랑 노래였다. 그러다 시간이 지나 대화가 잦아들고 한참 녹은 촛불이 낮게 타들어 가는 가운데 손님들이 어딘가 먼 곳을 보는 듯 풀린 눈으로 반쯤 비어 있는 술병에 멍하니 시선을 고정할 즈음에는, 공연을 끝맺으며 마지막으로 4분의 3박자짜리 느릿한 왈츠곡을 부르곤 했다. 그 무렵이면 연회 초반만 해도 연화에게 별 관심을 두지 않았던 남자들까지 전부 그의 황홀한 목소리에 넋을 잃은 상태가 되어 있었다. 연화가 마지막 곡을 부르는 동안 대다수는 눈물이 쏟아지는 걸 참기 위해 안간힘을 쓰다가, 노래가 끝나면 앞다투어 그에게 술을 권하고 자기 옆자리에 앉아달라 청했다. 연화가 자신의 목소리가 가진 힘을 얼마나 즐기는지는 옥희도 잘 알고 있었고, 늘 연화의 탁월한 노래 실력을 칭찬했다. 그리고 남자든 여자든, 자기 앞에서 연화를 두고 기생이라기엔 소박한 얼굴이라며 흠을 잡는 사람들에게는 맹렬한 비난을 서슴지 않았다.

옥희가 처음 경성에 도착했을 때만 해도 도시는 수천 명의 인력거꾼으로 가득 차 있었다. 그들의 손님은 주로 풀을 빳빳이 먹여 깃을 세운 셔츠와 모직 양복 차림에 잘 먹어서 건장한 풍채를 지닌 남자들이었다. 인력거꾼들은 그런 신사들을 태우고 넓은 대로와 좁은 골목길을 누볐다. 그러나 이제 노면전차와 택시가 흔한 경성에서 여전히 인력거꾼들을 충실하게 불러주는 주 고객층은 기생들이었다. 기생들은 부유한 신사들보다도 더 후한 수고비를 인력거꾼에게 내주었을 뿐 아니라, 그들 중 상당수는 점차 자리를 잃는 노동자들에 대한 동정심 때문에 원칙적으로 택시나 전차 타기를 거부했다.

　그해 봄 인력거꾼 조합에서 그들의 자녀들이 다닐 사립학교 설립 자금을 마련하기 위한 모금을 시작하자, 기생들은 자선 공연을 열어 이들을 돕기로 했다. 이 희대의 공연은 경성 사람 모두가 기대하는 대규모 행사였다. 여가를 즐기는 남자들부터 당대 지식인들과 예술가들은 물론, 부유한 집안의 부인들, 학생들, 상인들, 심지어 노동자들까지 모두 화제의 공연장을 찾아올 기세였다. 경성 전역의 5대 권번에 속한 700여 명의 기생이 자원하여 출연했는데, 그중에서도 옥희와 연화가 단독 공연자로 선발되었다. 공연 대기식에서 차례를 기다리는 동안, 그들은 환한 조명을 밝힌 무대 위의 기생들을 훔쳐보며 터질 듯한 긴장감을 애써 억눌렀다. 손마다 부채를 펼쳐 든 채 아름답게 피어나는 수련처럼 원형을 이루어 춤을 추는 여자들의 모습이 사방으로 흘러넘치는 황금빛 조명 속에 눈부시게 빛났다. 정말로 커다란 하나의 꽃송이인 양 일사불란한 동작으로 반짝이며 물결쳤기에, 굳이 그들 중 한 사람만을 골라내 살펴본다는 건 아름다운 장미를 이루고 있는 꽃잎 한 장에 집중하려는 것만큼이나 무의미했다. 심지어 눈에 띄게 출중한 외모를 지닌 월향조차 이 춤을 추는 동안에는 다른 나머지와 섞이면서 자연스러운 조화를 이루었으니 그가 속한 권번의 행수가 이 무용 공연에 그를 배정한 이유도 능히 짐작할 수 있었다. 월향은 미소를 지으며 미끄러지듯 가볍게 움직이고 주어진 의무를 억지로 해내고 있는 듯 무심한 태도로 빙글빙글 돌며 마무리 동작을 마친 뒤, 마침내 밝은 조명을 벗어날 수 있게 된 것에 안도하며 무대에서 퇴장했다.

한참 부산스러웠던 극장에 침묵이 내려앉자, 눈부신 노란 조명 안으로 연화가 홀로 걸어 나왔다. 무대 중앙에는 피아노 한 대가 설치되어 있었고, 단정히 빗어 넘긴 머리에 연미복 차림을 한 반주자가 의자에 앉아 연화를 기다리고 있었다. 연화는 반주자에게 뭔가 짧게 속삭인 뒤 청중을 향해 돌아서서 그의 애창곡인 구슬픈 왈츠를 부르기 시작했다. 연화의 목소리는 극장 뒤쪽 끝까지 여유롭게 울려 퍼지며 도저히 잊히지 않는 선율로 청중 하나하나의 마음을 부드럽게 어루만졌다. 그곳에 온 사람들이 남몰래 지닌 가장 깊은 상심과 상실의 기억들, 각자 제 마음속에 파묻고 잊어버렸던 것들과 간절히 잊고 싶었지만 결국 잊을 수 없었던 것들에 대한 추억이 연화의 노랫소리를 타고 고스란히 떠오르는 것 같았다. 어둠이 내려앉은 극장 내부를 촉촉이 적시는 연화의 목소리에, 관객들은 예기치 못했던 눈물을 막아낼 도리가 없었다. 그 순간 모두가 연화에게 깊이 매료된 것은 물론이요, 심지어 그와 사랑에 빠진 듯한 감정을 느끼지 않는 사람은 아무도 없었다. 노래를 마치고서 연화는 관객 전원의 기립박수를 받았고, 퇴장한 뒤에도 끊이지 않는 성원에 보답하기 위해 재차 무대 위로 불려 나와야 했다. 옥희는 다시금 커튼 뒤로 돌아온 연화를 꼭 끌어안았다.

"정말 대단했어! 네 노래는 원래도 따라올 사람이 없는데, 오늘은 진짜 최고였어." 옥희가 속삭였다. "오늘 밤엔 다들 네 노래만 기억하겠다."

"글쎄, 널 보고서도 과연 사람들이 내 노래를 기억해 줄지는 어디 두고 봐야겠지!" 연화는 짓궂게 받아쳤지만, 활짝 핀 그의 얼굴에도 흐뭇한 미소가 가득했다.

"네 다음이 바로 내 순서라 겁이 나 죽겠는걸! 그나마 우리 사이에 중간 휴식 시간이 있으니 망정이지." 옥희가 초조한 기색으로 소리 내어 웃었다. 검무를 맡은 그는 이미 검은 동달이로 갈아입고 끝단이 바닥에 닿을 만큼 기다란 붉은 쾌자를 가슴 아래 진홍색 전대로 고정해 둔 채였다. 땋아서 쪽을 찐 머리에는 옛 군인들이 착용하던 군모인 전립을 썼는데, 이 검은색 전립의 넓은 챙은 붉은 말총 술로 장식되어 있었다. 옥희의 아리따운 얼굴이며 곱게 쪽 찐 머리와 묘한 대조를 이루는 전통 군인 의상과 소품의 병치가 그를 평소보다 훨씬 매력적으로 보이게 했다. 옥희는 손목에서 팔꿈치까지 오는 길이의 얇은 단검 한 쌍을 양손에 꽉 쥐었다. 중간 휴식 시간이 지나고 커튼 너머 관객들이 자리를 잡는 소리가 들렸다. 옥희는 두 단검을 양쪽 소맷자락에 잘 넣고는, 가장 친한 친구를 향해 긴장한 얼굴로 고개를 한 번 끄덕여 보인 뒤 무대 중앙으로 걸어 나갔다.

막이 열리자 은은한 노란빛 조명 아래 차분히 앉아 있는 옥희의 모습이 관객의 시야에 들어왔다. 북소리가 울리기 시작했다. 그는 손과 어깨를 부드럽게 움직이며 천천히 몸을 일으켰지만, 고개는 여전히 아래로 숙인 채였다. 여전히 느린 박자를 유지하는 북소리에 맞추어 완전히 일어선 옥희는 이제 몸 전체를 회전시키며 무대를 빙글빙글 돌기 시작했고, 그러자 그의 치마가 풍성하게 부풀어 올랐다. 한동안 옥희는 부채춤을 추던 무용수들이 그랬듯이 가볍고 부드러운 동작으로 무대 위를 부유하듯 떠다녔다. 그러다 북소리에 날카로운 피리 소리가 더해지면서 박자의 속도감이 행진에 어울릴 만큼 빨라지자, 그는 정확한 신호에 맞춰 붉은 쾌자의 나부끼는 끝자락을 잡아 허리띠처럼 전대에 꽂아 넣었다. 그가 관객을 향해 몸을 돌리는 순간, 관객들은 일순 옥희의 양손에 마법처럼 나타난 한 쌍의 검이 스포트라이트 아래 번득이는 광경을 보고 탄성을 내질렀다. 칼날은 일정한 길이의 사슬을 통해 칼자루와 연결되어 있어서, 옥희가 능숙하게 손목을 돌릴 때마다 양쪽 칼날이 공중에서 스스로 원을 그리며 회전하는 것처럼 보였다. 본격적인 검무를 시작하며, 옥희는 팔꿈치를 몸 가까이 붙인 채 단검을 돌리는 단순한 동작부터 선보였다. 그러다 북소리의 박자가 점점 빨라지고 피리 소리도 그에 맞춰 고음의 곡조로 이어지자 점점 더 잽싸고 대담하게 손목을 꺾었다. 날카롭게 돌아가는 칼날들은 옥희의 몸을 향해 점점 가까이 다가오면서도 절대 서로 부딪치지 않았으니, 손에 땀을 쥐게 하는 휘황찬란한 춤이 계속 이어졌다. 부채춤을 추던 무용수들과는 달리, 옥희는 미소를 짓고 있지 않았다. 사고 방지를 위해 검무에서는 날이 뭉툭한 장식용 소품을 사용한다는 걸 다들 알고 있었음에도, 춤을 추는 옥희는 꼭 살인마처럼 무시무시해 보였다. 객석에 있던 남자들은 모두 옥희의 발아래 무릎 꿇린 포로가 되기를 간절히 원했고, 여자들은 저렇게 사납고 강렬하면서도 우아하게 움직인다는 건 대체 어떤 느낌일지 알기를 욕망했다. 맨 앞줄에 앉은 사람들은 옥희의 분칠한 이마에 구슬처럼 맺힌 땀방울과 격렬한 춤동작을 소화하느라 날카로워진 그의 호흡 소리까지 보고 들을 수 있었다. 옥희를 실제 나이보다 훨씬 성숙해 보이게 하는, 깊은 우수에 찬 눈빛도 마찬가지였다. 그를 더 나이 들어 보이게 한다기보다는, 오히려 나이를 초월한 존재처럼 보이게 하는 눈빛이었다. 무대 위의 옥희는 장엄하고 위대해 보였다.

점점 절정을 향해 치닫던 북소리가 갑자기 멈추고, 옥희는 날카로운 칼끝을 무대 위에 꽂으며 일순 바닥에 주저앉았다. 장내는 물을 끼얹은 듯 고요했다. 조명이 꺼지자 옥희는 칠흑 같은 어둠 속에서 허둥지둥 일어나 검을 챙겨 들고 커튼을 향해 달려가 퇴장했다.

땀에 흠뻑 젖은 이마에 찰싹 달라붙은 전립을 힘겹게 벗겨낼 즈음에야, 여전히 넋이 나간 듯한 객석 군데군데에서 산발적인 박수가 조금씩 들려왔다. 그러다 단 몇 초 만에 우레 같은 커다란 함성과 갈채가 극장이 떠나갈 듯 한꺼번에 터져 나왔고, 무대 위에는 다시 밝은 조명이 켜졌다.

"얼른 나가! 무대 위로 올라가!" 옥희의 젖은 머리 꼭대기에 전립을 다급히 얹어주며 연화가 황급히 속삭였다. 옥희는 스포트라이트를 향해 달려갔다. 겨우 걸쳐 있는 전립을 한 손으로 붙잡고, 다른 손으로는 치맛자락을 휘어잡은 채였다. 그가 다시 등장하자 청중의 거센 박수와 환호, 휘파람 소리는 더욱 커졌다. 장내의 관객 전체가 줄지어 일어서기 시작했다. 고개 숙여 인사하고, 또 인사하기를 반복하는 옥희의 눈가에 눈물이 글썽하니 맺혔다.

공연의 마지막 순서까지 모두 마친 뒤, 옥희와 연화와 월향은 극장 뒤편 조용한 골목으로 이어지는 무대 뒷문 중 한 곳으로 살며시 빠져나갔다. 다들 엄청나게 지쳐 있었고, 여전히 무대 의상을 걸친 상태였다. 10월 초, 아직은 그렇게 춥지 않은 날씨임에도 화려한 모피 코트로 몸을 감싼 단이가 미리 와서 그들을 기다리고 있었다. 상쾌한 한기와 귀뚜라미의 울음이 잔잔하게 어우러진, 매우 청량하고 아름다운 가을 저녁이었다.

"너희들 모두 정말 멋졌단다, 너희 셋 전부……. 너희가 있어 나는 참 자랑스럽구나." 단이가 조카들을 차례로 부드럽게 끌어안으며 말했다. 모두가 환하게 미소 짓고 있었다. 다들 신이 나 서로의 말을 끊어가며 공연장에서 있었던 일들을 이야기하고 떠들었다.

화기애애한 분위기 속에서 옥희는 은근히 주변을 둘러봤다. 이내 멀찌감치 서 있는 정호의 모습을 발견한 그는 일행에게 들키지 않을 만큼 작은 손짓으로 소년을 불렀다. 어둠 속에서도 눈에 확 띌 만큼 얼굴이 새빨갛게 붉어졌지만, 정호는 용감하게 여자들이 모여 있는 곳으로 뚜벅뚜벅 걸어왔다.

"옥희야, 나 정호야. 정말 오랜만이다……." 정호가 어렵사리 말을 꺼냈다. "공연에서 네 모습을 보고 놀랐어. 다들 너한테서 눈을 떼질 못하더라."

"정호야! 세상에, 이게 대체 몇 년 만이니? 너무 반갑다. 몰라볼 뻔했어." 옥희가 웃음을 터뜨렸다. "정말 많이 자랐잖아!"

단이는 눈을 가늘게 뜨고서 소년을 위아래로 훑어보았다. 그는 상황과 사람에 따라 두 가지 행동 방식 중 하나를 택해 능숙하게 활용하곤 했다. 그 하나는 극단적으로 은유적이며 섬세한 방식이었고, 다른 하나는 그야말로 단도직입적인 방식이었다. 그런데 묘하게도 정호의 경우에는 둘 중 어떤 태도를 보일지 확실히 알 수가 없었다.

"다시 뵙게 되어 반갑습니다, 단이 이모님." 수년 전 단이가 자신을 무례하게 내쫓은 일이 아예 없었다는 듯 정호는 대담하게 말을 붙였다.

"그래, 그 정도면 너도 그동안 많이 컸구나." 단이는 미소를 지었다. 하지만 이어서 정호에게 무언가 더 쏘아붙이기도 전에, 또 다른 낯선 사람이 갑자기 단이에게 말을 걸어왔다.

"아, 여기들 계셨군요! 귀한 분들을 뵈려고 한참이나 찾아다녔는데 이렇게 만나 다행입니다. 뒤풀이를 준비하는 공연자들 사이에는 안 계시더라고요. 혹시나 이미 떠나신 건 아닌지 걱정했답니다." 낯선 이가 허겁지겁 말했다. 둥근 테 안경을 끼고, 핀으로 목깃을 고정한 셔츠를 입고서 가느다란 검은색 넥타이를 맨 중년 남자였다. 그의 말투는 장황하고 흥분에 들떠 있었으며, 누구를 향해 말을 건네고 있는 것인지도 분명하지 않았다.

"무슨 일이시죠?" 단이는 일부러 냉랭한 태도를 보일 때 쓰곤 하는 공손하고 사무적인 어조로 물었다.

"아, 그렇지. 여기, 제 명함입니다." 남자가 안주머니를 뒤져 꺼낸 명함 하나를 두 손으로 받쳐 단이에게 건네고는, 몸을 돌려 옥희를 향해 말을 이었다.

"저는 조선극장 소유주이자 연출가입니다. 오늘 공연 정말 멋졌습니다, 옥희 양! 식순 안내서에서 옥희 양의 이름을 확인했지요. 외람된 말씀이지만, 기생의 춤을 보고 오늘 밤처럼 감동했던 적은 없었습니다. 궁중무용이든 뭐든, 전통 춤에 대해 별로 깊이 생각해 본 일이 없는데, 오늘 옥희 양의 춤을 보고 마음을 바꿔먹었어요. 옥희 양의 공연이 사람들을 애국심에 벅차오르게 하더군요!" 연출가는 잠시 말을 멈추고 흘러내린 안경을 콧등 위로 밀어 올렸다.

"그래서 생각했죠, 이분을 설득해 반드시 우리 극단에 입단시켜야겠다고요. 우리는 주 7회 공연합니다. 비극, 희극, 악극, 구연……. 안 하는 게 없지요. 경성에서 가장 잘나가는 배우들이 모여 있는 곳이에요. 이 도시에서 이름난 연예인으로 풀린다면 바로 우리 무대 위에서 시작되는 겁니다." 남자는 헤픈 웃음을 지어 보이며 그 큼직한 갈색 손으로 옥희의 작고 흰 손을 덥석 부여잡았다. 그러고도 부리나케 주변을 둘러보던 그가, 이내 연화를 발견하고는 곧장 그에게로 관심을 돌렸다.

"그리고 이분은 그 기막힌 왈츠를 부르셨던 훌륭한 가수시군요. 참 대단한 목소리예요! 제 귀를 믿을 수가 없더라고요. 요즘 인기 있네 하는 가수들보다 훨씬 낫습니다. 그치들의 노래는 그저 음정만 어찌어찌 맞추지, 그 안에 영혼이랄 게 없어요……. 이분과도 꼭 좀 이야기를 나눠보고 싶네요." 연출가 남자는 열성적으로 계속 떠들어댔다.

"자, 기다릴 게 뭐 있습니까? 뒤풀이 연회장에 가서 이 모든 것들을 차근차근 얘기해 볼까요? 아냐, 다시 생각해 보니 거긴 너무 시끄럽고 분위기도 산만하겠네요. 다들 든든하게 저녁도 드시고 기분 좋은 술 한잔씩 나누며 의논할 수 있도록 제가 멋진 음식점으로 여러분을 모시겠습니다." 남자는 연신 단이 쪽을 힐끔거리며 말을 맺었다. 소녀들이 단이의 눈치만 보고 있다는 것을 알아챈 것이다.

"과찬이십니다. 다만 장시간 이어졌던 공연을 마친 밤이라 지금은 우리 모두 좀 피곤한 것 같네요." 단이가 거만하게 말했다. 그는 옥희와 연화를 두고 입에 침이 마르도록 칭찬하는 이 연출가 남자가 막상 단이 자신에 대해서는 별 언급이 없다는 점에 슬며시 짜증을 느끼던 참이었다. 모든 매력적인 여자들이 그렇듯, 한 집단 내에서 사람들이 자신을 주목하지 않을 경우 은근히 차오르기 마련인 분하고 언짢은 감정을 단이도 느끼고 있었던 것이다. "하지만 내일 오후쯤 찾아와 다시 함께 의논할 수 있다면, 저희 쪽에서도 영광이겠습니다." 단이는 이렇게 말한 뒤 그들 집의 주소를 빠르게 읊었다.

"아닙니다, 제가 영광이죠. 그럼 내일요, 내일 다시 뵙겠습니다."
남자는 예의를 갖추느라 연신 허리를 굽히며 자리를 떠났다.

연출가와의 흰마당 내화 속에서 정호의 존재는 거의 잊힌 상태였다. 옥희는 정호를 향해 고개를 돌리고 미소를 지었는데, 그처럼 신나고 흥분되는 이야기를 나눈 직후라 단이도 그들의 재회를 두고 역정을 내지 못하리라 여겼기 때문이었다. 사실, 단이는 이제 과거의 일은 잊어버리고 그냥 넘기는 게 최선의 방책이라 결정한 것처럼 보였다. 위엄 있는 암탉처럼 옥희 일행을 모아 데려가기 전에, 그는 정호를 향해 무뚝뚝하게 고개를 숙여 인사를 건네기까지 했다.

"잘 가, 정호야. 언제든 날 보러 와도 돼. 정오쯤에는 항상 집에 있으니까." 옥희가 정호의 어깨를 가볍게 두드리며 속삭였다. 정호는 행복의 바다에 풍덩 빠져 하염없이 가라앉는 사람 같아 보였다. 둘이서 미리 짜둔 이 재회가 얼마나 귀엽고, 쉽고, 자연스러웠는지! 앞선 일행을 따라잡으려고 서둘러 뛰어가며 옥희는 흐뭇함을 느꼈다. 단이와 월향은 이미 인력거에 올라 떠났고, 연화가 다른 인력거에 탄 채 옥희를 부르고 있었다. 인력거꾼은 다 낡아서 해진 검정 코트 차림의 젊은 남자였다. 그의 도움을 받아 옥희도 인력거에 올라 탔다. 인력거가 텅 빈 거리를 달리기 시작하자, 부드러운 밤바람이 그들의 귀를 스쳐 지나갔다. 눈앞에 펼쳐진 하늘에는 무수한 별들이 흐르듯 반짝이고 있었다.

"내 인생에서 최고로 멋진 밤이야! 옥희야, 우린 조선극장 소속 배우가 될 거야! 돈 많은 바람둥이 남자들한테 술 따르는 일 따위, 누가 한다니? 이제 우린 진짜 예술가들처럼 살 건데!" 연화가 친구의 손을 꼭 잡고 위아래로 흔들며 목청껏 소리쳤다.

"꼭 꿈을 꾸는 것만 같지 않아? 그저 옷가지 몇 개 넣은 보퉁이 만 하나 들고 경성에 온 게 바로 어제 같은데……. 우리가 얼마나 작 았는지, 인력거 하나에 넷이 다 같이 탈 수 있었던 거 기억나?" 옥희 가 웃음을 터뜨렸다. 그의 친구는 이제 경성 최고의 가수로 이름을 날리기 직전이었다. 그리고 옥희 자신은, 그 어떤 스스로의 야망이 나 주위의 촉망도 없이, 이미 모두의 기대를 뛰어넘는 대성공을 거 둔 참이었다. 이 아름다운 밤을 수놓은 승리와 기쁨 이외에 다른 것 들이 앞으로 그를 기다릴 거라고 열일곱의 옥희는 도무지 상상할 수 없었다.

곧 집 앞에 도착한 그들은 젊은 인력거꾼의 도움을 받아 내렸다. 두 여자를 부축하는 그 청년의 동작은 재빠르고 섬세했으며, 이 직 종의 노동자들이 가끔 그러듯 과도하게 비굴한 태도를 보이지도, 무 례하고 천박함을 내비치지도 않았다. 남자의 몸은 키가 크고 어깨가 넓은 반면, 헐렁한 코트 위로도 잘록한 허리와 탄탄한 상체가 나타 날 정도로 늘씬하고 날렵해 보였다. 그의 양쪽 소매 팔꿈치에는 갈 색 코르덴 천이 덧대어져 있었는데, 그 모습을 본 옥희의 마음속엔 동정심이 밀려왔다. 자신이 불공평할 정도로 과분한 축복을 받고 있 다고 느끼는 사람들에게 자주 일어나곤 하는 너그러운 마음이었다.

"어쩜 가엾게도, 아직 학생 같은데." 옥희는 남자의 진지한 얼굴을 찬찬히 바라보며 말했다. "학교에 다녀요?" 옥희의 질문에, 그리 크 진 않지만 아름다운 모양을 한 그의 눈이 빛을 발했다. "네, 야간학 교에 다닙니다, 아씨."

"그러면 낮이랑 저녁에 일하고, 밤에는 학교에 가는 거네. 잠잘 시간이 나긴 해요?" 옥희가 미소를 지으며 중얼거렸다. "가엾어라. 우리는 인력거꾼 자녀들이 다닐 학교의 건축 자금을 모금하기 위한 자선 공연을 하고 오는 길인데, 나하고 내 친구 둘 다 정말 기분 좋은 밤을 보냈거든요. 자, 여기 이걸로 코트 한 벌 사 입어요." 옥희는 그 남자의 하루치 일당은 되고도 남을 넉넉한 팁을 건넸다. 그러곤 연화와 팔짱을 낀 채 하인이 미리 나와 열어둔 대문을 통과해 들어갔다. 밤공기가 차가워져 하인은 몸을 덥히느라 선 자리에서 연신 깡충깡충 뛰고 있었다. 옥희는 뒤쪽에서 자신을 지켜보는 젊은 인력거꾼의 시선을 의식했고, 그래서 평소보다 더 크게 웃으며 연화에게 다정히 몸을 기댔다.

"저 미남 인력거꾼이 그렇게 좋으면 아예 집으로 초대를 하지 그랬니?" 뜰을 가로지르며 연화가 키득거렸다.

"무슨 소리야. 가난한 고학생한테 친절하게 대해준 것뿐인데." 옥희가 항의했다. 조금이라도 남자에게—심지어 인력거꾼에게라도—친절한 태도를 보이면, 연화는 자신을 놀려대는 것이었다. 이제 막 고등학생이 될락 말락 한 애송이조차도.

"그러면 내가 그 남자애 가져도 돼?" 연화가 묻자 옥희는 어깨를 으쓱여 보였다. "좋아, 나눠 갖지 뭐. 우리 둘 다 끌고 갈 수 있을 정도로 힘이 장사던데. 아마 우리 둘 다, 밤새도록 개 인력거를 타고 달릴 수 있을걸……." 두 소녀는 와르르 웃음을 터뜨렸다.

"자네가 와줘서 정말 기쁘군. 무엇을 마시겠나? 아주 좋은 사케가 있고, 훌륭한 코냑도 있어. 유럽을 여행하는 동안 코냑에 맛을 들이기 시작했는데, 고백하자면 이제 내가 가장 좋아하는 취미 중 하나가 되었지." 반갑게 붙잡고 있던 친구의 손을 놓아준 뒤 길고 푹신한 고급 소파에 기분 좋게 몸을 늘이며 이토 아쓰오가 말했다. 이어 그가 자기 맞은편에 놓인, 등받이가 높은 안락의자를 가리키며 앉으라는 손짓을 보내자 야마다 겐조는 처음으로 친구 집을 방문한 손님다운 조심스러운 태도를 보이며 미끄러지듯 자리를 잡았다.

"그처럼 좋아하는 술이라면, 자네를 위해서라도 한잔해야겠는걸." 야마다가 미소 지었다.

"좋아, 그럼 코냑으로!" 이토가 밝은 목소리로 외치며 하인에게 신호를 보내자 곧 그가 코냑이 담긴 병과 수정 유리잔을 쟁반에 받쳐 든 채 말없이 돌아왔다. 두 사람은 조용히 술을 맛보았다. 대화를 나누지 않으니 고요한 가을 초어스름의 신선한 향취와 코냑의 향내가 침묵 속에 서로 어우러지는 것이 더욱 잘 느껴지는 것 같았다.

"정말 좋은데." 야마다가 음미하듯 말했다. 이토는 뿌듯한 미소를 지으며 고개를 끄덕였다. 와인, 미식, 예술, 가구, 모든 분야에 걸쳐 탁월한 안목을 가지고 있다는 사실이 그가 지닌 자부심의 주된 원천이었다. 그런 종류의 사람들이 다 그렇듯, 그 역시 고상한 취향이 지적 감성과 교양의 본질이라 믿었다. 그것은 그동안 몇 년이나 함께 근무해 온 야마다를 오늘 처음으로 집에 초대한 표면적인 이유이기도 했다. 두 사람은 서로의 예술관에 관한 이야기를 나누고, 최근 몇 달 사이 이토가 사들인 값진 물건 몇 가지를 감상할 예정이었다. 이토의 아버지가 조선에서 얻은 방대한 토지와 재산을 유산으로 남기고 고인이 된 이래, 그는 열정적으로 조선 각지의 골동품을 수집하기 시작했다. 지금, 교활하고 능청스러운 눈빛을 한 그의 손에 조심스럽게 들려 나온 것은 11세기 무렵의 고려청자 한 점이었다. 그의 표정에는 이미 정답을 알고 질문을 던지는 사람이 지을 법한 교활함이 어려 있었다. 그 청초한 도자기 항아리는 아름다운 여자의 어깨선을 연상시킬 만큼 섬세하고 우아한 실루엣을 지니고 있었고, 고도의 정교한 기술이 농축된 유약은 아름다운 우윳빛 연녹색을 띠고 있었다. 실제 자연물에서는 찾을 수 없는 색깔이지만, 그 무엇보다 싱그럽고 은은한 자연을 바로 떠올리게 했다.

"경이롭군." 야마다가 솔직하게 감탄을 표현했다. "정말이지 도자기로 빚어낼 수 있는 최고급 보물이야. 하지만 이 부분은 어떻게 된 건가?" 그는 항아리 아래쪽에서 가장 높이 솟은 지점까지 쭉 뻗어 있는 긴 줄 하나를 가리켰다.

"아, 그 금 말이지. 이만큼 오래된 골동품에는 저런 흔적이 하나씩 있더군. 무덤 도굴꾼의 삽이 남긴 자국인데, 그렇다고 그들을 탓할 수야 있겠나? 깊은 무덤을 파 내려가는 마당에 섬세한 발굴에 쓰이는 깃털 먼지떨이를 쓸 수는 없는 노릇이고, 도자기가 있는 위치를 미리 알고 거기만 피해 삽질을 할 수도 없을 테니 말이야. 이 정도면 매우 아름답고 정교하게 보수된 편이라네." 이토는 짐짓 관대한 표정으로 능글맞게 웃었다. "사실 나는 그래서 더 이런 작품들을 좋아해. 늙은 상류층 가문의 서재에 오랜 세월 보관되어 있었다는 물건을 찾아 수집하는 것보다 이쪽이 훨씬 짜릿하거든. 이 청자가 옛 고려의 왕과 함께 묻혔을 순간을 상상해 보게. 그리고 1000년이 지난 지금, 내가 이 물건을 손에 넣은 주인이 되는 거지."

"그래, 참 흥분되겠군." 야마다는 의례적으로 동의를 표시했다. 하지만 연이어 깜빡이는 그의 눈이나, 손에 들고 있던 유리잔을 의도적으로 조심스럽게 내려놓는 태도는 방금 내놓은 말과는 뭔가 어긋나는 감정을 내포하고 있었다.

"그리고 이거 말인데, 자네가 아마 엄청나게 좋아할걸." 이토가 옆방으로 야마다를 안내하며 말했다. 방바닥에는 놀랍게도 거대한 크기의, 화려한 노랑과 검정이 어우러진 호랑이 한 마리가 엎드려 있었다. 언뜻 보면 아직 살아 있는 동물 같아 흠칫 놀랄 정도였다. 가까이서 찬찬히 들여다본 뒤에야 그는 그게 짐승의 털가죽이라는 걸 알 수 있었다.

"내가 이거 얼마 주고 샀는지 알아?" 이토는 평소답지 않게 솔직하고 천진한 어조로 묻더니, 그들의 대좌* 연봉을 훌쩍 뛰어넘는 엄청난 액수를 밝혔다. "요즘 호랑이 가죽 시세가 아주 천정부지야. 하지만 그게 바로 내가 이걸 장만한 이유기도 하지. 그 야수들이 완전히 멸종해 버리면, 산 가격의 스무 배를 받고 되팔 수 있을걸."

"호랑이 사냥을 한 번 간 적이 있어." 야마다가 멍한 눈빛으로 말했다. "자네가 평생 볼 수 있을 야수들 중 가장 강하고 영리한 짐승이야."

"그거 정말인가? 요즘 야생 호랑이는 매우 희귀해지고 있다고 들

---

* 대령에 해당하는 일본군 계급 명칭.

었는데. 지난 3, 4년 동안 단 한 마리도 포획되지 않았다는 얘기를 들었어. 한두 해만 지나도, 그것들을 실제로 보려면 창경궁 동물원에나 가야 할 거야."

그 순간, 이토가 문으로 고개를 돌렸다. 이토의 동생이 수줍은 시선을 보내며 그곳에 서 있었다.

"들어와, 미네코." 이토가 부드럽게 말하자 젊은 여자는 조용히 방 안으로 들어왔다. 야마다와 여자는 서로 고개를 숙여 인사를 주고받았다. 잘생긴 오빠와 달리 동생의 외모는 평범하니 매력적이라고 하기엔 어려운 얼굴이었다. 하지만 오빠의 멋진 눈매가 차갑고 이기적인 인상을 주는 반면, 미네코의 눈은 예쁘고 상냥한 기색을 띠었다. 두 남자와 다른 일본 귀족들처럼 여자도 서양식 복장을 하고 있었는데, 느슨하게 떨어지는 연분홍색 새틴 드레스가 원래도 핏기 없는 인상을 더욱 하얗게 보이게 했다. 미네코는 야마다 곁에 서서 어색하고 의식적인 미소를 지었다.

"그래서 어떻게 되었지?" 이토가 야마다 쪽으로 돌아서며 물었다. 야마다는 이토가 오늘 자신을 집으로 초대한 목적이 바로 이 젊은 여자를 만나게 하려는 데 있었음을 눈치챈 참이었다. "자네가 그 호랑이를 죽였나?"

"아니, 다른 사람들이랑 다 같이 겨냥해서 쏴보기만 했네. 놈은 다리에 상처를 입었지만 결국 달아나 버렸지." 이렇게 말하며, 야마다는 그 호랑이가 결국 살아남았기를 바라는 자신의 소망을 처음으로 깨달았다.

"아, 운이 없었군. 그렇지만 아쉬워할 거 없어. 어차피 숲속에 들어가 죽었을 테고, 그러면 자네가 죽인 거나 다름없지. 나처럼 돈푼으로 그 껍데기나 사들이는 것보다 훨씬 대단하고 가치 있는 일이야." 그가 위로하듯 말했다. 미네코 역시 동의의 의미로 고개를 끄덕이고는 공손하게 실례를 구한 뒤 방을 나갔다.

하인 하나가 들어와 여기저기 널린 골동품을 하나씩 조심스레 옮기며 치우는 사이, 두 남자는 코냑을 더 따라 마셨다.

"나는 아버지가 생전에 가장 아끼던 아들이었어." 이토가 술을 한 모금 삼키며 말했다. "자식들을 끔찍하게 편애하셨던 분이라 아버지의 사랑을 전혀 받지 못하며 자란 미네코가 늘 불쌍했지. 오빠로서 그 애를 보호해 주고 싶은 마음이 커."

"착해 보이던데."

"그런가? 그 애가 자네에게 좋은 인상을 남겼다니 반갑군." 이토가 미소 지었다. "또 어떤 점이 눈에 띄던가?"

야마다는 난처하게 어깨를 으쓱여 보였다. "잘 모르겠는데. 이제 막 만난 사람이니까."

"겐조, 자네도 내가 여자한테 별로 마음을 쓰지 않는다는 거 알고 있겠지." 이토가 갑자기 아주 솔직하고 허심탄회한 어조로 말을 이었다. "물론 아름다운 여자들은 좋아해. 그들의 외모, 심지어 개인적인 자질까지도 즐겁게 음미할 수 있지. 자네도 알다시피, 예쁜 여자들이란 꼭 오래되고 우아한 도자기 같거든. 하지만 골동품과는 반대로 그들의 미적 가치는 시간이 갈수록 떨어져. 적어도 내가 보는 관점에서는 말이야. 예외 없이 일어나는 현상이지. 뭐, 그래도 나야 세

272

상 돌아가는 순리를 기꺼이 받아들이고 그에 적응하는 사람이니까."
이토는 의자에 상체를 길게 기대며 유리잔의 코냑 한 모금을 더 삼
켰다. "나 소반산 H 백작의 딸과 결혼하네. 고작 두 번 만났을 뿐인
상대와 말이야."

"축하라도 해줘야 하는 건가?" 야마다가 비꼬듯이 묻자 이토는 웃
음을 터뜨렸다.

"그럼, 그래야지. 정말 든든한 동맹이 생기는 셈이잖나. 아버지도
살아 계셨다면 매우 기뻐하셨을 거야. 하지만 지금은 자네의 혼담에
대해 이야기하고 싶네, 겐조. 내 동생을 아내로 맞는 걸 어떻게 생각
하나? 언젠가는 자네도 결혼해야 할 거잖아. 자네 아버지도 아마 이
런 소리를 하실 만큼 하셨을 테고. 그리고 우리 미네코는, 교육도 받
았고 성격도 좋은 아이야. 가진 재산이 많다는 건 말할 것도 없지. 틀
림없이 순종적이고 착한 아내가 될 텐데. 나는 미네코가 자네 같은
사람과 결혼하는 걸 보고 싶어."

야마다는 아무 대답 없이, 손에 들린 유리잔만 멍하니 내려다보
았다. 아닌 게 아니라, 이토 미네코는 지금껏 그의 아버지가 제안해
온 이런저런 혼처에 뒤지지 않았고, 심지어 더 나을 수도 있었다. 최
근 몇 년 동안 야마다 대좌는 자신이 느끼는 감정과 자신이 느껴야
하는 감정이 종종 일치하지 않고 어긋나 버린다는 사실을 깨닫고 있
었다. 혹시나 그게 자신을 방해하고 나약하게 만드는 취약점이 될지
모른다는 걱정에, 그는 스스로의 의지력을 시험하고자 내심 가장 하
고 싶지 않은 일을 의도적으로 해나가는 습관을 들였다. 그렇게 일
부러 감방 근무에 지원해, 거칠고 힘든 훈련만이 결국 자신을 강하

게 만들 것이라 믿으며 격렬하게 노력하는 운동선수의 신념을 가지고, 가장 악명 높은 반란군들에게 채찍을 휘두르곤 했다. 그러니 그와 비슷한 고행의 맥락에서, 연애 상대로도 혹은 평범한 사람으로도 미네코에게 전혀 관심이 없었음에도, 야마다는 아무런 감정 없이 대답했다. "좋아, 자네 누이와 결혼하겠네."

"정말 잘됐군! 자, 건배하자고. 가족이 된 우리를 위하여." 이토가 말했고 그들은 유리잔을 부딪쳤다. 그러나 야마다의 얼굴에 웃음기라곤 없었다.

"겐조, 그렇게 딱딱한 표정 짓지 마. 결혼이란 게 뭔지 알아?" 이토가 잔을 내려놓고 입술을 훔쳤다. "결혼은 집과 같은 거야. 일단 집을 지어야 그 안에서 자식들을 키울 수 있지. 하지만 남자는 그 집 안에 갇혀 있는 존재가 아니므로, 내키는 대로 그곳을 드나들 수 있어. 남자가 결혼 생활에 구속되는 것은 집을 단 한 번도 떠나지 않는 것처럼 불가능한 거야." 그러곤 이토는 의자에 등을 쭉 기대고, 고급 코냑의 부드러움과 흐릿한 빛에 흠뻑 자신을 적셨다.

13장

좌와 우

정호는 거의 매일 옥희의 집에 들르기 시작했다. 단 10분이라도 옥희를 보고 가지 않는 날은 거의 없다시피 했다. 옥희가 그런 자신에게 질려버리지 않았으면 하는 마음에 한동안은 일부러 발을 끊어보려고 노력한 적도 몇 번 있었다. 그런 뒤 오랜만에 모습을 보이면, 옥희는 어린 소꿉친구 시절에 했듯이 매번 그동안 어디에서 뭘 하고 다녔는지 꼬치꼬치 캐묻곤 했다. 그래서 정호는 전처럼 자주 와도 된다는 허락을 받은 양 마음을 놓게 되었다.

대체로 그들은 옥희의 집 거실에서 국화차 한 잔씩을 앞에 둔 채 수다를 떨었다. 가끔은 함께 밖으로 산책을 나가, 창경궁 동물원을 따라 북쪽으로 향했다가 동대문이 나올 때까지 걸으며 경성 시내 한 바퀴를 돌기도 했다. 옥희가 정호에게 끔찍한 사실을 드러낸 것도

275

이런 산책길에서였다. 그날 옥희는 화려한 황금색 실과 회색 토끼털로 끝단을 장식한 새 저고리와 치마를 입고 있었다. 처음 보는 예쁜 옷이라고 정호가 이야기하자 옥희는 태연하게 말했다. "아, 선물받은 거야."

정호는 스스로 못난이라고 느꼈지만 결국 참지 못하고 물었다. "단이 이모님한테서?"

"아, 그건 아니지." 옥희가 웃어넘겼다. "어떤 남자한테서. 경주 사는 만석꾼 아들이라던가." 그러고서 옥희는 정호의 팔을 부드럽게 치며 덧붙였다. "엄청 지루한 남자야. 밤에는 코까지 심하게 골더라."

그 말에 정호는 어떻게 대답해야 할지 알 수가 없었다. 나머지 산책길은 거의 침묵 속에 이어졌다. 옥희와 헤어지면서 이 만남의 시간을 조금이라도 더 연장하고 싶다는 마음이 들지 않았던 건 정호에게 처음 있는 일이었다. 어떻게 이처럼 어리석을 수 있을까? 어쩌면 옥희가 자신을 친구 이상으로, 그저 어릴 적 함께 뛰놀던 사이 이상의 존재로 생각하고 있지 않을까 기대했던 자신이 부끄러웠다.

정호는 자신과 함께 있을 때 옥희가 그처럼 스스럼없이 자유로운 이유도 깨닫게 되었다. 정호 자신을 남자로 생각하지 않기 때문이었다. 한창 이야기를 이어가다가 중요한 대목에서 그의 팔을 스치듯 잡는 것도 그저 순수하고 사심 없는 애정 표현일 뿐이었다. 그건 옥희가 다른 남자들과 있을 때 의도적으로 내비치곤 하는 유혹의 행동이 아니었다. 그런 사람 중 하나가 되어 옥희에게 남자로 보이기 위해, 정호는 부자가 되어야 했다. 그들처럼 옥희의 시간을 사기 위해서가 아니라 옥희의 존중을 얻기 위해서였다. 이 생각은 하나의 커다란 계시처럼 다가왔다. 지금껏 정호는 오직 살아남는 것, 그리고 최소한의 아늑한 생활을 유지하는 것에만 집중해 왔다. 하지만 이제 그는 충분히 먹고살 만한 식량을 가진 사람들이 왜 그 이상의 돈에 집착하는지 이해할 수 있었다. 그 돈으로 살 수 있는 것들 때문이 아니라, 사회의 인정과 검증을 갈망해서였다.

그런 마음을 먹고서, 정호는 미꾸라지와 함께 산책을 나갔다. 그들의 발걸음은 습관적으로 운하 위를 가로지르는 옛 다리를 향했다. 태양이 서쪽 구름을 분홍색으로 적시는 가운데 도시의 불빛들이 짙푸른 건물들의 창을 비추기 시작했다. 그들 뒤로는 자동차들이 바쁘게 다리를 건너다녔다. 전깃줄에 나란히 앉아 있던 참새 무리가 포르르 날아올라 각자의 하루에 대해 이야기하며 저녁 하늘로 돌아가고 있었다.

"미꾸라지, 우린 어떻게 해야 부자가 될 수 있을까?" 정호가 불쑥 물었다. 말이 혀끝을 떠나는 순간 이미 그게 얼마나 절박하고 무지하게 들리는 소리인지 깨달았지만, 그는 자존심을 꾹 누르고 입을 굳게 다물었다.

"부자가 되고 싶어?" 미꾸라지가 특유의 능글맞은 미소를 지으며 물었다.

"뭐, 우리라고 평생 이렇게 살아야 한다는 법이 있나?" 정호는 양손으로 주먹을 쥐고 오래된 돌난간을 쳤다. "공짜 밥 얻어먹고 돈 몇 푼 뜯어내자고 가게 몇 군데 손봐주는 거, 과연 그게 전부겠어? 이런 식으로 계속 갈 순 없지."

"있잖아, 방법이 있긴 있다." 미꾸라지가 갑자기 진지하게 말했다. "지금 경성 전체가 좌파랑 우파로 나뉘어 있는 거, 대장도 알지?"

정호도 거리에서 사람들이 떠들어대는 성난 구호와 수군거림을 듣긴 했지만, 그게 무슨 의미이며 자신에게 어떻게 영향을 미칠지는 전혀 모르고 있었다. 도심 전역에 나도는 신문들에서 대서특필한 표제들도 그에겐 아무런 의미가 없었으니, 정호는 글을 읽을 줄 모르기 때문이었다.

"공산주의자들, 그쪽이 좌파야. 민족주의자들, 그쪽이 우파고. 뭐, 사실 우리한테야 누가 뭘 믿는지는 별로 중요하지 않지만……. 어쨌든 두 진영 모두 자기들을 보호해 주고, 자기들이 직접 개입할 수 없는 일을 대신 처리해 줄 사람이 필요할 거야. 무슨 말인지 알겠어?"

"그래." 모든 게 어렴풋하기만 했지만 정호는 그렇게 대답했다.

"그러니까 우리가 해야 할 일을 단순히 말하자면, 둘 중 어느 쪽이 우리한테 더 돈을 많이 쳐줄 건지 알아낸 다음 거기다 충성을 맹세하고 그들의 일을 돕는 거지."

"그럼 누굴 만나 얘기해야 되냐? 나는 그런 치들 중 아는 사람이라곤 하나도 없는데." 정호가 무안한 기색으로 물었다.

"그건 대장이 걱정 안 해도 돼." 미꾸라지가 웃었다. "마침 내가 이미 공산주의자들 중 꽤 거물급 인사한테 줄을 대는 중이었거든. 상해에서 활동을 시작했다는 고려공산당의 창립 일원이래. 엄청난 부자에 연줄도 짱짱하다니까, 그 사람 수하에 들어가 일하면 나중에 우리 모두 부자가 될 거라고. 내 말 무슨 뜻인지 알지? 대장이 그 사람을 만나보도록 주선해 볼게. 그 사람 이름은 이명보야."

평창동에 자리한 명보의 집은 전통 한옥이었는데, 그 오래된 돌담 너머로 키가 큰 감나무 한 쌍이 눈에 들어왔다. 나뭇가지들은 애처 로울 만큼 가늘고 잎들도 다 떨어져 있었지만, 가지 끝마다 묵직하 게 달린 탐스러운 감들은 달빛 아래 홍옥처럼 빛났다. 기와를 씌운 대문은 높이가 열두 자나 되는 데다 폭도 넓어서 집주인이 가마에 서 내리지 않고도 안마당까지 들어갈 수 있도록 지어져 있었다. 양 반 중에서도 가장 높은 벼슬을 지낸 명문가에게만 허락된 특권이다. 가문 대대로 내려온 이 집을, 명보는 1925년 아버지가 사망하여 물 려받게 되었다. 평생 자식들에게 애정을 보여준 적이라곤 없는 부친 이 아침 식사 때 잘못 삼킨 생선 가시에 유명을 달리하는 바람에, 친 구들에게 후원금을 구걸하며 다니던 명보는 갑자기 연간 30만 원의 소득을 창출하는 광대한 토지를 거느린 대지주가 된 것이다.

위풍당당한 대문을 통과해 들어가면서, 정호는 마치 황제의 궁전 에 와 있기라도 한 듯 잔뜩 주눅이 들 수밖에 없는 스스로의 처지를 절감했다. 명보로서는 가장 겸손하고 소박하다고 여길 만한 부분들 을 보면서도 놀라움을 금할 수 없었는데, 예컨대 책꽂이를 가득 채 운 고서의 해묵은 냄새나 자개로 상감된 찬장, 아무렇게나 꾸밈없이 놓여 있음에도 차마 값을 매길 수 없을 만큼 귀해 보이는 골동 도자 기 항아리들이 그랬다. 줄지어 늘어선 도자기들 위쪽에 걸린 액자에 는 콧수염을 기르고 뾰족한 턱수염까지 난 어느 대머리 외국인의 사 진이 들어 있었다. 그 집의 모든 구석마다 품위 있는 절제미와 사대부다운 단아함이 묻어나 있어서, 정호는 자신의 낡은 양말로 이 티끌 하나 없는 바닥 위를 디디는 것조차 부끄럽다는 생각이 들었다.

"긴장 풀어." 서재에서 명보를 기다리는 동안 미꾸라지가 정호에게 속삭였다.

"나 괜찮거든." 정호는 반사적으로 주먹을 불끈 쥐었다. "내가 왜 긴장하겠냐? 이 남자가 얼마나 더럽게 부자인지는 몰라도 어차피 너나 나처럼 밥 처먹고 똥 싸는 인간인 건 똑같은데." 언제나처럼 그의 말은 생각보다 훨씬 더 거칠게 튀어나왔다. 늘상 있는 힘껏 때릴 줄만 알았지 부드럽게 주먹을 날리는 방법을 모르는 것처럼, 그는 부드러운 말을 하는 방법도 전혀 몰랐다.

문 바깥에서 바스락 소리가 나더니 헛기침이 들려왔다. "들어가도 될까요?" 이어 미닫이문을 밀어 열고 서재에 들어온 명보가 차분한 미소를 지어 보였다.

"이렇게 기다리게 해서 정말 미안합니다. 동지들 몇 명과 이야기를 하느라 제 방에 잠시 있었어요. 아내가 지금 몸이 안 좋아서 제가 대신 다과를 대접하니 양해해 주십시오." 명보는 이렇게 말하며 작은 탁자 위에 쟁반을 내려놓았다. "아직 집에서 일하는 하인과 가정부를 두고 있긴 하지만, 이처럼 늦은 시간에는 그들도 각자 쉬게 하거든요." 찻잔과 감 한 접시가 담긴 쟁반을 두 사람 앞에 차려놓은 뒤, 명보는 정호를 향해 깊숙이 고개를 숙여 절을 했다. "제 이름은 이명보입니다. 하지만 부디 그냥 이 동지라고 불러주시지요." 정호는 허를 찔리다 못해 넋이 나가는 기분이었다. 지금껏 살아오는 동안 그 어떤 양반 신사도 이렇게 눈높이를 맞추어 자신을 바라본 적이 없었고, 마치 그가 자신과 동등한 존재라도 되는 양 정중한 인사를 해준 적은 더더욱 없었기 때문이었다. 정호가 어색하게 고개를 숙여 답인사를 하자, 명보는 이제 미꾸라지에게 따뜻한 악수를 건네며 말했다. "미꾸라지 씨도 이렇게 다시 만나 정말 반갑습니다."

이 만남이 성사되기 전에, 정호는 미꾸라지가 어떤 계기로 명보와 알고 지내는 사이가 되었는지 들은 터였다. 어느 날 미꾸라지와 다른 녀석들 몇이 그들 구역의 가게에 수금을 돌고 있었는데, 마침 들어갔던 작은 칼국수집에서 우연히 명보가 점심을 먹고 있었다고 했다. 그런데 미꾸라지가 가게 주인에게 보호비를 내놓으라고 을러대고 있자니, 명보가 다가와 요구하는 돈이 얼마든 자신이 대신 내겠다면서, 만일 자신과 합석할 의향이 있다면 그들의 점심도 사겠노라고 제안했다는 것이다.

이즈음에는 미꾸라지를 포함하여 정호를 따르는 나머지 부하들 모두 그들의 '세금 징수'에 반발하거나 어쭙잖게 훈계하려 드는 작자라면 누가 됐든 일단 때려눕히는 데 익숙해 있었다. 하지만 명보의 담담한 미소와 겸손하면서도 위엄 있는 태도는 심지어 그들 중가장 무례한 성질머리를 자랑하는 놈조차 감히 언성을 높이거나 난폭하게 굴 엄두를 내지 못하게 했다. 그들은 잠자코 둘러앉아 칼국수를 먹기 시작했고, 그러는 사이 명보는 일행 한 사람 한 사람에게부모는 살아 계시는지, 고향은 어딘지 물었다. 이상하게도 평소에는가장 거칠고 야수 같던 소년마저 그날 명보 앞에서는 술술 제 이야기를 풀어놓았다. 그들의 칼국수 그릇이 거의 비어갈 즈음, 명보는그들에게 갈 곳 없는 고아들과 가난한 사람들을 나라가 돌봐주는 사회, 아무도 굶주리지 않는 사회에 대해 이야기하고 있었다.

"사람을 악하게 만드는 건 배고픔이지, 사람 자체는 절대 악하지 않습니다." 이렇게 말하고 나서 일행을 둘러보는 그의 눈빛이 어찌나 순수하고 선한지, 순간 그들 모두 익숙지 않은 침묵에 빠졌다고 했다. 그 후 미꾸라지는 명보의 집에서 열리는 모임에 한두 차례 온 적이 있었는데, 거기서는 열두어 명 정도 되는 남자들과 심지어 몇몇 여자들도 한자리에 앉아 공산주의라는 것에 대해 이야기를 나누었다.

이날 밤에도 명보는 정호의 고향이 어딘지, 그리고 부모님이 아직 살아 계시는지 물었다. 정호는 이 신사의 질문들에 저항하고픈 욕구를 느꼈으나, 결국 끝까지 대답을 회피할 수는 없었다. 명보가 너무나 진실하고 착한 사람이었기에, 그를 무례하게 밀어내는 게 불가능했기 때문이었다.

"정호 씨는 나이가 어떻게 되죠?" 명보가 물었다.

"열아홉입니다." 햇볕에 그을린 얼굴을 붉히며 정호가 대답했다. 그는 명보의 눈에 자신이 얼마나 어리고 새파란 풋내기처럼 보일지 잘 알고 있었다. 그렇지 않았다면 애초에 그런 질문을 하지도 않았으리라.

"제가 그 나이였을 때가 기억나네요. 정말이지 어제 같기만 한데……." 명보는 눈을 감고 한숨을 푹 쉬었다. 그의 미소에 슬픈 기색이 비친다고 정호는 생각했다. "청년들에겐 꿈이 있어야 해요, 정호 씨. 그대가 인생에서 얻기를 바라는 건 뭡니까?"

"제가 바라는 건……." 정호는 머뭇거렸다. 그의 마음속에 즉시 떠오른 것은 옥희였다. 그날 언덕 위에서 푸른 조약돌 이야기를 다시 꺼내며 반갑게 웃음을 터뜨리던 옥희의 모습. 하지만 자신이 지닌 가장 비밀스러운 약점을 이 낯선 남자에게 대뜸 밝힐 생각은 없었고, 특히 미꾸라지 앞에서는 더욱 안 될 말이었다. 대신 정호는 이렇게 대답했다. "저는 부자가 되고 싶습니다."

대답이 나오는 순간, 정호는 자신이 잘못된 말을 했다는 걸 깨달았다. 명보의 다정하고 믿음직스러웠던 얼굴에 갑자기 수심이 가득 내려앉았고, 그는 이를 감추기 위해 국화차가 담긴 잔을 입술까지 들어 올렸다. 가늘고 상처투성이인 명보의 손은 훨씬 나이 든 노인의 손처럼 떨리고 있었다. 잠시 침묵이 흐른 뒤, 명보가 다시 입을 열었다.

"정호 씨, 부친께서는 무슨 일을 하셨나요?"

"아버지는 대한제국군의 병사로 계셨습니다. 군대가 해체되기 전까지요. 그 뒤로는 소작농이 되셨고요……. 그러다 소작료를 낼 수 없는 형편이 되자 산짐승을 사냥하러 다니셨습니다." 아버지 생각을 하지 않고 지낸 지 오래였다. 정호는 자기도 모르게 재킷 안주머니로 손을 뻗어 담뱃갑과 가락지가 든 주머니를 조심스레 어루만졌다. 누군가에게 의지하고 위로받는 기분을 느끼고 싶을 때마다 나오는 버릇이었다.

"부친께서는 세상에서 가장 고귀한 직업을 가지셨군요. 농사도 그렇고 사냥도 그렇고, 정직하고 힘든 육체노동을 통해 생계를 이어가셨어요." 그리 말하는 명보는 이미 조금 전의 침울함에서 벗어나 활기를 되찾은 듯한 모습이었다. "식당이나 가게 주인들도 마찬가지입니다. 그대가 그 단순하고 소박한 사람들을 협박하고 그들의 돈을 빼앗아 왔다는 걸 아신다면 부친께서 뭐라고 하시겠습니까? 그들 역시 그대의 부친처럼 하루하루 애써서 살아가는 사람들인데요. 이렇게 주제넘은 말씀을 드리는 점, 부디 용서하시기 바랍니다. 하지만 저도 정호 씨 아버지뻘이 될 만큼 나이를 먹은 사람이에요."

갑자기 독기 어린 사나운 눈빛을 한 채, 정호는 집주인 남자를 노려보았다. "우리 아버지는요, 너무 정직한 나머지 굶어 죽었어. 돌아가시기 직전 사흘은 정말 아무것도 먹을 게 없어서 간장을 섞어 데운 멀건 물 몇 술만 뜨다 가셨다고. 그게 바로 우리 집에서 국이랍시고 끓여 먹던 거요, 이 부자 양반아. 단순함이 어쩌고, 정직함이 어쩌고, 아저씨가 뭔데 감히 나한테 그런 설교를 하시나? 당신한테는 그럴 권리 없어요." 자신이 이 말씀씨 좋고 친절한 신사를 정말로 공격하지는 않을 것을 알면서도, 정호는 본능적으로 주먹을 불끈 쥐었다. 겁에 질린 미꾸라지가 손을 뻗어 정호를 진정시키려는 듯 그의 소매를 연신 매만졌다.

"미안합니다, 정호 씨." 명보는 곧장 부드럽게 수긍하여 정호를 오히려 놀라게 했다. "맞아요, 저에겐 이런 말을 할 권리가 없죠. 그대는 살아남는 데 필요한 일을 한 것뿐이에요. 하지만 정직하게 살면서도 충분히 번창할 기회가 주어졌다면, 정호 씨 역시 그쪽을 택하지 않았을까요? 정호 씨가 가진 삶의 소망이 무어냐고 물었죠. 제 소망은 뭔지 말씀드릴게요." 명보가 말을 이었다. "제가 가진 첫 번째 꿈은 우리나라의 독립입니다. 두 번째 꿈은 우리 국민 모두 충분히 잘 먹고 번영하며 인간답게 사는 겁니다. 누구도 버림받지 않는 공정하고 정의로운 사회 말이죠. 그리고 이 두 개의 꿈은 서로 긴밀히 연결되어 있어서, 어느 한 꿈이 이루어지지 않는다면 다른 꿈도 가능하지 않답니다……."

명보는 다시 눈을 감았다. 이것이 바로 1921년 여름 감옥에서 출소한 뒤로 그의 운동 방향을 변화시키고 그의 정신을 사로잡은 생각이었다. 출소하자마자 그는 상해로 향하는 가장 빠른 배에 올랐다. 상해는 여러 정파에 속한 다양한 사람들이 모여 활동의 근거지로 삼고 있는 해외 독립운동가들의 거점이었다.

그들 모두 같은 대의와 목적에 목숨을 걸고 있었지만, 명보는 곧 자신이 많은 동료 운동가들을 그다지 신뢰하지 않는다는 사실을 깨달았다. 감옥살이를 하기 전까지만 해도, 그의 이러한 내적 경멸은 주로 돈이나 지위를 탐내는 사람들에게 한정되어 있었다. (성수는 분명 이 집단으로 분류되었을 테지만, 유학 시절 초기에 그와 나눈 순수한 우정을 기억하고 있던 명보는 그렇게 생각하려 하지 않았다. 그의 마음 가장 깊은 구석까지 가본다면 은밀히 그런 감정이 발견될지 몰라도 말이다.) 상해에서 활동하는 동안 명보는 어떤 이들에겐 돈이나 지위보다도 권력의 쟁취 그 자체가 더 강력한 동기가 된다는 사실을 발견하고 적잖이 놀랐다. 또한 이 운동가들이 미국의 워런 G. 하딩에 대해 지나치게 낙관적으로 이야기하며, 마치 언젠가는 그들에게 터무니없이 막대한 유산을 남겨줄지 모를 부자 친척이라도 되는 양 부적절한 맹신과 과도한 기대감을 뒤섞어 그에 대해 이야기한다는 점도 감지했다. 심지어 일부 운동가 집단은 워싱턴 D.C.로 가 대통령과 직접 면담하여 조국의 독립에 조력을 간청하자는 계획을 세우고 명보에게 동행을 요청하기도 했다. 하지만 미국 영사가 영사관 앞에 모인 사람들 앞에 나와 그들을 돕겠다고 약속하고서는 실제로 아무런 행동도 보여주지 않았던 그날의 기억을 그는 결코 잊을 수가 없었다. 그래서 미국에 가는 대신, 사회주의자 운동가 무리에 끼어 러시아에 면담을 청하기 위해 모스크바로 향하는 시베리아 횡단 열차에 몸을 실었다.

이미 지난 15년간 타국을 오가면서 보내긴 했어도, 명보는 여행이 몸에 맞는 체질이 아니었다. 하지만 마음속에 시를 품고 있는 모든 사람처럼, 그 역시 광활하게 펼쳐진 몽골의 스텝 지대와 그 광야 속에서 띄엄띄엄 서리 내린 풀을 뜯는 덥수룩한 조랑말들이 만들어내는 풍광에 깊이 매혹되었다. 이름 모를 보랏빛과 노란빛 야생화가 황무지 바람에 흩날리며 그 작고 수수한 얼굴들을 탁 트인 하늘을 향해 들어 올릴 때면 그보다 더 영광스러운 장관이 따로 없었다. 바이칼호 기슭을 따라 구불구불하게 이어진 철로 위를 달리는 내내, 깊이를 헤아릴 수 없이 태곳적이고 짙푸른 호수의 물결이 끊임없이 절벽을 때리고 산들이 분홍빛 일출과 함께 솟아났다가 저물녘에는 어둠 속으로 안녕을 고하는 모습까지 감상하고 나서야 명보는 창에서 눈을 뗐다. 그러고도 유리창에 바싹 붙은 채로 머리를 부딪쳐 가며 깜박깜박 졸곤 했다. 명보의 흥분을 알아차린 사회주의자 중 하나가 그에게 말했다. "러시아는 정말 위대한 나라요. 그 웅장한 중국보다도 아름답고, 그 아름다운 한국보다도 웅장하오. 만일 우리가 바라보는 이 풍경이 그들의 정신을 보여주는 지표라면, 그들은 분명히 우리를 도와줄 것이오."

무엇보다 러시아는 끝없이 펼쳐진 나라였다. 기차는 열흘 밤낮으로 쉬지 않고 움직였다. 고된 투옥 생활로 여전히 쇠약한 상태였던 명보는 긴 여정 내내 자신이 음식을 거의 소화하지 못하고, 또 지나치게 피로할 때면 그대로 기절해 버린다는 사실을 다른 일행에게 들키지 않게 꼭꼭 숨겼다. 그러나 마침내 모스크바에 도착했을 때, 그들은 레닌과의 면담을 통해 충분한 보상을 받은 기분이었다. 레닌은 그들을 따뜻하게 맞이해 주었을 뿐 아니라 60만 루블의 후한 자금 지원을 약속했다.

반면 정확히 같은 시기에 워싱턴으로 향했던 대표단은 완전히 다른 대우를 받았다. 하딩은 일본인들과 함께 아시아와 태평양을 나눠 먹느라 바빴다. 미국은 필리핀을 자국 식민지로 삼았고, 그 대가로 일본이 중국으로부터 몽골을 빼앗고 러시아로부터 시베리아를 빼앗도록 합의해 주었다. 워싱턴의 정치인들은 한국의 독립을 요구하는 일부 반란군을 부추겨 새로운 동맹국을 화나게 만들 생각이 전혀 없었다. 한국 대표단은 가장 하급 행정관과의 의례적인 면담조차 성사시키지 못한 채 아무런 소득 없이 상해로 돌아올 수밖에 없었다.

이렇게 해서 명보는 러시아만이 그의 세계에 존재하는 두 가지 악을 없앨 유일한 해결책이라 확신하게 되었다. 한국은 러시아의 도움으로 독립국이 될 것이며, 공산주의를 바탕으로 모두에게 공정하고 모두가 번영할 수 있는 사회를 만들어갈 것이었다. 현재 민중의 고통을 초래하는 두 가지 주요 원인, 즉 일제 식민 정부와 탐욕스러운 지주계급을 모두 뿌리 뽑을 방법은 그것뿐이었다. 그리고 미국에 관해서 말하자면, 물론 그 국민 일부는 선량하고 명예로운 사람들임이 틀림없었다. 그러나 세계평화와 정의라는 명분을 앞세워 떠들어 대기만 할 뿐, 미국 역시 탐욕스러운 식민 열강이라는 점에서는 일본보다 나을 것이 없었다.

그로서는 제대로 된 교육을 받지 못한 정호에게 이 모든 것을 세세히 설명할 수가 없었다. 그러나 이 젊은이가 나름대로 영민한 인물이라는 점은 분명했다. 한 무리의 늑대처럼, 자신에게 충성을 다하는 부하들을 이끌고 상상할 수도 없는 험난한 일들을 겪으며 거리에서 살아남지 않았는가. 명보는 늘 첫인상이 그 사람의 본질을 보여준다고 믿었고, 이렇다 할 특징 없이 평범한 정호의 얼굴에서 매우 희귀한 것을 보았다고 느꼈다. 이는 그가 모든 사람에게서 가장 간절히 찾고자 하는 자질, 다름 아닌 정직함이었다.

거의 예외 없이, 다들 너무 당연하다는 듯 제 스스로를 정직한 인물로 여긴다는 점은 오랫동안 명보를 놀라게 했다. 사람들은 자신의 행동을 합리화할 필요가 있을 때면 깜짝 놀랄 만큼 영리하고 교활해졌으며, 너무도 약삭빠르게 머리를 굴리느라 심지어 자기 자신을 속이고 있다는 것조차 깨닫지 못했다. 하지만 정호는 뭔가 달랐다. 이 야수 같은 젊은이가 숨 한번 돌릴 필요도 없이 다른 사람을 해치는 데 능숙하다는 것은 명백해 보였다. 그의 내면에는 견제와 균형, 이해득실에 따라 작동하는 구조 자체가 거의 없는 것 같았다. 하지만 그는 절대로 자신이 아끼는 사람들을 배신하지 않을 것이다. 그게 바로 정호가 이 세상의 나머지 사람들과 달라 보이는 주된 이유였다. 그처럼 단도직입적인 성격에 그가 지닌 거칠고 강렬한 기운이 더해져, 많은 부하들로 하여금 그를 따르게 할 뿐 아니라 제 목숨까지도 내놓을 만큼 그를 존경하고 신뢰하게 만든 요인으로 작용했으리라고 명보는 생각했다.

명보는 한숨을 깊이 들이쉬며 몸을 세워 똑바로 앉았다. "정호 씨는 러시아에 대해 들어본 적이 있나요? 멀게 느껴지긴 하지만, 우리나라의 북쪽 지방은 러시아와 국경을 접하고 있답니다."

"제 고향이 북쪽인데요, 물론 알고 있지요." 정호가 말했다. "하지만 양키들이나 중국인을 만난 적은 있어도, 러시아에서 온 사람은 한 번도 본 적이 없어요. 그들도 우리처럼 생겼나요? 아니면 양키들처럼 생겼습니까?"

"사람에 따라 다르더군요. 제가 러시아에 갔을 땐 동양인의 이목구비에 금빛 피부와 검은 머리카락을 지녀 우리 모습과 크게 다르지 않은 사람들을 많이 봤어요. 그리고 유럽인들처럼 생긴 이들도 있습니다. 커다랗고 파란 눈에 밝은색 머리카락을 가진 사람들요."

"저 위에 있는 수염 난 친구 말인데요," 정호가 벽에 걸린 액자 속 사진을 가리키며 말을 이었다. "저 사람은 좀 기묘해 보이는데요. 절반은 동양 사람 같고 절반은 구라파 사람 같아요. 저 친구도 러시아 사람인가요?"

"아, 맞아요." 명보가 쓸쓸하게 웃었다. "저분이 러시아인이죠. 돌아가시기 전에, 저는 저분을 모스크바에서 직접 만나 뵙는 영광을 누리기도 했습니다. 저분의 이름은 블라디미르 레닌이라고 합니다. 정호 씨가 다음에 또 여기 오신다면 제가 저분에 대해 더 이야기해 드려야 할 텐데요, 그날이 멀지 않기를 바랍니다."

"이 선생님, 선생님이 좋은 분이시라는 거 알겠어요. 정말로요."

그러면서 정호는 고개를 저었다. "그렇지만 전 이 나라나, 다른 어떤 사람을 구하려는 생각이 없습니다. 솔직히 그게 나랑 무슨 상관입니까? 선생님처럼 많이 배우고 신분도 높으신 분들이 우리 같은 백성들을 이 지경으로 몰고 왔으니, 우릴 이 난장판에서 벗어나게 할 수 있는 방법도 선생님들이 알아내셔야 할 겁니다. 저는 어떻게 해야 제 형제들과 제가 돈을 좀 벌 수 있는지에만 관심이 있어요."

명보는 탁자에 시선을 고정한 채 한숨을 내쉬며 생각을 가다듬었다. "사람들은 자신이 돈을 원한다고 생각하지만, 저는 종종 그들 대부분이 사실 돈 아닌 다른 것을 원하고 있다는 걸 깨닫곤 해요." 명보는 마음속으로 성수와 그 주변의 부유한 남자들을 떠올리며 천천히 말을 이었다. "그들은 돈 많은 부자가 되는 게 자신의 최종 목표라고 말하는데, 그건 그들이 진정으로 원하는 게 무엇인지를 인정하는 것보다 그냥 그렇게 말하는 게 더 안전하다고 생각하기 때문이죠…… 제 말이 무슨 뜻인지 이해하시나요?"

속내를 들킨 듯 깜짝 놀라서, 정호는 이 저택 주인의 얼굴을 빤히 쳐다보았다. 세월의 풍파를 맞아 지쳐 보이지만 동시에 관록이 느껴지는 호소력 짙은 얼굴이었다. 젊은이는 다시 한번 얼굴을 붉혔다. 조금 전에는 누구의 눈에든 명백히 드러나 보일 자신의 어린 나이와 미숙함 때문에 그랬다면, 이번에는 마음 가장 깊은 곳에 감춰둔 비밀이 이처럼 만천하에 폭로된 것이 부끄러워서였다.

"저도 정호 씨가 좋은 사람이라는 걸 알 수 있습니다." 명보가 다시 입을 열었다. "만약 그대와 그대의 벗들이 저와 제가 품은 대의를 위해 일해준다면, 비록 그대들이 부자가 될 거라 보장할 수는 없지

290

만, 아마 그대들이 실제로 행복을 누리는 데 필요한 것은 무엇이든 얻을 수 있으리라 생각해요. 그리고 그건 돈으로는 살 수 있는 게 아니죠."

명보의 마지막 말을 듣는 정호의 눈앞에 다시 옥희의 모습이 스쳐 지나갔다. 그는 명보가 얘기하는 모든 것들이 어떻게 그처럼 이치에 잘 맞는지 내심 놀라움을 금할 수 없었다. 공산주의, 러시아, 일본 혹은 한국, 정호 자신과는 무관한 관념이나 세계지도가 아니라, 진정한 행복을 찾는 방법에 대해 한 이야기 말이다. 그저 사랑하는 누군가와 함께 소박한 삶을 나누고 싶다는 바람, 바로 그것이 그가 아무에게도 차마 말하지 못하는 마음속 소망이었다. 자신이 굳이 말로 설명하지 않아도, 명보라면 이러한 소망을 인정하고, 그에 더해 존중해 주리라는 생각이 들었다. 평생 누구에게도 이처럼 이해받은 적이 없었는데, 방금 만난 이 낯선 사람에게서 이런 감정을 느낀다는 게 그로서는 생소하기 그지없었다. 명보만큼 진실하고 똑똑하고 힘을 가진 사람마저 정호가 자신의 작은 소망을 이룰 수 있게끔 이끌어주지 못한다면, 아마 이 세상 그 누구도 할 수 없을 터였다.

"그래서 이 공산주의자라는 게 되려면, 뭐부터 해야 합니까?" 정호가 물었다.

14장

어떤 남자들은 좋고
어떤 남자들은 나쁘지

1925년

무대 막이 내린 뒤, 옥희는 자신의 전용 분장실로 돌아와 꽃다발로 둘러싸인 부드러운 벨벳 소파에 파묻히듯 주저앉았다. 매회 공연이 끝날 때마다 그는 제 몸 전체를 저릿저릿하게 하는 피로감을 느끼며, 몇 분 동안 이렇게 꼼짝도 않고 중력에 몸을 맡기듯 무겁게 앉아 있기만 했다. 곧 남아 있던 약간의 힘을 그러모아, 옥희는 몸에 꼭 맞게 만들어진 전통 저고리의 옷고름을 풀고 어깨를 털어 스르륵 상의를 벗어냈다. 가슴을 눌러 동여맨 치마끈도 풀어버리자 한결 깊이 숨을 쉴 수 있었다. 이제 더 느긋하고 편안해진 기분으로 그는 가장 가까이에 있던 꽃다발에서 장미 한 송이를 뽑아 향기를 들이마셨다.

〈춘향전〉 공연 개막 첫 주였다. 옥희는 지역 사또의 아들과 사랑에 빠진 17세기 기생이자 극의 주인공인 춘향을 연기했다. 갖은 고생 끝에 춘향과 그의 연인은 신분의 차이를 극복하고 결혼하여 부부의 연을 맺는다. 이 공연은 경성 전체의 화제였으며, 여러 신문들은 앞다투어 옥희의 연기에 찬사를 보냈다. 어느 신문의 감상평 옆에 나란히 실린 자신의 사진을 처음으로 보았을 때, 옥희는 기뻐서 비명을 지를 뻔했다. 자신이 이렇게 큰 성공을 거두리라고는 상상해 본 적도 없었다. 연화라면 가능할 거라고도 생각했지만, 자기 자신에 대해선 그런 기대감이 전혀 없었던 것이다. 매일 밤 옥희의 분장실은 팬들이 보내오는 생생한 꽃들로 가득 찼고, 꽃다발마다 구애자들의 은밀한 메시지가 감춰져 있었다. 옥희는 방금 붉은 장미 한 송이를 뽑아낸 꽃다발에서도 작게 접힌 쪽지 하나를 발견했다. 왼손에 여전히 그 꽃을 든 채로 향기를 음미하며, 오른손으로 쪽지를 꺼내 재빨리 안에 적힌 내용을 읽어나가기 시작했다.

"경성에서 가장 뛰어난 배우님, 그대 곁에서는 이 장미들마저 더욱 얼굴을 붉힐 수밖에 없겠지……. 그 어떤 꽃보다 더 아름다운 그대니까……. 이거 유 사장님이 보내준 거구나. 정말이지 끔찍하고 웃긴다니까!"

옥희는 둥글고 두툼한 갈색 안경을 쓰고는 격자무늬 양복을 빼입고 다니는 철강 공장의 유 사장을 떠올리며 혼자 키득거렸다. 포마드를 듬뿍 발라 뒤로 넘긴 그의 머리카락에는 언제나 빗자국이 뚜렷이 드러나 있었고, 그의 입김과 치아는 불쾌한 담배 냄새를 풍기곤 했다. 유 사장은 몇 달 동안이나 옥희에게 진귀한 선물을 보내오고 있었다. 예쁘게 색칠된 프랑스산 도자기 인형, 초콜릿 한 상자, 아주 예쁜 보석들로 장식된 황금 빗 같은 것들. 워낙 대단한 자산가였기에 옥희는 그가 준 빗에 박혀 있는 보석들이 모두 진짜라고 생각했었다. 하지만 가장 좋은 보석만을 간직하고 착용하는 단이는 곁눈질한 번으로 그게 모조품이라는 걸 알아차렸다. "그냥 색유리로 만든거네." 옥희의 속내도 모른 채 단이는 거침없이 말했다. 옥희는 부끄러웠고, 이상하게도 상처받은 기분마저 느껴졌다. 이후 그는 유 사장이 보내왔던 선물들을 모두 되돌려 보내고 그 남자의 애절한 편지에도 다시는 답장하지 않았다.

"이미 결혼한 데다 나보다 서른 살이나 많은 남자잖아!" 옥희는 혼자 중얼거리며 아무 생각 없이 쪽지를 접어 옆으로 던졌다. 풍성한 장미 다발 곁에는 그보다 훨씬 작은, 보라색과 흰색 코스모스를 묶은 꽃다발이 놓여 있었다.

'쪽지가 없어. 궁금하네……' 이렇게 생각하며 옥희는 코스모스 꽃향기를 한껏 들이마신 뒤 행복한 미소를 지었다. 유 사장과 비슷한 부류의 나이 든 구애자라면 이처럼 무언가를 보내면서 자기 이름을 남기지 않을 리가 없었다. 그는 멀리서 자신을 흠모하는 이 수줍고 젊은 남자가 누구인지 알 것 같은 느낌이 들었다. 그가 두근거리는 공상에 빠져드는 순간, 문이 삐걱대며 열리더니 카키색 장교용 군복을 입은 한 남자가 불쑥 분장실 안으로 들어왔다.

"오늘 아주 멋져 보이는군." 이토 대좌가 웃으며 말했다. 자신의 칭찬에 옥희가 감사라도 해야 한다는 듯한 말투였다. "아니, 왜 옷을 다시 입는 거지? 나는 옷을 벗고 있는 네가 더 좋은데." 성난 눈초리로 남자를 노려보며 서둘러 치맛자락을 여미는 옥희 앞에서 이토는 큰 소리로 웃음을 터뜨렸다.

"극장에 와서 공연을 봐주시는 건 환영하지만, 제발 다른 곳에서 저와 따로 만나려 하지는 말아주세요. 특히 분장실에 이렇게 오시지 말아달라고요. 벌써 여러 번이나 말씀드렸잖아요." 옥희가 저고리 소매에 팔을 꿰고 옷고름을 묶으며 일본어로 쏘아붙였다.

"아니, 그 반대인걸. 네가 하는 연극 같은 거 볼 생각 전혀 없어. 나한텐 지루하기만 할 테니까. 게다가, 여기서 훨씬 더 제대로 볼 수 있잖아." 이토는 이렇게 대꾸하면서, 오른손으로 목깃의 단추를 풀었다. 그러더니 단 두 걸음 만에 작은 분장실을 가로질러 옥희가 앉아 있는 벨벳 소파에 털썩 앉아 양쪽 허벅지를 편하게 벌렸다. 동시에 옥희는 즉시 일어섰지만, 이토가 그의 팔을 낚아채고 강제로 끌어당겨 자기 앞에 서 있게 했다.

"그리고 여기선 널 만질 수도 있지." 이토가 낮은 목소리로 말하며 옥희의 저고리를 거칠게 벗기고 치마를 내려 그의 상아색 가슴을 드러냈다. 꽃향기와 뒤섞여 더욱 자극적인 속살 냄새가 그 속에 실컷 파묻히고 싶다는 남자의 욕망에 불을 붙였다. 햇볕에 그을린 손바닥으로 덮은 옥희의 가슴을 쥐어짜듯 비틀며, 이토는 자신의 아래쪽이 단단해지는 걸 느꼈다. 마침내 그 탐욕스러운 입술이 옥희의 맨살에 닿는 순간, 옥희는 있는 힘을 끌어모아 남자에게서 빠져나왔다.

이토의 차갑고 이기적인 얼굴에 다시금 관대한 미소가 피어올랐다. "나는 끝까지 싸우려 드는 너희 조선 계집애들이 정말 좋아……. 훨씬 재미있거든." 남자는 강한 왼손으로 옥희의 허리를 감싸 안고는 꼼짝 못 하게 단단히 붙들었다. 그러는 사이 오른손은 옥희의 치마 속으로 들어가 허벅지 사이를 더듬다가, 면 속옷 한 겹으로만 가려져 있는 따뜻하고 축축한 삼각형 둔덕을 강하게 눌러댔다.

"나한테 손대지 마!" 옥희는 비명을 지르며 팔을 휘둘러 이토의 얼굴을 큰 소리가 나도록 때렸다. 그러나 남자는 이를 느끼지도 못한 듯 눈 하나 깜빡하지 않고 그를 더욱 세게 붙들었다. 옥희는 두 손으로 이토의 등을 미친 듯 두들기며 반항하다가, 마침내 남자의 오른쪽 어깨 윗부분을 이로 꽉 물어버렸다.

"이 개 같은 년이!" 남자가 옥희를 놓으면서 소리쳤다. 옥희는 분장실 반대편 끝까지 후다닥 달아나 엉망으로 풀어진 치마 위로 두 손을 부여잡았다. 자신이 저지른 일에 겁을 먹은 듯한 모습이었다.

"네가 지금 한 짓으로 당장 체포할 수도 있어." 이토가 벨벳 소파에 등을 기대고 앉아 거칠게 숨을 몰아쉬며 입을 열었다. "하지만 그러지 않을 거야. 네가 나와 하룻밤을 보내준다면 말이지. 아마 너도 결국엔 즐기게 될걸."

"그럴 일 절대 없어." 옥희가 작게 말했다. 여전히 팔짱을 껴 상체를 애써 가린 채였다. "나는 당신이 두렵지 않아." 이어서 그는 용감하게 덧붙였지만, 목소리가 떨리고 있었다.

"좋아. 원하는 게 뭐야? 이런 꽃이라도 갖다줘?" 이토가 비꼬는 듯한 손짓으로 분장실에 쌓여 있는 꽃다발들을 가리켰다. "아니면 돈이나 보석? 나 이토 아쓰오는 단 한 번도 인색하다는 비난을 들은 적이 없는 사람이야. 네가 원하는 만큼 넉넉히 쳐주도록 하지."

"억만금을 들고 와도 당신이랑은 안 자." 옥희가 대꾸했다. 이는 어느 정도 사실이었다. 옥희는 이미 단이에게 기생 견습 월사금과 기숙 비용을 전부 치른 데다 기적에서 나오며 소속 권번에 탈퇴비까지 완납한 터였으니, 더는 연회장에 가서 놀음 접대를 할 필요도, 그럴 시간도 없었다. 공연 참여와 연기만으로 충분히 많은 돈을 벌었지만, 언젠가는 자신과 가까운 사이가 될 수도, 아닐 수도 있는 남자들이 보내는 선물들 또한 받아들였다. 하지만 여느 유명 배우들이나 명기들이 그렇듯, 옥희도 그저 상대가 돈을 가졌다는 이유로 아무에게나 자신을 팔듯 내놓지는 않았다.

그 완강함에 욕구 불만을 느끼며 여전히 절박한 흥분에 휩싸인 이토는 바지허리를 풀었다. "그럼 지켜보기나 해." 남자는 한 손으로 팔걸이를 잡은 채 자위를 시작했다. 옥희는 그를 노려보다가, 남자가 곁에 있던 옥희의 비단 저고리를 쥐고 헝겊처럼 둥글게 말아 그 안에서 절정에 도달하는 모습을 보고 눈길을 돌렸다.

이토는 몇 분쯤 소파에 축 늘어진 상태로 천장을 향해 갑자기 눈을 굴렸다가, 이어 긴 속눈썹을 몇 번 펄럭이듯 깜빡이고는 다시 질끈 감았다. 막 단거리 질주를 마친 듯 헐떡이는 숨소리가 고요한 분장실을 채웠다. 남자가 정신을 가다듬고 다시 바지 버클을 채울 즈음, 문밖에서 발소리가 들렸다.

"왜 이렇게 오래 걸려? 들어가도 되지?" 무대의상을 벗고 일반 외출복으로 갈아입은 연화가 분장실로 들어왔다. 심상치 않게 흐트러진 옥희와 이토의 매무새를 보자마자 그는 얼굴을 확 붉히며 두 사람에게서 얼른 시선을 돌렸다. 두 여자의 불편한 기색도 아랑곳 않고, 이토는 차분히 일어나 제 군복 소매를 한 번씩 털어내고는 말 한 마디 없이 밖으로 걸어 나갔다.

"대체 이게 무슨 일이래? 괜찮은 거야?" 연화가 옥희를 두 팔로 감싸 안으며 물었다.

"난 괜찮아. 그냥 얼른 집으로 가자." 옥희는 몸을 덜덜 떨며 간신히 외출복을 걸쳤다. 두 사람은 함께 옆쪽 출구로 나갔다. 그곳에서는 한철이 인력거를 세워둔 채 그들을 기다리고 있었다. 자선 공연이 있던 밤 이후로, 한철은 그들의 단골 기사가 되었다. 바쁜 일정을 소화해야 하는 옥희는 늘 자신의 다음 목적지가 어디인지 정확하고 알기 쉽게 그에게 알려주었고, 이 인력거꾼을 하인처럼 하대하는 게 아니라 자신과 동등한 인간으로 대했으며, 언제나 평균 시세의 1.5배는 되는, 혹은 그 이상으로 높은 요금을 지불했다. 하지만 지금 옥희는 그처럼 아끼는 한철과도 별로 얼굴을 마주하고 싶지 않은 심정이었다. 그저 혼자 있고 싶을 뿐이었다. 이토의 강력한 손자국이 마치 으깨진 포도처럼 자신의 피부 위에 멍을 남기는 것을 느낄 수 있었다.

"괜찮으세요? 혹시 옥희 아씨께서 편찮으신가요?" 한철이 물었지만, 옥희는 고개를 돌린 채 아무 대꾸도 하지 않았다.

"그냥 좀 겁을 먹어서 그래. 별일 아니야." 연화가 말했다. "어서 집으로 데려다주겠어?"

한철은 고개를 끄덕이며 두 젊은 여자들이 인력거에 오르는 것을 거들었다. 그들 앞에 서 있을 때 남자가 슬쩍 뒤를 돌아보니 서럽게 울고 있는 옥희의 얼굴이 눈에 들어왔다. 늦은 밤이었고 길고 피로한 하루를 보냈음에도 한철은 최대한 날랜 발걸음으로 그들의 저택 앞으로 달려갔다. 집에 도착했을 때도, 두 여자는 인력거에서 내려 평소처럼 그에게 장난을 치거나 짓궂은 농담도 던지지 않은 채 잔뜩 굳은 표정으로 대문 안으로 사라져 버렸다.

　오늘 밤 귀갓길이 상상했던 바와 너무나 달라 한철은 실망감에 마음이 쓰렸다. 혹시 코스모스 꽃다발을 보낸 사람이 자기가 아닌지, 옥희가 묻지 않을까 기대하던 터였다. 일주일 내내 한철이 여기저기서 아껴 모은 잔돈으로 사 보낸 꽃다발이었다. 마침내 옥희를 향한 자신의 감정을 고백해 볼 계획을 세웠던 것이다. 그 대신, 지금 한철은 옥희를 향한 걱정 때문에 속이 찢어질 듯 상하는 한편, 그렇게 옥희를 염려하는 자신의 마음에 오히려 어느 환희를 겪기도 했다. 그런 기분이 자신을 더 진정한 인간처럼 느끼게 해주었기 때문이다. 지금까지 한철은 감정 같은 것은 고사하고, 그저 이 고된 삶에서 살아남고 출세하고 성공하기 위해 무엇을 해야 하는지에만 골몰했을 뿐이었다. 오직 옥희를 걱정하는 순간만이, 고통과 그에 따라붙는 이처럼 달콤한 감각을 느낄 수 있는 유일한 시간이었다.

옥희와 연화는 정원을 가로질러 별채로 들어갔다. 자기 방으로 향하는 대신, 연화는 옥희를 따라와 이부자리를 깔아주기 시작했다.

　"자, 어서 누워." 연화가 베개를 두드려 펴주면서 말했다. "오늘 여기서 같이 잘까?"

　옥희는 아늑한 이불 속으로 들어가 고개를 끄덕였다. 연화가 이불장에서 요 한 장을 더 꺼내 옥희 곁에 깔고는 옷을 벗었다. 올림머리를 고정한 핀들을 하나씩 뽑은 뒤 길고 윤기 나는 까만 머리칼을 죽죽 빗어 내리는 연화의 몸짓에는 그가 항상 뿜어내곤 하는 활기차고 편안한 분위기가 감돌았다. 이어 연화는 옥희의 머리핀도 뽑아주고 머리를 빗어주었다. 어린 시절 매일 밤 둘이 마주 앉아 서로 머리를 빗질해 주던 때처럼, 연화는 자신이 옥희의 다정한 보호자가 된 것 같은 기분이 들었다.

빗질을 마친 뒤 연화도 제 이부자리로 쏙 들어가 누우며 중얼거렸다. "화장 지워야 하는데, 너무 피곤하네⋯⋯."

"나도." 옥희가 눈을 감은 채 대꾸했다. 가장 친한 친구의 보살핌 덕분에 이미 그도 노곤하게 진정된 상태였다.

"그 일본인 개새끼가 무슨 짓을 한 거야? 설마 너한테⋯⋯ 강제로 한 건 아니지?"

"그러려고 하더라. 그래서 내가 꽉 깨물어 줬다." 옥희의 말에 연화는 크게 웃음을 터뜨렸다.

"그 기술은 단이 이모가 가르쳐준 기생 교본 화첩에서 본 적이 없는 것 같은데? 하지만 듣고 보니 교본에 꼭 들어갔어야 했던 기술 같다."

옥희도 어둠 속에서 배시시 미소를 지었다. 마치 한바탕 웃고 지나갈 만한 재미있는 소동이라도 겪은 것처럼. 그런 옥희를 보며, 연화는 가장 끔찍한 사건조차 그저 웃어넘길 만한 일들로 바꿔놓는 자신의 능력에 새삼 자랑스러움을 느꼈다. 사람들은 연화가 천성적으로 익살스럽고, 어쩌면 약간은 경박하고 저속하기까지 한 사람이라고도 생각했다. 하지만 사실 연화는 친구들을 위하는 마음으로 일부러 그런 농담을 던지곤 했다. 이 어두운 세상 구석마다 강간이며, 살인이며, 슬픔과 비참함이 넘치는데, 연화가 아니면 누가 그들을 한순간이나마 웃게 해주겠는가?

"그 남자 꽤 잘생기긴 했던데, 까짓것 그냥 내버려 두지 그랬어."
연화가 말을 이었다. "우리가 무슨 양반집 규수도 아니고, 무조건 점
잔만 뺄 필요는 없잖아. 불만 끼지면 남자들이란 게 다 똑같다고. 일
본 놈이든, 한국 놈이든, 다 나쁜 놈들이야." 비록 입 밖에 내지는 않
았지만, 그는 만일 자신이 옥희의 처지였다면 그만큼 강하게 이토를
거부하진 않았으리라 생각하고 있었다.

"난 그 남자를 혐오해." 옥희가 대번에 격렬한 노기를 띠며 말했
다. "자기가 어떤 여자든 가질 수 있고, 여자에게 어떤 일이든 할 수
있다고 생각하는 놈이라고. 권세도 있고 돈도 많고 얼굴도 그럭저럭
봐줄 만하니까, 여자들도 그런 그놈의 생각을 그저 자연스러운 것으
로 인정하고 받아들이지. 하지만 나는 그런 여자가 아니야." 옥희는
정색한 얼굴로 고개를 돌려 연화를 바라보았다. 그의 새하얀 눈자위
가 어둠 속에서 푸르스름하게 빛났다. "연화야, 그놈들이 네 언니한
테 한 짓을 어떻게 잊을 수 있니? 죽은 해순 언니는 또 어떻고? 조금
이라도 싸울 힘이 남아 있는 한, 나는 일본인 개새끼 중 단 한 놈도
날 건드리지 못하게 할 거야."

연화의 마음에 약간의 놀라움이 일었다. 그의 친구는 정확히 어느
시점부터 이처럼 고집스러워진 걸까? 그들이 어렸을 때만 해도 그
는 늘 연화가 나서서 이끄는 대로 따라 하려고만 하지 않았는가. 그
러다 점점 자라면서, 어느새 이렇게 자신의 좋고 싫음을 강하게 표
출하는 사람이 된 것이다.

"알겠어. 하지만 단이 이모한테도 판사님이 계셨잖아. 기억하지?
단이 이모가 일본인 후원자라도 괜찮다고 생각했던 이유가 뭐겠니?

세상을 흑백으로 딱 잘라 나눌 수는 없는 법이야." 연화가 대꾸했다. "어쨌든, 지금은 우리 둘 다 잠이나 자자."

새벽의 푸르스름한 첫 미광이 방 안으로 들어오기 전에, 연화는 이부자리에서 슬며시 빠져나와 자기 방으로 돌아갔다. 제일 먼저 그는 거품이 이는 녹두 물로 전날 밤 화장을 씻어냈다. 다른 이들의 눈에 연화는 화장기 없는 민낯으로 나다니기를 싫어하는 사람으로 보였지만, 사실 화장을 지울 때마다 그 두껍게 발린 분가루와 연지가 녹아내리며 싱그러운 본래의 피부가 드러나는 느낌은 언제나 연화에게 큰 만족감을 주었다. 화장대 앞에 책상다리로 앉아서 복숭아 꽃잎을 띄운 물로 깨끗한 얼굴을 문지를 때면, 하루 중 어느 때보다도 차분한 감정이 되어 스스로에게 솔직해지는 듯한 기분이 들었다.

두 볼의 광대뼈와 콧등에서 빛을 발하는 그 매끄럽고 고운 피부를 연화는 찬찬히 살펴보았다. 이렇게 자기 얼굴을 뜯어볼 때면 사람들이 흔히 내리는 평가와 달리 자신이 아름답다는 생각이 들었고, 그런 믿음이 없었다면 혼자서만 감춰왔을 생각들을 밖으로 소리 내어 말할 수 있는 자신감도 생겼다.

예를 들어, 그의 분노―자신의 검은 머리카락에 동백기름을 발라 빗어 내리며 그는 생각했다. 「춘향전」에서 연화가 맡은 역할은 주인공 춘향의 하인인 향단이었다. 코믹하고 다소 외설적인 연기로 주인공을 돋보이게 해주는 조연일 뿐이었고, 심지어 대사 중에 노래하는 부분도 전혀 없었다. 극장과 계약했을 때만 해도 연출가는 연화에게 주연을 맡겨주겠다고 굳게 약속했었다. 그러다 배역 선정 발표가

났고, 그 즉시 연화는 연출가의 사무실로 뛰어 올라가 해명을 요구했다. 하지만 남자는 연화를 쓱 올려다보더니 변명하듯 이렇게 얼버무릴 뿐이었다. "물론 연화 양의 노래 실력이 더 출중하다는 건 나도 알죠. 하지만 사진발이 더 잘 받는 건 옥희 양인걸!" 연화를 진정 화나게 하는 건, 노래 실력으로 따지면 그저 평범한 수준인 옥희가 밤마다 무대에 올라 관객 앞에서 노래할 기회를 얻는다는 사실이었다. 왜 이 연극의 주인공을 맡아《신여성》에 실리게 되는 사람이 옥희여야만 하는가? 그리고 왜 남자들은 하나같이, 극심한 갈증에 시달리다가 폭포수라도 발견한 사람의 눈빛으로 옥희를 바라보는가? 심지어 그들의 인력거를 끄는 한철마저 옥희에게 홀딱 반한 눈치였다. 홀로 남겨진 연화의 감정을 배려하기라도 하는 양 연화의 눈치를 내내 살피며 자기들끼리 다정한 수작을 은밀히 주고받는 두 사람을 보고 있자면 위산이 역류하는 듯 칼칼한 느낌이 목구멍으로 올라오곤 했다.

물론 연화는 옥희를 사랑했지만, 친구를 향한 다정함과는 별개로 매일 밤 가슴속에서 치미는 화를 억누를 수가 없었다. 월향의 경우는 좀 달랐다. 해숙을 낳은 이후, 월향이 자신의 몫으로서 전적으로 받아들여 온 것은 오직 어머니의 역할뿐이었다. 외부에서 쏟아지는 그 어떤 관심도 그는 거의 온몸으로 거부하고 부담스러워했다. 두 동생과 달리 월향은 기적을 탈퇴하지 않고 계속 권번에 속한 평범한 기생으로만 활동했다. 연회에 자주 불려 나가긴 했으나 모든 남자들과 거리를 두었고, 심지어 다른 기생들과도 친분을 쌓지 않았다. 가끔 월향을 마음에 두고 집착하는 남자가 나타날 때면, 그는 차분하고 냉정하게 이런저런 핑계를 대어 만남의 자리를 피하면서 결국 지루해진 남자가 완전히 흥미를 잃어버릴 때까지 기다렸다. 한두 번쯤 미용 크림과 머리 비누 광고 모델을 했고 거의 모든 신문과 잡지에 그의 얼굴이 도배되다시피 했지만, 월향은 근본적으로 혼자였다. 그리고 연화는 친언니의 고독함까지 시기하진 않았다.

이제 연화는 새로 화장을 마쳤다. 그의 얼굴은 다시금 곱게 빻은 조개껍데기와 쌀가루, 납꽃*으로 만든 분가루 아래 감춰졌다. 옆가르마를 낸 머리는 한데 모아 위로 틀어 올린 뒤 예스러운 비녀 대신 여러 개의 검은 머리핀들로 고정했다. 막 꺼내 입은 옷, 그러니까 넉넉히 허리 밑으로 길게 내려오는 서양식 실크 블라우스와, 그것과 같이 맞춘 빨간 모직 치마와도 잘 어울리는 머리 모양이었다. 연화가 방에서 나와보니, 마침 하인이 식구들의 아침 식사와 세숫물을 준비하러 안뜰을 가로질러 부엌으로 향하고 있었다.

"옥희한테 나 오전 내내 밖에 나가 있을 거라고 전해줘. 5시까지 극장으로 갈 거니까 그때 만나자고." 연화는 이렇게 말하고 대문을 나섰다. 그를 기다리는 인력거는 보이지 않았다. 자신이 어디에 가는지 옥희가 알게 하고 싶지 않아서, 일부러 오늘 아침에는 한철을 부르지 않은 터였다. 그는 대로변까지 두 골목이나 걸어간 끝에 다행히 인력거 한 대를 잡아 세울 수 있었다. 이제는 인력거꾼 자체가 거의 남아 있지 않았다.

"대동양극장으로 가주세요."

---

* 납을 가열하면 겉에 하얀 가루가 돋아나는데 이를 '납꽃'이라 불렀다.

연화는 기사에게 목적지를 알리느라 몸을 잠깐 앞으로 숙였다가, 살을 에는 듯한 칼바람을 피해 다시 칸막이로 가린 좌석에 깊숙이 틀어박혔다. 쌀쌀한 11월, 가을의 선명한 푸른색과 노란색이 이제 막 눈앞에 다가온 겨울의 회색과 은색, 분홍색에 자리를 내어주기 시작하는 시기였다. 행상들은 저마다 수레를 하나씩 끌고 감, 군고 구마, 숯, 생선, 약초, 버섯들을 파느라 분주한 모습이었다. 한편 연화가 탄 인력거를 끄는 이는 누가 보아도 감탄할 만한 속도로 쌩쌩 달리고 있었지만 그럼에도 자동차들이 연신 그 곁을 추월해 지나갔다. 대기에는 뭔가 불에 살짝 그을린 냄새, 신선하고 상쾌하면서도 달콤한 냄새가 가득했다. 연화가 어린애처럼 신기함 가득한 눈길로 이런 거리의 모습을 구경하는 사이, 인력거는 어느새 2층짜리 으리으리한 극장 건물 앞에 당도했다.

연화는 인력거꾼에게 요금을 치르고 건물로 걸어 들어갔다. 이른 시간이어서인지 로비는 휑하니 비어 있었다. 곧 어느 여성 비서가 나타나 그를 맞이했다. "연화 양 되시죠? 마 사장님께서 기다리고 계십니다." 비서는 상냥하게 말을 건넸지만 연화를 향해 고개를 숙여 보이지는 않았다. "이쪽으로 오세요." 비서가 연화를 데리고 어두운 복도를 통과하더니 사무실의 문을 열었다. 마 사장이 책상에 앉아 서류들을 훑어보고 있었다.

"아, 연화 양. 이곳에 모시게 되어 영광입니다." 남자가 자리에서 일어나 연화를 향해 정중하게 인사했다. 그의 약간 큰 두상에는 넓은 이마와 뚜렷한 콧대, 그리고 광채 나는 눈매가 조화를 이루며 자리잡고 있었다. 초로의 나이에도 불구하고 여전히 꼿꼿하고 늠름한 마 사장의 얼굴과 몸에서는 다소 거친 활력이 뿜어져 나왔다. 연화는 아무 이유 없이 긴장되는 느낌이었다.

"아니에요, 마 사장님께서 초대해 주시니 오히려 제가 영광이죠." 마 사장이 책상을 돌아 자신에게 다가오는 사이, 연화는 약간 더듬듯 중얼거렸다. 마 사장의 손길이 연화의 등을 가볍게 스치며 방 중앙에 있는 회의용 소파 자리를 권했다. 이어 그는 비서에게 커피를 타 오라고 명령했고, 연화는 그 젊은 여자의 얼굴에 피어오르는 강한 반발심을 즐겁게 감상했다.

"자, 연화 양. 왜 당신을 여기까지 청했는지는 알고 계시겠죠." 마 사장이 입을 열었다. "당신은 우리나라에서 제일가는 배우이자 가수예요. 2년 전 명월관에서 연화 양 노래를 처음 들었습니다. 정확히 언제였더라…… 제가 연회에 참석했던 날 기억하세요?"

연화는 고개를 가로저었다.

"그때 연화 양이 왈츠를 하나 불렀는데, 음색에 얼마나 깊이가 있던지 겨우 열다섯 살이라는 걸 믿을 수가 없더군요." 남자가 미소를 지었다. "그 이후로 저는 늘 언젠가 연화 양이 우리 대동양극장에서 공연할 날이 오리라 꿈꿨습니다. 일전에 들은 바로는, 조선극장과 계약을 하셨는데 연화 양의 실력에 훨씬 못 미치는 배역을 맡으셨다고요. 그래서 연화 양에게 직접 연락해 과연 대동양극장의 스타가 되고 싶으신지 알아보려 했던 겁니다."

연화는 늘 단이처럼 도도한 태도를 유지하고 싶다는 바람을 몽땅 잊은 채 순진하게 얼굴을 붉혔다. 대동양극장은 경성에서 가장 큰 극장이었다. 영화, 악극, 무용 공연 그리고 연극까지 무대에 올라가는, 2천 석의 대규모를 자랑하는 거대한 극장, 조선극장보다 훨씬 높은 명성을 누리는 이 일류 극장의 스타 출연자 자리를 제안받은 것이다.

"연화 양처럼 특출 난 재능을 가진 사람은 한 세대에 한두 번 나올까 말까예요. 저는 연화 양이 받아 마땅한 대중의 관심과 사랑을 확실히 누릴 수 있도록 해주고 싶습니다. 연화 양이 주연으로 연기하며 노래를 부를 새로운 작품을 올릴 생각이에요. 아마「심청전」이 될 겁니다. 고전 설화의 각색 작품이라면 다들 쌍수를 들고 환영하기 마련이거든요. 그런 신파극은 사람들의 동정심을 자극할 뿐 아니라 그들이 속에 눌러 담아둔 감정들까지 마음껏 터뜨리게 해주죠. 물론 일본 정부의 검열을 무난히 통과할 수 있다는 장점도 있고요." 마 사장은 잠시 말을 멈추고 두 손을 모아 손가락 끝을 서로 맞닿게 했다. "동시에 연화 양의 노래를 녹음한 새 음반도 낼 생각입니다. 동경에서 공부하고 온 작곡가 하나를 아는데, 그 사람이 연화 양이 부를 오리지널 재즈곡과 왈츠곡들을 쓸 거예요. 어떤가요?"

"저를 이렇게 높이 평가해 주시니 놀랍고 신기할 뿐이에요." 연화의 얼굴이 빨개졌다.

"아니, 연화 양의 목소리가 워낙 뛰어나지 않습니까." 마 사장이 웃었다. "듣자하니, 연화 양은 그 유명한 기생 김예단 씨의 조카라고요? 15년 전만 해도 경성 전체를 휘어잡으셨던 분이죠. 저도 잘 기억하고 있답니다…… 어지간한 사내를 뛰어넘는 담력과 명석한 지성을 가진 놀라운 예인이셨어요. 하지만 장담하는데, 당신이 누리게 될 명성은 그분을 능가할 겁니다."

15장

밤새들

연화와 옥희가 스무살이 되던 해 봄, 그들의 집 안 공기는 늘 예민하고 섬세한 떨림으로 가득 차 있었다. 부엌일을 돕는 하인은 두 아씨에게 수시로 날아드는 은밀한 연서를 전달하느라 바빴고, 아씨들은 종종 꿈꾸는 듯한 얼굴로 허공을 멍하니 바라보거나 아무 이유 없이 갑작스럽게 미소를 짓곤 했다.

　이제 어떤 기준으로 봐도 더 이상 그들을 소녀라 할 수는 없을 터였다. 대부분의 농민 여자들은 아이 한두 명쯤 낳았을 나이였고, 사교계에서 최고의 인기를 구가하는 기생들 또한 스무 살보다는 열다섯에 더 가까웠다. 하지만 그들 자신은 이제 막 스스로를 여성으로서 인식하기 시작한 참이었다. 연화와 옥희도, 지금껏 자신들이 배워온 삶의 규칙을 모조리 바꿀 수도 있을 만한 강력한 비밀 암호를 얻은 듯 느꼈다.

연화가 직접 언급한 적은 한 번도 없었지만, 집안의 모든 식구는 마 사장이 그의 애인이라는 걸 알고 있었다. 연화가 「심청전」 수연을 맡아 공연한 지 한 달쯤 되었을 무렵, 마 사장이 중간 휴식 시간에 연화의 분장실로 쪽지 하나를 보냈다. 공연 후에 저녁을 사고 싶은데 가겠느냐는 내용이었다. 밤늦게 끝마친 연화가 밖으로 나와보니, 대동양극장 뒷문 앞에서 검은색 차가 그를 기다리고 있었다. 우아한 중절모를 쓰고 가슴 주머니에 흰 손수건을 멋지게 꽂아 더없이 말쑥한 검은색 정장 차림의 마 사장이 운전석에 앉아 있었다.

"우리 연화 양의 성공을 자축하러 가야지. 원하는 곳이 어딘지 말만 해요." 미끄러지듯 조수석에 올라앉는 연화를 향해 그가 말했다. 연화의 콧속 가득 남자의 향취가 들어찼다. 담뱃불의 온기와 막 바른 향수의 신선함이 뒤섞인 냄새였다.

"이렇게 드라이브 나가는 거 즐겁지 않아요? 여름이 되면 차 지붕을 열어줄게요. 그러면 머리카락까지 파고드는 바람을 느낄 수 있을걸. 세상에 그보다 상쾌한 게 없다고요." 마 사장이 말했고, 연화는 그의 입에서 나오는 모든 말을 듬뿍 곱씹으며 달콤함에 취했다. 그들이 앞으로도 함께 시간을 보내게 되리라는 암시와 함께, 자신이 뭘 좋아하는지 알려주고, 또 연화가 좋아하는 건 무엇일지 제 나름대로 생각하고 있다는 뜻을 전하는 말 아닌가. 이게 바로 사랑받는다는 거구나. 연화는 생각했다. 지금껏 자신에게 그토록 큰 관심을 보여준 이는 없었기에, 연화는 마 사장이 자기 애인이 되어달라고 청하기도 전에 이미 그를 향한 사랑에 빠져버렸다.

그날 이후로, 마 사장이 프랑스인 금광주한테서 샀다던 그 검은색 차는 언제나 공연이 끝날 무렵 대동양극장 뒷문 앞에서 연화를 기다리고 있었다. 거의 매번 그들은 마 사장이 아내와 세 아이가 있는 집으로 돌아가기 전에 차 안에서 다급하게 관계를 가지곤 했다. 처음 그 일이 일어났을 때만 해도 연화는 수치심과 굴욕감을 느꼈다. 그들은 한적한 차도 옆길에 주차한 상태였고, 봄의 황혼이 주는 은은한 불빛이 주변을 비추어 혹여 지나가는 사람이라도 있었다면 어려움 없이 차 안쪽을 들여다볼 수 있을 터였다. 하지만 결국에는, 차 지붕을 연 채 빠르게 질주하는 드라이브가 그렇듯이, 이런 부적절한 상황에서 허겁지겁 맺는 관계 역시 오히려 마 사장에게 특별한 전율을 준다는 걸 깨달았다. 이는 그가 자기 아내에게는 절대 요구하지도, 원하지도 않는 종류의 쾌락이었다. 연화는 본능적으로 이를 파악했고, 그러자 자신만이 마 사장의 필요를 채워줄 수 있는 유일한 여자라는 게 자랑스럽게 느껴졌다. 가끔 마 사장을 졸라 연화의 방에서 하룻밤을 자고 가도록 설득하는 데 성공할 때는, 안심시키듯 자신의 몸에 팔을 감은 채 깊이 잠든 남자를 바라보며 연화는 그전까지 느꼈던 어떤 쓸쓸함도 원망도 잊었고, 그저 이런 행복을 평생 경험하지 못할 사람들이 안타깝게만 여겨질 따름이었다.

밤 10시, 정호는 스승의 방문 앞에 서 있었다. 그의 정신 반절은 안에서 들려오는 목소리들에 귀를 기울이는 한편, 나머지 반절은 무거운 졸음에 정신없이 떠내려가는 중이었다.

"……동양척식회사에 대항하여 봉기한 소작농들에게 지원 물자를 보냅시다……."

"……하지만 그렇다면 프리모르스키는 포기하는 겁니까? 애초에
붉은 군대를 믿어서는 안 되었어요……."

처음 명보의 사랑채로 들어와 살기 시작했을 때, 이런 문구들은
외국어나 마찬가지로 그에게 아무 의미도 없었다. 정호는 바람처럼
흩날리는 이런 단어들, 구름처럼 둥둥 떠가는 흐릿한 관념들을 알
아가는 일에 전혀 관심을 두지 않았다. 그로서는 자신의 생각을 그
저 옥희에게, 혹은 자신의 친구들이나 음식, 집, 그리고 제 손으로 직
접 만질 수 있는 확실한 것들에만 충실히 묶어두고 싶었다. 그런 것
들에 관한 생각들이야말로 그의 심장을 따뜻하게 덥히고, 그를 배
부르게 하며, 그의 두 발을 단단하고 묵직하게 이 땅 위에 두어 몸의
중심을 잡게 해준다고 여겼다. 그러다 어느 날부터 명보가 정호에게
이런저런 것들을 하나씩 설명해 주기 시작했다. 명보가 주의 깊게
고르는 단어들은 모두 정호도 이해할 수 있는 것들이었다. '프리모
르스키'라는 어려운 꼬부랑말도 알고 보니 그저 연해주를 뜻하는 러
시아어일 뿐이었다. 2천 년 전, 말을 타고 다니던 한국인들이 그 서
리 내린 북녘 땅을 정복했다고 했다. 그들은 사냥꾼이었고, 산사람
들이었고, 전사들이었다. 그리고 그들의 수도는 정호의 고향 마을과
도 가까운 평양이었다. 이런 이야기들을 들으면서 정호는 묘한 동경
과 고통을 느꼈다. 그것은 창백하고 푸른 달빛이나, 늑대들이 울부
짖는 소리, 발아래서 눈이 뽀드득뽀드득 밟히는 소리가 그렇듯, 그
의 바깥에서 발원하여 피부를 통해 아릿하게 스며드는 듯한 아픔이
었다.

마침내 문이 열리고, 양복을 차려입은 남자 몇 명과 한복 차림의 여자 한두 명이 밖으로 나왔다. 그들은 문 앞에 서 있던 정호를 본체만체 거의 인사도 없이 지나치면서 자기들끼리 귀엣말을 속살댔다. 명보를 처음 만났을 때 그가 자신에게 얼마나 깊이 고개 숙이며 인사를 건넸는지 기억하는 정호는, 지금 그들의 거만한 모습에 얼굴을 붉히지 않을 수 없었다. 혁명가입네 떠들어대는 이 작자들 모두 계급 폐지의 필요성에 대해 열변을 토하고 다녔지만, 정작 여기 있는 정호를 포함한 모든 이들에게 동등한 존중심을 보이는 자는 단 한 사람, 바로 명보였다.

"정호 동지, 예기치 않게 회의가 길어졌네요. 미안합니다." 명보가 부르는 소리에 정호는 방 안으로 들어갔다.

그의 스승은 앉은 자리에서 일어나지 않았다. 정호가 이 집에 얹혀산 지 수 개월 만에 명보가 마침내 그에게 깍듯한 손님 대접과 격식을 생략하기로 양보한 단 한 가지가 이것이었다. 일어나서 정호를 맞지 않는 대신, 그는 낮은 탁자 위에 책 한 권과 종이 몇 장, 그리고 몽당연필 하나를 꺼내놓느라 분주했다. 정호는 그의 맞은편에 책상다리를 하고 앉아 탁자에 펼쳐진 책을 힐끔 내려다보았다. 하지만 지금껏 배웠던 글자들에 대한 기억이 순식간에 죄다 날아가 버린 듯했다. 정호의 마음속에서 종이 위에 난 검은 자국들은 책장을 가로질러 날아가는 한 무리의 학들로 변하기도 했고, 흰 눈 속에 아무렇게나 흩뿌려진 숯검정 조각들로 보이기도 했다. 그는 글자 복습에 아무런 도움이 되지 않는 이러한 연상을 떨쳐버리기 위해 머리를 강하게 흔들었다.

"맨 위부터 시작해 볼까요?" 명보가 부드럽게 권했다. "이 글자 기억하겠죠……."

징호는 자신의 내면 가장 깊은 곳까지 뒤져서라도 ㅗ 낱을 찾고 싶었다. 머리를 쥐어짜느라 눈까지 촉촉해지려는 참에, 마침내 간신히 그 음절의 정확한 이름이 의식의 수면 위로 떠올랐다. "'대'요."

"잘했어요! 훌륭합니다! 그러면 다음 글자는?" 명보가 흥분을 감추지 못하고 기쁜 기색으로 물었다. 정호는 스승을 실망시키고 싶지 않아 연신 자신의 머릿속으로 잠수하듯 뛰어들어 깊은 바다에 파묻혀 있는 답을 힘겹게 하나씩 따 왔다.

진 빠지는 한 시간이 흐른 뒤에야 명보가 책을 덮었다. "이 정도면 오늘은 충분한 것 같습니다." 그러고서 그는 정호를 안심시키려는 듯 미소를 지었다. "정호 동지, 글자를 깨친다는 게 매우 어렵다는 거 압니다. 하지만 내 직감은 정호 동지가 우리 독립에 큰 역할을 해 주리라 예기하고 있어요. 그래서 이렇게 동지를 준비시키는 겁니다. 자, 그럼 이제 쓰기 연습을 해봅시다."

지난 몇 달 내내, 명보는 정호에게 그들이 공부하는 글자 교본에 나와 있는 수십 개의 자음과 모음을 빠짐없이 모두 반복해 쓰라는 숙제를 내주었다. 그런데 오늘은 특이하게도 종이 위에 글자 석 자만 달랑 적더니 정호에게 그걸 큰 소리로 읽어보라고 말했다.

"남…… 중…… 아니, 정……." 정호는 문득 그의 스승을 올려다보았다. 명보가 그를 향해 환하게 웃고 있었다. "제 이름이네요."

"지금까지 내가 정호 동지를 제대로 가르치지 못했어요. 그래서 동지의 발전을 오히려 방해했던 셈이죠. 동지에게 가장 중요한 단어부터 제일 먼저 가르쳐줬어야 했는데 말이에요. 앞으로 정호 동지의 이름을 걸고 쓰는 모든 글은 정직하고 선한 믿음으로 쓰여야만 합니다. 그게 바로 좋은 이름을 갖는다는 의미니까요. 가문이 어떤지, 얼마나 부자인지, 얼마나 유명한지가 아니라요."

정호는 명보가 맨 위쪽에 적어놓은 예시를 베껴 쓰면서, 첫 번째 글자를 몇 번이고 다시 써보고, 이어 두 번째 글자를, 그다음에는 세 번째 글자를 반복적으로 적어 내려가며 종이 한 장을 가득 채웠다. 그런 다음, 그는 그 종이를 뒤집어 두고 새로운 백지 한 장을 꺼내 삐뚤빼뚤한 글씨로 난생처음 자기 이름 세 글자를 꾹꾹 눌러썼다. 마지막 획까지 힘주어 그은 뒤 그가 이제 막 학교에 다니기 시작한 어린 소년처럼 흥분과 열의에 가득 차 제 스승을 올려다보았을 때, 명보의 눈에는 눈물이 고여 있었다.

"정말 잘했습니다, 내 친구여." 명보는 갈라지는 목소리를 숨기려 애쓰며 말했다. "동지의 필체에서는 아주 강인한 힘이 느껴져요. 꼭 동지의 성격이 드러나 있는 것 같군요." 글자가 지나치게 큼직하고 균형도 맞지 않는 데다 꼭 어린아이가 쓴 듯 울퉁불퉁한 모양새였지만, 정호는 명보의 말이 자기를 놀리려는 소리가 아니라 마음에서 우러난 진정한 칭찬임을 알 수 있었다.

그날 밤, 정호는 앞으로 명보가 자랑스럽게 여길 만한 삶을 살겠다고 굳게 마음먹었다. 그 전까지는 그저 옥희에게 걸맞은 남자가 되기 위한 자기 계발을 원했을 뿐이었다. 명보는 정호와 혈연으로도 애정으로도 연결된 사람이 아니었다. 그들을 하나의 운명체로 묶어 준 것은 다름 아닌 명예였다. 이것을 깨닫자, 정호는 무슨 일이 있어도 자신이 끝까지 안전하게 지킬 사람들의 목록에 명보를 추가했다.

한국에서 제일가는 부자 마흔 명 중 한 사람이자 엄청난 영향력을 지닌 인물임에도, 성호의 스승은 언제나 끊임없는 죽음의 협박 속에 살고 있었다. 이전까지 고수하던 평화주의나 타협적 입장을 완전히 철회했기 때문에 명보의 목숨은 이제 훨씬 더 위험한 상태였다. 앞서 그는 조국의 독립을 요구하며 비무장 평화 행진을 한 결과 아무런 소득도 얻지 못한 채 너무 많은 생명만을 희생시키고 말았으며, 이제 우리의 자유를 얻기 위해서는 힘으로 맞서야 한다고 이야기한 터였다. (적어도 이 부분만큼은 정호도 이해하는 데 아무런 어려움이 없었다. 그는 오히려 "당연히 그래야지! 뭘 기대한 건데요, 이 부자 양반들아?"라고 내뱉고 싶었지만, 예의상 혀를 꽉 깨물고 참았다.) 그러나 불행히도 한국 독립군 진영의 양 날개는 크게 꺾여 있었다. 블라디보스토크를 본거지로 삼은 독립군은 10년간 연전연승을 거두었고, 때로는 붉은 군대와 연합하여 일본군과 전투를 벌이기도 했다. 그러나 이후 레닌을 지지하는 급진파 볼셰비키가 이들 독립군의 무장해제와 해산을 요구하며 소련군에 투항하고 합류하기를 강제했으니, 이를 거절한 사람들은 죽임을 당하거나 감옥에 갇히고 말았다.

만주의 독립군 역시 그보다 나을 게 없는 상황이었다. 만주 지역에 거주하던 수만 명의 한국인이 군인과 민간인 구분 없이 일본군에 무차별적으로 학살당한 이후 만주 독립군 세력은 크게 약화하였다. 상해에 남아 있던 이들만이 무력 저항의 유일한 구심점이 되었으나, 중국의 심장부와도 같은 곳에서 일정 규모 이상의 외부 군대를 양성하는 것은 불가능한 일이었다. 그래서 명보는 일본이 진을 치고 가장 유용하게 사용하는 공간들을 개별적으로 공격하는 것만이 단 하나의 효과적인 방법이라고 믿게 되었다. 한국, 일본, 그리고 중국 곳곳에 자리 잡은 일본 경찰서와 은행, 관공서, 무기고 같은 곳들이 그 대상이었다. 이렇듯 세간의 이목을 끄는 주요 목표물들을 치기 위해, 명보는 특출 난 실력을 지닌 전문 저격수 집단을 양성하고자 노력하는 중이었다.

"정호 동지, 우리는 전쟁을 하고 있습니다. 그리고 아무리 좋은 의도를 갖고 끝까지 노력하더라도 전쟁이 불가피한 경우가 있어요." 명보는 언젠가 이런 말을 했다. 스승의 어조는 정호에게 사과를 하는 듯 미안함으로 가득 차 있었다. 굳이 설명을 듣지 않아도 정호는 그 의미를 충분히 이해할 수 있었지만, 어쨌든 명보의 말을 가볍게 여기지 않는다는 점을 드러내기 위해 얼굴을 찡그린 채 열심히 고개를 끄덕였다. 정호는 자기 스승이 결코 자신을 잘못된 길로 이끌 리 없다고, 조금이라도 부끄럽거나 부당한 일을 시키지는 않으리라고 굳게 믿었다. 언젠가 때가 되면, 그는 명보의 기대에 부응해 대의를 행할 것이었다. 그때까지는 지금처럼 명보가 직접 나설 수 없는 자잘한 심부름을 하며 지낼 생각이었다. 금지된 성명서 인쇄본을 남쪽 사회주의자들에게 몰래 전달하거나, 도망쳐 나온 정보원들을 안전가옥에 숨기고 그들이 먹을 음식을 나르거나, 기차역을 지키는 헌병대의 무심한 시선 아래 미리 약속된 낯선 이와 스치며 각자의 서류가방을 조심스럽게 교환하는 그런 일들 말이다. 정호는 자신의 모든 힘을 다해 이런 임무를 수행했고, 명보는 돈 몇 푼이나 형식적인 진급 같은 것이 아닌, 형언할 수 없는 선함과 진심 어린 신뢰로써 이를 보상해 주었다.

명보와의 유대가 깊어질수록, 옥희를 향한 정호의 긴절한 사랑과 그리움도 조금씩 옅어져 가는 듯했다. 언젠가 옥희에게 인정받는 사람이 되고자 현재 해야 하는 모든 일에 온 정신과 육체를 쏟다 보니, 정작 옥희와 함께 보내는 데 쓸 시간이나 활력은 거의 남아 있지 않았다. 한동안 정호는 일주일에 한 번씩 옥희의 집에 들렀지만, 곧 보름에 한 번, 이어 한 달에 한 번 정도로 그 빈도가 줄어들었다. 하지만 제일 마음에 들지 않는 건, 전과 달리 정호가 이처럼 거리를 두어도 옥희가 더는 신경 쓰지 않는 듯 보인다는 점이었다. 옥희는 언제나 연극 연습과 공연, 미용실 예약, 사진 촬영, 인터뷰, 쇼핑, 영화, 그외의 다른 수백 가지 할 일들과 오락거리에 몰두해 있었다. 물론 정호가 가면 늘 따뜻하게 맞아주었을 뿐 아니라 점점 더 아름다운 모습으로 변해가며 그를 설레게 했지만, 만날 때마다 정호가 전혀 모르는 예술가나 새로 나온 소설에 대해 숨도 쉬지 않고 혼자서 열정적인 이야기를 늘어놓았고, 그렇게 10분이나 15분쯤 지난 뒤에는 다른 할 일이 있다며 불가피하게 자리를 뜨는 일이 되풀이되었다. 가끔은 정오에 맞추어 집에 들러도 아예 옥희를 볼 수 없는 경우가 생기기도 했다.

그래서 정호는 옥희가 자신에게 소중하고 중요한 만큼 자신도 옥희에게 중요한 사람이 될 때까지는 자기 쪽에서 먼저 옥희를 찾지 않겠다고 다짐했다. 하지만 솔직히 말해서, 옥희가 자신의 공연 작품이나 예술에 대한 열정보다 정호 자신을 앞세울 날이 오리라는 생각은 들지 않았다. 딱 한 번 옥희의 춤을 보았을 뿐이지만, 옥희의 영혼 안에는 그 어떤 남자도 가닿지 못할 자신만의 성역이 새겨져 있음을 정호는 알 수 있었다. 그러니 그것까지는 차마 바랄 수도 없었다. 그는 단지 옥희가 사랑하는 여러 사람 중 자신이 첫 번째가 되었으면 좋겠다고 생각할 뿐이었다. 언젠가 남자로서 자신의 가치를 옥희에게 증명해 보일 수만 있다면 그 정도는 꿈꿔볼 수 있을 것 같았다. 물론 그런 사람이 되는 방법은 아직 정호의 상상을 초월한 곳에 있었지만 말이다. 아침에 일어나 면도를 하고, 친구들과 밥을 먹고, 명보의 편지를 전달하러 다니고, 옥희와 전혀 상관없는 일상적인 일을 하며 하루를 보내는 동안에도 그런 생각들이 문득문득 예고도 없이 찾아오곤 했다. 봄바람이 얼굴을 부드럽게 스쳐 가는 걸 느낄 때나, 한강 물결 위에 굵은 소금처럼 알알이 뿌려진 흰 달빛을 볼 때면 상념은 더욱 깊고 묵직하게 그를 끌어당겼다. 그럴 때마다 정호는 마지막으로 만난 이후 옥희는 과연 어떻게 변했을지, 그리고 지금쯤은 자신이 옥희에게 충분히 괜찮은 사람일지 생각해 보곤 했다.

바짝 타오르는 태양 아래 아지랑이가 피어오르고, 나무며 풀잎, 그리고 집들까지 모든 것이 은밀하게 생동하며 자라나는 듯한 따뜻한 봄철 오후였다. 벽에 등을 기대고 있던 한철은 쨍한 햇빛에 눈을 가늘게 뜨면서, 푹 꺼진 자기 배에 손을 얹어 누르고 싶은 충동을 억제했다. 굶주림을 버티느라 구부정한 자세로 있는 것은 인력거를 타려는 손님들을 잡는 데 아무런 도움이 되지 않았다. 찐 감자와 보리밥으로 간밤의 허기를 때우고 새벽부터 나와 있었건만 지금까지 1원밖에 벌지 못했다. 1원 50전을 벌기 전에는 점심을 먹으러 집에 가지 않기로 마음먹었는데, 시간은 어느새 오후 4시가 지나 있었다.

기모노 차림의 여사가 사신을 향해 종종걸음으로 다가오는 것을 보고, 한철은 허리를 곧게 폈다. 하얀 분칠 화장 탓에 몇 살이나 되었는지는 짐작하기 어려웠지만, 천진난만한 걸음걸이와 태도로 봐서는 꽤 젊은 나이 같았다.

"코코카라 혼마치마데 이쿠라 카카리마스카?" 손님이 미소 지으며 물었다. 충무로까지 요금이 얼마입니까?

"니주센 데스." 한철이 20전이라고 대답했다. 손님은 고개를 끄덕인 뒤 한철의 도움을 받아 인력거에 올랐다. 한철은 일본인 손님을 태워본 적이 거의 없었다. 일본인들은 대체로 명동과 충무로에만 몰려 있었고, 종로처럼 지리적으로 가까운 곳이라 해도 좀처럼 그 밖으로 나오는 경우가 없었기 때문이다. 하지만 돈벌이는 돈벌이였다. 그리고 손님도 제법 만족한 듯 보였다. 아마 조센징이 끄는 인력거를 타는 게 신선한 경험인 모양이었다. 손님이 몇 차례 날씨에 대해 중얼거리며 침묵을 깼는데, 한철에게 말을 건넨 것인지 혼잣말인지 알 수가 없었다. 한철이 바삐 속도를 내자, 길게 늘어진 기모노 소매가 인력거 옆을 쓸며 리듬감 있게 펄럭였다. 혼마치에 이르러 손님이 빳빳한 1원짜리 지폐를 한철의 손바닥에 지그시 누르며 잔돈은 필요 없다고 할 때에도, 한철은 내내 묵묵히 입을 다물고 있었다. 자수를 놓아 화려한 기모노 오비가 인파 속으로 사라질 때까지 한철은 그의 뒷모습을 바라보았다. 저 일본인 손님이 한철의 마음을 흔든 것은 아니었다. 그럼에도, 그는 자신도 모르는 새 그의 모습을 제 머릿속에 있는 여인들의 목록에 입력하고 있었다.

한철은 고작 열아홉 살이었다. 그러나 그는 스스로 어리다고 생각하지 않았으며, 그 또래 청소년들이 종종 떠올릴 법한 유치한 환상 또한 아예 끊어낸 지 오래였다. 한철은 모든 일에 대해 자신이 취하는 사무적인 태도를 자랑스럽게 여겼다. 어떤 발전이라도 이루어 내려면 반드시 필요한 요건이었다. 밤낮없이 그가 골똘히 생각하는 것은 첫째 성공이었고, 한참 다음에 중요시하는 것은 의무였다. 사랑에 대해서 말하자면, 한철은 그게 자신에게 어떤 가치가 있는 것이라고는 단 한 번도 생각해 본 적이 없었다. 그에게 사랑은 머나먼 곳에 자리한 신비로운 산처럼 느껴졌다. 그저 다른 사람들이 경건함과 확신에 찬 태도로 저기 어디쯤 그런 산이 있다고들 하기에 간접적으로 의식하게 되는 산. 그 자신이 직접 그 산을 보고 싶다는 충동은 전혀 들지 않았다. 천국과 지옥에 대한 관념만큼이나, 사랑이라는 감정은 그의 현실과 거의 관계가 없었다. 한철이 여자를 갈망의 대상으로 떠올리는 유일한 시간은 그가 자기 방에서 조용히 자위행위를 할 때뿐이었다. 옆방에 어머니와 두 누이가 잠들어 있었기 때문에, 소리도 제대로 내지 못한 채 가쁜 숨을 죽여야 했다. 그럴 때마다 그는 눈을 감고 주로 그날 태운 손님 중 기억에 남을 만큼 아름다웠던 여자를 떠올리곤 했다. 한철에게 "왕자님처럼 잘생겼다"며 은근한 수작을 걸어오던 기생이 될 수도, 앞쪽에서 고개를 살짝 돌리기만 해도 착 달라붙는 실크 스타킹에 감싸인 다리 모양이 훤히 드러나 보였던 '모던 걸'이 될 수도 있었다.

그럼에도 지금 일본인 밀집 지역을 빠져나와 서쪽으로 향하면서,

한철의 생각은 이렇게 매일 밤 비루한 유희의 대상으로 국한되지 않는 유일한 여자에게로 달음질쳤다. 그 여자의 존재가 자신과 묘하게 연결되어 있으며 자신의 삶에 스며드는 듯한 느낌이 들 때마다 한철은 매번 놀라곤 했다. 극장 앞에서 옥희를 처음 보았을 때 그는 다른 사람들에게서는 전혀 경험할 수 없었던 감정을 느꼈다. 그에게 다가가 말을 걸어보고 싶다는, 참을 수 없이 강렬한 충동이었다. 동시에, 옥희 또한 자신과 친밀하게 대화하고 싶어 한다는 사실을 또렷하게 느낄 수 있었다. 비록 친구가 한자리에 있었기에 허물없는 대화를 나눌 수는 없었지만 말이다. 그들은 생애 처음 한두 번의 사랑 속에서만 젊은이들이 소통하는 방식대로 서로 반짝이는 눈빛을 교환하며 은밀히, 섬세하고 소중하게 서로의 마음을 나누었다. 그날 밤 집에 돌아온 한철은 자신의 몸을 어루만졌고 그 어느 때보다 더 격렬하게 사정했다.

그렇다. 처음의 끌림은 단지 육체적인 욕망과 호기심이었을 뿐 그 이상은 아니었다고 한철은 확신했다. 그러나 옥희가 그의 인력거의 단골손님이 되고 한 주에도 몇 번씩 옥희와 마주하면서, 옥희를 향한 한철의 관심은 그가 이전까지 느껴보지 못했던 특정한 감정으로 변해갔다. 한철에게 있어 모든 사람은 각자 속한 범주대로 구분되었다. 가족, 학교의 동기들, 친한 친구들, 동료 인력거꾼들, 알고 지내면 이익이 될 것 같은 사람들, 그런 식이었다. 한철은 어떤 편파성도 없이 상대가 속한 범주에 따라 적절한 태도로 그들을 대했다. 하지만 그가 옥희에 대해 생각하는 방식은 그가 평소 기생이나 손님, 혹은 일반 여성에 대해 취하곤 하던 모든 태도를 벗어나 있었다. 옥희는 그 모든 범주에 속해 있으면서도 그 모든 범주에 있는 사람들과는 전혀 다르게 보였고 또 다르게 행동했다. 그는 옥희를 그저 옥희로밖에 생각할 수 없었다.

한철은 공상에 빠져 있던 자신을 자각하고 이를 떨쳐내듯 거세게 머리를 흔들었다. 오후 5시가 다 되어가고 있었다. 이제 집에 들러 점심 겸 저녁을 먹어야 했다. 초가집 앞마당에 인력거를 세우자, 방에서 첫째 누이와 함께 삯바느질을 하던 어머니가 부리나케 밖으로 뛰어나왔다. 둘째 누이는 빨래하러 개울가에 나간 모양이었다. 세 여자는 동네 일꾼들의 옷을 세탁하고 수선하며 푼돈을 벌고 있었는데, 다 모아도 한철이 인력거를 몰아서 벌어 오는 금액의 절반 정도밖에 되지 못했다.

"뭐 하고 있어, 얼른 오라버니 밥상 차려 오지 않고?" 한철의 어머니가 아직 열린 방문 안에 오도카니 앉아 있던 누이를 향해 날카롭게 쏘아붙였다. 소녀는 이미 제 어머니에게 학대받는 일상이 익숙했지만, 지금은 유독 겁에 질린 얼굴이었다. 아침 식사를 끝으로 보리가 한 톨도 남지 않았던 것이다. 집안의 장녀로서 먹을거리라곤 아예 없다시피 한 상황에서도 어떻게든 음식을 만들어내라는 압박 속에 지내왔지만, 그로서도 무에서 유를 창조하는 기적을 행할 수는 없었다. 더 따가운 질책이 동생에게 쏟아지기 전에 한철이 끼어들었다.

"어머니, 괜찮아요. 전 벌써 대폿집에서 국밥 한 그릇 먹고 오는 길인걸요. 여기, 이거 저녁값에 보태세요." 그는 이렇게 말하며 어머니에게 2원을 건네주었다. 주름이 자글자글한 어머니의 얼굴에 미소가 활짝 번졌다. "아이구, 내 새끼. 우리 장남이 최고다."

어머니가 집에 들어온 김에 잠시 쉬었다 가라고 붙잡았지만, 한철은 고개를 저은 뒤 다시 인력거를 끌고 나갔다. 어머니는 누이들에겐 결코 내보인 적 없는 끈끈한 애정을 한철에게만 듬뿍 쏟았다. 한철이 열네 살이 되던 해에 아버지가 돌아가신 뒤로, 어머니는 어린 가장으로서 한철을 존중했고 심지어 자신이 낳은 아들인 그를 두려워하기까지 했다. 그러나 뼈대 있는 안동 김씨 가문의 방계 친족인가 뭔가 하는 한철의 혈통에 대한 어머니의 진득한 집착 때문에, 한철은 어머니 곁에 있으면 늘 뭔가 불편한 기분이 들었다. "네 아버지만 여태 살아 계셨어도 시사촌댁에서 우리 식구들을 모셔 갔을 텐데……." "한철이 너는 반드시 우리 가문의 이름을 되살리고, 우리 집안 명예에 걸맞게 살아야 한다……." 어머니는 늘상 이런 말을 후렴구처럼 외워대곤 했다. 아직도 그의 종갓집 문중은 안동 지역의 부유한 땅에서 대대로 권세와 번창을 누리고 있었지만, 정작 한철의 가족은 할아버지 시절부터 본가와 연락을 끊은 채 떨어져 살던 터였다. 가세가 기운 지금 그들의 형편은 이웃 소작농들보다 사정이 나을 게 없었으나, 가문의 명예를 잃지 않기 위한 형식적인 예의범절을 엄격히 지키며 양반으로서의 긍지를 간직하고 있었다. 가족들은 언젠가 한철이 대학에 진학하여 훌륭한 직업을 가지고 출세하게 되면 그들 모두를 현재의 비참함으로부터 구원해 줄 것이라 기대했다.

태양은 여전히 건물들 위에서 빛났지만, 화창한 봄 저녁이 그렇듯 하루 내내 쌓여 있던 온기가 땅속에서부터 이제 올라오는 시원한 기운으로 서서히 대체되는 중이었다.

한철의 다음 손님은 둥근 안경을 쓰고 말쑥하니 옷을 잘 차려입은 신사로, 을지로에 새로 생긴 야구장까지 가는 내내 조용히 신문만 보고 있었다. 목적지에 도착한 한철이 인력거를 세우자 남자는 양손으로 펼쳐 들고 있던 신문 너머 나른하게 시선을 던지고는 인력거에서 훌쩍 뛰어내려 양복의 주머니들을 뒤지다가 말했다. "아, 마침 딱 10전밖에 없는 걸 깜빡했네. 이거 미안하게 됐어, 젊은 친구!" 한철이 뭐라 말하기도 전에, 신사는 10전짜리 지폐를 얼른 건네고는 냅다 인파 속으로 사라져 버렸다. 한철은 역겨움이 차오르는 것을 느끼며 손안의 지폐를 꽉 구겨 쥐었다가 주머니에 쑤셔 넣었다. 인간들이란!

그와 크게 다르지 않은 식으로 이리저리 다니는 동안 몇 시간이 흘러갔다. 밤 10시 30분이 되어 옥희가 극장 옆문으로 빠져나왔을 때, 한철은 언제나처럼 인력거를 세운 채 그를 기다리고 있었다. 옥희의 모습이 제 눈 안에 담기자마자 한철의 기분은 즉시 밝아졌다. 그의 새 연극이 올라간 첫 주였다. 옥희는 한때 신분 높은 집안의 규수였지만 편찮으신 아버지와 중병을 앓는 오빠의 치료비를 마련하기 위해 기생이 된 주인공을 맡았다. 오늘 밤은 하늘색 치마 정장에 높은 구두를 신은 모습이었다. 정장과 비슷한 색조의 연푸른 실크 새틴 리본으로 장식한, 중간 정도 크기의 챙이 달린 남색 모자가 그의 얼굴을 깊숙이 덮고 있었다. 두 손으로 핸드백 끈을 꼭 쥔 채 한철의 모습을 찾는 듯 이리저리 두리번거리는 옥희의 모습은 이제 막 낯선 땅의 항구에 도착한 그의 연극 속 주인공의 모습과 거의 다를 바가 없었다. 옥희의 발치에 물웅덩이처럼 고인 가로등의 찬란한 빛

살이 황금빛 광채를 되쏘아 그를 따스한 빛 속에 일렁이게 했다. 한철은 그 사랑스러움에 경외감을 느낀 나머지 숨이 막힐 지경이었다. 옥희가 자신에게 발휘하는 영향력을 애써 막아보기라도 하려는 듯, 그는 짐짓 천천히 인력거를 끌어 옥희에게 다가갔다.

옥희를 도와 인력거에 태운 뒤 기계적으로 그의 집을 향해 출발할 때까지, 옥희는 내내 말이 없었다. 그는 한철과는 무관한 다른 생각에 깊이 잠겨 있는 듯했고, 묵묵히 달리면서도 한철은 그 점이 내심 신경 쓰였다. 이처럼 옥희가 수심에 가득 찬 기색을 보이며 슬픈 분위기 속에 조용히 앉아 있는 밤은 드문 편이었는데, 그럴 때마다 한철은 무엇 때문에 저토록 슬퍼하는 건지, 그리고 자신이 어떻게 해야 그의 기분이 더 나아질 수 있을지 간절한 마음으로 생각하는 스스로를 발견하곤 했다. 지난날 옥희는 귀갓길마다 연화와 함께 쾌활하고 시끌벅적한 사담을 나누곤 했다. 자기들이 쏟아내는 이야기가 인력거꾼의 귀에 그대로 들어가리라는 걸 잘 알면서도, 그들은 자신들의 환심을 사기 위해 돈을 뿌려대는 부자 연인들에 대해 하나도 빠짐없이 시시콜콜하게 수다를 떨고 깔깔대며 웃음을 터뜨렸다. 하지만 연화가 다른 극장으로 소속사를 옮긴 이후 옥희는 홀로 인력거를 타고 가는 동안 굳게 다문 입을 여는 적이 거의 없었고, 그저 차분히 가라앉은 모습으로 나른한 재즈 음악에 흠뻑 젖은 가게들이나 서늘하고 하얀 달빛 아래 걷는 사람들을 바라보곤 했다.

대로에 들어서자, 옥희가 긴 침묵을 깨고 말을 건넸다.

"한철 씨, 우리가 알고 지낸 지도 꽤 오래됐는데, 한철 씨가 본인 애기를 하는 건 단 한 번도 들은 적이 없네."

한철은 문득 인력거를 멈추고 싶은 충동이 일었지만 그 마음을
애써 누르고 계속 앞으로 달려나갔다. 그러나 한철의 심장 고동이
점점 빨라지는 것은 그의 달리기와는 아무 관련이 없었다.

"제 사는 얘기 중에 아씨께 흥미로울 만한 게 있을지 모르겠네
요." 한철이 돌아보지 않은 채 굵직한 청동빛 목소리로 말했다.

"어떤 거라도 좋아. 뭐라도 듣고 싶은걸." 지금 옥희의 눈가에는
웃음이 가득 맺혀 있으리라고 한철은 상상했다. "예를 들자면, 한철
씨는 몇 살인지."

한철이 열아홉 살이라고 대답하자 옥희는 한숨을 내쉬었다.

"나보다 어리네. 난 벌써 스무 살이야. 아, 야간 학교는 아직 잘 다
니고 있나?"

"네, 아씨."

"한철 씨는 똑똑한 사람인 게 분명해. 나는 눈빛만 봐도 상대가 얼
마나 총기 있는 사람인지 대번에 알거든."

옥희가 자신을 똑똑한 남자라 생각한다는 것, 그리고 그가 자신의
눈빛을 자세히 살펴봤다는 것을 한꺼번에 받아들이느라 한철의 머
리는 터질 것 같았다. 옥희가 자신의 얼굴을 똑바로 바라본 적이 있
었단 말인가?

"그냥 다른 학우들을 겨우 따라가는 정도예요. 최선을 다하고
있지요." 한철은 겸손하게 말했지만, 사실 야학에서 그를 가르치
는 교사도—히로시마에서 공부하고 왔다는 기독교인 선생이었는
데—한철의 명민함과 놀라우리만치 철두철미한 기억력을 여러 번
이나 칭찬한 터였다.

"어쩌면 겸손하기까지. 만약 한철 씨가 야학이 아니라 전일제 학교에 다녔으면 이미 대학 입학시험을 통과하고도 남았을 거야."

한철 역시 스스로 수백 번도 넘게 했던 생각이었다. 종일 인력거를 끌어도, 식구들 입에 간신히 풀칠할 생활비를 대고 나면 야학 등록금조차 거의 남지 않았다. 대학 학비는 고사하고, 과연 언제쯤 입학시험을 칠 수 있을지조차 모를 일이었다. 스물다섯? 아니, 스물여섯 살이 될 즈음엔 대학생이 될 수 있을까? 그로서는 알 길이 없었다. 하지만 자신의 비참한 사정에 대해 털어놓는 대신, 한철은 화제를 돌리려 했다.

"옥희 아씨도 영리하신데요." 그 말이 입 밖으로 튀어나오기 전까지는 한철 자신도 스스로 무슨 말을 하는지 의식하지 못했는데, 막상 그렇게 말을 하고 보니 그제야 자신이 늘 그런 생각을 해왔다는 깨달음이 들었다.

"내가?" 깜짝 놀란 듯한 목소리였다. "왜 그런 생각을 했어?"

"저도 상대의 눈빛만 보면 알 수 있거든요." 한철은 짐짓 농담처럼 대답한 뒤, 문득 용기를 내어 오른쪽 어깨 너머로 고개를 돌리고는 옥희에게 힐끗 시선을 던졌다. 남색 모자 아래, 잔뜩 커다래진 눈으로 그를 빤히 쳐다보는 옥희의 장밋빛 입술에 반달 같은 미소가 어려 있었다.

"나더러 영리하다고 말해준 사람은 아무도 없었는데." 한철이 다시 길 쪽으로 몸을 돌리는 사이 옥희가 멋쩍게 중얼거렸다.

"옥희 아씨는 항상 이치에 맞는 말씀만 하시잖아요. 연화 아씨랑 이야기하실 때도요."

"아, 그럼 한철 씨는 우리가 하는 얘길 엿듣고 있었던 거야?" 옥희는 짐짓 화가 난 척 장난스럽게 되받았다. 옥희의 집에 도착할 때까지 그들은 조심스러우면서도 설레는 대화를 이어갔다. 집 앞에 이르자 한철은 평소처럼 옥희를 도와 인력거에서 내려주었는데, 이번에는 옥희의 손을 잡아 부축하는 내내 사무적으로 고개를 숙이고 있는 대신 그의 눈을 똑바로 마주 보며 미소를 지었다. 어느 쪽이 더 오래 손을 붙잡고 있었는지 정확히 말하기는 어렵지만, 둘 다 서로의 손을 놓지 않으려던 순간이 있었다. 두 사람 모두 서로에게서 떨어지고 싶어 하지 않는다는 걸 알게 해준 그 짧은 시간은 터무니없이, 비이성적이리만치 달콤했다. 그리고 마침내 그들의 손이 마지못해 떨어졌을 때, 각자는 이미 서로의 손길을 간절히 그리워하고 있었다. 옥희는 요금을 내느라 바빠 지갑을 뒤지며 혼란스러운 마음을 숨기려 했다.

"이 정도면 남는 돈으로 책 몇 권 정도는 살 수 있을 거야." 그는 이렇게 말하며 접힌 지폐 몇 장을 한철의 손안에 밀어 넣었다.

"아씨한테 돈 받고 싶지 않아요." 한철은 고개를 저었다. 여전히 대담하게 옥희의 눈을 마주한 채였다. 옥희는 문득 눈부신 흰 태양을 마주하기라도 한 양 시선을 돌려 한철의 오른쪽 귀 위쪽을 바라보았다. 평소 자신이 원한다면 어떤 남자라도 곧장 가질 수 있을 것처럼 굴던 이 사랑스러운 여자에게, 이런 행동은 예상치 못한 수줍음의 표현이었다. 그런 그를 향한 애정이 한없이 솟아나는 것을 한철은 거부할 수 없었다.

"나 태워주고서 이 돈 안 받겠다면, 다음부터는 나 한철 씨 못 불러. 그러니 그냥 받아."옥희는 한철의 손바닥에 돈을 더 꾹 눌러댔고, 이번에는 한철의 완강한 태도도 누그러졌다. 옥희의 맵시 있는 몸이 대문 안으로 미끄러지듯 들어가는 것을 확인한 뒤 돌아 나온 그는, 갑자기 이 세상의 모든 것이 ─ 자동차들과 자전거들, 술주정뱅이들의 노랫소리, 신선한 밤공기, 어두운 도로 위에 액체처럼 흘러내린 불빛들까지 ─ 그 어느 때보다도 다채롭고 생생한 감각으로 자신을 가득 채우는 걸 느꼈다. 집에 점점 가까워지면서 대로변의 희미한 노랫소리는 잦아들었고, 이따금 천진하고 리듬감 있게 울려퍼지는 소쩍새 소리가 이 적막한 밤의 고독을 한층 순수하게 만들어주는 듯했다. 봄밤에 들려오는 새의 울음소리가 이처럼 한철의 마음을 파고들며 통렬하게 다가왔던 적은 없었다. 삶의 모든 것이 그 소리에 담겨 있는 것만 같았다.

다음 날 밤 공연이 끝난 뒤, 옥희는 한철에게 어떤 말도 건네지 않은 채 인력거에 단정히 앉았다. 그들 사이에 아무 일도 일어나지 않았던 것처럼 행동하기로 마음먹은 것 같았다. 한철은 실망했지만 상처를 받지는 않았다. 옥희의 굳은 침묵은 오히려 정말로 중요한 사건이 있었음을 그에게 확인시켜 줄 뿐이었다. 어색한 침묵을 어떻게 깰 수 있을지 고민하며 달리고 있는데, 멀리서 소쩍새 울음소리가 들려왔다.

"들으셨어요, 아씨?" 한철이 인력거 속도를 줄여 거의 걷다시피 걸음을 옮기며 물었다.

"뭘? 저 새소리?" 옥희의 몸이 앞쪽으로 약간 굽으며 한철에게 가까워졌다.

"네, 아씨. 소쩍새 우는 소리예요."

"저 노랫소리를 늘 듣긴 했는데 새 이름은 몰랐네."

"소쩍새는 커다랗고 둥근 눈에 갈색 깃털을 가진 올빼미예요. 제가 어릴 때, 하루는 아버지를 모시고 남산에 갔다가 새끼 소쩍새 한 마리가 둥지에서 떨어져 있는 걸 봤어요. 제 손바닥에 쏙 들어오는 아주 작은 새였죠. 꼭 작고 복슬복슬한 감자 한 알 같더라고요."

"어머나 세상에!" 옥희는 더 이상 무심한 척 연기할 수 없었다. "그래서 어떻게 됐어?"

"다리가 부러져 있길래, 집으로 녀석을 데려왔죠. 아버지께서 작은 천 조각으로 다리를 감싸주셨어요. 누이들과 제가 차례로 돌아가며 매미를 잡아다 먹이로 줬고요. '감자'라는 이름도 지어줬죠."

"너무 귀여워!" 옥희가 감탄했다. "다리는 잘 나았고?"

"다 나았어요. 뒤뚱거리면서 제가 가는 곳이라면 어디든 졸졸 따라다녔지요. 그러다 지치면 제 어깨 위에 얹어달라고 울었어요. 제가 집을 비우면 대문 앞에서 몇 시간이나 울면서 저를 기다렸어요. 그러다 덩치가 점점 커지고 가을이 되었는데…… 우리가 아무리 어린애들이라 해도, 더는 종일 이 소쩍새한테 줄 곤충만 찾아다닐 수는 없었어요. 결국 부모님께서 감자를 버리라고 하셨죠. 그래서 저는 처음 녀석을 발견했던 숲으로 감자를 데려갔어요. 처음에는 계속 울면서 저를 쫓아오더라고요. 결국 새를 잡아 근처 나무 위에 올려놓은 다음 작별 인사를 했죠."

"정말 안됐다. 만약에 그 상태로 나무에서 못 내려오고 굶어 죽었으면 어떡해?" 당장이라도 눈물을 쏟을 듯한 목소리였다.

"꽤 오랫동안 날갯짓을 하더라고요. 결국엔 내려올 수 있었을 거예요." 한철이 말했다. 나중에서야 그는 소쩍새가 철새이고, 가을엔 남해를 건너 이동해야 한다는 걸 알게 되었다. 하지만 옥희에게는 그 사실을 말하지 않았다. 옥희가 들으면 마음 아파할 이야기였기 때문이다.

옥희는 가슴에서 시작되어 몸 전체로 뻗어나가는, 마치 무엇인가에 취한 듯한 신비로운 떨림을 억제하려고 노력했다. 사랑은 한 번에 일어나는 것이지만, 동시에 단계적으로 번져가는 것이기도 하다. 이미 첫눈에 한철을 사랑하게 된 옥희는 한 여자가 자신의 연인이 어떤 영혼을 가졌는지 깨닫는 바로 그 계시적인 순간을 경험하고 있었다. 그는 그 남자가 아주 특별하고 부드러운 영혼을 지녔다고 느꼈다. 그리고 남들에겐 들키지 않게 잘 감춰진 그 여린 모습을 오직 옥희에게만 드러낼 수 있으며, 옥희 자신이 한철의 내면에서 그걸 끌어낸 장본인이라는 것까지도 말이다. 바삐 인력거를 끌며 달려가는 한철의 넓은 어깨와 길고 마른 골격, 탄탄한 등, 잘록한 허리와 엉덩이를 바라보면서, 옥희는 이 젊은 남자의 처지를 애처롭게 여겼다. 잘생기고 똑똑하고 훌륭한 능력을 갖췄음에도, 한철은 자신의 가족과 삶의 무게에 짓눌려 있었다. 전날 밤에 대화할 때도 그랬듯이, 옥희는 이 남자가 지고 있는 때 이른 책임감을 조금 덜어줌으로써 그의 얼굴이 한결 편안해지고 밝아지는 걸 보고 싶었다. 커가면서 자연스럽게 책이나 셈이나 돈벌이에 관심을 쏟게 되는 사람들이 있듯이, 옥희는 늘 안타깝고 가엾은 이들을 사랑하는 데 마음을 기

울이곤 했다. 그 마음은 이미 눈앞에 있는 이 사람을 행복하게 만들
어주고 싶다는 욕구로 달음질치고 있었다.

"한철 씨, 많이 피곤하겠다." 옥희가 말했다. "나 여기서 내릴래."

"여기서요, 아씨?" 아직 옥희의 집까지는 몇 골목쯤 떨어진 곳이
었다.

"그래, 여기서 내릴 거야." 옥희는 단호하게 말했다. "괜찮으면 나
랑 같이 걸어가자."

한철은 옥희가 인력거에서 내리는 걸 도와주었다. 맞잡은 손을 놓
기 직전 옥희는 한철이 아주 살며시 자신의 손을 꽉 쥐는 것을 느꼈
고, 그러자 온몸에 전율이 한 차례 흐르는 것 같았다. 그들은 더 이
상의 대화 없이 그저 나란히 걸었는데, 그 또한 함께하는 서로의 존
재에 집중할 수 있다는 점에서 더없이 달콤하게 느껴졌다. 걷는다는
게 이렇게 즐겁고 행복한 일이었나? 옥희는 생각했다. 얼굴에서 미
소가 떠나지 않았다. 많은 말을 나누지 않았지만, 두 사람은 서로를
너무도 잘 이해할 수 있었다. 사람들은 서로에 대해 알고 싶다는 진
정한 욕망이 없어도 꽤 많은 대화를 나눌 수 있기 마련이다. 그러나
운명의 상대를 만나면, 대화를 많이 나누든 아예 하지 않든, 서로가
완전하게 연결되어 있다는 걸 느낄 수밖에 없다. 집 대문 앞까지 한
철과 함께 걸어가면서 옥희는 바로 그 사실을 깨달았다.

옥희가 인력거 요금을 내려고 하자, 한철은 제 쪽에서 먼저 옥희
의 손바닥에 무엇인가를 밀어 넣었다. 곱게 봉한 편지 한 통이었다.
옥희가 얼굴을 붉히며 마음을 가다듬는 사이 한철은 잘생긴 얼굴에
미소를 한번 지어 보이곤(그러나 그 전처럼 편안해 보이는 웃음은

아니었다.) 곧장 떠나버렸다. 옥희는 얼른 집으로 들어와 자신의 방문을 단단히 닫고 촛불을 켠 뒤 두근거리는 마음으로 편지를 읽기 시작했다. 한철은 옥희를 처음 본 순간부터 그를 향한 짝사랑에 빠졌고 수년 동안 그를 동경해 왔다고 썼다. 옥희가 자신의 감정에 보답해 주리라는 희망을 품을 아무 이유도 없지만, 지금껏 내내 비밀에 부쳐온 감정을 마침내 고백하니 오히려 행복하다고 했다. 자신이 옥희에게 줄 수 있는 게 아무것도 없기에, 옥희가 부담을 느껴 다시는 자신을 보지 않겠다 한들 이해할 거라고 했다. 자신은 그저 옥희가 매우, 매우 행복하기만을 바랄 뿐이라고, 왜냐하면 그게 옥희가 마땅히 누려야 할 일이기 때문이라는 것이었다.

"하지만 나도 그 사람에 대해 똑같이 느끼는걸! 내가 바라는 것 역시 한철 씨가 행복해지는 것뿐이야." 이불 속으로 몸을 웅크리며 옥희는 혼자서 중얼거렸다. 환희와 고통이 동시에 덮쳐 오는 기분이었다.

다음 날 밤, 한철은 극장 밖 같은 자리에서 불안과 초조함에 떨며 기다렸다. 옥희가 과연 다시 모습을 드러낼지 알 수 없었다. 몇 달 전 옥희가 지나가는 말로 연화의 애인을 언급한 적이 있었다. 그 남자는 연화가 극장에서 퇴근할 때마다 자기 운전기사를 보내거나, 아니면 직접 검은색 차를 몰고 와 연화를 집까지 태워다 준다고 했다. 옥희도 원한다면 단박에 그런 애인을 찾지 못할 이유가 없었다. 옥희를 정부로 삼거나 숨겨둔 첩으로, 심지어 법적으로도 당당한 본처로 삼기를 원하는 부자 남자들이 몇이나 있을 게 틀림없었다. 인기 연극「춘향전」의 주인공을 맡았던 옥희의 명성은 이제 경성 전역에 퍼져 있었고, 옥희의 사진은 여러 신문과 잡지에 실리기도 했다. 그리고 아무리 옥희가 한철을 마음에 들어 하고 심지어 그에게 매력을 느꼈다 하더라도, 한철 자신부터 누군가와 연애 비슷한 걸 시작할 수 있는 처지가 아니었다. 그의 형편에 어울리는 순진하고 성실한 소녀라도 안 될 말인데, 하물며 옥희 같은 인기 배우라니.

한철이 이런 생각에 잠겨 있는 사이 옆문이 열리고 옥희가 극장에서 살짝 빠져나왔다. 멀리서 보아하니 그는 정신없이 한철만을 찾고 있는 것 같았다. 가로등이 옥희의 왼쪽으로 빛을 비추어 그리 넓지 않지만 맵시 있는 그의 이마, 윤기 나는 눈꺼풀의 가장 높이 솟아오른 부분과 콧날, 그의 왼쪽 광대뼈까지 온통 반짝이게 했고, 얼굴의 오른쪽 측면에는 짙은 음영을 드리웠다. 그러다 마침내 한철을 발견하자, 해가 떠오르기 직전 온 하늘에 분홍빛이 번지듯 옥희의 얼굴에 환한 미소가 떠올랐다. 그는 그저 아름다울 뿐만 아니라, 삶의 근본적인 의미를 가득 안고 찬란히 빛나고 있었다. 마치 형언할 수 없는 신비의 언어가 가득하던 밤새들의 노랫소리처럼. 한철은 줄곧 곱씹고 있던 내면의 질문들을 모두 잊었다. 그저 옥희를 자신의 품에 끌어안고 싶다는 생각밖에 떠오르지 않았다.

16장

당신이 그냥, 거기 서 있었기에

1928년

연화는 마 사장이 보통 사람들이 흔히 하는 방식대로 행동하지 않는다는 것을 몇 달에 걸쳐 깨닫게 되었다. 그는 자신의 감정을 밖으로 확연히 드러냈다. 한번은 식당 주방장에게 열두 코스 요리 전체를 전부 다시 만들어 내오도록 강요한 적도 있었다. 요리 중 하나에서 양파 맛이 느껴졌는데, 그에게 양파 알레르기가 있기 때문이었다. 바로 그런 이유로, 연화는 그에게 자신의 소식을 전하는 게 걱정스러웠다. 그는 속을 태우며 마 사장이 기분이 좋은 상태가 될 때까지 기다렸는데, 기회가 주어진 것은 그 남자가 어느 계약을 체결하고 난 밤이었다.

"대단히 큰 이득을 본 셈이야. 이 나라에 몇 안 되는 화학 제조업체 중 하나거든. 금요일에 직접 가보려고." 남자가 운전대에 손을 올린 채 말했다. 공연이 끝나는 시간에 맞추어 그를 데리러 온 마 사장은 연화의 집 근처에 차를 세워둔 채 이야기를 하고 있었다. "너도 같이 가야지. 교외로 드라이브 쫙 나가면 기분 전환도 될걸." 그러다 남자는 연화의 침묵을 눈치채고 잠시 말을 멈췄다. "왜, 무슨 일 있어?"

"저 임신했어요." 연화가 양손으로 얼굴을 가리며 불쑥 털어놓았다. 한동안 두 사람 모두 아무 말이 없었다. 그러다 연화는 마 사장이 자신의 왼쪽 손목을 쥐고 천천히 아래로 내리는 것을 느꼈다.

"나 좀 봐봐." 남자가 무뚝뚝하게 말했다. "확실해?"

아직은 납작한 배에 손을 올린 채, 얼굴에 뜨거운 눈물이 줄줄 흘러내리는 걸 느끼며 연화는 고개를 끄덕였다.

"이모네 집에서 계속 지낼 순 없겠군. 거처를 마련해 주도록 하지. 수발을 들 하인이랑 가정부도 붙여줄게. 편안히 지낼 수 있을 거야. 그런데 왜 우는 거야?"

"사장님이 나한테 화낼 줄 알았어요." 연화가 빨개진 코를 하고서 흐느끼듯 말하자 마 사장은 너털웃음을 터뜨렸다.

"내가 왜 화를 내? 살면서 이렇게 반가운 소식을 들은 적이 없는데." 남자가 연화의 머리 꼭대기에 입을 맞추며 말했다. "마침내 나한테도 아들놈이 생기겠구먼."

다음 날 아침, 연화는 아침 식사 때 가족들에게 곧 이사를 나가겠다고 알렸다. 하지만 비밀을 간직하고 있다는 일종의 권능감을 만끽하느라 다른 소식에 대해서는 말을 아꼈다. 사실대로 터놓자면, 연화는 그 사실을 숨기고 싶은 주된 상대가 바로 옥희라는 걸 인정할 수밖에 없었다. 대동양극장에 합류한 이후 그와 옥희의 관계에는 뭔가 풀리지 않는 앙금이 끼어든 터였다. 여전히 서로에게 미소를 짓고 환담을 주고받았지만, 두 사람은 이제 예전처럼 서로에게 솔직해질 수 없음을 뼈저리게 느끼고 있었다. 연화는 그들 사이의 냉담함이 옥희의 질투 때문이라 믿었다. 옥희가 아닌 연화 자신이 경성에서 가장 명망 있는 극장의 스타가 되었을 뿐 아니라, 또한 경성에서 가장 부유한 사업가로 꼽히는 남자를 애인으로 삼기까지 하지 않았는가. 옥희의 태도가 전만큼 정답지 못하고 차가워진 것도, 옥희가 응당 그래야 할 만큼 진심으로 자신의 행복을 빌어주지 않는 것도 바로 그 때문이라는 생각이 들었다. 한편 옥희는, 연화가 극장을 옮기기로 남몰래 결정하고 마지막 순간까지 옥희 자신에게마저 그 사실을 숨겼기 때문에 둘의 관계가 껄끄러워졌다고 믿었다. 어떻게 연화는 가장 친한 친구인 옥희가 제 성공과 행복을 방해하리라 생각할 수 있었단 말인가?

연화가 이사 나가는 날, 단이와 월향과 옥희는 그를 도와 옷가지가 담긴 가방들을 차에 실었다.

"10년 전에 네가 여기 가지고 들어왔던 것보다 훨씬 많아졌구나." 단이가 짐의 무게에 눌려 얼굴을 찌푸리는 시늉을 하며 농담을 건넸다. "어찌나 무거운지 팔이 다 떨어져 나가겠다." 그렇지만 하인들에게 맡기는 대신 직접 돕겠다고 나선 사람은 다름 아닌 단이 자신이었다. 차의 트렁크와 뒷좌석까지 연화의 짐으로 꽉꽉 차자, 단이는 연화가 아직도 작은 어린아이인 양 두 손으로 그의 얼굴을 담뿍 감싸고는 말했다. "너는 내 사촌의 딸이니 우리는 오촌 사이지. 하지

만 난 언제나 네가 내 친딸이라 생각하며 대해왔단다. 우리는 지난
10년 동안 이 집에서 함께 지냈던 한 가족이야, 그렇지?" 단이의 눈
에 눈물의 흔적은 없었지만, 그의 목소리는 떨려 나왔다. "우린 항상
한 가족일 거예요, 단이 이모." 연화가 단이를 끌어안으며 부드럽게
말했다. 그런 뒤 월향, 옥희, 그리고 해숙도 한 번씩 안아주었다. 이
미 시동이 걸린 차가 한 줄기 매연을 내뿜으며 덜컹거리고 있었다.
운전기사가 연화에게 조수석 문을 열어주었고, 그들은 함께 떠났다.

연화의 이사는 단이의 집에 묘한 우울감을 드리웠다. 그의 부재가
가장 두드러지게 느껴지는 건 아침 식사 자리에서였는데, 그때만큼
은 언제나 모두 함께 모이곤 했기 때문이었다. 늘 그래왔듯이, 단이
는 자신의 감정에 대한 열정적인 도취와 그런 감상에 빠져들기를 자
제하려는 의지 사이에서 오락가락했다. 전자는 그의 본성이었고 후
자는 그의 원칙이었다. 단이는 결코 슬픔과 공허한 마음을 스스로
인정하는 법이 없었으니, 가장 예리한 관찰자만이 그의 확고한 침착
성에 미세한 변화가 찾아왔음을 감지할 수 있을 터였다. 그러나 단
이의 속내를 속속들이 파악하는 월향은, 이모가 떠난 연화를 몹시
그리워하고 있다는 걸 알았다.

　월향 자신도 비슷한 상실감을 느꼈지만, 그렇다고 낙심하지는 않
았다. 동생과 함께 나이를 먹어가며, 그는 자신의 자매를 진심으로
사랑하게 된 터였다. 하지만 그런 심경 변화와 동시에 그들 각자의

자아는 서로 다른 방향으로 형성되었으니, 두 사람은 해가 지날수록 서로를 덜 필요로 하게 되었다. 월향은 그저 연화가 저만의 재능을 꽃피우고 자신이 원하는 것을 찾게 되어 기쁠 뿐이었다. 자신을 사랑해 주는 남자와 음악, 동생의 행복에 필요한 건 이 두 가지뿐이라는 것을 그는 잘 알고 있었다.

그러나 정작 자기 자신이 행복하려면 무엇이 필요한지, 월향은 알 수가 없었다. 관심이 없어서는 아니었다. 정확히 말하자면 월향은 그런 문제에 대해 한시도 생각을 멈춰본 적이 없었는데, 그에겐 행복이라는 관념 자체가 뭔가 낯설고 닿을 수 없는 것처럼 느껴졌기 때문이다. 그건 마치 "당신은 달에 가서 살고 싶나요?"라는 질문을 받는 것만큼이나 엉뚱하고 이치에 맞지 않는 것 같았다. 월향에게 가장 행복에 가까운 감정이란, 한밤중에 그의 딸이 자신의 이불 속으로 웅크리고 들어오며 팔베개를 해달라고 졸라댈 때 드는 기분이었다. "네 베개는 어쩌고?" 월향이 이렇게 물으며 마른 국화 잎과 녹두로 가득 찬 해숙의 부드러운 원통형 비단 베개를 가리키면, 해숙은 그의 품으로 파고들며 이렇게 대꾸했다. "싫어, 싫어. 엄마 팔 베고 잘 거야." 그러곤 진절머리가 난다는 듯 과장된 한숨을 푹 쉬어 보이는 월향을 향해 낄낄거리며 웃어 보이는 것이었다. 두 사람은 그들만이 이해할 수 있는 시시한 장난을 치곤 했다. 해숙이 "코, 이마, 턱, 뺨, 눈썹" 하는 식으로 신체 부위 이름을 연속으로 외치면, 월향은 해숙이 불렀던 지점에 빠르게 입을 맞추는 식이었다. 그러다 어느 순간 속도가 맞지 않아 엉뚱한 곳에 뽀뽀를 하고 게임이 엉망진창으로 흘러가면 두 사람은 아무것도 의식하지 않고 즐거운 웃음을 터뜨리며 배꼽을 잡았다. 딸의 귀엽고 작은 얼굴에 나타난 순수한 사랑과 숭배의 감정을 바라보면 월향의 마음속에는 이것이 아닌 무엇도, 그 누구도 중요하지 않다는 확신이 차올랐다.

어쩌면 그게 바로 월향의 행복이었을 것이다. 하지만 그걸 행복이라고 운운, 만끽하는 것은 자신을 이기적이고 자격 없는 사람처럼 느끼게 했다. 그는 특별히 행복해지기를 바라지 않았고, 그저 자신과 딸의 장래를 보장하기에 충분한 돈을 모으기만을 고대할 뿐이었다. 그는 해숙을 평범하고 현대적인 여자아이로 키워내고 싶었다. 그게 바로 월향이 기생 일을 하면서도 어떤 연애사에도 휘말리지 않도록 조심했던 이유였다. 그래야 해숙이 제대로 된 교육을 받고 바람직한 남자와 결혼할 자유를 누리게 될 테니까. 상류층 가정의 여자아이들은 종종 일본이나 심지어 유럽으로 유학을 떠나곤 했으니, 월향은 해숙 또한 돈으로 가능한 한 최고의 교육을 받을 수 있게끔 할 작정이었다. 그래서 그는 연회에 참석하거나 광고 모델을 하며 벌어들인 돈을 거의 다 저축했다. 물론 옥희나 연화가 받는 것보다는 적었지만, 그래도 제법 상당한 액수였다. 월향이 그 돈을 모두 해숙에게 투자했기 때문에, 해숙은 명문 학교에 다니고 예쁜 옷가지들로 치장하며 남부럽지 않게 자라났다. 해숙이 대부분의 과목에서 좋은 점수를 받고 선생님들로부터 칭찬을 듣는 모범생이라는 사실은 월향의 자랑이자 유일한 낙이었다.

그래서 어느 날 오후 집에 돌아온 해숙이 다음 날 학교를 방문해 달라고 청하는 교장 선생님의 편지를 건네주었을 때, 월향은 심히 놀라고 망연자실할 수밖에 없었다. 월향은 무슨 일이 있었는지 꼬치

꼬치 캐물으며 회초리를 들겠다고 엄포를 놓았다. 평생 단 한 번도 맞아본 일이 없는 해숙은 그 말에 충격을 받고 울며불며 제 방으로 도망쳤다. 월향은 곧 자신의 가혹한 태도를 후회했고, 딸의 머리를 부드럽게 쓰다듬으며 다시는 화내지 않겠다고 약속했다. 해숙은 흐느낌과 딸꾹질을 반복하며 학교에서 어쩌다 싸움에 말려들었다고 설명할 뿐, 그 이상은 아무 이야기도 하지 않았다.

다음 날 아침, 월향은 특별히 조심스럽게 옷을 골랐다. 길이가 짧은 흰색 비단 저고리와 바닥까지 길게 내려오는 연보랏빛 치마. 그가 가진 옷 중 가장 우아한 여름용 정장이었다. 서양식 복장을 점점 더 선호하게 된 옥희나 연화와는 달리, 월향은 거의 언제나 전통 한복 차림이었다. 그는 아직도 머리를 땋아 올려 쪽을 찌고 다니는 이 집의 유일한 사람이기도 했다. 오늘 그 머리를 고정하기 위해 월향이 고른 장식품은 연녹색 옥으로 된 비녀였다.

정오 무렵, 월향은 단이의 모교이기도 한 어느 기독교 여학교 앞에서 택시를 세웠다. 거침없는 7월 햇살에 운동장의 연분홍 모래알이 보석처럼 반짝이고 있었다. 지금, 텅 빈 운동장은 수업 중 특유의 묘한 정적 속에서 즐겁게 재잘거리는 아이들이 나오길 기다리고 있었다. 백발의 수위가 교문 앞에서 월향을 멈춰 세웠다. 월향이 자신을 해숙이의 어머니라고 소개하자, 수위는 눈앞의 여자가 경성 시내에 소문이 자자한 기생이라는 사실을 아는지 모르는지 그저 담백한 태도로 손짓해 교문 안쪽으로 그를 들였다. "아, 예. 교장 선생님 편지를 받으셨다고요? 건물 2층에 있는 교장실로 바로 가시면 됩니다요." 수위가 친절하게 말했다. 월향은 그에게 고맙다고 인사한 뒤, 정작 자신이 곤경에 처한 어린 소녀가 된 듯한 기분을 애써 숨기며 햇볕이 따갑게 내리쬐는 운동장을 가로지르기 시작했다.

위층 집무실에서, 교장은 방문객인 커티스 부영사와 커피를 마시고 있었다. 교장은 미국 뉴욕주 서부 도시인 로체스터 출신이었고, 커티스는 같은 뉴욕주의 이타카에서 자랐다. 고향의 이웃이었다는 인연으로, 두 남녀는 경성에 거주하는 미국인들 중 누구보다도 서로에게 의지하며 왕래하는 사이로 친하게 지내던 터였다.

"우리 학생들이 얼마나 교육 수준이 높고 예의 바르고 독실한지, 당신도 알게 될 거예요. 벌써 추천할 만한 아이들 몇몇이 떠오르는데." 교장이 잔을 받침 접시에 딸깍 내려놓으며 말했다. 도기가 부딪치는 카랑카랑하고 경쾌한 소리가 교장실을 채웠다. "경제적으로 풍족하지 못한 가정 출신이지만 아주 똑똑한 학생이 몇 있어요. 그들은 재학 중에도 얼른 결혼하라는 주변의 압박을 받곤 하죠. 이번 취업 기회는 그들이 받은 교육을 활용하고, 나아가 경제적으로 자립할 수 있는 좋은 기회가 될 거예요."

커티스 부영사는 생각에 잠긴 듯 고개를 끄덕였다. 그가 교장을 찾아온 건, 영사관에서 근무할 새 통역사와 비서를 찾기 위해서였다. 그동안 근무하던 통역사가 불행히도 지난겨울 결핵으로 세상을 떠났기에 하루빨리 후임자를 찾아야 했다. 물론 선교사 학교를 졸업한 젊은 남자들도 있었지만, 새로 부임한 총영사가 여성 통역사와

타자수가 남성 인력에 비해 더 고분고분하며 고용 비용도 적게 든다는 사실을 지적한 터였다. 남자들은 공산주의든 독립운동이든, 혹은 양쪽 모두든, 정치 활동에 관여하여 단순한 근무를 복잡하게 만들 가능성이 크다는 게 총영사의 주장이었다. 전임자였던 전 총영사는 한국인들에게 보다 동정적인 태도를 보여서, 3·1운동 당시 AP 연합통신 기자가 찍은 현장 사진을 미국 국무장관에게 보내고 윌슨 행정부에 일본의 가혹 행위에 대한 견해를 밝히기를 촉구했었다. 하지만 그 진실한 노력에는 대가가 따랐으니, 결국 그는 해임되어 광동으로 재배치되었다.

신임 총영사는 이곳을 통치하는 일본 정부가 미국의 동맹이라는 공식적인 견해를 고수하는 사람이었다. 커티스는 많은 점에서 상사의 뜻에 동의할 수 없었으나, 통역사 구인 문제와 관련해서만큼은 좀 달랐다. 현대 교육을 받은 한국 여성들이 영사관에 취직을 한다는 게 별로 나쁠 것은 없다는 게 그의 생각이었다.

"그래요, 학생 몇 명을 추천해 준다면 정말 큰 도움이 될 것 같네요. 고마워요." 커티스는 연푸른 눈에 미소를 머금고 말했다. 붉은 머리가 이마 위로 높이 올라가고 신체 또한 차차 중년의 기색을 띠는 사이에도 그 눈은 변함없이 젊은이의 광채를 유지하고 있었다. 커티스가 이제 슬슬 만남을 마무리할 틈새를 찾고 있는데, 누군가 조용히 교장실 문을 두드렸다.

"들어오세요." 교장이 영어로 말했다. 하지만 곧이어 그의 얼굴에 놀란 기색이 떠올랐다. 잔뜩 긴장하여 붉어진 얼굴로 들어온 사람은 아름답고 젊은 한국 여자였다.

"무슨 일로 오셨는지 여쭤어도 될까요?" 지난 스무 해 동안 익혀온, 의외로 정확하고 유연한 한국어가 교장의 입에서 튀어나왔다. 젊은 여자는 자신의 모국어가 백인 여자의 입에서 나오는 것을 듣고 매우 놀란 듯했다.

"저는 김해숙의 어머니 되는 사람입니다." 여자는 한국어로 대답했다가, 이내 영어로 덧붙였다. "그 아이 일로 왔어요."

"아, 그렇지! 미안해요, 깜빡 잊고 있었어요." 교장이 한국어와 영어를 섞어 말했다. 그가 의자에서 일어나 학부모를 맞이하자 커티스도 따라 일어서며 여자에게 살짝 고개를 끄덕여 보였다. 그러곤 교장을 향해 이만 가보겠다는 눈짓을 보냈지만, 교장이 이 짧고 사소한 면담이 끝날 때까지 잠시 앉아서 기다리라는 신호를 보냈다. 그는 잠자코 다시 의자에 앉았다.

"여기 앉으세요." 교장이 손님에게 권하자 그는 수줍은 태도로 의자와 커피 테이블 사이로 미끄러지듯 들어가 자리를 잡았다. 흰 손은 연보랏빛 치마 위에 고이 모은 채였다. 가끔 특출하게 잘생겼거나 추한 외모를 지닌 낯선 사람을 보면 그렇듯이, 교장과 커티스는 이 손님의 아름다움에 놀라지 않을 수 없었다. 그러나 교양 있는 이들답게, 둘 모두 그 사실을 의식하지 못하는 듯 태연히 행동했다. 커티스는 그들의 면담에 방해가 되고 싶지 않다는 마음을 표출하듯 내내 창밖만 바라보고 있었다. 운동장에서 따뜻한 바람이 불어와 하얀 리넨 커튼을 한껏 펄럭였다.

"제가 졸업반 학생들만 직접 가르치느라 해숙이를 잘 알지는 못합니다." 교장이 영어로 말했다. "하지만 해숙이를 담당하는 교사들의 말로는, 매우 총명하고 똑똑한 아이라더군요."

"감사합니다." 여자가 고개를 숙이며 조용히 말했다.

"해숙이는 지금까지 한 번도 문제를 일으킨 적이 없는 학생이었기에, 이번에 다른 학생 한두 명과 싸웠다는 말을 듣고 무척 놀랐습니다. 다른 아이들이 먼저 해숙이를 조롱하고 있었던 상황 같아요. 하지만 발로 차고 주먹질을 시작한 사람은 해숙이였습니다. 이해하시겠습니까?" 교장은 상대가 말썽꾸러기 학생이든 교직원이든 방문객이든 가리지 않고 모두에게 사용하는 엄격한 목소리로 말했다.

"네, 알아들었습니다." 여자는 자기 무릎만 가만히 내려다보며 가냘프게 대답했다.

"그 학생들이 해숙이에게 아버지가 없다며 놀려댔다는데, 물론 그건 정말 끔찍한 짓이지요. 하지만 그렇다고 학교에서 폭력을 행사하는 학생을 그냥 내버려 둘 수는 없습니다."

"그럼, 우리 해숙이를 퇴학시키신단 말씀이신가요?" 여자는 갑자기 흥분해서 교장의 눈을 똑바로 바라보았다. "안 돼요, 그 애는 아직 어린아이일 뿐인데……. 잠깐의 실수일 뿐이에요……." 이제 여자는 한국어로 바꾸어 애원하듯 말했다. 여전히 어색하게 합석하고 있던 커티스는 대화에 끼어들어 '딱하신 분 같은데, 그냥 한 번만 봐주면 안 됩니까?'라고 묻고 싶은 충동을 꾹 눌러 참았다.

"해숙이가 어린아이라는 건 저도 알고 있습니다. 그러니 이번에는 경고만 하고 넘어가도록 하지요." 교장이 말했다. "하지만 부디, 학교에서 친구들과 싸우지 말라고 잘 얘기해 주세요. 다음에는 이렇게 관대한 처분을 내리지 않을 겁니다."

"감사합니다, 정말 감사합니다." 여자는 허리를 깊이 숙여 영어로 반복해 말했다.

본의 아니게 면담 내용을 엿듣게 된 커티스의 마음에서는 이 낯선 여자에 대한 궁금증이 일었다. 그는 이 학교 학생이라 해도 믿을 만큼 젊어 보였고, 또한 영어를 꽤 할 수 있다는 것도 커티스의 호기심을 끌었다. 이런 호기심 중 일부는 곧 어느 정도 해소되었다. 교장이 그에게 어디서 영어를 배웠는지 묻자, 여자는 전에 이 학교에 다녔던 이모가 가르쳐주었다고 설명했다.

방문객이 떠나자 교장이 커티스를 향해 돌아서며 말했다. "미안해요, 우리 얘기가 먼저 마무리될 때까지 잠깐 기다리시라고 할 수도 있었는데……."

"아니, 전혀 문제없어요. 괜찮아요." 커티스가 말했다. "그런데 그사람 누구죠?"

"우리 학생 중 한 아이의 어머니예요." 교장이 대답했다.

"어머니라기엔 너무 젊어 보이던데." 부영사는 속내를 감출 생각도 없이 눈썹을 한껏 치올렸다. "영어도 꽤 하고. 혹시 기혼 여성이 영사관에 취직하고 싶어 하지는 않으려나요?"

"그분은 미혼이에요, 커티스 씨. 어쨌거나 그분이 통역사나 비서가 되고 싶어 할 거라는 생각은 거의 들지 않지만." 교장이 톡 쏘아붙이듯 말했다. 커티스는 자신이 어쩌다 교장의 기분을 상하게 했는지 몰라 어리둥절한 마음으로 얼굴을 붉혔다. 교장은 그보다 최소 열 살쯤 연상이었고, 두 사람은 늘 서로를 존중하되 성적 감정은 드러낸 적 없는 지인의 관계를 유지하고 있었다. 그런데도, 그 낯선 여성에 대해 커티스가 드러낸 관심과 호감이 교장에게 잠시나마 분개심과 모욕감을 심어준 것은 틀림없었다.

"그분은 '기생'이라고 알려진 사람이에요. 내가 듣기론 아주 성공한 경우라더군요. 그분의 딸은 아버지 없이 태어난 아이죠." 교장은 또박또박 설명한 뒤, 더는 이 이야기를 입에 올리고 싶지 않다는 듯 깍지 낀 양손을 무릎 위에 올려놓았다. 커티스는 놀라움을 감추지 못한 얼굴로 다시 창밖을 내다보았다. 문득 그 남자의 마음속에, 만일 그 낯선 사람이 운동장을 가로지르는 모습을 보게 된다면 그것을 일종의 계시로 받아들여야겠다는 생각이 들었다. 하지만 무엇의 계시란 말인가? 그것까지는 아직 그 자신도 알지 못했다. 가벼운 바람이 엷은 먼지구름을 훅 일으켜 푸른 하늘로 날려 보냈다. 창밖을 너무 오래 쳐다보고 있는 건 아닌지, 혹시라도 자신의 부주의한 태도에 교장의 기분이 상하는 건 아닌지 슬슬 걱정이 들 즈음, 연보랏빛 치마를 입은 여자가 창틀 안으로 모습을 드러냈다. 이리저리 날리는 분홍빛 모래 속에서, 그는 마치 어느 사막을 건너는 고독한 여행자 같아 보였다.

한철은 옥희의 공연이 끝나고도 더 이상 인력거를 가져오지 않았다. 대신 그들은 매번 옥희의 집까지 함께 걸어갔다. 산책은 거의 한 시간 가까이 이어졌지만, 한낮 내내 경성 시내를 뛰어다녔던 한철도, 장시간의 연극 연습과 무대 공연을 마친 옥희도, 전혀 피로를 느끼지 못했다. 두 사람은 그저 손을 잡은 채 이리저리 돌아다니는 것만으로 자신들이 생생하게 살아 있음을 느꼈다. 그들은 각자 눈에 들어온 것들을 서로에게 가리켜 보여주느라 바빴다. "어머, 저 백화점의 아치형 창문 좀 봐……." "저기 조각상이 서 있는 거 알고 있었어요?" 사실 그중 특별히 심오하거나 의미 있는 건 전혀 없었지만, 함께 바라보고 있노라면 무엇이든 풍성한 의미로 가득하고, 사랑스럽고, 인상적인 것으로만 보였다. 그렇게 옥희의 집 앞에 도착하면 한철은 거의 경건하기까지 한 태도로 조심스레 옥희를 제 품에 끌어안았고, 그들은 키스를 나누었다.

그러던 날씨가 유난히 좋고 달이 밝던 어느 밤, 옥희는 입맞춤을 잠시 멈추고 작게 속삭였다. "들어오지 않을래?" 한철이 이 일에 대해 오랫동안 생각해 왔다는 것도, 그러나 그가 먼저 용기를 내 자신에게 이야기할 일은 결코 없으리라는 것도 옥희는 알고 있었다. 옥희는 그를 이끌어 자신이 거처하는 누각으로 향했다. 자신이 사는 곳을 그에게 보여준다는 것이 신나고 자랑스러웠다.

옥희는 이번이 한철의 처음이라는 걸 알았기에 그가 당연히 긴장해 있으리라 생각했다. 하지만 옥희보다 경험이 미숙하고 나이도 어리면서, 한철은 자신이 어떻게 해야 하는지 잘 알고 있는 듯했다. 그의 손길은 다급하면서도 여리고 부드러웠다. 심지어 둘 다 옷을 완전히 벗은 다음에도, 한철은 옥희의 정수리에서 손끝까지, 다시 옥희의 발가락까지 내려가며 온몸에 천천히 입을 맞췄다. 그의 입술은 마치 지도를 만드는 사람처럼 옥희의 전신을 부지런히 탐험하며 옥희의 모든 감각을 관능적으로 그려냈다. 옥희의 입에서는 연신 작은 한숨이 가쁘게 새어 나왔다. 다른 사람들과 함께할 때처럼 그저 상대의 행위에 만족을 느끼는 시늉이 아니라, 그러지 않고는 참을 수 없기 때문이었다. 옥희는 날렵하면서도 근육이 잘 발달한 한철의 몸을 올려다보았다. 자신의 만족을 늦추며 끈기 있게 옥희의 몸을 애무하는 한철로 인해 넋이 나가버릴 것만 같았다. "더는 못 기다리겠어." 이렇게 말하며 그를 향해 손을 뻗었는데도, 한철은 계속 옥희의 몸을 어루만질 뿐이었다. "이대로 당신에게 영원히 키스할 수 있어요." 그가 낮게 속삭였다. 그리고 마침내 한철이 옥희 안으로 들어왔을 때, 그들은 경외에 찬 눈빛으로 서로를 바라보았다. 한 치도 떨어질 수 없을 만큼 이토록 가까이 있다는 느낌이 고통스러우리만치 달콤했다. 두 사람은 한동안 꼼짝도 않은 채 서로를 끌어안고 있다가, 곧 앞뒤로 조금씩 움직이기 시작하며 서로를 향해 녹아들어 갔다. 한철이 먼저 절정에 이르자, 옥희는 다른 남자들처럼 그 역시 이제 자신의 몸에서 떨어져 금세 잠에 빠지리라 생각했다. 그러나 한철은 다시 단단해져 옥희 또한 절정을 맞이할 때까지 그의 안에 머물러 있었다.

옥희와 포개진 채, 한철은 가쁜 숨을 쉬며 옥희의 가슴에 자신의 지친 머리를 얹고 쉬었다. 옥희가 남자의 젖은 머리를 살짝 쓰다듬자 그는 그 손을 잡아 자신의 입술로 가져갔다. 옥희는 자신의 행운을 믿을 수 없다는 듯 무의식적으로 미소를 머금고 있는 그의 얼굴을 바라보았다.

"당신 살결……." 옥희의 가슴에 깃털처럼 나풀대는 부드러운 키스를 녹진하게 쏟아부으며 한철이 말했다. 옥희는 그가 무슨 말을 하고 싶은지 정확히 알고 있었다. 한철의 맨살이 자신의 살에 닿는 감촉이 너무나 아늑하면서도 강렬했고, 그렇게 살을 맞대고 있는 순간에도 더 많은 갈망과 허기를 느꼈다. 더 이상의 대화 없이 그들은 자세를 바꾸어 최대한 서로의 몸을 어루만졌고, 이렇게 바보스러울 만큼 서로에게 깊이 빠져들어 있는 자신들을 향해 웃음을 터뜨렸다.

"당신 심장이 뛰는 소리가 들려요." 한철이 중얼거렸다. 옥희 또한 자신의 배 위쪽에서 거세게 뛰는 그의 심장박동을 느낄 수 있었다. 아무도 옥희에게 이런 말을 해준 적은 없었다. 그리고 아무도 이런 느낌을 이토록 가치 있는 것으로 만들어주지 못했다. 한철의 심장박동을 느끼는 이 순간의 기분이 평생 소중한 기억으로 간직되리라는 걸 옥희는 알 수 있었다.

"자기는 날 사랑해?" 옥희가 물었다.

"네, 사랑해요." 한철이 짧게 대답했다. "정말로요."

"왜? 언제부터?"

"극장 밖에서 당신을 처음 봤을 때부터요. 왜냐고요? 그냥, 당신은 당신으로 거기 서 있었고, 나도 거기 함께 서 있었으니까……. 그렇게 단순하고 그렇게 복잡한 거예요. 그렇게 될 수밖에 없었던 거고요." 남자는 한숨을 내쉰 뒤 고개를 돌려 자신의 오른쪽 뺨을 옥희의 가슴에 밀착시켰다.

그날 이후, 한철을 사랑하고 한철에게 사랑받는 것보다 옥희에게 더 중요한 건 아무것도 없었다. 이제 옥희는 연화와의 사이가 멀어진 것이나 공연 무대의 성공 여부에 대한 생각에 거의 시간을 쏟지 않았다. 그는 자신이 가장 중요한 것, 매우 순수하고 희귀한 것을 이미 가졌음을 알았다. 처음 은실의 집에 들어갔을 때만 해도, 그가 상상할 수 있었던 미래라고는 고작 하인이 되는 것뿐이었다. 그런 다음엔, 오직 혐오감 외에는 아무 감정도 느끼지 못하는 남자들과 잠자리를 하다가 더 젊은 여자들과 새로운 오락거리에 밀려나는 것이 자신의 운명이 아닌가 생각하던 시기가 있었다. 그러나 어떤 기적이 일어난 것인지, 이제 옥희의 현실은 그가 꿈꿨던 모든 것을 능가했다. 상대적으로 짧은 시간에 그것은 옥희를 완전히 다른 사람으로 바꿔놓았다. 변화의 대부분은 내부에서 일어났지만, 종종 지진이 일어나면 지층의 안과 밖이 모두 뒤집히듯이 옥희의 겉모습에도 많은 변화가 생겼다. 그는 거울 앞에 앉아 고작 반년 전과 비교해 자신의 눈이나 코의 형태가 희한하게 달라져 있음을 확인하며 깜짝 놀라곤 했다. 이제 옥희는 너무나 깊은 사랑을 받고 있다고 느꼈기에 그의 영혼 자체가 변화했고, 그의 이목구비 또한 그 변화를 반영하여 새롭게 모양을 잡아가는 것 같았다. 옥희는 늘 자신이 매력적이되 결코 완벽하지는 않은 외모, 예를 들면 지나치게 좁은 이마와 평범하고 가느다란 눈, 숱이 듬성한 속눈썹을 가졌다고 생각해 왔는데, 그런 단점들이 더 이상 눈에 띄지 않았다. 또한 그동안 어디서나 대중의 이목을 끄는 데 익숙했지만, 지금처럼 그러한 관심이 폭발적이었던 적은 없었다. 길을 걸을 때나 무대에 오를 때마다 옥희는 사람들의 뜨겁고 애타는 시선이 자신을 따라오는 것을 느꼈다. 하지만 정작 그에게는 그중 어느 것도 중요하지 않았다. 이제 옥희의 관심은 오직 한철의 눈에 아름답게 보이는 것뿐이었다.

남자들에 비해, 여자들은 사랑을 온전히 주는 것, 혹은 받기만 하는 것으로 양극화하기 마련이다. 사랑을 철저하게 이타적인 보살핌으로 이해하는 여자들과 사랑을 통해 자신이 어떻게든 혜택을 얻지 못하면 이를 견디지 못하는 여자들 사이에는 매우 큰 간극이 존재한다. 옥희에게는 한철을 통해 자신이 무엇인가를 얻어낸다는 생각 자체가 그들의 사랑을 더럽히는 것처럼 여겨졌다. 그동안 옥희가 뭇 후원자들과 구애자들에게 받아온 그 어떤 선물이나 쌈짓돈도, 어떻게 하면 한철을 도울 수 있을지 생각에 잠겨 있을 때만큼 그를 행복하게 해주지 못했다. 옥희에겐 한철이 야간학교를 졸업할 때까지 그를 부양하기에 충분한 자금이 있었다. 가장 큰 손님이었던 옥희를 잃은 뒤 한철은 인력거로 생계 수입을 올리는 데 어려움을 겪는 중이었다. 하지만 옥희는 그가 자신의 도움을 선뜻 받아들이지 않으리라는 점을 짐작하고 있었다. 그리고 마침내 옥희가 그 말을 꺼냈을 때, 한철은 처음으로 옥희 앞에서 불쾌한 기색을 드러냈다.

"당신 돈은 절대 받을 수 없어요." 그는 단호하게 말했다. "나는 스스로 돈을 벌 수 있는 남자예요. 여자한테서 돈을 빼앗아 쓰지는 않는다고요."

"그렇게 받아들이지 마." 옥희가 달래듯 말을 이었다. "내가 자기보다 한 살 더 먹었잖아. 이렇게 생각해 봐. 살다 보면 자기보다 나이가 많고 더 나은 상황에 있는 누군가의 도움을 받아야 할 때도 있어. 그렇게 도움을 받아서 성공하고 나면, 호의에 보답하고 다시 자신의 도움이 필요한 사람들을 도울 수도 있는 거야. 이런 식으로 같은 자리에서 쳇바퀴만 돌리며 계속 시간을 허비할 순 없잖아! 지금의 진흙탕에서 빠져나갈 수단이 필요한데, 내가 바로 그 수단이 되고 싶다고."

옥희는 너무나 사랑스럽고 순수한 눈으로 한철을 바라보았다. 그의 제안은 온전히 이타적인 마음에서 나온 것이었고, 그 대가로 그가 한철에게서 바라는 건 아무것도 없었다. 한철은 옥희의 손에 입을 맞춘 뒤 말했다. "나는 당신의 사랑을 받을 자격이 없는 사람이에요."

한철은 대학 진학 시험이라도 한번 쳐보겠다고 이렇게 6~7년 더 죽도록 고생하느니 차라리 이쯤에서 포기하고 야학을 중퇴할까 생각하던 참이었다. 그렇게 평생 인력거를 끄는 기사로 살거나, 조만간 인력거마저 시대의 유물로 사라지게 된다면 등에 벽돌을 지고 나르는 고강도 노동자가 되어 주 7일 내내 공사장에서 일하다 언젠가 몸이 다 축나면 죽겠거니 싶은 마음이었다.

결국 옥희는 한철의 야학 등록금을 내주었고, 더하여 그와 가족의 생활비까지 책임지기 시작했다. 기생 출신 배우가 자신을 물질적으로 지원하고 있다는 걸 차마 털어놓을 수 없었기에, 한철은 어머니에게 장학금을 탔다고 둘러댔다. 어머니는 이렇게 말했다. "드디어 너도 네가 지닌 잠재력에 걸맞은 성과를 얻어냈구나. 그래도 자칫 오만해져 게으름을 부릴 생각일랑 말아라. 대학에 들어갈 때까지 한순간도 쉬어선 안 돼. 네 성공에 우리 가족의 생사가 달려 있다."

한철은 하루 아홉 시간을 학교에서 보냈고, 귀가해서는 더 오랜 시간을 들여 밤새들마저 울음을 멈출 때까지 공부에 매진했다. 가끔은 해가 뜰 때까지도 책을 읽고 있는 자신을 발견하기도 했다. 몇 년 동안 인력거를 끌고 시내를 빙글빙글 돌던 그에게 그저 한자리에 편히 앉아 공부만 하는 건 얼마든지 기쁜 마음으로 할 수 있는 일이었다. 한철은 몇 년간의 학업 과정을 고작 1년 만에 따라잡고 마침내 대학 진학 시험을 치렀다.

시험의 결과는 신문에 발표되었다. 전국 모든 학생 중 최고점을 받은 수석과 그에 상응하는 고득점자의 명단 속에서 자신의 이름을 발견한 순간, 한철은 벌컥 눈물이 터질 만큼 큰 흥분에 사로잡혔다. 그가 그토록 감격한 것은 바로 두 가지 사실 때문이었다. 먼저, 나락과 성공의 보루 사이에 걸쳐 있던 자신의 삶이 결정적이고 돌이킬 수 없는 전환점을 맞아 후자로 돌아섰다는 점. 그리고 둘째로, 결국에는 자신이 이 모든 것을 혼자만의 힘으로 해냈다는 점이었다.

17장

바닷고동 카페

영구가 마침내 중국집 주인 딸에게 청혼할 용기를 냈을 때, 정호는 자신이 중매를 서겠노라고 제안했다. 하지만 영구는 이를 거절했다.

"정호야, 내가 목숨을 걸고 너를 믿는다는 거 너도 알 거다." 영구는 말했다. "하지만 난 이번에도 네가 말 대신 주먹을 앞세울까 봐 걱정이 돼. 장차 내 장인어른이 될 사람한테 그러면 안 되잖아."

또한 영구는 결혼 자금을 마련하지도 못할 만큼 가난한 남자들 사이에서 예전부터 흔히 행해지던 관습, 그러니까 여자를 데리고 몰래 야반도주하는 방법도 배제했다. 그 대신 영구는 여자의 아버지에게 가서 무릎을 꿇고 축복 속에 결혼할 수 있도록 허락해 달라고 간청하는 정공법을 택했다. 영구는 그동안 자신들 무리가 멋대로 들이닥쳐 식당을 이용한 것에 대해 용서를 구하며, 앞으로는 정직하게 일해서 그동안 진 빚을 갚겠다고 약속했다.

"너희 불량배 놈들은 몇 년 동안이나 내 인생을 망쳐놓더니, 이제 내 딸까지 훔쳐 가겠다고? 이게 무슨 역겨운 장난질이냐?" 여자의 아버지이자 식당 주인은 고함을 질러댔다. "좋다, 그 애 없이는 못 살겠다는 네 말이 진심이라면, 저 밖에 나가서 뜰에 무릎 꿇고 앉아 있어. 내가 그만 됐다고 하기 전에 일어났다가는 내 딸에게 손가락 끝도 갖다 대지 못할 줄 알아라. 그리고 확실히 말해두는데, 딱 1초만 일어나도 나는 바로 알아차리니까 허튼수작 부릴 생각일랑 마!"

영구는 고분고분 방에서 물러나 어수선한 마당 정중앙에 무릎을 꿇고 앉았다. 식당 직원들은 그 모습을 보고 항간에 떠도는 소문을 한 마디씩 내놓으며 수군거렸고, 이웃들도 담 너머로 영구의 꼬락서니를 훔쳐보며 킬킬거렸다. 중국집 딸은 방 안에 갇힌 채 비통한 울음을 터뜨렸고, 밤나무에 묶인 영구의 충실한 개는 주인에게 심각한 일이 닥쳤다는 것을 느꼈는지 심장을 토할 정도로 목 놓아 짖어댔다. 그야말로 난리였다. 하지만 영구는 흙먼지 속에 정강이를 깊이 파묻고 앉아서는 참회의 의미로 고개를 숙인 채 그날 밤이 다 가도록 꿋꿋이 자리를 지켰다. 다음 날 아침, 하인 하나가 나와 이제 이쯤에서 그만두라며 그를 설득하고 있는데, 갑자기 영구가 혼절하여 사지를 뻗은 채 자리에 드러눕고 말았다.

결국 아버지가 방에서 나와 영구의 어깨를 흔들어 깨우며 말했다. "네놈이 어울리던 깡패 놈들, 특히 그 빨갱이 정호 놈이랑 완전히 관계를 끊겠다고 맹세한다면, 그리고 지금 이 순간부터 정직하고 떳떳한 사회인으로 열심히 일하기로 약속한다면……." 그는 말을 끝맺지 못했다. 그토록 애지중지하며 키운 딸을 이 쓰레기 같은 놈에게 준다고 생각하니 여전히 끔찍하리만치 속이 상했던 것이다. 하지만 그는 결국 세상에 자식 이기는 부모 없다는 오래된 속담을 떠올렸다.

"감사합니다, 아버님." 영구가 희미하게 속삭였다. "따님을 제 목숨처럼 잘 돌보겠습니다."

그 순간을 기점으로 영구는 공식적으로 그들 무리에서 탈퇴했다. 명보의 청년 모임도, 정호 무리의 일도 전부 그만두었다. 대신 그는 중국집 일을 돕기 시작했다. 결혼식을 올리고 시간이 흐르면서 노인의 마음도 점차 누그러졌고, 사랑하는 손녀딸이 태어나면서부터는 어쨌든 영구를 사위로서 인정해 주는 눈치였다. 그렇게 영구는 나이 든 장인을 대신해 중국집 운영을 도맡게 되었다.

정호는 영구의 이탈에 화를 낼 만도 했지만, 오랜 친구를 그런 식으로 놓아주는 것도 나쁘지 않다는 생각이 들었다. 미꾸라지 역시 명보의 모임을 떠났는데, 거기서 요구하는 입단 서약을 할 수 없다는 이유에서였다. 아닌 게 아니라, 정호에게조차 쉽지 않은 서약이었다. 일단 세속적인 사유재산을 모두 버리겠다는 첫 번째 조항은 딱히 극복하기 어려운 것이 아니었다. 애당초 정호에게는 재산이라할 것이 거의 없었으니까. (반면 명보는 자신이 가진 땅의 소유권 절반을 포기해서 가난한 사람들에게 나누어주고 작전 수행비로 사용하도록 했고, 정호는 그런 행동이야말로 진정한 인내와 강인함의 표상이라 믿었다.) 문제가 되는 것은 서약의 두 번째 조항, 그러니까 조국의 독립을 위해 언제든 자기 목숨을 바칠 각오를 하겠다는 내용이었다. 그동안의 관찰을 통해 정호는 두 가지 유형의 운동가가 있다는 사실을 알고 있었다. 현장에 몸을 던지다가 젊은 나이에 죽음을 맞이할 운명인 자들이 한 부류라면, 나머지는 계속 살아남아 사람들을 다스리고, 협상하고, 선언문을 작성하는 사람들이었다. 명보가 후자라는 건 명백했다. 그는 활동 조직의 핵심적 역할을 도맡았고, 학자다운 그의 손은 총을 발사하는 것보다는 편지와 선언문을 쓰는 데 더 유용했다. 반면에 정호는 자신이 결코 글을 잘 읽고 이해하거나 멋진 작문을 완성해 낼 수 없으리라는 사실을 조용히 깨닫게 된 지 이미 몇 년이었다. (명보마저도 이 부분은 속으로 받아들이게 되었다.) 이것이 운동가로서 결격 사유가 될 수 있는 심각한 약점이라는 사실도 그는 알고 있었다. 정호는 이러한 생각들이 마음속에서 파도처럼 오고 가도록 내버려 두었다. 어떨 때는 절규하며 충돌하기도 하고, 또 가끔은 이치에 맞는 이야기로 그를 설득하여 잠잠해지기도 하며 말이다. 그리고 마음이 가장 차분하게 정리된 순간에는, 언젠가 적절한 때가 오면 명보가 정호 자신만이 할 수 있는 일을 부탁해 오리라는 믿음이 다시금 고개를 들곤 했다.

영구와 미꾸라지가 떠나간 이후 어느 날, 정호는 중국집에서 두 친구를 만나 함께 저녁 식사를 했다. 흡사 한여름 저물녘 잔디밭에 둘러앉은 듯한 분위기 속에서, 이들은 추억이 가득한 장소에 모인 허물없는 옛 친구들이 그러듯 기분 좋게 취했다. 처음에는 정답고 행복한 기분이었지만, 밤이 깊어갈수록 정호는 자신의 감정이 희미한 슬픔의 형태로 변해가는 것을 느꼈다. 셋 모두 아직 젊은 나이였지만, 이미 그들이 함께 나누었던 무엇인가를 완전히 뒤로한 채 이제 각자의 길로 나아가고 있다는 느낌을 강하게 받았다. 영구는 벌써 딸 하나를 둔 아버지였고, 이제 조만간 태어날 둘째 아이를 기다리고 있었다. 미꾸라지는 그동안 모은 돈으로 영구네 식당 근처에 잡화점을 하나 차렸다. 정호로서는 시도해 보려 한 적도 없는 일들이었다. 하지만 만약 옥희가 곁에 있어주었다면, 또 그렇게 소소하고 현실적인 무엇인가를 꾸려나갈 수 있었다면, 아마 그것만으로 정호 또한 다른 생각 없이 충분히 행복했을 것이다. 정호는 문득 옥희를 안 본 지도 벌써 석 달쯤 되었다는 사실을 깨닫고 깜짝 놀랐다. 마지막으로 만났을 때 옥희에게 새로운 남자가 생겼다는 인상을 받았고, 그래서 그를 만나기 전보다 더 울적해진 기분으로 돌아온 기억이 떠올랐다. 그것은 독특한 형태의 자학적인 고문이나 다름없었으니, 정호는 다시는 스스로에게 그런 경험을 안겨주지 않을 작정이었다.

친구들과 작별 인사를 나눈 뒤, 정호는 혼자 운하 위의 돌다리로 가 담배를 피우며 이런저런 생각에 잠겼다. 그는 난간에 팔꿈치를 괴고 안주머니에서 은제 담뱃갑을 꺼냈다. 오랜 세월이 지나는 사이 담뱃갑에는 군데군데 더러움이 생겼고 섬세하게 조각된 부분도 알아보기 힘들어졌다. 하지만—그는 점화를 위해 파인 홈을 쓰다듬으며 생각했다—이건 아직 여기에 있었다. 시간은 모든 감정의 진폭을 납작하게 눌러버리기 마련이지만, 그럼에도 진짜로 존재하는 무엇인가를 지울 수는 없었다.

가끔 정호는 뒷골목에 자리한 싸구려 식당 몇 군데에 들르곤 했다. 뒤에 딸린 작은 방에서 그의 필요를 채워줄 수 있는 여자들이 있는 곳들이었다. 그 여자들은 예인으로 훈련받은 기생이 아니라 돈만

주면 누구와도 관계하는 하류 창부들이었지만, 정호는 그들을 좋아했고 그들을 갈망했다. 기껏해야 열여덟 정도밖에 되지 않아 보이는 아주 어린 여자도 하나 있었는데, 그에게서 정호는 육체적 욕망과 함께 오라비로서 느낄 법한 정을 느끼기도 했다. 하지만 자신의 이런 행동들이 옥희를 배신하는 짓처럼 여겨지지는 않았다. 이들과 만나 성욕을 푸는 것은 옥희 앞에서 좋은 모습만을 보여주는 데 도움이 되었고, 따라서 어쩌면 이건 옥희를 위한 믿음의 행위일 수도 있다는 생각이었다. 정호는 자신과 몇 번 잠자리를 했던 그 열여덟 살 소녀를 지금 만나러 갈까 생각했다. 잠시만이라도 누군가의 품 안에 안겨서 누워 있으면 기분이 나아질 것 같았다. 그러나, 이내 그는 고개를 가로저으며 그러지 말자고 마음먹었다.

그러고 보니 옥희에게 자신의 진심을 고백한 적이 없다는 생각이 이제야 들었다. 아마도 옥희 역시 그의 마음을 알고, 그러면서도 그것을 인정하지 않으려 애써온 것인지 몰랐다. 아니면 옥희는 정호를 그런 식으로 바라본 적이 없었다가, 지금에서야 자신 앞에 항상 누가 있었던 건지 깨닫게 될 수도 있다. 그는 옥희의 집에 도착했다. 하인이 나오더니, 옥희가 지금 부재중이라며 안에 들어와서 기다리겠느냐고 물었다. 하지만 그는 신선한 공기를 조금이라도 더 쐬며 가슴을 턱턱 조이는 숨을 고를 겸 밖에서 기다리기로 했다.

정호는 하나뿐인 겨울 정장 차림이었다. 가지고 있는 셔츠 두 벌 중 한 벌을 입고 오래된 코트를 걸쳤지만, 모두 명보의 가정부가 깨끗하게 세탁하고 다림질하고 빳빳하게 풀을 먹인 터라 제법 깔끔해 보였다. 아무도 그를 두고 더러운 길거리 부랑자나 낙오자 같다고 할 수는 없을 터였다. 몇몇 여자들이 정호 앞을 지나가면서 친근하고 호기심에 찬 눈길을 건네 그의 자신감을 북돋아 주었다. 그는 마침내 옥희에게 고백할 준비가 되었다.

그날 아침부터 옥희는 한강 근처에 있는 새 영화 촬영장에 나가 있었다. 강가는 쌀쌀하고 바람도 거셌고, 옥희는 몸살 기운이 있었다. 촬영 도중에, 공동 주연을 맡은 동료 출연자가 옥희에게 괜찮은지 물었다.

"그냥 좀 피곤해서요. 그래도 괜찮을 거예요." 옥희가 대답했다.

"오늘 날씨가 너무 춥네요. 옥희 씨가 그렇게 얇은 블라우스를 입고 있어야 하니, 정말 안쓰러워요." 남자는 미소를 지으며 말했다. 당신을 걱정하고 있다는 속내를 드러내고 싶을 때 남자들이 보여주는 그런 미소였다. 옥희는 이 동료 배우가 자신을 좋아한다는 걸 눈치채고 있었다. 그 감정에 보답해 줄 마음은 전혀 없었지만, 늘 곁에 붙어 자신에게 잘 보이려 노력하는 그의 모습을 보니 기분이 나아지는 건 사실이었다.

옥희를 괴롭히는 건, 한철의 대학 졸업이 그들의 새로운 삶을 허락하는 대신 새로운 불안감만 가중하고 있다는 점이었다. 처음에는 한철이 학위를 받고도 금세 일자리를 구하지 못한다는 사실이 두 사람 모두에게 충격을 주었다. 경제 시장이 붕괴한 이후 많은 회사가 직원들을 대량으로 해고했고, 신입사원을 채용하는 곳은 한두 군데에 지나지 않았다. 다섯에서 열 명쯤 뽑는 자리에 수천 명의 지원자가 몰렸는데, 채용의 기회는 제일 우선적으로 일본인들에게, 이어 친일 엘리트들에게 주어지곤 했다. 특별한 연줄이나 재산이 없는한, 대학 졸업장은 아무런 쓸모도 없었다. 자존심이 강한 한철은 관계가 소원한 안동 친척들에게 연줄을 구하는 편지를 쓰지도 않았고, 대학에서 만난 부르주아 젊은이들과 함께 어울리기도 거부했다. 하지만 엄밀히 말해서 후자의 상황을 피하는 것은 그의 고고함 때문이라기보다, 그런 젊은이들 역시 자신을 그룹의 일원으로 환영하지 않을 것임을 본능적으로 이해했기 때문이었다. 옥희가 그의 마음을 달래주려 할수록 한철의 행동은 더욱 무심하고 냉담해져만 갔다. 그는 또래 남자들과 어울리며 자유로워져야 할 시기에 한 여자의 사랑 안에 갇힌 채 고립되어가는 스스로를 발견한 터였다. 옥희 역시 그런 한철의 마음을 직감했기에, 그에게 요구하는 것들을 최소한으로 줄이고자 노력했다. 비록 그로 인해 옥희 자신이 불행으로 가라앉더라도 말이다.

옥희는 지금 한철에게 필요한 것은 그저 숨통을 틔울 만한 약간의 거리감과 안정된 직업뿐이라고 믿었고, 그래서 한철이 마침내 어느 자전거포에서 정비공으로 일할 수 있게 되었을 때 무척 기뻐했다. 그 일은 심지어 전문대학 학위도 필요 없는 단순 노동직이었지만, 이미 한철은 여러 회사와 은행에 수십 개의 이력서를 보내고도 아무 응답을 받지 못한 상태였다. 설령 자신의 상황에 낙담했다 해도, 한철은 그러한 감정이 겉으로 드러나지 않게 잘 숨겼다. 수년간 인력거를 직접 수리해 온 경험 덕에, 그는 고장 난 자전거를 몇 분쯤 들여다보고 매만지는 것만으로 문제점을 해결할 수 있었다. 전날 밤 옥희를 찾아왔을 땐 자신이 가게 사장의 개인 자전거까지 어떻게 고쳐냈는지도 이야기해 주었다.

"이게 내가 기대했던 일이라고 할 수는 없지만, 어쨌든 적어도 안정적이긴 해. 그리고 다른 직장에 비해서 우리 사장이 주는 월급도 더 많고. 내가 브레이크를 얼마나 빨리 고치는지 보고 깜짝 놀랐대. 그리고 내가 대학에서 전공한 내용에 대해서도 잠깐 얘기를 나눴어." 이불 속에서 한철이 말했다. 그의 오른팔은 옥희를 감싸 안은 채였고, 옥희는 물결처럼 굽이진 단발의 머리칼을 한철의 어깨 위에 아늑하게 얹고 있었다.

"그렇지? 그 사장이 자기 재능을 알아본 거라니까. 오래지 않아 자기한테 더 중요한 일을 맡기고 승진도 시켜줄 거야. 그러면 자기도 안정된 생활을 해나갈 준비가 되겠지." 옥희는 한철을 향해 활짝 웃어 보였다. 마음 한구석에서는 그들의 미래에 대한 불안이 점점 몸집을 키우고 있었지만, 그는 의식적으로 그런 생각을 떠올리는 것조차 자제하는 중이었고 더욱이 한철에게 직접 그 말을 꺼내는 건 상상도 할 수 없는 일이었다. 그저 한철이 안정을 찾으면 먼저 이야기를 꺼내겠거니 짐작할 뿐이었다. 대학 공부를 하는 동안, 한철은 때때로 자신이 옥희를 실망시키는 일은 없을 거라고, 앞으로 그를 행복하게 해줄 것이라고 말하곤 했다. 옥희와 영원히 함께하고 싶다고 속삭인 적도 한두 번이 아니었다. 한철의 품에 안겨 이런 말을 들을 때마다, 옥희는 자신의 몸 전체에서 순수한 빛이 터져 나오는 듯한 느낌이었다. 마치 낮에 받은 햇빛을 저장하여 품고 있다가 밤이 되면 형광으로 빛나는 반딧불처럼, 소박하면서도 기적적인 생명체가 된 것만 같았다. 이것이 바로 삶의 정수를 맛본다는 의미이며, 삶 자체로부터 사랑스러운 입맞춤을 받을 때의 느낌이라는 자각이 그를 행복하게 휘감았다. 하지만 그런 행복은 온전히 한철에게 의존하고 있었고, 그렇기에 쉽게 부서질 수밖에 없었다.

옥희와 영원히 함께하고 싶다는 말이 한철의 입에서 나오지 않은 지도 벌써 한참이었다. 정확히 언제부터였는지, 옥희는 알 수 없었다.

그런 말 대신, 한철은 무심하게 옥희의 어깨를 움켜쥐며 말했다. "그래, 나도 더 높은 직책으로 올라갔으면 좋겠어. 내가 뭘 할 수 있는지 사장한테 보여주고 싶어. 그 사람은 다소 산만해 보이고, 사업체는 실질적으로 지배인이 운영하고 있는데 돌아가는 꼴이 아주 엉망이거든."

사실 옥희가 듣고 싶었던 말은, 일단 자신이 직장에서 어느 정도 자리를 잡으면 어머니께 옥희에 대해 이야기하고 장래를 의논해 보겠다는 내용이었다. 하지만 실망스럽게도, 그는 옥희나 그들 두 사람이 함께하는 미래보다 그 자신에 대해 더 많은 이야기를 늘어놓고 있었다. 이에 옥희는 더욱 다정하게 한철을 안았다. "키스해 줘." 그가 속삭이며 한철의 마른 허리를 자신의 몸 위로 이끌었다. 한철이 옥희의 가슴에 입을 맞추고 전과 다름없는 갈망과 절박함을 내비치며 그에게 뛰어들자, 옥희는 친밀하고 익숙한 쾌감에 빠져들었다. 처음 사랑을 시작했을 때처럼 그가 여전히 자신을 원한다는 사실을 확인하는 순간 옥희의 얼굴은 환하게 밝아졌다. 사랑을 나누는 동안 한철의 눈은 내면의 모든 것을 숨김없이 드러내 보여주었다. 그렇지만 막상 일이 끝나자 한철은 더 이상 옥희에게 입맞추지도, 그를 향해 사랑스러운 미소를 지어 보이지도 않았다.

오후 내내 옥희는 한철 생각에 정신이 팔린 채 아무 생각 없이 연기를 이어갔다. 이른 저녁 무렵 촬영이 끝났을 때, 상대 배우가 물었다. "이렇게 한참 떨고 나니 뭔가 뜨끈한 게 당기지 않아요? 같이 우동 한 그릇이라도 하러 갈래요?"

남자의 매력적인 눈망울이 아름답고도 불안하게 반짝거렸다. 그의 우아한 모직 정장은 늘 흠이라곤 없이 완벽하게 재단되고 다림질되어 있어서, 옥희는 언젠가 그 빳빳한 정장이라면 사람이 입지 않아도 옷감 스스로 일어설 수 있겠다고 생각하며 혼자 웃기도 했었다. 하지만 정장이야 어쨌건, 그 남자는 정말 착하고 친절한 사람이었다.

"아, 고맙지만 오늘은 안 되겠어요." 옥희가 얼굴을 살짝 붉히며 대답했다. "선약이 있어서요. 다음 기회에 먹죠." 토끼털 깃이 달린 옅은 파란색 코트를 걸치며, 옥희는 상대 배우가 실망감을 감추려 애쓰는 모습을 눈치채곤 연민과 득의양양함을 동시에 느꼈다. 남자에게 고개 숙여 인사를 건넨 뒤 택시에 올라 옥희가 향한 곳은 연화의 집이었다.

"세상에, 이게 얼마 만이니! 어머, 너 추운가 보네! 얼른 안으로 들어와." 연화가 대문까지 직접 나와 옥희를 맞으며 친구의 등에 한 손을 살포시 얹었다. 이제 그들은 함께 시간을 보내는 일이 거의 없었고, 연화가 단이의 집에 마지막으로 온 지도 벌써 몇 개월 전이었다.

하지만 연화가 전화를 걸어 한번 놀러 오라고 청했을 때, 옥희는 그 초대에 흔쾌히 응했다. 두 사람 모두 서로 앞에서 다소 솔직하지 못한 스스로를 느꼈지만, 오랜 친구들이 흔히 그러듯 그 작위성을 감추기 위해 노력했다.

"선미는 어디 있어? 귀여운 우리 아가 잘 있지?" 옥희가 갓 세 살이 된 연화의 딸아이를 찾아 두리번거리며 물었다. 선미는 하인과 함께 산책을 나갔고, 엄마인 연화의 얼굴에는 이제 막 걸음마를 배운 천방지축 아기에서 잠시나마 해방된 양육자 특유의 행복한 표정이 떠올라 있었다.

"옥희야, 너, 아이가 없다는 게 얼마나 행운인지 모를 거다." 방에 자리를 잡고 앉자, 연화가 예전처럼 친근하고 솔직한 말투로 입을 열었다. "내가 아이를 사랑하지 않는다는 건 아니야. 내 딸을 위해서라면 뭐든지 하고말고. 그렇지만…… 그 이전의 삶이 그립기도 해. 무대, 공연……."

"마음만 먹으면 다시 할 수 있지 않아? 너도 알겠지만, 지금도 경성 시내 모든 카페에서 네 음반을 틀고 있다고." 선미가 태어나기 전에, 연화는 가수로서 꽤 이름을 날리게 해준 대중가요 몇 곡을 녹음했다. 그로 인해 연화는 자기 앞으로 약간의 재산을 모을 수 있었고, 마 사장은 훨씬 막대한 양을 벌어들인 터였다.

"정말이니? 내가 알 리가 없지. 밤에 외출해 본 지가 얼마나 오래됐는데." 연화가 한숨을 쉬었다. "가끔은 옛날 그 시절이 마냥 그리워. 옥희 넌 안 그래? 그 모든 멋진 것들이 다 가능해 보였던 때 말이야. 이제는…… 잘 모르겠어. 나는 그냥……." 연화가 머뭇거렸다.

"그냥 하루하루 버티려고 노력할 뿐이야."

"나도 옛날이 그리워. 우리 모두 순수했던 때가." 옥희는 눈에 고이는 눈물을 꾹 참았다. 연화와 한철, 그리고 상처받을 걱정이라곤 없이 절대적인 확신과 순수한 마음을 온전히 다 바쳐 사랑했던 모든 사람이 하나하나 떠올랐다. 심지어 정호마저 조용히 자신의 곁에서 멀어진 지금, 옥희는 그에게 더 좋은 친구가 되어주지 못했던 것이 후회스러웠다. 연화가 손을 뻗어 옥희의 팔을 토닥이자 옥희는 울음 섞인 웃음을 풋 터뜨렸다. 뺨 위로 연신 흘러내리는 뜨거운 눈물이 어쩐지 다친 마음을 치유해 주는 것 같았다.

"우리 이러는 게 어때?" 옥희가 훌쩍이는 목소리로 말했다. "오늘 저녁에 우리 같이 나가지 않을래? 솔직히, 술 한잔 마시고 싶다."

연화는 잠깐 망설였지만 이내 저항을 포기했다. 갑작스럽게 외출을 앞두고 보니 마음이 무척 들떴다. 부드럽게 콧노래를 부르며, 연화는 분가루와 연지가 놓인 화장대 앞에 앉았다. 결코 아름답다 할 수 없는 외모였으나, 그는 출산 이후에도 여전히 젊음을 유지하고 있었다. 옥희와 비슷하게 어깨 길이로 잘라 집게로 곱슬곱슬하게 만 머리 모양도 그의 이목구비와 썩 잘 어울렸다.

그가 외출복을 고르고 있을 때 하인과 선미가 돌아왔다. 옥희는 아이의 외모가 그리 예쁘지 않다는 걸 깨달았고, 스스로 이런 생각을 했다는 것에 죄책감을 느껴 더욱 과장된 태도로 아이를 어르고 귀여워했다. 선미를 돌보는 하인이 옥희 이모에게 인사하라고 아이를 재촉했지만, 선미는 입술에 작은 손가락 하나를 갖다 댄 채 느릿하고 조심스러운 태도로 방을 둘러볼 뿐이었다. 그 또한 별로 붙임성이 없고 사랑스럽지도 않은 아이 같다는 인상을 옥희에게 남겼다.

연화는 옷에 정신이 팔려 무심하게 말했다. "애가 너무 조용하고 얌전해. 내 앞에서는 울지도 않는다니까. 저번엔 하인이 집을 비운 사이 혼자 바닥에 넘어졌는데, 저 쪼그만 애가 얼굴 전체를 찡그리면서 울음을 참더라고." 이 말을 듣자 옥희의 마음에 문득 동정심이 일었다. 그는 어린 선미를 진심 어린 태도로 대해야겠다 마음먹고 아이의 정수리에 다정히 입을 맞췄다. 연화는 이슬 맺힌 가느다란 거미줄처럼 거의 투명하다시피 한, 보송하게 갓 나온 아이의 머리카락을 가볍게 손가락으로 쓸었다. "자, 착하지……. 이제 가서 잘 시간이야." 그런 뒤 아이와 하인을 서둘러 방으로 돌려보냈다.

세찬 바람이 불고 구름이 가득 낀 저녁이었다. 연화는 밤색 실크 드레스에 종 모양 모자, 진녹색 코트를 골라 입었다. 가을에 잘 어울리면서도, 밖에서 그들을 기다리는 음울한 회색빛 풍경과 대조되는 풍요로운 색채감이 돋보이는 차림이었다. 연화는 날씨에 완벽히 어울리는 옷을 갖춰 입었다는 관능적인 즐거움에 잔뜩 들떠 있었다. 그가 화장대 앞에 앉아 수제 담배 한 개비를 천천히 말기 시작했을 때 옥희는 이미 나갈 채비를 마치고 구두를 신는 중이었다. 담배를 반절이나 피운 다음에야, 연화는 내내 자신을 기다리고 있는 옥희의 조바심을 알아차렸다.

"거의 다 담뱃잎으로 채우고 아편을 아주 약간만 넣은 거야. 그냥 긴장 좀 풀려고." 연화가 말했다. "너도 해볼래?"

"아냐, 난 괜찮아. 그렇지만 이렇게 늑장 부리다간 자정이 되도록 못 나가겠다." 옥희의 말에 연화는 조심스럽게 담배를 끄고 재떨이에 남은 꽁초를 올려두었다.

마침내 그들이 출발할 즈음 바람은 우물가의 빈 물통을 하늘 멀리 날려 보낼 만큼 거세게 몰아치는 중이었고, 이에 하인들은 빨랫줄에 널어둔 빨래들을 걷어내며 허둥거리고 있었다.

경성에는 수많은 카페가 있었는데, 저마다 다른 부류의 사람들을 단골로 끌었다. 사업가들이나 친일 부자들은 '카페 비엔나'를 애용했고, 민족주의자들은 '카페 테라스'에, 공산주의자들은 '황마다방'에 모였다. 학생들이나 예술가들은 '집시의 찻집'으로 몰려가곤 했다. 그리고 일본인들은 일본인들이 운영하는 자기들만의 카페에 출입했다. 하지만 사교계에서 제법 명성을 날리는 사람들이라면 누구나 '바닷고동 카페'에 다녔다. 그곳 주인은 젊은 부르주아 시인이었는데, 그가 친일 지주의 아들이자 당대 최고의 교육을 받은 지식인이요 자유연애에 찬동하는 좌파 계열 예술가라는 점이 정파와 상관없이 사회 각층의 가장 흥미로운 사람들을 한자리에 끌어모았던 것이다. 옥희 또한 그 남자와 알고 지내는 사이였고, 그래서 이날도 연화를 그곳으로 데려갔다.

"여기 정말 분위기 근사하지 않니? 이 자리에 앉으면 이 카페에 와 있는 모든 이들을 한눈에 볼 수 있어." 진홍색 가죽 소파가 갖춰진 특별석으로 미끄러져 들어가면서 옥희가 말했다. 그는 예쁘장한 종업원 쪽으로 몸을 돌려 모카커피 두 잔을 주문했다.

"이거, 보통 커피보다 훨씬 맛있다." 연화가 소곤거렸다.

"그 안에 초콜릿이 들어 있어서 그렇대. 놀랍지 않니?" 옥희가 키득대며 말을 이었다. "일단 시작은 이걸로 하고, 오늘 우리끼리 술 좀 마셔보자. 봐, 지금은 사람들이 그냥 이야기만 나누고 있지? 이제 조금만 지나면 다들 신나게 춤을 출 거야. 아, 지금 「라 팔로마」를 틀어주네!" 옥희의 의식은 하나의 생각에서 다음 생각으로 정신없이 흘러갔다. 그는 카페에 있는 손님 중 어느 유명한 화가를 가리켜 보이며, 그 여자가 외교관과 결혼해 전 세계를 누볐다는 내용을 시작으로 그 여자에 대한 이야기를 풀어놓기 시작했다. 외국에 있는 동안 자기 남편의 가장 친한 친구와 외도를 했고, 결국 고국으로 돌아오자마자 외교관 남편은 여자와 이혼했다는 얘기였다. 이제 그 화가는 그림을 팔고 잡지 삽화를 그리며 간신히 생계를 꾸려가는 중이었다. 혼자 앉아 있는 남자 소설가도 한 사람 보였다. 가게에 비치된 미국 잡지를 읽는 척하지만, 사실은 자신이 애인으로 삼고 있는 카페 종업원 중 하나를 보려고 와 있는 것이었다.

"요즘 남자들은 다들 카페 여급을 좋아한다더라. 기생들보다 더 현대적이라나." 앞치마 끈을 동여매 가는 허리를 강조한 카페 종업원을 힐끗거리며 옥희가 말했다. 그 종업원은 채 스무 살도 되지 않은 듯 보였다. "또 대체로 좋은 집안 출신인 모던 걸만큼 까다롭지도 않다면서 말이야."

"있지, 옥희야, 가끔 우리가 옛날의 그 수양버들 아래 정자에서 고전 시가와 전통 창가들을 배웠던 걸 생각하면 기분이 이상해져. 그리고 위엄 있는 비단 한복을 차려입고 화려한 보석으로 치장했던 우리 어머니 모습도. 은가락지 하나를 남겨줬다던 그 남자를 위해 평생 헌신했던 그분을 떠올리면……. 그 모든 게 꼭 100년 전에 있었던 일 같아."

"너 어머니 뵙고 싶지 않아? 선미 데리고 평양에 한번 다녀오지 그래?"

"마 사장이 허락하지 않을 거야." 연화가 모카커피 잔을 바라보며 조용히 말했다. 음악이 바뀌었다. 젊은 신사 한 사람이 그들 쪽으로 다가와, 두 여자는 그를 향해 미소를 지어 보였다.

"옥희 씨, 이렇게 반가울 데가 있나요. 그동안 왜 이리 뜸하셨어요? 다들 얼마나 보고 싶어 했는데." 카페의 주인이자 시인이라는 그 신사가 말했다. 키와 체격은 평균 정도에, 나이는 대충 스물다섯에서 서른 사이쯤 되어 보였다. 재킷 없이 허리춤 밖으로 풍성히 빼 입은 셔츠며, 뿔테 안경이며, 다소 작위적인 상냥함이 몸에 밴 듯한 태도까지, 모든 게 자유분방한 예술가 특유의 모습을 여과 없이 보여주는 듯했다. 그 남자는 옥희의 왼손을 살짝 잡아 올리더니, 짐짓 장난이라는 티를 내는 양 과장된 열정을 보이며 거기 입을 맞추었다. 옥희가 친구를 소개하자 이번에도 그는 유명 인기 가수를 직접 만나 영광이라며 호들갑스럽게 기쁨을 표한 뒤 두 사람에게 미국 위스키 한 잔씩을 대접했다. 그는 두 여자 모두에게 공평하게 주의를 기울이고 중간중간 별 의미 없는 가벼운 추파를 던져가며 유쾌하게 대화를 이어가는 재능을 지닌 사람이었다.

"그런데 이 카페 이름은 무슨 뜻이에요? 바닷고동 말이에요." 연화가 독한 위스키 첫 모금에 벌써부터 취기를 느끼며 물었다.

"아, 그냥 제가 만든 말입니다. 우리 모두 합리적인 이유 없이 그냥 사랑에 빠지고 마는 것들이 있잖아요. 사실 합리적인 이유가 있다면 진짜 사랑이 아니기도 하고요. 그러니까 제가 세상에서 가장 사랑하는 게 바로……." 신사는 입술에 묻은 위스키를 핥으며 말끝을 길게 늘였다. "뱃고동 소리란 말씀입니다. 학생 시절에 혼자 부산 여행을 간 적이 있거든요. 항구 근처 하숙집에서 한 달쯤 지내면서 아침부터 저녁까지 그저 책을 읽고 글을 쓰기만 했어요. 날이 어둑해지고서도 계속 책을 읽으려고 촛불을 켜고 앉으면, 그게 참 어찌나 호젓한 느낌인지 온 세상에 오직 나와 내 책들만 남겨진 상태라 해도 믿을 수 있을 것 같더라고요. 제 방이 꼭 큰 바다를 떠다니는 배의 작은 선실 같다는 느낌이랄까요. 그러다 3시에서 4시 사이에 선착장에서 뱃고동 소리가 들리거든요. 큰 배들이 '부우, 부우우……' 하고 길게 소리를 내면, 좀 작은 배들은 '뚜우, 뚜……' 하고 화답하듯 경적을 울리죠. 그 소리를 들을 때마다 저는 지금껏 살아오며 그만한 기쁨이 없었던 것처럼 행복해지곤 했어요. 그 소리를 유리병에 담을 수만 있다면 슬퍼질 때마다 위스키처럼 조금씩 따라서 마실 텐데." 카페 주인은 미소를 지었다. "연화 씨는 바다에 가본 적이 있나요?"

연화도 옥희도 평생 바다를 본 적이 없었다. 심지어 그렇게 가까이 있는 인천에도 가보지 않은 터였다.

"맞아, 두 분 다 북쪽 분이시죠……. 그래서 두 분 모두 이렇게 아름다우신 모양입니다. 기생 중에서도 평양 아씨들이 최고의 일색이라는 말이 괜히 나온 게 아니라니까요. 아, 노래가 끝났네요. 괜찮으시다면 저는 다른 레코드를 틀러 이만 실례하겠습니다." 남자는 고개를 숙여 보인 뒤 돌아섰다.

"참 매력적인 사람이네." 남자가 그들의 목소리가 들리지 않을 만큼 멀어지는 것을 확인한 뒤, 연화가 말했다.

"그래. 하지만 저 남자 말이야, 우리와 함께 여기서 온전히 대화를 나눈다기보다는 그저 자기만의 생각에 빠진 것 같다는 느낌이 들진 않았어?" 옥희는 위스키를 한 모금 더 마셨다. "예를 들어서 저 사람이 했던 얘기도 그래. 사실 특별히 우리한테만 들려준 얘기도 아니잖아. 이 카페 이름에 대해 물어보면 누구한테든 하는 말이겠지. 결국 우리가 그 사실을 알게 되든 말든, 저 남자는 별로 신경 쓰지 않는 거야. 왜 웃어, 연화야? 내가 너무 냉소적인가?"

"난 너를 너무 사랑해서 웃는 거야. 나의 가장 오랜 친구, 우리 옥희." 연화는 한쪽 팔로 옥희를 끌어안았다.

"어쨌든 너도 내 말에 동의하지? 내 말이 옳다고 생각하지 않아?" 옥희는 한철이 들려주었던 소쩍새 이야기를 생각하고 있었다. 그 이야기를 할 때의 한철은, 꼭 제 마음 깊은 곳에 감춰둔 비밀을 오직 옥희만을 위해 살며시 꺼내주는 듯한 느낌이었다. 그는 옥희에게 이해받기를 원했던 것이다. 이 순간 옥희는 그가 너무 그리웠다.

"그래, 네 말이 맞아. 그렇지만 너는 늘 남자들에겐 깐깐하게 굴잖아. 아, 옥희야! 지금 나오는 노래!" 두 사람 모두 말을 멈췄다. 축음기에 새로 걸린 건 연화가 녹음한 음반이었다. 방 건너편에서 시인이자 카페 주인인 남자가 그들을 향해 손을 흔들어 보였다. 쌍쌍이 앉아 있던 사람들은 마치 마법에 걸려 잠들어 있다가 음악을 듣고 되살아난 동화 속 사람들처럼 자리에서 일어나 춤을 추기 시작했다. 흐르는 듯한 조명 빛이 그들 위로 쏟아지고, 벽에 비친 그들의 그림자가 빙글빙글 돌았다.

"네가 오늘 여기 데려와 줘서 너무 좋다." 연화가 옥희의 어깨 위에 머리를 얹었다. "있잖아, 마 사장은 나를 사랑하지 않아. 우리 사이는 벌써 오래전에 끝났지. 심지어 그 남자는 선미를 사랑하는 척도 하지 않아. 그가 정말 원한 건 아들이었는데, 사생아로 태어난 넷째 딸이 눈에 들 리가 있겠니? 그 새끼, 요새는 그 매춘부 같은 비서랑 자고 다니는 것 같더라." 그 마지막 말에 대해서는 연화 자신도 제대로 생각해 본 적이 없지만, 일단 소리 내어 내뱉고 보니 그게 사실일 수밖에 없다는 걸 깨달았다.

"마 사장이 나를 떠날까 봐 무서워. 차라리 내가 그 남자를 떠나버릴까 싶기도 하고. 완전히 다른 얘기 같겠지만, 어차피 결과는 똑같으니까. 그 사람은 괜찮을 거고, 아니, 괜찮은 게 다 뭐야, 지금보다 훨씬 후련하게 잘 살걸. 반면에 나는 완전히 망가져 버리겠지. 그래서 그 두 가지 선택지 모두 난 무서워……. 하지만 아무것도 하지 못하는 지금은 너무 불행하지. 나 정말 어쩌면 좋지?"

"영원히 그 남자 곁에 머물러 있을 필요는 없어." 옥희가 친구의 손을 잡으며 말했다.

"하지만 다시는 누구도 날 사랑하지 않으면? 늙고 버림받은 여자, 남자한테서 쫓겨난 첩이라고 다들 손가락질할 거야."

"얘, 저기 전에 외교관이랑 결혼했었다던 화가 보이지?" 옥희는 진홍색 벨벳 원피스 차림으로 시인 겸 카페 주인과 춤을 추고 있는 여자를 가리키며 말을 이었다. "저 사람이 파리랑 베를린에서 외도했을 때 말이야, 나이가 이미 서른에 아이는 네 명이나 됐대. 너는 이제 스물다섯밖에 안 먹었고 아이도 하나밖에 없잖아." 춤을 추던 화가가 파트너의 귓가에 대고 무어라 속삭였고, 이어 두 사람은 머리를 뒤로 젖힌 채 크고 유쾌하게 웃어댔다. 여자의 전남편도, 비밀리에 애인으로 삼았던 전남편의 친구도 결국은 여자를 떠났지만, 지금의 그는 그 남자들에 대해 전혀 신경 쓰지 않는 듯했다.

"하지만 이제 저 사람은 가족 누구에게도 인정받지 못하게 됐고, 사람들은 뒤에서 남몰래 저이를 조롱하잖아. 난 그렇게는 못 살아." 연화는 한숨을 내쉬었다. "결국 우리 중 제일 잘 풀린 사람은 우리 언니가 아닐까?"

"그러게."

막 서른 살이 된 월향은 여전히 사랑스럽고 아름다웠다. 그는 그동안 모은 돈을 털어 소속 권번에 탈퇴비를 내고 기적에서 이름을 내린 뒤, 이제는 미국 영사관에서 비서로 일하고 있었다. 거기서 나오는 보수가 꽤 안정적이라 경제적 자립에 어려움은 없었다. 그의 상사가 그에게 홀딱 반한 모양이었지만 월향은 그 남자의 구애를 눈치채지 못한 척하며 받아들이지 않았다. 두 동생들과 달리, 월향은 혼자만의 생활에 꽤 만족하는 듯 보였다. 고독은 그를 감싸는 아름다운 외투 같았다.

예쁘장한 웨이트리스가 황금빛으로 빛나는 연갈색 술 두 잔을 들고 그들에게 왔다. "저쪽 코너 부스의 신사분이 보내신 코냑입니다." 그가 눈짓으로 건너편을 가리키며 말했다. "장교님 말고, 나비넥타이를 매신 신사분이에요." 남자의 얼굴을 보는 순간 옥희는 온몸이 얼어붙는 듯했다. 카페 저쪽에서 옥희를 빤히 바라보고 있던 그 남자는, 더 이상 예전의 제복 차림이 아니었지만 그때와 다름없는 오

만한 미소를 띠고 있었다. 그는 제 친구에게 몇 마디를 건네더니, 곧
자신의 술잔을 손에 든 채 자신만만하고 빠른 걸음으로 옥희와 연화
가 앉아 있는 테이블을 향해 다가오기 시작했다.

18장

비 오는 밤

1933년

"같이 가보자니까. 재미없게 왜 이래?" 이토 백작이 크리스털 재떨이에 담뱃불을 끄며 야마다 대좌에게 말했다.

"이게 다 뭐 하는 건가? 도무지 자네의 변덕을 맞출 수가 없군."

"자네도 눈이 있지 않나. 저 테이블에 앉아 있는 두 여자 보이지? 둘 중 하나는 꽤 아름답고, 어쩌면 특별해 보이기까지 해. 사실 난 몇 년 전쯤 저 여자를 만나본 적이 있어."

"이런 카페 여급이나 창부들에게 매료되는 자네의 성향을 난 도무지 이해할 수 없네." 야마다 대좌는 차갑게 웃으며 고개를 저었다. 만주 전쟁에 참전 중이던 야마다는 휴가를 내어 경성에 들렀고, 그렇게 3년 만에 처남 이토를 만나 회포를 풀던 참이었다. 최전방에서 중국군과 한국군에 대항하며 거친 싸움을 겪어온 야마다로서는, 이토를 포함한 이 사회 전반의 태평하면서도 무지한 분위기가 역겨울 뿐이었다.

"저 여자는 카페 여급 따위가 아니야. 영화에 나오는 배우라고."

이토는 이미 부스 밖으로 빠져나가고 있었다.

그는 한 여자에게 강박적으로 집착하다가도 어느 날 갑자기, 그리고 완전히 그 상대를 잊어버리는 부류의 남자였다. 8년 전 옥희의 분장실에서 나온 뒤로, 이토는 단 한 번도 옥희를 떠올린 적이 없었다. 당시의 짧지만 강렬한 만남으로 욕구는 다분히 충족시킨 데다 그 이후로는 다른 취미들을 발견한 터였다. 물론 그중 일부는 다른 여자들이었지만, 사실 이토는 그 어떤 이성에게, 또 더 나아가 보편적인 타인들에게도 진심으로 흥미를 느껴본 적이 없었다. 남과 가까워질수록 그는 늘 자신의 자존감이 묘하게 깎여나가는 듯한 기분을 느꼈다. 이토가 야마다를 선호했던 건 바로 그런 이유에서였다. 야마다와 함께 있을 때는 그런 불결함이 가장 적게 느껴졌던 것이다. 이토가 사람들보다 더 좋아했던 것은 아름다운 물건이나 관념, 그리고 사물과 개념 사이의 텅 빈 공간이었다. 그 하얀 공백 속에 빠져들어 서늘하고 신선한 공기를 들이마시며 남은 평생을 보낼 수만 있다면 그는 진심으로 행복했으리라.

그럼에도, 이따금씩 자신의 성향에서 벗어나 다른 누군가에게 관심을 갖는 경우가 있었다. 옥희는 이토가 마지막으로 봤던 때와 완전히 다른 사람 같았다. 땋은 올림머리에 한복을 차려입은 어린 기생이었던 그가 이제 세련된 서양식 드레스를 입고 머리는 짧게 잘라 집게로 컬을 넣은 모습을 하고 있어서만은 아니었다. 그의 이목구비도 예전과 꽤 달라진 듯했는데, 왠지 더 매혹적인 느낌이었다. 그렇지만 이토는 옥희의 변치 않는 본질, 그의 몸을 둘러싸고 있는 어떤 신비로운 후광 같은 빛으로써 그를 알아보았다. 그는 옥희를 더 가까운 곳에서 자세히 살펴보고 싶었다.

"꽤 오랜만이군." 이토는 옥희의 부스로 들어가 여유롭게 그의 옆자리를 차지하며 말을 건넸다. 옥희는 전보다 더 밝게 빛나는 눈으로 그를 노려보았다. 유행에 맞춰 근사한 양장을 차려입긴 했지만 누가 봐도 평범하기 그지없는 외모를 가진 옥희의 친구 역시 이토의 뻔뻔한 접근에 모욕감을 느낀 기색이었다. 하지만 이토에게 그 볼품없는 친구는 가짜 골동품을 훑어볼 때만큼의 관심도 기울일 만한 대상이 되지 못했다.

"잘 지냈나? 당신 영화가 상영된다는 얘긴 들었는데." 이토는 옥희에게만 시선을 고정한 채 물었다.

"대좌님." 옥희가 느리고 신중한 일본어로 말했다. "여기 있는 여자들 중 당신과 기꺼이 이야기를 나누고 싶어 하는 사람들이 많겠지요. 그렇지만 저는 그들 중 하나가 아닙니다."

"하지만 난 그들에게 관심 없는걸. 이봐, 모든 걸 다 가지고 나면 어떤 기분인지 알아?"

"감히 상상도 할 수 없네요." 옥희가 비꼬는 어조로 날카롭게 대꾸했다. 그렇지만 이토는 옥희가 차츰 이 대화 속에 이끌려 들어오는 중임을 알 수 있었다.

"부, 젊음, 지성, 권력, 여자……. 난 원하는 모든 걸 손에 쥐고 있어. 부족한 건 아무것도 없지. 뭘 갖기 위해 노력할 필요도 없고. 그

때부턴 아주 지루해지기 시작하는 거야. 심지어 아무리 예쁜 여자들과 함께 있어도 말이야. 진정으로 내 관심을 끄는 대상을 찾아내는 건 매우 드문 일이라고. 바로 너처럼."

"왜 나죠?"

이토는 한 손으로 턱을 괴고 옥희의 사랑스러운 검은색 눈동자를 바라보았다. 뺨에서부터 부드러운 곡선으로 이어지는 목덜미, 그리고 V자 네크라인 위로 드러난 흰 대리석 같은 앞가슴의 피부는 마치 환하게 빛나는 벨벳 같았다. 옥희는 한 여자가 내뿜는 아름다운 광채의 절정에 있으면서 그것을 의식하지도 못한 채였다. 그것이 이토에게는 일종의 고통을 안겨주었다.

"나랑 춤 한 번 추면 알려주지." 그는 침묵을 깨고 말을 이었다. "거절은 안 돼. 당신은 무용수고, 마침 지금 나오는 노래는 더없이 멋진 왈츠잖아."

그가 일어나 손을 내밀었다. 카페 안의 사람들은 딴청을 부리면서도 곁눈질로 그들을 훔쳐보고 있었다. 잘생긴 일본인 백만장자, 새로 백작 작위를 받은 귀족에 프랑스 사업가로부터 막 황금과 철강 광산을 사들였다는 남자와, 경성 시내 극장에 걸린 거의 모든 영화의 주연을 맡은 유명한 배우인 여자. 옥희는 이토의 손을 잡았다.

모두가 그들이 춤추는 모습을 숨죽여 지켜보았다. 접객 훈련을 잘 받은 카페 종업원들까지도 다 같이 약속이나 한 듯이 손님 접대를 잠시 멈추고 한편으로 비켜나서는 서로에게 소곤거리느라 여념이 없었다. 백작과 배우는 그야말로 훌륭한 한 쌍이었다.

야마다는 자신의 친구이자 처남의 달라진 모습에 조용히 매료되어 그를 자세히 관찰했다. 이토는 한쪽 팔로 여자의 허리를 안고 자신의 몸 가까이 끌어당긴 채 여유로우면서도 자신감 있게 움직이고 있었다. 야마다는 태어나서 한 번도 춤을 추어본 적이 없었다. 잠시 그는 카페 한가운데서 저 아름다운 여자를 팔로 감싸 안고 있는 남자가 자신이라고 상상해 보았다. 이토의 말이 옳았다. 그 여자는 아주 특별했다. 얼굴과 몸매가 완벽하게 아름답다고 할 수는 없었지만, 그의 존재감과 움직임에는 사람들의 시선을 집중시키는 매력이 있었다.

왈츠가 끝나자 두 사람은 서로에게서 자연스럽게 몸을 떼어냈고, 이윽고 이토가 야마다의 테이블로 걸어왔다.

"저 여자는 이만 가고 싶다는데, 내가 집까지 차로 데려다주겠다고 했어. 자네는 택시를 잡아타고 가도 괜찮겠지?"

"당연히."

"조만간 다시 만나자고. 미네코에게 안부 전해줘."

연화와 옥희는 함께 카페 밖으로 걸어 나갔고, 이토가 급히 코트 소매에 팔을 꿰어 넣으며 그들의 뒤를 따랐다. 그는 직접 차 문을 열어 두 여자를 태운 뒤 반대편으로 올라탔다. 차가 연화의 집 앞에 닿을 즈음 부연 안개비는 얼음처럼 차갑고 묵직하게 쏟아붓는 폭우로 변해 있었다. 옥희는 친구를 포옹하며 작별 인사를 나눴지만, 그들 사이의 장벽이 다시 돌아왔다는 느낌을 받았다. 심지어 그 벽이 이제는 전보다 더 단단해져 결코 뚫을 수 없이 굳어진 것만 같았다. 그러한 기분이 옥희의 마음을 심란하게 했고, 그래서 집으로 가는 내내 그는 창 쪽으로 완강하게 고개를 돌린 채 꼼짝도 하지 않았다. 금속으로 된 차체 지붕에 떨어지는 빗소리와 보트의 노처럼 진흙탕을 저으며 뚫고 나아가는 바퀴 소리를 제외하면 차 안은 쥐 죽은 듯 고요했다.

"여기 세워주세요." 자신의 집 앞에 이르러 옥희가 입을 열자 운전사가 차를 세웠다. "태워줘서 고마워요."

"잠깐." 이토가 옥희의 손을 그러쥐었다. "들어가도 될까?"

옥희는 고개를 저었다.

"이러지 마, 오늘 밤 즐거웠잖아. 몇 년 전에 내가 좀 거칠게 굴었다고 아직도 화나 있는 거야?"

"지금의 당신은 그때보다 친절해 보이고 더는 군인도 아니지만, 당신은 여전히 똑같은 사람이에요. 나는 당신을 절대 좋아하게 되지 않을 거야." 그렇게 말하는 동안, 그 옛날 분장실 안으로 저벅저벅 걸어 들어오던 이토의 모습이 눈앞에 다시 생생히 떠올랐다. 그 남자의 진정한 본성, 즉 무심하면서도 습관적인 잔혹함을 다시금 되새겨 주는 장면이었다.

"좋아하든 말든, 그런 건 아무 상관 없어. 내 아내와 나는 한 번도 서로를 좋아한 적이 없지만, 우리 부부는 최고의 결혼 생활을 영위하고 있지." 이토가 경멸적인 미소를 지었다. "소설이나 영화에 나오는 사랑 같은 게 있을 것 같아? 남자와 여자 사이에 유일하게 중요한 건 서로가 필요로 하는 걸 적절히 교환하느냐야……. 물론, 약간의 미움이 오히려 열정을 더하는 요소가 될 수도 있지, 내 생각에는 말이야." 남자는 옥희의 손목을 끌어당기며 몸을 기울여 그의 목덜미에 강제로 키스하려 했다.

"당신한테 내가 필요로 하는 건 아무것도 없어." 옥희는 이렇게 말하며 있는 힘껏 그를 밀쳐냈다.

"적당한 추격전도 좋긴 하지만, 너무 멍청하게 굴지는 마. 어리석은 건 딱 질색이니까." 이토의 거친 목소리가 나오기 무섭게, 옥희는 간신히 잡힌 손목을 풀어내고 차 문을 열어 급히 뛰쳐나왔다.

이토가 따라올까 봐 옥희는 집을 향해 죽을힘을 다해 달렸다. 시끄러운 폭우 소리 사이로 그 남자의 차 문이 열리는 소리가 들린 것 같았다.

대문 처마 밑에는 빵모자를 쓰고 깔끔한 외투를 걸친 남자가 우두커니 선 채 비가 멎기를 기다리고 있었다. 그 사람이 정호라는 걸 깨닫고 옥희는 그의 품에 곧장 뛰어들었다.

"네가 여기 있어서 얼마나 반가운지 몰라." 옥희의 입에서 숨 가쁜 소리가 새어 나왔다. 그가 정호를 처음으로 껴안아 보는 순간이었다.

"옥희야!" 정호는 낮은 목소리로 속삭인 뒤 고개를 들어 뒤쪽에 있는 검은 차를 노려보았다. "무슨 일 있었어? 저거 누구 차야?"

옥희는 정호가 자신을 보호하기 위해서, 혹은 그저 자신의 명예를 지켜주기 위해서라도 무슨 짓이든 하리라는 걸 알고 있었다. "아무도 아니야." 그는 말했다.

"알지? 누군가 너한테 손끝 하나라도 건드리려고 하면, 나한테 딱 한 마디만 해주면 돼." 정호는 이를 악물고 살기 가득한 눈빛으로 차를 쏘아보다가, 자신의 충성을 증명할 기회를 간청하듯 옥희의 눈동자를 향해 시선을 내렸다. 이토가 차에서 내려 혹시라도 두 남자가 직접 대면하는 상황이 벌어지는 건 아닐까 싶어 더럭 겁이 났을 때, 마침내 폭우 속에서 종소리를 듣고 온 하인이 대문을 열었다.

옥희는 안도하며 말했다. "얼른 들어가. 나랑 차라도 마시자."

거실 대신, 옥희가 정호를 이끌어 데려간 곳은 자기 침실이었다. 정호는 이를 좋은 신호로 받아들였다. 게다가 조금 전 옥희가 자신을 어찌나 꼭 끌어안았던지, 두근거리는 가슴을 누르고 침착한 태도를 유지하기 위해 엄청나게 노력해야 했다. 하인이 차를 내온 뒤 둘만 남겨둔 채 방을 나가자, 그들은 차가운 비를 맞아 붉은 두 손으로 모락모락 김이 나는 컵을 감싼 채 조금 어색하게 마주 보고 앉았다.

"그래, 어쩌다 이렇게 늦은 밤에 우리 집에 ─" 옥희가 말을 꺼내다 갑자기 멈췄다. "아냐, 내가 말을 잘못했다. 사실 오늘 저녁에 난 우리가 서로 얘기하지 않은 지 어쩌면 이렇게 오래되었을까 생각하고 있었어. 네가 보고 싶었거든."

"나도 옥희 네가 보고 싶었어." 정호가 말했다. "난 언제나 네가 보고 싶어."

옥희는 소리 내어 웃고 찻잔을 내려놓았다. "그러면 더 자주 보러 오면 되잖아! 내가 어디 있는지 찾아낼 수 있으면서."

"그래, 하지만 가끔은 너도 날 찾아주길 바랐어." 정호가 어렵게 말을 이었다. "나는 너한테 그만큼 중요하지 않은 것 같더라고."

"무슨 소리야, 당연히 중요한 사람이지. 내 가장 오랜 친구 둘 중의 하나가 바로 너잖아. 네 덕분에 월향 언니 목숨까지 구했는걸!"

정호는 조금 더 용기를 내보기로 했다. 어쨌든 그는 줄곧 자신의 감정을 숨기는 데 지쳐 있던 참이었다.

"옥희야, 난 너를 사랑하고 있다는 얘기를 하는 거야. 그리고 너도 날 사랑하는지 알고 싶어."

그가 이 말을 꺼내놓는 순간, 옥희는 자기 무릎으로 시선을 내리깔았다. 차가운 비를 맞아 옥희의 손톱은 여전히 반쯤 얼어붙은 채 붉은빛을 띠고 있었다.

"나도 물론 널 사랑해, 정호야. 우리가 어린아이였을 때부터 나는 항상 너를 동경했어. 왜지 알아? 넌 아무것도 겁내지 않으니까. 가진 게 아무것도 없을 때조차 그 당당하고 두려움 없는 모습이 나는 그저 놀랍고 존경스러웠어. 어렸을 때 연화는 내가 겁쟁이라고 놀려대곤 했거든. 네가 도와준 덕분에 나도 너처럼 더 용감한 사람이 될 수 있었던 거야." 옥희는 작게 웃었다. "하지만 나는 다른 사람을 사랑하고 있어. 정말 미안해."

어느 정도 예상하고 있었음에도, 그 말을 듣자 정호는 내면이 산산조각으로 부서져 내리는 느낌이었다. "누구야?" 그는 생각을 거치지 않고 불쑥 입에서 나오는 대로 물었다. "어느 집 돈 많은 바람둥이 자식이지?"

"그 사람 이름은 김한철이야. 그냥 자전거포에서 일하는 수리공이고." 옥희는 희미하게 웃었다.

지난 몇 년 동안 옥희를 위해 조금이라도 나은 남자가 되고자 노력했는데 정작 옥희는 무슨 정비공 따위와 사랑에 빠져 있다니, 정호로서는 도무지 받아들이기 힘든 상황이었다. 그는 혼란스럽다 못해 허탈한 웃음을 흘렸고, 옥희는 그 웃음을 그들 사이의 긴장감이 다 풀어졌다는 의미로, 다시 좋은 친구로 돌아갈 수 있다는 뜻으로 받아들였다.

"아무래도 내 취향은 가난하고 불쌍한 남자들인가 봐." 옥희는 농담을 건넸다. "그러고 보니 너한테 한철 씨에 대해 이야기했던 적이 없네. 아, 이 일로 네가 내 곁에서 떠나간다면 나는 그냥 죽고 싶은 심정이 될 거야. 살아가다 보니 그 무엇도 옛 친구의 자리를 대신할 수는 없다는 게 점점 더 절실히 느껴지거든. 잠깐 기다려 봐, 너한테 보여줄 게 있어."

옥희는 자리에서 일어나 작은 서랍장으로 가더니 무엇인가를 손에 들고 돌아왔다. 그는 그것을 정호의 손바닥 위에 떨어뜨렸다.

"봐, 그 옛날 네가 와서 우리 집 담장 너머로 던졌던 바다 유리야. 나는 이걸 계속 보관하고 있었어."

정호는 그 매끈한 녹색 조약돌을 바라보았다. 사람들이 서로를 간직하려 하는 그 모든 물질적이고 비물질적인 방식들―단어, 기억, 몸짓, 감정을 담뿍 담은 소중한 무언가가 되었다가 다시 아무 의미 없는 물건으로 돌아가는 것들―이 그의 손바닥에 평온하게 자리 잡고 있었다. 그것은 헤아릴 수 없을 만큼 무거웠고, 동시에 깃털처럼 가벼웠다. 그는 조약돌을 옥희에게 돌려주었다.

"걱정하지 마, 나는 아무 데도 안 가." 그가 말했다.

19장

서리

1934년

이 세상의 모든 사람은 두 종류로 나뉘며, 대다수는 그중 첫 번째 범주에 속한다. 인생의 어느 시점에서, 자신이 현재의 상태에서 성공을 향해 더 나아갈 수 없으며 앞으로도 영원히 불가능하리라는 것을 깨닫는 사람들. 그러고 나면 자신의 삶에 주어진 운명을 합리화하고 그 자리에 만족하는 법을 배워야만 한다. 가장 가난한 사람들이 이 것을 깨닫는 시점은 놀랍도록 일러서, 대체로 스무 살이 되기 전에 도달한다. 교육의 혜택을 받은 사람들 또한 서른에서 마흔 살 사이에는 같은 결론에 이른다. 일부 사람들은 출생 환경이나 그 자신의 야망, 그리고 재능에 힘입어 대략 쉰 전후에 비슷한 깨달음을 얻는데, 그 정도 나이에 이르면 이러한 소강도 그렇게 끔찍해 보이지 않는 법이다.

두 번째 범주에 속하는 사람들은 극히 드물다. 인생을 마감할 때까지 자아의 상승과 확장을 조금도 포기하지 않아도 되는 사람들 말이다. 김성수는 이미 태어난 순간부터 도내 네 개 군에 걸쳐 있는 어마어마한 크기의 비옥한 논밭을 상속받을 부잣집 장손 신분을 타고났을 뿐 아니라, 어느 장관의 외동딸을 아내로 맞으면서 바로 이 범주에 속한 남자가 되었다. 아들이 없었던 성수의 장인은 당시 관례대로 남자 친척을 양자로 삼는 대신 자신의 딸에게 모든 재산을 다 물려주었다. 게다가 바로 그 이듬해, 역시 외아들이었던 성수의 사촌 형제가 예쁘고 젊은 정부와 관계를 갖던 중 의문의 복상사로 숨을 거두고 말았다. 삼촌이 아직 살아 있긴 했지만 성수는 그의 재산까지 물려받을 후계자가 되었고, 이렇게 한 가족 안에서 두 갈래로 뻗어나갔던 부는 성수에게로 우아하게 다시 돌아와 결합하였다.

성수는 자신의 비범한 행운을 인지하지 못할 만큼 천박하거나 무지하지 않았다. 가끔 그는 인생이 불공평할 정도로 자신에게 관대하다고 느끼곤 했다. 쉰한 살, 중년의 활력이 정점에 이른 그는 여전히 사무실에 출입하며 정기적으로 책을 출간했다. 많은 또래 동료들처럼 방황하거나 게으르게 시간을 보내지도 않았다. 경기가 침체하고 가산이 줄어들면서 성수의 지인 중 상당수는 적절한 직업을 찾지 못한 채 소속도 목적도 없이 떠돌아다녔고, 일부는 삶의 의지조차 잃은 채였다. 그의 친구였던 극작가가 한강 다리에서 뛰어내려 자살한 것도 벌써 3년 전이었다. 성수는 잠시 슬픔에 잠기긴 했지만, 사실 나이가 들면서 점점 그 누구에게도 진심으로 연민을 느낄 수가 없었다. 다른 사람들이 겪는 고통과 불행은, 결국 그 모든 것을 용케 피한 자신이 매우 뛰어난 인물이라는 성수의 믿음을 더욱 단단히 만들 뿐이었다. 경성 시내의 모든 이가 성수를 알아보고 그를 존경했다. 지하에서 활동하는 공산주의자들만큼은 예외였지만, 어차피 그들은 곧 정부의 단속에 무릎을 꿇을 처지였다.

오직 한 가지 일이 성수의 마음을 불안케 했다. 천문학적으로 보이는 그의 재산이 꽤 빠른 속도로 고갈되어 가는 듯 보인다는 점이었다. 성수 자신도 늘 돈 쓰는 재미를 알았고, 고급 식당이나 옷, 여자에 들이는 비용을 줄일 계획은 없었다. 하지만 그의 외동아들이 자신을 본받아 가산을 탕진하는 데 얼마나 많은 돈을 쓰게 될지는 도무지 짐작조차 되지 않았다. 아들놈은 성수가 했던 그 모든 방탕한 짓거리를 훨씬 더 큰 규모로 벌였을 뿐 아니라, 도박과 아편이라는 새로운 폐해까지 더했다. 성수는 이미 부유한 마을 두어 곳과 그에 딸린 농지 가격에 맞먹을 만큼 막대한 아들의 빚을 갚아준 터였다. 이제 그의 인내심은 한계에 도달하고 있었다.

그 불안정한 처지에 일본 정부의 재산세 인상이 더해졌으니, 이는 한국인 토지 소유주들로 하여금 자발적으로 땅을 포기하도록 압박하기 위한 수단이었다. 지주들이 높은 재산세를 이기지 못해 마침내 땅을 팔기로 결정할 때마다, 일본인들은 근처에서 서성이며 냄새를 맡고 있다가 지주들이 내놓은 땅을 헐값에 낚아채곤 했다. 오늘 아침 성수는 지방 본가에 있는 아버지에게서 그 문제와 관련한 편지를 받았다. 아버지의 말에 따르면, 현지 경찰이 일본 귀족들을 안내해 자신의 토지를 보여주고 다닌다는 것이었다. 관광이라는 명목으로 진행되는 이 일은 사실상 성수의 아버지를 은근히 압박하기 위한 조치였다.

산책하는 내내 이런 성가신 걱정거리들이 마음속에 쌓여갔지만, 자전거포에 도착한 순간 그는 모든 걸 한꺼번에 훅 털어버렸다. 늦가을의 쌀쌀한 오후였는데도 문은 활짝 열려 있었다. 가게 안에는 점장과 수석 정비사가 뜨거운 호빵과 함께 차를 마시며 한가로운 수다를 떨고 있었고, 보조 수리공은 자전거 옆에 몸을 웅크린 채였다. 성수가 인상을 찌푸리며 헛기침을 하자 점장이 깜짝 놀라 늘어져 있던 자세를 가다듬었다.

"사장님께서 가게에 직접 오실 줄은 몰랐습니다." 점장이 깍지 긴 손을 쥐어짜며 웃음을 흘렸다. 평소 가게에 얼굴을 비치는 일이 거의 없는 성수가 하필 이날 연말 감사를 하러 예고 없이 들르자 당황하고 초조한 기색이었다. "따뜻하게 차 한잔 드시지요. 야, 한철아! 무엇 하느라 처박혀 있냐, 얼른 차 좀 내오지 않고!" 그가 보조 수리공에게 잔뜩 성질을 부리며 짖어댔다.

구부정하게 앉아 있던 한철이 건장한 상체를 펴고 순순히 몸을 일으켜서는 차를 준비하러 뒷방으로 향했다. 성수가 점장을 향해 얼굴을 찌푸렸다.

"차는 됐네. 바쁘지 않다면 지금 바로 장부를 확인하고 싶은데." 성수가 말했다. "그리고 우리 딸애도 곧 이리로 올 거야. 자전거가 고장 나서 고쳐야 한다더군."

성수는 말을 마치기 무섭게 뒷방으로 들어갔고, 점장도 그의 뒤를 따랐다. 그들은 한 시간에 걸쳐 함께 장부를 들여다보았다. 의문스럽게 비거나 남는 부분 없이 모든 입출 명세가 정확하고 깔끔하게 정리되어 있었는데, 이는 이 점포를 연 지 수년 만에 처음 있는 일이었다.

"올해는 부기가 아주 훌륭하군." 성수가 중얼거렸다. 점장은 만족스러운 미소를 머금은 채 연신 꾸벅꾸벅 고개를 숙이며 가식적인 겸양을 떨었다.

"그저 제 할 일을 했을 뿐인데요, 사장님."

"그렇지만 사업은 여전히 손익분기점을 넘지 못하고 있어. 왜 그럴까?" 성수가 물었다.

"글쎄요, 사장님. 워낙 다들 힘든 시기다 보니……." 점장은 변명을 늘어놓기 시작했지만 성수가 손을 내저어 그의 입을 막아버렸다.

"됐어. 이만 나가보게. 아, 그리고 그 보조하는 애 좀 들어오라고 해."

"김한철이 말씀이십니까?"

"여기 보조가 그 녀석 말고 또 있나?" 비꼬는 듯한 성수의 질문에 점장은 고개 숙여 인사를 하고 나가버렸다.

한철이 들어오자 성수는 맞은편에 있는 의자를 가리키며 앉으라는 손짓을 해보였다.

"자네가 여기서 일한 지도 벌써 1년이 되어가는군." 청년이 자리에 앉자 성수가 입을 열었다. "점장 대신 자네가 장부 정리를 해왔다는 거 눈치챘네. 물론 공로는 그 떠버리가 다 가져갔지만, 사실은 자네의 일솜씨였다는 걸 나는 알고 있어."

한철은 아무 말 없이 가만히 앉아 있었다. 참 훤칠하니 잘생긴 젊은이라고 성수는 생각했다. 그 청년의 표정에는 지성이 엿보였고 그의 태도에는 경청의 자세가 깃들어 있었다.

"네, 사장님. 제가 부기 일을 돕고 있었습니다." 한철이 마침내 입을 열었다.

"수리 작업은 어떤가? 장부 정리 일과 병행하려면 꽤 힘들 텐데?"

"아닙니다, 사장님. 제가 필요한 일이라면 뭐든 돕고 싶습니다."

"하지만 자네는 대학까지 졸업하지 않았나. 저 멍청이들이 자네한테 이래라저래라 명령하는 게 마뜩잖을 텐데. 점장은 고등학교도 나오지 않았어. 자네가 들어오기 전까지, 그이가 기록하는 장부는 엉망진창 그 자체였지." 성수가 다리를 폈다가 다시 꼬며 말했다. "자네, 진짜로 하고 싶은 게 뭔가? 만약 이 자전거포 점장 자리를 준다면, 그건 자네 성에 차겠나?" 성수가 미소를 지었다. 그는 이 청년이 꽤 마음에 들었고, 벌써 한두 해 전부터 점장을 해고해야겠다는 생각을 머릿속에 품어온 터였다.

한철은 깊은숨을 들이쉬고서 입을 열었다. "아닙니다, 사장님."

"그러면 평생 보조 수리공으로 살고 싶다는 말이야?" 실망이 밀려왔다. 한순간이나마 이 가엾은 형편의 아이에게 어떤 가능성이 엿보인다고 생각했었다. 하지만 아무리 많은 교육을 받아도 가난이란 핏줄 속에 배어 있는가 보았다.

"사장님, 전 평생 자전거만 만지고 싶지는 않습니다……. 언젠가는 자동차를 가지고 작업하는 사람이 되고 싶습니다."

"자동차를 고치겠다고?"

"아니요, 만든다는 말입니다."

"차를 만들어? 아이고, 이 친구야. 자네가 그쪽 분야에 대해 아는 게 대체 뭐가 있나?"성수는 인상을 썼다. 처음에는 한철이 똑똑한 녀석이라 생각했는데, 곧 그에 비해 야망이 없다고 생각했고, 이제는 허망한 망상에 빠진 아이라고 생각하게 되었다. "지금 경성 시내에 굴러다니는 차가 200대인데, 모두 수입된 것들이야. 자동차 제조 공정을 아는 한국인은 하나도 없다고."

그러나 한철은 위축되어 움찔하지도, 수치심에 시선을 내리깔지도 않았다. "지금 기준으로는 그 말씀이 맞습니다. 하지만 영원히 그렇지는 않을 겁니다. 저만 해도 자전거를 어떻게 만드는지 몰랐지만, 이제 적당한 부품만 있으면 자전거 한 대를 수월히 조립해 낼 수 있습니다. 차를 수리하는 법을 배우면, 차를 만드는 법도 알게 될 겁니다."

성수는 미간을 찌푸리며 고개를 저었다. "들어보게. 보아하니 자네는 지성이 뛰어나고 영리한 청년이구먼. 내가 여기 자주 와보진 않았지만 자네가 특별한 사람이라는 건 한눈에 눈치챌 수 있었어. 하지만 자네에겐 나와 같은 안목이 없네. 세상이 어떻게 돌아가는지 이해하지 못한다는 말이야……. 자네, 본가는 어딘가?"

"저는 경성에서 태어났지만, 가족은 원래 안동 출신입니다."

"그럼 안동 김씨 가문 자손이란 말이야?"성수가 놀라서 묻자 한철은 고개를 살짝 숙이며 인정했다. 이 젊은이에게 특별한 가능성이 보인다는 성수의 직관은 결국 사실로 판명되는 듯했다. 아마 가문에서 뻗어나간 방계 중 힘을 잃고 몰락한 가정 출신이겠지만, 이 친구는 여전히 이 나라에서 가장 중요하게 여겨지는 가문 중 하나의 후손이었다. 심지어 왕들조차도 수 세기 동안 두려워했던 대단한 가문 아닌가. 성수는 헛기침으로 목을 가다듬었다.

"차의 작동 원리를 그렇게 배우고 싶다면, 가끔 내 운전기사를 도 와주면서 어깨너머로라도 배우도록 해봐. 자네에게 특별히 신경 좀 써주라고 얘기해 둘 테니."

한철이 감사의 뜻으로 고개를 숙이자 그는 말을 이었다.

"그리고, 내 장부도 전반적으로 살펴줬으면 하네. 이 점포만이 아 니라 출판사 장부까지 말이야. 거기는 상황이 더 엉망으로 돌아가고 있거든. 현재 업무 관리부장이랍시고 앉아 있는 친구의 회계 실력이 워낙 형편없어서 늘 적자에 시달리는 판국이야."

"그럼 저는 어디서⋯⋯."

"출판사의 내 사무실 옆방에서 근무하면서 나한테 직접 보고하도 록 해. 당장 내일부터 거기로 출근하게." 성수는 자리에서 일어나 방 을 나섰다. 점포 한복판에 교복을 입은 어린 학생이 서서 점장의 시 중을 받으며 성수를 기다리고 있었다.

"아버지!" 성수를 발견한 아이가 반갑게 불렀다.

"그래, 오늘 학교는 어땠니?" 성수는 자신이 가장 아끼는 딸아이 를 향해 아주 다정한 태도로 물었다. 서희가 더 어릴 때만 해도, 성수 는 이 세상의 다른 모든 아이와 마찬가지로 서희 역시 그리 자신의 흥미를 끌지 못하는 지루한 대상이라 여겼다. 하지만 청소년기에 접 어든 딸아이가 제법 예쁘장한 소녀로 자라나고부터는 서희와 함께 시간을 보내고 여러 선물을 안기며 아이를 응석받이로 만드는 것을 제법 즐기기 시작한 터였다.

"재미있었어요! 대수학 시험도 잘 봤고요." 서희가 밝고 높은 스타카토로 대답했다. 부드럽고 검은 머리칼을 산뜻한 단발로 잘라 가운데 가르마를 타서 넘긴 헤어스타일이 단정한 교복의 흰색 블라우스와 남색 스웨터, 무릎까지 오는 남색 치마와 잘 어울리는 모습이었다.

"참 잘했네, 잘했어. 어디, 자전거 상태가 안 좋다고?"

서희는 빠른 어조로 조잘조잘 설명하기 시작했다. 평지를 달릴 때는 괜찮지만, 내리막길에 들어서기만 하면 자전거가 제멋대로 비스듬하게 주행한다는 얘기였다. 그러다 한 걸음 옆에 서 있는 한철을 보더니, 아이는 윤기 나는 검은 단발머리를 연신 귀 뒤로 넘기며 괜히 손끝으로 머리카락을 만지작대기 시작했다.

"한철 군, 아이 자전거 좀 봐주겠나? 나는 회의 때문에 사무실로 돌아가야 해서." 성수가 말했다. "서희 너는 이제 뭘 할 거냐? 바로 집으로 가서 공부해야지?"

"아버지, 저 안 그래도 시험 보느라 엄청나게 공부했다고요! 오늘은 나온 김에 서점에 들르려고요." 서희가 어리광 섞인 미소를 지었다. 아버지의 매력과 곱상한 외모를 빼닮았지만 그 이기적인 태도는 물려받지 않은 그 아이를, 사람들은 다들 귀여워했다.

"아, 물론 음반 가게랑 빵집에도 들르겠다는 말씀이시겠지……." 성수는 장난스럽게 딸을 놀리면서도 손으로는 이미 지갑을 꺼내는 중이었다. "어머니한테는 비밀이다." 서희에게 용돈을 건네며 성수가 한쪽 눈을 찔끔 감았다 떴다.

"고마워요, 아버지!" 서희는 신나게 외치며 잽싸게 손을 흔들어 제 아버지를 배웅했다. 그사이 한철은 벌써 자기 공구함을 가지고 서희의 자전거 옆에 웅크리고 앉아 있었다. 서희가 쭈뼛대며 그에게 다가갔다.

"고치는 데 얼마나 걸릴까요?" 아이가 수줍어하며 물었다. 한철과 눈을 마주치고 싶기도 하고, 동시에 그러고 싶지 않기도 한 미묘한 마음이었다.

"이 정도면 한 시간 안에 끝날 겁니다." 한철이 자전거에 시선을 고정한 채 대답했다. 그는 서희가 매우 예쁘다는 것을, 또 자신을 계속 힐끔거리며 훔쳐보고 있다는 걸 눈치챈 터였다. 그게 한철의 마음을 불편하게 했다.

"한 시간 안에 다시 올 수는 있는데…… 그쯤 되면 날이 어두워져서 어머니가 걱정하실 거예요. 그냥 내일 올까요?"

"네." 한철이 마침내 구부렸던 몸을 곧게 펴고 서희를 똑바로 바라보았다. 그러지 않는다면 무례해 보일 테니까. "내일 다시 와주세요."

그해에는 겨울이 일찍 닥쳤다. 시베리아에서 날아온 물새들이 꽁꽁 얼어붙은 한강의 반짝이는 빙판 주변에서 휴식을 취했다. 월향의 결혼식 날, 공기에서는 하얀 눈과 장작불 냄새가 났다.

몇 년이나 직장 상사인 부영사의 조심스러운 접근과 구애를 정중히 거절해 온 월향이, 마침내 마음을 풀고 청혼을 받아들인 것이었다. 그는 커티스의 상냥한 푸른색 눈과 불타는 듯 새빨간 머리카

락―목 뒤는 물론 놀랍게도 손등에까지 돋아나 있는 붉은 털―에마
저 친근감을 갖게 되었다. 외모는 우락부락하고 야성적인 편이었으
나 커티스의 성품은 누구보다도 온순했다. 그는 월향이 사무실로 들
어올 때마다 자리에서 일어나 그를 맞았고, 항상 월향의 뒤쪽에서 그
를 따라 걸었다. 월향에게 무엇인가를 요청할 때도 '부탁드립니다'와
'고맙습니다'라는 말을 빼먹는 법이 없었다. 무엇보다, 커티스는 만약
월향이 자신을 남편으로 받아준다면 그들 모두 미국으로 이주하여
해숙에게 세계 최고 수준의 교육을 시키겠다고 약속했다. 월향이 마
음을 바꾼 결정적인 계기가 바로 그 약속이었다.

　그들은 경성의 스카이라인 위로 높이 솟은 첨탑과 화려한 스테인
드글라스로 장식된 창문들이 돋보이는 어느 천주교 성당에서 결혼
했다. 식은 오후에 치러질 예정이었지만 온 가족은 동이 트기도 전
에 일어나 준비하기에 바빴다. 단이부터 직접 나서서 월향이 몸을
씻고 머리 빗는 것을 도왔다. 옥희는 결혼식과 피로연에서 월향이
입을 옷들을 정리해 담았고, 하인들은 아침 식사와 피로연 때 차려
낼 음식을 만드느라 분주했다. 아침 9시가 되자, 연화는 기차역에 나
가 제 어머니를 모셔 왔다.

　"언니!" 대문까지 뛰어나가 은실을 처음으로 끌어안은 사람은 단
이였다. 그들은 더 이상 말을 잇지 못한 채 오랫동안 그렇게 서로를
안고 있었다. 지난 세월 동안 서로가 얼마나 사뿐하고 연약해졌는
지, 햇볕 아래 오래 놓아둔 책등의 색이 바래듯 중년의 나이를 넘어
선 여자의 몸이 얼마나 흐릿하고 채도가 낮아지는지를 두 사람은 실
감했다. 원래도 늘 나긋하고 날씬했던 은실은 이제 아예 작게 쪼그

라든 것 같았다. 은실은 최신 유행을 따르는 요즘 여자들과 달리 염색을 하지 않은 데다, 군데군데 은빛으로 센 머리카락은 고집스럽게 가운데 가르마를 타고 옛날식으로 쪽을 찐 탓에 단이보다 열 살은 더 나이가 많아 보였다.

동생 쪽은 최신 유행에 맞추어 세련되게 꾸민 모습이었고, 세심한 습관과 관리를 통해 대부분의 중년 여자들에게서는 좀처럼 찾아볼 수 없는 우아하고 단정한 분위기 역시 여전히 유지하고 있었다. 하지만 그도 벌써 마흔아홉에 이르렀으니, 남자들의 노골적인 욕망이나 감탄 어린 시선을 받을 만한 시기는 한참 지난 뒤였다. 최근 단이는 밤마다 잠에서 깰 만큼 흠뻑 땀을 흘려 피부가 축축해졌고, 볼에는 새빨간 열감과 홍조가 돌기 시작한 참이었다. 게다가 체중을 유지하려고 아무리 애를 써도 자꾸만 살이 쭉쭉 빠지는 느낌이었다. 두 여자는 각각 자신의 정다운 친구이자 사촌 자매의 변한 모습에 매우 놀랐지만 그 마음을 감춘 채 변한 것이 하나도 없다며 서로를 다독이려 노력했고, 그러다 문득 상대방이 이만큼 변했다면 자신도 마찬가지일 거라 깨달으며 슬픔에 잠겼다. 둘 다 각자 시대에 이름을 날리던 최고의 미인이 아니었던가.

"내 딸은 어디 있니?" 벅찬 상봉의 반가움에 어느 정도 적응하고 나자 은실이 물었다.

바삐 복도를 걸어오는 어머니의 발소리를 들었을 때 월향은 막 몸단장을 끝낸 상태였다. 그는 곧장 뛰어나가 은실의 품에 몸을 던졌다. 지난 16년 사이 어머니가 그들을 방문한 횟수는 다섯 손가락으로 꼽을 정도였으며, 그때마다 은실은 경성의 낯섦을 불평하며 이와 대비되는 평양의 우월함과 세련미를 옹호하기에 바빴다. 두 모녀가 함께 보냈던 시간은 너무 짧았다. 월향은 정말 어릴 때, 지금의 해숙과 같은 나이에 고향을 떠나온 터였다. 은실이 딸아이의 등을 정답게 두드리며 "울지 마라, 쉬……" 하고 연신 달랬지만, 월향은 터져 흐르는 눈물을 막을 수 없었다. 어머니의 품에 안긴 그는 다시 열다섯 소녀의 모습으로 돌아간 듯했다. 도도하고 날카로운 표범 한 마리를 떠오르게 하던 어린 월향, 단 한 번도 가윗날을 댄 적 없이 길게 길러 도톰하게 땋은 댕기 머리를 자랑스럽게 늘어뜨리고 다니던 그 소녀 말이다.

아침 식사 시간, 모두는 여느 가족들이 그러듯 가장 즐겁고 쾌활한 기분으로 식탁에 둘러앉아 쉴 새 없이 수다를 떨며 요리를 나누었다. 기색이 안 좋아 보이는 건 연화뿐이었다. 그의 눈은 퉁퉁 부어 있었고 희미한 미소도 억지로 짓는 듯한 느낌이었다. 무언가 거칠고 불안정한 기운에 휩싸여 있으면서도, 그는 제 언니의 결혼식을 위해 불편한 내색을 비치지 않기로 마음먹은 것 같았다.

밀려오는 흥분과 초조함 때문에 정작 음식을 배불리 먹은 사람은 없었다. 아침을 물린 뒤엔 하인을 포함한 집의 모든 여자가 월향의 하얀 실크 웨딩드레스 착용을 돕는다는 명목으로 그의 방에 몰려들었다. 경성까지 은실과 동행해 온 돌쇠만 언제나처럼 과묵하고 주의 깊은 태도를 유지한 채 복도에서 조용히 기다렸다. 은실은 각종 보석으로 장식된 왕관을 월향의 이마에 씌우고 그 뒤쪽으로 바닥까지 길게 이어지는 흰 면사포를 붙였다. 단이는 정원에 나가 눈을 흠뻑 맞은 꽃을 들고 돌아왔다.

"이것 보렴, 코스모스야. 원래는 첫서리가 내릴 즈음 죽는 것들인데 올해는 너를 위해 계속 꽃을 피우고 있었구나." 단이가 말했다. "내가 늘 얘기했지? 월향이에게 어울리는 꽃은 코스모스라고 말이야. 정말 애틋하고, 또 보기보다 훨씬 강하니까. 그 어떤 꽃보다 코스모스로 만든 꽃다발이 가장 아름답다고 말했던 거 기억나니?" 단이는 코스모스 줄기를 노끈과 띠로 묶어 만든 웨딩 부케를 월향의 부드러운 손에 쥐여주었다. "이제 완벽하네. 우리 월향이, 정말 예쁘다." 단이가 중얼거리자 주변에 서 있던 여자들은 코를 훌쩍이며 눈물을 훔쳤다.

성당으로 이어진 100개의 돌계단은 엷은 싸락눈으로 덮여 있었다. 정호는 제 발에 시선을 고정한 채였다. 평소라면 이렇게 계단을 오르며 더없는 활력을 느꼈겠지만, 이 순간 그는 자기 삶의 모든 것이 짐스럽고 위험하다는 우울감에 사로잡혀 있을 뿐이었다. 전날, 정호는 처음으로 그의 스승에게서 심한 질책을 받았다.

감시의 올가미가 삼엄하게 조여오는 지금, 명보는 외출해서 다른 사람을 만나는 게 아예 불가능해졌다. 이미 일거수일투족이 사회적으로 크게 주목받는 거물이 된 터였다. 심지어 명보를 염탐하지 않는 자들도 어디서든 그 남자를 알아보고 소문을 퍼뜨릴 수 있었다. 그래서 그는 정호를 불러 조직 내에서 가장 신뢰받고 존경받는 일원들에게만 주어지는 임무를 맡아달라고 부탁했다.

"자네가 우리를 대리하여 마 회장에게 가서 이야기를 나누고, 그가 우리 후원자 중 한 사람이 되도록 꼭 이끌어주었으면 하네." 그는 정호의 눈을 그윽하게 들여다보며 말했다. "극장과 영화제작사 외에도, 그 남자는 이 나라 전체를 통틀어 화학 공장을 직접 소유한 단 세 명의 한국인 공장주 중 하나야. 우리의 당면한 과제 중 가장 크고 중요한 것이 바로 무기 확보인데, 마 회장이 우리 쪽에 서준다면 그 부분에서 상당히 많은 역할을 할 수 있겠지. 하지만 그의 충심이 과연 어느 쪽을 향해 있는지는 나도 모르겠어. 수년 전 그를 지인으로 겪어본 내가 말할 수 있는 건, 마 회장 성격이 극도로 자기중심적이며 거만하다는 것 정도야. 그러니 그 남자와 이야기할 땐 신중하도록 하게."

정호는 고개를 끄덕이며 진심을 담아 스승을 안심시켰다. 지난 몇 년 동안 명보의 제자로 훈련받으며 그는 글자만이 아니라 연설 능력, 적절한 예의와 태도, 마르크스와 레닌주의, 제국주의, 보편적 인권에 대해 배웠고, 심지어 일본어도 조금은 할 줄 알게 되었다. 이만하면 충분히 준비되었다는 자신감을 가지고, 정호는 곧장 마 회장의 저택으로 향했다.

정호가 초인종을 누른 지 몇 분이 되어서야 하인이 나와 대문을 살짝 열어 그를 내다보았다.

"썩 꺼져! 감히 여기가 어디라고 너 같은 놈이 어슬렁거려?" 하인은 이렇게 내뱉더니 즉시 문을 쾅 닫았다. 정성껏 연습했던 연설은 단 한 마디도 꺼내지 못한 채였다. 그의 혼란은 곧 분노로 바뀌었고, 정호는 초인종을 시끄럽게 눌러대기 시작했다. 몇 분이 더 지나자 빗장을 푸는 철컥 소리와 함께 대문이 다시 열렸다.

"이놈의 새끼가 아직도 여기서 뭐 하는 거야? 여기가 무슨 거지 밥 주는 집으로 보여?" 하인이 이번에는 대문을 살짝 더 젖히고 소리를 질렀다.

"나는 거지가 아닙니다." 정호는 얼굴이 분노로 뜨거워지는 것을 느꼈다. "난 명망 높으신 이명보 선생님의 대리인 자격으로 여기 온 겁니다." 제 스승의 이름을 입 밖에 내는 순간, 마치 그게 일종의 주문이라도 되는 양 차분함과 평온이 정호에게 다시 찾아왔다.

"이명…… 누구? 이 집에선 그런 작자 이름 들어본 적도 없어." 하인이 얇은 입술을 열어 회색으로 변색한 치아를 드러내며 크게 웃었다. 이 혐오스러운 인간이 자신의 스승을 대놓고 모욕하고 무시하는 모습은 정호에게 차마 참아내기 어려운 광경이었다. 명보가 그간 귀가 닳도록 강조했던 모든 조언과 경고의 말들이 한순간에 떠나버렸고, 그의 마음속엔 이제 오직 맹목적인 격분뿐이었다. 정호는 헝겊 인형을 다루듯 그 하인의 멱살을 잡아 들어서 땅바닥에 패대기치고는, 고통으로 신음하는 하인을 그대로 내버려 둔 채 곧장 마 회장의 서재로 걸어 들어갔다. 책상에 앉아 있던 마 회장이 놀란 표정으로 그를 올려다보았다. 이어 정호가 더듬대는 말투로 장차 다가올 자유를 위한 그들의 영웅적 투쟁과 그에 이바지할 방법에 대해 제 나름대로 열심히 준비했던 연설문을 어설프게 암송하는 동안, 그의 경악은 차츰 완전한 경멸로 변해갔다. 말을 이어가는 정호 자신도, 현재 그의 모습이 앞서 머릿속에서 상상해 보았던 것보다 훨씬 미숙하다는 걸 뼈저리게 깨닫고 있었다. 그의 입에서 서투르고 조급하게 튀어나오는 단어들의 조합은 명보의 우아한 웅변과 조금도 닮지 않았고, 그러한 사실을 알면서도 정호는 끝내 자신의 말을 통제할 수도 멈출 수도 없었다. 그저 미리 외웠던 모든 말이 끝날 때까지 몽땅 쏟아내는 것이 유일한 길이었다.

"다 한 건가?" 정호의 횡설수설이 마침내 끝나자 마 회장이 말했다. 감동했는지, 겁을 먹었는지, 혹은 화가 났는지 알 수 없는 무표정한 얼굴이었다. 정호가 더 이상 말을 꺼내지 못한 채 머뭇거리는 사이, 마 회장은 대답을 기다리지 않고 곧장 전화 수화기를 들었다. "교환, 종로 경찰서 부탁해요."

당황한 정호가 전화기를 향해 돌진했지만, 이 나이 든 남자는 놀라운 악력으로 수화기를 단단히 붙들었다. "네가 나한테 손가락 하나라도 댈 수 있을 것 같으냐? 그럼 어디 해봐, 이 더러운 개새끼. 네 놈이 손에 묻은 피를 닦기도 전에 경찰들이 여기 들이닥칠 테니까."

정호로서는 가능한 한 빨리 저택에서 도망쳐 나올 수밖에 없었다. 심장이 당장이라도 몸에서 빠져나올 것처럼 정신없이 두근거렸다. 경찰에 대한 두려움에서가 아니라, 자신에게 주어진 첫 번째 큰 임무를 무참하게 망쳐버렸다는 굴욕감과 실망감 때문이었다.

그날부터 명보는 줄곧 고도의 경계 태세를 갖추고 지냈다. 아직은 경찰이 들이닥치지 않았지만, 중요한 증거를 더 모으기 위해 체포 시기를 의도적으로 지연시키고 있는 것인지도 몰랐다. 정호에게 한 줄기 희망이 되었던 건, 자신이 마 회장 앞에서 장광설을 늘어놓으면서 깜빡하고 명보의 이름을 언급하지 않았다는 사실이었다. 대문을 열어준 하인은 워낙 어리석은 자라 그 이름을 기억하지 못했을 거라고 정호는 간절한 마음으로 생각했다.

마침내 계단이 끝나 언덕 꼭대기에 이른 정호는 은빛 하늘로 치솟은 벽돌 건물을 마주하고 섰다. 그는 저 멀리 펼쳐진 눈 덮인 산들, 계단 아래 장난감처럼 조그맣게 들어선 동네들, 생기라곤 없어 보이는 겨울의 채소 텃밭들을 잠시 바라보았다. 이처럼 하늘에 가까이 닿아 있으면 모든 것이 그저 평화롭게만 보인다고, 정호는 한결 가벼워진 마음으로 생각했다. 사람들이 성당의 양 옆문 근처로 떠들썩하고 부산스럽게 몰려들었다. 아무런 사전 주의도 없이, 그들은 신부를 위해 암묵적으로 중앙 정문을 비워둔 것이다. 정호는 마지막으로 신선한 바깥 공기를 훅 들이쉰 다음 사람들 무리 뒤로 줄을 섰다.

안쪽에는 뾰족하게 솟아오른 아치가 중앙 통로 양쪽으로 이어지며 성당의 석조 지붕을 가뿐하게 떠받치고 있었다. 오르간 연주자가 손을 푸느라 연주하는 불협화음 속에, 모두 바삐 돌아다니며 서로 인사를 나누고 속삭여 대화했다. 신랑은 외국인이었고 신부는 경성에서 가장 유명한 전직 기생이었기에, 이 결혼식은 지난 몇 주 동안 선풍적인 화제를 일으킨 터였다. 성당의 장의자마다 복닥복닥 들어앉은 손님 중 대다수는 정식 초대를 받고 온 하객도, 심지어 이 성당에 다니는 신도도 아닌, 그저 호기심 많은 경성 시내 사람들이었다. 정호는 몇 분쯤 옥희가 있는지 살펴보다가 가장 가까이에 있는 빈 좌석에 간신히 자리를 잡고 앉았다. 두 손을 무릎 위에 올려둔 채, 그는 높은 창문으로 흘러 들어오는 부드러운 빛과 성당 틈새마다 놓여 희미하게 한숨을 쉬듯 일렁이는 수백 개의 작은 촛불을 지켜봤다.

정호는 천주교 신자들이 '친애하는 하늘'이라는 의미로 하느님이라 부르는 영원무궁한 존재에 대해 생각해 본 적이 없었다. 하지만 지금 이 순간만큼은 왜 그들이 그들의 신을 그토록 사랑하고 갈망하는지 이해할 수 있을 것 같았다. 천주교인들 역시 자신의 믿음을 위해 목숨을 바치지 않았던가. 성당이 서 있는 바로 이 자리가 한국 최초의 순교자가 살던 집터였다는 걸 그는 어느 동지에게서 들은 적이 있었다. 세상에는 스스로를 희생할 만할 가치가 있는 것들이 분명히 존재한다고 정호는 생각했고, 그러자 그의 마음속에서 옥희와 명보의 얼굴이 환하게 떠올랐다.

정호는 차가운 태도로 질책하던 명보의 목소리를 다시금 기억해 보았다. "자네는 자네 본인의 목숨뿐 아니라 내 목숨도, 그리고 우리 대의의 운명까지도 위험에 빠뜨린 거야. 이 모든 게 자네가 아직도 스스로 화를 다스리는 법을 배우지 못했기 때문이네. 나는 자네에게 깊이 실망했어."

단지 그 기억을 되새기는 것만으로도 고통스러워 정호는 온몸의 힘이 풀리는 것만 같았다. 말도 하지 못하는 깊은 속내에서까지 자신이 명보를 얼마나 깊이 사랑하고 존경하는지, 그는 과연 알고 있는 것인가? 한순간의 그릇된 판단이 그동안 명보의 시중을 들며 헌신해 온 자신의 모든 세월을 깨끗이 지워내고 만 걸까? 이제 정호는 자신의 분수를 넘어선 어떤 의미 있는 존재가 되려고 노력했던 것 자체가 실수가 아니었는지 의문이 들었다. 어쩌면 아무리 애를 써도 그가 일구어낼 수 있는 최선의 일생은 길거리의 개처럼 살다 죽는 것뿐인지도 몰랐다.

"정호야!" 그는 자신의 이름을 부르는 목소리를 듣고 뒤를 돌아보았다. 옥희가 활짝 웃고 있었다.

"널 한참 찾았지 뭐니. 나랑 같이 가족석으로 가서 앉자."

정호는 옥희를 따라 맨 앞줄까지 나아갔다. 옥희는 단이(정호를 보더니 거만한 태도로 아주 살짝 고개만 까닥일 뿐이었다)의 오른편에 앉아 제 옆자리를 두드리며 그 작은 체구를 더욱 웅크렸다. 정호에게서 스무 자쯤 떨어진 제단 옆에 선 신랑은 손깍지를 낀 채 군중을 향해 연신 긴장한 미소를 보내고 있었다. 아마도 '이 사람들은 도대체 다 누구지?' 이런 의문을 품고 있는 것 같았다.

"네가 와줘서 정말 좋다." 옥희가 속삭였다.

"당연히 와야지. 너한테는 친언니 같은 분인데." 정호가 말했다.

순간 그는 옥희의 애인이 이 자리에 없다는 걸 깨달았다. "정비공 애인은 어디 있어?"라고 묻고 싶은 유혹이 일었지만, 그는 애써 말을 참았다. 옥희가 얼마나 용감하게 자신의 슬픔을 미소로 감추고 있는지 눈치챈 것이다. 아슬아슬하게 도착한 참석자들이 하나씩 들어올 때마다 꼬박꼬박 고개를 돌려 혹시 한철은 아닌지 살피는 그의 모습이 너무도 가엾고 안타깝게 느껴졌다. 심지어 정호마저 제발 한철이 나타나 주기를 간절히 바라고 있었다. 그래야 옥희가 행복할 테니까. 그를 위해 견뎌내지 못할 게 대체 뭐가 있겠는가? 옥희는 정호의 삶을 지켜봐 준 목격자이자, 그에게 관심을 보이고 그의 존재에 고마움을 표시해 준 유일한 사람이었다.

오르간 연주자가 결혼행진곡을 연주하기 시작하자, 정호는 다시 한번 차분한 마음의 평정과 자존감의 회복을 느꼈다. 결혼식이 끝나면 명보에게 돌아가 겸허하게 용서를 구할 생각이었다. 그렇게 다시금 스승의 신뢰를 되찾고, 충분히 시간이 지나면 애정도 다시 받을 수 있으리라.

군중이 일순간에 조용해졌고 모든 시선은 갑자기 주변보나 더 밝아진 성당 중앙의 입구로 향했다. 면사포로 얼굴을 가린 상태였음에도 신부의 모습은 너무나 사랑스러워, 촛불만 켜진 어두운 신도석 사이를 걸어가는 동안에도 그 자신이 지닌 빛을 환하게 내쏘는 듯했다. 모든 하객이 일순 가슴을 아리게 하는 아픔을 느꼈고, 몇몇은 손수건으로 눈물을 찍어내기도 했다. 한 여자의 아름다움이 그처럼 마음을 순화시킬 수 있으리라는 것을 그 누가 알았을까.

"환하게 뜬 달을 보는 것 같아…… 월향 언니 이름처럼 말이야."
옥희가 떨리는 목소리로 소곤거렸다.

그 순간 신부를 바라보지 않는 이는 딱 한 사람, 오직 정호뿐이었다. 그는 자신과 바싹 붙어 앉은 옥희의 이마가 그리는 곡선을, 그리고 그의 검은 눈, 슬픔과 기쁨이 똑같은 깊이로 차올라 반짝이는 저 두 개의 우물을 자신의 영원한 기억에 새겨 넣으려 노력하고 있었다. 그는 옥희의 스웨터에 감싸인 채 나란히 솟은 한 쌍의 가느다란 어깨뼈를 바라보았다. 그러다 보니 저 옷 안에 감춰진 맨살까지 그려지는 듯했다. 만일 장의자 등받이를 따라 팔을 뻗어 옥희의 아름다운 등을 감싸 안는다면, 그의 심장은 이 자리에서 바로 멈추고 말리라.

옥희에게 팔을 뻗는 대신, 정호는 안주머니에 손을 넣어 은반지가 들어 있는 주머니를 만지작거렸다. 아직은 너무 일렀다. 옥희는 그를 사랑하지만, 그가 옥희를 사랑하는 것처럼은 아니었다. 하지만 언젠가는 옥희도 그럴 것이라고 그는 확신했다. 그는 자신의 인내심이 얼마나 강한지 알고 있었다. 그러한 자각이 그의 사랑을 더욱 강하게 만들었고, 그에게 진한 행복감을 주었다.

모든 결혼식은 신부와 신랑의 이상적인 행복과 견주어 하객들의 인간관계에 더 깊은 명암을 부여하기 마련이다. 결혼식은 사랑하는 두 사람을 영원토록 함께 이어주는 예식이다. 하지만 그 이후 얼마나 많은 이들이 서로 다투고, 절망하고, 결국은 헤어지기를 결심하는가?

월향의 결혼식을 치르고 일주일 내내, 옥희는 그 자신도 이유를 완전히 이해하지 못한 채 심란하고 고통스러운 상태에 빠져 있었다. 무엇인가 확실히 바뀌어야만 한다는 생각이 줄곧 그를 괴롭혔다. 그는 한철과 토요일 밤 7시에 양식당 '그릴'에서 만나기로 하고, 조금 일찍 도착해 구석 자리에 혼자 앉아 있었다. 약속 시각에서 30분이나 지난 뒤에야 문을 열고 나타나는 한철의 모습을 보는 순간, 옥희는 그동안의 불만을 모두 잊었다.

"늦었네." 그럼에도 그는 옆자리에 앉는 한철에게 한마디 항의를 남기지 않을 수 없었다.

"사무실에 있었어." 한철은 짧게 대꾸했다. 우아하게 지친 그의 모습, 몸에 맞게 잘 재단되었으나 종일 입고 있던 티가 나는 정장 슈트, 목깃 주변에 느슨하게 풀어진 모직 넥타이가 옥희는 정말 마음에 들었다. 오늘따라 더 잘생겨 보인다고 말하려다가, 그는 그냥 입을 다물기로 했다. 웨이트리스가 와서 주문을 받았다. 옥희는 샴페인과 크림수프를, 한철은 맥주와 카레라이스를 주문했다.

"언니 결혼식에 안 왔더라." 옥희가 천천히 입을 열었다. 짜증을 내는 사람처럼 보이고 싶지 않았다.

"그날 근무가 있어서." 한철이 대답했다. 자신의 상사가 정규 업무 이외에 자기 딸의 과외를 부탁했다는 이야기는 굳이 하지 않을 작정이었다. 사실 이날 오후에도 사장의 저택에서 수업을 마치고 온 참이었다. "못 가서 미안해. 어땠어?"

"월향 언니야 뭐, 세상에서 제일 아름다운 신부였지. 언니가 식장 문을 통과할 때 사람들이 전부 놀라 숨을 삼키는 소리가 똑똑히 들릴 정도였다니까. 물론 제단에 서 있는 껑다리에 빨간 머리를 한 양키를 봤을 때도 똑같은 소리가 들렸고!" 옥희는 키득거리며 웃었다.

"남편분과 잘 사실 거야. 사실 그분께는 제일 좋은 결말이지." 한철이 지친 몸을 의자 깊이 묻으며 말했다.

"맞아⋯⋯. 오랫동안 그 사람을 거절했지만, 결국에는 언니도 그 남자가 착한 사람이라는 걸 깨달았대. 외국인인지 아닌지보다 그게 더 중요하지. 심지어 언니네 어머니께서도 그렇게 말씀하시더라고. 그 보수적인 분이 말이야." 옥희는 샴페인을 한 모금 마셨다. "이제 언니는 미국으로 건너가 꼭 교회처럼 생긴 예쁜 집에서 살겠지!"

"잘됐네. 월향 씨는 정말 사랑스러운 분이고, 이렇게 일이 잘돼서 나도 기뻐."

웨이트리스가 각자의 요리를 들고 돌아와, 한동안 그들은 조용히 음식만 먹었다. 노래 한 곡이 흘러나왔다. 실로 오랜만에 들어보는 연화의 히트곡 중 하나였다.

"아, 자기야," 옥희는 축음기 쪽으로 고개를 돌렸다. "나 이 노래 정말 좋아하는데. 우리 춤출까?"

한철은 잠시 망설였다. 이 양식당은 사람들이 일어나 춤을 출 만한 곳이 아니었다. 그들 말고도 네다섯 테이블이 차 있었는데, 그들 모두 조용히 저녁 식사를 하는 중이었다. 그러나 옥희의 얼굴에 총총한 별처럼 떠오른 기대감을 보고, 그는 일어나 손을 내밀었다. 옥희는 한철의 손을 잡고 자신의 입술로 끌어당겨 더없이 자연스럽고 무의식적인 사랑을 담아 정답게 입을 맞췄다. 그에게서 어떠한 보답도, 심지어 단 한 번의 키스조차 돌려받기를 기대하지 않는 순수한 애정의 표현이었다. 이런 꾸밈없는 태도야말로 옥희를 다른 여자들과 차별화하는 무수한 요인 중 하나였다. 더하여 옥희가 춤을 추는 방식 또한 다른 사람들은 흉내 낼 수도 없는 그만의 특별한 것이었다. 음악을 구실 삼아 한철은 옥희를 최대한 가까이 끌어당겼다. 그는 옥희의 심장박동을 느끼고 싶었다.

"나도 행복해지고 싶어." 옥희가 속삭였다.

"지금도 행복하잖아. 모든 걸 다 가졌는데."

"아니, 자기 사랑은 없는걸."

한철은 옥희에게서 몸을 떼고 그의 얼굴을 들여다봤다. "왜 그런 말을 해? 당연히 난 당신을 사랑해."

"자기가 날 사랑한다면, 이미 오래전에 나한테 청혼했겠지." 옥희의 목소리는 떨려 나왔다.

"그런 식으로 말하지 마. 여기서는, 제발." 한철이 주변에서 식사하는 손님들을 둘러보며 애원하듯 말했다.

"월향 언니도 결혼하는데, 나는 왜 못 하는 거지?" 옥희가 불쑥 내뱉었다. 분노라기보다는 순수한 혼란과 고통의 토로였다. "당신은 내가 부끄러워? 아니면 자기한테 적당한 신붓감을 찾을 때까지 그냥 나를 갖고 놀았던 거야?"

한철의 얼굴이 딱딱하게 굳었다. 이어 그는 이해할 수 없는 표정으로 옥희의 시선을 피하며 단호하게 입을 열었다. "나가서 얘기하자. 내가 당신 코트 챙겨 올게." 그런 뒤 한철은 계산을 하러 갔다.

춥고 맑은 밤이었다. 별들을 바라보다 보니 옥희는 차차 마음이 진정되었고 이게 정말 끝일 수는 없다고 믿게 되었다. 대화로서 감정을 풀고, 한두 시간 뒤에는 따스한 이불 속에서 서로의 품 안에 누워 있게 되리라. 한철의 도움을 받아 코트를 입은 뒤, 옥희는 그의 손을 잡으며 이렇게 말했다. "집까지 바래다줘." 한때, 옥희의 공연이 끝나면 둘이 함께 걷곤 했던 바로 그 길이었다. 두 사람 모두 어린아이에서 겨우 벗어난 나이였고, 사랑에 빠지는 게 숨을 쉬는 것처럼 자연스럽기 그지없던 시기였다.

그들은 한동안 말없이 걸었다. 발아래 서리가 바삭거리는 소리를 내며 부서졌다. "왜 나랑 결혼하기 싫은 건데?" 마침내 옥희가 물었다.

"내가 하기 싫다는 게 아니야." 한철은 한숨을 쉬었다. "가족이 알면 절대 허락하지 않을걸. 내가…… 그러니까…… 그런 사람과……."

"어떤 사람? 직업이 배우인 사람? 전직 기생이었던 사람? 양갓집 아씨가 아닌 사람?" 옥희가 한철의 손을 뿌리치듯 놓으며 말했다. "있잖아, 누구나 알 법한 대가문 후계자들도 본인이 사랑하는 사람을 선택해서 결혼하는 경우가 많아. 요즘엔 그런 일이 드물지도 않다고."

한철의 입에서 자조적인 웃음이 흘러나왔다. 한때 돈을 받고 남자들과 동침했던 여자를 집으로 데려간다면 어머니가 과연 어떤 반응을 보일지 상상하다가 저도 모르게 새어 나온 것이었다. 옥희가 요구하는 것은 완전히 말도 안 되는 일이었다.

"나는 우리 어머니의 외아들이자 유일한 희망이야. 차마 어머니 뜻을 거스를 수는 없어." 한철이 단호하게 말했다.

"내가 당신한테 충분한 의미를 지닌 사람이라면 달랐겠지." 옥희는 눈물을 닦아냈다. "혹시 다른 사람이 있는 거야?"

"아니, 당연히 아니지." 한철은 멈춰 서서 옥희의 팔을 잡았다. 그 순간만큼은 진심으로 옥희에게 미안한 마음이었다. "이것만은 알아줬으면 좋겠어. 옥희 씨, 내가 당신을 사랑하는 것처럼 다른 사람을 사랑하는 일은 절대 없을 거야. 당신은 대체할 수 없는 사람이야. 당신이라는 사람이 날 변화시켰어. 내 생각, 내 감정, 내 존재 전체를……. 지금의 나를 만든 건 바로 당신이야."

"자기도 날 변하게 했어, 한철 씨." 옥희가 눈물을 참으려 애쓰며 말했다. "그러니까, 최소한 내가 이해할 수 있게 도와줘. 그 정도는 해줄 수 있잖아. 난 당신과 도망칠 수도 있어. 모든 걸 다 버리고 단둘이서만 어디론가 떠나버릴 수도 있다고. 우리가 왜 그럴 수 없는 기니……?"

"난 그럴 준비가 안 됐어. 아직 해야 할 일도 많고……. 그래, 아무런 준비가 안 되어 있어." 한철은 같은 말을 되풀이했다. 마치 옥희만이 아니라 자기 자신 또한 납득시키려 하듯이. 어떤 여자와 하든, 결혼이란 복잡하기 이를 데 없는 결정이었다. 지금 이 시점에서 한철이 그것을 고려라도 하자면, 자신의 사회적 지위를 몇 단계는 끌어올릴 만큼 이상적인 상대여야 했다. 결혼을 통해 신분 상승을 이루어낼 기회는 일생에 단 한 번뿐이고, 그는 그 기회를 포기해도 괜찮을 만큼 높이 올라가 있는 상태가 아니었다. 이 모든 것을 굳이 말로 꺼내놓을 필요가 있을까? 두 사람 모두를 위해, 옥희가 그저 이해해 주기만을 바랄 뿐이었다.

하지만 옥희는 이해하지 못했다. 그가 깨달은 것이 있다면, 이제 이 남자를 놓아주어야 할 때가 왔다는 사실이었다. 그 결론을 다시금 확인하고자, 옥희는 말없이 한철의 얼굴을 찬찬히 들여다보았다. 이것이 한철을 보는 마지막 순간이라 생각하니 가슴이 찢어질 듯한 고통이 밀려왔다.

"극장에서 집까지 이 길을 따라 우리 함께 산책했었지. 수백 번이나 같은 길을 걸었어. 자기도 그해 봄 기억해? 이제 6년도 더 지난 일이네. 그동안 정말 많은 시간을 함께했어." 옥희는 미소를 지었지만 한쪽 눈에서는 차마 삼키지 못한 눈물 한 방울이 흘러내렸다.

"알아. 우리가 했던 그 산책을 절대 잊지 못할 거야……. 태어나서 처음으로 느낀 진짜 행복이었어. 당신과 함께했던 그 모든 순간이, 나는 그냥 너무 행복했어."

"나도 그랬어." 옥희가 말했다. 한철은 옥희의 얼어붙은 두 손을 자신의 손으로 감싸 쥐고, 그 위에 지그시 입을 맞췄다.

"한철 씨는 경성에서 가장 성공한 남자가 될 거야. 나는 확신해. 그런 소식을 듣는 것만으로도 나는 정말 기쁠 거야. 정말 그렇게 되었을 때, 그 누구보다 내가 제일 먼저 당신을 믿었다는 걸 기억해." 옥희는 말을 이었다. "여기서부터는 나 혼자 갈게. 그럼 잘 가."

"집까지 잘 도착하는지는 확인하게 해줘."

"아니야, 우리 할 얘기 다 했잖아? 모든 건 언젠가 끝날 수밖에 없어. 안녕." 이렇게 인사를 건넨 뒤, 옥희는 검은 하늘이 하얀 땅과 만나는 지평선을 향해 뚜벅뚜벅 걷기 시작했다.

20장

몽상가들

모두가 꿈을 꾸지만, 그중 몽상가는 일부에 불과하다. 몽상가가 아닌 다수의 사람들은 그냥 보이는 대로 세상을 본다. 소수의 몽상가들은 그들 자신의 눈으로 세상을 본다. 달, 강, 기차역, 빗소리, 따스한 죽 한 그릇처럼 평범하고 소박한 것들도, 몽상가들은 여러 겹의 의미를 지닌 신비로운 무엇으로 받아들인다. 그들에게 세상은 사진이라기보단 유화여서, 다른 수많은 사람들이 가장 바깥쪽에 있는 색깔만을 바라볼 때 이들은 영원히 그 아래 감춰진 색깔을 바라본다. 몽상가가 아닌 사람이 유리를 통해 보는 풍경을, 몽상가들은 프리즘을 통해 바라보는 셈이다.

이는 결코 지능이나 열정의 차이로 결정되는 자질이 아니다. 이 두 가지는 몽상가의 타고난 자질과 가장 자주 혼동되는 것들이다.

옥희가 아는 가장 지적이고 열정적인 사람인 단이의 경우, 그의 시야는 그의 태도와 원칙만큼이나 또렷하고 날카로웠다. 단이는 가능한 한 최대한의 우아함과 침착성을 발휘하여 세상의 불순을 바로잡는 것에만 집중할 뿐, 그 아래 묻혀 있을지도 모를 차마 형언할 수 없고 헤아릴 수도 없는 것들에는 아무런 관심을 두지 않았다. 반면 옥희는 달랐다. 무용과 연기를 그만두자마자 자신의 삶에서 모든 색채가 빠져나간 듯한 느낌이었다. 그는 이제 몽상가가 아닌 사람들의 세상에 있었고, 그곳은 낯설고 매 순간 숨이 막히는 장소였다. 인생에서 이처럼 외로워본 적이 없었다. 하지만 단이는 옥희가 어서 새로운 현실을 받아들이고 앞으로 나아가면 그만이라고 믿는 듯했다.

"불경기 때문이야." 어느 날 아침 단이가 돋보기안경을 끼고 신문을 훑어보다가 불쑥 입을 열었다. "사람들이 영화관에 다니면서 쓸 만한 돈이 없는 거지. 요즘 폐업하는 식당들도 많다면서. 네 탓으로 돌릴 것 없어."

"하지만 이모, 이제 막 개봉한 〈홍길동전〉은 엄청나게 잘나가잖아요. 지난가을에 새로 나온 〈운수 좋은 날〉도 그랬고요. 원작이 나온 지 6년밖에 안 된 걸 굳이 영화로 다시 만들 필요가 있나 싶었는데." 옥희가 아침 식사로 나온 잣죽을 깨작대며 말했다. "그거, 거의 반년 내내 매진이었대요."

"발성영화라 그렇지. 다들 새로운 것이라면 뭐든 열광하잖아. 너희 제작사도 그런 선견지명을 가져야 할 텐데. 관계자들한테 네가 좀 말해볼 수는 없니?"

단이는 신문을 반으로 접고 그 이상 간단한 해결책도 없다는 듯 옥희를 올려다보았다. 체포라는 충격적인 경험과 실연의 상처에도 불구하고, 단이는 패배라는 것을 결코 이해하지 못했다. 그에게 실패란 마치 올이 나간 스타킹과 같았다. 누구에게나 일어날 수 있는 일이지만, 그걸 남들에게 눈치채이는 건 당사자의 잘못이라는 식이었다. 실패를 감추고 처음부터 없었던 일인 양 폐기하려는 노력은 단이에게 있어 가장 중요한 원칙인 동시에 예의의 문제였다. 이는 일종의 멋지고 귀족적인 감성이었으나, 단이의 역할을 다정하고 친밀한 친구보다는 존경하고 본받아야 할 대상으로 한정 짓는 것이기도 했다. 그래서 지금껏 옥희는 자신의 제작사가 이미 파산했다는 이야기도, 또 정확히 서른 살이 된 지금 자신의 저축액이 점점 축나고 있다는 이야기도 차마 그에게 털어놓고 이야기할 수 없었다. 서른 살. 그가 지닌 여성으로서의 가치가 논리적으로 소멸되기 시작하는 기준점이자, 따라서 계산대로라면 그동안 저금해 온 돈과 착실한 후원자를 통해 여유로운 생활을 즐기며 경제적으로 자립해 있어야 할 나이였다.

연화만이 옥희의 곤경을 이해해 줄 터였다. 비록 몇 달 동안이나 서로를 보지 못했지만, 옥희는 자신의 오랜 친구와 만나 수다를 떨다 보면 기분이 좀 나아지리라 굳게 믿고 있었다. 장차 내로라하는 기생이 되겠다는 꿈에 부풀었던 소녀 시절, 그리고 각자 이 나이가 되었을 때면 당연히 꿰차고 있으리라 믿었던 그 많은 잘생긴 부자 연인들에 대해 기억을 되살리며 웃음을 터뜨리리라. 나아가 둘 모두에게 찾아온 이 힘든 순간을 발판 삼아 우정을 새롭게 다지고 함께 미래를 계획해 볼 수 있을지도 몰랐다. 연화는 물론 결점이 많은 사람이지만, 언제나 삶을 고취하는 당차고 씩씩한 열망을 품고 있었다. 다른 사람들이 이 세상을 막막하고 위험한 바다, 혹은 어느 살벌한 전쟁터로 여겼다면, 연화는 그 모든 것이 일종의 유희나 한 묶음의 신선한 과일 바구니와 다를 바 없다는 식으로 접근했다. 그에게 세상은 상대와 겨루는 놀이이거나, 그저 즐겁고 향기로운 것들을 실컷 음미할 기회였다. 그게 바로 연화의 미덕이었고, 그는 그런 낙천성을 주변 사람들에게 전달하는 능력이 있었다. 그렇게 생각이 정리되자, 옥희는 모자를 쓰고 나가 연화의 집을 향해 걷기 시작했다.

날씨는 쾌청했다. 햇살은 따갑지만 그늘에 들어가면 시원한 날이었다. 옥희는 상점 매대의 그림자가 드리워 빛과 어둠이 서로 얼룩지듯 영롱한 길 위를 한가롭게 걸었다. 다른 이들의 걸음걸이도 느긋했다. 이제 막 수업이 끝나 학교에서 쏟아져 나온 학생들이 떼를 지어 가게로 몰려가는 모습, 자전거를 타고 이리저리 지나다니는 배달원들의 모습도 보였다. 백화점의 유리 진열장을 비추는 불빛들은 어지러이 춤을 추고, 벽면에는 새로운 발성영화와 가수들의 포스터가 덕지덕지 붙어 있었다. 서점 앞에 노천 탁자들이 진열되어 있어서 옥희는 잠시 멈추고 거기 쌓여 있는 책들을 훑어보았다. 대부분 소설과 정기간행물들이었는데, 그중 한 문학잡지에서 그는 바닷고동 카페에 드나들며 알게 된 익숙한 이름들을 발견했다. 아무 페이지나 펼쳐보니 진홍색 드레스를 입고 있던 여류 화가가 그린 삽화가 나왔다. 그의 대표적 이미지로 알려진 여성해방과 자유연애 사상에 관한 그림이 아니라, 샛노란 머리띠를 두른 한 어린 소녀의 그림이었다. 〈딸〉이라는 제목이 붙어 있었다. 옥희는 잡지를 덮고 계속 걸어갔다.

연화의 집에 도착했을 때, 문간에서 옥희를 맞은 사람은 낯선 얼굴의 가정부였다.

"집주인 계신가요?" 옥희가 물었다.

"무슨 소리야, 지난 사흘 내내 코빼기도 안 보였구먼." 나이 든 가정부는 마치 옥희가 더없이 불편한 질문이라도 던진 양 퉁명하게 대답했다.

"사흘이나 집을 비웠다니, 그게 무슨 말이에요?" 옥희는 미간을 찌푸린 채 가정부의 허락도 구하지 않고 곧장 집 안으로 들어섰다. 주변을 둘러보며 친구의 이름을 부르다가 연화의 침실 문을 열어보니, 복도에서부터 은은하게 풍기던 희미하고 기묘한 냄새가 파도처럼 그를 덮쳤다. 방은 텅 비어 있었지만, 그 냄새—마치 방금 벗어 여전히 따뜻한 온기가 배인 어린 소녀들의 옷가지에서 나는 듯한, 꽃과 사향이 한데 섞인 냄새—를 맡으니 지난번 마지막으로 연화를 찾아왔던 날이 머릿속에 떠올랐다. 화창한 봄날이었음에도 연화는 그와 대화를 나누는 내내 두꺼운 겨울 이불로 몸을 둘둘 감싼 채 그 속에서 나오지 않으려 했다.

"나도 재밌는 곳에 놀러 가고 싶다. 예전에 우리 같이 그랬던 것처럼 말이야." 그때 연화는 이렇게 말했다. "하지만 오늘은 안 되겠어. 내가 너무 피곤해서."

"좋아, 네 상태가 좀 나아지면 바로 같이 외출하는 거다. 약속!" 옥희의 말에 그는 미소를 지으며 친구의 손을 부여잡았다. 그날 무엇보다 옥희의 마음을 아프게 했던 건, 한쪽 입술만 살짝 들린 상태로

지어 보이던 연화의 절망적이고 자조적인 웃음이었다. 어린 시절 연화는 어머니와 언니의 경멸을 받으면서도 틈만 나면 양쪽 입꼬리를 늘이며 밝게 웃곤 했다. 그런 명랑함이 바로 그의 아름다움과 순수함이었다는 걸, 옥희는 다 큰 성인이 된 지금에야 깨달을 수 있었다.

가정부는 귀찮다는 표정으로 복도에 선 채 옥희가 어서 떠나기만을 기다리고 있었다. 옥희는 소리를 꽥 지르고 싶은 충동을 누르며 최대한 차분하게 입을 열었다. "어디 가는지는 말했어요?"

"말은 무슨." 나이 든 가정부가 어깨를 으쓱였다. "알다시피, 그이가 제정신 놓고 지낸 지가 하루 이틀이어야지."

옥희는 얼굴을 붉히며 이 예의 없는 가정부를 향해 치솟는 분노를 억눌렀지만, 사실 그 분노의 대상은 자기 자신이었다. 친구가 아편에 이처럼 심하게 중독될 때까지 자신은 눈을 감은 채 그저 모르는 체했던 게 아닐까? 아편은 술과 담배만큼이나 흔하게 남용되는 악습이었다. 유행의 첨단을 걷는 가장 세련된 여성과 남성, 그리고 가장 존경받는 예술가들이 일주일에 한두 번씩 모여 꿈의 세계를 방문하는 의식을 치른다는 얘기는 비밀도 아니었다. 하지만 그들 중 이부자리 속에 누운 채로 하루를 보내면서 그 자신의 수명보다 앞질러 늙고 쇠약해질 때까지 스스로 몸을 망치는 이는 거의 없었다. 그동안 친구에게 싫은 소리를 하며 지적하는 대신, 그저 자신에게 닥친 일이 너무 많다는 핑계로 그의 아편 문제를 회피해 온 스스로에게 역겨움이 느껴질 지경이었다.

옥희는 다시 연화의 방으로 돌아와 그의 행방에 대한 어떤 단서라도 찾아보려 했다. 그가 기억하는 옛 가구 중 몇 점은 이미 사라지고 없었지만, 구석의 작은 탁자 위에 놓인 전화기가 보였다. 그는 수화기를 집어 들고 잠시 망설이다가 말했다. "교환, 대동양극장의 마회장님 부탁합니다."

교환원이 통화를 연결해 줄 때까지 잠시 침묵 속에 기다리는 동안, 옥희는 심장박동이 빨라지는 것을 느꼈다. 이제껏 그 남자, 연화가 그처럼 깊이 심취하고, 이어 집착하고, 마침내 증오의 대상으로 삼아 묘사해 온 마 회장과 직접 대화를 나눠본 적이 단 한 번도 없었던 것이다. 마침내 딸깍 소리가 들리더니, 수화기 저편에서 남자 목소리가 우렁우렁 울렸다. "여보세요?"

"마 회장님, 저는 안옥희라고 합니다. 연화의 친구 됩니다." 그가 말했다. 이어진 침묵은 고작 몇 초에 지나지 않았지만 그보다 훨씬 더 길고 냉담하게 느껴졌다.

"네, 그렇군요." 남자가 마침내 말했다. "뭣 때문에 전화하셨습니까?"

"방금 연화 집에 들렀는데, 연화가 여기 없어서요……. 가정부 말로는 지난 사흘간 들어오지 않았다네요."

마 회장이 헛기침을 하며 목청을 가다듬었다. "네, 그렇다더군요." 그 무관심한 태도에 옥희의 자제력은 무너지고 말았다.

"연화가 걱정되지도 않아요? 그 아이 행방을 수소문하고는 있는 거예요? 그리고 선미는요?" 마 회장과 통화를 하는 사이 문득 이 적막한 집 안에 연화의 아이 또한 없다는 사실을 뒤늦게 알아차린 터였다.

"선미는 내가 데리고 있어요. 이제 보름쯤 뒤에는 일본에 있는 학교로 보낼 겁니다." 마 회장의 목소리에는 분개라기보다는 그저 경멸이 묻어 나왔다. "그쪽이 지금 열심히 연기하는 대로 진짜 연화와 가까운 친구였다면, 그 여자가 어머니로서는 정말 끔찍한 사람이었다는 것도 잘 알겠지요. 상황이 가장 좋았던 시기에도 그 여자는 내 딸을 제대로 키우지 못했어요. 이제는 뭐, 반쯤 정신이 나간 상태고."

차마 떠올리기에도 메스꺼운 생각이 옥희의 머릿속을 스쳐 지나갔다. "설마, 당신이 연화를 이 집에서 내쫓은 건가요?"

저편에서 마 회장의 웃음이 터져 나왔다. "누가 다른 이를 강제로 머물게 하거나 떠나라고 할 수 있나요? 어쨌건, 이제 다시는 돌아올 수 없다는 건 분명합니다."

옥희는 진저리를 치며 전화를 끊었다. 가정부는 통화 내용을 엿들었다는 걸 감출 기색조차 없이 뻔뻔하게 문 옆에 서 있었다. 제 고용주의 천박함을 알게 된 하인 특유의 독선적인 미소가 그의 얼굴을 환하게 밝히고 있었다.

"바로 어제, 새로 들어오실 작은 사모님을 위해 집 정리를 해두라고 하신 분이 그 사장님이우. 그 사모님 취향에 맞게 가구도 싹 다시 장만했고요. 나이도 한참이나 어린 분인데, 그 여자라면 마침내 자기 아들을 낳아줄 수 있을 거라나? 아무리 그런 남자 수준으로 놓고 봐도 남부끄럽기 짝이 없는 일이지." 가정부가 혀를 찼다.

"새 여자 얘기는 저한테 하지 마세요. 제가 신경 쓸 일이 아니잖아요." 옥희가 쏘아붙이자 나이 든 가정부는 그를 빤히 노려보다가 고개를 절레절레 저었다. 탄력 없이 늘어진 턱살이 좌우로 물결치듯 흔들렸다.

"당신네 기생들이 이렇게 끈 떨어진 연처럼 내버려지는 것도 다 업보지……. 자기 밥 벌어먹자고 멀쩡한 다른 여자 남편을 훔쳐 가는 족속들이잖아." 옥희가 대문 밖으로 걸어 나가는 내내 가정부는 그를 향해 음흉한 조소를 흘리고 있었다.

옥희는 일단 경성역으로 갔다. 연화와 함께 처음 기차를 타고 도착한 이곳에서 시작해 명월관으로, 이어 조선극장으로 가며 그들이 함께 삶의 기억을 나누었던 모든 주요 장소들을 샅샅이 뒤졌다. 각 장소에 들를 때마다 그곳 직원들에게 물었지만, 그들 중 최근 연화를 봤다는 사람은 하나도 없었다. 극장 앞에 어색하게 선 채 한낮부터 삼삼오오 짝을 지어 영화나 공연을 관람하러 다니는 한량들을 바라보고 있는데, 문득 마지막으로 연화를 보았을 때 함께 나가 재미있는 시간을 보내자고 졸라대던 그의 모습이 옥희의 머릿속에 떠올랐다. 그는 바닷고동 카페로 최대한 빨리 달리기 시작했다.

카페에 도착하니 이미 6시 30분이 지난 시각이었다. 비관적인 상황이었음에도, 카페에 들어서자마자 그 장소만의 익숙한 데카당스, 또 거기 와 있는 모든 사람들 사이에 감도는 친밀한 분위기가 주는 편안함에 휩싸여 옥희의 마음이 한결 부드러워졌다. 하지만 일본이 광대한 만주 지역을 손에 넣고 한반도 탄압에 더욱 박차를 가하기 시작한 이래, 이 카페도 많이 바뀌어 있었다. 손님들은 전보다 훨씬 가라앉은 목소리로 속삭이듯 이야기를 나누었고, 심지어 음악의 볼륨도 낮아져 있었다. 옥희는 언젠가 이 카페에 처음 왔을 때 모든 테이블마다 크리스털 재떨이가 놓여 있는 것을 보고 경탄했던 기억을 떠올렸다. "이렇게 아무렇게나 막 두고 쓰기에는 너무 좋은 물건 아닌가요?" 그가 시인이자 카페의 주인인 남자에게 묻자, 그는 재떨이 가장자리에 담배를 톡톡 두드려 털며 명랑하게 대답했다. "아니, 옥희 씨. 그게 바로 진정한 사치죠. 화려한 것들을 아무렇지 않게 쓰는 것 말입니다." 그 재떨이들도 이제 다 사라지고 없었다. 하지만 무엇보다 달라진 것은, 피로에 지쳐 거칠어진 피부와 유행에 뒤떨어진 낡은 옷을 걸치고 있는 옥희 자신이었다.

카페에 여자는 고작 한두 명뿐이었고, 그들 중 연화가 없다는 것을 깨닫는 데는 별로 오랜 시간이 걸리지 않았다. 옥희는 오금에 힘이 풀리는 것을 느꼈다. 지금껏 경성 전역을 걸어 돌아다니느라 족히 일곱 시간은 허비한 터였다. 그는 가장 가까이 있는 칸막이 자리에 쓰러지듯 앉아 탁자 위에 팔을 얹고 엎드렸다. 감은 눈 안쪽으로 뜨거운 눈물이 가득 차올라 눈시울이 시려왔다. 친구에 대한 안타까움에 더하여, 그만큼이나 진득한 피로감과 좌절감까지 뒤섞인 눈물이었다. 나는 무너지지 않을 거야. 적어도 여기서는 안 돼. 옥희는 깊은숨을 들이마시면서 생각과 표정을 다잡았다. 고개를 들자 카페 전체를 밝히며 깜박이는 촛불의 흐릿한 불빛 사이로 방 건너편에 있는 이곳의 주인이자 시인이 보였다. 그를 향해 손을 흔들었지만, 어째서인지 주인은 옥희를 보지 못한 듯했다. 남자는 다른 칸막이 자리로 미끄러져 들어갔는데, 옥희가 생각하기에 이는 좀 이상한 일이었다. 종종 손님들과 수다를 떨거나 함께 춤을 추긴 했어도, 그가 손님들과 한자리에 앉은 적은 단 한 번도 없었기 때문이었다. 주인의 얼굴은 옥희 쪽을 향해 있었고, 칸막이 자리에 앉아 있던 다른 손님은 반대편을 바라보고 있었다. 시인이 두 손을 내린 채 좌석 깊숙이 가라앉는 모습을 보고 옥희는 그가 탁자 밑으로 상대편 남자에게 무엇인가를 몰래 건네고 있음을 알아차렸다. 두 사람은 몇 분 더 잡담을 나누는 듯하더니 곧 손님이 자리에서 일어났다. 남자가 출구로 향하기 위해 돌아서는 순간 그의 시선이 옥희의 눈과 마주쳤고, 옥희는 예상치 못한 조우에 깜짝 놀랐다. 그는 바로 정호였다.

"여기서 널 보게 될 줄은 몰랐네." 맞은편 자리에 앉은 정호의 손을 꼭 잡으며 옥희가 말했다.

"여기 주인이랑 친구 사이라……. 잘 지내?" 정호가 옥희의 안부를 물으며 화제를 돌렸다.

"사실…… 잘 못 지내." 옥희가 말했다. 이렇게 정호와 마주하고 보니, 그동안 안으로 억눌러 온 서러움과 공포가 폭포수처럼 터져 나오는 것 같았다. "연화가 없어졌어. 사라진 지 벌써 사흘이나 됐대. 그 애를 찾느라 온갖 곳을 다 돌아다녔는데……."

"옥희야, 진정하고 천천히 말해봐. 다 괜찮을 거야." 정호가 자리에서 일어나며 말을 이었다. "일단 여기서 나가자. 얘기는 찾으면서 해도 되니까."

옥희는 처음부터 차근차근 설명하기 시작했다. 가정부가 연화의 실종에 얼마나 냉담하고 인정머리 없이 반응했는지도 전하고, 또 마 회장이 벌써 새 애인을 위해 연화의 집을 정리하고 있다는 것도 이야기했다. (정호는 마 씨의 이름을 듣는 순간 얼굴을 약간 붉혔지만 끼어들지 않고 계속 들어주었다.) 무엇보다 두려운 것은, 연화가 제 친구 누구에게도 행방을 알리지 않은 채 돈도 거의 없이, 심지어 정신도 온전치 않은 상태로 경성을 헤매 다니고 있다는 사실이었다.

"그 애는 정말 안 좋은 습관에 손을 댔구나." 한참 동안 옥희 곁에서 말없이 걷고 있던 정호가 조용히 입을 열었다.

"사실 나도 그걸 알게 된 지는 좀 됐는데, 그래도 워낙 많은 사람이 하는 거잖아." 옥희가 대답했다. 정호가 함께 있으니 한결 침착해지는 기분이었다. 태양이 건물들 틈새로 마지막 빛살을 쏘아 보내고 있었다. 세상에서 볼 수 있는 모든 것은, 오직 그런 금이 난 곳으로만 내뿜어져 발산되는 진실의 그림자에 지나지 않는 것 같았다. "사실 술이나 아편 같은 거라도 없으면 다들 어떻게 버티겠어? 자살하는 사람들이 지금보다 더 늘어날걸." 옥희는 감기처럼 흔해진 증상이 된 죽음에 대해 생각하며 말을 이었다. "가끔은 사람들이 그냥 어느 날 아침에 일어나서 평범하게 아침을 먹고 이제 목매달아 죽자고 결심하는 것 같아."

정호가 걸음을 멈추고 옥희 쪽으로 몸을 돌렸다. "야, 그런 식으로 말하면 안 되지." 다소 거친 어조였다. 옥희는 잠시 기분이 상했지만, 정호가 다시 걷기 시작하며 이렇게 덧붙이자 그런 마음은 금세 사라져버렸다. "난 살면서 죽음을 눈앞에 둔 순간이 수없이 많았어. 그럴 때 어떤 일이 일어나는지 알아? 그 죽음이라는 게 몸으로 느껴지더라. 가끔은 묵직한 이불 같지. 배고픔에 시달려 몸속에 남아 있는 힘이라곤 단 한 줌도 없을 때 말이야. 또 가끔은 내내 구석에 숨어 있다가 갑자기 덤벼드는 사나운 개 같기도 해." 정호는 폭발하듯 빛을 토해내며 스러져가는 마지막 햇살에 눈을 가늘게 떴다.

"그 때마다 나는 알아채. 그냥 죽음이 나를 데려가도록 내버려 두면 더 쉽고 덜 고통스러우리라는 거. 나 따위가 오래 잘 살기를 바라는 사람은 아무도 없다는 걸. 그리고, 마지막 순간마다 무슨 일이 일어날까?" 정호의 물음에 옥희는 겁에 질린 채 고개를 저었다.

"그 죽음에 굴복하거나, 아니면 거부할 수 있는 단 한 번의 명확한 기회가 주어져. 난 매번 거부했지. 이유는 나도 잘 모르겠지만⋯⋯. 내가 죽어야 할 이유가 많을수록, 그렇게 포기하고 싶어지지가 않더라." 정호가 말했다. "하늘이 무너져도, 그 누구도 내 빈자리를 그리워하지 않더라도, 그래도 사는 게 죽는 것보다는 여전히 나은 거야."

이번에는 옥희가 멈춰 서서 정호를 빤히 노려볼 차례였다. "네가 죽어도 아무도 신경 쓰지 않을 거라는 말 좀 그만했으면 좋겠어. 그럼 나는 뭐니?"

"너만 신경 써준다면, 나한테는 이 세상의 모든 사람을 다 합친 것보다 훨씬 더 중요하지. 와, 그럼 난 절대 죽지 않을지도 몰라!" 정호가 씩 웃어 보였다. 옥희도 그와 함께 웃었다. 정말 오랜만에 느끼는 편안함이었다.

"야, 하마터면 잊을 뻔했다." 옥희가 정호의 옆구리를 쿡쿡 찔렀다. "너, 카페 안에서 뭐 하고 있었어?"

"무슨 뜻이야?" 정호가 어깨를 으쓱였다. "나도 가끔 카페 같은 데가서 커피 한잔할 줄 아는 놈이거든."

"어쭈, 우리 정호 많이 컸네." 옥희가 코웃음을 쳤다. "이제 나한테 거짓말을 다 해? 나한테?" 그는 다시 장난스럽게 정호의 옆구리를 찔러대다가 순간적으로 정호의 표정이 굳는 것을 보고 걸음을 멈췄다. 정호는 재빨리 주변을 살폈다. 감시의 눈길이 없다는 걸 확인한 뒤, 그는 재킷을 한 뼘쯤 열어 옆구리에 찬 권총의 총구를 드러내 보였다. 옥희의 얼굴이 확 붉어졌다. 그는 계속 팔꿈치로 그 총을 건드리고 있었던 것이다.

"카페 주인이 테이블 아래로 너한테 건네준 게 이거였어?" 다시 걸음을 떼며 옥희가 속삭여 묻자 정호는 고개를 끄덕였다. "어느 날 밤 어떤 일본군 장교가 만취한 상태로 가게에 두고 간 거래. 나라 안에서 무기를 조달하는 게 점점 어려워지고 있거든. 총 한 자루가 소중한 상황이야." 그가 작은 소리로 설명했다. 정호가 정확히 무슨 일을 하고 다니는지, 옥희로서는 제대로 알고 있던 적이 없었다. 다만 정호의 함구무언이 그와 자신을 보호하기 위해서라는 것은 짐작하고 있었다. 하지만 지금, 해가 막 지고 난 신선한 어둠 아래서, 옥희는 그동안 꼭꼭 감춰온 비밀을 조금이나마 자신과 나누고자 하는 정호의 절박한 욕구를 느낄 수 있었다.

"당국의 탄압이 점점 더 심해지는 마당이라, 이 반도 안에서 진행되는 저항 활동이나마 얼마나 더 오래 끌 수 있을지 모르겠어. 정말 답답한 일이지. 나도 단순한 배달원 역할만 할 게 아니라 더 큰 임무를 맡을 수 있으면 좋을 텐데. 하지만 그러려면 지금보다 글을 더 잘 읽고 써야 하고, 중국어도 좀 할 줄 알아야 해. 내가 아무리 열심히 노력해도, 스승님은 내 준비가 부족하다고 생각하셔." 정호는 쓰디쓴 실망을 드러내며 입술을 깨물었다. 옥희는 어떻게 그를 위로해야 할지 몰라, 그저 손을 뻗어 그의 팔을 쓰다듬었다. 그러한 행동이 언제나처럼 정호의 기분을 차분히 가라앉히는 것 같았다.

"그 카페 주인은 그냥 멋이나 부리는 사람인 줄 알았는데." 한참

후에야 옥희가 말했다. "부드러운 손에다, 머리도 예쁘게 꾸미고 다녀서 말이야."

"다들 각자의 방식으로 용감한 거지."

한낮 내내 화창하고 맑았기에, 어둠이 무르익은 밤에도 여전히 날씨는 훈훈했다. 젊은 연인들 여럿이 대로를 산책하고, 가게들은 행인을 끌 목적으로 제각기 도로를 향해 SP 레코드를 틀었다. 사람들의 웃음소리, 자동차의 엔진음, 개 짖는 소리 같은 부드럽고 흐릿한 밤의 소음들이 마치 무대막 뒤편에서 들려오는 희미한 속삭임처럼 옥희와 정호 사이에 드리워진 고요한 침묵의 표면을 뚫고 지나갔다. 옥희는 라일락 향기와 함께 이 모든 소리를 깊이 들이마셨다. 주변의 모든 곳에서 삶은 그들이 모르는 사이에 계속 나아가는 중이었고, 그들의 삶 역시 다른 모든 것이 존재하는 세상 안에서 나아가고 있었다. 모든 존재가 공기처럼 가볍게 서로에 가 닿으며 투명하게 반짝이는 지문을 남겼다.

"이제 너무 어두워졌네." 옥희가 조그맣게 말했다.

"일단 집까지 바래다줄게. 연화는 곧 찾을 수 있을 거야, 옥희야. 나는 경성 시내 곳곳을 돌아다니잖아. 아는 사람들도 많고. 널 위해서 내가 그 애를 꼭 찾아낼게."

그들은 모퉁이를 돌아 옥희의 집이 있는 방향으로 향했다. 가까운 곳에서 레코드를 틀어놓았는지, 그들이 나아갈수록 음악 소리가 점점 커졌다. 수십 명의 사람이 레코드 가게 앞에 모여 최신 유행곡을 따라 부르고 있었다. SP 레코드의 음질이 마치 양피지인 양 펼쳐지며 그들 주변의 대기를 부드럽게 어루만졌다. 더블베이스의 둥근 소리가 후드득 떨어지는 묵직한 빗방울처럼 울리고 있었다.

"「만주 탱고」라는 곡이야." 옥희가 정호에게 말했다. "그 제목으로 는 검열을 통과하지 못할 거라서 「만두 탱고」로 바꾼 거래. 하지만 이 곡이 고향을 그리워하는 만주 이주민들에 대한 노래라는 걸 모르 는 사람은 없지. 북쪽에서 활동하는 독립운동가들도 즐겨 부른다더 라." 가게 앞에 모인 사람들은 하나같이 후렴구의 가사 '만두'를 '만 주'로 바꾸어 부르고 있었다. 젊은 연인들은 서로 손깍지를 끼고 선 채 조심스럽게 몸을 흔들었다.

정호가 옥희 쪽으로 돌아서서 손을 내밀었다. "춤출래?" 긴장한 그의 눈이 조바심으로 반짝이고 있었다. 선명하게 각을 잡아 다린 바지 주름, 공들여 빗어 넘긴 깔끔한 머리카락. 옥희의 눈에 들기 위 해 정호가 기울이는 모든 노력을 볼 때마다, 옥희는 그가 자신을 사 랑하는 방식대로 자신 또한 그를 사랑할 수 있었다면 참 좋았을 거 라고 생각하곤 했다.

"안 돼, 그러다 체포되면 어떡해." 옥희는 미안하다는 얼굴로 미 소를 지었다. 사교댄스는 공식적으로 불법이었다. 비록 카페나 비밀 클럽에 모인 사람들이 그런 춤을 춘다는 걸 모르는 이는 없었지만, 탁 트인 거리에서 대놓고 춤을 춘다는 건 상상할 수 없는 일이었다.

"지금은 너무 어두워서 아무도 눈치 못 챌 거야." 정호는 여전히 옥희에게 손을 뻗은 채였다. 단단히 결심한 듯 보였지만, 그 단호한 겉모습 아래 그가 부끄럽고 민망한 상황이 닥칠까 봐 엄청나게 겁에 질려 있다는 걸 옥희는 알고 있었다. 밤의 어둠도, 정호 특유의 그을 린 낯빛마저도 그의 뺨까지 치솟아 오른 홍조를 가릴 수는 없었다.

이윽고 옥희가 왼손으로 정호의 오른손을 잡았고, 그들은 축음기를 마주 보고 선 채 양옆으로 몸을 나부꼈다.

옥희는 눈을 감았다. 자신의 손을 맞잡은 정호의 손은 뜨겁고 축축했다. 자신이 한철의 손을 잡고 있다고 상상해 보려 했지만, 그 두 남자의 손에 공통점이라곤 전혀 없었다. 길게 뻗은 튼튼한 손가락들을 가진 한철의 손은 우아하고 아름다웠다. 그 손등 아래 도드라져 보이는 청록색 핏줄마저도 옥희는 깊이 사랑했다. 하지만 외적으로 드러나는 모습이 아닌 촉감의 측면에서도 그들의 두 손은 완전히 달랐다. 나이 든 기생들은 남자란 일단 촛불을 끄고 나면 구분할 수 없이 다 똑같다는 농담을 하곤 했다. 그러나 사실 남자들의 표정을 들여다보거나 목소리에 귀 기울이기를 멈추고 단순히 그들의 감촉이 어떻게 느껴지는지에 집중하다 보면, 그들 사이의 차이점은 훨씬 더 예리하게 느껴졌다. 만일 사랑이라는 감정이 그저 우정의 가장 짙은 색채일 뿐이요, 너무 짙은 나머지 다른 빛깔로 보일 정도지만 사실은 충실함이라는 감정과도 같은 색상표 안에 있는 것이라면, 그러면 옥희도 정호를 사랑한다고 할 수 있을 터였다. 정말 깊이, 진심으로. 하지만 결국 그런 감정들이 아예 처음부터 완전히 다른 거라면, 그는 정호를 사랑하는 것이 아니었다.

천둥 같은 소리가 점점 다가오며 이 밤에 드리운 부드러운 양피지를 찢어버렸다. 그러나 검푸른 하늘에는 먹구름 한 점 없었고 달도 여전히 둥실 떠 있었다. 음악을 묻어버린 건 다름 아닌 엔진의 굉음이었다. 사람들은 노래 부르기를 멈춘 채, 차량 덮개 위에 일장기를 휘날리고 뒤에는 병사들을 실은 군용 트럭 몇 대가 시끄럽게 지나가는 것을 바라보았다. 갑자기 수군거림이 일었다. "일본이 북경을 공격하러 가는 모양이군. 결국 일이 터진 거야." "중국이 만주는 포기했을지 몰라도, 본토는 뺏기지 않으려 반격하겠지." "잠자는 거인을 깨운 셈이네." "쉿, 낮말은 새가 듣고 밤말은 쥐가 듣는댔어. 말조심하게." "지금 상황 자체가 이미 최악인데 무슨……. 전면전이 발발했으니 우리 모두 죽은 목숨이라고."

"무슨 일이지?" 갑자기 밀려든 소음으로 인해 다급히 몽상의 세계에서 끌려 나온 옥희가 물었다. 정호가 뭐라 말을 했지만, 귀청을 찢어놓을 듯 울리는 경보음에 묻혀 아무 소리도 들리지 않았다. 트럭들의 노랗고 밝은 전조등이 얼굴을 정면으로 비추어 옥희는 다시 한번 눈을 꼭 감았다. 이 순간 그가 확신할 수 있는 유일한 것은, 자신의 손을 꼭 붙잡고 놓지 않는 정호의 손뿐이었다.

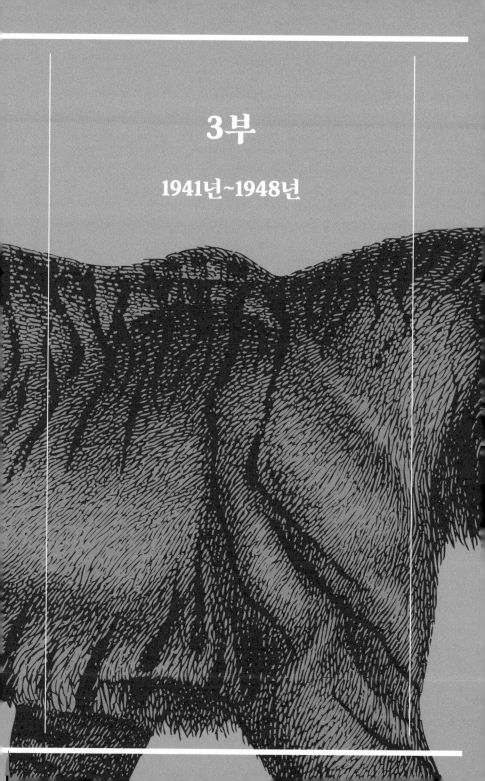

3부

1941년~1948년

21장

보랏빛 그림자들

1941년

정호가 옛 중국 식당에 도착했을 때, 뒷문 앞에는 낯선 삭발 머리 경비원이 보초를 서고 있었다.

"암호." 남자가 넓게 벌어진 가슴 위로 팔짱을 끼며 무뚝뚝하게 말했다. 정호는 잠시 멈칫했다. 문을 통과하는 방식이 새로워진 모양인데, 그는 아무런 소식도 들은 바가 없었다.

"남정호." 마침내 정호가 말한 건 그냥 제 이름이었다.

"아, 오야붕!" 정호가 속으로 '빡대가리'라고 부르던 그놈이 갑자기 차렷 자세를 취하더니 허리를 90도로 접으며 깊이 절을 했다. "제가 무식한 죄로 미처 못 알아뵀었습니다! 용서해 주십시오!" 경비원은 경첩이 벌어지는 한 문을 최대한 활짝 열어젖혔고, 키가 작은 정호는 그곳을 통과해 안으로 들어갔다.

안뜰의 모습도 정호가 소년 시절을 보낸 곳이라기엔 알아볼 수 없을 만큼 달라져 있었다. 중앙에 있던 밤나무는 잘려 나갔고, 거기 묶여 있던 영구의 개도 이미 죽은 지 오래였다. 내내 그 뜰을 메우던 개의 구슬픈 울부짖음과 낑낑거리는 소리가 완전히 사라져 버린 지금, 안뜰의 모습은 오래 걸어둔 액자를 떼어낸 뒤 벽에 남은 흔적처럼 이상하게 지속되는 공허감을 남겼다.

눈앞의 광경을 바라보며 정호는 날카로운 고통을 느꼈다. 자신과 상관없는 사람들의 죽음이든, 혹은 정호 자신이 그 필멸의 과정을 앞당기는 데 결정적인 역할을 했던 이들의 죽음이든, 안뜰의 변한 모습은 지금껏 그가 보아온 수많은 인간의 죽음에서 느꼈던 것보다 더 가슴 아픈 감정을 안겨주었다. 정호는 앞으로도, 아니 절대로 상습적인 살인자는 되지 않을 것이었다. 그러나 극소수의 사람을 제외하면 진정으로 선하거나 명예로운 자는 이 세상에 아무도 없다는 냉소적인 믿음을 가슴속 깊이 품게 된 지 오래였다. 인간은 늘 거짓말을 하고, 서로를 속이며, 자신의 친구와 가족과 나라를 배신했다. 그렇게 배신을 하며 달라붙은 상대를 또 배신하였으며, 자신의 얄팍한 안위를 위해서는 그 어떤 신의도 없었다. 모든 한국인은 일본식으로 성명을 바꾸라는 창씨개명령이 내렸을 때, 나라의 절반이 넘는 사람들이 그 부모와 조상으로부터 물려받은 이름을 헌신짝처럼 버리기 위해 헐레벌떡 줄을 섰다. 자신이 타고난 이름을 그렇게 쉽게 포기할 수 있는 이들에게는 그 어떤 신념도 명예도 남아 있지 않으리라고 정호는 생각했다. 해가 거듭될수록 그의 인간 혐오는 더욱 짙어졌고, 심지어 자신의 삶마저도 점점 무가치하게 느껴졌다. 이런 생각을 털어내기 위해 정호는 크게 한 번 숨을 내쉬었다. 자신에게 남은 작은 순수 한 조각을 놓지 않고 싶은 마음이 아직도 그에겐 옅게나마 남아 있었다.

안뜰은 각자의 귀금속과 패물을 팔아보려고 나온 사람들로 가득했다. 다들 손에는 물건이 든 보퉁이를 꽉 쥐고 입은 굳게 다문 모습으로 자기 차례를 기다리는 중이었다. 줄 맨 앞, 작은 칸막이로 꾸민 임시 점포 안에는 영구가 들어앉아 양옆에 경비를 거느린 채 한 번에 한 사람씩 손님을 맞고 있었다. 영구는 전쟁이 터지자 중국 식당 운영을 중단하고 지방에서 사들인 물품들을 경성으로 가져와 입이 떡 벌어질 가격에 팔아넘기는 일을 시작했다. 이미 군대가 민가를 돌며 돈이 될 만한 귀중품은 모조리 압수해 간 뒤였지만, 그래도 집집마다 대청마루 밑에 꼭꼭 숨겨둔 항아리나 비단 이불 홑청 속에 비밀스레 감춘 마지막 가보들은 어떻게든 속속 모습을 드러냈다. 이런 것마저 다 떨어져 그야말로 절박한 낭떠러지 끝에 몰린 사람들은 땅문서나, 엄청난 이자를 맹세하는 서약서를 갖고 왔다. 영구가 굳이 입 밖에 내지 않았어도, 정호는 이미 그런 사정에 대해 잘 알고 있었다.

정호 앞에서 영구는 제 가슴에 손을 얹고 자신이 꼭 돈에 눈이 멀어 이런 짓을 벌이는 건 아니라고 말했다. 어차피 누군가 하게 될 일이라면 똑같은 민중의 처지에 있는 자신이 하는 편이 낫지 않겠는가? 하지만 그렇게 말한 것치고 영구는 암시장 운영에 꽤 진심으로 뛰어들었다. 평온한 시기보다 혼란스러운 위기가 닥쳤을 때 자신의 진가를 발휘하며 잠재력을 표출하고 그동안 뭉툭하게만 느껴졌던

삶의 각도를 더 날카롭고 신선하게 인지하는 몇몇 사람들처럼, 영구
역시 명확한 삶과 죽음의 경계가 흐려지는 그 애매한 공간에서 더
활발하게 깨어났다. 시대적 혼돈 속에서 생의 욕구를 잃은 채 절뚝
거리며 추락하기 바쁜 지식인들과 달리, 영구 같은 사람들은 오히려
무의미한 낙천성을 부풀리며 기세등등해졌다. 이 두 방향 외에 다른
어떤 대안이 있는지까지는 정호로서도 알 수가 없었다. 어쨌든 아이
들이 아직 어리고 식당이 번창하던 신혼 초기보다 지금 저 칸막이
속의 영구가 훨씬 더 행복해 보인다는 건 누가 봐도 분명했다.

정호를 보자마자 영구는 손짓으로 부하들을 물린 뒤 자리에서 벌
떡 일어나 반갑게 두 팔을 벌린 채 힘찬 걸음으로 다가왔다. 전쟁이
시작된 이후 허리께의 군살이 좀 빠진 모습이었지만, 오히려 그 덕
에 전보다 훨씬 젊고 건강하게 보였다. 깨끗한 면 셔츠와 바지 차림
에 갈색 코듀로이 조끼를 덧입은 태가, 마치 무력하고 가엾은 환자
들과 상담 중인 부유한 약사 같았다.

"문 지키고 서 있는 그 돌대가리가 왜 나를 오야붕이라고 부르
냐?" 일상적인 안부를 주고받은 뒤, 정호가 물었다. "우리가 무슨 야
쿠자 새끼들도 아니고." 그는 얼굴을 찌푸렸다.

"미안해, 대장. 그놈이 진짜 멍청한 놈이라서." 영구는 가까운 친
구들을 위해서 가장 귀한 물건들을 보관해 둔 뒤쪽 창고로 그를 안
내하며 말을 이었다.

"그래도 대장 오면 주려고 내가 따로 빼둔 물건들을 보면 마음 풀
릴걸. 보리랑 감자 한 포대씩에 배추 두 포기, 잔멸치 한 봉지야. 요
즘은 바닥에서 천장까지 돈이 쌓여 있어도 구할 수 없는 것들이잖

아. 아니, 왜 이래? 얼른 치워. 내가 어떻게 대장한테 돈을 받아?" 영구는 단호히 고개를 저으며 정호가 내민 손을 한사코 거절했다.

정호의 이마에 다시 주름이 잡혔다. 하지만 이번에는 불쾌감이 아니라 난처함 때문이었다. "아무리 오랜 친구 사이라도 이 어려운 시절에 이런 걸 공짜로 가져갈 순 없지. 나 보름 전에 쌀 사러 미꾸라지한테 다녀왔는데, 걔도 결국 나한테서 은화 몇 닢 받았어."

명보에게서 받은 은화를 자신의 가장 친한 친구에게 내밀었을 때, 사실 정호는 미꾸라지가 한 번쯤 거절하는 척이라도 하겠거니 생각했다. 하지만 미꾸라지는 냉큼 돈을 받아 챙기고 장부에 거래 내역을 기록하더니, 민망해하는 기색이라곤 전혀 없이 자연스럽게 다른 화제로 넘어가 잡담을 이어가기 시작했다. 미꾸라지의 형편이 그리 어렵지 않다는 건 모두가 알았다. 아니, 어렵기는커녕 그는 한때 일생을 두고 벌어보고 싶다 했던 수준 이상의 귀중품과 땅문서를 넘치도록 쌓아가고 있었다. 정호는 아무렇지 않은 듯 천연덕스럽게 그와 악수를 나누고 자리를 떠났지만, 마음속으로는 앞으로 다시는 미꾸라지를 보지 않겠다고 다짐했다.

영구가 코웃음을 쳤다. "미꾸라지야 당연히 받았겠지, 그 이기적인 새끼. 하지만 난 기억하거든. 세상천지에 가진 거라곤 딱 불알 두 쪽뿐일 때, 다 같이 배를 쫄쫄 곯으면서도 대장이 우리한테 자기 음식을 나눠준 게 몇 번이나 되는지 셀 수도 없다는 거 말이야. 우리 개 몫까지 같이 챙겨 먹으라고 자기 그릇에서 조금씩 더 떼 준 적이 얼마나 많았어? 대장은 기억 안 나?" 입은 여전히 활짝 웃고 있었지만, 영구의 눈가엔 도리어 촉촉한 물기가 돌았다. "난 정말이지, 못

잊어."

정호는 친구의 너그러움이 진심에서 우러나온 것임을 깨닫고 비로소 마음을 놓았다. 괜스레 자신도 감정이 벅차올라, 그는 영구의 어깨에 팔을 두르고 애정을 담아 두어 번 두드렸다. "그래, 알았다. 고마워. 당연히 나도 그 시절 기억하지. 기억하고말고." 대부분의 인간은 경멸스럽고 무가치하다고 생각했던 것이 문득 후회되었다. 아무리 전쟁 중이라 해도, 냉소적인 마음을 오랫동안 품어두는 것은 그의 천성과 맞지 않았다.

"대장 가는 거 볼게." 영구의 말에 두 친구는 사람들로 북적거리는 안뜰로 다시 걸어 나왔다. "이제 겨우 여름 초입인데 벌써 이렇게 무더워서야……. 왜 그래, 대장? 무슨 일이야?"

정호는 걸음을 멈춘 채 서 있었다. 길게 늘어선 줄 가운데쯤 서 있던 한 남자가 그의 눈에 띈 터였다. 그로서는 인정하고 싶지 않지만, 어쨌든 한눈에 알아볼 정도로 신경이 쓰이는 사람이었다. 공장노동자의 셔츠와 바지, 어쩐지 전보다 불어난 몸집. 한철에게서 이제 막 대학을 졸업한 무일푼 청년의 강렬하고 파릇파릇한 인상은 흔적조차 찾아볼 수 없었다. 전쟁이 한창인 와중에도 그에게서는 청춘과 원숙함, 과거의 성취와 미래의 야망 사이에 이상적으로 자리 잡은 한 남자의 강인함이 배어 나왔다. 거친 폭풍우 속의 종이배처럼 이 나라 전체가 갈팡질팡하는 상황에서도 그가 용케 자동차 정비소를 차려 능란하게 사업을 확장하는 중이라는 얘기는 정호도 들은 적이 있었다. 그런데도 영구의 암시장 식량을 구걸하러 온 사람들의 줄에 끼어 있는 꼴을 보니, 이러지 않아도 될 만큼의 성공까지는 아직 거두지 못한 모양이었다. 어렴풋한 만족감을 느끼며 생각에 잠겨 있던 정호는, 문득 지금이 바로 복수의 기회임을 깨달았다. 인생을 통틀어 아마 두 번은 없을, 말 그대로 천재일우의 순간이었다. 어느덧 한낮이 한참 늘어진 오후 3시, 영구의 개가 햇볕 속에 나른히 눕곤 하던 자리엔 마른 낙엽들만 모래 위에서 바스락대고 있었다. 정호는 무의식적으로 이 모든 풍경을 차곡차곡 마음에 담았다. 과거 자신에게 깊은 굴욕을 안긴 누군가에게 모욕을 대갚음하는 이 행복의 순간을 나중에 실컷 곱씹을 수 있도록 말이다. 그의 귀에서 맥박이 터질 듯 고동쳤고, 손끝부터 발끝까지 모든 혈관에 한꺼번에 피가 돌며 진동하는 것 같았다. 정호가 지금껏 경험해 본 중 이보다 짜릿하고 감미로운 감각은 없었다.

"아는 놈이야?" 영구가 물었다.

"말하자면 긴데, 어쨌든 뭐랄까……" 정호는 잠시 적당한 단어를 골랐다. "참 비겁한 놈이야. 그래, 바로 그런 놈이지." 스승인 명보조차도 자신의 이런 가혹한 평가가 불공정하다고 말할 수는 없으리라는 생각에 깊은 만족감이 일었다.

"그래? 그럼 당장 여기서 꺼지라고 해야겠다. 아니면 죽도록 두들겨 패주든가. 어떻게 할까? 뭐든 대장 원하는 쪽으로 할게." 영구의 입에서 이런 이야기가 새어 나오기 무섭게 그의 수하 대여섯 놈이 즉시 뒤쪽에 따라붙더니, 하나같이 험상궂은 모습으로 손가락 관절을 꺾고 목을 돌리며 주먹질 할 채비를 했다.

"됐어, 내가 알아서 처리해." 정호는 주먹을 불끈 쥐고 한철을 향해 다가갔다. 모여 있던 사람들이 본능적으로 숨을 죽이고 올가미를 조이듯 두 남자에게 이목을 집중했다. 정호와 달리 한철은 그가 누구인지 도무지 알아보지 못하는 듯, 어리둥절한 표정으로 눈만 가늘게 뜰 뿐이었다. 그 동태처럼 멍청한 눈깔을 여자들은 왜 그렇게들 좋다고 하는지 정호로서는 당최 이해가 가지 않았다.

"김한철 씨죠?" 인사도 악수도 없이 정호가 대뜸 물었다. "남정호입니다. 아마 그쪽은 나를 모르겠지만, 우리 둘 다 안옥희의 지인이죠."

마치 오만함을 슬픔으로 바꿔주는 해독제라도 되는 양, 옥희의 이름은 한철의 낯빛을 일순간에 확 바꾸었다. "아, 들은 적 있습니다. 옥희 씨가 가장 가까운 친구 중 하나라고 얘기하곤 했어요." 한철이 시선을 내리깔며 대답했다.

"옥희가 그랬다고요?" 정호는 궁금한 마음에 무심코 되물었다. 두 사람이 자신에 대해 어떤 이야기를 나눴을지 상상하느라 잠시 얼굴이 붉어졌지만, 복잡한 감정은 일단 한편으로 밀어두기로 했다.

"나도 김한철 씨에 대해서 옥희한테서 들은 이야기가 있는데. 그쪽은 옥희한테 별로 좋은 친구가 아니었더라고."

정호는 적수의 얼굴이 새하얗게 질리며 자기도취의 평정심을 잃어버리는 모습을 만족스레 지켜보았다. 이 남자의 약점이 바로 이것이구나 싶었다. 그러니까, 자신이 옳은 쪽인 것처럼 보이고 싶은 욕구 말이다. 한철은 자신이 언제나 할 수 있는 한 최선을 다하며 치열하게 살아왔다고 자부하는 부류의 남자였다. 지금 한철의 얼굴을 가득 뒤덮은 비통과 애수의 표정도 결국은 제 자존심을 보호하는 방법에 불과하다는 걸 정호는 잘 알고 있었다. 한철에게 할 수 있는 최고의 복수는 다름 아닌 그의 자만심을 뒤흔드는 것이었고, 그건 단순한 주먹질로 해낼 수 있는 일이 아니었다.

"당신 같은 종자들은 옥희랑 같은 공기를 마실 자격도 없어. 다시는 옥희 앞에 얼씬하지 마. 알아들었어?" 정호는 경쟁자에게 한 발짝 더 가까이 다가서며 으르렁거렸다. 한철이 보고 있는 땅바닥에 침을 찍 뱉고 싶은 충동을 간신히 억눌러야 했다. 한철은 꼼짝도 하지 않고 그대로 얼어붙어 있었다. 마치 상위 포식자를 감지하고 위험이 지나갈 때까지 죽은 척하며 버티기로 마음먹은 도마뱀 같았다. 이제는 그리 잘생겨 보이지도 않았다. 정호가 직감했듯이, 그는 그저 비겁자에 불과한 놈이었다. 아, 옥희가 이 사실을 알았더라면!

"얘들아, 여기 김한철 씨가 필요하다는 건 뭐든 다 갖다드려라." 정호는 돌아서며 크게 읊조렸다. 영문을 모른 채 서 있던 영구도 갑자기 정신을 차리고 사방으로 부하들을 보내 식량을 찾아오게 했다.

"그리고 어떤 식으로든 이 남자가 내겠다는 돈은 절대 받지 마."

그 잘난 양반 법도를 따른다는 한철에겐 자신을 명백히 경멸하는 사람으로부터 강제로 조롱의 긍휼을 받아들여야만 하는 수모의 순간이었다. 정호는 돌아보지 않아도 한철이 느끼는 모멸감을 알 수 있었다. 그리고 과거에 무슨 일이 있었든, 당장 오늘 저녁에 옥희를 만나러 가는 사람은 정호 자신이었다. 지금 옥희에게 필요한 사람은 한철이 아닌 정호였다. 이 복수의 쾌감이 얼마나 컸는지, 정호는 마치 성좌에 완벽히 정렬되어 이글이글 타오르는 별이 된 기분이었다.

옥희의 집으로 가는 길에, 정호는 영구가 준 감자 한 포대 중 세 알을 어찌어찌 참외 한 개와 맞바꾸었다. 문을 두드리고 손을 내리기도 전에 옥희가 번개처럼 나타나 대문을 열어주었다. 정호가 들고 있던 묵직한 아마포 가방을 두 손으로 받아 연 옥희는 놀라서 숨을 들이쉬었다.

"보리에, 감자에, 멸치까지⋯⋯. 그리고 세상에, 이게 뭐야? 참외잖아! 무슨 신기루라도 보는 것 같다. 정호야, 도대체 너 없었으면 난 어쩔 뻔했니?" 옥희가 말하며 그를 안으로 들였다.

"내가 도울 만한 일이 더 있기만을 바랄 뿐인걸. 단이 이모는 좀 어떠셔?" 정호가 중절모를 벗으며 물었다.

"아직도 열이 안 내려서 한참 고생하고 계셔. 급습 때 받은 충격이 큰 것 같아. 이렇게 푹푹 찌는 날씨도 도움이 안 되고. 몇 달 동안이나 식량이라곤 거의 없이 버티다 보니 살이 너무 많이 빠지셨어." 옥희는 얼굴을 붉혔다. 옥희 자신도 계속된 굶주림으로 핼쑥해진 건 마찬가지라, 퀭하게 파인 광대뼈 밑에 황혼의 어스름 같은 그림자가 드리워 있었다. 지금껏 내내 옥희의 얼굴을 살펴왔던 정호로서도 그런 모습은 처음이었다.

"놈들이 싹 털어간 거야?" 경찰들이 수시로 민가를 습격하던 시기였다. 사람들이 조금씩 모아둔 쌀과 귀금속뿐 아니라 냄비나 번철, 다리미, 화로, 불쏘시개와 수저까지 금속으로 된 거라면 모두 압수 대상이었다. 이렇게 빼앗긴 쇠붙이들은 차별 없이 한꺼번에 모두 불에 녹여져 대포, 함선, 그리고 비행기들로 개조되었다.

"거의 다. 우리 수중에 있던 가장 비싼 패물 한두 개는 정원 앵두

나무 밑에 구덩이를 파고 따로 묻어놨거든. 그렇지만 다이아몬드 목걸이나 순금 빗이 지금 다 무슨 소용이겠니. 배급되는 쌀의 절반은 그냥 모래알이고 먹을 거라곤 하나도 없는데."

"옥희야, 내 앞에서 물건 숨겨둔 장소를 그렇게 말하면 안 돼! 가까운 이웃들이나 친구들이랑 있을 때도 정말 조심해야 하고. 그건 너랑 단이 이모님만 알고 있는 비밀이어야지." 정호가 질겁해서 잔소리를 퍼붓는데도, 옥희의 얼굴에는 다정한 미소가 따스하게 피어올랐다.

"정호 너는 내 가족이잖아. 몇 달째 우리가 먹을 좋은 쌀을 가져다주기도 했고. 나는 널 믿어." 씩 웃는 옥희의 눈가 아래 가느다란 주름이 잡혔다. 그의 나이 서른셋에 걸맞은 모습이었고, 그러고 보니 정호가 옥희를 처음 만난 지도 벌써 스무 해가 넘게 지난 것이었다. 그러나 정호는 조금씩 세월의 풍파에 시들어가고 있는 지금의 옥희가 활짝 핀 한 송이 꽃 같던 젊고 화려한 기생 시절의 옥희보다 더 아름답다고 생각했다. 그의 얼굴에 드리운 서늘한 그림자마저 정호를 강렬하게 끌어당기고 있었다.

"어떻게든 꿋꿋이 버텨보자. 지금 같은 상황이 영원히 이어질 리는 없으니까. 일본은 중국이 얼마나 대국인지 과소평가했어. 난징에서 일어난 사건이 알려진 뒤로 전 세계가 일본에 등을 돌리기도 했고. 강간, 방화에 임산부들까지 무참히 학살하고……. 놈들이 우리에게 했던 만행을 이제 중국인들에게도 저지르고 있는 거야. 우리 독립군과 중국군은 이미 만주 지역에 결집해서 합동작전을 펼치고 있어. 내가 모시는 스승님께서 그러시는데, 일본은 결국 이 전쟁에서 이길 수 없을 거래." 정호의 말에 옥희도 단호하게 고개를 끄덕였다. 마치 자신의 강한 동의가 그 예언을 실현하는 데 조금이라도 도움이 될 수 있으리라는 듯.

"그래서 말인데, 사실 오늘 너한테 할 얘기가 있어." 정호는 손에 쥔 중절모의 챙을 만지작거리며 애꿎게 빙글빙글 돌렸다. 방 안의 공기가 마치 술을 네 잔쯤 비운 뒤의 분위기처럼 무겁게 가라앉았다. 사방이 고요한 가운데 벽시계의 초침만이 정호의 심장박동에 맞춰 째깍대며 그들 사이의 침묵을 쪼개었다.

"나는 임무를 맡아서 상해에 가게 됐어." 방금 즉흥적으로 떠올린 말을 내뱉기라도 하듯, 정호가 애써 가벼운 어조로 말했다. 하지만 이미 수없이 연습하고 생각했음에도, 초연한 태도를 연기하기란 쉽지 않았다.

정호가 끝내 배우지 못한 많은 일들 가운데, 무엇보다 어려운 일은 자신에게 소중한 것들을 놓아주는 것이었다. 하지만 그는 언제나 해왔던 방식대로 하기로 마음먹었다. 먼저 행동하고 생각은 나중에 하기. 마음을 다잡기 위해 그는 양손을 들어 손꿈치로 한두 번 꾹꾹 눈을 짓눌렀다.

"몇 달은 돌아오지 못할 거야." 그가 말했다. 두 사람의 귓가에 더 똑똑히 들려온 것은 그가 하지 않은 말이었다. 아마 영영 돌아오지 못할 가능성이 더 크다는 말. 서로가 어떤 마음인지, 말하지 않아도 너무나 잘 이해할 수 있는 감정에 두 사람은 입을 다문 채 꼼짝하지 않았다. 똑딱거리는 시계 소리가 느려지는가 싶더니 점차 망각 너머로 흐릿해지고, 문득 정호는 모종의 만족감을 느꼈다. 이곳에서 옥희와 단둘이 앉아 슬픔에 잠긴 채 이 영원의 순간을 함께한다는 것만으로도 그동안의 간절하고 오랜 기다림에 대한 충분한 보상이 되는 것 같았다. 무덥고 습한 날씨였고, 방의 어두운 구석에는 긴 여름 태양이 남겨둔 보랏빛 그림자들처럼 죽음이 나른히 깃들어 있었다.

"그동안 몇 년이나 기다려왔는지 몰라, 스승님께서 날 믿고 이런 임무를 맡겨주실 날이 오기를……." 정호가 희미한 미소를 지으며 말을 이었다. "하지만 막상 때가 오니까 약간…… 아주 약간 슬픈 기분이 들긴 하네."

"아, 정호야. 네가 너무 걱정돼." 옥희가 눈에 고인 눈물을 손가락으로 조심스럽게 찍어냈다. 먼 길을 떠날 정호 앞에서 눈물을 보이지 않기로 마음먹은 것 같아, 정호는 일부러 그것을 눈치채지 못한 척했다.

"지난 몇 년, 너는 내게 남은 유일한 친구였어. 월향 언니는 미국에 가 있고 연화는 여전히 실종 상태이니……. 네가 가고 나면 내가 정말 뭘 어떻게 할 수 있을지 모르겠다." 옥희는 한숨을 내쉬었다가, 갑자기 일어나 부엌으로 사라지며 외쳤다. "저녁만이라도 먹고 가! 뭐라도 만들어볼게."

옥희가 보리를 안치고 죽을 끓이느라 분주한 사이 정호는 거실에 머물렀다. 단이가 잠들어 있어서, 옥희는 죽 한 사발을 따로 퍼 그가 누운 이부자리 곁에 놓아두고 정호와 자신을 위한 밥상을 차렸다. 반질반질 윤이 나게 닦아 관리해 온 단이의 놋쇠 공기와 찬기는 물론 숟가락과 젓가락까지 몽땅 군인들이 가져가 버렸기에, 전쟁 전이라면 이 집 하인들도 쓰지 않았을 투박한 나무 그릇들과 수저로

상을 차릴 수밖에 없었다. 몇 안 되는 반찬을 정성 들여 차리는 옥희를 바라보면서, 정호는 그들이 결혼한 부부 사이라고, 그렇게 둘이서 평범한 일상의 시간을 보내는 중이라고 상상해 보았다. 그 환상이 얼마나 즐겁고 행복한지, 그는 자신이 품은 생각을 입 밖으로 꺼내지 않을 수 없었다.

"옥희야, 이렇게 너랑 마주 앉아 네가 차려준 밥을 먹으니까 꼭 네가 내 아내가 된 것 같다." 자기도 모르게 튀어나온 말에 스스로 더 놀라 정호는 소스라쳤다. 옥희가 기분이 상했을까 봐 덜컥 겁도 났다. 하지만 놀랍게도 옥희는 미소를 지었다.

"남자가 혼자 지내려니 힘들지? 으레 여자 손길이 필요한 법인데." 눈가에 주름이 잡히도록 웃음을 지으며, 옥희는 열무김치 그릇을 정호 쪽으로 더 가까이 밀어주었다. "많이 먹어."

이 간소한 저녁 자리를 최대한 오래 이어가느라, 두 사람 모두 아주 천천히 음식을 씹었다. 그들이 나누는 이야기는 주로 전쟁과 단이의 병에 대해서였다.

"나랑 일하는 동지 중에 의원 한 사람이 있거든. 내가 떠나기 전에 그 사람 진료소에 들러서 단이 이모님 왕진 한번 와달라고 부탁해둘게." 정호가 숟가락을 내려놓으며 말했다.

"내가 하는 일이라곤 그저 너한테 폐를 끼치고 신세를 지는 것밖에 없구나." 옥희는 슬픈 듯 말을 이었다. "너한테 해준 게 아무것도 없어."

"네가 날 위해 뭐든 할 필요 자체가 아예 없었는데 뭘." 정호의 얼굴에 수줍은 미소가 떠올랐다. 그 말은 진실이었다. 벌써 수년도 전에, 정호 자신조차 정확히 알 수 없는 시점부터, 이미 그는 자신이 옥희를 사랑하는 것처럼 언젠가는 옥희도 자신을 사랑해 줄지 모른다는 소망을 포기한 터였다. 어떤 깨달음의 순간도 없이 일어나 버린 일이었고, 아마도 최선의 일이었을 것이다. 그 전까지 그에게 가장 중요한 모든 결정과 전환점 들은 오래전에 떠나버린 그 간절한 소망을 기반으로 이루어졌지만, 그렇다고 삶을 돌이킬 수는 없는 법이었다. 그리고 자신의 과거를 부정하는 것이 무슨 소용이란 말인가? 정호의 내면 어딘가에서는 그 경중의 차이가 있을 뿐 어차피 누구나 이런 어긋남을 겪기 마련이라는 직감이 깜박였고, 그 내면의 불빛을 가만히 바라보고 있자니 스스로의 안타까운 운명과 화해하고자 하는 노력에 제법 힘이 실리는 것 같았다. 하지만 곧 옥희가 던진 말이, 흡사 한여름에 밀어닥친 폭풍우 같은 힘으로 지금껏 쌓아온 정호의 내적 평화를 산산이 깨뜨리고 말았다.

"오늘 여기서 자고 갈래?"

잠에서 깨어난 옥희의 몸은 여전히 정호의 두 팔에 단단히 감겨 있었다. 깊이 잠든 와중에도 그는 옥희를 품에서 떠나보내고 싶지 않은 모양이었다. 정호의 입가에는 행복한 미소의 흔적이 엷게 남아 있었다.

이 남자가 한철이었다면, 옥희는 곤히 잠들어 있는 그의 머리를 부드럽게 쓰다듬으며 입술에 키스했을 것이다. 하지만 이렇게 정호와 같이 아침을 맞은 지금, 그의 마음에는 얼른 다시 혼자가 되고 싶다는 욕망만 강하게 차올랐다. 함께 밤을 보내자고 했던 걸 후회하지는 않았다. 정호에게 그토록 큰 의미가 있는 일이요 동시에 옥희 자신에게는 작은 것을 주기로 했던 건 둘 모두를 위해 옳은 결정이었다. 그런데도 정호의 품에 안겨 있는 이 순간 그의 마음은 영 편치 않았고, 아무리 가만히 누워 있어 보려 노력해도 소용없었다.

"벌써 깼네." 정호가 반쯤 감긴 눈꺼풀 사이로 속삭였다.

"더 자. 내가 아침 차려 올게." 옥희는 몸을 일으키려 했지만 정호가 그를 다시 끌어당겼다.

"그럴 시간에 너를 더 안고 있을래. 그리고 할 얘기도 있고."

점점 밝아지는 방 안에서 여전히 맨몸으로 정호 곁에 누워 있는 것이 불편했지만, 어쨌든 그는 잠자코 있었다.

"옥희야, 내가 널 어떻게 생각하는지 알지?" 잠에서 다 깨어 눈을 크게 뜬 정호가 조심스럽게 말을 꺼냈다. "아주 오랫동안 널 사랑해 왔어. 네가 생각하는 것보다 훨씬 오랫동안 말이야. 오래전, 기생 복장을 하고 가두 행렬에 나섰던 날 기억나? 난 그때 널 처음 봤어. 난 꼬맹이에 불과했지만, 그 순간 난 너로 인해 내 삶이 바뀌게 되리라는 걸 느꼈어."

옥희도 그 행렬의 날을 떠올릴 수 있었지만, 당연히 그날 스쳐 간 수백 관중의 얼굴 중에서 정호를 본 기억은 없었다.

"단이 이모께서 나를 네 곁에서 쫓아버리고 우리가 연락이 끊긴 후로, 난 어디를 가든 네 모습만 찾곤 했어. 네가 연화랑 둘이 영화를 보러 갔던 그날도, 신기하게 어째 그 많은 사람 속에서 너만 눈에 확

들어오더라. 마치 태양이 네 위에서만 빛나고 있는 것 같았어." 수년 전 옥희의 모습에서 느꼈던 그 환한 광채가 한꺼번에 되돌아오기라도 한 듯 그의 얼굴이 밝게 상기되며 반짝였다.

"맞아, 참 이상하지! 경성 시내 한복판에서, 그 많은 사람들 틈에서……."

"그러니까 말이야……." 정호가 웃었다. "그냥 거기 있던 사람 중 가장 아름다운 여자한테 자연스레 눈길이 갔다가, 바로 다음 순간 그게 내가 기억하는 가장 아름다운 여자와 같은 사람이라는 걸 깨달았던 거야." 그는 손바닥으로 옥희의 뺨을 부드럽게 쓸었고, 옥희는 그 다정한 애무를 최대한 기쁜 마음으로 받아들이려고 애썼다.

"있지, 옥희야. 내가 제일 좋아하는 색깔은 파랑이야." 오랫동안 잊고 있던 기억을 되살리려는 듯, 아스라한 시선으로 그가 말을 이었다.

"어렸을 때부터 나는 하늘을 올려다보는 걸 좋아했어. 그래서 넥타이든 여자의 옷이든, 뭔가 푸른색인 것들에 왠지 더 눈길이 가더라. 내가 널 계속 발견하고, 널 사랑하게 된 건…… 네가 나의 파랑이기 때문이야." 그동안 꼭꼭 감춰뒀던 생각을 마침내 다 털어놓게 되어 후련하고 한편 자랑스러운 마음으로, 정호는 수줍은 눈을 들어 옥희를 바라보았다.

그 진심 어린 고백에 감동을 느끼면서도, 옥희는 자신의 파랑은 그가 아니라는 차마 말할 수 없는 사실 때문에 괴로웠다. 그의 마음을 짙은 쪽빛으로 물들였던 건 오직 한 남자뿐이었다. 그리고 그 남자는 더 이상 옥희를 사랑하지 않았고, 옥희와 어떤 관계도 맺지 않으려

했다. 옥희는 정호가 그만 말을 멈춰주기만을 진심으로 바랐다.

"내가 지금껏 살아오면서 해온 모든 일들…… 내 인생에서 단 하나의 이유는 너뿐이었어." 정호가 옥희 쪽으로 몸을 돌리며 이야기를 이어갔다. "옥희야, 잘 들어봐. 나는…… 임무를 수행하러 갈 수 없다고 스승님께 말씀드릴 생각이야. 그동안은 안 갈 이유가 없었지만…… 이젠 여기 남아서 너와 함께 삶을 꾸리고 싶어." 정호는 옥희의 손가락에 깍지를 끼고 손을 꽉 쥐었다.

옥희의 심장이 빠르게 뛰기 시작했다. 압도적이고 격렬한 감정의 물살로 양 볼이 따끔거렸다. "하지만 이미 가겠다고 그분께 약속했잖아. 어떻게 했던 말을 번복해?" 그가 조심스레 정호에게서 몸을 떼어내며 물었다.

정호는 이제 눈을 더 크게 뜨고 옥희를 달래듯 간절한 목소리로 말했다. "스승님은 내가 아는 사람 중 가장 인정 많고 인간적인 분이야. 어떤 이유에서든 그 누구에게도 거취를 강요한 적이 없지. 나를 소유한 것처럼 행동하신 적도 없고."

옥희는 목구멍까지 차오른 잔인한 말들을 억누르려고 천천히 숨을 골랐다. 그러나 잠시 고삐를 늦춘 순간, 그 말들은 거친 사냥개처럼 냅다 옥희의 입술 사이로 빠져나왔다. "하지만 그 임무가 너와 나보다 훨씬 더 중요하잖아."

감정이 격해진 상태라 옥희에겐 그 말의 의미를 깊이 생각해 볼 시간이 없었고, 그래서 무작정 밖으로 나온 자신의 말이 처음엔 별 의미 없는 소리처럼 느껴졌다. 하지만 사랑의 빛으로 환해진 정호의 얼굴이 일순 돌처럼 변하는 것을 지켜보면서, 그는 비로소 그 속에 담긴 공포의 무게를 깨달았다. 정호의 모습은 그저 차갑게 굳기만 한 것이 아니었다. 어릴 적부터 정호를 지켜보면서 남달리 정감이 느껴지고 사랑스럽게 여겨지던 그만의 특징 전부가, 옥희가 방금한 말들로 인해 싹 사라지고 없었다.

"난 너를 위해 그 모든 일을 해왔는데……." 정호는 힘겹게 한 마디씩 더듬거리며 말을 꺼내놓았다. 그 순간 옥희의 눈앞에는 지금껏 그와 함께해 온 삶이 스쳐 지나갔다. 자기가 받아줄 테니 나무에서 뛰어내리라고 외치던 정호, 월향이 아이를 낳을 때 조산사를 찾겠다며 날아갈 듯 다급하게 뛰쳐나가던 정호, 전쟁이 시작되던 밤 함께 손을 잡고 안심시켜 주던 정호, 모든 희망이 다 사라진 듯 보일 때면 식량이 가득한 꾸러미를 들고 대문 앞에 와 있던 정호, 필요한 순간마다 어김없이 그곳에 정호가 나타나서, 가끔은 그를 부르기 위해 옥희가 해야 할 일은 그저 문간을 슬쩍 쳐다보는 게 전부인 것처럼 느껴지기도 했다. 정호 역시 마음속에서 이러한 기억을 돌이켜 보고 있다는 걸 옥희는 알 수 있었다. 그리고 묻어둔 기억을 꺼내볼수록, 그의 절망은 더 깊어지기만 한다는 것도…….

"더한 것도 했을 거야. 그저 널 안전하게 보호하기 위해서라면 내 모든 걸 포기했을 거라고." 검게 타오르는 정호의 눈빛에 옥희는 가슴이 선득하게 내려앉았고, 지도 모르게 움츠러들지 않기 위해 온몸에 힘을 주고 버텼다.

"내 말은 그런 뜻이 아니었어. 당연히 네가 남아 있기를 바라지." 간신히 그렇게 말했지만 목소리가 얼마나 자신 없게 흘러나오는지, 자신조차 그 말을 진심으로 받아들일 수 없었다.

정호는 더 이상 말이 없었다. 사랑받을 자격이 없는 사람을 사랑하느라 일생을 헛되이 바쳤다는 사실을 마침내 깨달은 것 같았다. 그는 조용히 일어나 옷을 주워 입었다. 그의 얼굴은 증오로 잔뜩 일그러져 있었다. 그렇게 옥희의 방문을 열고 나가기 직전에, 그가 휙 돌아섰다.

이어 옥희는 처음으로, 진짜 정호가 어떤 사람이었는지를 똑똑히 보게 되었다. 그가 어떤 일을 하며 먹고살았는지, 의문에 싸인 정호의 직업이 무엇인지, 옥희로선 넌지시 짐작만 해온 것들을 이제는 분명하게 알 수 있었다. 정호는 곧장 옥희를 향해 달려들었다. 너무 무서워서 비명도 지르지 못한 채 옥희는 두 팔로 머리를 감싸고 몸을 숙였다. 하지만 정호는 그의 곁을 스쳐 지나가더니 조금 전까지 둘이 함께 누워 있던 요로 몸을 날려 제정신이 아닌 사람처럼 무자비하게 주먹을 날리기 시작했다. 이불보를 한참 두들겨 팬 다음, 정호는 가까이에 있던 손거울을 쥐고 맞은편 벽을 향해 힘껏 내던졌다. 벽에 정통으로 부딪힌 거울은 산산조각이 났다. 그들 위로 번쩍이며 쏟아져 내리는 유리 파편들을 무시한 채, 정호는 이불 속에 머리를 파묻고 고함을 내질렀다. 날카로운 단음절로 이어지는 그 무서운 소리는 사람이 내는 비명이라기보다 고뇌에 찬 산짐승의 울부짖음 같았다. 잠시 그는 그렇게 엎드린 자세로 숨을 헐떡였다. 가쁜 호흡을 내쉴 때마다 등이 위아래로 들썩였다.

그제야 옥희는 자신이 흐느끼고 있다는 걸 깨달았다. 그의 눈앞에 있는 정호의 몸이 너무나 친밀하게 느껴지는 동시에 너무도 낯설고 이질적인 존재로 보였다. 어린 시절부터 그들 두 사람을 같은 성좌에 정렬한 단짝 별들처럼 이어주었던 보이지 않는 무언가가 거칠고 아프게 끊겨 나간 것 같았다. 겨우 팔 한번 뻗으면 만져질 곳에 있는데도, 이제 다시는 정호에게 가 닿을 수 없을 것 같다는 느낌이 들었다. 옥희는 정호를 진정시킬 방법을 찾고 싶었다. 그가 자신에게 얼마나 큰 의미를 지닌 사람인지 이해시키고 싶었다. 하지만 옥희가 뭐라 말을 꺼내기도 전에, 정호가 먼저 무릎을 꿇으며 상체를 일으켰다. 여전히 고개를 푹 숙인 채 그는 깊게 숨을 내쉬었다. 이제 난폭한 분노의 흔적은 전혀 찾아볼 수 없었다. 그의 옷과 머리카락에 달라붙어 반짝이는 거울 조각들만이 조금 전의 일을 상기시킬 뿐이었다. 침묵 속에 몇 분의 시간이 더 흘러갔다. 마침내 정호가 고개를 들었을 때, 옥희는 차갑고 딱딱하게 굳어 있는 그의 표정을 볼 수 있었다. 그의 눈동자만이 햇살에 녹아내린 눈처럼 물기를 머금은 채 광채를 뿜어내고 있었다.

정호는 천천히 일어나 모자를 썼다. 마치 먼 친척의 장례식에 참석했다가 떠나는 조문객 같은 태도였다. 건조하고 음울한 그 모습에, 앞으로 다시는 만나지 않을 상대를 대하는 듯한 단호한 분위기가 맴돌았다.

"언젠가 내가 그런 얘길 했었지. 내가 죽더라도 아무도 신경 쓰지 않을 거라고. 그때 네가 너만은 내 죽음을 안타까워해 줄 거라고 했던 거, 기억하니?"

대답을 기다리지 않고, 정호는 모자를 푹 눌러쓴 채 그의 일생에서 마지막으로 옥희의 집에서 걸어 나왔다.

7월, 야마다 겐조 사단장은 중국에 진을 치고 있던 전방 부대에서 임시 휴가를 얻어 조선의 집으로 돌아왔다. 아내 미네코는 차가운 태도로 그를 맞이했다. 처음에야 순수한 마음과 선의를 가지고 겐조와의 결혼 생활을 시작했지만, 미네코는 남편이 몸으로든 마음으로든 전혀 자신의 곁에 있어주지 않는다는 사실에 실망하고 지쳐가다가 급기야 분노하게 되었다. 최근 상당히 나이가 든 남편의 모습을 보고도 아무런 감정이 들지 않았다. 한때 맵시 있고 우아했던 겐조의 이마에는 이제 깊은 주름이 잡혀 있었다. 그는 전투 중 손가락 두 개를 잃었고, 그래서 아무리 찌는 듯한 더위에도 오른손에 낀 장갑을 벗는 법이 없었다. 낯선 누군가가 전투에서 상처를 입었다면 미네코도 측은지심을 가졌겠으나, 정작 평생 전장을 누비며 인생 전부를 국가의 정복 전쟁에 바친 자기 남편에게는 도무지 연민을 느낄 수가 없었다.

겐조가 도착한 다음 날 아침, 미네코는 남편과 앉아 차를 마시며 이혼을 요구했다. 그는 자신이 현재 임신 3개월이라고 설명하며, 만약 겐조가 점잖게 물러나 자신을 자유롭게 해준다면 지금의 애인과 재혼해 일본 본토로 돌아갈 것이라고 했다.

겐조는 아무 말도 하지 않았다. 화가 나거나 격분해서가 아니라, 이 일에 대해 한 마디라도 덧붙일 욕구가 전혀 들지 않았기 때문이었다. 그는 미네코를 가만히 응시했다. 아내는 그들의 첫 만남 때 입었던 옷과 비슷한 연분홍색 드레스 차림이었다. 문득 그들이 결혼하여 부부로 산 지 16년이 되었어도 여전히 서로의 속내에 대해선 한 치도 모르는 낯선 사이라는 생각이 겐조의 머릿속에 떠올랐다. 지금 이 순간까지, 그들에겐 서로에게 하고 싶은 말이 아무것도 없었다.

"이 문제에 대해서는 당신 오빠와 얘기하도록 하지." 겐조는 이렇게 대답하며 아내와의 짧은 논의를 끝맺었다. 한 시간 뒤, 그는 이토 아쓰오의 응접실에 앉아 있었다. 십수 년 전 이토가 모은 도자기들과 호랑이 가죽을 구경했던 곳과는 다른 장소였다. 이토는 남산 기슭에 아주 훌륭한 사저를 지었는데, 조선 땅 전체에서 가장 아름다운 저택 중 하나로 손꼽힌다고 했다. 프랑스 궁전의 방 하나를 옮겨온 듯 호화로운 응접실은 루이 16세 시대의 신고전주의 양식에 속하는 골동품 의자들과 금박으로 장식한 커튼으로 꾸며져 있었다. 벽난로 위에는 청자가 몇 점 전시되어 있었지만, 예전의 호랑이 가죽은 어디에도 보이지 않았다.

"겐조, 이게 몇 년 만인가? 조선엔 언제 도착했고, 얼마나 오래 있다 갈 예정이지?" 이토가 방 안으로 성큼성큼 들어왔다. 마지막으로 서로를 봤던 때보다 거의 늙지도 않은 모습이었다.

"벌써 8년이 다 되어가네. 자네는 나이도 안 먹는지 예전 그대로군." 야마다가 이토와 악수를 나누며 말했다.

"그런가? 그래도 나 역시 쉽게 보낸 세월은 아니었어. 자, 앉지. 앉아서 일단 자네 얘기부터 해보게. 손가락 얘기는 들었어. 이거 완전히 전쟁 영웅이 되셨잖아!"

야마다는 의자에 깊숙이 앉아 허벅지를 쓸며 어색하게 미소 지었다 "영웅이라니 닥치 않아. 내가 이끈 전투에서 수많은 사람이 목숨을 잃었는걸. 농사 짓던 소년들, 소나 돼지를 잡다가 온 백정 아이들, 그리고 유서 깊은 가문의 상속자인 장교들도 죽었어. 그중 일부는 정말로 용감했고, 또 일부는 제 안위만 걱정하는 녀석들이었지만, 결국 마지막엔 모두 비명을 지르며 죽어버렸지. 죽음이란 정말이지 누구에게나 공평하더군."

"하지만 자네가 가장 성실하고 용맹한 사령관이었다는 점에는 의심의 여지가 없겠지. 카드놀이도, 부대 뒤편에서 술 한잔하는 일도 삼갔겠지!"

"내가 손가락 두 개를 잃은 건 용감해서가 아니야……. 그저 우연이었을 뿐이지."

"뭐, 그 말이 옳을지도 모르지만 그래도 자네가 숭고한 희생을 치렀다는 사실에는 변함이 없어. 남자라면 무릇 그래야 하지. 심지어 나도 지난 반년 동안 내 광산에서 채굴한 철과 금 전량을 나라에 기증해야 했다니까. 자네도 짐작하겠지만 엄청나게 큰 손실이었지. 그래도 천황 폐하를 섬기는 충실한 신하로서 역할을 하게 되어 기쁠 뿐이네. 물론 이 전쟁이 끝나면 그 충성에 대한 보상도 충분히 받을 예정이고. 인도차이나에는 여기 조선보다 더 많은 광물이 묻혀 있고, 버마에는 루비가 넘쳐난다는군. 게다가 앞으로 1년 안팎이면 우리 일본이 영국에게서 인도도 빼앗아 올 수 있다잖나. 나는 인도의 왕족보다 더 큰 부자가 될 거라네!"

이토가 승리감에 도취한 미소를 지어 보였지만 그의 매부는 묵묵부답이었다. 눈치 빠른 하인이 대화가 끊긴 틈을 타 커피와 비스킷을 내왔다.

"요즘은 커피가 금보다 귀하더군. 어서 마시게." 이토가 말했다.

"그런 일은 일어나지 않을 거야." 야마다가 중얼거렸다. 값비싼 받침 위에서 뜨거운 김을 모락모락 풍겨내는 고풍스러운 커피 잔에는 손도 뻗지 않은 채였다. "전쟁 말이야. 우린 이길 수 없어."

"무슨 소릴 하는 건가? 자네 지금껏 중국에 있었잖아. 한때는 위대했으나 이제 다 쓰러져 가는 이빨 빠진 붉은 용. 그 강대국마저 우리가 싸워 무너뜨리지 않았나. 프랑스가 지배하는 인도차이나도 우리가 점령했고, 또—"

"검열을 거쳐 신문에 찍혀 나오는 선전용 기사만 읽고 있으니 그런 소릴 하는 거야. 내가 최전방에서 뭘 봤는지 자네는 모르겠지. 우리에겐 이 전쟁을 지속해 갈 만한 기름도, 철강도, 고무도, 식량도 물자도 없어. 우리가 맞서야 할 상대는 영국과 프랑스 연합군이고, 거기에 미국까지 개입한다면……. 그들은 우리보다 수백 배나 많은 전투기와 함선을 가졌어. 그리고 병사는 수천 배쯤 되지. 어떤 상황인지 이해하겠나?"

"미국이 끼어든다면 독일과 이탈리아가 우리와 연합해 싸워줄 걸세."

"독일은 소련을 상대하느라 바쁘고, 독일이 없으면 이탈리아는 아무것도 아니야……. 내 말을 안 믿는대도 어쩔 수 없지만."

"겐조, 자네가 내 매부만 아니었어도 머릿속에 불경하고 신성모독적인 사상을 품고 있는 놈이라 생각했을 거야. 천황 폐하가 이끄는 제국의 장교답지 못한, 매우 부적절한 발언을 하는군." 이토가 경고조로 말했다.

"마음껏 그렇게 생각하게. 나는 이제 자네 매부도 아니니까. 원한 다면 이 자리에서 당장 나를 체포하든가." 야마다는 우울보다는 환 멸을 느끼는 듯 고개를 저으며 말을 이었다. "미네코가 이혼해 달라 더군. 아이를 가졌으니 그 아버지인 남자와 결혼해 본토로 돌아가고 싶대."

이번에는 이토가 고개를 저을 차례였다. 그는 커피 잔을 내려놓은 뒤 의자에 등을 깊숙이 기대고 앉았다. 안타깝긴 하지만 반드시 알 려야만 하는 어떤 중요한 사실을 전달하려 하는 의사와도 같은 태도 였다. "자네는 미네코와 이혼할 수 없네. 미안하군. 이상적인 상황은 아니지만, 우리 가문의 평판도 생각해 줘야지. 태어날 아이는 먼 친 척뻘 되는 사람이 입양해 가도록 주선할게. 자네가 그러길 원한다면 말이야."

"안됐지만 그건 자네가 나서서 결정할 사안이 아니네, 아쓰오. 나 는 이미 이혼하기로 마음먹었어. 그게 전쟁터로 돌아가기 전에 내 가 하는 마지막 일이라 해도 그 문제만큼은 반드시 마무리 지을 작 정이야." 야마다가 받아쳤다. 큰 소리로 말을 뱉고 나니 이상할 만큼 기분이 가뿐해져서 같은 말을 한 번 더 하고 싶어질 정도였다. "있잖 나, 아쓰오. 평생 나는 정말 자유롭다고 느껴본 적이 없었어. 젊은 시 절에는 나 자신을 바짝 조인 채 외부의 통제를 받는 게 오히려 유익 하다고 생각했지. 그땐 이 세상이 매우 지적이고 중요한 사람들에 의해 만들어진 어떤 단단한 체제라고 보았고, 나 역시 그런 엘리트 중 하나가 될 예정이었으니까. 하지만 이제 내가 얼마나 어리석었는 지 깨닫게 되었어. 이 체제는 오직 처참한 파괴만을 불러일으킬 뿐이야."

야마다가 이런 식으로 말하는 것을 본 적이 없는 이토는, 그가 갑자기 돌변해 난폭한 행동을 하지는 않을까 염려하기 시작했다. 하지만 야마다는 곧 차분하게 일어나 군복 상의 밑단을 잡아당겨 옷매무시를 가다듬고는 이토를 향해 손을 내밀어 악수를 청했다.

"우린 아마 다시는 만나지 않을 것 같군. 이게 마지막 인사인 셈이야."

"겐조, 당연히 다시 만날 수 있지. 미네코 때문에 굳이 어색한 사이가 될 것까지야……." 이토는 자신도 모르게 서운함을 느끼며 말을 이었다. "다른 사람이라면 몰라도, 자네와는 이런 식으로 헤어지고 싶지 않아."

야마다는 미소를 지었다. 이토가 그 오랜 세월을 두고 사귀어온 친구에게서 단 한 번도 본 적 없는 자유롭고 진정한 미소였다. "알겠네, 아쓰오. 나는 다시 중국으로 배치될 거야. 조선에는 언제 돌아올지 모르겠지만…… 다시 만날 때까지 잘 지내게."

22장

남겨진 동물들

1941년

옥희가 할 수 있는 모든 일을 다 하며 간호했음에도 불구하고, 여름이 지날수록 단이의 상태는 더 나빠지기만 했다. 이모에게는 말하지 않았지만, 옥희는 이미 약값과 식비를 조달하기 위해 그들의 비밀 장소인 앵두나무 밑을 몇 번이나 파냈고 그들이 가지고 있던 보석도 대부분 팔아치운 터였다. 의사 한두 명이 다녀갔으나 여전히 단이의 고열은 내리지 않았고 폐병 같은 증상도 나아지지 않았다. 이제 고작 한 줌밖에 남지 않은 패물 중 단이의 다이아몬드 목걸이만은 마지막 순간까지 간직할 작정이었다. 대신 옥희는 자신이 아끼던 순금 빗으로 양의사 한 사람을 설득해 모셔 왔다.

"이모 등에 종기가 났어요." 의사를 도와 단이의 몸을 한쪽으로 돌리며 옥희가 속삭였다.

"그렇군요. 매독 말기에 흔히 나타나는 증상입니다." 의사가 코끝에 걸친 안경을 밀어 올리며 말했다. "그동안 잠복기가 길었던 모양이군요. 아마도 환자가 기생으로 일하던 시기에 감염되었던 것 같습니다……. 매독은 불임의 원인이기도 해요. 환자가 임신하셨던 적이 없지요?"

옥희는 땀에 젖은 단이의 병든 얼굴을 겁에 질려 바라보았다. 단이의 두 눈은 꾹 감긴 채였고, 그의 정신은 열병으로 들뜬 꿈속을 헤매고 있었다.

"다른 선생님들은 매독 이야기는 전혀 하시지 않던데요." 옥희가 작은 목소리로 반박해 보았다.

"병의 마지막 단계에서 화농성 종기가 돋기 전까지는 다른 질환들과 비슷해 보일 수 있거든요. 환자의 발진 부위를 만지지 않도록 조심하세요. 전염성이 매우 큽니다. 환자에게 남은 날이 얼마나 될지 장담하기가 힘드네요. 일단 내일 제 하인 편에 비소를 약간 보내드리죠. 증상을 완화하는 데 도움이 될 겁니다."

의사를 보낸 뒤 옥희는 어떻게든 저녁 식사로 먹을 만한 무언가를 만들어보려고 부엌으로 갔다. 찬장에 남은 거라곤 보리 한 컵과 마른 김 몇 장이 전부였다. 골무 반절을 채울 분량도 되지 않는 기름과 식초 몇 방울을 대충 뿌려 무치면 될 것 같았다. 옥희는 아무 생각 없이 식칼과 도마를 꺼냈다가, 이내 칼로 자르거나 다질 만한 재료가 없다는 걸 깨달았다. 그는 뼈가 툭 튀어나온 깡마른 손으로 칼자루를 꽉 움켜쥔 채 눈시울에 차오르는 눈물을 참으며, 오래전 어느 더운 여름밤에 손을 베었던 일을 떠올렸다. 그때 생긴 흉터 위로 몇 센티미터쯤 올라온 지점을 그어버리면 지금 이 모든 슬픔을 한순간에 끝낼 수 있을 것이었다.

옥희는 칼을 내려놓고 보리죽을 끓였다.

다시 방으로 들어가 보니 단이는 잠에서 깨어나 있었다. 최근 들어 거의 본 적 없는 명료하고 차분한 모습이었다. "어떻게 용케 또 저녁을 만들었니?" 그가 자기 곁에 쟁반을 내려놓는 옥희를 향해 물었다.

"지난번에 정호가 가져온 보리가 아직 좀 남아 있더라고요." 옥희는 거짓말을 했다. 그때 받은 식량은 다 떨어진 지 이미 한참 되었고, 이 보리 한 컵은 암시장을 통해 어렵게 구한 것이었다. "그리고 제가 어디서 음식을 구해 오는지는 신경 쓰지 마세요. 이모는 그냥 얼른 나을 생각만 하셔야죠."

"너한테 내가 참 짐이 되는구나." 단이가 말했다. 그는 옥희가 숟가락으로 떠서 입 안에 넣어주는 멀건 보리죽을 흘리지 않고 삼키려 애썼다. 하지만 지금의 단이는 얼굴 근육을 조절하는 데만도 엄청난 노력을 기울여야 하는 처지였다. 반짝이는 죽 방울 한 줄기가 그의 입가에서 미끄러져 내려왔다. "난 이제 완전히 늙어서 노망난 여자가 된 것 같아." 그가 고통스럽게 웃어 보였다.

"이모는 절대 그렇게 안 돼요." 옥희가 말했다. "이모는 언제나 가장 아름다운 분이에요. 우리 중 누구도, 심지어 그 잘생긴 월향 언니도 이모랑은 비교가 안 된다고요."

"너는 워낙 착한 아이니까 그렇게 말해주는 거지. 하지만 너는 그 이상으로……." 단이가 눈을 깜빡였다. 여전히 사랑스러운 그의 눈매 사이로 기어이 눈물 한 방울이 비집고 나왔다. "기억하니? 평양에서 우리 은실 언니가 너도 같이 데려가 달라고 했을 때, 난 처음에 그 부탁을 거절했지. 이 아이에겐 개성이 없다고, 그냥 밋밋하니 볼 것 없는 아이라고 말이야. 하지만 언니는 네가 좋은 아이라고 말했어. 은실 언니가 옳았지, 나는 틀렸고."

"저야 연화가 하자는 건 뭐든 즐겁게 따르기만 하는 아이였는데요. 연화는 늘 밝고 활기가 넘쳤으니까요. 저는 부끄럼쟁이였고."

"그렇지만 이제 와 생각해 보면, 우리 중 가장 강인한 사람은 바로 옥희 너야……. 내가 죽고 이 전쟁이 끝난 뒤에도 너는 꼭 살아남을 거다. 죽어서도 내 바람은 그저 네가 좋은 남자 만나서 잘 사는 것뿐이야."

"죽는다뇨! 왜 자꾸 그런 말씀을 하세요!" 옥희는 짐짓 화가 난 듯 말했지만 줄줄 흘러내리는 눈물은 도무지 막을 수가 없었다.

"의사가 하는 말 다 들었다. 나 안 자고 있었어." 단이가 고개를 돌리려 애쓰며 꺼져가는 목소리로 속삭였다. 옥희는 서둘러 단이를 부축해 베개 위에 머리를 잘 눕혔다.

"자, 이제 그만 쉬세요. 그렇게 쓸데없는 얘기나 하느라 공연히 기력 빼지 마시고요."

"없는 얘기인 척 말아라. 나한텐 낭비할 시간도 많지 않으니까. 내 말 잘 들어, 옥희야. 딱 두 가지 얘기다……." 단이는 눈을 감은 채 말을 이었다. "첫째로, 나는 네가 내 다이아몬드 목걸이를 가졌으면 좋겠다. 무슨 일이 있어도 그걸 꽉 쥐고 있어. 지금 당장은 팔지 말고…… 다른 방법이 정말 하나도 없는 비상사태에 이르면, 그때 그걸 쓰도록 해. 물론 이 집과 안에 있는 물건도 전부 내가 떠나면 네 것이 될 거다. 하지만 그 목걸이는 다른 모든 것들을 환산한 금액보다 더 값나가는 물건이니 내 말 꼭 기억해야 한다.

그리고 두 번째, 죽기 전에 내가 보고 싶은 사람이 둘 있다. 내 인생에서 진정으로 아꼈던 남자들이지. 그들을 여기에 좀 데려올 수 있겠니? 이젠 내 손으로 편지도 직접 못 쓸 것 같구나."

다음 날 옥희는 두 통의 편지를 써서 보냈다. 한 통은 이명보의 집으로, 다른 하나는 김성수의 출판사 앞으로 가는 편지였다.

그 주에 명보는 전국연합진선협회 소속 동지들과 회합을 하느라 늦게 귀가했다. 연합진선은 나라의 독립이라는 하나의 기치 아래 실로 다양한 정치적 관점을 지닌 여러 집단을 하나로 묶는 기구였다. 무정부주의자들, 공산주의자들, 민족주의자들, 기독교도들, 불교도들, 천도교도들까지 합세하여 저마다 목소리를 냈다. 명보는 공산주의자 집단을 이끄는 고위 지도자 중 하나였는데, 그 좌익 계열 중에는 자국의 현실을 부르주아계급과 프롤레타리아계급 사이, 부자와 빈자 사이의 투쟁으로 바라보는 사람들이 있었다. (그들과 다르게 명보 자신은 일본과 한국 사이의 투쟁이야말로 그들이 나서서 싸워야할 시급한 문제라 믿었다.) 무정부주의자들은 그 어떤 사회질서도 결국 파괴적이고 인간 억압적이라는 주장을 펼쳤다. 민족주의자들은 보수주의자들이었고, 그중 일부는 한국보다 미국의 정부와 통치에 더 깊은 신뢰를 두었다. 게다가 그들은 일본인에 맞서는 만큼이나 공산주의자들을 전적으로 반대했다. 한편 어느 기독교도들은 비폭력 평화주의자였지만, 소수는 일본 장군이나 총독늘을 암살하고는 스스로의 머리에 총을 기꺼이 겨누었다. 연합진선으로 모인 단체 모두가 동의하는 바는, 일본이 이번 전쟁에서 패배를 인정하고 물러나기 직전까지 한국인 남성을 전부 광산의 강제 노역으로 차출하고 여성은 군인 전용 사창가로 보냄으로써 끝까지 한국인들을 악랄하게 착취하리라는 사실이었다. 하지만 그 시점이 오기 전에 일본의 체제를 미리 무너뜨리기 위해 과연 무엇을 할 수 있을지에 관한 논의에서는 각자 의견이 엇갈렸다.

집에 돌아온 명보는 단이의 편지가 와 있는 것을 발견했다. 아내가 집배원에게 직접 받아둔 모양이었다. 그의 얼굴이 귓바퀴까지 벌겋게 달아올랐다. 편지는 물론 뜯기지 않은 채로 명보의 책상 위에 놓여 있었지만, 사려 깊은 그의 아내라면 겉봉에 쓰인 깔끔한 여자 글씨체를 눈여겨보았을 터였다. 명보의 아내는 사내들의 외도보다 여인의 투기가 더 큰 죄라는 가르침을 받으며 자라난 구식 양반집 부인이었다. 만약 그와 비슷한 신분의 남자들이 으레 그렇듯 그가 둘째 부인을 맞아 집으로 들였더라도 아내는 별다른 이의 없이 이를 수용했을 것이다. 그렇지만 명보는 은밀하게라도 아내를 속이고 바람을 피워본 적이 없었다. 수많은 세월 동안 충실하고 떳떳한 남편으로 살아왔건만, 잠시 어떤 불미스럽고 자신의 본성과 어울리지 않는 일에 잘못 연루되는 바람에 찝찝한 오점을 남겼다는 것이 명보를 불쾌하게 했다. 그럼에도 한때 자신이 단이를 향해 품었던 진정한 열정을 잊을 수는 없었다. 명보는 편지를 뜯고 재빨리 읽어 내려 갔다. 옥희가 받아 적은 그 편지 안에는 오랜만의 안부 인사와 짤막한 초청의 말뿐 현재 심각한 병중에 있다는 언급은 전혀 없었다. 명보가 그 편지를 아예 무시해 버리자고 결심하기까지는 그리 오랜 시간이 걸리지 않았다.

명보와 달리 성수는 정답고 따뜻한 기분으로 단이의 편지를 읽었다. 이제 윤기 나다 못해 번지르르해졌지만(편안하고 안락한 삶 덕에 그의 외양엔 거칠고 단단한 구석이 없었으며, 오히려 모공 하나 보이지 않을 만큼 반짝이고 매끈한 표피가 더욱 돋보이는 듯했다), 그는 여전히 젊은 시절의 자신을 회상하며 잃어버린 청춘의 순수함이라는 달콤한 몽상에 몰입할 수 있었다. 단이의 편지를 보자마자 풋풋한 봄내 가득한 즐거운 옛 추억들이 그에게 밀어닥쳤다. 성수는 자신의 내적 자아를 형성한 인생의 가장 중요한 몇몇 순간이 다름 아닌 그 여인과 관련되어 있다는 사실을 흔쾌히 인정할 수밖에 없었다. 사실 그가 쓰는 단편이나 장편소설마다 단이가 남긴 흔적 몇 가지는 성수의 원고지를 떠나는 법이 없었다. 단이는 그에게 있어 영감의 잉크라 할 수 있었다. 정말이지 모든 면에서 특별한 사람이었다.

그러나 이제 와서 굳이 그 여자와 재회한다는 생각은 성수의 마음에 즉시 와닿지 않았다. 단이도 어느덧 쉰여섯 살이었다. 이제 성수는 제 친딸보다도 어린 기생들의 시중을 받곤 했다. 만약 단이를 다시 보게 되어도, 한때 그들이 맺었던 관계의 불씨를 되살려 보고 싶다는 생각은 전혀 들지 않을 터였다. 그리고 그렇게 단이를 재차 거절한다면 단이뿐 아니라 성수 자신의 감정까지 상하고 말 것이 분명했다. 그 화려했던 아름다움을 모두 잃은 단이를 마주하고, 그가 자신에게 걸었던 매혹적인 주문이 영영 깨져버리는 순간은 상상만 해도 끔찍했다. 그래서 그는 이렇게 답장을 썼다. 단이에 대한 기억은 평생 가장 사랑스러운 추억으로 간직하고 있으며, 앞으로도 그저 단이가 행복하기만을 축원하겠다. 그러나 그들의 삶은 이미 오래전에 각자의 길을 가게 되지 않았는가. 만일 단이가 재정적인 어려움을 겪고 있다면 물론 가능한 한 그에게 원조의 손길을 보내려 노력할 것이다…… 이 모든 내용은 가장 우아하고 정중한 문체로 세련되게 표현되었고, 성수는 교류용 서신마저 하나의 작품으로써 자랑스럽게 여기는 작가들 특유의 만족감을 느끼며 방금 완성한 그 매력적인 편지를 읽고 또 읽었다.

"여기서 기다려 주십시오." 젊은 남자 비서가 사무실 앞에 놓인 딱딱한 등받이 의자를 가리키며 말했다. 정비소 내부의 넓은 공간은 여러 대의 자동차와 군용 트럭, 높게 쌓아 올린 타이어와 부품들, 그리고 다양한 잡동사니 속에서 활기차고 바지런하게 움직이는 기술자들로 가득 채워져 있었다. 한쪽에서는 일본 장교 두 사람이 장갑차에서 내려 정비공에게 뭔가 설명하는 중이었다. 사무실은 정비소 한구석 벽으로 분리된 작은 구역에 있었고, 문 옆에 의자 한두 개가 배치되어 일종의 간이 대기실 역할을 하고 있었다. 옥희는 조심스럽게 그곳에 앉아 경쾌하고 신속한 직원들의 움직임에 매료되어 눈앞의 풍경을 지켜보았다. 이 공간에만 최소 서른 명의 직원이 있었다. 대부분은 젊은 남자들이지만 희끗희끗하게 머리가 세기 시작한 사람들도 몇몇 눈에 띄었다.

10분쯤 지나자 사무실 문이 열려 옥희는 자리에서 벌떡 일어났다. 사무실에서 한 여자가 나오고, 뒤이어 한철도 모습을 드러냈다. 옥희는 저도 모르게 한철의 이름을 소리 내어 부를 뻔했지만 말이 튀어나오기 직전에 간신히 참았다. 선 자리에 뿌리라도 내린 듯 꼼짝할 수가 없었고, 갑자기 이곳에서 온데간데없이 사라지고 싶다는 생각이 들었다. 하지만 옥희를 알아본 한철의 얼굴은 환하게 밝아졌다.

"옥희!" 한철의 낮은 목소리에 옆에 서 있던 여자가 호기심 어린 눈으로 두 사람을 쳐다보았다.

"그동안 잘 지냈어?" 옥희가 안부를 묻자 젊은 여자가 헛기침을 했다.

"옥희 씨, 이분은 서희 씨예요. 성수 선생님의 따님요. 서희 씨, 옥희 씨는 내 오랜 친구야."

옥희보다 키가 조금 작은 그 젊은 여자는 우아한 체격을 지녔는데, 갈색 치마 아래로 날씬한 종아리가 식물의 줄기처럼 쭉 뻗어 있었다. 코는 약간 낮고 밋밋한 편이었으나 크고 시원하게 트인 눈매가 신선하고 아름다운 인상을 남겨주었다.

"어디선가 뵀던 분 같은데……." 서희가 말했다. "아, 〈운수 좋은 날〉에 출연하신 배우 아니에요? 저 중학교 다닐 때 영화관에 가서 봤어요."

옥희는 그렇다는 의미로 가볍게 고개를 숙였다. 1936년 이후로는 새 영화를 찍은 적이 없는데도 많은 사람이 여전히 그를 기억하고 있었다. 요즘 제작되는 영화는 선전용 영화뿐이었다. 촬영장과 카페들을 오가며 보냈던 그 시절이 너무나 희미해져, 옥희는 가끔 그 모든 게 한낱 꿈이 아니었던가 생각할 때가 많았다.

"만나서 반가워요." 옥희의 인사에 서희가 소리 내어 웃었다.

"실제 목소리는 제 상상이랑 너무 다르네요. 전 옥희 씨가 나온 무성영화만 봤거든요……. 그런데 두 분은 서로 어떻게 아는 사이예요?"

"내가 고학생 시절에 인력거를 끌어서 생활비를 벌었거든. 여기 옥희 씨는 그때 나를 많이 도와주시던 최고의 단골손님이었어." 한철이 끼어들었다. "오랜만에 만났으니 밀린 얘기가 많을 것 같네."

"참, 그렇겠다. 그럼 전 가볼게요. 만나 뵈어 반가웠어요, 옥희 씨." 서희는 반짝이는 까만 눈동자로 자신만만하게 그들을 바라보곤 자리를 떠났다.

한철이 깊은숨을 들이마시며 사무실 문을 열고, 두 사람은 나란히 안으로 들어갔다. 갓도 없이 천장에 매달린 알전구가 각종 장부와 책들이 높이 쌓인 커다란 나무 책상 위로 주황색 빛을 내쏘고 있었다. 한철은 책상 뒤로 돌아가 앉더니, 양손을 쫙 벌려 손바닥을 아래로 향한 채 서류철 위에 가만히 올려놓았다.

"어떻게 지냈어?" 한참 만에 그가 입을 열었다. "정말 오랜만이네……."

"7년 만이지." 옥희가 대답했다. 한철을 마지막으로 본 이후 얼마나 오랜 시간이 흘렀는지 마음속으로 내내 세어온 터였다. "한철 씨 회사 얘기는 들었어. 요즘 다들 그 얘기더라. 잘 지내고 있다는 걸 알아서 기뻤지. 한철 씨가 얼마나 성공할지 내가 진작에 말했었지?"

"대단치도 않아. 이제 시작일 뿐인데 뭐." 한철이 미소 지으며 말했다.

"자동차가 어떻게 작동하는지도 몰랐던 한철 씨였는데, 지금 이렇게 번창한 걸 봐. 이 정비소만 해도, 한철 씨 휘하에서 일하고 있는 직원들이 정말 많더라. 나라면 자동차처럼 복잡하고 어려운 장치의 원리 같은 거 절대 터득하지 못했을 거야."

"각 부품을 상세히 연구하다 보면 자동차도 그렇게 이해하기 어렵진 않아. 사실 나는 그래서 자동차가 좋아. 뜯어보면 단순하거든. 계산, 회계, 이런 것도 전부 단순한 일들이고. 정말 복잡한 건 사람을 상대하는 일이지." 한철은 지친 얼굴로 웃어 보였다. 아무것도 가진 것 없던 젊은 시절 옥희를 향해 짓곤 했던 바로 그 미소였다.

"한철 씨는 하나도 안 변했다. 여전히 그 옛날이랑 똑같아." 옥희가 말했다. 사실을 말하자면, 한철도 나이가 들었다. 그의 이마를 따라 옅은 주름이 밭고랑처럼 가지런하게 패어 있었고, 얼굴 골격도 높이 솟은 부분과 푹 꺼진 부분의 차이가 더 날카로워져 그 잘생긴 윤곽을 한층 두드러지게 했다. 빛나던 청춘 시절을 지나 진정한 중년기로 접어들기 직전의 미남들이 흔히 그렇듯, 한철 또한 나이가 들면서 더욱 뚜렷하고 농염해진 외모를 갖게 된 것이다. 넥타이 없이 느슨하게 풀어헤친 목깃 사이로 그의 탄탄한 가슴 윗부분이 살짝 드러나 있었다.

"옥희 씨도 마찬가진걸." 한철이 대답했다. "그런데, 무슨 일로 나를 찾아왔어? 혹시 음식이나 돈이 필요해서인가? 만약 그렇다면 내가 할 수 있는 한 뭐든 도울 테니—"

"아니, 그래서 온 거 아니야." 옥희가 벌게진 얼굴로 말을 끊었다. 한철에게 음식을 달라고 구걸하느니 차라리 굶어 죽겠다는 마음이었다. 한철의 입에서 그런 말이 나오는 걸 듣고 있는 것 자체가 그에겐 더없이 절망스러웠다.

"단이 이모가 굉장히 편찮으셔. 곧 돌아가실 것 같아."

"아, 정말 안 좋은 소식이네. 유감이야." 한철이 고개를 저으며 긴 한숨을 내쉬었다. "이모가 당신을 키워주셨다는 거 나도 알지."

"이모는…… 너무 늦기 전에 과거에 큰 인연이 되어주셨던 분을 만나고 싶어 하셔. 김성수 선생님을……."

옥희가 김성수라는 이름을 처음 알게 된 건 한철의 사업이 승승장구하고 있다는 소식을 들은 때였다. 한철이 그가 소유한 출판사의 경영부장으로 들어가 회사를 부흥시키고, 그의 투자금을 받아 자신의 정비소를 열었다는 것이었다. 그리고 이후 단이가 성수를 만나고 싶다고 했을 때, 비로소 그는 한철을 이끌어준 스승과 단이의 첫 연인이 동일 인물임을 깨닫게 되었다.

"실은 단이 이모가 부른 대로 받아 적은 편지를 이미 한 통 보냈었어. 그분이 답장을 주시긴 했는데, 만약 이모가 돈이 필요하다면 도와주려 노력하겠지만 이모와 직접 대면하여 재회할 마음은 들지 않는다고 하시더라고."

"안타깝군. 심성이 나쁜 분은 아닌데……."

"나도 이해해. 그 만남이 이모께 얼마나 깊은 평안을 가져다줄지,
죽어가는 사람에게 그게 얼마나 큰 의미가 될지 모르니까 그러셨겠
지. 그래서 오늘 한철 씨를 찾아온 거야. 한철 씨는 그분과 아주 가까
운 사이니까……. 대신 말씀 좀 드려줄 수 있겠어?"

한철에게 든 첫 번째 충동은 이 간곡한 부탁을 거절하는 것이었
지만, 슬픔의 광채로 빛나는 옥희의 표정이 그를 멈칫하게 했다. 옥
희의 얼굴은 너무도 여위었고, 땀방울로 반짝이는 상아색 피부는 뼈
에 거의 달라붙어 있는 듯했다. 전에 없던 초췌함이 엿보이는 외모
와, 여전히 긍지 높게 턱을 치켜들 때마다 그 섬세한 목을 가로질러
수평선을 그리는 주름들이 한철의 눈에 들어왔다. 만약 이 순간 옥
희의 모습을 묘사해야 한다면 한철은 이렇게 말했을 것이다. 마치
어머니가 불러주곤 하던 정답고 그리운 옛 노래 같다고. 혹은 서랍
뒤쪽에서 아직 뜯지 않은 채로 발견된, 오래전에 사랑했던 사람이
보내준 편지 같다고. 아니면 어느 봄날 갑자기 되살아난 고목―검
게 죽어 있던 가지들이 만개한 꽃들로 가득해져, 꽃잎 한 장마다 전
부 나, 나, 나라고 외치며 타오르는 한 그루 나무 같다고. 하지만 그
의 마음을 움직인 건 그저 지나간 시절과 추억의 잔해만이 아니었
다. 지금 그가 보고 있는 것, 전에는 보지 못했던 그것은 대체 무얼
까? 그것은 뭔가 신비롭고, 옥희의 진정한 모습에 더 가까운 것이었
다. 그는 옥희가 여전히 아름다우며, 심지어 자신의 정신을 홀려 빠
져들게 할 만큼 매혹적이라는 사실을 부인할 수 없었다. 아무것도
바르지 않은 옥희의 입술은 봉숭아 꽃물을 들인 어린 소녀들의 손톱

과 똑같은 색이었다.

"말씀은 드려보겠지만 확실한 약속은 못 하겠어. 그분한테도 그분만의 생각이 있을 거고, 그렇다고 내가 그분께 뭐라 지시할 만한 처지는 아니니까." 한철이 어렵사리 말했다. "그래도 최선은 다해볼게."

"고마워. 정말 고맙다." 옥희가 안도의 한숨을 내쉬었다. "그럼, 일하느라 바쁠 텐데 방해 그만하고 나는 이만 가봐야지."

"나가는 데까지 바래다줄게."

그들은 말없이 정비소를 가로질러 입구 쪽으로 나왔다. 한철은 얼른 배웅을 마치고 다시 안으로 들어갈 생각이었지만, 찬란하게 퍼진 노을이 그를 강제로 잡아두었다. 붉은 피로 물든 하늘과 길게 늘어진 보랏빛 그림자 아래서 쉽사리 작별의 말을 꺼낼 수가 없었다.

"집에는 어떻게 가? 여기서 한참 먼데."

"그렇게 힘들진 않아. 지금 날씨도 괜찮고. 이젠 그리 덥고 습하지 않잖아."

"안전하게 들어가는 것까지 확인하고 싶어." 한철이 말하며 그를 보호하듯 옥희의 등 위에 잠시 손을 올렸다. 황혼의 어스름이 깔리는 가운데, 옥희는 그들 사이에 친숙하고 그리운 예전의 기류가 되살아난 것을 깨닫고 내심 마음의 안정을 느꼈다. 이 남자는 여전히 날 사랑하고 있을까? 감히 짐작도 할 수 없었다. 난 이 남자를 여전히 사랑하고 있나? 그는 그 사랑을 멈춘 적이 없었다. 언제나, 언제까지나 한철을 사랑할 것이라고 옥희는 스스로 대답했다.

그들은 창경궁을 따라 남쪽으로 걷기 시작했다. 돌담에 느티나무들의 암녹색 나뭇가지들이 늘어져 있었다.

"어릴 때 생각난다. 정호가 여기 동물원의 코끼리 '자이언트'를 보여주겠다고 날 데려와 줬거든. 입장료를 안 내려고 이런 나무 위로 올라갔다가 경비원에게 쫓겨서 도망쳤는데." 옥희가 미소 지었다. "한철 씨는 가본 적 있어?"

한철은 그런 적이 없었다.

"저 안쪽에 동물들이 정말 많았어……. 사자, 수영장에 있는 하마랑 새끼 하마, 낙타, 얼룩말 그리고 코끼리까지. 한국 동물들도 있었지. 반달곰이랑 호랑이."

"난 사진으로밖에 못 봤어. 한국 동물들도. 이젠 야생에도 곰이나 호랑이가 많이 남아 있지 않다고 하더라."

"맞아. 그리고 전쟁 이후에는 동물원의 동물들한테 줄 먹이도 거의 없다고 들었어. 가엾은 것들……. 무슨 일이 일어나는지도 전혀 모르고 우리 안에 갇혀 기다리면서 누군가 와서 보살펴 주지 않을까 생각하고 있겠지." 옥희는 한철을 향해 돌아서서 말을 이었다. "왜 아무도 남겨진 동물들을 보살펴 주지 않는 걸까?"

"누군가는 보살피겠지. 동물원의 사육사들이나……. 그들이 동물들을 위한 먹이를 찾아줄 거야. 당신은 그냥 당신 자신과 단이 이모를 보살피는 것만 생각해." 한철이 옥희의 허리를 살짝 붙들었다. 모슬린 블라우스 너머 부드러운 곡선을 그리며 잘록하게 들어간 그 자리를 기억하며. 서로를 마주 본 순간, 그들은 더 이상 무심한 척 연기할 수 없었다. 한철은 옥희를 두 팔로 와락 감싸고 그의 가느다란 뼈대를 꽉 쥐어짜듯 있는 힘껏 품 안에 그러안았다. 그리운 행복감이 마치 전류가 흐르는 것처럼 짜릿하게 그들 내부로 퍼져나갔다. 갑자기 세상이 조금은 덜 두려운 곳이 된 것 같았다.

"만약에 내가 죽으면, 자기는 꼭 나를 기억해 줄래?" 옥희가 한철의 가슴에 뺨을 누른 채 물었다.

"당신은 죽지 않아. 내가 반드시 안전하게 지킬 테니까. 자, 이제 집에 가자."

그 마지막 세 단어는 사랑하는 연인에게 들을 수 있는 가장 달콤한 이야기였다. 두 사람이 뜨거운 손을 맞잡고 도착했을 때, 집 안은 불빛 없이 온통 어둑했다. 단이도 보러 가지 않은 채 옥희는 곧장 자기 방으로 한철을 이끌었다. 두 사람의 마음이 얼마나 다급한지, 그토록 오랜 부재를 견디고 난 지금 얼마나 안타깝게 서로를 느끼려 하는지, 옥희 자신도 놀랄 정도였다. 하지만 정작 그들이 옷을 완전히 벗자, 한철은 온몸을 어루만지던 손을 멈추고 옥희의 전신을 천천히 내려다보았다. 그래도 옥희는 부끄러운 기분이 들지 않았다. 한철의 눈에는 자신이 아름답게만 보이리라는 걸 잘 아는 터였다. 깡말라서 불쑥 튀어나온 갈비뼈와 골반이 그 아래 움푹 들어간 부분마다 검푸른 월광의 그림자를 드리운 지금의 모습까지도 말이다. 한철은 옥희의 가슴 위로 솟아오른 빗장뼈를 부드럽게 어루만지다가 그의 손에 자신의 손을 엮어 맞잡고 고개를 숙여 옥희의 입술에 키스했다.

일을 마친 뒤 그들이 서로의 품에 누웠을 땐 이미 밤이 가장 깊어진 시각이었다.

"자기가 너무 보고 싶었어." 그제야 옥희가 입을 열었다.

"나도 당신이 그리웠어." 한철이 다시 한번 옥희에게 키스했다.

"이제 어쩌지? 우린 어떻게 되는 거야?"

"그게 무슨 뜻이야?" 한철이 눈썹을 찡그렸다.

"난 자기를 행복하게 하고 자기는 날 행복하게 하잖아. 인생은 짧은데 왜 우린 이렇게 시간을 낭비하는 걸까?"

"아, 옥희." 한철이 한숨을 내쉬었고, 옥희는 자신을 감싼 그의 팔이 약간 느슨해지는 것을 느꼈다.

"나 2주 뒤에 결혼해." 한철이 말했다.

옥희의 심장이 걷잡을 수 없이 빠르게 뛰기 시작했다. "그게 무슨 말이야? 누구랑?"

"서희 씨랑."

"그 젊은 여자? 아직 어린애나 다름없던데! 그리고 어떻게 지금 이런 얘기를 할 수 있어? 아직 우리 둘 다 벗은 몸으로 내 이불 속에 같이 누워 있잖아."

"서희는 스물세 살이야. 또래 여자들 대부분은 이미 결혼했으니 오히려 늦은 편이지. 당신이 마음 상했다면 미안해……." 옥희는 몸을 일으켜 그에게서 물러앉고 있었다. "하지만, 내가 오늘 당신을 만나거나 당신 집에 와야겠다고 미리 계획했던 건 아니잖아. 예고도 없이 불쑥 나타난 건 당신이었어. 그래, 당신한테 진심으로 다시 끌렸고 그 마음이 시키는 대로 행동한 건 사실이야. 그게 잘못이야? 아마 서희에겐 잘못했다고 할 수도 있겠지. 물론 멀리 놓고 보면 나는 그 역시 별로 중요한 문제가 아니라고 생각하지만. 하지만 당신에게 일부러 거짓말한 적은 없어. 당신이 물어봤다면 나는 똑같은 대답을 했을 거고, 그래서 우리가 같이 자는 일이 없었다면 그냥 그렇게 끝이었겠지."

"끝이라고? 끝이라!" 옥희는 봄을 일으켜 앉았다. 앙상한 어깨 위로 길고 검은 머리카락이 물결처럼 흘러내렸다. 한철이 그 단어를 그토록 쉽게 발음한다는 사실이 그의 내면을 갈기갈기 찢어놓았다.

"너 그 여자를 좋아하긴 해? 그 애의 젊고 예쁜 얼굴이 마음에 들었니? 아니면 그 집안 재산 때문이야? 그렇지, 부자 아버지를 두어서 내가 아닌 그 여자를 선택한 거구나……." 옥희는 저도 모르게 이불을 돌돌 말아 꽉 잡았다. 어찌나 세게 쥐어짰는지 말라빠진 손 위로 핏줄이 톡톡 올라왔다.

"옥희, 그러지 마. 제발." 한철이 조용히 말했다.

"나는 당신을 만난 이후 지금까지 그 오랜 세월 동안 하루도 빠짐없이 당신만을 사랑해 왔어. 내 모든 것이 아플 만큼. 당신도 이 말이 진실이라는 걸 알 거야. 어디에 가든, 무엇을 하든, 당신 마음속에는 계속 따스한 온기와 밝은 빛 한 줄기가 머물고 있었을 테니까. 하지만 이제 난 당신을 향한 그 사랑을 멈추려고 최선을 다할 거야. 언젠가 당신 안의 태양이 더는 빛나지 않는다고 느끼는 날, 당신도 내가 더 이상 당신을 생각하지 않는다는 걸 깨닫게 되겠지." 옥희는 자리에서 일어나 자신의 낡고 해진 옷가지를 집어 블라우스 속으로 어깨를 욱여넣은 뒤 다시 돌아섰다.

"내가 돌아왔을 때 너는 이 방을 떠나고 없길 바라. 그리고 한 가지만 더 말할게……. 한철 씨는 내게 줬던 사랑만큼, 꼭 그만큼의 고통도 나에게 안겨줬어. 그러니까 내겐 정말로 모든 의미에서 아무것도 남아 있지 않아. 이제 알아서 나가줘." 이렇게 말하고 옥희는 방을 나섰다.

그는 빠른 걸음으로 정원으로 향해 아무렇게나 자란 잡초들을 바라보며 한동안 멍하니 앉아 있었다. 다시 방으로 돌아왔을 때 이부자리는 비어 있었지만, 한철이 누웠던 모양대로 움푹 팬 이불 자국은 그대로였다. 옥희는 옷도 벗지 않은 채 외출복 차림 그대로 잠들어 버렸다. 지금은 그것만이 스스로를 도울 유일한 방법이라는 걸 그의 몸이 알고 있는 것 같았다.

한 시간쯤 지나 해가 뜨기 직전에 그는 잠에서 깨어나 곧장 이모의 방으로 건너갔다. 이모를 부르며 곁에 바싹 다가앉았지만 단이에게선 아무런 반응도 돌아오지 않았다.

"잠깐 일어나서 물 좀 드세요, 이모. 마침내 더위가 꺾이고 아침 공기가 선선하니 참 좋네요……."

아무도 듣는 이 없이 자신의 말소리가 공허하게 흩어져 버리는 걸 느끼며 옥희는 어쩐지 버즘나무의 하얀 씨앗들을 떠올렸다. 뜨거운 여름 햇살이 오묘한 방식으로 비추어 내릴 때마다 마치 공중을 떠다니는 별처럼 반짝이던 그 솜털 같은 씨앗들. 바람은 오직 한 방향으로만 부는데도 그 씨앗들은 모두 단호하게 제각기 다른 길을 택해 사방으로 나부끼며 날아갔다. 언젠가 옥희는 그것들이 땅바닥까지 내려오는지 꽤 오랫동안 집중해서 지켜본 적이 있었다. 그러나 단 한 개도 온전히 떨어지지 않은 채, 그 모든 씨앗은 하늘과 땅 사이의 하염없는 공간을 계속 둥실둥실 떠다닐 뿐이었다. 자신의 말이 바로 그 흰 씨앗들처럼 어디에도 내려앉지 못하고 방 안의 허공을 맴돌기만 한다는 걸 느꼈을 때, 옥희는 이모가 세상을 떠났다는 걸 깨달았다.

23장

종말의 시작

1944년

임시정부에서 열린 오전 회의가 끝나자 정호는 계단을 내려와 안뜰로 걸어 나갔다. 설화석같이 하얀 햇살에 눈이 부셔 눈을 몇 번쯤 깜빡이고 있는데 동지 중 한 사람이 그를 바삐 따라잡았다.

"정호 형님, 저희랑 같이 테니스 치러 가시지요!" 그 젊은 동지는 오랜 세월 유수의 문인들을 배출해 온 명문 양반가의 자제였다. 고상한 흰 수염을 길게 기른 학자와 고관대작들이 대를 이어온 집안의 마지막 후손. 문관으로 유명했던 조상들과 달리 이 젊은이는 신체적 능력이 더 뛰어난 유형이었으니, 그에게서는 고등학교 시절 동급생들에게 꽤 인기가 있었을 법한 운동선수 같은 건강한 분위기가 풍겼다. 이제 겨우 스물두 살인 그는 늘 무슨 일에든 열성적으로 나서고 싶어 안달이었고, 그래서 지금은 상부의 지시를 받들어 체력을 다지고 운동하는 데 많은 시간을 들이는 중이었다. 깨어 있는 매 순간 열정이 넘치다 못해, 밤에는 모든 일을 물리고 잠을 자야만 한다는 사실에 실망하는 듯 보이기노 했다. 이제 서른여덟이 된 정호는 하룻강아지처럼 낙천적이고 도무지 지칠 줄 모르는 그 젊음의 기운이 부럽고도 귀여웠다.

"오늘은 못 가. 신발 밑창이 닳아 수선해야 하거든." 정호가 미소를 지으며 말했다.

"그럼 다음에는 같이 해요." 젊은 테니스 선수는 정호를 향해 허리를 숙여 인사하고는 서둘러 뜰을 빠져나갔다.

정호는 조금 더 느릿하게 그의 뒤를 따랐다. 임시정부 청사는 구불구불한 뒷골목을 통해서만 접근할 수 있는 어두운 3층 건물에 자리 잡고 있었다. 작은 안뜰을 지나 큰길로 나가자 프랑스 조계*로 지정된 구역에서 스물네 시간 내내 끊임없이 흘러나오는 외국인들의 다채로운 불빛과 소음이 그의 정신을 더욱 사로잡았다. 정호가 느끼기에, 유독 이곳의 붉은 벽돌 건물들은 다른 도시에서보다 더 붉고, 대로에 늘어선 가로수의 잎사귀들도 더 푸른 것 같았다. 긴 팔다리와 늘씬한 허리에 딱 맞는 치파오를 입은 여자들이 거친 억양의 상해 방언으로 알아들을 수 없는 이야기를 조잘거렸다. 그들의 경쾌한 발걸음에는 일종의 음악적인 리듬이 있었고, 공기 중에는 요리 기름 냄새와 차 향기가 맴돌았다. 건물들마다 불길하게 나부끼는 일장기

• 19세기 후반에 영국, 미국, 일본 등 8개국이 중국을 침략하는 근거지로 삼았던, 개항 도시의 외국인 거주지.

에도 불구하고, 이곳 사람들은 다른 이들에 비해 훨씬 덜 고통스러워 보였다. 한국인에 비해 중국인은 잦은 전쟁과 왕권 교체에 익숙한 편이라고 명보가 말한 적이 있었다. 그래서 자신들이 어떤 주인을 섬기는지에 별로 개의치 않는다는 얘기였다. 게다가, 적어도 이 프랑스 조계 내에서만큼은 일본 점령의 영향이 도시의 나머지 지역구보다 훨씬 덜 느껴지는 것도 사실이었다.

구두장이의 수선집은 동쪽으로 몇 거리쯤 떨어진 곳, 그들의 임시정부 청사가 숨어 있는 거리보다 더 어둡고 비좁은 골목길에 있었다. 중국인 주인이 한국어로 정호를 맞이하고 그의 구두를 받아 뒤로 가져갔다. 정호는 양말만 신은 채로 의자에 앉아 기다렸다. 그가 상해에 가져온 신발은 그 구두 한 켤레가 유일했다. 심지어 테니스를 칠 때도 그 신발을 신었다.

잠시 후, 구두장이가 밑창을 갈아 손질하고 반짝반짝 윤이 나게 닦은 구두를 가져왔다.

"이거 완전 새 신발이 됐군요." 정호가 구두끈을 묶으며 말했다.

"야야.* 다음에 또 봐요." 주인이 미소를 지어 보이곤 그에게 허리를 굽혔다. 정호도 마주 인사를 했다.

다음에 또 봐요. 그 말을 곱씹으며 새로 고친 구두를 신은 발이 이끄는 대로 향한 곳은 부둣가였다. 아마도 이제 다시는 이 구두의 밑창을 갈 필요가 없으리라는 생각이 문득 들었다. 셔츠, 바지, 모자, 지금 그가 가진 조촐한 소지품이 그에게 필요한 전부였다. 하지만

• 상해 방언으로 "감사합니다"라는 뜻.

다음이 없다는 걸 알면서 듣는 "다음에 또 봐요"라는 그 말이 얼마나 더 애틋한가? 종말에 가까워질수록 얼마나 더 자비와 용서의 마음으로 사람들의 얼굴을 들여다볼 수 있게 되었는가? 경성에 있을 때, 그의 분노는 천천히 타오르기 시작해 좀처럼 꺼질 줄 모르는 잉걸불과도 같았다. 그러나 이제 그 불씨는 모두 물에 씻겨 내려간 듯 깨끗이 사라져 버렸고, 남아 있는 것은 자유로움뿐이었다.

정호는 부두 옆에 늘어선 자동차들을 지나쳐 선창을 따라 걸으며 숙련된 하늘의 선원처럼 날갯짓하며 떠다니는 갈매기들을 바라보았다. 그는 매일 이곳을 찾아와 새로운 것을 발견했다. 하늘의 빛깔, 새들의 울음소리, 그리고 태평양의 파도 위에 부서지는 태양도, 하루하루 조금씩 달랐다. 세상이 매일 새롭게 태어난다는 사실은 뼈저리는 아름다움을 그에게 안겨주었고, 다만 그는 그것을 조금만 더 일찍 알았으면 좋았을 거라 생각하며 아쉬워했다.

정호는 남자 동지 셋과 함께 상해로 왔다. 그중 한 사람은 기차역에서 일본인 장군을 사살하는 임무에 성공했고, 그 이후 감옥에 갇혀 고문을 받다가 죽었다. 다른 남자는 경찰서로 걸어 들어가 도시락통 안에 숨겨 온 폭탄을 던졌다. 어쩐 일인지 폭탄은 불발되었고, 임무에 실패한 그는 현장에서 경찰에게 총살당했다. 1월에는 정호와 동행했던 세 번째 동지였던 그 젊은 테니스 선수가 일본군 만찬 자리에 요리사로 위장해 잠입했다. 연회장에서 돌발 포격을 시작한 그는 적에게 쫓겨 올라간 옥상 난간에서 큰 소리로 울부짖듯 외쳤다. "대한 독립 만세!" 곧이어 수십 명의 군인이 떼를 지어 그를 에워쌌고 젊은 동지의 온몸은 총탄이 박혀 구멍투성이가 되었다. 그들 모두 각자의 임무를 엄격한 기밀에 부쳤다. 그래서 그가 이 사건에 대해 알게 된 건 중국 신문을 구독하는 다른 이들을 통해서였다. 정호는 거사 이후 초연하게 죽음을 맞이하는 그 젊은 동지의 모습을 상상해 보려 애썼지만, 머릿속에 떠오르는 건 테니스 경기의 매치포인트에서 득점에 성공한 직후 기뻐서 숨이 차오르도록 꺽꺽 웃던 그의 앳되고 천진한 모습뿐이었다.

이제 정호의 차례였다.

정호에게 주어진 임무는, 만주국을 순방 중인 일본 부총독이 여기 상해에서 북쪽으로 1600킬로미터 떨어진 하얼빈역에 잠시 정차하는 순간을 포착하여 그를 암살하는 것이었다. 만주국은 표면상 중국의 마지막 황제를 통치자로 내세웠으나 사실상 일본의 식민지나 다름없는 괴뢰 국가였다. 하지만 그처럼 넓은 영토의 대국을 한꺼번에 삼키려다 보면 목에 커다란 가시가 걸리기 마련이다. 한족과 만주족 중국인들은 하얼빈을 거점으로 활동하는 게릴라 부대를 형성해 일본인에 맞섰고, 한국인 독립군도 지난 수십 년간 든든하게 한몫을 해주면서 그에 가담해 온 터였다.

그러니 부총독의 방문을 앞둔 하얼빈의 경계 태세는 철통같을 수밖에 없었다. 부총독이 도착하기 몇 주 전부터 광장, 은행, 우체국은 물론 대형 상점이나 인기 있는 식당들까지 시내 명소란 명소에는 전부 일본 군인이 주둔해 있었다. 정호는 부총독이 수천 명의 관중과 수백 명의 장교 앞에서 연설을 하는 동안 그를 쏘기로 되어 있었다. 그러니 그 자리를 살아서 빠져나갈 수 있을 것인지에 대해서는 의문을 가질 필요가 없었다. 유일한 문제는, 과연 정호가 현장에서 사살당하기 전에 주어진 임무를 성공시킬 수 있느냐였다. 만에 하나 총탄이 빗나갈 경우를 대비해서, 성호는 최근 그들 모임에 합류한 예비 저격수 한 사람과 동행할 예정이었다. 그 보조는 말을 심하게 더듬고 느리게 하는 스물여섯 살의 젊은 동지였다. 목표물 사격 연습을 하는 동안 정호는 그가 과녁의 정중앙을 명중시키는 걸 단 한 번도 본 적이 없었다.

작전 전날 밤, 정호는 그 부사수를 데리고 산책을 나섰다.

"바, 바, 바깥에 나오니 어, 어, 어, 얼어 죽을 것 같네요." 젊은이가 작은 목소리로 말했다.

"이렇게 찬 바람을 쐬어야 우리도 정신이 바짝 들지 않겠어, 조 동지? 그 조그맣고 답답한 방에 틀어박혀 있는 것보다는 나아." 정호가 조 씨를 격려하듯 어깨를 꽉 안아주며 말했다. 그들은 시내 중심가를 가로질러 송화강 유역의 작은 공터로 향했다. 세간의 시선으로부터 잠시 숨고 싶어 하는 연인들이 밀회의 장소로 즐겨 찾는 곳이지만, 지금은 아무도 보이지 않았다. 조 씨가 이를 딱딱 부딪치며 강풍을 피해 외투 깃 안으로 거북이처럼 목을 움츠리려 애썼다. 정호 역시 덜덜 떨고 있기는 마찬가지였지만, 이처럼 가공할 만한 하얼빈의 추위는 어쩐지 그가 평안도에서 보냈던 어린 시절을 떠올리게 했다. 칼날처럼 차가운 공기가 오히려 그의 기운을 북돋고, 지나친 난방으로 후덥지근해진 좁은 방 안에 갇혀 있는 동안 계속 커지기만 하던 불안감을 차분히 달래주는 듯했다. 그렇게 오랜 세월이 흘렀는데도, 정호는 여전히 오랫동안 실내에서만 지내는 것을 별로 좋아하지 않았다.

"이제야 숨통이 좀 트이는군. 내일 거사를 생각하느라 자꾸 초조해졌는데 말이야." 정호가 말했다. 조 씨는 아무 대답 없이 제자리에 서서 어둠 속으로 하얀 입김만 연신 내뿜고 있었다. "기억해 두게. 모든 일이 계획대로 진행되기만 하면 조 동지는 아무것도 할 일이 없어. 내가 임무에 성공하고 그래서 그들이 나를 데려갈 때도, 절대 나를 도우려 하거나 그 어떤 일도 하겠다고 나서선 안 돼. 내 말 알아듣겠지?" 정호의 날카로운 시선에 조 씨는 고개를 끄덕였다.

"자네도 참 말수 적은 친구야." 정호가 쓸쓸하게 말했다. 그는 자신을 '대장'이라 부르던 옛 부하들, 따뜻하고 끈끈했던 그들과의 유대감이 그리웠다. 한때 친형제나 마찬가지였던 영구나 미꾸라지에게 느꼈던 그런 감정을 그는 상해와 하얼빈의 그 누구에게도 느낀 적이 없었다. "그래, 돌아가 만날 가족은 있고?" 정호가 물었다.

"아, 아, 아, 아니요."

"그럼 애인은? 고향에 두고 온 여자 없어?"

조 씨는 고개를 저었다. 그가 누군가의 관심이나 애정을 받기에는 어딘가 좀 모자라거나 지나치게 소심해 보인다고 생각하면서, 정호는 한숨을 내쉬었다.

정호가 어린아이였던 시절, 아버지가 아직 살아 계셨을 때, 그의 마을에서 이상한 결혼식이 열린 적이 있었다. 아니, 오밤중에 횃불을 밝히고 치렀다는 것만 빼면 나머지는 보통 결혼식이나 다름없었다. 여느 때처럼 마을 사람 모두가 초대되었고, 어린 정호도 다른 아이들과 함께 신랑의 말을 따라 신부의 집으로 향했다. 하지만 말안장 위에 청색 관복을 차려입고 말총으로 만든 검은 사모를 쓴 신랑의 모습은 보이지 않았다. 그 결혼식의 신랑은 천연두를 앓다가 5년 전 총각으로 급사한 사람이었기 때문이다. 그러니까, 그건 남자의 혼령을 위로하기 위해 죽은 총각의 부모가 최근 세상을 떠난 어느 처자의 유가족에게 혼담을 넣어 성사한 망자들의 결혼식이었다. 그렇게 신랑의 말이 신부의 집에 도착하자, 그곳에는 죽은 여자의 친척들과 이웃들이 음식과 술을 잔뜩 차려둔 상에 둘러앉아 낮은 소리로 덕담을 나누고 있었다. 마을 사람 모두는 앞다투어 신부의 미모를 칭찬하고 신랑의 열망을 놀려대는 등 유령 신부와 유령 신랑을 실제로 보고 있는 듯 굴었다. 사람들이 속삭이는 말들을 듣고 있자니 정호의 눈앞에도 혼인의 설렘과 기쁨으로 얼굴을 붉게 물들인 젊은 신부와 또래 친구들이 건네는 짓궂은 농담에 웃음을 터뜨리지 않으려 애쓰는 젊은 신랑이 생생하게 떠오르는 것만 같았다. 예식이 끝나자 이제 부부가 된 혼령 한 쌍은 그들이 첫날밤을 보낼 혼인 침소로 인도되었다. 그리고 마을 사람들은 그 방문이 닫히는 순간 마치 약속이나 한 것처럼 뜰에 켜둔 횃불들이 모두 한꺼번에 꺼지는 모습을 똑똑히 봤다고 맹세했다. 이는 두 혼령이 서로를 진심으로 마음에 들어 하며, 그래서 둘 모두 마침내 이승을 떠나 평화롭게 안식할 수 있게 되었다는 뜻이었다. 예로부터 생전에 혼인한 적 없는 영혼은 저승으로 건너갈 수 없다는 믿음이 있었기 때문이다.

하지만 정호의 영혼을 위해 그런 망자의 결혼식을 올려줄 사람은 아무도 없을 것이다. 어느새 자신도 모르게 옥희의 안부를 궁금해하기 시작한 정호는 갑자기 정신을 차리고 생각의 갈래를 툭 끊어냈다. 중국에 온 뒤로 너무 많은 일이 일어났기에 정호에겐 지나간 일들과 자신의 감정을 곰곰이 돌이켜 볼 기회가 거의 없다시피 했고, 그 덕에 그는 가슴 찢어지는 고통에서 조금이나마 회복할 수 있었다. 정호는 확고하게 스스로를 다잡았다. 자신은 옥희를 증오하며 이번 생에서든 다음 생에서든 다시는 옥희와 만나지 않기를 고대하고 있다고. 정호의 귓속으로 파고드는 찬 바람이 동의하는 의미로 으르렁거렸다.

"자, 그럼 이만 돌아가지." 정호가 말했지만, 조 씨는 얼어붙은 땅에 뿌리내린 듯 꼼짝도 않고 고개만 완강하게 흔들었다.

"우, 우리 가족 모두 3·1 운동 이후 산 채로 불, 불, 불태워졌어요. 그, 그, 그래서 제가 여, 여기 와 있는 겁니다." 조 씨가 한동안 고심하며 머릿속에서 조합한 것이 분명한 문장들을 토해내듯 꺼내놓았다.

정호는 그를 바라보았다. 그동안 조 동지를 보며 어딘가 모자란 사람이라고 생각했던 것이 미안하게 느껴졌다. 아니, 설사 그의 지능이 정말로 평균치보다 떨어진다 해도, 그를 단순한 사람이라 일축하는 것은 결코 명예로운 행동이 아니었다. 명보라면 그렇게 말했을 것이다.

"그래, 내일은 동지도 원하던 복수를 하게 될 거야. 그러고 나면 고향으로 돌아가서 예쁜 여자랑 결혼해서, 자식도 많이 낳고 잘 살아. 자, 이제 우리 인생 최고의 만찬을 즐기러 가보자고." 정호가 젊은 동지의 등을 다정하게 토닥이며 말했다. 멀리 떨어진 곳에서 시계탑의 종이 열 번 울렸다. 정호는 그 소리의 끝자락을, 은은하고 뿌옇게 퍼져나가는 달무리 같은 여운까지 붙잡아 자신의 기억 속에 또렷이 각인시켰다.

❈

태양이 막연히 떠올랐다. 북쪽 지역에서 해는 손님이었고, 잠시 얼굴을 비추는 둥 마는 둥 하다가 남쪽에 있는 자신의 진짜 집을 향해 서둘러 사라지곤 했다. 무채색 하늘 아래 수백 개의 하얀 깃발이 각각 중앙에 찍힌 빨간 점을 번뜩이며 건물들 사이에 종횡으로 매달려 있었다. 자작나무 숲의 서리 맞은 나무들처럼 중앙로 전체를 따라 대로변을 가득 메운 수천 명의 구경꾼 사이에 정호는 자리를 잡았다. 곧 부총독이 등장할 연단 곁에 마련된 무대에 올라 연주를 이어가는 군악대의 행진곡 소리만 들릴 뿐, 군중 사이엔 묘한 침묵이 흘렀다. 정호는 자신의 오른쪽으로 30미터쯤 떨어진 곳에 자리한 조 씨의 파리한 얼굴을 포착하고 가볍게 고개를 끄덕여 보였다.

군악대가 마지막 연주를 마무리하자 군중의 시선과 기운은 무대의 오른편, 연단 쪽으로 옮겨 갔다. 정호는 중절모 밑의 머리카락이 긴장으로 바짝 곤두서는 걸 느낄 수 있었다. 심장이 어찌나 크게 뛰는지, 안주머니에 들어 있는 권총까지 그 진동으로 함께 덜컹대는 것 같았다. 하지만 정호와 함께 상해로 왔던 동료들은 이미 각자의 임무를 충실히 완수했고, 무엇을 해야 하는지 그에게 보여주었다. 정호 역시 놈들에게 잡히기 전에 이 자리에서 깨끗하게 자결까지 마칠 수 있도록 노력할 것이었다. 단지, 총탄이 그만 빗나가 자신이 헛되게 목숨을 내버리는 꼴이 될까 봐 두려울 뿐이었다

491

눈앞에 다가온 생의 마지막 순간이 과연 어떤 모습일지 이런저런 상상이 그의 뇌리를 스치는 찰나, 문득 왜가리 같아 보이는 새 한 마리가 건물들 꼭대기 사이, 그의 시야 안으로 날아들었다. 정호가 과거에 보았고 저항하기도 했던 죽음의 징조들처럼 순간적이고 어렴풋한 것이었다. 그러나 사실 그 새가 정반대의 힘이라는 것을 정호는 본능적으로 알 수 있었다. 그 새는 그의 아버지를 떠올리게 했다. 삼백 자 밖에서도 공중을 나는 메추라기를 명중시켜 떨어뜨릴 수 있는, 사격의 명수로 소문이 자자하던 포수 아버지. 아버지의 아버지는 그저 활과 화살만으로 호랑이를 쏴 죽인 적도 있다고 했다. 사냥꾼의 천부적 재능이 그 자신의 혈관 속에도 흐르고 있었다. 이는 그의 이름이 남정호라는 것만큼이나 또렷한 사실이었다. 아버지가 물려주신 담뱃갑도 여전히 안주머니에 들어 있었다. 심장 바로 위를 묵직하게 누르는 익숙한 감각이 느껴졌다.

무수한 훈장으로 뒤덮인 늙고 지친 남자가 수행원들에게 둘러싸여 무대 위로 올라왔다. 왼쪽 뺨에 난 얼룩얼룩한 자줏빛 반점으로 보아 부총독 본인이 틀림없었다. 일본인들은 종종 고위 관료들이 대중 앞에 모습을 드러내야 할 때면 안전상의 이유로 대역을 쓰기도 했기 때문에, 정호는 진작 사진을 여러 장 구해 그 노인의 실제 생김새를 주의 깊게 관찰하고 숙지한 터였다. 노인이 연단에 오르자 일본 장교들이 만들어낸 인간 장벽이 그를 거의 완벽하게 에워쌌다. 정확한 조준 각도를 찾기 위한 유일한 방법은 단상 바로 앞에 서는 것뿐이었다. 결국 인파를 헤치고 앞쪽으로 나아가야 할 텐데, 그러다가는 도리어 정호 자신이 경비대의 시선을 끌게 될 것이었다. 군중을 상세히 살피며 언제든 수상한 낌새가 보일라치면 곧바로 발포할 준비를 갖추고 있는 경비대의 모습을 보며, 정호는 자신이 선 자리에서 꼼짝하지 않은 채 기다렸다.

어느덧 부총독이 연설을 끝맺었고 박수가 터져 나왔다. 부총독이 연단에서 내려오는 순간을 기점으로 저격이 가능한 틈새가 포착되길 바랐지만, 첩첩이 겹쳐진 경관들의 벽은 대열을 흐트러뜨리지 않은 채 점점 멀어지기 시작했다. 시간이 없었다. 그들이 무사히 무대에서 내려오기 전까지 남은 건 지금 이 순간뿐이었다.

정호는 권총을 꺼내 목표물을 향해 조준하고, 발사했다.

장교 한 사람이 날카로운 단말마와 함께 쓰러지면서 경비대의 방어벽이 뚫렸다. 무대 위에 있던 다른 이들 모두 본능적으로 땅바닥을 향해 엎드렸으나 경비대 중 한 사람이 부총독을 보호하려 자신의 몸을 던졌다. 정호는 그 장교를 겨냥해 총을 한 번 더 쐈다. 총알이 남자의 이마를 정확히 관통했고, 그는 베여 넘어가는 나무둥치처럼 쓰러졌다. 정호 주변의 사람들은 총상의 위험에서 벗어나기 위해 비명을 지르며 우왕좌왕 서로를 떠밀었지만, 너무 많은 몸뚱이가 한데 모여 있다 보니 아무도 그 총격의 시발점이 어디인지조차 제대로 파악하지 못했다.

또 다른 총성이 울렸다. 정호의 총에서 난 소리가 아니었다. 하지만 무대 위에서는 아무도 쓰러지지 않았다. 정호는 자신의 오른편을 쳐다봤다. 두 손으로 권총을 움켜쥔 채 심하게 몸을 떨고 있는 조 씨의 모습이 얼핏 눈에 들어왔다. 또 다른 장교가 부총독의 팔을 허둥지둥 잡아당겨 무대에서 끌어 내리려 안간힘을 쓰고 있었다. 정호는 때를 놓치지 않고 마지막으로 총을 발사했다. 이어, 노인이 가슴께를 감싸 쥔 채 풀썩 쓰러지는 모습을 보았다.

"가, 조 동지, 얼른 가!" 정호가 오른쪽을 향해 크게 소리를 질렀다. 주변 사람들이 모두 땅바닥에 납작 엎드린 터라 더는 인파 속에 몸을 숨길 수가 없었다. 정호는 경비대가 쫓아오는지 돌아보지도 않은 채 달리기 시작했다. 귓가에 고함과 비명이 난무했다…… 그 모든 혼란의 소음을 뚫고 누군가 외쳤다. "대, 대한 만세!" 이어 또 다른 총성이 울렸다. 정호는 문득 발을 멈추고 소리가 난 쪽을 향해 고개를 돌렸다. 그 순간, 무언가 형언할 수 없는 감각이 느껴졌다. 귓가에 들려오는 무언의 속삭임이, 지금 당장 도망치라고 그를 재촉했다. 정호는 그 목소리를 따라 질주의 방향을 바꾸어 오른쪽으로 내달리기 시작했다. 곧 그는 사방에서 밀려드는 수백 명의 관중 속에 겹겹이 파묻혀 몸을 보호할 수 있었다.

인파의 끝자락과 어느 백화점 정문 사이에 20미터쯤 되는 공터가 있었다. 전신이 노출되는 그곳으로 빠져나가기 직전에 군중 속에서 잠시 머뭇거리는데, 팔꿈치에 누군가의 손이 와 닿는 것이 느껴졌다. 정호는 민첩하게 몸을 돌려 자신의 뒤쪽에서 접근해 온 남자에게 권총을 겨누었다. 초록빛 눈동자의 그 외국 남자는 어딘가 구슬픈 느낌을 주는 제 나라 말로 빠르게 지껄이더니 자신의 털모자를 벗어 정호의 가슴에 냅다 안겨주었다. 러시아인이었다. 정호는 사람들의 머리 아래쪽으로 몸을 숙인 뒤 쓰고 있던 중절모를 벗어 땅바닥에 버렸다. 손에 쥐고 있던 권총도 얼른 안주머니에 집어넣은 다음 러시아인이 건네준 털모자를 썼다. 그렇게 몸을 일으킨 정호는 다시 마구 내달리고 싶은 충동을 억누르며 텅 빈 거리를 침착하게 걸어갔다. 그에게서 백오십 자쯤 떨어진 곳에서 한 무리의 군인들이 큰 소리로 명령을 내리며 군중 사이를 파고들어 가는 모습이 보였다. 백화점 입구의 유리 회전문을 밀면서, 정호는 자신이 해냈음을 깨달았다. 그는 백화점 뒷문으로 무사히 빠져나와 얼음처럼 차가운 돌계단에 구겨지듯 주저앉았다. "미안해, 조 동지. 정말 미안해." 눈물마저 얼어붙은 듯 메마르고 거친 울음으로 목이 메어, 그는 아무도 듣지 않는 혼잣말을 반복해서 중얼거렸다.

정호가 경성으로 돌아온 것은 어느 따뜻한 초여름 저녁이었다. 그는 그 어느 때보다 수척했고, 깡마른 어깨에 걸쳐진 낡은 양복 재킷도 헐렁했다. 남대문은 여전히 제자리를 지키고 있었지만 시내의 다른 곳은 모두 눈에 띄게 달라진 모습이었다. 건물과 깃대마다 희고 붉은 일장기가 셀 수 없이 내걸려 있었다. 그러나 정작 거리에는 섬뜩하리만치 인적이 드물었고 자동차나 트럭 한 대도 보이지 않았다. 현재 경성 도심에 기름이라곤 한 방울도 남아 있지 않다는 걸 정호는 알고 있었다. 일본은 태평양에서 미국을 상대로 싸우는 데 모든 자원을 쏟아붓고 있었고, 어떻게든 연료를 만들어내기 위해 전국 각지의 소나무 뿌리와 솔방울까지 긁어모아 끓였다. 그렇게 만들어진 송진 연료는 주입한 뒤 한두 시간이 지나면 엔진에 엿가락처럼 눌어붙어 동력 장치 전체를 망가뜨렸다. 휘발유를 절약하기 위한 전략으로, 일본군 전투기 조종사들은 포격 이후 기지로 돌아가는 대신 미국 군함을 향해 기체를 추락시켜 버리는 자폭 작전을 감행하고 있었다. 깊고 어두운 암녹색 밀림과 음침한 열대 섬들에서 수세에 몰린 일본군 병사들은 마지막 한 사람까지 날카롭게 깎은 죽창을 들고 싸우다 죽는다는 소문이 떠돌았다. 밤이 되면 숲의 짐승들이 그들을 먹어치웠다.

경성역에서 명보의 저택까지는 걸어서 한 시간 반쯤 걸렸다. 저녁 8시 30분이 지난 시각이었지만 서쪽 지평선에는 아직 태양이 남긴 황혼의 회색 천이 엷게 드리워져 있었다. 정호는 종일 아무것도 먹은 게 없었다. 육체적 고충이라면 그 어떤 것도 묵묵히 참고 견뎌내는 능력을 지닌 그조차도, 이 순간에는 몸에 남아 있는 마지막 체력 한 줌까지 쥐어짜여 빠져나가는 느낌이었다.

결국 정호는 잠시 쉬었다 가기로 마음먹고 어느 은행나무에 몸을 기댔다. 바람은 거의 없었지만 공기가 시원하고 상쾌했다. 거의 보름달에 가까운 둥그스름한 달이 반투명하게 반짝이는 오팔 같은 하늘 위로 떠오르고 있었다. 불빛 없이 캄캄한 도시 위에 있어서인지 그 달빛이 유난히 밝고 아름다워 보였다. 정호는 습관적으로 안주머니에 들어 있는 은제 담뱃갑을 만지작거렸다. 언제나 그랬듯이 익숙하고 편안한 기분이 들었다. 하지만 바로 그 순간, 뒤쪽에서 자신을 부르는 어떤 목소리가 들려왔다.

"천천히 두 손 들고 나무에서 떨어져."

정호는 재킷 안주머니에서 손을 빼고 나무 그늘 옆으로 슬며시 걸어 나왔다.

"갑자기 움직이면 안 돼. 공연한 수작 부릴 생각 하지 마." 목소리가 그를 향해 더 가까이 다가왔다.

정호에겐 총이 없었다. 만약 있었다면, 그는 즉각 나무 쪽으로 뛰어오르며 상대를 쏘아버린 뒤 이 환한 달빛도 닿지 않을 만큼 비좁은 뒷골목의 미로를 따라 도망쳤을 것이다. 하지만 지금 정호가 가진 거라곤 허리춤 안쪽에 숨겨둔 작은 칼 한 자루뿐이었고, 이는 총을 든 채 뒤에서 접근해 오는 남자를 상대로 별다른 쓸모를 발휘하지 못할 것이었다. 정호는 점점 가까워지는 두 사람의 발소리를 들을 수 있었다. 그들 중 하나가 마침내 정호를 붙잡더니 거칠게 팔을 꺾어 손목에 수갑을 채웠다. 이어, 가늘고 비스듬한 콧수염을 기른 순사 한 사람이 그의 시야에 들어왔다.

"뭣 때문에 이럽니까?" 정호는 저도 모르게 이렇게 항의했지만 곧바로 자신의 나약한 정신을 원망했다. 원래는 냉철한 침묵으로만 일관할 작정이었다.

"야반도주라니…… 징병기피자인 게지, 안 그래?" 첫 번째 순사가 일본어로 말했다. 그러나 얼굴을 보아하니 그 남자는 사실 한국인인 것 같았다. 정호에게 수갑을 채웠던 다른 순사는 채 열여섯 살도 되지 않은 듯 보이는 앳된 소년으로 제가 잡은 포로보다 더 겁에 질려 있었다. 정호는 이제 입을 다문 채 아무 대답도 하지 않았다.

세 사람은 어느새 거의 짙어진 어둠 속을 걸어 종로경찰서로 향했다. 그들이 그곳에 도착한 시각은 밤 11시였고, 정호는 수갑이 풀린 뒤 어느 감방에 던져졌다. 방 안은 옆으로 누워 칼잠을 자는 남자들로 가득했는데, 자리가 부족하다며 투덜거린 몇몇을 제외하면 아무도 정호에게 말 한마디 건네지 않았다. 정호는 사람들로 꽉 찬 바닥에서 유일하게 비어 있는 한 줌의 공간, 오물이 넘쳐흐르는 요강 옆자리로 어기적거리며 들어갔다. 그가 유지할 수 있었던 단 하나의 자세는 허리와 무릎을 바짝 세우고 똑바로 앉아서 가슴 앞에 양 무릎을 끌어안고 쪼그려 있는 것뿐이었다. 이 자세를 유지한 채로 그는 하룻밤을, 그리고 이튿날 오전 시간의 대부분을 보냈다.

정오가 되어서야 같은 감방에 있던 다른 이들이 한 사람씩 끌려나가서 마침내 밤새 구부리고 있었던 다리를 쭉 펼 공간이 생겼다. 머리가 온통 어지럽게 쿵쾅거렸고 목구멍은 모래를 한 주먹 삼킨 듯 화끈거렸다. 정호는 이보다 더 오랫동안 먹지도 마시지도 눕지도 못한 채 버텨냈던 과거의 순간들을 되새겨 보려 했지만, 그때는 지금보다 젊었던 시절이었다. 그리고 무엇보다 과거엔 자신이 앞으로 더 오래 살아서 뭔가 끝까지 해봐야 된다는 확신이 있기도 했다. 하지만 그게 무엇이었든, 지금 그는 인생에서 볼일은 이미 다 본 것 같다는 느낌이 들었다. 이쯤에서 고통을 끝내는 것도 그리 나쁜 선택은 아닌 것 같았다.

아직 허리춤에 감춰져 있는 그 작은 칼에 정호의 생각이 미칠 즈음, 순사 한 사람이 다가오더니 심문을 받을 차례라며 그를 불러냈다. 그러나 정호가 끌려간 곳은 그가 상상했던 어두운 독방이 아니라 어느 널찍한 안뜰이었다. 긴 야외 탁자에 군복 차림의 장교 세 사람이 앉아 있었고, 죄수들은 한 줄로 늘어서 있다가 자기 차례가 되면 한 사람씩 뜰을 가로질러 그리로 끌려갔다. 정호가 탁자 앞에 다가서자 훈장을 주렁주렁 달고 가운데 앉아 있던 일본인 장군이 지루한 표정으로 그를 바라보았다.

"성명, 생년월일." 장군이 종이 한 장을 가리키며 말했다. 그 손의 약지와 새끼손가락은 잘려 나가고 없었다. 정호는 이름과 생일을 적고 엄지손가락에 붉은 인주를 발라 지장을 찍은 뒤 뜰에 서 있는 다른 사람들에게로 돌아갔다.

태양이 하늘을 가로지르며 길고 느릿한 호를 그리자 뜰에 선 그림자들도 그에 맞추어 함께 움직였다. 남자들은 감히 그늘을 좇아 몸을 옮길 엄두도 내지 못한 채, 창으로 찌르는 듯 내리꽂는 뙤약볕 밑에서 타들어 갔다. 정호의 목구멍에서는 잿가루 같은 맛이 났다. 하지만 그는 눈을 꾹 감고 머리를 완전히 비워 아무런 생각, 특히 물 한 모금으로 목을 축이는 생각은 더더욱 하지 않으려 애썼다. 밝은 광선이 핏빛 노을로 변해갈 무렵엔 뜰에 거의 수백 명의 남자들이 침묵 속에 서 있었다.

세 장교가 탁자에서 일어나 남자들을 향해 다가왔다. 내내 탁자 중앙 자리를 차지하고 있던 장군이 앞으로 나섰다. 순전히 형식적인 절차에 따라 일을 수행하는 이들 특유의 음울한 표정이 그의 얼굴에 깃들어 있었다. 이윽고 그는 평생을 군대에서 보낸 사람다운 날카롭고 단호한 일본어로 말하기 시작했다.

"여기 모인 제군 각자는 서구 제국주의 진영의 손아귀로부터 우리 천황 폐하의 제국을 수호하는 영예로운 기회를 득하게 되었다. 제군 중 일부는 태평양으로 가서 저 오만불손한 미국과 싸우고, 또 일부는 만주로 가서 저 혐오스러운 소련과 싸우게 될 것이다. 그 어느 쪽이든, 천황 폐하를 위해 옥쇄玉碎하는 것이 제국의 충실한 신민으로서 누릴 수 있는 최고의 명예인바, 제군 전원은 이렇게 분에 넘치는 영광을 얻었음에 깊이 감사하도록 하라."

연설을 끝마친 뒤, 장군은 물러나며 부관들에게 마무리를 맡겼다. 그들은 징용자들을 향해 속옷만 남기고 옷을 다 벗으라고 사납게 명령했다. 정호 주변에 서 있던 남자들은 전부 허둥지둥 옷을 벗어 각자 발밑에 대충 포개어놓았다. 그들 중 대부분은 일본어를 알아듣지 못했기에 그저 얼떨떨하고 의아한 표정으로 다른 사람들이 하는 행동을 따라 할 뿐이었다. 곧 머나먼 태평양 군도의 밀림이나 러시아의 황야로 보내져 죽창 외에는 아무런 무기도 보급받지 못한 채 강제된 전투를 하게 되리라는 사실을 제대로 파악하지 못한 터였고, 그래서 어처구니없게도 그들의 눈동자에는 두려움과 함께 앞으로 새롭게 펼쳐질 상황에 대한 멋모를 희망의 빛마저 한 줄기 비치고 있었다. 여전히 옷을 벗지 않고 땀에 젖은 재킷과 바지 차림 그대로 서 있는 사람은 정호뿐이었다. 이 모든 괴로움이 곧 끝날 것이며, 자기 목을 긋기 전에 어쩌면 일본군 고위 장교 몇 명까지 같이 죽일 수도 있겠다는 것을 깨달은 그는 이제 마음이 한결 가벼워지는 느낌이었다.

"어이, 거기 개자식!" 부관 장교 중 한 사람이 옷을 벗지 않은 정호를 발견하고 소리쳤다. "앞으로 나와!"

정호는 자리를 지키고 움직이지 않았지만 주변의 남자들이 겁에 질려 한 발짝씩 물러나면서 정호를 중심으로 대열에 빈 공간이 생겼다. 장교는 냉큼 총을 꺼내 정호의 머리를 겨냥하며 말했다.

"당장 옷을 몽땅 벗는다. 그러지 않으면 네 머리를 수박처럼 날려

버릴 줄 알아.”

정호는 일단 재킷을 벗은 다음 장교를 더 가까이 끌어들이기로 마음먹었다. 옷을 어깻죽지에서 떨쳐내는 순간, 안주머니에서 작고 반짝이는 물건이 툭 굴러떨어졌다. 그의 은제 담뱃갑이었다. 정호가 반사적으로 그걸 줍기 위해 몸을 굽히자 장교가 흥분한 걸음으로 성큼성큼 그에게 다가왔다. 장교가 겨눈 총구는 여전히 정호의 머리와 일직선으로 수평을 맞추고 있었다.

“이렇게 덜떨어진 새끼를 봤나! 그건 그냥 내버려 둬!” 분노에 찬 목소리로 장교가 고함을 질렀다. 정호는 그 명령을 이해하지 못했다는 듯, 혹은 알아도 신경 쓰지 않는다는 듯 태연하게 담뱃갑을 향해 손을 뻗었다. 정호의 손이 담뱃갑을 쥐는 순간, 장교의 군홧발이 그의 손목을 밟아 땅속으로 파고들 정도로 거칠게 짓이겼다.

“이 더러운, 냄새 나는 개돼지 놈이!” 장교가 발목에 힘을 주어 꾹꾹 눌러대자 여전히 담뱃갑을 꽉 붙든 정호의 손등에 핏줄이 터질 듯 돋아 올랐다. 그렇게 몇 초간 버티던 그가 손아귀의 힘을 풀자, 그제야 장교는 경멸의 미소를 지으며 내내 밟고 있던 정호의 손에서 내려와서는 담뱃갑을 발로 차 뒤쪽으로 멀리 보내버렸다. 상대를 제압했다는 심리적 만족감을 얻은 그 순간, 그가 정호를 향해 조준하고 있던 총부리도 아래로 내려와 있었다. 장교 역시 짙은 갈증으로 잔뜩 쉰 목소리였고, 군모 아래로 굵은 땀방울이 흘러 흙먼지 위에 뚝뚝 떨어졌다. 이마를 쓸어 땀을 닦은 뒤 장교는 마치 동물들이 다 잡은 먹잇감을 데리고 장난을 치듯 여유롭게 정호의 배를 한 번 세게 걷어찼다. 일격을 맞은 정호는 몸을 낮게 웅크린 채 허리춤 안에 들어 있는 칼을 남몰래 더듬어 잡았다.

"멈춰!" 조금 떨어진 곳에서 어떤 목소리가 들려왔다. "내버려 둬." 그 일본인 장군이었다. 그는 마지막 햇살을 받아 붉게 빛나는 물체, 정호의 담뱃갑을 손에 든 채 그들을 향해 걸어오고 있었다.

"이걸 어디서 구했나?" 장군이 정호의 얼굴 앞에 담뱃갑을 들어 보이며 물었다. 정호가 마음만 먹으면 손쉽게 그를 죽일 수 있을 만큼 가까운 거리였다.

"아버지께서 물려주셨다."

"아버지가 주셨다고?" 장군은 눈썹을 찡그리며 깊은 생각에 잠긴 듯한 표정으로 정호의 말을 반복했다. "어디 출신인가? 그리고 네 아버지는 이름이 어떻게 되나?"

"나는 평안도 태생이다. 우리 아버님 존함은 남 경자 수자시고."

장군은 손가락 두 개가 없는 손으로 담뱃갑을 요리조리 신기한 듯 돌려보았다. 잠시 그 물건에 완전히 매료되어 경계를 풀고 무방비해진 상태였다. 하지만 정호가 엄지손가락 끝으로 살며시 칼자루를 더듬는 순간, 그가 갑자기 고개를 들어 정호를 깊이 응시했다.

"네 아버지에게 이걸 준 사람이 바로 나다……. 우리는 거의 30년 전 평안도 산속에서 우연히 만났고, 네 아버지 남경수가 내 목숨을 구했다. 그때 난 그에게 보답하고자 나중에 어떤 어려움을 맞닥뜨린다면 아무에게든 이걸 보여주고 목숨을 건지라고 했지. 그게 바로 내가 될 줄은 전혀 몰랐군." 장군이 말했다. "이걸 내 눈으로 다시 보게 되리라곤 생각도 못 했는데."

정호는 그 장군이 무슨 말을 하는지 도무지 이해할 수 없었다. 그저 이 남자가 생전의 아버지를 알았고, 심지어 아버지에게 어떤 믿음의 징표까지 보답으로 남긴 적이 있다는 것만 겨우 깨달을 뿐이었다. 자신이 평생 소중하게 간직해 온 아버지의 유품이 바로 그것이었다. 어느새 이 남자를 죽이겠다는 생각은 간데없이 사라져 버렸다.

"처음엔 네가 어디선가 이 물건을 훔쳤겠거니 생각했다. 하지만 들자 하니 네 말은 전부 진실인 것 같군."

"왜 내 말을 그렇게 쉽게 믿는 거지?" 정호가 혼란스러워하며 물었다.

"네 생김새가 네 아버지와 똑 닮았으니까." 장군이 담뱃갑의 각인을 손가락으로 쓸며 말했다. "봐, 여기. 내 이름이 새겨져 있지…….
야마다 겐조."

야마다는 갑자기 풀이 죽고 온순해진 부관 장교에게로 시선을 돌렸다. "이 남자는 내가 따로 처리할 거다. 다른 사람들은 훈련소로 데려가." 장군이 말했다. "전방에 가기도 전에 다 죽이지 말고 살살 다뤄. 살아 있는 놈들이 필요하다고." 부관들은 고개를 끄덕인 뒤 남자들을 한데 모으기 시작했다.

"넌 나를 따라와." 야마다가 정호에게 손짓하고는 안뜰을 빠져나와 복도를 걸어가다가 거리를 향해 창문이 나 있는 작은 사무실로 들어갔다. 일단 방으로 들어서자 야마다는 벽에 기대어 있는 의자를 가리키며 앉기를 권한 뒤 유리병에서 물을 한 잔 따라 정호에게 건넸다.

"마셔." 야마다가 자신의 책상 앞 의자에 앉았다. 정호는 쓰러지듯 의자에 주저앉는 동시에 잔 가득 따른 물을 단숨에 들이켰다. 야마다는 무언가 쓰느라 바빠 보였고, 그사이 정호는 직접 자신의 잔을 채워 다시 한번 달게 물을 마셨다.

"우리 아버지를 어떻게 만났지?" 세 번째 잔까지 꿀딱 비우고 나서야 정호가 물었다.

"30여 년 전 나와 동료 장교들이 산속에서 사냥하다 길을 잃은 적이 있어. 그때 내가 숲에서 네 아버지를 발견했다. 너무 쇠약해져 혼자서는 내려갈 수 없는 상태였지만 내 음식을 나눠 먹고 기운을 회복했지. 그러곤 우리가 다 같이 산에서 내려가는 길에…… 호랑이 한 마리가 우리를 덮치려 했는데, 네 아버지가 놀랍게도 그 호랑이를 그냥 쫓아 보냈어. 무기는커녕 아무것도 없이, 그저 맨손으로 말이야. 어떻게 그럴 수 있었는지 아직도 잘 모른다." 야마다는 책상 위 서류에 꽂혀 있던 시선을 들어 정호를 바라보며 고개를 저었다. "네 아버지도 너처럼 작고 마른 체구의 남자였다."

"산속에서 호랑이와 만났다는 이야기는 우리에게 한두 번 들려주셨지만, 군인들을 만났던 부분에 대해선 전혀 언급하신 적이 없는데……." 정호는 아버지가 우연히라도 일본인들을 도와주게 되었다는 게 부끄러워서 일부러 그 부분을 빠뜨린 게 아닐지 생각해 봤다. "그래서 당신이 아버지께 그 담뱃갑을 준 거야?"

"그런 셈이지." 야마다가 한숨을 내쉬었다. "이제부터 내 말 잘 들어. 지금 나는 편지 한 통을 썼다. 이 편지를 소지한 사람은 제5군단 사령관인 야마다 겐조 장군이 파견한 특수 임무를 수행하고 있다고 쓰여 있어. 이걸 가지고 어딘가 안전한 곳으로 가. 군대에 속한 누군가가 널 심문하거나 강제로 연행하려 할 때 이 편지를 보여주면 풀려날 수 있을 거야. 어쨌든 이런 식으로 잡히지 않는 게 제일 중요해. 알겠나? 한번 보내지면 다시는 돌아오지 못한다고. 독일군은 항복한 지 오래고, 우리만 홀로 남쪽에서 미국에 대항하고 있는 상황이야. 소련은 북쪽에서부터 우리를 제압해 내려오고 있고. 전쟁은 곧 끝날 테지만, 마지막 순간까지 병사 한 명도 안 남기고 전소할 것이다. 이미 결정된 사안이지." 야마다는 편지 아래쪽에 빨간 도장을 찍어 봉투에 넣은 뒤 담뱃갑과 함께 정호에게 건넸다.

"담뱃갑은 도로 가져가." 정호가 말했다.

"아니, 그건 네 거지." 야마다가 희미한 미소를 지으며 말했다. 잠깐이었지만 그는 아까보다 훨씬 온전해 보였다. 마치 어린 시절의 순진하고 재미난 일화를 기억하는 사람처럼. 하지만 얼굴을 밝히던 빛은 금세 흐려지고 그는 곧 평소의 무미건조한 표정으로 돌아왔다. "넌 당장 떠나야 해. 행운을 빈다." 야마다가 문을 열고 옆으로 비켜섰다. 정호는 비틀비틀 일어나 사무실을 빠져나왔다. 이 건물 밖으로 나가는 출구가 어딘지도 모르지만, 오직 신선한 공기의 자취를 따라 자유로 향하는 길을 필사적으로 추적해 나가는 짐승처럼 잔뜩 웅크린 몸으로 그는 달렸다.

옥희는 마루 끝에 앉아 멍하니 정원을 바라보고 있었다. 나무들은 어쩌면 저렇게 모든 것에 무심한 채 홀로 푸르게 자라날 수 있을까. 잔혹한 생활고 끝에 그는 결국 보석, 옷가지, 가구들, 이부자리까지 전부 팔아버린 상태였고, 이제 이 집에 남아 있는 물건 중 값어치가 있는 거라곤 아무것도 없었다. 딱 하나 그가 가진 것은 단이가 준, 앵두나무 아래 아직도 묻혀 있는 다이아몬드 목걸이였다. 거기 열린 앵두 열매들이, 초여름 한 달을 거의 굶주리며 지내는 동안 그나마 간간이 따 먹으며 의지할 수 있었던 유일한 먹거리였다. 배를 곯다 보면 문득 가만히 숨을 쉬는 것조차 고단하게 느껴지는 끔찍한 한계점이 찾아왔다. 사방에서, 전에는 제법 남부럽지 않게 살던 사람들마저 세간의 이목을 끄는 게 부끄러운 나머지 자신에게 닥친 재난을 드러내지도 못한 채 조용히 굶어 죽어가고 있었다. 옥희 역시 그냥 자리에 쓰러져 누운 뒤 다시는 일어나지 않으면 어떨지 생각해본 일이 몇 번이나 있었지만, 매번 어디 숨겨져 있었는지 모를 일말의 기운이 그를 다잡아 몽롱한 혼수상태에서 깨워내곤 했다. 자신의 머릿속에서 옥희는 어떤 목소리를 듣곤 했다. 나는 살고 싶어. 환청이 들린다는 것 자체는 별로 놀랍지 않았다. 이제 무엇이 됐든 덜컥 놀라 진을 뺄 단계는 이미 지났으니까. 그저 그는 언젠가 정호가 했던 말을 떠올릴 뿐이었다. 삶을 단단히 붙잡거나 미련 없이 놓아주거나, 그 둘 중 하나를 고를 명확한 선택의 순간이 온다고. 자신은 매번 죽음을 거부하는 쪽을 택해 왔다고 정호는 말했었다.

옥희는 방으로 들어가 떨리는 손으로 낡은 블라우스와 치마를 입었다. 옷을 걸치려 노력하는 것만으로도 기운이 빠져 중간에 몇 번이나 몸이 휘청거렸고, 그때마다 벽에 매달리다시피 하며 균형을 잡으려 애를 써야 했다. 어느덧 다시 길게 자라난 머리를 올려서 고정하고 푸른색 모자를 눌러쓴 뒤 옥희는 거리로 나왔다.

그는 종로의 대로변을 배회하면서 상점의 진열장마다 다가붙어 혹시 구인 광고를 낸 곳은 없는지 살펴보았다. 가게 앞에 전단은 전혀 보이지 않았는데, 옥희로서는 차마 가게 안까지 들어가 일손이 필요한지 물어볼 용기는 낼 수가 없었다. 그렇게 한 시간쯤 거리 위에서 헛되이 헤맨 뒤에야, 다음 가게에는 무조건 들어가 봐야겠다는 다짐이 들었다. 마침 고급 여성 양장점이었다. 문을 열자 맑은 종소리가 울리고 예쁘장한 얼굴의 가게 주인이 매끈한 미소를 지으며 옥희를 맞이했다. "어서 오세요, 손님. 뭐 찾으시는 거 있으세요?"

옥희는 자신이 들어온 이유를 말하려 했지만 도무지 입이 떨어지지 않았다. 이렇게 아담한 가게에서 주인 이외의 종업원이 필요하지 않다는 건 명백했다. 더욱이 가게 주인은 벌써 이 빈털터리 여자가 자기 시간을 공연히 빼앗고 있다는 것에 살짝 짜증을 느끼기 시작한 듯 보였다.

"아니, 괜찮아요. 고맙습니다." 옥희는 기어들어 가는 소리로 웅얼거리며 황급히 문을 향해 돌아섰다. 거의 뛰쳐나가다시피 가게를 빠져나오던 그는 우연히 지나가던 한 남자와 부딪쳤다. 당황하여 사과의 의미로 고개를 살짝 숙였는데, 무심하게 그의 곁을 스쳐 지나가는 대신 그 남자는 대뜸 옥희의 손목을 잡고 미소를 지었다.

"이거 감동적인데. 이렇게 다시 만날 줄이야!" 다름 아닌 이토 아쓰오였다. 관자놀이 부분에 약간의 은발이 섞인 것을 제외하면 청년 시절과 거의 변함없는 모습이었다. 여전히 잘생긴 얼굴에 흰색 리넨 정장을 말쑥하게 차려입어 젊을 때와 다름없이 세련되고 민첩한 인상을 풍겼다. 옥희는 말문이 탁 막혔다. 무슨 말을 하려고 하든, 입을 여는 순간 곧바로 서러운 울음이 터져 나올 것만 같았다. 옥희는 남자를 향한 차디찬 시선을 그대로 유지하기 위해 자기 안에 남아 있는 모든 힘을 끌어모았다.

"날 만나 아무리 반가워도 그렇지, 울 것까지야 없잖아." 이토가 농담하듯 가볍게 말했다. 동시에 그는 옥희가 얼마나 야위고 앙상해졌는지 가늠하고 있었다. 올린 머리 뭉치에서 비어져 나온 머리칼 한 타래가 옥희의 목덜미에 축 늘어져 있었다. 마치 과거의 옥희, 그 젊고 화사했던 여자가 빠져나가고 남은 허물 같았다. "자, 어쩐 일이야? 어디 가던 길이었나?"

옥희는 고개를 저었다.

"잘됐군. 나랑 같이 가자고. 마침 저녁 식사를 하러 가던 참이니까."

습도 높은 한여름 저녁이었다. 구름 낀 황혼이 뿜어내는 부드러운 잿빛 실안개가 온 세상을 뒤덮었다. 그들은 가까운 곳에 있는 일식집으로 향했다. 식당 창문마다 부옇게 김이 서려 있었다. 이토가 거의 4인분에 가까운 요리를 줄줄이 주문하는 동안 옥희는 내내 침묵을 지키며 앉아 있었다. 요즘 같은 시기에 이런 식당에서는 어떻게 손님들에게 요리를 차려내고 식품을 조달하는지 그로서는 도무지 이해가 가지 않았지만, 이토 같은 사람들은 전쟁 이전과 다름없는 생활을 계속 유지하는 게 별로 어렵지 않은 모양이었다. 이토의 맞은편에 앉아서, 옥희는 더는 체면을 차리거나 부끄러워하지 않고 눈앞에 차려진 구운 가지 요리를 열심히 먹었다. 아무리 많이 먹어도 계속 더 먹을 수 있을 것만 같았다. 그러나 차츰 구역질이 나고 속이 울렁거리기 시작해 마지못해 속도를 늦춰야 했다. 기껏 먹은 귀중한 음식을 다 토해버릴까 봐 두려웠다.

"그거 알아? 우리가 처음 만난 때로부터 무려 스무 해가 흘렀어. 그때 넌 열일곱 살이었지." 튀긴 생선을 한 입 베어 물어 삼키며 이토가 말했다. 팔꿈치를 높이 쳐들어서 늘씬한 몸에 딱 맞추어 재단한 고급 재킷의 어깻죽지를 팽팽하게 하는 그에게서, 미식을 즐기면서도 동시에 음식 자체에 무관심한 귀족의 오만한 분위기가 풍겨 나왔다.

"난 그냥 어린아이였어. 아무것도 몰랐지." 옥희가 젓가락을 내려놓으며 대답했다.

"그건 맞아. 고집불통에다 어지간히 콧대 높던 여자아이. 넌 스스로가 실제보다 더 똑똑하다고 생각했지. 대부분 예쁜 여자아이들이 다 그러듯이 말이야." 이토의 짓궂은 웃음에 옥희의 얼굴이 새빨갛게 달아올랐다. "하지만 넌 싸움을 겁내지 않는 투사이기도 했어. 그래서 네가 남들과 달랐던 거야. 언젠가 나를 물어뜯은 적도 있잖아. 기억나나? 짐작건대, 그 이후로 너도 살아오면서 많은 것을 배웠겠지만."

"난 한때 사랑했거나 아꼈던 모든 사람을 잃었어." 옥희의 목이 메었다. "이제 내겐 싸워서 지킬 것도 없어."

"아, 그런 건 상관없어. 죽을 때까지 싸워야지. 그게 바로 관건이란 말이야." 이토는 잔을 들어 사케를 홀짝이곤 말을 이었다. "전쟁 상황이 아주 좋지 않게 돌아가고 있어. 솔직히 나도 이렇게 되리라 예측하진 못했는데, 아마 우리는 패할 거야. 미국이 태평양에서 우리 군대를 거의 전멸시켰거든. 하지만 일본 황군은 마지막 남은 병사가 죽을 때까지 계속 싸울 거다."

"그럼 당신은? 당신은 무섭지 않아?"

"무섭냐고? 아니. 뭣 때문에? 사람은 모두 언젠가 죽기 마련이야. 내 손으로 죽인 사람들도 많고. 이러다 언젠가는 내 차례도 오겠구나 싶을 만큼 많았지. 하지만 천수를 누리지 못하고 일찍 죽는 것은 소인배들에게나 있는 일이지. 그리고 내겐 계획이 있거든." 이토는 옥희 쪽으로 바짝 몸을 숙이며 목소리를 낮추었다. "일본이 전쟁에서 패하고 나면 조선은 독립을 얻게 될 거야. 여기 반도에 거주하는 일본인들에겐 끔찍한 선고란 말이야. 그런 일이 벌어지기 전에 나는 본토로 돌아간다." 남자는 빈 잔에 사케를 한 차례 더 따라 마셨다.

"동경으로 돌아간다고? 이곳에 있는 당신 광산들은 어쩌고?"

"아, 본가가 있는 나가사키로 가. 바다가 내려다보이는 산기슭에 지어진, 우리 가문의 아름다운 저택으로. 아버님이 돌아가신 뒤로 그곳에 간 적이 없는데, 이제 돌아갈 때도 되었지. 조선 땅에 있던 내 광산들은 정부가 전쟁 비용을 마련한답시고 빼앗아 간 지 오래야. 다행히도 그즈음 난 이미 수중에 있던 현금 대부분을 조선 미술품과 고려자기에 투자한 상태였고. 지금까지 100여 점 정도 수집했는데, 도자기 한 점에 최소 1만 원은 넘고 일부는 그 몇 배나 값어치가 나가기도 해. 이 시점에서는 어차피 고갈되기 시작한 광산들보다 훨씬 더 가치 있는 진짜 보물들이지. 그러니까 내가 본토로 건너가면서 함께 챙겨 갈 것들이 바로 그 도자기들이란 얘기야."

이토는 다시 자기 자리로 물러앉아 만족스러운 듯 옥희를 바라보았다. 그러나 그 남자의 시선이 향한 곳은 맞은편에 앉은 옥희가 아니라, 티끌 하나 없이 완벽하게 아름다운 자신의 수집품들과 그에 버금가게 완벽한 탈출 계획이었다. 그러다 문득 잊고 있었던 일을 기억해 내기라도 한 듯, 이토는 자신의 금빛 손목시계로 시간을 확인했다.

"9시 15분이군. 이만 가볼 곳이 있어." 그는 웨이터를 불러 식탁 위에 차려졌으나 아무도 손대지 않은 요리들을 포장해 오라고 지시했다. "창경궁 동물원에 가야 하는데, 거긴 네 집 근처잖아. 내 차로 가다가 내려주지."

"이렇게 늦은 밤에 동물원에는 왜?" 포장되어 나온 음식 꾸러미를 조심스럽게 안아 들며 옥희가 물었다.

"그건 차에서 얘기하자고." 이토가 말했다.

순백색 장갑을 낀 이토의 운전기사가 자동차 앞좌석에 앉아 그들을 기다리고 있었다. 이토는 손수 옥희에게 뒷좌석 문을 열어주고, 이어 자신도 반대편으로 돌아가 차에 올라탔다.

"세상에, 대체 어디서 휘발유를 구하는 거야? 요즘은 군대 내에서도 기름을 찾을 수가 없다던데." 옥희는 놀라 저도 모르게 큰 소리로 물었다.

이토가 웃음을 터뜨렸다. "어떤 면에서 보면 넌 아직도 어린애야." 그는 장난스럽게 옥희의 팔을 건드리며 말을 이었다. "네가 날 좋아하지 않고 믿지도 않는다는 거 알지만, 세월을 생각해서, 우리가 서로 알고 지낸 그 순전한 세월을 봐서라도, 지금부터 내가 하는 말 잘 들어줘. 알았지?"

"그래."

"아무도 믿지 말고, 불필요하게 고통받지도 마. 사람들이 하는 말 뒤에 숨겨진 진실을 깨닫고, 언제나 살아남을 방법을 찾아. 그게 널 위한 내 조언이야."

"왜 내가 살아남아야 하지?" 옥희가 물었다. "그래봐야 아무런 의미도 없는 것 같은데. 세상은 무너져 내리면서 매일같이 더 사악하고 어두운 곳이 되어가고, 나한테는 아무도 없는데 말이야." 옥희는 가로등도, 음악도, 달빛도 없는 창밖의 후텁지근한 풍경을 눈짓으로 가리켜 보였다. 땅에 떨어져 말라 죽은 잎들이 바스락대는 소리만 이따금씩 들려올 뿐 거리는 온통 무거운 침묵에 휩싸여 있었다.

"넌 다른 사람들에게 너무 큰 의미를 부여하는군." 이토가 대답했다. 그들은 잠시 말이 없었다. 서로가 완전히 다르다는 걸 알기에 아무런 설득도, 아니 설득의 가망성조차도 없었기 때문이다.

"그래서 동물원에는 뭐 하러 가는데?" 전쟁을 치르는 지난 몇 년간 그곳에 있던 많은 동물이 굶어 죽었다. 급식 조달이 끊기자 토끼, 개, 제주도 조랑말 같은 작고 값싼 동물들은 차례차례 사자와 호랑이의 먹이로 희생되었고, 그들을 가두었던 우리의 철창은 모두 용광로에서 녹여져 군용 대포로 만들어졌다. 한두 번쯤, 옥희는 감자 한 알이나 사과 한 알, 혹은 배추 반쪽을 가져다 홀로 남은 코끼리와 반달곰 남매에게 준 적이 있었다. 너무 가까이 다가가기엔 겁이 나 울타리 안으로 힘껏 음식을 던져 넣고 동물들이 그 시들시들한 채소나마 게걸스럽게 집어삼키는 모습을 지켜보았다. 옥희를 쳐다보는 그들의 눈빛은 놀라우리만치 인간의 것과 닮아 있었다. 모든 것을 알고, 애원하며, 희망을 품은 그 눈빛.

"아, 그거. 아까 식당에서 말하고 싶지는 않았어. 혹시라도 누가 엿듣고는 동요할지도 몰라서." 이토가 매끈하면서도 흔들림 없는 특유의 목소리로 말을 이었다. "동경에서 지시가 떨어졌어. 조만간 경성에 미국의 공습이 있을 테니 그에 대비하라고. 그래서 오늘 밤 창경원에 있는 크고 위험한 동물들을 모두 안락사시킬 예정이야. 나중에 동물원이 폭격을 받고 사나운 야수들이 우리에서 풀려나 도심으로 향하기라도 하면 곤란하니까."

"하지만 그 가엾은 것들한테는 아무 잘못도 없잖아. 그래서, 당신은 그 동물들이 살해되는 걸 구경하러 간다는 거야?" 옥희는 강렬한 분노에 사로잡혔다. 전에 없던 포식으로 영양분을 얻고 포만감을 느낀 지금, 그 분노는 더욱 새롭고 단단한 힘의 불씨로 되살아나고 있었다.

"구경이라…… 뭐, 그렇지. 하지만 주된 목적은 그것들이 죽으며 남기는 진귀한 물건들을 사려는 거야. 특히나 호랑이 가죽 하나, 곰 가죽 둘, 그리고 코끼리 상아 한 쌍을 염두에 두고 있지. 호랑이만큼은 정말이지 놓치고 싶지 않아. 일본에는 그처럼 사나운 맹수가 없거든. 영토로 따지면 우리가 훨씬 더 큰 나라인데도 말이야. 이 작은 땅에서 어떻게 그리도 거대한 야수들이 번성할 수 있었는지 신비로울 따름이야. 야생에서도 직접 한 마리 사냥하고 싶었는데……. 하지만 이제 조선의 호랑이들은 거의 확실히 멸종했다고 봐야지."

옥희는 오래전 자신의 산골 마을에서 보내던 밤들을 떠올렸다. 칠흑 같은 어둠은 굶주린 동물들이 울부짖는 소리와 함께 진동했고,

눈 내린 다음 날 아침이면 초가집 둘레를 포위하듯 어슬렁거리다 돌아간 그들의 발자국들도 자주 보았다. 그러나 야수들은 결코 옥희를 두렵게 한 적이 없었다. 정말로 야만적이고 짐승 같은 행동으로 그를 두려움에 떨게 했던 건 언제나 인간들이었다.

"당신은 왜 그렇게 죽음과 살해를 좋아하는 거야?" 옥희가 눈을 가늘게 떴다. 계속 지속되어 온 육체와 정신의 피로로 그렇게 멍한 상태만 아니었으면 아마 그 자리에서 왈칵 울음을 터뜨리고 말았을 것이다.

"아, 그건 아니지. 난 그처럼 위대하고 아름다운 짐승이 철창 안에 갇힌 채 독살당하는 걸 지켜보는 데서 아무런 즐거움도 느끼지 않아. 그건 뭔가…… 불공평해 보이잖아. 전혀 우아하지도 않고. 하지만 어차피 죽어야 한다면, 적어도 그 가죽이라도 내 몫으로 찾아오고 싶다는 거야. 동물원 측에서는 그 돈으로 나머지 동물들에게 줄 먹이를 사겠다고 하더군."

자동차가 옥희의 집 앞에서 멈추었다. 이토를 향한 오랜 증오심과 동물원에 대해 그가 알려준 처참한 소식에도 불구하고, 옥희는 음식을 얻었으니 그에게 감사의 인사를 해야 할 것 같다는 부담을 느꼈다. 그러나 이토는 어깨를 으쓱여 보일 뿐이었다.

"나한테 감사할 건 없고, 그냥 내가 했던 충고나 기억해. 난 이번 금요일에 떠나니까 아마 지금이 우리가 마지막으로 보는 거겠지……. 빌어먹을 전쟁 따위도, 외로움 같은 것도, 다 엿이나 먹으라고 해. 계속 살아남아."

옥희는 다음 순간 이토가 자신을 끌어안으리라 생각했지만, 그는 그저 자리에 가만히 앉아 서늘한 미소만 머금을 뿐이었다. 옥희는 그가 자신을 원하지 않는다는 걸 깨달았다. 창살 안에 갇힌 호랑이를 독살하는 걸 즐기지 않듯이. 이는 원칙이라기보다 취향의 문제였다. 옥희는 당황해서 붉어진 얼굴을 감추기 위해 서둘러 고개를 숙이고 차에서 내렸다.

다음 날 옥희는 이토의 운전기사가 전해준 소포 꾸러미를 하나 받았다. 상자 안의 흰 봉투 속에는 빳빳하고 깨끗한 새 지폐들이 빼곡히 들어차 있었다. 천 원이라는 거액이었다. 그 옆에는 옥희의 손 너비보다 살짝 클까 싶은 자그마한 청자 화병도 하나 있었다. 하늘을 가득 메운 채 춤추는 백학들이 섬세하게 상감된 그 화병의 바탕을 이루는 빛깔은 더없이 아름다운 옥색이었다.

24장

월귤

1945년

8월 6일, 인간의 힘으로 지구 표면에도 태양의 불을 붙일 수 있다는
발견을 통해 전 세계는 중대한 변화를 겪을 것이었다. 하지만 7월의
야마다 겐조는 아직 이 사실을 몰랐다. 그는 피할 수 없는 최후의 상
황과 마주하기 위해 만주로 돌아와 있었다. 부대의 병사들은 역대
가장 열악한 환경에 처해, 군복이며 군화며 모두 형편없는 수준이었
고 매 끼니를 때울 만한 식량도 부실하기 짝이 없었다. 배급받은 무
기라곤 딱 하루의 교전이 가능한 정도의 탄약뿐, 그 외에는 아무것
도 없었다. 그런데도 여름날의 잔디밭에 잠시 머물러 있을 때면 병
사들은 여전히 서로 농담을 주고받으며 담배로 물물교환을 하고, 옷
을 벗어 세탁하고, 차가운 호수에 뛰어들어 아이들처럼 첨벙대며 웃
고 떠들었다. 적어도 이 평화로운 북방 숲속의 군인들은, 야마다가

516

과거 숱한 기동작전을 지휘하며 목격한 바 있는 그런 종류의 타락으로 이끌리지 않는 듯했다. 이 병사들이 딱히 다른 부대에 비해 선천적으로 순수한 성품을 가진 것도 아니었고, 또 야마다가 과거에 이끌었던 병사들 역시 그런 광포한 야수성을 타고났다고 할 수는 없었다. 그 병사들도 만약 이곳에 있었더라면 지금 이 숲의 나무둥치 위에 각자 사랑하는 애인의 이름을 새겼을 것이며, 현재 이 천진난만한 병사들도 과거와 같은 상황 속에 있었더라면 자신에게 강간당하고 있는 여자의 목을 베는 끔찍한 짓을 했을지도 모른다. 난징에서 야마다는 중위 하나가 바로 그런 짓을 하고, 그 뒤에도 여전히 체온이 남아 있는 시체를 계속해서 강간하는 모습을 본 적이 있었다. 일을 끝내자 그는 돌아서서 약간 쑥스러운 어조로 야마다에게 이렇게 말했다. "그냥 하는 것보다 더 좋거든요." 야마다는 중위를 그 자리에서 죽여버릴까 고려했으나, 그것은 반역죄가 되는 행위였다. 제국의 적들을 강간하고 살해하는 일은 전쟁의 자연스러운 일부였다. 명랑하고 쾌활한 지금의 부대원들을 둘러보며, 야마다는 이 전쟁의 끝이 임박했다는 걸 과연 그들이 모르고 있는 건지, 혹은 알아도 별로 개의치 않는 건지 궁금해했다.

8월 6일 오전 8시, 야마다는 막사 앞에서 아침 식사를 했다. 새벽 5시부터 거의 자정이 될 때까지 내내 날이 밝았지만, 북쪽의 태양은 사뭇 부드러웠다. 이 연한 햇빛이 푸른 잔디 위에서 희미하게 아롱지고, 저 멀리 대흥안령의 봉우리들도 어슴푸레하게 빛나고 있었다. 그 태연자약한 풍경 어디에도 드러나지 않은 것은 엄청난 사건, 그러니까 단 하나의 폭탄으로 한 도시 전체가 순식간에 죽은 일이었다. 오후가 되어서야 히로시마에서 일어난 일에 대해 무전으로 메시지를 받았으나, 야마다는 여전히 그 내용을 이해하지 못했다. 그게 어떻게 가능하단 말인가? 산들바람에 흔들리는 이 연보랏빛 꽃들, 호수에서 나른하게 헤엄치는 거북이들, 상쾌한 이 여름 사이에 최대한 많이 자라기 위해 힘을 쏟아 가지를 뻗는 나무들이 있는 세상에서…… 동시에 눈을 멀게 하는 무시무시한 백색광선, 검게 그을려 녹아내리는 살, 얼굴 전체가 날아간 사람들이 남은 잿더미 도시가 있을 수 있는가? 이들이 어떻게 양립할 수 있단 말인가? 세상은 이제 완전히 무의미하고 이해할 수 없는 것이 되어버렸고, 마치 그게 말이 되는 것처럼, 이해할 수 있다는 것처럼 행동하는 것은 가장 큰 중죄였다. 그런데도 사령관 회의에서는 아무것도 변한 게 없다는 듯 임박한 소련의 공격에 계속 대비하고 있으라는 결정이 내려졌다.

"도무지 모르겠군!" 연대장들과 참모장들이 둘러앉은 회의석상에서 야마다 장군은 저도 모르게 혼잣말을 내뱉었다. 다른 이들의 염려 혹은 의심 섞인 눈초리에 그는 이내 탁자 위에 있는 자그마한 검은 점으로 시선을 떨구었다. 그것은 평생 서둘러 먹이를 구하고 어딘가에 쟁여두어야 한다는, 영원히 끝나지 않을 사명에 투신하고 있는 개미 한 마리였다. 야마다는 회의가 끝날 때까지 계속 그 개미만을 주시하고 있었다.

그 후 며칠간 각 연대들은 내부 장비를 수리하거나 편지를 쓰면서 지리멸렬하게 시간을 보냈다. 언제든 기동 명령이 떨어지면 어느 마을을 통과할 때 소식을 부칠 수 있었다. 소련 군대가 유럽에서 벌어진 전생으로 지친 군사를 재정비해야 할 테니 적어도 가을까지는 그들의 움직임이 없으리라는 게 전문가들의 예측이었다. 그러나 8월 9일, 야마다의 군단은 본토에서 전송된 메시지를 받았다. 또 다른 원자폭탄이 나가사키에 투하되어 다시 한번 도시 전체를 완전히 파괴했다는 소식이었다. 그리고 서부전선에서 날아든 메시지도 있었다. 8월 8일 23시를 기점으로 소련이 일본에 선전포고를 했다는 것이었다. 독일군에게서 항복을 받아낸 지 정확히 석 달째 되는 날 자정에, 그들의 탱크는 다시 움직이기 시작했다.

야마다의 부대는 제4군단과 합류하기 위해 북서쪽으로 진군할 채비를 했다. 그동안 천진난만하고 쾌활하기만 했던 병사들도, 막사를 걷어낸 그날 아침의 기온이 점점 올라가 달콤하고 끈적한 오후가 될 무렵에는 다들 엄숙한 분위기를 띠었다. 행군하는 동안 모종의 섬뜩한 침묵이 그들 모두에게 내려앉았다. 그것은 어린 시절의 여름, 새들의 노랫소리, 아직 젊고 아름다웠던 어머니, 바람에 흔들리며 반짝이던 나뭇잎들을 떠올리게 하는 그런 종류의 고요함이었다. 이런 일종의 무기력 속에서도, 야마다는 검은 땅을 뒤흔드는 아주 희미한 진동을 감지했다. 소음이 점점 크게 들려오자 영문을 모르는 군인들은 서로 얼굴을 마주 보면서도 행군하는 발걸음을 멈추지는 않았다.

야마다가 정지를 명령했다. 북서쪽으로 향하는 그들의 오른쪽에는 완만한 경사를 이루며 올라가다가 마침내 구름과 맞닿을 정도로 높이 솟구치는 대흥안령산맥의 매끄럽고 어두운 발치가 펼쳐져 있었다. 그들의 왼쪽에서부터 들려오던 문제의 진동은 조금씩 더 격렬해지며 곧 우르릉거리는 천둥소리에 가까워졌다. 부드러운 초록빛 잔디로 이루어진 지평선 너머, 그들은 이제 이쪽으로 다가오는 소련군 탱크와 포병 부대들을 맨눈으로도 알아볼 수 있었다.

그들은 소련인들과 산맥 사이에 갇혀버린 꼴이었다. 적군과의 정면 대치 말고는 선택지가 없었다. 지휘관들과 장교들은 각자 부대 병력을 편성하기 위해 황급히 서둘렀다. 야마다는 주변의 병사들을 둘러보았다. 모두 낡아빠진 소총 한 자루씩 어정쩡하게 들고 선 채, 곧 맞닥뜨릴 전투에 대한 공포심을 드러내지 않으려 애쓰는 모습이었다. 그들 대부분은 저마다 가슴에 하나씩 품고 있는, 아마도 다시는 그들의 가족에게 도착할 일이 없을 편지에 대해 생각하고 있으리라고 야마다는 확신했다. 그래도 어떻게든 최대한 그들의 사기를 북돋는 것이 야마다의 임무였다.

"대일본제국의 용맹한 아들들이여! 이제 제군들의 충심을 증명할 때가 왔다. 명예를 위하여, 조국을 위하여, 그리고 천황 폐하를 위하여 진격하라!" 야마다는 이런 상황에 어울릴 법한 말이라면 무엇이든 외쳤고, 병사들도 불끈 쥔 주먹을 머리 위로 치켜들며 귀청이 터질 듯한 함성으로 화답했다. 하지만 사실 그가 한 말의 내용은 그리 중요하지 않았다. 중요한 건 종말이 임박한 전투의 목전에서 최고 사령관이 병사들을 격려하기 위해 무언가를 말한다는 것이었고, 병사들 역시 그의 의도를 알고 이를 받아들였다.

소련인들도 함성을 내지르며 이들에게 대응했다. 처음에는 어렴풋하게 들려오다가 이내 거대한 해일이 된 고함 소리가 야마다의 군단을 덮쳤다. 곧 그들은 서로의 사격 거리 안으로 진입했는데, 양쪽에서 거의 동시에 이 사실을 깨달은 듯했다. 야마다가 서 있던 곳에서 조금 떨어진 지반이 소련군의 첫 포격을 맞아 단숨에 폭발했다. 곧 소련군도 일본군의 포화 연기 속에 휩쓸렸으나 그들은 여전히 진격을 멈추지 않았다.

"밀리지 마라! 다들 제자리에!" 야마다가 우렁차게 소리쳤고, 다른 연대장들과 장교들도 큰 소리로 그의 명령을 되풀이했다. 일부 병사들과 심지어 장교들도 하나둘씩 땅에 쓰러지기 시작했다. 누군가 쓰러질 때마다 가까이 있던 이들의 마음에는 달려가 부상자를 돕고 싶다는 충동이 일었지만, 다들 이를 억누르고 냉정을 유지한 채 각자의 위치를 지켰다. 양쪽 군사들은 한 차례씩 서로 물물교환하듯 소총을 쏘았고 높게 띄워 올린 수류탄도 여러 번 주고받았다. 여기저기서 폭발이 더 거세게 일었고, 화염에 휩싸이는 사람들도 점점 더 많아졌다.

전쟁이라면 도가 튼 노련한 야마다였지만 전세는 그의 예측보다 더 빠르게 결정되었다. 소련군은 뛰어난 무기로 무장한 반면, 야마다의 군단에는 탱크 한 대, 기관총 한 자루도 없었다. 한 치 앞도 볼 수 없는 전장의 혼란 속에서도, 야마다는 이 순간 자신이 이끄는 군단이 일방적으로 학살당하고 있다는 사실을 점점 더 명백하게 깨달아갔다. 가벼운 깃털처럼 보드랍게 흩날리던 잔디밭은 순식간에 병사들의 시체와 연기로 뒤덮였다. 야마다를 둘러싼 사방에도 이미 죽은 자와 아직 죽어가는 자들이 그저 피로 엉긴 살덩어리가 되어 집채처럼 쌓여갔다. 총성의 간격이 점점 더 벌어졌다. 멀리서도 야마다는 자기 군단의 장병들이 저마다 무릎을 꿇고 두 손을 머리 위로 올린 채 투항하는 모습을 볼 수 있었다. 이제 그는 혼자였다. 잠시 동안은 총포의 매캐한 연기 속에 몸을 숨길 수 있을지 모르나, 소련인들이 그를 포로로 사로잡거나 살해하는 것은 시간문제였다. 이처럼 극명한 패배를 눈앞에 둔 상황에서, 대일본제국군 장성에게 남은 유일한 선택지는 명예롭게 스스로 목숨을 끊는 것뿐이었다. 누구라도 야마다가 그래야 한다고 생각했을 것이다. 하지만 그 자신조차 놀랍게도, 야마다는 곧장 몸을 돌리고는 숲이 무성한 산등성이를 향해 온 힘을 다해 힘껏 내달리기 시작했다. 1분 뒤, 갑자기 불어온 돌풍이 너른 들판에 고여 있던 잿빛 연기를 몽땅 날려버렸다. 러시아어로 무언가 외치는 소리가 들려왔지만 야마다는 한 번도 뒤를 돌아보지 않았다. 그저 폐가 터져버릴 듯한 느낌이 들 때까지 전력으로 질주했고, 소련인들의 거친 고함은 곧 총성으로 바뀌었다.

탕! 탕! 총소리가 들판을 가로질러 일직선으로 치달렸다. 자신의 등을 꿰뚫는 여러 발의 총탄이 생생하게 느껴지는 듯했다. 그러나 다리는 계속 달리고 있었기 때문에, 그들의 사격이 빗나갔다는 걸 알았다. 숲속으로 몸을 숨길 수 있는 가장자리 덤불까지는 이제 겨우 45미터도 남지 않았다. 이제 35미터, 25미터……

탕! 탕! 탕! 마지막 세 번의 총성은 아까보다 더 크게 들려왔다. 야마다는 숲에 닿기 직전에 그 세 발 중 최소한 한 방이 자신에게 명중했음을 확신했다. 이런 생각이 떠올랐다. 그러니까, 죽는다는 게 바로 이런 느낌이군……

하늘은 불투명하게 무거운 흰색이었고, 습한 바람으로 보아 조만간 눈이 내릴 모양이었다.

야마다는 작은 은신처에 몸을 웅크리고 있었다. 커다란 바위 두 개가 지붕처럼 서로 기대어 있고 그 아래로 평평한 바위 하나가 바닥 역할을 해주는, 작은 세모꼴 선반 같은 곳이었다. 은신처의 높이는 딱 그가 등을 펴고 들어앉아 있을 수 있을 정도였고, 받침이 되는 바위는 그가 팔다리를 완전히 편 상태로 누울 수 있을 만큼 넓었다. 그는 잎을 모두 떨어뜨려 헐벗은 나무들과 노란색과 적갈색 낙엽들로 뒤덮인 숲의 바닥을 마주 보고 앉았다. 곧 그 부드러운 퇴적층은 간 곳 없이 사라지고 말 터였다. 이미 지난 몇 주간 한 차례씩 가벼운 서리가 내리곤 했다. 지금까지는 눈이 내려도 하루 만에 다 녹았지만, 더 오래 쌓이는 시기가 시작되면 야마다도 더 이상은 허기를 메울 산딸기나 버섯을 찾아다닐 수 없게 될 것이었다.

그는 이미 너무 초췌하고 앙상해져 엄지와 중지를 구부려 팔꿈치를 잡을 수 있을 정도였다. 군복은 마치 옷걸이에 걸어둔 것처럼 그의 말라빠진 몸에 겨우 걸쳐진 채 힘없이 늘어져 있었다. 그 낡고 해진 한 겹의 피륙이 그나마 지금껏 그를 얼어 죽지 않게 해주었지만, 매일 밤낮으로 숲은 점점 더 추워졌다. 이렇게 낮은 고도라 해도 북쪽의 겨울은 훨씬 더 빠르게 다가왔다. 사실, 겨울은 이미 와 있었다. 새들은 숲에서 사라진 지 오래였고 설치류나 산토끼 소리도 언제부턴가 들리지 않았다.

야마다는 은신처에서 힘겹게 기어 나와 해면처럼 푹신푹신한 땅바닥 위에서 휘청대며 몸을 일으켰다. 바위 안에 들어앉아 얼마 남지 않은 기운이라도 아끼고 싶은 마음이 컸지만, 그래도 굶주림은 여전히 그를 지배하는 가장 큰 힘이었다. 개울가에서 그리 멀지 않은 곳에, 하얀 자작나무 숲으로 둘러싸인 야생 월귤 덤불이 있었다. 그는 절뚝대며 시냇가로 걸어갔다. 견딜 수 없이 싸늘한 추위에 연신 몸이 떨렸다. 개울로 가는 도중에 눈이 부드럽게 내리기 시작했다. 마치 누군가 하늘에 있는 거대한 소금병을 넘어뜨리기라도 한 것처럼, 더없이 건조하고 고운 입자를 지닌 눈송이였다.

개울에 이른 야마다는 조심스럽게 바위 위에 무릎을 꿇고 두 손을 모아 차디찬 물을 떠 마셨다. 근처의 짙은 갈색 흙 위에 야생 짐승의 발자국이 또렷이 남아 있었다. 숲에 사는 동물들도 이곳으로 물을 마시러 오곤 했다. 야마다는 그런 야수들을 사냥할 기회가 있을 때면 언제든, 어디든 마다 않고 뛰어들던 지난 시절을 멍하니 회상했다. 한때 자신이 짐승들을 향해 달리고, 쫓고, 또 죽일 만큼 강한 힘을 가졌었다는 게 지금은 아예 불가능한 일처럼 느껴졌다. 그는 물론 사냥을 좋아했다. 하지만 하야시나 이토같이 관능적인 쾌락으로서라기보다는, 사냥이 이 세상에서 위대한 인물이 되기 위해 자신이 해야만 하는 일이었기 때문이었다. 그러나 이제 그는 이 세상에서도 가장 깊은 곳에 버림받은 채, 그 누구에게도 보이지 않고 들리지 않는 아무것도 아닌 존재였다. 야마다는 이러한 아이러니에 대해 곰곰이 성찰했다. 아무도 그의 부재를 진심으로 그리워하지 않을 것이다. 미네코는 물론이고 어쩌면 이토 아쓰오조차도. 야마다는 부유한 남자들이 모인 고급 연회장 같은 곳에서 이토가 특유의 말재간으로 좌중을 사로잡고는 코냑이 담긴 유리잔을 들고 힘찬 목소리로 이렇게 말하는 것을 상상해 보았다. "나의 가장 오랜 친구였던 야마다 겐조 장군은 전쟁에서 용맹하게 전사했습니다. 그는 천황 폐하의 명성에 걸맞은 진정한 영웅이었지요. 그와의 추억을 기리며, 건배!" 그런 다음, 이토는 곧바로 다른 화제를 꺼낼 것이다. 그 시점의 이토가 진정한 관심을 가지고 있는 것, 여자든 예술품이든 금광이든 아니면 다른 무엇이든. 아마 그게 이토가 야마다에 대해 마지막으로 언급하는 순간이리라. 야마다는 이토가 어떤 유형의 사람인지 잘 알고 있었다.

야마다에게는 그의 삶이 최소한의 중요성과 의미를 갖고 마무리된다는 것이 분명해 보였다.

고운 소금 같았던 눈발이 점점 더 짙고 사나워지는 중이었다. 야마다는 일어나 다리를 절뚝이며 산길로 향하기 시작했다. 월귤의 맛을 생각하기만 해도 입 안에 침이 고이고 그의 내부가 갈기갈기 찢기는 듯한 느낌이었지만, 지금의 느릿한 속도 이상으로 몸을 움직일 힘이 없었다. 서로 맞지 않는 부분을 억지로 뒤틀어 끼워놓은 양, 그의 비참한 몸에 붙어 있는 모든 관절 마디마디가 아팠다. 내리는 눈발은 더 굵어져 자꾸 그의 뜬 눈 안을 적셨다. 힘겹게 열 길음을 뗀 뒤 발을 멈추고 잠시 눈을 비벼 털어내야 했다.

그럼에도, 마침내 거의 한낮이 되었을 무렵에야 야마다는 어찌어찌 그 덤불밭에 도착했다. 하지만 막상 와보니 매달려 있는 월귤 열매는 물론이고 잎사귀 수마저 저번보다 훨씬 줄어 있었다. 야마다는 낙담에 빠졌다. 사슴이나 엘크, 혹은 다른 배고픈 짐승들도 먹이를 찾기 위해 이 공터를 방문했기 때문이다. 야마다는 각 줄기를 주의 깊게 살피며 한 가지에서 다음 가지로 옮겨 갔다. 그러다 보면 어느새 한 겹 쌓인 눈 아래 볼품없이 쪼그라든 열매들 몇 개가 숨겨져 있는 걸 발견할 수 있었다. 그는 게걸스럽게 열매를 따 입 안에 넣었다. 혀끝에서부터 느껴지는 새콤달콤한 월귤 맛이 온몸으로 짜릿하게 퍼져나갔고, 심지어 작은 온기마저 불러오는 듯 느껴졌다.

야마다는 한 시간 동안 월귤 두 움큼 정도를 따 먹고 다시 은신처를 향해 몸을 돌렸다. 그러나 겨우 한두 걸음 떼어놓기도 전에, 두꺼운 담요 같은 눈 아래 그 모든 풍경이 전과 다르게 보인다는 사실을 깨달았다. 그가 길을 되짚어 가기 위해 남겨두었던 표식들까지 전부 하얀 눈 아래 묻혀버렸다. 야마다는 스무 걸음쯤 앞으로 나아갔다가 방향감각을 잃고 다시 돌아 열 걸음을 더 걸었다. 하염없이 눈이 쏟아지는 가운데 그는 이렇게 같은 자리에서 원을 그리며 뱅뱅 돌기를 반복했다. 덜덜 떨리는 몸을 진정시킬 수가 없었다. 태어나서 이처럼 오랫동안, 이처럼 가혹한 추위를 느껴본 적은 없었다.

힘이 빠져 더는 걸을 수 없게 되었을 때, 야마다는 차가운 땅바닥에 몸을 웅크렸다. 일단 그런 자세를 취한 이상 아예 누워버리고 싶다는 유혹을 뿌리칠 수가 없었다. 그래서 야마다는 숲속 바닥이 그의 침대이고 하늘에서 떨어지는 눈이 그의 담요인 양 몸을 쭉 펴고 누웠다. 이렇게 있다 보니 오히려 마음이 놓이고 마침내 따뜻하고 편안한 기분이 드는 게 신기했다. 바로 그 순간 야마다는 자신이 어디서 이 모습을 보았는지 생각해 냈다. 아주 오래전, 여기서 수천 킬로미터 떨어진 어느 산속에서 바로 이렇게 눈 위에 누워 있는 남자를 발견하지 않았던가. 시체나 다름없이 보이던 그 남자. 낡고 해져 너덜너덜한 옷을 걸치고 있던, 믿을 수 없이 수척하고 앙상한 몰골의 그 사람. 당시의 야마다는 그로 인해 자신의 삶이 바뀌리라는 걸 짐작조차 못 했지만, 그 이후 일어났던 모든 일을 조화롭게 맞물리게 하는 어떤 절대적인 필연성이 수정처럼 또렷한 의식의 물결 속에서 그를 압도했다. 논리적으로든 비논리적으로든 발생했던 불가역적인 사건들, 그 모든 일이 그를 정확한 최종 목적지인 이곳에 안착시켜 주었다는 생각이 들었다. 그에게 가장 어려웠던 '왜'라는 물음조차, 이제 새하얀 저 하늘에서 깨끗하게 녹아 사라지는 듯했다.

"이제 알겠군." 그는 중얼거렸다. 아니, 어쩌면 속으로 생각하기만 했던 건지도 모른다. 그의 언어가 목구멍을 떠나 음성이 되었는지, 혹은 그의 머릿속을 떠다니는 의식의 단편으로만 남았는지도 더는 분명하지 않았다. 그가 실제로 소리를 냈다 한들, 그걸 들어줄 사람은 없었다. 그래도 상관없었다. 야마다는 마침내 평온을 찾았다.

25장

공화국

정호를 잠에서 깨운 것은 천장의 스테인드글라스를 통해 들어온 색
색의 빛이었다. 그는 방관 속에 용케 파괴되지 않고 남아 있던 어느
버려진 예배당을 안전 가옥으로 삼아 계속 그곳에 몸을 숨기고 있었
다. 원래는 비어 있어야 할 곳이었으므로 그는 거의 아무 소리도 내
지 않고 지내며 자신의 움직임이 포착되지 않게끔 조심했다. 일주일
에 한 번 명보의 하인이 몰래 가져다주는 음식으로 끼니를 때웠고,
밖으로는 절대 나가지 않았다.

　정호는 예배당의 투명한 유리창 앞에 살며시 섰다. 창에는 총알
한 발에 관통된 구멍이 나 있었고 그 주위로는 거미줄처럼 균열이
퍼져 있었다. 바깥 하늘은 뜨거운 여름날의 따뜻하고 생기 넘치는
푸른색으로 빛났다. 그는 총알이 뚫어놓은 구멍에 제 검지손가락을

528

집어넣었다. 날카롭게 깎인 유리 가장자리에 피부가 베여 작은 핏방울이 점점이 배어났다. 정호는 깊은숨을 들이마셨다. 바깥 공기에서 뭔가 딜라진 듯한 냄새가 느껴졌다. 형언할 수 없는 갈망으로 목이 메었다. 마치 최면에 걸린 사람처럼, 정호는 옷을 주워 입고 예배당 밖으로 걸어 나왔다.

머리 위에서 일직선으로 내리쬐는 햇볕에 표백된 듯 온통 새하얗게 보이는 거리에는 섬뜩하리만치 인적이 없었다. 정호는 혼자서 한두 골목을 정처 없이 걷다가 일꾼 두 사람과 맞닥뜨렸다. 그런데 그들은 모래를 파서 자루에 담거나 하는 대신, 땅바닥에 쪼그리고 앉아 한가롭게 수다를 떨고 있었다. "실례합니다. 오늘이 며칠인가요?" 정호가 물었다. 오랫동안 사용하지 않아 굳어진 혀를 놀리는 게 어색하고 힘들어 목소리가 떨려 나왔다.

"8월 15일이우." 그중 한 남자가 대답했다. 정호는 고개를 끄덕였다. 너무 오래 혼자 지내다 보니 초여름의 어느 시점부터는 정확한 날짜 감각을 잃어버린 상태였다.

"무슨 일이라도 생겼습니까? 다들 어디 갔나요?" 정호가 손을 들어 햇빛을 가리며 다시 물었다. "그러게, 우리도 젊은 친구처럼 그게 궁금해서 이러고 있다니께. 담당 순사도 오늘 아침부터 코빼기도 안 비치고, 사람들은 거의 다 집에 가버리고……." 그러다 그의 눈길이 정호의 손가락에 맺힌 피에 이르렀고, 그러자 남자는 입을 다문 채 걱정스럽게 몸을 움츠렸다. 정호는 고맙다는 의미로 고개를 끄덕이고 계속 걸어갔다. 거리에는 장교도, 헌병도, 순사도 보이지 않았다. 그가 기억하는 한 이는 처음 있는 일이었다.

한 청년이 정호의 오른편 골목에서 부리나케 달려가는가 싶더니, 있는 힘을 다해 소리를 질러 거리의 무거운 정적을 깨뜨렸다.

"일본이 항복했다!" 그의 목소리가 쩡하게 울렸다. "한국은 독립국이다!"

"일본 천황이 항복했다!" 보이지 않는 다른 누군가가 그의 말에 뒤이어 메아리처럼 고함쳤다. 정호가 그 뜻을 이해하기까지는 약간의 시간이 걸렸다. 이 말들이 머릿속에 차분히 가라앉았을 때, 비로소 그는 그게 사실임을 깨달았다.

마지막 빗방울 하나에 와르르 무너져 내리는 댐처럼, 사람들이 숨막히는 속도로 한꺼번에 거리로 쏟아져 나왔다. 정호는 곧 수백 명, 그리고 수천 명, 이어 수만 명의 사람들과 함께 서로 얼싸안고, 노래하고, 울고, 만세를 외치고 있었다. 생전 처음 보는 낯선 이들도 더는 낯선 이가 아니었다. 밖으로 나와 모인 사람들 전부 서로의 얼굴만 봐도 각자의 애끓는 심정을 알아차릴 수 있는 거대한 한 가족 같았다. 이 모두와 하나가 된 듯한 크나큰 사랑의 감각이 고통스러우리만치 날카롭게 정호의 존재 전체를 관통했다. 이 열정이 누구를 향한 것인지, 혹은 무엇을 위한 것인지도 분명하지 않았다. 어쩌면 그게 가장 위대한 사랑의 본성인지도 모른다. 이 감정을 억누를 수 없어서 정호는 크게 울부짖었다. 황홀함의 절정에 빠져 목을 놓아 흐느끼는 순간, 비로소 그는 지금까지 자신이 진정한 행복이란 무엇인지 알지 못했음을 깨달았다. 울컥한 짠맛에 목구멍이 콱콱 막혀 오고 그렁그렁한 눈물로 눈시울이 흐려져 한 치 앞도 볼 수 없는 지금, 정호는 극도의 환희, 자유라는 이 감각에 기꺼이 자신의 모든 것을 내맡겼다.

온종일 하얗고 뜨거웠던 해가 불타는 감귤빛으로 노곤해지자, 여전히 식지 않은 대지의 열기 위로 별들이 안개처럼 피어올랐다. 일제 치하에서 정치범으로 갇혀 있던 사람들이 하나둘 교도소에서 풀려나면서 축하 행사는 밤새 이어졌다. 마침내 군중이 흩어지자 정호는 명보의 집으로 향했다. 그곳에서 재회한 그의 스승은 그를 아들처럼 다정하게 껴안았다. 각계각층의 운동가들이 해가 뜰 때까지 명보의 집 문지방을 바쁘게 넘나들었다.

아침이 되자, 천황의 항복 선언 소식은 가장 외진 시골까지도 가닿았고, 온 나라가 그들의 독립을 똑똑히 알게 되었다. 쉴 새 없이 쩌렁쩌렁 터져 나오는 거리의 환호성과 외침에 귀가 먹먹할 정도였다. 그 소리를 들으면 도저히 집에 가만히 앉아 있을 수 없는 양, 모두가 벅찬 마음으로 거리로 뛰쳐나와 함께 만세를 외쳤다. 정호는 스무 해 만에 처음으로 명보의 집에서 아무 두려움 없이 당당하게 걸어 나왔다. 이제 그는 구걸하는 거지도 지명수배범도 아니었다. 그저 다른 사람과 똑같은 한 남자일 뿐이었다. 좌파, 우파, 지식인, 양반, 신사, 빈민, 학생 심지어 백정과 매춘부까지, 사회에 존재하는 모든 계층의 사람들이 서로 동등한 위치에서 한껏 자유롭게 기쁨을 나누고 있었다.

가장 좋은 옷을 차려입고 나와 집에서 손수 만든 태극기를 흔드는 군중 속에서 정호는 한 여자를 발견했다. 혹시 스쳐 가다 잘못 봤나 싶어 다시 한번 자세히 들여다보았다. 세월에 찌들어 초췌하고, 퉁퉁 부은 것처럼 살이 찌고, 실제보다 더 나이 들어 보이는 여자였다. 심지어 정호보다도 더 늙어 보였다. 하지만 그의 얼굴에는 어린 시절 정호가 한때 알고 지냈던 열 살짜리 견습 기생 아이를 떠올리게 해주는 흔적들이 여전히 남아 있었다. 그는 다름 아닌 연화였다.

"정호야! 너 돌아왔구나!" 옥희가 깜짝 놀라 비명을 질렀다. 대문을 활짝 열어젖힌 그는 반가움과 놀라움을 못 이겨 제자리에서 펄쩍펄쩍 뛰었다. "어쩌면, 세상에. 어디 네 얼굴 좀 자세히 보자. 다시는 널 못 보는 줄 알았어!"

옥희는 정호를 향해 주저 없이 손을 뻗었다. 그러다 문득 정호가 자신을 얼마나 차갑게 쳐다보는지 알아챈 순간, 얼굴의 환한 미소는 흐려졌고 낙담과 당혹이 떠올랐다. 한순간 옥희는 정호가 자신을 용서하고 함께 독립을 축하하러 온 것이라 믿었던 것이다. 그들의 사이가 틀어지게 된 원인은 이제 사라지고 없었으니까. 이제 정호는 무언가를 위해 목숨을 걸 필요가 없고, 그러니 옥희 또한 그에 대해 어떻게 생각하는지 의견을 밝히라는 요구를 받지도 않을 테니. 하지만 정호의 냉담한 침묵 앞에서 옥희는 그들이 다시는 예전 같은 친구가 될 수 없음을 깨달았다. 얼굴이 화끈거렸고, 갑자기 자신의 외양이 얼마나 초라하고 볼품없어 보일까 하는 생각도 들었다. 그의 머리카락은 윤기 없이 푸석푸석한 데다 희끗희끗한 수준 이상으로 빛이 바랬고, 손등은 불룩 튀어나온 정맥들이 똬리를 튼 양 울퉁불퉁했다. 아마 자신에게 예전의 모습이 조금만 더 남아 있었더라면 정호도 다시 마음을 돌렸을지도 모를 일이라고, 그는 서글프게 생각했다.

"널 연화한테 데려다주려고 왔을 뿐이야." 마침내 정호가 입을 열었다. "외투 걸치고 나와."

정호는 용산의 어느 판자촌으로 옥희를 데리고 갔다. 악취 나는 사창가가 언덕 비탈을 따라 흉한 종기처럼 돋아나 있는 곳이었다. 반나체의 여자들이 서로 욕설을 퍼부으며 비좁은 마당에서 속옷을 빨고 있는 바로 그곳에서, 지저분하고 헝클어진 머리를 길게 늘어뜨린 연화가 한쪽 구석에 무기력하게 앉아 1920년대에나 유행하던 노래를 흥얼거리고 있었다. 그와 옥희의 눈이 마주친 순간, 두 사람은 동시에 울음을 터뜨리며 부리나케 달려가 서로를 꽉 끌어안았다.

옥희는 그 즉시 연화를 집으로 데려오려 했지만, 다섯 손가락에 빠짐없이 반지를 낀 몸집이 큰 포주 여자가 그들 앞에 모습을 드러냈다.

"어림도 없는 소리. 5년 동안 여기서 공짜로 먹고 자고 지낸 방값, 밥값, 옷값을 몽땅 빚으로 지고 있는데, 어디 돈을 벌어야 조금이라도 갚지. 쟤 꼴을 좀 봐요. 진짜 개 같은 놈이나 저 못생긴 상판이랑 씹을 하지." 포주는 옥희 곁에서 몸을 움츠리고 있는 연화를 혐오스럽게 쏘아보았다.

"한마디만 더 하면 내 손에 죽는다." 정호가 나서며 말했다. 그다지 위협적인 어조는 아니었다. 옛 시절에 그랬듯, 단순하면서도 사무적인 전문가의 말투로 그는 말을 이었다. "오늘이 바로 제삿밥 먹는 날 되는 게 싫으면 조용히 입 다물고 저리 비켜."

"아니야. 그러지 마, 정호야." 옥희가 그의 팔을 살짝 잡았다. "그렇게까지 안 해도 돼…… 그래서, 연화가 진 빚이 얼마라고요?"

"아유, 그게 보다시피, 안 그래도 나쁜 상황이 더 끔찍해지던 그 시기에 딱 맞춰서 내가 갈 데 없는 저 애를 거뒀잖아. 전쟁 기간 내내 나는 못 먹고 못 살아도 쟤는 잘 먹이고 보살폈다고. 원래는 세상 떴을지도 모를 사람을 멀쩡하게 살려놓은 거라니까." 포주가 갑자기 태도를 바꾸어 정호의 눈치를 보며 알랑거리듯 말했다. "먹기는 또 얼마나 푹푹 잘 먹어대는지. 정말 나 없으면 꼼짝없이 거리에서 굶어 죽었을걸……."

"그러니까, 갚을 빚이 정확히 얼만데요?" 옥희가 차갑게 다시 물었다.

"500원." 포주의 얼굴에는 세상 물정 모르는 바보에게 잔뜩 바가지를 씌우려는 장사꾼 특유의 탐욕스럽고 희망에 찬 표정이 떠올라 있었다. 시골에 가면 100원만 줘도 풋내 나는 열다섯 살짜리 처녀 여자아이를 사 올 수 있을 터였다. "그게, 딱 들으면 너무 많은 돈 같지마는, 사람 하나 먹여 살리면서 일자리까지 주는 게 어지간히 돈 들어가는 일이어야지. 한번 빚이 생기니 이자까지 계속 붙어서 그렇게 됩디다. 금액이 원체 크니 일단 선금으로 250원만 먼저 주시고, 나머지는 이자를 붙여서 조금씩 갚으면……."

"자요, 여기 500원." 옥희가 핸드백에서 빳빳한 새 지폐를 꺼내며 말했다. 이토에게서 받은 돈의 절반이었다. 포주는 깜짝 놀라 입을 떡 벌리더니, 자신이 처음부터 너무 헐값을 불러버렸다는 자책과 분노로 앙다문 입술을 잘근잘근 씹어대기 시작했다. 허름한 리넨 블라우스와 치마를 입고 나타난 옥희가 전혀 부유한 여자처럼 보이지 않았던 탓이었다.

"이리 와, 연화야. 집에 가자." 옥희는 옛 친구의 등에 한쪽 팔을 둘러 끌어안은 채 대문을 나섰다. 정호도 그들의 뒤를 보호하듯 따랐지만, 그곳을 떠나기 전에 마지막으로 포주를 죽일 듯이 무시무시하게 노려보는 것도 잊지 않았다.

정호가 집 앞까지 두 사람을 바래다주고 가버리자, 막상 옥희는 이처럼 극적으로 재회한 친구에게 그 어떤 말을 건네기가 힘들었다. 마찬가지로 연화 쪽에서도 말할 준비가 별로 되어 있지 않은 것 같았다. 옥희는 연화가 몸을 씻는 걸 도와주었다. "이 정도면 괜찮아? 아니면 뜨거운 물을 더 부을까?" 그가 연화에게 간신히 할 수 있었던 말은 이게 전부였다.

깨끗한 옷으로 갈아입고 나서야 연화는 침묵을 깨고 처음으로 입을 열었다. "단이 이모는 어디 계셔?"

옥희는 깊게 숨을 들이마셨다. 단이가 아직 여기 있다고 누군가 생각한다는 사실만으로도 정말로 이모가 아직 살아 있는 것 같다는 이상한 기분이 들었다. 어쩌면 사람은, 그가 살아 있다고 생각해 주는 사람이 아무도 없을 때에야 비로소 죽는 것인지도 모른다. 연화에게 사실을 말하지 않는 것이 단이를 이 세상에 조금이라도 더 오래 머무르게 하는 방법인 것 같았다.

"이모가 오랫동안 굉장히 편찮으셨어. 그러다 4년쯤 전에 돌아가셨지……." 결국 옥희는 눈시울이 뜨끈해지고 코끝이 매워지는 것을 느끼며 솔직하게 털어놓았다. 그러곤 조용히 일어나 장롱에서 망자의 유골함을 꺼냈다. 연화가 낮게 훌쩍이기 시작했다. 처음에는 작게 흐느끼다가, 나중에는 어깨까지 들썩이며 아이처럼 엉엉 목을 놓아 울었다.

"나는 이모라면 그 무엇이라도 당연히 다 이겨냈겠지 생각했어. 어떻게 이모가 죽어? 도대체 어떻게?" 연화는 한 손으로는 나무 유골함을 쓰다듬고 다른 손으로는 눈물범벅이 된 제 붉은 얼굴을 훔치며 계속 되풀이했다. 한번 눈물이 터지자 이제 울음을 멈출 수가 없는 듯했다. 그리고 옥희는 그가 단이를 애도하기 위해서만이 아니라 지금까지 일어났던 모든 일을 슬퍼하기 위해 울고 있다는 걸 알았다. 연화는 거침없이, 결의에 차서 울었다. 다시 만들어지기 전에 먼저 흔적도 없이 녹아버려야 하는 사람처럼 울었다.

그 모습을 지켜보다 보니 옥희도 새로운 눈물이 자꾸 솟아올랐다. 하지만 그의 마음은 최근 몇 년 중 그 어느 때보다도 가볍고 후련해졌다. 그날 밤, 그들은 오래전 어린 소녀였던 시절에 그랬듯 같은 방에서 함께 잤다. 연화는 그들이 마지막으로 서로를 본 이후로 지나온 모든 일을 옥희에게 털어놓았다. 전쟁의 여파 중 유일하게 좋은 점이라고 할 만했던 건 시장에서 아편을 하나도 구할 수 없게 되어 강제로 마약을 끊고 중독에서 벗어나게 된 일이었다고 연화는 말했다. 그 과정을 겪느라 거의 죽을 뻔했지만 이제 더는 아편을 피우지 않는다고 했다.

그 후 며칠간, 연화는 낮이든 밤이든 옷만 겨우 걸친 채 무기력에 빠져 있었고 노상 피곤해하는 것 같았다. 그러나 사실 아주 조금씩 그는 자기 본연의 모습을 되찾아 가고 있었다. 연화는 노래도 불렀다. 화려하지만 짧았던 가수 생활 동안 발표한 곡들이 아니라, 기생

학교 1학년 시험을 통과하기 위해 외웠던 것들이었다.

"나는 시작을 좋아해, 옥희야. 우리의 삶이 함께 시작되던 시절 기억나?" 연화가 말하면 옥희는 손을 뻗어서 연화의 어깨를 토닥여 주었다. "정말 멋지고 행복한 시간이었는데. 하지만 우리가 원했던 건 가능한 한 빨리 자라 어른이 되는 거였지."

연화가 돌아오고 나서 얼마 되지 않아 또 다른 좋은 소식이 전해졌다. 월향의 편지가 도착한 것이다. 전쟁 동안 조선과 미국 사이의 서신 왕래가 끊겼기에 옥희는 월향이 떠난 이후로는 전혀 그의 소식을 듣지 못한 터였다.

결혼 초기에 월향은 워싱턴 D.C.와 뉴욕에서 살았다고 했다. 그러다 임신을 했고, 그러자마자 월향의 가족은 샌프란시스코로 거처를 옮겼다. 월향이 낳은 아들 존 주니어는 벌써 여덟 살이었다. 미국인들은 사랑스러운 존 주니어가 커티스와 월향을 정확히 절반씩 빼닮았다는 사실에 경탄했다. 아이는 제 아버지의 큰 체격과 높은 콧대, 그리고 어머니의 뽀얀 피부와 부드러운 검은 눈동자를 물려받았다. 또 해숙은 간호사가 되어 군 병원에서 환자로 만난 어느 해군 장교와 결혼했다는 내용도 편지에 쓰여 있었다.

옥희와 연화는 편지에 동봉된 월향의 가족사진을 보며 깔깔대고 웃었다. 어린 꼬마였던 해숙이 어느새 그렇게 아름다운 여자로 자라났다는 게 놀랍고 신기했다. 해숙은 그 나이 때의 월향과 판박이처럼 똑 닮았으면서도 그보다 덜 슬퍼 보였고 더 옹골차 보였다. 가족들의 소식을 모두 전한 뒤 월향은 이렇게 썼다.

사랑하는 옥희야. 전쟁이 이어지던 몇 년간 내가 너랑 우리 어머니, 단이 이모, 그리고 연화를 걱정하느라 잠 못 이룬 밤이 어찌나 많았는지 차마 셀 수도 없단다. 나는 여기 미국에서 안전하게 있는데 내 가족은 고국에서 고통받고 있다는 것이 나의 가장 큰 슬픔이었어. 남편에게 그 이야기를 했더니 그이 역시 내 말에 동의하더구나. 다행히 그이는 다른 이들에 비해 이곳에 사람들을 데려오기에 유리한 위치에 있는데, 지금으로서는 가족 자격으로 딱 한 사람에게 미국 비자를 발급해 줄 수 있대. 어머니께서는 아마 오려 하지 않으실 거야. 어머니가 그처럼 사랑하는 평양을 떠나 낯선 이국땅에 산다는 건…… 심지어 어머니 일생의 소원이셨던 조국의 독립이 실현된 직후이니, 아예 생각해 볼 여지도 없는 제안이겠지. 하지만 단이 이모는 평생 외국에서 살아보기를 무척 원하셨잖니. 그리고 엄밀히 말해서 이모이긴 해도, 내게는 두 번째 어머니와 같은 분이셔.

여기까지 소리 내어 읽다가, 옥희는 말을 멈추고 어두워진 표정으로 연화와 마주 보았다.

"인생이란 게 얼마나 웃기니. 이모가 조금만 더 오래 사셨다면 미국에서 지낼 수 있었을 텐데." 옥희가 중얼거렸다.

"뭐, 이제 이모는 여기 안 계시니까. 하지만 나는 있지." 연화가 열의 있는 태도로 말을 이었다. "거기서라면 내 삶을 재건할 수 있을 거야. 이 빌어먹을 나라는 정말 지긋지긋해!"

연화가 종종 자신이 거쳐온 삶의 모든 역경을 이 나라의 시대적

환경 탓으로 돌리는 경향이 있다는 걸 옥희는 진작에 눈치챈 터였다. 집으로 돌아온 뒤 몇 주 동안, 연화는 다른 이들의 불행에 열렬한 관심을 보였다. 딱히 악의적인 마음에서 나온 태도는 아니었다. 그저 남들도 다 어쩔 수 없이 겪는 고난이라면 자신의 무력함도 정당화된다고 느꼈던 것이다. 바닷고동 카페에 다니던 그 아름다운 화가가 전쟁 말기쯤 자살했다는 소식을 들었을 땐, 연화는 심지어 크게 안도하는 듯 보이기까지 했다. 그리고 이제 그에게는 이 월향의 편지가, 자신의 비참한 몰락을 가져온 이 나라를 탈출해 세계를 반 바퀴 돌아야 닿는 먼 곳에서 삶을 다시 시작해 볼 기회인 셈이었다.

그동안 겪었던 그 모든 일에도 불구하고 어떻게 연화는 여전히 그렇게 희망찰 수 있는지, 옥희로서는 신기할 뿐이었다. 옥희 자신은 그처럼 모든 걸 다 버리고 훌쩍 떠날 용기를 절대 가질 수가 없었다. 어딘가엔 더 나은 무엇인가가 아직 남아 있으리라 믿는 용기도 말이다. 그런 것은 연화의 능력이지, 옥희의 능력이 아니었다. 옥희는 앞으로 그 어떤 새로움에도 손을 뻗지 않을 것이었다. 그는 이미 충분히 아픔을 겪었으므로.

아홉 달 뒤, 연화는 증기선에 올라 인천항을 떠났다. 그가 소유한 모든 것은 그 혼자의 힘으로 운반하기엔 너무 무거운 목재 트렁크 속에 한 치의 틈도 없이 빼곡하게 채워져 있었다. 묵직한 짐 가방은 개인 소지품과 이런저런 음식, 옥희가 이별 선물로 사준 새 옷가지들, 추억의 잡동사니 몇 개, 그리고 많은 희망으로 가득했다. 그러나 막상 새로운 집에 도착하면, 연화는 어째서인지 세면도구나 이부자리처럼 가장 기본적인 것들을 깜박 잊고 챙기지 않았다는 사실을 깨닫게 될 터였다. 또 많은 시간을 들여 고심한 끝에 특별히 주문한 코트와 드레스와 모자 대부분은 새 나라에 뭔가 어울리지 않는 느낌이 들 것이다. 너무 무겁거나, 너무 가볍거나, 혹은 단순히 유행에 뒤떨어진다는 이유로 말이다. 결국 그 많은 옷가지는 깊숙한 곳에 처박힌 채 낡아버리고, 오랜 세월이 흐른 뒤 먼지투성이로 다락방에서 나와 보는 이의 심장을 고통스럽게 조일 것이었다. 하지만 지금 그들은 이 사실을 알 길이 없었다. 갑판에서 명랑하게 손을 흔드는 연화의 모습이 점점 작아지는 것을 지켜보며, 옥희는 이제부터는 좋은 일들만 그의 앞길에 있으리라 믿었다. 오직 크나큰 평화만이 깃들기를. 이제 그가 막 건너가게 될 바다의 이름처럼 말이다. 부서지는 파도와 갈매기들의 울음 사이로 연화의 밝은 웃음소리가 아직도 희미하게 들려오는 것만 같았다. 그들 사이에 일어났던 모든 일에도 불구하고, 옥희는 어디서든 자신은 연화만의 윤곽을 단번에 알아볼 수 있을 거라고, 그리고 그럴 때마다 자신의 마음은 '친구'라는 말로 가득 차리라고 느꼈다. 손만 흔들어대던 그들은, 둘 사이에 거대한 바다가 들어서기 시작하자 이제 머리 위로 팔을 높이 휘저었다. 네가 보여, 난 여전히 널 보고 있어. 옥희는 생각했다. 누군가를 정말로 사랑한다면, 작별을 고한다 해도 떠나는 것은 아니었다. 두 사람 모두, 서로가 수평선 너머 점이 되어 완전히 사라질 때까지 상대를 향해 멈추지 않고 손을 흔들었다.

"그러면 4대 감정이란 무엇인지, 누구 말해볼 사람 있니?" 옥희는 자기 학급의 열 살짜리 무용수들을 둘러보았다. 몇몇 손이 공중으로 힘차게 솟구쳤다.

"미자." 옥희는 교실 뒤쪽의 여자아이를 가리켰다.

"기쁠 희喜, 성낼 로怒, 슬플 애哀, 즐거울 락樂입니다." 미자가 눈을 반짝이며 대답했다. 옥희는 미소를 짓고 칠판으로 걸어가 미자의 모둠에 점수를 추가했다. 여자아이들이 키득거리며 웃었다.

"그래, 전통 무용을 포함한 예술은…… 바로 이 네 가지 가장 중요한 감정을 표현하는 것이지."

"근데요, 선생님! 사랑 애愛는 감정에 안 들어가나요?" 미자가 물었다.

"사랑?" 옥희는 잠깐 생각에 잠겼다. 그에게 사랑이란 춤의 시작과 끝이요 전부였다. 하지만 열 살짜리 아이들과 이야기하기에 그것은 너무 고통스러운 주제였다.

대신 옥희는 이렇게 말했다. "사람들은 사랑 때문에 가끔 화를 내거나 슬퍼하기도 하지? 사랑 때문에 기쁨도, 즐거움도 느끼고?" 아이들은 우아, 하고 감탄을 연발하며 신이 나서 야단법석을 떨었다. 그들은 선생님을 무한히 숭배했다. 고려예술여학교의 교사 일을 하면서 옥희가 가장 좋아한 부분은 바로 그것이었다. 옥희를 따르는 어린 제자들. 바로 그들 때문에, 주변 사람의 절반이 북으로 가는 듯 보일 때도 그는 경성에 남았다.

일본이 항복했을 때, 태평양에서부터 북상하던 미국군과 만주에서부터 남하하던 소련군은 마침내 작은 반도에서 만났고 북위 38도 지점에 서둘러 경계선을 그었다. 한국인들은 지난 1300년 동안 그랬듯이 그들의 나라가 온전한 하나의 국가로 남기를 원했다. 그러나 그들의 소망은 무시되었고, 반도는 남북으로 나뉘었다.

평생 옥희는 정치에 큰 관심을 쏟아본 적이 없었다. 그런 것은 자기보다 단이나 정호 같은 사람들에게 더 어울리는 일이라 생각했다. (둘 다 천성적으로 논쟁을 좋아했고 정의라는 개념과 그것을 실천하는 데 열렬하였다. 그리고 본인들은 전혀 깨닫지 못했지만, 사실 그들은 서로 꽤 닮아 있었다.) 하지만 그런 옥희조차도 이 남북 분단이 엄청난 사회적 혼란을 초래하고 있다는 것쯤은 알 수 있었다. 경성은 오랫동안 민족주의자, 공산주의자, 무정부주의자 그리고 기독교, 불교, 천도교 신자들의 은밀한 무대이자 잠복처가 되어왔다. 일제 치하에서는 그들 대부분이 독립이라는 같은 목표 아래 각자의 차이를 제쳐두고 힘을 모아 연대했으나, 일단 독립이 되자 그 일부는 자신들이 잘못된 편에 서 있다는 걸 깨달았다. 재즈 시대부터 옥희가 알고 지내온 예술가 중 많은 이들이 북으로 떠났다. 처음에는 남북의 국경을 넘는 것이 경성에서 인천으로 가는 것처럼 쉬웠다. 하지만 결국 국경이 폐쇄되고 초소가 설치되자, 사람들은 이웃과 친구들에게도 알리지 않은 채 어느 날 갑자기 사라지곤 했다. 그들은 달이 뜨지 않는 밤을 골라 안개 낀 들판을 걸어가 북에 당도했다.

이제 옥희의 친구 중 경성에 남은 이는 아무도 없었다. 연화에게 자신을 데려다준 뒤로는 정호도 연락을 끊었다. 몇 달 뒤, 옥희는 경성 시내에 떠도는 소문을 통해 정호가 열일곱 살짜리 여자아이와 결혼했다는 걸 알게 되었다. 그 어린 신부는 어느 유명한 식당 주인의 딸이었는데, 정호의 장인이 된 최영구라는 사람은 정호와 어린 시절을 함께 보낸 죽마고우라고 했다. 그 소식을 들었을 때 옥희는 속이 메슥거렸다. 그 이야기의 모든 면면이 역겹기 짝이 없었다.

그 여자아이는 정호보다 스물다섯 살이나 어렸다. 하지만 내가 상관할 바는 아니지……. 적어도 정호는 자기 반려자를 찾았다니 다행이야. 옥희는 혼잣말처럼 중얼거렸다.

연화, 월향, 정호, 이제 단이도 없으니 옥희에게 남은 유일한 가족은 은실뿐이었다. 그는 아직도 평양에서 그의 충직한 하인과 함께 살고 있었다. 그의 양어머니 은실은 이제 60대에 접어들었을 터였다. 그리고 돌쇠는 은실보다 최소한 열 살은 더 많을 것이다. 조만간 돌쇠가 세상을 떠나면 은실의 노후를 돌봐줄 수 있는 사람은 옥희밖에 없었다. 그렇지만 옥희가 자라난 집도, 그가 만든 모든 추억도 다 경성에 있었다. 그는 새 정부가 설립한 고려예술여학교에서 교편을 잡고 있었고, 그 일을 좋아했다. 초소와 검문소가 들어서긴 했지만 동해에서 서해까지 이어지는 철조망은 아직 세워지지 않은 때였다. 만약 은실의 몸이 안 좋아지기라도 하면 언제든 평양으로 그를 보러 갈 수 있을 거라고 옥희는 생각했다. 그래서 당분간은 경성에 머물기로 했다.

공자와 맹자의 경전을 읽으며 자란 소년 시절부터 한철은 인생이란 곧 펼쳐진 길과 같다고 배웠다. 올바른 길을 가야 하고, 군자의 길을 가야 하며, 천 리 길도 단 한 걸음에서 시작하는 거라고 옛 성현들은 말했다. 하지만 그 후 한철이 깨달은바, 인생은 곧 바퀴였다. 영민한 사람이라면 자신에게 주어진 그 바퀴를 잘 굴려 어디로든 갈 수 있었다. 반면 어리석거나 운이 나쁜 사람은 그 바퀴에 깔려 무참히 짓밟힐 수도 있었다. 그 두 극단 사이에서, 대부분의 사람들은 오직 그 바퀴를 앞쪽으로 굴러가게 하는 일에 온 힘을 쏟았다. 먹고 자고 정사를 나누고 아이를 갖는 것처럼 흔히 인생의 휴식 혹은 쾌락이라 여겨지는 일조차도, 실은 무의식중에 그저 그 바퀴를 앞으로 굴리는 일에 불과했다. 그들이 진정으로 멈추는 순간은 오직 죽음을 맞이할 때뿐이었다.

언젠가 한철은 한때 자신이 끌었던 인력거가 나오는 꿈을 꾸었다. 실제보다 훨씬 거대한 그 인력거의 바퀴는 점점 더 빠르게 돌고 있었다. 바퀴를 계속 굴리기 위해 끊임없이 달리느라 그의 심장은 터질 듯 박동했다. 하지만 동시에 바퀴는 한철의 바로 뒤까지 바짝 다가왔고 그는 자신이 굴리는 바퀴에 깔려 죽지 않으려고 전력을 다해 뛰어야 했다. 그러다 산기슭에 있는 어느 동굴로 들어가자 그의 뒤를 쫓던 바퀴가 마법처럼 사라졌다. 새 한 마리가 한철의 곁에 나타났고, 그는 그 새가 자신을 위한 친절한 안내자라는 걸 알았다. 한철은 새를 따라 칠흑같이 어두운 지하 터널을 통과했다. 마침내 반대편으로 나왔을 때, 그는 평온한 빛이 가득 내리쬐는 계곡에 서 있었다. 꿈에서 깨어난 뒤에도 한철은 여전히 그 황금빛에 몸을 한껏 적신 채 알 수 없는 고귀한 힘의 축복을 받는 기분이었다.

가끔, 엄청나고 특별한 사건이 일어날 때면 인생의 바퀴는 가로로 누운 채 빙글 돌아 모든 사람의 운명을 결정했다. 가령 전쟁이 끝났을 때, 그것은 천천히 속도를 늦추었다가 결국 멈춰 서서 누가 이기고 누가 질 것인지 보여주었다.

혼잡한 법정에 앉아 장인을 기다리는 동안 한철은 그렇게 자기 삶의 승패를 돌이켜 보았다. 전쟁이 터지기 직전, 그는 전국 최대 규모의 자동차 정비소를 운영하는 소유주가 되었다. 전쟁이 시작된 직후에는 수리가 필요한 군용 트럭의 대량 유입으로 이득을 보았다. 하지만 그로부터 불과 1년 뒤, 일본인들이 하룻밤 새 그의 정비소를 압수하여 찾아낼 수 있는 금속이란 금속은 모두 빠짐없이 녹여버렸다. 전쟁 말미, 마지막 고통의 시기를 버텨내는 동안 한철은 그 누구도 감히 손대지 못하는 듯 보이는 장인의 부와 특권에 기생하여 사는 것 외에는 무엇도 할 수가 없었다. 그렇게 의존적인 삶을 산다는데 굴욕과 수치를 느꼈지만, 아내 서희는 자식들이 모두 안전하고 건강하게 지내는 것만큼 자기 아버지를 행복하게 하는 건 없다는 말로 그를 달래주었다. 한철 또한 이 집의 사위가 아닌 아들이라는 얘기였다.

전쟁이 끝나고 한국이 해방을 맞이하자 한철은 즉시 정비소를 재건하는 일에 착수했다. 그는 장인에게 손을 벌리지 않겠다고 굳게 마음먹었다. 그리고 놀랍게도, 도움의 손길은 한철이 전혀 예상치 못했던 곳에서 등장했다. 안동 집안 친척들이 그에게 연락해 온 것이다. 아버지의 사촌이었던 가문의 종손이 자식도 형제도 없이 사망했다는 소식이었다. 족보상 현재 생존해 있는 집안의 남자 가운데 한철이 김씨 가문의 대를 이을 제1순위 후계자로 낙점되었고, 이는 곧 그가 1년에 거의 1만 석의 쌀을 거두어들이는 엄청나게 부유한 영지의 주인이 된다는 뜻이었다. 자신에게 찾아온 이 어마어마한 행운을 거머쥐기 위해 한철이 해야 하는 일은 죽은 당숙의 아내인 당숙모의 양자로 입양되어 호적에 정식으로 기록되는 것뿐이었다. 친어머니의 축복과 허락을 받아 한철은 단 한 번도 만난 적 없는 여자의 법적 아들이 되었고, 자신의 회사를 재건하는 용도로 이 새로운 수입을 여유롭게 사용했다. 그는 심지어 전보다 훨씬 큰 야망을 품었다. 단순히 자동차를 수리하는 것만이 아니라, 아예 처음부터 자동차를 생산할 방법을 찾아볼 작정이었다. 전쟁에서 살아남은 그는 더 강해졌고, 자신의 능력을 더욱 확신하게 되었다. 전반적으로는 언제나 그래왔듯 겸손하면서도 꼼꼼한 태도를 유지하려 노력했지만, 왕성한 활기를 내뿜으며 치켜뜬 눈썹 아래 까맣게 빛나는 눈동자는 새롭게 다져진 자신감을 그의 얼굴에 여실히 드러냈다.

하지만 보아하니 그의 장인은 전쟁이 끝나면서 조금 다른 변화를 겪고 있는 것 같았다. 두 경찰 사이에 끼어 법정 안으로 들어서는 김성수의 모습이 한철의 눈에 들어왔다. 성수는 다른 피고인들이 선호하는 흰색 두루마기 대신 자신의 고급 모직 정장 중 하나를 입고 있었다. 은백색의 풍성한 머리칼이 돋보이는 그는 위엄 있고 당당해 보였다. 방청객들이 못마땅한 듯 수군거리고 혀를 찼지만, 성수는 그런 반응에도 전혀 위축되지 않는 것 같았다.

"판사님께서 입장하십니다, 모두 기립하시오." 검은색과 회색 머리들로 이루어진 뒷줄 어딘가에서 누군가의 목소리가 들렸다. 판사는 시커먼 법복을 늘어뜨린 평범하게 생긴 노인이었는데, 재판 방청객으로 참석한 일부 무지한 농민들은 마치 저승사자를 연상케 하는 그의 차림에 충격을 받은 눈치였다. 군중과 함께 일어났다가 다시 자리에 앉으며, 한철은 장인에게 닥친 위기에도 불구하고 자신은 사실상 아무런 긴장도 걱정도 느끼지 않는다는 사실을 깨달았다. 깃털처럼 미세하게 마음속을 스치는 죄책감 한 올을 부드러운 채찍 삼아, 한철은 자신을 가볍게 꾸짖었다.

판사에게 소환되어 앞으로 나온 검사는 짙은 색 가느다란 줄무늬 정장을 입은 젊은 남자였다. 김성수의 혐의는 길고도 막중했다. 피고인은 평생을 일본인의 협력자로 살았으며, 피고인의 삼촌은 그 끔찍한 이토 히로부미 총독에게 직접 백작 작위를 받은 인물이기도 했다. 김성수의 아버지는 일본인들과 공모한 덕택에 영지를 몰수당하지 않았다. 김성수 본인도 별로 나을 게 없었다. 그는 종로경찰서장, 일본군 고위 장교들, 그 외 일본인 세력가들과 두터운 친분을 유지해 왔다. 그는 일본이 항복하는 당일까지도 일본군에 자금과 물자를 지원했다. 그게 바로 그가 전쟁의 와중에 무사히 살아남을 수 있었던 유일한 이유였다. 검사는 피고가 있는 쪽으로 주먹을 흔들며 진심을 담아 열변을 토했는데, 그럼에도 부끄러움이나 반성을 느끼지 않는지 김성수의 머리는 여전히 빳빳이 서 있었다. 그 모습을 보며 방청객들은 더욱 큰 소리로 혀를 찼다. "저런 개새끼들은 모두 사지를 찢어서 죽여야 돼." 재판장 어딘가에서 굵고 거친 목소리가 들려왔다. 법정 안의 모두가 똑똑히 들을 수 있을 정도로 크고 격앙된 말투였는데, 그 주변의 사람들도 맞장구를 치며 몇 마디씩 중얼거렸다.

법정의 분위기가 김성수에게 불리하게 돌아가고 있는 건 분명했다. 하지만 한철은 여전히 그의 장인, 자신의 세 아이에겐 하나뿐인 할아버지이자(넷째를 임신한 서희는 만삭의 몸이라 집에 머물러 있었다.) 자신을 비참한 가난에서 구해준 장본인인 김성수 사장을 대신하여 두려움을 느끼거나 하지 않았다.

판사가 김성수의 변호사를 앞으로 불러냈다. 두껍고 둥그런 안경을 쓰고 보랏빛 나비넥타이를 맨 통통하고 창백한 안색의 남자였다. 그는 변론을 시작하기에 앞서 경멸 어린 눈초리로 좌중을 둘러보았다.

"존경하는 재판장님. 우리가 족쇄에서 막 벗어나자마자 인류가 가질 수 있는 최악의 본능에 굴복하는 것은 매우 쉬운 일이겠지만, 그렇다고 그게 정의로운 일은 아닐 것입니다. 우리는 김성수의 친척들이 저지른 범죄에 대해 들었습니다. 네, 물론 그의 삼촌은 매국노였습니다. 하지만 그는 오래전에 고인이 되었지요. 죽은 삼촌의 죄를 물어 이 사람을 벌하는 게 공정할까요? 김성수가 경찰이나 군인들과 사교 차원에서 교류하고 지냈다는 사실을 제외하면, 본인의 죄나 반역에 대해서는 아무것도 증명된 바가 없습니다. 김씨는 자기 자신을 보호하기 위해 이런 자들을 좋아하는 척 가장해야 했습니다. 일제 치하에서 일본인들과 우호적인 관계를 유지했던 모든 사람을 처벌한다면, 이 나라에 살아남을 사람이 과연 누가 있겠습니까?

원고의 고발과 달리, 김성수는 사실 우리나라의 독립을 위해 쉬지 않고 애썼던 애국자였습니다. 일본인들과 표면적으로 나누었던 우정은 오직 그들의 의심을 피하기 위한 수단이었던 것입니다." 변호사가 앞뒤로 몸을 흔들어댈 때마다 그의 반질반질한 가죽 구두가 발하는 광택이 조명을 받아 번쩍였다. 방청객들은 분노에 가득 차 수군거렸다. "야, 이 개새끼야!" 한 남자가 뒤쪽에서 고함쳤다. 그 욕설이 피고인을 향한 건지, 아니면 그의 변호사를 향한 건지는 확실하지 않았다.

"이의 있습니다, 재판장님." 검사가 끼어들었지만 판사는 오른손을 들어 제지했고, 변호사는 미소를 지으며 말을 이었다.

"피고인의 애국 활동에 대한 증거물이 있습니다." 그가 변호인석으로 걸어가며 말했다. 이어 몸을 돌렸을 때, 그의 손에는 어두운 직사각형 물체가 들려 있었다. 언뜻 여자들이 장신구를 담아둘 때 쓰는 작은 보석함 같아 보였다.

"이것은 김성수가 3월 1일 만세 운동을 위해 1만 장의 태극기를 찍어낼 때 썼던 인쇄용 목판입니다. 지난 30년 동안, 그는 이것을 자신의 출판사 지하에 있는 비밀 벽감에 숨겨두었습니다."

변호사는 나무토막을 머리 위로 높게 들어 처음에는 판사에게, 이어 배심원단에게, 그리고 방청객들에게 차례로 보여주었다. 중앙에 새겨진 태극무늬에는 여전히 피처럼 어두운 붉은색과 짙은 밤과 같은 검푸른색이 선명했다. 시끌시끌하게 끓어오르던 법정이 찬물을 끼얹은 듯 한순간에 고요해졌다.

"만약 그가 잡혔다면 곧장 투옥되거나 심지어 사형선고를 받았을 겁니다. 여기 계신 여러분 중 이 나라를 위해 이처럼 용감하게 목숨을 걸었던 분이 또 있습니까?" 변호사는 자신이 이길 것을 이미 알고 있으면서도 격렬하게 말을 이었다. 사실 그는 자신의 승리를 너무도 확신한 나머지, 속으로는 저녁 식사로 뭘 먹어야 좋을지 생각하기 시작했다. 이미 형세는 역전된 상태였다. 그로부터 한 시간도 채 되지 않아 김성수는 자유롭고 결백한 남자로서 석방되었고, 한철은 다시 자신의 일상으로 재빨리 돌아갈 수 있게 되었다는 것에 기뻐했다.

명보는 인연을 믿었다. 사람과 사람을 연결하고 서로 만나게 해주는 보이지 않는 실타래가 우주의 섭리에 따라 미리 정해져 있다는 것이 그의 생각이었다. 가장 중요하고 좋은 인연은 남편과 아내, 그리고 부모와 자식의 연이었다. 이는 하늘이 정해준 천륜이며, 그 어떤 것으로도 단절할 수 없다는 것을 그는 이미 오래전에 깨달은 터였다. 반면 그가 이제야 막 이해하기 시작한 것이 있었으니, 돌이킬 수 없는 악연 또한 그만큼이나 오래 지속될 수 있다는 점이었다. 명보는 수십 년 동안 친미 우파 세력을 경멸해 왔다. 프린스턴이나 조지타운에서 보냈다는 유학 시절을 그리며 담배 향기가 밴 향수鄕愁를 늘어놓는가 하면, 스스로 영어 이름을 지어 붙이며 그 나라에 대한 비굴한 숭배 의식을 드러내는 자들이었다. 심지어 전쟁 전에는 그들 중 일부가 미국을 향해 한국을 보호령으로 삼아 통치해 달라고 호소하기도 했다. 명보는 이 점을 절대로 용서할 수 없었다.

독립을 향한 꿈이 실현되자마자, 그는 자신과 정치적 노선을 달리하며 불편한 논쟁을 벌이곤 했던 저 경쟁자 전원이 새로운 공화국

정부의 주요 인사로 발탁되었다는 사실을 깨닫고 막연한 두려움을 느꼈다. 하지만 명보는 여전히 자신이 겁낼 건 아무것도 없다고 믿었다. 그가 지닌 지성에도 불구하고, 권력에 대한 욕망이 주요 특징으로 정의되는 어느 부류의 인간을 이해하는 것은 명보의 능력을 벗어나는 일이었다.

심지어 어느 날 밤 집 대문을 쾅쾅 두드리는 끔찍한 소음 때문에 잠에서 깨어났을 때, 하얀 비단 같은 달빛에 감돌던 부드러운 고요함과는 전혀 어울리지 않는 그 시끄러운 주먹질 소리를 들으면서도 그는 이 모든 일을 겪어낸 지금 자신이 같은 동포들의 손에 죽게 되리라는 사실을 믿을 수가 없었다. 그저 사태를 짐작하고 흐느끼는 아내를 안심시키며 자신은 아무 잘못도 하지 않았다고 이야기할 뿐이었다. 명보의 태도가 워낙 정중하고 자신감에 차 있었으므로 경찰관들은 그에게 수갑 채우기를 주저했고, 그가 정장을 차려입고 가족들에게 작별 인사를 하는 내내 고개를 숙인 채 기다려주었다.

"틀림없이 무슨 착오가 있었던 거야. 길어봐야 하루 이틀 정도면 돌아올 테니, 내가 없는 동안 어머니 잘 모시고 있거라." 명보는 아들에게 미소를 지어 보이고 절뚝이는 걸음으로 신중하게 문을 나섰다. 가족과 하인들에게 자신을 배웅하지 말라고 단단히 일러둔 터라, 식구들은 명보의 윤곽이 어둠 속에 재빠르게 삼켜지는 동안 다들 마당에 멍하니 서 있었다. 그들의 시야에서 벗어난 것이 확실해지자 명보는 등 뒤로 손을 내밀었고, 곧 차가운 금속이 손목을 휘감는 것을 느꼈다. 밤공기를 깊이 들이마시며, 그는 이 순간 짧고 날카로운 상쾌함을 만끽하는 스스로에게 내심 놀랐다. 가장 깊은 밤과 가장 이른 아침 사이의 시간에 깨어 있는 바로 그 느낌이었다. 열여섯 살쯤 되었을 때였던가, 책 한 권에 푹 빠져 읽느라 지새우던 밤, 바로 이 시간에 자신이 한낮의 정오보다 더 생생하게 깨어 있으며 살아 있음을 실감했던 것이 기억났다. 어린 명보는 자신의 앞에 인생 전체가 펼쳐져 있음을 확신했고, 새벽 4시의 신선하면서도 그을린 듯한 냄새는 형언할 수 없는 행복감으로 그를 가득 채웠다. 이제 그는 백발이 성성하고 불편한 다리를 절뚝이며 걷는 노인이 되어 있었다. 그 모든 세월이 눈 깜짝할 사이에 지나가 버렸다. 노년이란, 인생의 모든 행복이 앞으로 다가올 날들이 아닌 이미 지나간 날들에서만 발견된다는 것을 의미했다. 하지만 그는 어쨌든 자신의 역할을 다했으며, 자신보다 더 위대한 무언가를 위해 살았다.

명보가 3층 감방에 갇힐 즈음 새로운 공화국의 태양이 떠올랐다. 창문이 그리 높지 않았기에 그는 귤색 빛을 받아 반짝이는 기와지붕들과 헐벗은 가지의 나무들을 볼 수 있었다. 하늘을 활공하며 지저귀는 새들의 모습도 보였다. 아침의 영원한 이 고요가 그에게 참을 수 없는 기쁨과 슬픔을 동시에 안겨주었다. 시간의 흔적이 깊게 쓸고 간 명보의 두 뺨 위로 눈물이 흘러내렸다. 삶을 위해 지불하기에 죽음은 아주 작은 대가였다.

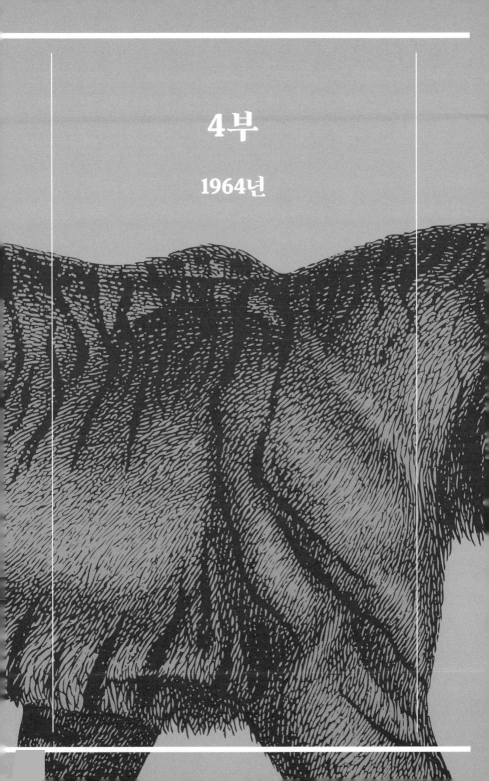

4부

1964년

26장

모래시계

김한철의 집에서는 새벽 6시에 가족 모두가 함께하는 아침 식사로 하루의 일과가 시작되었다. 그때마다 한철은 식탁의 가장 상석에 앉았고, 그의 아내는 갓 지은 쌀밥, 된장국, 시금치무침, 고사리무침, 무말랭이, 고등어조림, 달걀말이, 김치찌개 등을 개인 그릇과 찬기에 담아 정갈하게 차려내느라 바빴다. 한철의 두 딸도 은으로 된 숟가락과 젓가락, 보리차를 따른 물컵 따위를 나르며 식탁을 차리는 어머니를 도왔고, 세 아들은 한철과 가까운 자리에 앉아 얌전히 침묵을 지키며 여자들이 상차림을 마치고 자리에 앉기를 기다렸다. 마침내 한철이 단호하면서도 인자한 말투로 "자, 먹자"라고 말하기 전까지는 아무도 먼저 수저를 들지 않았다.

아침 식사가 끝나면 가정부가 식탁을 치웠고, 그동안 아내는 한

555

철의 코트와 서류 가방을 챙겨 가지고 나왔다. 한철은 아내를 '여보'라고만 불렀다. 다른 사람들에게 말할 때는 '집사람' 혹은 '애들 엄마'라 칭했고, 아내의 이름인 '서희'는 거의 머릿속에 떠올리지 않았다. 그들이 결혼한 지도 어느새 스물세 해째였다. 한철이 서희를 처음 만났을 때, 윤기 나는 검은 머리카락을 찰랑이던 그 열여섯 살 여학생의 모습과 지금의 아내가 같은 사람이라곤 상상도 할 수 없었다. 단정하게 꽉 조여 입은 앞치마 아래 숨겨진 아내의 가슴은 탄력을 잃어 아래로 처졌고, 늘어난 뱃살은 팽팽한 치마 허릿단에 꽉 끼어 금방이라도 터질 듯 불편한 모양새였다. 그 앳된 소녀 시절의 분위기를 유일하게 간직하고 있는 건 그의 가늘고 곧게 뻗은 종아리와 날씬한 발목뿐이었다. 아내도 그 사실을 알았기에 한겨울의 냉랭한 추위 속에서도 꿋꿋이 무릎 기장의 치마를 고집했다.

"일찍 오세요." 한철이 구둣주걱을 사용해 신발을 신는 동안 아내가 말했다. 하지만 이는 의례적인 인사말일 뿐, 정말로 한철이 평소보다 일찍 귀가해야 한다는 의미는 아니었다.

"알았어, 여보." 한철도 여느 때와 다름없이 현관을 나서기 직전 아내를 짧게 포옹하면서 대꾸했다.

현관문에서 대문까지 이어지는 자갈길은 밤새 내린 서리에 엷게 뒤덮여 있었다. 살짝 언 눈 위를 내디딜 때마다 발밑에서 연약한 눈꽃들이 와사삭 으깨지는 소리가 났다. 그 소리가 한철이 까맣게 잊고 지내온 어떤 추억을 떠올리게 하는 듯했지만, 그게 정확히 무엇이었는지는 기억나지 않았다. 오전 6시 30분에도 날은 아직 꽤 어두웠다. 그는 조심스럽게 발걸음을 고르며 자신의 차가 주차된 곳까지

556

갔다. 차창 앞 유리에도 하얗게 성에가 끼어 있었다. 한철은 장갑 낀 손으로 성에를 털어낸 뒤 운전석에 올라탔다.

물론, 한철 정도면 충분히 개인 운전기사를 고용할 형편이 되고도 남았다. 6·25 이후, 그는 서울 전역을 재건하기 위한 건설 계약을 수없이 따냈고 곧 다른 도시들에서도 더 많은 계약이 이어졌다. 서울만이 아니라 나라 전체가 전쟁의 파괴를 딛고 다시 일어나야 했던 것이다. 그즈음 그의 장인이 세상을 떠나 그의 엄청난 재산이 모두 한철에게 상속되었다. 전쟁이 끝난 지 불과 10여 년 만에, 한철은 남한에서 가장 부유한 사람 중 하나가 되었다. 그래도 그는 여전히 자기 손으로 직접 운전하기를 선호했다. 아주 오래전, 인력거를 끌며 고생하던 청년 시절의 그가 그토록 경멸했던 나태한 남자들처럼 되고 싶지 않았기 때문이다.

인천으로 새로 닦은 길 주변에는 경작을 쉬고 있는 보리밭이 한없이 펼쳐져 있었다. 지금 그 연회색 물결 사이에 일직선으로 쭉 그어낸 진회색 선 같은 아스팔트 도로 위를 날쌔게 달리는 차는 한철의 자동차뿐이었다. 그가 공장에 도착할 때까지도 새벽달은 여전히 서쪽 하늘에 판화처럼 찍혀 있었다. 비서실장이 입구에서부터 그를 반겼다. 헐렁한 항공 재킷에 능직 바지 차림의 비서실장은 어쩐지 텅 빈 밭에 걸려 있는 허수아비 같은 인상을 풍겼다. 두 사람은 한철의 일정을 함께 검토했다. 오후 2시에는 잡지사 기자와의 인터뷰가 있었고, 저녁에는 박 대통령의 신망이 두터운 측근 인사라는 어느 중장과의 만찬 회동이 잡혀 있었다.

"식당 예약은 해놨지?" 한철이 장갑을 벗어 주머니에 아무렇게나 쑤셔 넣으며 물었다. 공장 안에서는 이미 수십 명의 노동자가 조립 설비를 넘나들며 재빠르고 효율적으로 움직이고 있었다.

"네, 9시에 명월관입니다." 비서실장이 예의 바르되 지나친 아첨의 기색은 느껴지지 않는 어조로 대답했다. 한철은 이 젊은 수행원의 그런 점이 마음에 들었다. 자기 부하 직원들이 회사에 걸맞은 품위를 유지하면서 동시에 비굴함 없이 신조를 지키는 모습을 보는 게 좋았다.

"그래, 잘했군." 한철이 고개를 끄덕였다. 명월관은 6·25 이후 서양식으로 다시 지어졌다. 황금색 밀랍을 바른 종이 장판이 뜨끈하게 끓어오르는 온돌바닥에 정좌하는 대신, 손님들은 이제 크리스털 샹들리에 아래 화려한 조각이 돋보이는 이탈리아제 의자에 느긋한 자세로 앉게 되었다. 탐스러운 검은 머리를 땋아 올려 쪽을 찌고 풍만한 비단 치마를 둘러 입어 형형색색의 꽃처럼 연회장을 밝히던 기생들도 사라졌다. 이제는 호스티스라 불리는 여자들이 자리에 나와 술시중을 들었다. 몸에 딱 달라붙고 가슴이 깊게 팬 원피스를 입고, 돌돌 말린 머리카락을 정수리 위로 높이 띄워 멋을 낸 여자들이었다.

"크랭크축은 어떻게 됐지? 월요일까지 배송된다고 하지 않았나?" 한철이 공장 바닥을 성큼성큼 가로지르자 비서실장도 충실히 뒤를 따랐다.

"어젯밤에 들어왔습니다." 비서실장이 대답했다. 곧 한철이 최신 시제품에 대해 보고를 받게 될 작업대까지 남은 길을 걷는 몇 분 동안 다소 불편한 침묵이 이어졌다.

한철은 이제 아무 말 없이, 그저 얼굴만 찌푸려 불쾌한 심경을 표현했다. 공장 부품을 공급하는 하청 업체 대부분은 예정된 날짜보다 납품이 늦어지는 경우가 잦았다. 예전 같으면 바로 수행원을 향해 호되게 호통을 치거나 이후 발주 분량을 축소하여 해당 업체를 처벌하는 방안을 고려해 보았을 터였다. 하지만 최근 들어서는 그런 지연 상황에서도 인내심을 잃고 조급해하는 경향이 훨씬 줄어들었다. 빠르든 늦든, 결국 될 일은 되기 마련이라는 걸 한철은 경험으로 깨닫게 되었다. 그리고 너무나 무서운 이야기지만, 그 반대의 경우도 사실이었다. 이를 알게 되고부터 그는 남에게 좀 더 관대하게 행동하게 되었다. 아무리 노력해도 자신이 경험해 온 엄청난 규모의 일들을 겪거나 일으킬 능력과는 거리가 먼, 그저 평범한 하루하루를 살아가는 사람들 아닌가. 부품 공급자들, 그가 고용한 노동자들, 그리고 그의 조용하고 성실한 수행원도. 사실 군대와 정치 쪽에 연줄을 대어 사귄 이들 일부를 제외하면 한철이 평생 알고 지낸 대부분의 사람은 그러한 범주에 속했다.

작업대에서는 기술자들이 최근 추가되고 보완된 신규 엔진을 한철에게 보여주기 위해 대기하고 있었다. 반짝반짝 빛나는 강철 피스톤과 원통들이 모두 완벽하게 연결되고 서로 조화를 이룬 채 흠잡을 데 없는 고요함과 그 안에 내포된 에너지를 품고서 오로지 한철의 승인만을 기다리고 있는 상태였다. 그 만족스러운 결과를 찬찬히 살펴보며, 한철은 마치 자신의 내면을 들여다보고 있는 것 같다는 인상을 뚜렷하게 받았다.

그 추운 12월의 밤이 지나는 동안 옥희는 좀처럼 잠들지 못하다가 겨우 한두 시간쯤 눈을 붙였다. 하늘이 밝아지기 시작할 무렵, 그는 두꺼운 스웨터로 몸을 감싸고 대청마루를 서성이며 해가 뜨기를 기다렸다.

전날 옥희의 학교 교무실에서는 최근 줄줄이 이어지는 정치범 체포 사건들을 두고 동료 교사들의 입방아가 한창이었다. 대체로 옥희는 그런 대화에 참여하지 않는 편이었다. 다른 교사들은 영국, 프랑스, 미국 등지에서 피아노와 발레를 공부하고 온 상류층 여자들이 대부분이었다. 가끔 그들이 옥희가 그 뜻을 이해하지 못하도록 대화 중에 의도적으로 외국어를 섞어 쓴다는 걸 그는 알고 있었다.

"현직 국회의원이 다섯 명이나 공산주의와 간첩 혐의로 기소되었어요. 심지어 그중 한 사람은 대통령 각하를 암살할 목적으로 김일성이 직접 파견한 인물이라는 혐의도 받고 있다더라고요……." 피아노 교사가 신문을 반으로 접으며 눈썹을 치올렸다. 몇 년 전 실제로 북한 간첩들이 국경을 넘어와 청와대를 습격한 이후로, 정치 경력이 상당히 오래된 정치인들까지도 이중 첩자나 적국의 비밀 요원으로 정체가 밝혀졌다는 소식이 신문에 대서특필되곤 했다.

"그렇지만 난 그게 과연 사실일지 의심이 들어요. 앞으로 얼마나 더 많은 사람을 잡아들여야 이처럼 누구든 막무가내로 몰아가는 수사가 중단될까요?" 피아노 교사가 낮게 중얼거리며 말을 맺었다.

"그런 말씀 하시면 안 되죠." 발레 교사가 어깨 너머로 걱정스럽게 옥희를 곁눈질하며 속삭였다. "어쨌든, 적어도 이번에 체포된 국회의원 중 한 사람은 일제시대에 공산당원으로 활동했던 게 확실하대요. 이 남정호라는 사람 말이에요."

"뭐라고요?" 옥희가 구석진 곳에 있는 자기 자리에서 불쑥 큰 소리로 외쳐 물었다. 피아노 교사가 옥희에게 신문을 건네주었다.

"어머, 어떡해. 잘 아는 사람인가 봐요?" 발레 교사가 팔짱을 낀 채 친절을 가장하며 물었다.

"아니요, 잘은 몰라요." 옥희는 신문을 힐끔 쳐다보고 곧장 책상에 내려놓았다. 그러나 몸에서는 모든 힘이 쭉 빠져나가 버렸고, 남은 업무 시간 내내 일상적이고 아무렇지 않게 보이는 데에 그가 가진 의지력을 모두 소진해야 했다.

집에 도착하자마자 옥희는 옷을 전부 벗어 던지고 바로 이불 속에 드러누웠다. 용산에서 함께 연화를 데려왔던 날 이후로는 정호에게서 아무런 연락을 받지 못한 터였다. 그때 옥희가 진심으로 감사의 인사를 전하며 들어와 저녁 식사라도 하라고 청했으나, 정호는 냉정한 태도로 이를 정중히 거절했었다. 그 뒤로는 단 한 번도 예전처럼 옥희가 잘 지내는지 둘러보러 나타나지 않았던 정호였다. 그가 더는 옥희와 어떤 식으로든 연결되고 싶어 하지 않는다는 건 분명했다. 그럼에도, 그 오랜 세월 동안 정호는 옥희의 가장 진실한 친구였다. 그는 옥희의 목숨을 여러 번 구해주었고, 옥희를 위해 매번 자신이 가진 모든 수단을 써가며 많은 것을 감내했었다.

이제 옥희가 정호를 구할 수 있는 방법은 단 하나뿐이었다. 아직 자신과 연락이 닿는 이들 중 가장 힘 있고 영향력이 큰 사람에게 도움을 요청하는 것. 옥희는 그 남자에게 가야 했다.

막 떠오른 햇빛에 얼어붙은 안뜰이 조금씩 데워질 즈음, 그는 오래전 그 남자에게 했던 말을 되새겨 보고 있었다. 그 누구도 아닌 자신이, 그가 장래에 큰 성공을 거두리라 믿었던 첫 번째 사람이라고. 옥희는 그처럼 순진한 선의로 그의 행복을 진심으로 빌었던 스스로가 싫었다. 그리고 그때 자신의 말이 옳았음을 증명해 주는 삶도 싫었다.

정오가 될 무렵 한철은 차를 몰고 서울에 있는 사무실로 돌아와 서둘러 점심을 먹었다. 그런 다음엔 앞으로 예정된 홍콩, 방콕, 런던 출장 일정에 관해 비서실장에게 묻고 관련 내용을 확인했다. 이젠 은행 서류를 살펴볼 시간이었다. 한철이 회계장부를 꼼꼼하게 대조하고 확인하는 중에, 비서실장이 사무실 안으로 고개를 쏙 들이밀더니 취재기자가 도착했다고 알렸다.

집중하고 있던 서류철에서 간신히 고개를 든 한철은 들어온 기자가 여자임을 알고 약간 놀랐다. 그는 짧은 머리카락을 볼륨 있게 부풀린 스타일을 하고 있었으며, 작은 입술은 연갈색으로 칠하고 짙은 홍차색 터틀넥 스웨터 아래 빨간 나팔바지를 입은 멋스러운 차림이었다.

"어서 오세요. 앉으시죠." 한철은 손님 접대용 소파로 기자를 안내한 뒤 유리 상판이 올라간 커피 테이블을 사이에 두고 자신의 전용 안락의자에 자리를 잡았다. 육중하고 푹신한 쿠션 속으로 한철의 몸이 깊숙이 가라앉는 동안 기자는 소파에 앉아 다리를 꼰 채 무릎 위에 취재용 메모장을 펼쳐놓았다.

"정말, 김한철 회장님. 이렇게 직접 만나 뵙게 되어 영광입니다." 기자가 뾰족하게 솟은 콧대를 살짝 붉히며 입을 열었다. "대학 때 경제학 수업에서 김 회장님께서 설립하고 경영하신 회사들에 대해 배웠거든요."

"이거 제가 완전 늙은이가 된 기분이네요." 한철이 미소를 지었다.

"아, 그런 뜻으로 말씀드린 게 아니라……" 기자가 눈을 크게 떴다. "이렇게 짧은 기간 내에 어떻게 이만큼 엄청난 성취를 이루셨는지 직접 여쭙고 들어볼 수 있다는 게 너무 설레서요. 6·25의 폐허를 딛고 일어나신 것만도 대단한데, 심지어 그 전보다 더 큰 성공을 일궈내기까지 하셨으니까요. 그리고 한국 최초의 자동차 제조 공장을 세우셨죠. 회장님께서는 이런 행보가 바로 본인이 원하는 길이었다는 걸 항상 알고 계셨나요?"

"네, 그렇게 말할 수 있을 것 같습니다." 한철은 생각에 잠긴 듯 고개를 주억거렸다. "저는 10대 후반에 학비를 내기 위해 거리에서 인력거를 끌었어요. 그러다 20대에는 자전거 수리점에서 일하게 되면서, 인력거나 자전거처럼 자동차의 작동 방식과 조립의 원리를 파악할 수 있겠다고 직감했습니다. 그때만 해도 제 말을 믿어준 사람은 아무도 없었지요. 하지만 스스로 자기 자신을 믿으면, 결국 인생도 그 믿음을 따라 잘 풀려 나가더라고요."

"어쩜, 놀라운 이야기네요." 기자가 감탄의 말을 쏟아냈다. "그러니까, 장래를 바라보는 당당한 포부가 얼마나 중요한지 알려주시는 말씀이군요. 그리고 자신감도요."

한철은 이마에서부터 머리를 뒤로 쓸어 넘기며 고개를 끄덕였다. 단지 검은 머리보다 흰머리가 더 많을 뿐, 그의 머리숱은 여전히 아주 풍성했다.

"그렇다면, 어떻게 그런 자신감을 가질 수 있었는지가 궁금한데요. 김 회장님 같은 분들은 그냥 선천적으로 높은 자신감을 가지고 태어난 게 아닌가 싶긴 하지만요. 어떤가요? 회장님께서는 늘 본인의 능력에 대해 강한 확신을 지니고 계셨나요?"

"아, 자신감이란 타고나는 게 아니에요. 만약 처음부터 완벽한 자신감을 느낀다면, 그 사람은 사실 아무것도 모르는 바보라는 말밖에 안 되지요." 한철은 머릿속에 떠오르는 생각들을 정리하며 천천히 말을 이었다. "자신에 대한 진정한 믿음을 갖게 만드는 건 세상에 딱 두 가지가 있습니다. 하나는 본인에게 닥친 어려움을 스스로 극복하는 것이고, 다른 하나는 누군가에게서 깊은 사랑을 받는 것이죠. 운 좋게도 이 두 가지를 다 경험한다면, 그 사람은 자신에 대해 충분한 믿음을 지니고 남은 삶을 살아갈 수 있게 됩니다."

한철은 분명히 감상적인 유형은 아니었으나, 그렇다 해도 지난날의 기억을 떠올리며 무언가 서글픈 감정이 치밀어 오르는 것을 막을 수는 없었다. 창밖에는 차갑고 건조한 바람이 새로 지어 올린 건물들, 콘크리트와 강철로 만들어진 그 원통형과 입방체들을 향해 강하게 몰아치고 있었다. 가느다란 가지만 남은 갈색 나무들이 이리저리 춤을 추었고, 거리의 여자들과 남자들은 저마다 모자를 푹 눌러쓰고 외투를 단단히 여민 채 거센 바람에 대항해 몸을 굽히고 나아갔다.

기자는 이어 사업 초기의 사정에 대해 물었다. 식민지 시절에 어떻게 자신의 자동차 수리점을 차리게 되었는지, 결혼과 가족 관계, 가정생활은 어떤지, 제2차 세계대전 발발 이후 어떻게 미군과 첫 계약을 체결했는지, 6·25 때 회사 전체가 어떻게 전소되고 말았는지, 모든 게 원점으로 돌아간 상태에서 어떤 불굴의 정신으로 재기할 수 있었는지, 그리고 젊은 시절의 꿈을 모두 이룬 지금 그의 계획은 어떤지.

"내 계획? 아무것도 없죠, 내일 당신과 같이 저녁 식사를 하는 것 말고는." 한철이 말했다. "7시까지 신라호텔로 나오시죠."

기자는 얼굴을 붉혔지만, 한철의 사무실을 나서기 전에 기꺼이 자신의 전화번호를 남겨주었다. 하이웨이스트 바지에 꼭 맞게 들어찬 하트 모양의 탄탄한 엉덩이를 씰룩대며 문을 나서는 그 여자의 육감적인 뒷모습을 한철은 한참이나 지켜보았다. 문이 완전히 닫히자 그는 한차례 자위라도 하고 싶은 유혹을 느꼈다. 그러나 그는 한숨을 내쉬고 곧 송도에 새 공장을 짓기 위한 대출 계약서를 검토하기 시작했다.

문을 두드리는 소리가 나더니 비서실장이 고개를 내밀었다.

"죄송합니다, 회장님. 여기 어떤 나이 드신 여자분이 약속도 없이 무작정 회장님을 뵙겠다고 왔는데요. 제가 그냥 돌려보내려 했지만, 회장님과 오래전부터 아는 사이라고 하십니다."

한철은 서류철에서 시선을 들었다. 이따금씩 한철의 명성을 듣고 찾아오는 먼 친척들이나 식객들을 상대해 주는 것도 한두 번이지, 이제는 그만큼 한가한 시간이 정말 없었다. 보나 마나 이번에도 의탁한 곳 없이 어려운 형편에 있다는 어느 친척 아주머니겠지. 용도

이나 약간 쥐여줘서 얼른 보내야 할 터였다.

"들여보내." 한철이 한숨을 쉬며 말했다.

잠시 후 문이 다시 열렸을 때, 한철의 심장이 크게 요동치기 시작했다. 그만큼 오랜 시간이 지났어도 그 익숙한 모습을 그는 한눈에 알아볼 수 있었다. 뒤로 당겨서 쪽을 찌어 올린 머리카락은 연한 물빛이 감도는 회색으로 세었고, 좁은 이마에는 깊은 주름이 파여 있었다. 한때 그토록 탐스럽게 무르익은 과일처럼 도톰했던 그의 입술도 이제 얇고 쪼글쪼글했다. 그러나 그의 눈, 그 눈만큼은 여전히 특유의 밝고 영롱한 빛을 발했고, 유난히 꼿꼿한 자세를 유지한 몸의 윤곽 역시 한철이 기억하는 그대로 우아했다. 한철은 제대로 숨을 쉬기가 힘들었다.

"옥희." 낮은 목소리로 그는 여인의 이름을 불렀다. 달리 어찌할 바를 몰라, 한철은 옥희를 향해 허둥지둥 걸어가 그의 두 손을 꼭 부여잡았다. 옥희 쪽에서도 한철의 달라진 모습을 천천히 살피고 있는 듯했다. 탄탄하던 두 팔과 어깨와 가슴은 살짝 굽었고, 복부에는 둥그렇고 부드러운 살집이 약간 붙었다. 2~3센티미터쯤 뒤로 물러난 머리 선에, 맑았던 피부는 나이 먹은 남자들이 대개 그렇듯 진흙 같은 구릿빛을 띠었다. 하지만 옥희가 가장 좋아했던 그 미소는 그대로 남아 있었다.

"이렇게 갑자기 찾아와서 미안해." 옥희의 목소리가 살짝 떨렸다.

"도대체 어떻게 날 찾았어?"

"전화번호부 보고." 옥희는 부끄러운 듯 한철의 손을 놓고 고개를 아래로 떨구었다.

"아니, 그런 뜻 아냐. 이렇게 찾아와 준 게 나는 정말 반가워서. 어서 앉아봐." 한철은 이렇게 말하고 비서실장에게 얼른 커피를 타 오라고 시켰다. 뜨거운 커피 두 잔과 크림 롤케이크 한 접시를 든 수행원이 다시 나타날 때까지, 두 사람은 최근 날씨와 올겨울의 혹독한 추위에 대해 조용조용 대화를 나누었다.

"그래, 그동안 어떻게 뭐 하고 지냈어?" 한철이 물었다.

"나 나름대로 잘 지냈어. 해방 이후로는 쭉 고려예술학교에서 애들 가르치고 있고. 그럭저럭 괜찮아……. 전통 무용을 전공하는 학생들이 매년 점점 줄어들긴 하지만, 그래도 직업이 있다는 게 감사하지."

"그러면 결혼은 어떻게……. 가정은 꾸렸고?"

옥희는 당혹감을 느끼며 고개를 저었다. 이는 그가 예상하지 못했던 굴욕이었고, 특히 더 아프게 느껴지는 부분이었다. "아무와도 결혼한 적 없다는 건 별로 신경 쓰이지 않는데, 그래도 아이는 한둘 있었으면 좋았을걸 싶어." 옥희는 단순하고 솔직하게 말했다.

한철은 그런 옥희가 안쓰럽고 마음이 아팠지만, 이 상황에서는 자신이 하는 어떤 말도 불쾌하게만 들릴 것 같아 그저 "그렇겠군"이라 대답할 수밖에 없었다.

"한철 씨는? 신문과 잡지에 실리는 한철 씨 얘기 늘 읽었어. 텔레비전에도 나왔던데! 한철 씨는 모든 일이 잘 풀린 것 같더라."

"다른 사람들처럼 나도 우여곡절을 겪었지만, 결국엔 어찌어찌 운이 좋았지."

"애들은 몇이야?"

"아들 셋에 딸 둘. 큰애는 대학교 3학년이고, 막내는 이제 열두 살이야."

옥희가 미소 지었다. "한철 씨 인생을 부러워하지 않을 사람이 누가 있겠어? 내가 늘 그랬지, 한철 씨가 서울에서 가장 성공한 남자가될 거라고 말이야. 정말로, 한철 씨는 내 예언을 훨씬 뛰어넘었네."

"옥희……." 한철이 커피를 한 모금 마셨다. "내가 당신한테 신세많이 졌지."

이제 옥희가 묵묵히 커피를 홀짝거릴 차례였다. 갑자기 왈칵 차오르는 눈물을 감추기 위해서였다. "그래, 맞아." 옥희가 커피 잔으로얼굴을 가린 채 갈라지는 목소리로 말했다.

한철이 손을 뻗어 옥희의 팔을 살며시 매만졌다. 옥희는 커피 잔을 접시 위에 내려놓고 화장이 망가지지 않도록 손가락 끝으로 눈꼬리에 맺힌 눈물을 꾹꾹 찍어냈다.

"당신에게 상처 줘서 정말 미안해." 한철이 말했다.

"자기가 마지막으로 우리 집에 왔던 날 밤에……." 옥희의 목소리가 거칠게 떨려 나왔다. "바로 그날 단이 이모가 돌아가셨어. 난 죄책감으로 괴로워서 죽는 줄 알았지만, 그땐 전쟁 시절이었으니까 아마도 그냥 굶어 죽어가고 있었던 거겠지. 어떻게 그 고통을 버티고살아남았는지 모르겠네."

한철은 옥희의 팔에서 천천히 손을 떼고 말없이 자신의 무릎을내려다보았다.

"정말로, 내가 많이 잘못했어." 마침내 그가 입을 열었다. "옥희 씨에게 용서를 빌기 위해 뭐라도 할 수 있는 일이 있으면 좋겠어……."

고개를 푹 숙인 채였지만, 옥희의 숨소리를 통해 한철은 그가 이제 소리 내어 울고 있음을 알 수 있었다.

"한철 씨가 날 위해서 해줄 수 있는 일이 하나 있어." 격렬하게 숨을 삼키며 옥희가 간신히 말했다.

"할게, 그게 뭐든지."

"남정호 씨라고, 혹시 기억나? 우리 어렸을 때 여러모로 나를 도와줬던 사람이야. 내가 뭐든 필요할 때면 항상 내 곁에 있어줬지." 한철도 그 남자를 기억했다. 키가 작고 말랐지만 강단이 있고, 약간 거칠고 무례한 구석이 있던 사람. 한번은 전쟁 중에 정호가 자신의 위신과 주도권을 과시하기 위해 사람들 앞에서 한철에게 망신을 주어가며 일부러 공짜 음식을 주었던 일도 있었다. 하지만 한철은 정호를 미워하거나 경멸하지 않았다. 사실상 정호라는 사람에게 애초에 깊은 관심을 가졌던 적이 없었다.

"단이 이모가 돌아가시기 전, 아무도 먹을 것이라곤 구경도 못 할만큼 혹독했던 그 시절에 정호는 종종 금보다 귀한 쌀자루를 들고 우리 집에 들르곤 했어." 옥희가 말을 이었다. "그리고 나중엔 실종된 연화를 찾아 데려올 수 있도록 날 돕기도 했지. 그 친구가 지금 체포되어 있어."

"무슨 혐의로?" 한철이 물었지만, 대답을 듣기도 전에 사정을 짐작할 수 있었다.

"간첩, 공산주의 활동. 오래전에 공산당원이었던 적은 있지만, 나는 그 사람이 정말 북쪽에 소속된 간첩이라고는 생각 안 해. 그리고 이게 그가 실제로 뭘 믿거나 어떤 행동을 하는지와는 상관없는 일이라는 거, 한철 씨도 알겠지……. 그냥 정치판에서 반대파를 제거하기 위한 핑계일 뿐이잖아. 나는 정호가 결백하다는 걸 알아. 그렇게 선하고 정직한 남자는 본 적이 없어. 한철 씨는 정계에 연줄이 많잖아. 그 사람은 죄가 없다고, 딱 한마디만 말을 보태줄 수 없을까?"

"지금 옥희가 부탁하는 거…… 사실 몹시 어려운 일이야. 설령 내가 그 사람을 대변해서 말한대도 그게 효과가 있으리란 보장도 없고. 박 대통령한테는 그 나름의 투철한 방식이 있어서. 그건 옥희 씨도 이해하지?"

"쉽지 않으리라는 거 알아. 내가 부탁하는 건, 그저 시도라도 해봐달라는 거야."

"알겠어. 말 한번 넣어보기로 내 약속하지."

옥희가 가보려고 일어나자 한철도 함께 의자에서 몸을 일으켰다.

'떠나지 마. 내 곁에 있어줘.' 한철은 이렇게 말하고 싶었다. 그 말이 목구멍에 걸린 채 뭉쳐서 그의 목을 꽉 메웠다.

"우리가 다시 만날 수 있다면 좋겠어." 대신 한철은 간신히 이렇게 말을 꺼냈다. "언젠가 그런 말을 한 적이 있었지. 다른 누구에게서도 당신에게 느꼈던 것과 같은 감정은 느끼지 못할 거라고……. 지나보니 그 말이 맞았어."

"아, 한철 씨. 나도." 옥희가 손을 뻗어 마지막으로 한철의 손을 꽉 쥐었다. 뜨거운 눈물 한 방울이 한철의 손목 위로 떨어져 촉촉한 무늬를 만들었다. "나도 그래, 천 번도 더 그래."

수감 생활을 하며, 정호는 유난히도 생생한 꿈들을 꾸고 있었다. 한 꿈에서는 그가 산속을 걷고 있는데 웬 호랑이 한 마리가 그에게 다가와 무릎을 꿇었다. 정호가 순순히 등에 올라타자 호랑이는 날쌔고 큰 동작으로 높고 푸른 산봉우리들을 훌쩍훌쩍 뛰어넘었다. 날개라도 돋친 양, 정호와 호랑이는 흰 구름에 휩싸여 하늘을 내달렸다. 그리고 또 다른 꿈에서, 정호는 아름답고 선선한 사막을 건너가고 있었다. 끝없이 펼쳐진 모래는 밀가루처럼 고왔고 불타는 노을 같은 분홍빛이었으며, 올려다본 하늘은 맑은 옥빛을 닮은 청록색이었다. 거기서 그는 목을 축일 만한 우물 같은 것을 열심히 찾고 있었다. 그러다가 꿈속에서 으레 그렇듯 그가 찾는 대상이 바뀌었는데, 그건 바로 옥희였다. 곧 아무 예고도 없이 하늘에서 비처럼 모래가 쏟아져 내리기 시작했다. 모래를 맞는 게 고통스럽지 않았고 눈이나 코에 모래알이 들어가지도 않았지만, 그래도 달리는 속도를 높이지 않으면 이 사막에 영영 묻히게 되리라는 걸 그는 깨달았다. 그러나 거대한 모래 폭풍 속에서 아무리 힘껏 뜀박질을 해도 그의 몸은 무중력상태에 갇힌 듯 전혀 앞으로 나아가지 않았다. 다음 순간 그는 땀에 흠뻑 젖은 채 잠에서 깨어났다.

그 꿈을 꾸고 난 아침에 정호는 일어나서 감방 문 밑으로 들어온 멀건 죽 한 그릇을 먹었다. 구치소 독방에 갇히면서 개인 소지가 허용된 한두 가지 물품 중에는 공책 하나와 연필 한 자루가 있었다. 그래서 그는 혼자 쓰기 연습을 시작했다. 지역구 국회의원으로 당선되기까지 한 그였지만, 정호는 여전히 글쓰기에 애를 먹었다. 스승인 명보는 언젠가 투옥되어 있을 때 아들에게 옥중 편지를 쓴 적이 있다고 했다. 지금 정호에겐 두 아들이 있었고, 자신도 명보처럼 이런 상황에서 어린 아들들에게 한마디씩 남길 수 있다면 좋겠다는 생각이 들었다. 그는 연필을 잡은 손에 힘을 주어 글씨를 써나가기 시작했다. 한참이나 시간을 들여 종이 한 장을 빼곡하게 채웠지만, 서툴고 삐뚤빼뚤한 글씨로 반복해서 적힌 글자들은 아직 남정호, 자신의 이름 석 자뿐이었다. 마침 그때 복도를 따라 열쇠 꾸러미를 짤랑거리며 다가오는 교도관의 발소리가 들리더니, 이내 감방 문구멍을 가려둔 철판이 삐걱대며 열렸다.

"면회다." 교도관이 말했다.

"여보?" 정호는 중얼거렸다. 구치소에 들어온 이후 정호의 아내는 지금껏 단 한 번도 그를 보러 온 적이 없었지만, 아이들을 돌보느라 바빠서 짬이 나지 않으려니 생각하던 터였다.

"뒤로 돌아서 양손 붙여."

정호가 몸을 돌려 등 뒤로 손을 나란히 모으자마자 손목에 채워지는 선득한 쇠고랑의 감촉이 느껴졌다. 그렇게 포박된 채 그는 복도를 지나 어느 빈방으로 인도받았고, 그 안으로 들어가자 간수는 정호의 수갑을 잠시 풀어주었다. 방 한가운데 나무 탁자 하나와 의자 두 개가 놓여 있었다. 정호는 앉아서 탁자 위에 팔꿈치를 접고 엎드려 고개를 묻었다. 그는 누적된 피로로 지쳐 있었고, 한 줌 자존심이나마 지키기 위해 고개를 빳빳하게 쳐들고 있을 만큼 혈기 넘치는 젊은이도 더는 아니었다.

"정호야." 누군가 그를 불렀다.

그는 믿을 수 없다는 얼굴로 고개를 들었다. 힘없이 풀려 있던 정호의 두 눈이 차츰 초점을 맞추어 옥희의 모습을 온전히 담았다. 바로 어제 본 얼굴처럼 친숙하면서도, 동시에 처음 보는 사람처럼 낯설고 비현실적인 느낌이 들었다.

"옥희." 정호는 머릿속이 어지러워 아직도 정신을 제대로 차리지 못한 상태에서 간신히 입을 열었다. "정말 너 맞아?"

옥희는 고개를 끄덕이고 정호의 맞은편에 앉아 그의 손을 잡았다. "좀 어때?"

"그동안 정말 보고 싶었어. 이렇게 보니까 정말 반갑다." 정호의 목소리가 떨려 나왔다. 하고 싶은 말이 너무도 많았지만, 정작 눈앞에 옥희를 두자 머릿속이 백지가 된 것 같았다. 지금 그가 할 수 있는 건 그저 옥희의 손을 꼭 쥐는 것뿐이었다.

"나도 널 보니까 참 좋다. 네가 상해로 떠나기 전 내가 했던 말들, 줄곧 후회했어. 나를 용서해 줘." 옥희가 그의 눈을 바라보며 말했다. 옥희는 언제나 이런 식이었다. 순수하고 솔직하고 착하고……. 정호는 정에 사로잡혀서 그들의 지난날을 회상했다.

"아니, 그건 내 탓이야. 그때 널 그렇게 압박하며 부담을 주면 안 됐어." 정호는 지금껏 마음에 묻어뒀던 말들을 옥희 앞에서 숨김없이 털어놓고 싶었다. 어차피 그에겐 남은 시간이 별로 없었다.

"있잖아, 정호 너는 내 인생에서 가장 진실한 친구이자 최고로 훌륭한 사람이야." 옥희는 슬픔을 보이는 대신 기운을 북돋워 주는 어조로 명랑하게 말하려 애썼다. "널 위해서 윗선에 한마디 넣어달라고 한철 씨에게 부탁하러 다녀왔어. 그 사람은 현 정권이랑 군부 쪽에 임청나게 연줄이 많거든. 너를 빼서라도 최선을 다해보겠다고 그

이 입으로 직접 약속했어. 분명히 잘 풀려날 테니 아무 걱정 마."

"고마워. 네가 날 위해 애써줬다는 것만으로도 이미 온 세상을 다 가진 것 같다. 단지 그게 정말 가능한 일인지는 잘 모르겠지만⋯⋯." 그는 말을 뚝 멈췄다. 옥희가 반박하려 했지만, 그는 이내 고개를 젓고 말을 이었다. "옥희야, 나 어젯밤에 어느 사막을 건너는 꿈을 꿨어. 아주 곱고 부드러운 분홍색 모래와 푸른 하늘이 펼쳐진 아름다운 곳이었지. 그러다가 갑자기 모래가 비처럼 떨어지는 거야. 처음에는 발목 높이까지 차다가 어느새 무릎까지 올라오는데⋯⋯."

옥희는 어둡고 짙은, 여전히 사랑스러운 눈동자로 정호의 얼굴을 빤히 들여다보고 있었다.

"거기서 도망치려고 필사적으로 애를 쓰다가 꿈에서 깼어. 그러다 오늘 아침 뒤늦게 그런 생각이 들더라. 나는 모래시계 안에 갇혀 있었던 거라고." 씩 웃는 정호의 얼굴에는 주름이 가득 잡히고, 회색 수염으로 희끗희끗한 두 뺨은 축 늘어졌다.

"정호야⋯⋯." 옥희가 안타깝게 입을 열었지만, 그는 고개를 내저었다.

"확률상 나는 오래전에 이미 죽었어야 했을 사람이야. 그래서 앞으로 다가올 그 어떤 일도 두렵지 않아⋯⋯. 다만 단 한 가지 아쉬운 게 있다면, 인생을 살아오면서 어떤 일들은 조금 다르게 했다면 좋았을 걸 싶어. 삶의 끝이 가까워지니 이제야 모든 것들이 선명하게 보인다." 정호는 자신의 두 손으로 옥희의 작은 손을 감쌌다.

"그게 대체 무슨 말이야?"

"우리 아버지와 호랑이 얘기 해준 적 없지?"

옥희는 고개를 가로저었다.

"아버지가 돌아가시기 전에 내게 해주셨던 아주 놀라운 이야기인데, 어렸을 땐 그걸 어떻게 받아들여야 할지 몰랐지만 한참 지나고 나서 아버지의 말이 진실이었다는 걸 확인해 준 누군가를 만나게 됐어.

그러니까, 50년 전쯤 내 고향 평안도에서 있었던 일이야. 한겨울이었고 우리 남매들이 배를 채울 거리라곤 하나도 없어서, 아버지는 활과 화살만 들고 산속으로 사냥을 나가셨지. 토끼나 사슴 같은 걸 잡아 올 생각이셨지만 산에서 표범 발자국처럼 보이는 걸 발견했고, 그래서 더 부푼 기대 속에 그걸 추적하기 시작했어.

짐승의 발자국을 따라 가장 깊은 산속까지 들어가다 보니 결국 깎아지른 듯한 절벽 끝까지 가셨지 뭐야. 거기서 아버지는 그 발자국의 주인과 정면으로 마주쳤대. 그런데 뜻밖에도 그건 표범이 아니라 아직 어린 호랑이였어. 만약 그때 총을 쏴서 그놈을 죽였다면, 그걸 팔아 번 돈으로 최소 1년은 충분히 먹고살았을 거야. 하지만 왜인지 아버지는 그냥 돌아서서 빈손으로 산에서 내려가기로 했어. 때마침 눈이 내리기 시작한 데다 아버지는 이미 굶어 죽을 지경이었지. 마침내 기운이 다 빠져 땅에 쓰러지면서, 이대로 다시는 일어나지 못하겠구나 생각하신 거야.

그렇게 산에서 동사하시기 직전에 어떤 일본군 장교가 아버지를 발견해서 되살려 주었다고 해. 이 장교는 이 이야기의 이어지는 부분이 사실이라고 확증해 준 인물이고, 수십 년 뒤에 난 아주 신비한 우연으로 그 사람과 만나게 됐지. 장교는 자기와 마주친 우리 아버지가 어떤 모습이었는지 정확히 묘사했고, 또 내 얼굴 생김새가 그 분과 똑 닮았다고도 하더라.

어쨌든 아버지와 그 일본 군인들이 함께 하산하던 중에, 호랑이 한 마리가 그들을 뒤쫓고 있다는 걸 알게 되었대. 거대한 발자국으로 미루어봐서는 몸집이 집채만큼 커다란 놈이었어. 그러다 진짜로, 그 호랑이가 갑자기 그들 앞에 펄쩍 뛰어 나타나더니 공격할 태세를 취하더라는 거야. 모두가 죽고 말 그 위기에서, 우리 아버지가 나서더니 소리를 질러 놈을 쫓아버렸어. 놀랍게도 호랑이는 앞으로 나선 아버지를 쳐다보고는 가만히 뒤돌아 숲으로 다시 달려가 버렸대. 그렇게 크고 사나운 호랑이라면 아버지를 단 한 번에 덮쳐서 죽일 수도 있었을 텐데 말이야."

"호랑이는 왜 아버님을 해치려 하지 않았던 걸까?"

"아버지는 늘 그 호랑이가 환생한 우리 어머니였을 거라고 생각하셨어."

정호는 옥희의 눈을 들여다봤다. 옥희의 얼굴도 삶의 풍파에 많이 쓸렸지만, 그 검고 빛나는 눈만은 어렸을 때부터 보아온 모습 그대로였다. 모래시계 안에서조차 영원히 시간의 손길이 닿지 않는 무엇인가가 있다는 사실을 깨닫자 정호의 마음이 아려왔다.

"그게 과연 맞는 말인지는 나도 몰라⋯⋯. 그냥 아버지 당신께서 그렇게 믿고 싶으셨던 거겠지. 먼저 돌아가신 어머니께서 아버지를 너무 사랑하셔서 다른 삶을 살면서도 그분을 지켜주려 하셨던 거라고. 왜냐면, 옥희야, 이 세상의 모든 것이 인연이니까. 길거리에서 옷깃만 스쳐도 인연이라는 말을 하잖아. 하지만 그중에서도 가장 깊은 인연은 백년가약을 맺는 부부의 연이겠지. 그리고 그게 바로 내가 인생에서 제일 아쉽고 후회스럽게 생각하는 점이야……. 이번 생에서 너랑 그런 인연이 되지 못했다는 거." 정호는 서글픈 미소를 지었다. 혹시나 옥희가 자신을 싫어하게 될까 봐 평생 마음에 묻어두었던 말이었다. 그러나 이는 두 사람 모두 이미 아는 사실이었고, 또한 떨어져 있는 동안 경험한 모든 것을 돌이켜 볼 때, 정호의 일생에서 가장 진실하게 선언할 수 있는 이 고백을 그는 더 이상 두려워하지 않았다.

"미안해……. 나도 지금 와서야 후회가 돼. 정말 우리가 그렇게 되었다면 좋았을 텐데." 옥희가 따끔따끔한 코끝을 훔치며 말했다.

"만약 내가 다음 생으로 돌아온다면, 그땐 너를 찾아서 꼭 결혼할 거야. 혹시 돌아오지 못하고 이승과 저승 사이 어딘가의 황혼 녘에 갇힌다 해도…… 아니면 천국에서든 지옥에서든…… 내 영혼은 너를 찾아서 계속 떠돌아다닐 거야." 정호가 조용히 웃음을 터뜨렸다.

"네가 다시 내게 청혼하면 그땐 꼭 받아들일게. 약속해." 투명한 눈물이 옥희의 뺨을 타고 시냇물처럼 흘러내렸다.

"잠깐만 기다려 봐." 정호는 꼭 잡고 있던 옥희의 손을 놓은 뒤 바지 주머니를 서둘러 뒤적이기 시작했다. "너한테 주고 싶은 게 있어."

그가 손안에 쥔 작은 물체를 내밀었다. 그것은 장식 없이 도톰한 은가락지였다.

"세상에, 이걸 어떻게 여기까지 들여왔어?" 옥희가 목소리를 낮춰 속삭였다.

"허리춤 안에 숨겨놨었지."

"신기하네. 평양에 있을 때 나를 돌봐주셨던 양어머니께서 갖고 계시던 반지랑 진짜 똑같이 생겼다. 그 이후로는 이런 반지를 본 적이 없는데. 어디서 난 거니?"

"아버지께서 돌아가시기 전에 주신 거야. 아마 어머니 것이었겠지……. 아버지는 어머니를 무척이나 사랑하셨으니까. 자, 손 이리 줘봐."

정호는 한때 가늘었으나 이제는 옹이가 져 울퉁불퉁해진 옥희의 손가락에 반지를 끼워주었다.

"정말 예쁘다. 고마워." 옥희가 흐느낌을 삼키며 웃었다. "있지, 정호야, 이게 살면서 내가 받아본 유일한 반지다? 나는 늘 이런 반지가 갖고 싶었어."

"훨씬 더 일찍 줄 수 있었다면 좋았을 텐데. 옥희야, 시간을 되돌릴 수만 있다면 내가 이 세상의 모든 보석을 다 너한테 갖다줄 텐데……." 자신의 눈물이 옥희의 마음에 짐으로 남을까 봐, 울지 않으려고 눈을 부릅뜬 채 붉게 달아오른 옥희의 귀 뒤쪽을 응시하며 정호는 말했다.

27장

행진

다음 날 아침 일찍 교도관이 정호를 깨웠다. 수갑이 채워진 채로 그는 군인들이 양옆을 지키고 선 어느 문 앞으로 끌려갔다. 사방이 콘크리트 벽으로 둘러싸인 방 안의 공기는 탁하고 눅눅했다. 방의 맨 앞쪽에는 높이 솟은 연단이 마련되어 있었고 거기엔 군복을 입은 남자가 메모장에 뭔가를 적어 내리고 있었다. 그리 눈에 띄지 않는 분위기에 밋밋한 이목구비를 지녔으나 머리에 무언가를 쓰면 외모가 한결 나아 보이는 흔한 남자들 중 하나로, 그의 경우엔 위장 무늬가 어지럽게 들어간 군모가 톡톡히 제 역할을 해주었다. 그의 오른편으로는 타자기를 앞에 둔 서기가 앉아 있었고, 왼편에는 빈 나무 의자가 놓여 있었다. 방의 중앙에는 등받이가 없는 걸상이 하나 세워져 있었는데, 양쪽에 걸린 알전구 불빛을 동시에 받아서 희미한 그림자가 여러 개 겹쳐져 있었다. 정호는 자리에 앉아 연단 위의 남자 쪽으로 흔들림 없는 시선을 던졌다.

"피고 남정호, 피고는 반역죄, 간첩죄, 적과 내통한 이적죄 그리고 반애국 사상을 유포하여 국가 발전을 가로막고 선량한 국민을 선동하려 한 죄로 이 자리에 출석했다. 이에 어떻게 답변하겠나?" 군복을 입은 남자가 질문했다.

"저는 그런 죄를 짓지 않았습니다." 정호가 쉰 목소리로 대답했다.

"잘 들어, 남정호. 네가 평안도 출생이라는 기사를 읽은 적이 있다. 나 또한 너와 같은 곳 출신이야. 지금 내 억양으로 알아챌 수 있을는지 모르겠지만." 남자는 자신의 말을 강조하듯 손에 들고 있는 메모장을 펜으로 여러 차례 찍어대면서 말을 이었다.

"네가 두 아들을 두었다는 얘기도 읽었다. 큰애는 열네 살, 작은애는 이제 열 살이라고. 한창 바쁘고 좋을 때지. 나도 애들이 있어. 그러니까 잘 생각해서 대답하도록 해……. 나도 앞날이 창창한 가정을 파탄 내고 싶진 않아. 그렇지만 국가에 대한 내 의무를 다해야 하거든. 그리고 이 사건은 너한테 전적으로 불리하게 물려버렸어.

순순히 유죄를 인정하면 징역 25년형을 선고받게 될 거다. 하지만 수감 기간 내내 모범적으로 생활하고, 반애국 사상도 버리겠다 선언하고 완전히 전향했다는 걸 증명하면 쉽게 가석방을 받을 거야. 아무리 길어봤자 10년 뒤면 자유인이 되어 나올 수 있을 거라고. 박 대통령 각하께서 특별히 마음 써주신다면 심지어 딱 5년만 있다가 나올 수도 있지. 그때쯤엔 작은아들도 아직 열다섯 살 아닌가. 그 정도면 나와서도 충분히 가정을 꾸려갈 수 있지 않겠어?" 아무것도 모르는 어린아이를 상대로 참을성 있게 무엇인가를 설명하는 듯한 어조가 이 위장 군복 차림의 남자에겐 직업적 습관으로 배어 있는 듯했다. 정호는 그의 얼굴을 쏘아보았다.

"그러나 끝까지 혐의를 부인하고 비협조적으로 나온다면 이런 관용을 전혀 보장해 줄 수 없어. 다시는 가족을 볼 수 없을지도 모른다. 그렇게 바보처럼 굴 필요가 뭐가 있나?"

"저는 북한의 그 누구와도 접촉하거나 공모한 적이 없습니다."

"남정호, 네가 공산주의 사상에 심취하여 반애국적 활동에 평생을 바쳤다는 이야기는 공공연한 역사로 널리 알려져 있어. 너는 한때 고려공산당의 당수를 지냈던 이명보의 추종자였잖아. 너도 네 스승처럼 비참하게 삶을 마감하고 싶어?"

"저는 1948년 이 선생님이 재판에 넘겨지셨을 때 공식적으로 그분과의 관계를 끊었습니다. 모든 과거 활동에서 무죄라는 판정도 받았고요." 명보의 이름이 언급되는 순간 정호는 눈을 꾹 감았다. 그의 마음속에서, 옛 스승의 온화한 얼굴이 등대의 불빛처럼 반짝이다가 사라지며 그를 수치스러운 어둠 속에 홀로 남겨두었다.

"그렇게 간단한 문제가 아니야, 남정호. 너는 단순한 추종자 수준이 아니었지. 거의 이명보의 양아들이나 다름없는 존재였던 것 같은데. 그가 직접 너에게 읽고 쓰기를 가르쳤고, 너는 그의 사랑채에서 수년간 한솥밥을 먹으며 살았던 한 식구였지."

정호는 눈을 내리깔고 자기 무릎을 내려다보았다. 군복을 입은 남자가 어떻게 그 옛날이야기를 이처럼 자세히 알고 있는지 이해가 가지 않았다. 정호의 아내조차 그가 명보와 얼마나 밀접하게 얽힌 사이였는지 알지 못했다.

　"증인 데려와." 심문관이 서기에게 말하자 서기는 타자 치는 걸 멈추고 일어나 옆문을 열었다. 열린 문에서 눈부신 빛이 거세게 쏟아져 들어왔다. 두 개의 알전구만으로 밝혀져 있던 컴컴한 방 안의 복잡한 그림자 무늬들이 산발적으로 흩어졌다. 정호는 심문관 뒤로 인간을 닮은 형상의 어떤 새로운 그림자가 벽면에 나타나는 것을 보았다. 그리고 문이 닫히기 직전에 그 그림자는 잽싸게 방 안의 어둠 속으로 흡수되었다.

　깡마르고 늙은 남자 하나가 방 안으로 살며시 들어와 빈 나무 의자에 앉았다. 정호는 눈을 깜박여 보았지만, 힘없이 구부러진 허리와 좁은 어깨, 비뚤어진 쉼표처럼 생긴 가느다란 눈매만 겨우 알아볼 수 있었다. 그러다 그는 그 노인이 자신의 오랜 친구인 미꾸라지라는 것을 깨닫고 막연한 악몽 같은 공포를 느꼈다.

　"황인수, 과거에는 '미꾸라지'라는 별명으로도 알려져 있었지……. 피고와는 언제 처음 알게 되었나?" 심문관이 물었다.

　"그게 제가 열두 살 때였는데……. 그러니까 1918년입죠."

　미꾸라지는 정호에게 눈길을 주지 않은 채 대답했다.

　"피고는 어린 시절 길거리에서 지내며 구걸과 좀도둑질로 생계를 유지하다가, 어느 정도 나이를 먹고부터는 같은 패거리의 일당을 이용해 동네 상점들에서 보호비 명목으로 돈을 갈취하기 시작했다. 맞나?"

　"정확하십니다."

　"그 후엔 어떻게 됐지?"

미꾸라지가 마른침을 꿀꺽 삼켰다. "이명보를 만났고 그를 충실히 따르는 빨갱이가 되었습니다."

"날 선생님께 처음 데려간 건 너였잖아." 정호가 믿을 수 없다는 듯 끼어들었지만, 미꾸라지는 여전히 의연하게 그의 시선을 외면했다.

"저 말이 사실이야? 이전 증언에선 그 부분을 생략했군." 심문관이 짜증스럽게 이마를 찌푸렸다.

"아닙니다, 정호가 절 억지로 데려간 겁니다. 제가 마지못해 따라가긴 했죠. 그건 인정합니다……. 제가 어떻게 정호를 데려갈 수 있었겠습니까? 정호가 무리를 이끄는 대장이었는데요. 다들 그렇게 불렀고요." 미꾸라지가 차분하게 말했다.

"그래서, 그다음엔 무슨 일이 있었지?"

"정호는 금세 이명보가 가장 아끼는 심복이 되었어요. 그의 오른팔 같은 존재였다고 할까요. 그들은 수많은 모임에 함께 참석했습니다……. 저는 그들의 적화사상이 불편하고 영 내키지 않았기에 스스로 탈퇴했습니다. 하지만 정호는 곧장 공산당의 열혈 조직원이 되었지요. 그는 이명보가 시키는 일이라면 무엇이든 했고, 몇 년 동안은 그가 내린 특별 임무를 맡아 상해에도 가 있었습니다. 그때쯤 저와도 연락이 끊겼죠."

"피고가 상해에 있던 시기는 언제였지?"

"정호가 한국을 떠났던 건 1941년쯤입니다……. 언제 돌아왔는지는 확실히 모르겠습니다. 제게 알려주지 않았거든요."

"그러면 그 기간에 중국공산당과 접촉했을 가능성이 있군? 그 이후 10년도 안 돼서 김일성과 함께 우리 남한을 침략해 들어왔던 바로 그 중공군 놈들 말이야!" 심문관은 몇 가지 단서들을 가지고 퍼즐을 맞추는 추리 게임 쇼의 진행자처럼 흥분과 쾌감에 휩싸여 목소리를 높였다.

"그렇습니다." 증인이 말했다.

"야, 미꾸라지. 너 도대체 왜 이러는 거야?" 정호가 울분에 차 외쳤다. 그 별명을 듣고 미꾸라지는 마침내 자신의 옛 친구를 힐끔 훔쳐보았다.

"나는 내게 필요한 일을 할 뿐이야." 미꾸라지, 아니 황인수가 이 말을 어찌나 빠르고 조용히 내뱉었는지, 정호로서는 거의 알아들을 수 없을 정도였다. 심문관은 그 말을 듣지 못한 척했다.

"남정호, 우리는 네 집을 수색한 결과 1945년 상해에서 돌아온 이후에도 네가 반애국적 활동을 펼쳤다는 증거물을 입수했다." 심문관은 서류철을 열고 누렇게 변색한 종이 한 장을 꺼냈다. 그리고 조심스레 그것을 펼친 후 일본어로 읽기 시작했다. "이 문서의 소지자인 남정호는 제5군 사령관인 야마다 겐조 장군이 부여한 특별 임무를 수행하고 있다. 그의 임무 활동을 방해하지 말고 안전한 통행을 허가하기를 명령한다. 덴노 헤이카 반자이.* 1945년 6월, 야마다 겐조 직인職印."

심문관의 일본어 발음은 아주 훌륭하고 완벽했다. 아마도 한때 일본 육군사관생도로 훈련을 받은 적이 있는 듯했다. 각 문장이 끝날 때마다 포물선을 그리며 아래로 떨어지는 억양이 그가 그 언어로 된

---

* '천황 폐하 만세'를 의미하는 전시 일본군의 경례 문구.

글을 읽는 것을 얼마나 음미하고 있는지를 여실히 드러냈다.

"그리고 이것은…… 아마도 야마다 장군에게서 특별 포상으로 받은 기념품으로 보이는군." 그는 작은 직사각형의 물체를 의기양양하게 들어 올렸다. 시간이 흐르며 거무죽죽한 회색으로 변했지만, 그것은 틀림없이 야마다 겐조의 이름이 새겨진 은제 담뱃갑이었다.

옥희는 학교 종업식을 마치고 집으로 걸어가고 있었다. 한 달 반의 겨울방학을 앞둔 지금, 안도감과 미래에 대한 설렘이 그를 기분 좋게 들뜨게 했다. 마치 작가가 글을 쓰는 틈틈이 펜을 잉크에 가볍게 담가보듯이, 옥희는 한철과의 재회를 찬찬히 곱씹는 습관적인 즐거움을 자신에게 허락했다.

그 만남의 순간에는 감정에 깊이 빠져 있을 만한 여유가 없었다. 그러나 삶에서 중요한 의미를 지닌 사건들이 항상 그렇듯, 당시 느꼈던 갑작스러운 감정들은 이후에 오히려 더 깊고 충만하게 발전해 옥희가 그 장면을 마음속으로 다시 떠올릴 때마다 새로운 빛깔과 향기를 띠었다.

단이의 임종을 지키지 못했다는 사무치는 죄책감과 함께 그토록 오랫동안 그 남자를 미워했음에도 불구하고, 막상 한철을 대면한 그날 옥희는 그에게 화가 나 있지 않았었다. 그리고 그 사실을 옥희는 지금에야 깨달은 것이다. 또한 한철과 다시 만나고 싶고, 그들이 각자 걸어온 서로 다른 인생길에 대해 편하게 이야기하고 싶다는 자신의 욕망을 발견하고 더욱 놀랐다. 한때 그들이 같은 길을 함께 걷던 시절이 있었다는 것이, 언젠가는 그 남자와 결혼하게 될지도 모른다고 상상했다는 것이 도무지 믿기지 않기도 했다.

옥희는 종로로 방향을 틀었다. 가끔 그러듯이 혼자 바닷고동 카페에 들러 커피 한 잔을 마시고 싶었다. 그 카페는 이제 6·25 이전 시대의 음악만을 틀어주는 조용하고 한적한 장소가 되어 있었다. 칸막이 좌석에 입혔던 빨간 가죽 시트는 여기저기 갈라지거나 벗겨졌고, 우산꽂이에는 우산 대신 노인들의 지팡이가 가득 꽂혀 있었으며, 한때 이 카페의 열성적인 후원자를 자처했던 단골손님들은 스무 해 전에나 유행했던 예술 사조에 대해 열띤 어조로 꿍얼댔다. 그들은 누군가 지나간 역사를 잘못 기억하고 있다거나 자신을 은근히 무시하는 낌새가 느껴질라치면 곧장 언짢아하며 말다툼을 일으켰는데, 그러고 나서도 금방 주고받았던 논쟁을 까맣게 잊어버리거나 혹은 잊어버린 척하는 습관이 있었다. 두 번의 전쟁과 그사이에 있었던 수많은 공방과 투쟁을 거치고 나자, 그들 중 지금까지 여기에 남아 있는 사람 자체가 너무 적어, 서로 대립하는 앙숙들끼리도 완전히 절교하기가 쉽지 않았던 것이다.

시인 겸 카페 주인은 여전히 그곳에 있었다. 지금은 머리가 희끗희끗하게 세었지만, 옥희의 젊은 시절과 비교해 봤을 때 가장 달라진 점이 없는 사람이기도 했다. 그 남자는 그때나 지금이나 똑같이 둥근 안경을 끼고 잘 다림질된 하얀 셔츠를 입었으며, 가게를 찾는 손님들이 나이가 들거나 몰락하여 퇴색해 가는 것을 전혀 눈치채지 못하는 것처럼 굴었다. 그는 결혼한 적도 아이를 가진 적도 없었고,

사람들은 더는 그 이유에 대해 추측해 보려 애쓰거나 뜬소문을 퍼뜨리지 않았다. 심지어 그를 그처럼 오래 알고 지내온 옥희와의 정중한 친교도 개인적인 우정으로 깊어지지는 않았는데, 옥희는 그에 대해 아무런 불만이 없었으며 오히려 완벽히 만족했다. 옥희가 가게에 들어올 때마다 주인 남자는 언제나 딱 1분 동안만 정다운 수다를 떨며 그를 반갑게 맞이했고, 그다음에는 옥희가 혼자만의 시간을 가질 수 있도록 내버려 두었다.

종로 대로변 양쪽에 늘어선 군중의 시끄러운 소리 때문에 문득 옥희는 몽상에서 깨어났다. 짜증이 솟구쳤다. 그는 조용하고 평화롭게 자신의 단골 카페로 걸어가고 싶었을 뿐이었다. 소란을 피해 샛길로 빠져나가려는데 사람들이 커다란 소리로 고함치며 거칠고 모욕적인 말을 던지기 시작했다.

"저 개자식들! 개새끼랑 붙어먹을 더러운 놈들!" 그들이 외쳤다.

뒤를 돌아보니 10여 명의 남자들이 줄지어 지치고 무력한 발걸음을 옮기고 있었다. 손목이 묶인 채 밧줄로 줄줄이 이어진 모습이, 마치 굴비 꾸러미 같아 보였다. 끌려가는 남자들은 모두 목에 커다란 나무판을 걸고 있었다. 한 나무판에는 이렇게 쓰여 있었다. *나는 추악한 도둑놈입니다. 벌을 받아도 싼 놈입니다.* 다른 판자에는 또 이렇게 쓰여 있었다. *나는 내 아버지의 부인과 잤습니다. 나는 더러운 개새끼입니다.* 분노에 찬 조롱만으로는 부족하다 느꼈는지, 몇몇 구경꾼들은 길거리의 돌을 주워 그 남자들을 향해 던지기 시작했다.

그 죄수들의 행렬 중간쯤에서 정호를 본 순간 옥희는 비명을 지를 뻔했다. 그가 걸고 있는 나무판에는 어린아이가 쓴 것처럼 떨리고 삐뚤삐뚤한 손 글씨로 이렇게 적혀 있었다. *나는 깡패입니다. 나는 빨갱이 공산주의자입니다. 나는 죽어 마땅한 놈입니다.*

"아니야! 안 돼!" 옥희가 잔뜩 흥분해 신이 난 낯선 이들의 물결을 밀어내며 소리쳤다. 사람들이 사방에서 옥희를 향해 위협하듯 혀를 차고 야유를 보냈지만, 옥희는 개의치 않고 군중 맨 앞쪽으로 나아가 남자들의 행렬을 쫓아갔다.

"정호야!"

그게 어떻게 가능했는지, 성난 군중의 소란스러운 외침 속에서도 정호는 옥희의 목소리를 알아듣고 몸을 돌려 그와 눈을 마주쳤다. 정호의 얼굴 한쪽은 이미 보랏빛으로 부어올라 있었고, 단단한 돌덩이들이 여전히 그의 옆을 스쳐 지나가고 있었다. 그중 하나가 정호의 등 중앙을 세게 맞히는 데 성공하자 옥희 근처에 있던 몇몇 젊은 이들이 기쁨의 환성을 내지르며 소동을 피웠다.

"그만해, 이 나쁜 새끼들아!" 옥희가 가장 큰 소리로 환호하는 청년을 힘껏 밀쳐냈다.

"뭐야, 씹할! 이 늙은 개년이!" 그 청년은 그다지 크지 않은 목소리로 웅얼거리더니 이내 자기 무리를 이끌고 군중 속으로 사라졌다.

옥희는 다시 정호와 눈을 맞추었다. 그가 옥희에게 아주 살짝 고개를 가로저어 보였다. *나 때문에 괜한 짓 하지 마.* 그리고 자신은 괜찮다는 걸 옥희에게 알려주기 위해 미소를 지었다.

그 순간 정호는 아주 오래전에 보았던 기생들의 행렬을 떠올리고 있었다. 자신의 얼굴을 향해 꽃을 던진 어느 아름다운 소녀에게 첫눈에 반했던 바로 그 지점에 그가 지금 서 있었던 것이다. 그가 처음으로 옥희를 만난 순간이었다. 정호는 자신이 그 오랜 세월 내내 이 길을 걸어오고 있었다는 환상에 빠졌다. 그리고 옥희 역시도 자신을 만나기 위해 내내 거기 서 있었다고. 그는 옥희의 모습을 한 번만 더 보고 싶었지만, 그런 행동이 옥희를 자극해서 무엇인가 위험하고 과감한 일을 저지르게 만들지도 몰랐다. 결국 정호는 고개를 돌려야 했다. 그래서 이 말을 전할 수 없다는 게 그에겐 큰 아픔으로 남았다. 나는 너를 사랑해. 밧줄이 팽팽하게 당겨지며 또 다른 돌이 그의 귀를 적중했고, 군중의 야유는 점점 흐려져 갔다. 정호는 다시 걷기 시작했다. 한 번에 한 걸음씩, 길이 끝나는 곳을 향해.

해녀

1965년

정호의 사형 집행 이후 나는 차마 더는 서울에 머무를 수 없었다. 학교에 사직서를 내고 집으로 돌아와 짐을 쌌다. 가진 것 대부분은 이웃들과 제자 몇 명에게 나눠주었다. 그러곤 정원으로 가서 앵두나무 아래 묻어둔 다이아몬드 목걸이와 청자 화병을 꺼냈다. 비단으로 감싸인 채 두 겹의 나무상자 안에 숨겨져 있던 그 물건들은 마지막으로 보았던 때의 모습 그대로였다. 달라진 건 나뿐이었다.

나는 부산으로 가는 기차를 탔다. 열차 안에서는 내내 창밖의 풍경이 바뀌는 것을 구경했다. 도착지에 내렸을 땐 항구에 노을이 지고 있었고, 갈매기 떼가 시끄러운 소리를 내며 내 발 근처에 모여들었다. 그러다 항구에 묵직하게 울려 퍼지는 뱃고동 소리를 들었는데, 정말 그 시인의 이야기와 똑같았다. 끔찍했던 그날 이후 처음으로, 다시 제대로 숨이 쉬어지는 기분이었다. 하지만 이곳도 서울에서 충분히 멀리 떨어져 있다고 여겨지진 않았다. 다음 날 나는 제주도로 가는 배를 탔다.

제주는 모든 것이 본토와 달랐다. 일단 바다부터 그랬다. 제주의 바닷물은 모래사장 근처에서는 밝은 청록색이다가, 해안에서 멀리 떨어질수록 에메랄드빛 초록에서 사파이어의 파랑으로 점점 더 깊은 색채를 띤다. 검은 화산암이 갑자기 돌출된 지역들도 있는데, 그곳에 밀려드는 짙은 남색 파도를 바라보다 보면 햇살이 쨍하게 밝은 한낮에도 바다 위로 밤하늘이 비쳐 든 것만 같았다. 한겨울에는 윤기 흐르는 녹색 잎사귀를 매단 동백나무가 활짝 피어나고, 바람이 불면 우수수 떨어져 내리는 붉은 꽃들이 검은 절벽 위로 나부끼거나 바다 물결 속으로 굴러 들어갔다. 공기에서는 소금의 짠 내음과 잘 익은 감귤의 새콤한 향기가 풍겼다.

예전에 해순 언니는 자신의 고향 제주도가 세상에서 가장 아름다운 곳이라고 입버릇처럼 말하곤 했다. 나는 그게 진짜인지 알 수 있을 만큼 구경을 많이 다녀본 적은 없지만, 언니의 그 말은 옳을지도 모른다.

나는 바닷가에서 주인 없이 비어 있는 오두막을 한 채 발견했다. 1940년대의 항쟁과 1950년대의 콜레라 유행을 겪은 이후 제주도에는 버려진 집들이 많았다. 마을 사람들은 아무도 나를 반기지 않았지만, 그렇다고 나를 내쫓지도 않았다. 섬사람들은 육지에서 온 사람을 경계했다. 그들이 쓰는 말의 억양이나 단어는 표준어와 달랐고, 그들이 나를 바로 앞에 두고 수군거리거나 키득거릴 때도 무슨 말을 하는 건지 나는 이해하지 못했다.

이곳에 와 제일 먼저 한 일은 유해를 뿌리는 것이었다. 해순 언니의 가족을 찾을 방법이 있기만 했다면, 나도 어떻게든 노력해 봤을 것이다. 하지만 우리가 처음 만났을 때 난 그저 어린아이에 불과했고, 해순 언니의 성씨가 뭐였는지조차 몰랐다. 나는 유해를 들고 집 근처의 절벽 꼭대기로 올라갔다. 바람이 그들을 싣고 멀리 있는 바다까지 날라주었다. "여기 마음에 들어요? 정말 아름다운 곳이죠, 단이 이모? 다시 돌아오니까 좋지, 해순 언니?" 울부짖는 바람 외에는 아무도 대답하지 않았다.

절벽에서 내려다보니 해녀들이 옷을 갈아입고 잠수 전후로 휴식을 취하는 작은 물굽이가 보였다. 며칠 동안 망설이다가 마침내 나는 그곳을 찾아갔다. 까마득한 내리막을 걷는 것만으로도 머리가 핑 돌고 다리가 후들후들 떨렸다.

"물질하는 법을 배우고 싶어요." 나는 그 여자들에게 말을 붙였다. 그들 중 하나라도 과연 내 말을 알아들을 수 있는 사람이 있을지는 몰랐다. 그들은 제주 방언으로 자기들끼리 뭔가 이야기를 나누더니 살짝 웃음을 터뜨리곤 다시 모닥불을 쬐며 몸을 말렸다. 그들 중 한 여자는 아기에게 젖을 먹이고 있었고, 다른 여자는 집에서 가져온 감귤을 동료들에게 나눠주고 있었다. 아마도 내가 결국 자리를 뜨겠거니 생각하는 모양이었다. 나는 다시 절벽 꼭대기까지 올라갈 생각에 막막해진 채 돌아섰다.

"아따, 그짝 같은 뭍 샌님이 역서 뭐 한당가요?" 등 뒤에서 목소리가 들렸다. 나는 다시 몸을 돌렸다. 내게 말을 건 여자는 검은색 아마포로 짠 잠수 바지를 입고 있었는데, 하얀 속바지 아래 불어난 배는 거의 만삭에 이른 임산부라는 걸 보여주고 있었다. 그의 억양은 강하면서도 경쾌한 리듬감을 지닌 전라도 사투리였다.

"해녀가 되고 싶어서요." 내가 말했다.

여자는 너털웃음을 터뜨렸다. "나가 그런 말은 들어본 적도 없소. 아짐씨, 이건 그 나씨 먹고 배워불 거시기가 아니랑께요. 생사람도 빠져 죽어 나가는 데가 여그 물이오. 게양 고향 땅에 돌아가서 아짐 몸이나 잘 돌보시요."

서울에 있는 집을 팔고 난 뒤라 내 한 몸 건사할 돈은 충분했다. 온종일 걸어 다니며 동네를 산책하는 것 말고는 아무것도 할 일이 없었다. 어느 날 아침 나는 만년설이 덮여 있는 한라산 정상을 향해 무작정 걷기 시작했다. 내가 사는 동네에서도 그 산의 모습이 똑똑히 보였다. 그래서 훨씬 더 가까울 줄 알았는데, 몇 시간을 꼬박 걸었는데도 산은 여전히 너무 멀리 떨어져 있었다. 마침내 나는 내가 길을 잃었다는 걸 인정해야 했다. 지도나 방향도 없이 그곳에 가려고 했던 나 자신이 바보 같았다. 한참을 헤맨 끝에 다시 마을 어귀에 도착했다. 눈에 익은 나무와 수풀을 보고서야 겨우 동네로 돌아왔다는 걸 알 수 있었다. 바로 그때, 울타리를 두른 어느 오두막에서 고통스러운 신음과 비명이 들려왔다.

집 안으로 뛰어들어 가보니 한 여자가 아이를 낳는 중이었다. 어

젠가 내게 고향으로 돌아가라고 했던 그 해녀였다. 공교롭게도 이웃
에는 도와줄 사람이 아무도 없었다. 남자들은 고기잡이배를 타고 바
다에 나가 있었고, 여자들은 모두 물질을 하고 있었다.

나는 옛날 월향 언니가 출산하던 때 와줬던 산파가 어떻게 했었
는지 기억해 내려고 애썼다. 만약 난산이었다면 내가 별 도움이 되
지 못했을 것이다. 하지만 그 전라도 출신 산모는 젊고 건강했고, 그
에게서 태어난 사내아이도 마찬가지였다. 내가 했던 건 그저 탯줄을
잘라 끝을 묶고, 갓난아기를 깨끗한 물로 씻긴 뒤 그 어머니의 품에
안겨준 것뿐이었다.

바다를 바라보다 보면 온갖 생각이 떠오른다. 나는 종일 해변에 나
가 무릎을 가슴 앞에 모으고 앉아서 추억에 잠긴 채 하루하루를 보
냈다. 처음에는 한두 번 정호를 생각하며 울었다. 돌팔매를 맞으며
사람들 앞에서 조리돌림을 당하면서도 내게 마지막으로 보여줬던
그 미소가 마음에 사무쳤다. 하지만 끝없이 밀려오는 푸른 파도를
바라볼수록 내 마음은 행복했던 기억들로 더 쏠리게 되었다. 솔직히
말하면, 몇몇 이미지를 제외하고는 그동안 일어났던 모든 끔찍한 사
건의 면모를 자세하게 기억해 내기란 어려웠다.

한철과 헤어졌을 때가 떠올랐다. 그날 밤 난 울지도 않고 잠들었
다. 하지만 꿈속에서 어찌나 슬프게 울었던지 내 흐느낌에 스스로
놀라 잠에서 깼고, 그때 내 눈이 온통 눈물로 젖어 있다는 걸 깨달았
었다. 그런데도 이제는 막상 그날 저녁 우리가 서로에게 어떤 말을
했는지 기억나지 않았다. 그가 정확히 어떻게 내 마음을 아프게 했

는지도 떠오르지 않았다. 내가 아직도 아주 선명하게 꺼내볼 수 있는 기억은 오직 아름다운 부분들뿐이다. 단이 이모와 월향 언니와 연화와 함께 비 오는 날 거실에서 왈츠를 추었던 일. 처음으로 조선극장 무대에 섰던 때. 쏟아지는 달빛 아래 한철과 키스했던 순간. 그가 나를 바라보던 눈빛. 그의 손길. 이 나이가 되어서도 아직 부끄러운 마음이 가시지 않지만, 내게 꼭 간직할 만한 추억을 가장 많이 남겨준 이가 바로 한철이라는 사실을 인정할 수밖에 없었다. 그리고 동시에 정호를 생각하면 이 사실이 슬프고 미안해졌다.

"아짐씨는 어찌 하로 다 가도록 멍하니 안지서 겟물만 들여다보고 있당가? 거넘홀 이도 없소?"

말을 붙인 사람은 잠수복을 입은 진도댁이었다. 전라남도 진도에서 시집을 왔기 때문에 다들 그를 진도댁, 혹은 그가 낳은 아이의 이름을 따서 철수 어멍이라고 불렀다.

"철수는 어디 두고 왔어, 진도댁?" 내가 물었다.

"저그 우리 세는 내고비 엉바구 우에다 눅져놓고 왔지라." 진도댁은 어깨 너머를 돌아보았다.

"뭐? 태어난 지 한 달 된 애기를 바닷가 바위에 두고 오면 어떡해?" 나는 깜짝 놀라서 벌떡 일어났다.

"아짐, 그거이 우리 잠녀들이 항시 하는 일인디 어쩔쓰까잉. 나가 있는 데 가차이 두지 않으면 깟난이가 후줄할 때마다 어뜨크롬 젖을 멕인대요?" 그는 당연한 걸 묻는다는 듯 눈을 굴렸다.

"나야 어차피 늘 해변에 나와 있으니까, 진도댁이 물질하는 동안 내가 철수를 봐주면 어떨까?"

"그래서 나가 아짐씨 모시롱 역까지 아니 왔소?" 진도댁은 미소를 지으며 이미 물굽이 쪽으로 앞장서 가고 있었다.

아기 철수는 땅에서 1미터 정도 올라온, 그릇 모양으로 움푹 팬 검은 바위 안에서 새끼 고양이처럼 꼬물거리고 있었다. 진도댁은 잽 싸게 속저고리를 풀어 헤치고 아이에게 젖을 먹이기 시작했다. 나는 진도댁의 어깨에 큰 멍이 들어 있다는 걸 알아챘다. 어쩌다 그리 다쳤냐고 묻자, 진도댁은 이렇게 얼버무렸다.

"아, 암껏두 아니어라. 파도가 너무 쎄분께 멍이 져부렀소."

낮이 점점 길어지면서 뙤약볕에 그을린 철수의 피부는 밝은 빨간색에서 연갈색으로 바뀌었다. 그는 정말 순하고 착한 아기였다. 나는 바다가 내뿜는 물보라와 바람, 햇빛을 가려주는 물어귀 안쪽에 철수와 함께 단둘이서 앉아 있었다. 다른 여자들은 주기적으로 그곳에 돌아와 전복이 든 망태기를 비우고 간식 한 입으로 배를 채운 뒤 다시 물속으로 들어가곤 했다. 그들은 위계에 따라 나뉘어 있었고 각각 자기 구역에서만 물질을 할 수 있었다. 철수 엄마는 해변에서 가까운 얕은 물가로만 나갔는데, 뭍으로 돌아올 때마다 그의 망태기는 다른 사람들에 비해 별로 든 게 없어 훨씬 가벼웠다.

어느 밤에는 잠을 이루기가 힘들었다. 파도가 산산이 부서지는 소리에 날이 새도록 몸을 뒤척였다. 하늘이 서서히 밝아지기 시작하자마자 나는 곧장 산책을 하러 나갔다. 태양이 바다 바로 밑에서 찰랑댔고, 온 세상이 샛노란 주황빛과 밝은 분홍빛으로 물들어 있었다.

발 닿는 대로 걷다 보니 어느새 절벽 앞에 이르렀다. 파릇한 새싹들이 돋아나 바람에 나부끼는 풀밭 가운데 윤기 나는 밤색 털을 지닌 야생 조랑말 한 쌍이 서 있었다. 그 말들은 매우 평온한 눈동자로 오랫동안 나를 바라보았다.

"지끔 싸게 와보쇼잉, 다일로 물에질하구 잡으면, 나가 보여드릴 텡게." 진도댁이 내게 잠수 바지와 하얀 아마포 속바지를 던져주며 말했다.

"철수는 어떡하고?" 내가 물었다.

"갱기찮지라. 방금 젖두 다 멕였고 아짐니랑 나랑은 금방 댕겨오제요."

나는 얼른 잠수복으로 갈아입고 머리 위에 둥근 물안경을 썼다. 진도댁은 내게 해녀가 쓰는 망태기도 칼도 테왁도 주지 않았는데, 그만큼 깊이 잠수해서 전복이라도 따려면 최소한 몇 달은 걸리기 때문이었다.

물은 생각보다 따뜻했다. 그날 배운 거라곤 가라앉지 않고 수면 위에 떠 있는 법뿐이었다. 몇 시간 동안이나 나는 푸른 터키옥 빛깔의 얕은 바닷물에 살짝 잠겼다 솟아오르기를 반복했다. 파도가 내 몸을 앞뒤로 흔들며, 내가 철수를 재울 때 하듯이 부드럽게 나를 안고 넘실거렸다.

이웃 마을의 이상이 쓰던 중고 흑백 텔레비전 한 대를 구입한 뒤에야, 나는 마침내 동네 안에서 약간의 존경과 인정을 받게 되었다. 지금까지 이 마을 전체에서 텔레비전을 놓은 사람은 아무도 없었다. 거의 매일 저녁 마을 사람들 전체가 뉴스를 보기 위해 우리 집으로 몰려들었다. 텔레비전 속에서 무슨 말을 하고 있는지는 다들 잘 이해하지 못했지만, 아무도 그 점에 딱히 신경 쓰지 않았다. 전파에 문제가 있는지 종종 화면이 그대로 멈춰버리는 경우가 잦았는데, 그럴 때마다 나는 자리에서 일어나 기계가 다시 제대로 작동할 때까지 옆면을 쾅쾅 두드려야 했다. 사람들은 심지어 그런 것까지도 즐거워했다. 여자들은 나를 '서월 할망'—서울에서 온 할머니라고 부르기 시작했다.

몇 달이나 물에 떠 있기와 물장구치기를 꾸준히 연습한 끝에, 나는 마침내 숨을 참고 해저로 잠수하는 단계를 허락받았다. 그렇게 내려가 본 곳은 내 키보다 살짝 더 깊을 뿐이었지만 바닷물 아래서 갑자기 공포감이 나를 사로잡았고, 나는 곧장 수면 위로 올라와 거친 기침을 연발하며 숨을 헐떡였다. 나를 살펴보던 진도댁이 자기 팔을 내주어서 그를 붙잡고 호흡을 가다듬을 수 있었다. 그러다 나는 진도댁의 팔이 온통 시커먼 멍으로 뒤덮여 있다는 걸 눈치채지 않을 수 없었다. 매일 그의 온몸에 드는 멍은 점점 커졌다.

"암껏두 아니랑께요." 내가 묻기도 전에 그가 말했다.

"남편이랑은 헤어지고 우리 집에서 나랑 같이 살아." 내가 제안했다.

"아짐니, 그랬다간 우리 집 잡놈이 아짐니 사시는 오두매기를 통째로 뿌사불고 지 머리끄댕이를 잡아 질질 끌고 나올 거라." 진도댁이 말했다.

조금 더 연습한 후에, 나는 해안 근처에서 성게와 굴을 따 모으기 시작했다. 지칠 때면 물어귀로 가 다른 여자들과 담소를 나누는 대신 바다에 머물며 그저 물 위를 둥둥 떠다녔다. 물속에서, 나는 과거의 '나'들의 무게가 깊은 해저로 가라앉는 걸 느꼈다. 나는 그 모든 고통과 후회를 겪었던 그 사람이 더는 아닌 것 같았다.

어느 날 밤, 뉴스에서 아나운서가 심각한 표정으로 다음과 같은 소식을 전했다. 야생 상태에서 마지막으로 포획된 호랑이가 창경궁 동물원에서 숨을 거두었다는 이야기였다. 6·25가 끝난 직후 부모를 잃고 새끼로 발견된 호랑이였다. 관련 생물학자 대부분이 이제 시베리아호랑이는 한반도에서 공식적으로 멸종되었다는 견해를 밝혔다. 그러나 인터뷰에 응한 전문가 중 단 한 사람만은, 남북 사이의 비무장지대나 북한의 북동쪽 국경에 인접한 가장 깊은 산속에는 지금도 여전히 호랑이가 살고 있을 수도 있다고 말했다.

밖에서 칭얼거리는 소리에 잠을 깬 나는, 철수가 바구니에 담긴 채문 앞에 놓여 있는 것을 발견했다. 아기 엄마는 마을, 물어귀, 바다 어디에서도 종적을 찾을 수 없었다. 정오 무렵엔 진도댁이 자기 아기를 내게 맡기고 육지로 도망쳤다는 소문이 퍼졌다. 불쾌한 얼굴을 한 고깃배 선장인 그 남편이 곧 우리 집으로 들이닥쳤다. 남자에게선 짙은 술 냄새가 풀풀 풍겼다.

"그 의리라곤 말아먹은 갈보 년, 어디에 감췄어? 이번에 잡히면 아예 반 동강으로 분질러놔야지. 그리고 내 아들은 어딨어?"

"진도댁은 여기 없네. 그 사람이 어디 있는진 나도 몰라. 그렇지만 그이는 내가 철수를 돌봐주길 바랐던 모양이야."

"이 멍청한 할망구가 뭐라고 지껄이는 거야? 빨리 내 아들 내놔!" 남자는 사납게 이를 드러냈다.

"내가 네 어머니뻘이다. 어디서 어른한테 말을 이따위로 해!" 나는 강하게 쏘아붙였다. "갓난쟁이를 어떻게 키워야 하는지 네가 알기는 해? 좋아, 얼른 데려가 봐. 네 피와 살을 물려받은 새끼가 쫄쫄 굶어 죽는 꼴이 그렇게 보고 싶다면! 네 무지와 고집 때문에 넌 이 죄 없는 아기를 죽게 할 거야. 자식을 낳아준 애어미를 네 손으로 그렇게 허구한 날 두들겨 팼던 것처럼, 안 그래?" 나는 방으로 걸어 들어가 배내옷을 입은 철수를 안고 나와서 마루 위에 눕혔다.

"자, 어디 네 새끼를 얼마나 잘 먹이고 입히는지 두고 보자. 어서 데려가지 않고 뭐 해!" 남자가 철수 위로 몸을 숙이자 아기는 울기 시작했다. 아비라는 사람이 그 소리에 움찔하며 듣기 싫은 듯 몸을 젖히는 모습을 보니, 그간의 사정을 짐작할 수 있었다. 진도댁이 우는 아이를 얼른 진정시키지 못할 때마다 저 남자는 제 아내를 때렸으리라.

"이놈의 우는 소리, 정말 못 참겠네……." 그가 인상을 썼다.

"그럼 그냥 가. 네 애한테 가장 좋은 일을 해주고 싶다면, 아무것도 하지 말고 썩 꺼져."

남자는 발뒤꿈치를 틀어 대문 밖으로 걸어 나갔다.

철수는 순둥이였다. 마을에는 수유 중인 여자가 넷 있었고, 그들이 하루에 한 번씩 돌아가며 그에게 젖을 주었다. 나는 모유값으로 네 사람 모두에게 후한 금액을 쳐주었다. 이유식으로는 곱게 빻은 쌀가루로 죽을 만들어 먹였다. 내가 안아 올릴 때면 아기는 항상 방싯방싯 웃었다. 아이의 정수리에서는 신선한 우유와 빵 냄새가 났다. 밤마다 새근거리는 철수의 부드러운 숨소리를 들으며 나는 더 이상 외로움을 느끼지 않았다. 해 뜨기 전 새벽의 산책도 더는 할 필요가 없었다.

초여름의 제주 언덕과 절벽들은 온통 분홍빛 진달래로 뒤덮였다. 제주도에 와서 내가 또 하나 알게 된 건, 여기서는 봄여름에도 코스모스가 핀다는 사실이었다. 아름답게 피어난 야생화들과 푸른 바다를 바라보면 마음이 아팠다. 그래서 나는 줄곧 물을 찾아갔다.

나는 물어귀로 아기를 데려가 그릇 모양으로 팬 바위에 눕혔다. 다른 해녀들은 이미 해안에서 수백 미터는 더 앞서 나가 있었다. 나는 내 연장을 가지고 혼자 얕은 곳으로 헤엄쳐 갔다.

물이 어찌나 맑고 깨끗한지 수면 위에서도 알록달록한 작은 물고기들이 보였다. 새끼손가락만 한 크기에 하얀 줄무늬가 난 귤색 물고기 한 마리가 내 발가락에 살짝 입질을 하다가 얼른 헤엄쳐 달아났다.

물안경을 쓰고 심호흡한 뒤 아래로 잠수했다. 화려한 산호와 말미잘, 불가사리가 가득 붙어 있는 바위들은 물질할 거리가 꽤 풍족해 보였지만, 나는 그렇게 오랫동안 숨을 참고 있을 수 없었다. 여러 번 잠수해 내려가고도 겨우 성게 한 마리를 잡았을 뿐이었다. 고작 한 시간 정도 지났을까. 벌써 숨이 딸렸고 아기도 걱정되었다.

다시 물어귀로 돌아가기 전에 마지막으로 한 번 더 잠수를 했다. 바로 그때, 내게서 1미터쯤 떨어진 어느 바위에 매달려 있는 전복 하나가 보였다. 수면 위로 올라가 턱까지 차오른 숨통을 틔우고 싶은 충동을 누른 채, 나는 깊은 바닥을 향해 발을 차 내려갔다. 마침내 손에 닿은 전복의 아래쪽으로 칼날을 넣고 힘을 주어 바위에서 도려냈다.

물결을 박차고 머리가 수면 위로 솟아오르자마자 나는 헐떡이며 참았던 숨을 크게 들이쉬었다. 절벽 위에서부터 쏟아져 내리며 눈부시게 빛나는 햇살에 잠시 정신이 혼미해졌다. 간신히 물어귀로 돌아왔을 때 다른 여자들은 이미 오전 수확물을 챙겨 자리를 떠나 있었다. 최고의 실력을 자랑하는 해녀들은 하루에 스무 개도 넘게 전복을 따는데, 나는 이제 겨우 첫 번째 전복을 딴 참이었다. 철수가 잠에서 깨었는지 바위 요람에서 칭얼거렸다. 나는 그를 안아 올려 좌우로 둥둥 흔들어주었다.

철수에게 죽을 먹이고 나서, 나는 바위에 앉아 아까 잡은 전복을 들어 보았다. 껍데기에는 진녹색 미역이 얇게 뒤덮여 있었고 특별히 먹음직스럽게 보이지는 않았다. 하지만 그동안 해녀들이 간식 삼아 활전복을 먹는 걸 여러 번 보아온 터였다. 그들을 흉내 내어, 나도 아래쪽에 감춰진 속살이 위로 오도록 그것을 뒤집었다. 그러곤 껍데기에서 전복을 빼내려는데, 칼날이 말캉말캉한 살 속에 감춰져 있던 딱딱한 무언가에 부딪혔다. 은은하고 희미하게 빛나는 완벽한 구체.

내 손바닥 위에 놓인 그것은, 새벽달처럼 옅은 분홍색과 회색으로 빛나는 진주 한 알이었다.

한참이나 그걸 바라보던 나는, 정호가 아직도 나를 돌봐주고 있다는 것을 깨달았다. 심지어 저세상에 가서도 말이다. 그리고 나도 똑같은 방식으로 있을 거라는 것도. 삶을 계속 놓아주고 또 붙잡고 버티면서, 오직 바다에서 온 나의 일부만이 남을 때까지.

삶은 견딜 만한 것이다. 시간이 모든 것을 잊게 해주기 때문에. 그래도 삶은 살아볼 만한 것이다. 사랑이 모든 것을 기억하게 해주기 때문에.

나는 진주를 옷 가방에 넣고 물가로 걸어 나왔다. 구름 한 점 없는 파란 하늘을 올려다보며 시원한 청색 파도 사이를 둥실둥실 부유했다. 살아가면서 처음으로, 그 어떤 것에 대한 소망도 동경도 느껴지지 않았다. 나는 마침내 바다와 하나였다.

감
사
의
말

2021년 12월 미국에서 『작은 땅의 야수들』이 출판되기 수년 전부터
머릿속으로 감사의 말을 작성했다. 아무 말도 안 하는 것이 세련되
고 예술가다운 신비로움을 간직하는 방법일지도 모르겠다. 그러나
오래 생활고를 겪으며 힘겹게 작업하는 과정에서 나중에 반드시 감
사를 전해야겠다고 느낀 분들과 상황이 너무나 많았다. 한국어판 출
간에 맞춰 함께 작업하며 또 다른 은인을 만났고, 또 한국어로 감사
의 말씀을 꼭 드려야 하는 분들이 있기에 이렇게 새로 펜을 든다.

　제일 먼저 조디 칸 에이전트님께, 그 지성과 도덕성으로 나를 처
음부터 이끌어준 것에 대해 고마움을 표한다. 미국의 에코 출판사에
서 미국판을 담당한 세라 버밍햄의 편집은 그 자체로 예술이라 할
만큼 놀라웠다. 영국 출판사 원 월드의 줄리엣 메비도 내 소설에 깊

은 믿음을 보여주고, 전 세계 영연방 국가에 소개해 주었다. 호주, 러시아, 이탈리아, 프랑스, 브라질, 사우디아라비아, 스페인 그리고 터키의 출판사도 이 책이 호랑이처럼 세계를 뛰어다닐 수 있게 해주었다. 또 『작은 땅의 야수들』을 데이턴문학평화상 최종 후보로 뽑은 심사위원회에, 그런 꿈같은 영광을 내 데뷔작에 주었다는 데 진심으로 감사를 전한다. 블라디보스토크에 본부를 두고, 한국의 상징인 시베리아호랑이와 그의 사촌뻘인 아무르표범을 보호하는 활동에 전념하고 있는 피닉스 재단은 내 세계 저작권료의 일부를 기부금으로 받아주고 있다. 그들에게도 고마움을 전하고 싶다.

다산북스에서 인내심을 갖고 나를 이끌어 준 김보람 편집팀장과 박하빈 편집자에게도 내 책이 한국에서 출판되는 꿈을 이루게 해준 것에 큰 감사를 전한다. 박소현 번역가는 굉장한 애정과 언어 구사력, 그리고 예술성을 발휘하여 한국어만의 정감이 담뿍 담긴 뿌듯한 작품을 만들어 주었다. 2019년, 고故 최인호 작가의 단편을 번역하여 영국 잡지 《그란타》에 게재했던 경험이 있는 나로서는, 번역이라는 작업이 작품에 대한 사랑 없이는 얼마나 힘들고 소득 없는 일인지 잘 알고 있다. 문학을 위해 몸과 마음을 아끼지 않고 작업해 주신 박소현 번역가는 진정한 예술가다. 교열을 맡아준 홍상희 님과 백설희 님의 작업 역시 예리하고 뛰어나 탄복하지 않을 수 없었다. 나도 함께 검토했으니, 만일 부족한 점이 있다면 모두 나의 결점이라고 말하고 싶다.

이 책이 미국에서 출간된 뒤, 지난 여섯 달 동안 나는 독자들이 보내는 열화와 같은 애정과 지지를 경험했다. 세계 곳곳에서 메시지를 받았고, 한국의 정신을 널리 알릴 수 있어서 행복했다. 그중 누구보다도 눈시울을 뜨겁게 했던 것은 바로 한국계 독자들이었다. 투손 북 페스티벌까지 먼 길을 달려와 자신이 언제나 읽고 싶었던 책을 써줘서 고맙다고 울먹이던 소녀 독자. 《로스앤젤레스 타임스》에서 주최한 북 페스티벌에 몰려와 다른 작가들에게 쑥스러울 정도로 환호성을 지르며 응원해 주고, 멋진 저녁까지 대접해 준 '언니' 팬들―로사 권 이스튼, 캐시 송, 수전 배 그리고 다른 언니들. 또 틱톡에 귀여운 독후 영상을 올려 젊은 팬들을 마구 유치하고, LA에 날 보러 찾아온 미셸 우(경하 씨). 3·1운동 부분을 읽으며 울음바다가 됐다며, 미국에서 이런 책을 볼 수 있으리라 상상도 못 했다고 이야기해 준 저널리스트이자 수필가 배한나 씨. 그 외에도 자신의 조상들을 느낄 수 있었다고, 이 이야기를 몸으로, 유전적으로 이해했다며 메시지를 보낸 수많은 입양인과 이민 2세, 3세 독자들. 책이 나오자마자 읽고는 메시지를 보내 지금까지 쭉 문학 친구가 되어준 강민수 교수님. 얼굴도 못 본 지 벌써 여러 해가 지났는데도 한국과 일본에서 원서를 구해 읽어준 나의 사촌들. 오리건 한인 사회에서 나를 딸처럼 자랑스러워해 준 모든 분. 책을 여러 권 구입해 친구와 자녀에게 선물한 아주머니 아저씨들, 오리건문인협회장 김혜자 님 등 지인들께 마음으로 큰절을 올린다.

　나의 어머니 김인자 씨와 아버지 김학무 씨께는, 처음부터 끝까지 모든 것이 부모님 덕이라고 말씀드리고 싶다. 나는 어릴 때부터 어머니에게 김구 의사를 도우며 독립운동에 기여한 외할아버지 김태희 씨의 이야기를 듣고 자랐다. 훤칠한 외모와 온화한 성품을 갖추고, 한 번도 가족에게 언성을 높인 적이 없다는 할아버지는 그 시대에는 드물게 테니스며 달리기, 수영을 즐기던 운동 천재였다고 한다. 이 책을 쓰기 위해 연구하던 과정에서 상해의 독립투사들이 체력 단련과 스트레스 해소를 위해 테니스를 쳤다는 것을 알게 됐을 땐, 할아버지의 체취를 느끼는 것만 같았다. 아무런 인정이나 대가를 받지도, 기대치도 않고 오직 조국의 독립에 일조한 나의 할아버지. 그리고 그와 같은 무명의 독립운동가들이 이 책의 시초다.

어머니와 아버지는 나에게 문학과 자연, 언어와 조국에 대한 사랑을 심어주었을 뿐 아니라 늘 우리 자매에게 최선을 다하며 어떤 어려운 상황에서도 우리를 믿어주고 용기를 주었다. 모든 한국계 미국인 작가들이 책의 첫 번째 장에 똑같은 헌사를 쓴다. 나도 다르지 않다. 이 책과 나의 모든 결실을 내 어머니와 아버지께 바친다.

『작은 땅의 야수들』은 처음 검토 의뢰를 받았을 때부터 내 마음을
한바탕 휩쓸어 갔다. 태어난 땅이 아닌 곳을 고향으로 삼아 살아가
는 것, 모국어가 아닌 언어로 나를 표현하는 데 익숙해지는 것, 이미
지나가 버린 시간대를 우리의 또 다른 현실로 오롯이 되새기는 것,
이 모든 것에는 어떤 깊고 딱딱한 슬픔을 거친 후에야 빚어지는 진
주 같은 사랑이 깃들어 있다.

　나는 검토자이기에 앞서 독자로서의 애정을 숨기지 못해 부끄러
워질 만큼 두툼한 검토서를 편집부에 발송했다. 보통 해외 도서 검
토는 원문을 번역하기 전에 책의 판권 계약 여부를 결정하거나 장단
점을 파악하기 위해 이루어지는 만큼, 간결한 요약과 논평, 핵심 지
문의 맛보기 번역 등이 요구된다. 그러나 이 소설에는 공들인 번역

그 자체를 내부에 간직하고 있는 듯한 아름다운 문장이 너무도 많았고, 양쪽 언어의 밧줄을 번갈아 당기면서 저자가 의도한 심상을 최대한 구현해 내는 작업이 매우 즐겁고 행복했기에 '이 책은 꼭 한국어로 번역 출간되어야만 합니다!'라고 외쳐대는 열정의 검토서가 완성되었다.

물론 굳이 내 외침이 아니어도 한국에 출간되어야 할 당위성은 충분했다. 다수의 유명 문예지에 감각적인 단편들을 기고하며 미국 독립출판계에서부터 주목받기 시작한 한국계 작가의 첫 장편소설인 데다 한국의 근대사를 배경으로 하는 대하소설이었고, 여러 언어로 번역되어 전 세계 출간을 앞둔 상황이었으니 한국에서 출간되는 것 역시 당연한 이치였다. 다만 내가 읽었던 문장들과 그 글자들로 이루어진 공기의 느낌을 오롯이 놓치고 싶지 않다는 것, 그 풍경 속으로 독자를 데리고 가고 싶다는 욕심이 그 어느 때보다도 높이 치솟았다. 검토서를 보내고 나서 지친 저녁, 서울 2호선 지하철역 앞에서 다정한 친구가 사주는 국수를 먹으며 '정말 이 책의 번역을 맡게 되었으면 좋겠다'라고 주문을 걸듯 이야기했던 기억이 지금도 생생하다. 그렇게 된다면 그 친구에게 한 권 선물하겠다고, 소원처럼 했던 약속을 실제로 지킬 수 있게 되어 굉장히 기쁘다.

번역자는 그 책의 가장 꼼꼼한 독자라는 말이 있다. 지금까지 작업했던 작품들을 되새겨 보면 과히 틀린 말은 아니다. 작품을 신중하게 열심히 읽는 건 기본 사항이지만, 거기에 쏟아지는 애정의 밀도가 이렇게 촘촘해질 수도 있다는 걸 이 작품을 통해서 느끼게 되었다. 예상보다 번역 기간이 길어졌음에도 꾸준한 인내심을 발휘해

주신 김주혜 작가님, 김보람 편집팀장님, 정말 고생이 많으셨던 박하빈 편집자님, 홍상희 교열자님, 번역 기회를 주신 다산북스 관계자분들께 진심으로 감사의 인사를 전한다. 작가님께서 직접 번역 원고를 읽고, 한국어 필체로 자상한 피드백을 해주셨던 것 또한 번역자로서 유례없고 소중한 경험이었다. 한국어를 써본 경험이 있는 저자가 영어로 쓴 원문은 마치 이중으로 섬세하게 조각된 예술품 같았다. 거기에 최대한 가까이 다가가서 처음부터 그 안에 들어 있던 독창적 심상을 복구하여 캐내고, 또 언어를 옮기는 과정에서 필연적으로 상실되는 파편들까지 덧붙여, 애정을 품은 한 독자로서 그 속에서 바라보고 호흡한 풍경을 가능한 한 한국 독자에게 그대로 보여주고자 했던 노력을 작가님도 이심전심 알아주신 것 같아 뿌듯했다.

떠도는 사람들은 글자 속을 고향 삼아 만난다. 이 작품을 향하여 쏟아지는 전 세계 독자들의 열광적 지지는 국적을 초월한 공감을 바탕으로 한다. 드디어 한국 독자들도 이 책을 만나게 된 셈이니, 그에 대한 사명감을 가지고 정성을 담아 언어를 갈고 닦았다.

일제강점기의 역사와 배경지식을 추가로 공부하며, 당시 근대 서울의 지리와 생활상을 조사하여 등장인물들의 발자취를 열심히 탐색해 보았다. 다만 현실에 기반을 둔 픽션인 만큼 정확한 역사적 고증보다는 의도적인 모티브 활용과 교차적 환유로 기능하는 요소들이 있음을 알려둔다. 동경, 상해의 지명 등은 가능한 한 현대어가 아닌 당대의 한자어 표기 방식을 따랐다. 한편, 한국의 지명은 조선이 아닌 한국으로 표기했다. 작품 내에서도 'Korea'로 표기하고 있는 만큼 어느 특정 시대에 고정되어 소비되는 이야기가 아니라 현대 독자들이 현재의 한국까지를 한 국가의 역사로 인식하도록 이끄는 원작의 의도를 존중하기 위함이었다.

옥희Jade, 연화Lotus, 월향Luna, 은실Silver 등 원서에서는 더 단순했던 등장인물들의 한국어 이름을 지어보도록 제안을 받은 것도 역자로서 잊을 수 없이 소중한 기쁨이자 크나큰 영광이었다. 원작에서 주어진 한 글자에 덧붙여서 시대상·직업상으로도 어울리고 각 인물의 매력적인 성격이 드러날 수 있도록 고심하였는데, 한국어 독자들에게도 잘 전달될 수 있다면 좋겠다.

평양에서 제주까지, 웅크린 호랑이 모양의 한반도를 옥희가 종단하는 동안 내 노트북 잠금화면에는 호랑이 두 마리가 함께 있는 사진을 깔아두었다. 잠시 자판을 치는 걸 멈출 때마다 나타나는 엄마와 딸 호랑이가, 온갖 색채와 감정이 밝고 힘차게 꿈틀대는 다음 문장을 어서 꺼내 보라고 격려해 주는 것 같았다. (아마도 니콜라이 바이코프의『위대한 왕』을 읽고 난 어린 시절부터) 항상 좋아하는 동물로 호랑이를 꼽아왔지만, 이 책을 통해 호랑이에 대한 애정도 한층 더 진해졌다. 김주혜 작가님은『작은 땅의 야수들』인세 일부를 시베리아호랑이를 보호하는 재단에 기부하고 계신다고 한다. 이처럼 드물고 귀한 작품의 출간에 참여할 수 있게 되어 행복하다. 작가님과 편집자님, 그리고 이 책을 읽어주신 독자들께 다시 한 번 큰절로 감사드린다.

2022년 9월
박소현

옮긴이 **박소현**

서울에서 태어나 여덟 살 때 과테말라로 이민했다. 2년 뒤 귀국하여 부산과 대구에서 청소년기를 보냈다. 어린 시절 익혔던 스페인어를 거의 다 잊었다가 열일곱 살 때 미국 로스앤젤레스를 거쳐 다시 과테말라로 이주했다. 스물한 살 때 가족을 남겨둔 채 혼자 한국으로 돌아왔다. 잦은 환경 변화 속에서도 언어에 대한 깊은 매료와 애정은 변치 않았다. 성균관대학교에 진학하여 프랑스어문학과 영어영문학을 전공했고, 서울대학교 대학원 영어영문학과에서 영미 시를 공부했다. 현재 전문 통역사 및 출판 번역가로 활동 중이다. 옮긴 책으로 스티븐 그린블랫의 『세계를 향한 의지』, 엘리자베스 길버트의 『빅매직』, 나오미 앨더만의 『불복종』, 익명인의 『산소 도둑의 일기』, 조지프 버고의 『수치심』, 하닙 압두라킵의 『재즈가 된 힙합』, 캐서린 맨스필드의 『뭔가 유치하지만 매우 자연스러운』, 다시 스타인키의 『환경 일기』, 애나 캐번의 『아이스』 등이 있다.

작은 땅의 야수들

3판 1쇄 발행   2024년 10월 17일
3판 13쇄 발행 2024년 10월 30일

지은이 김주혜
옮긴이 박소현
펴낸이 김선식

부사장 김은영
콘텐츠사업본부장 임보윤
책임편집 박하빈
콘텐츠사업2팀장 김보람   **콘텐츠사업2팀** 박하빈, 채윤지, 김영훈
마케팅본부장 권장규   **마케팅3팀** 이고은, 배한진, 양지환   **채널2팀** 권오권, 지석배
미디어홍보본부장 정명찬   **브랜드관리팀** 오수미, 김은지, 이소영, 박장미, 박주현, 서가을
뉴미디어팀 김민정, 이지은, 홍수경, 변승주
지식교양팀 이수인, 염아라, 석찬미, 김혜원
편집관리팀 조세현, 김호주, 백설희   **저작권팀** 이슬, 윤제희
재무관리팀 하미선, 임혜정, 이슬기, 김주영, 오지수
인사총무팀 강미숙, 김혜진, 황종원
제작관리팀 이소현, 김소영, 김진경, 최완규, 이지우, 박예찬
물류관리팀 김형기, 김선민, 주정훈, 김선진, 한유현, 전태연, 양문현, 이민운
외부 스태프 교정교열 홍상희   디자인 데일리루틴

펴낸곳 다산북스   **출판등록** 2005년 12월 23일 제313-2005-00277호
주소 경기도 파주시 회동길 490
대표전화 02-704-1724   **팩스** 02-703-2219   **이메일** dasanbooks@dasanbooks.com
홈페이지 www.dasanbooks.com   **블로그** blog.naver.com/dasan_books
종이 스마일몬스터   **인쇄** 상지사   **후가공** 제이오엘앤피   **제본** 상지사
ISBN 979-11-306-4257-4 (03840)